A Literatura
Doutrinária na
Corte de Avis

A Literatura Doutrinária na Corte de Avis

Coordenação
Lênia Márcia Mongelli

Introdução
A. H. de Oliveira Marques

Martins Fontes
São Paulo 2001

Copyright © 2001, Livraria Martins Fontes Editora Ltda.,
São Paulo, para a presente edição.

1ª edição
junho de 2001

Coordenação
Lênia Márcia Mongelli
Revisão gráfica
Renato da Rocha Carlos
Maria Luiza Fravet
Produção gráfica
Geraldo Alves
Paginação/Fotolitos
Studio 3 Desenvolvimento Editorial

Dados Internacionais de Catalogação na Publicação (CIP)
(Câmara Brasileira do Livro, SP, Brasil)

A literatura doutrinária na Corte de Avis / coordenação Lênia Márcia Mongelli ; introdução A. H. de Oliveira Marques. – São Paulo : Martins Fontes, 2001.

Bibliografia.
ISBN 85-336-1437-3

1. Literatura em prosa portuguesa – até 1500 – História e crítica
I. Mongelli, Lênia Márcia. II. Marques, A. H. de Oliveira.

01-2478   CDD-869.0901

Índices para catálogo sistemático:
1. Literatura doutrinária portuguesa : Corte de Avis : História e crítica   869.0901

Todos os direitos desta edição reservados à
Livraria Martins Fontes Editora Ltda.
Rua Conselheiro Ramalho, 330/340 01325-000 São Paulo SP Brasil
Tel. (11) 239.3677 Fax (11) 3105.6867
e-mail: info@martinsfontes.com.br http://www.martinsfontes.com.br

Índice

Nota prévia. Lênia Márcia Mongelli VII
Introdução. A. H. de Oliveira Marques XI

PRIMEIRA PARTE
EDUCANDO O ESPÍRITO

As reais cortes da *Corte enperial*. Michel Sleiman 3
A pedagogia da alma no *Orto do Esposo*. Raúl Cesar Gouveia Fernandes 51
O deleite no *boosco* de Deus. Lênia Márcia Mongelli .. 107

SEGUNDA PARTE
DISCIPLINANDO O CORPO

Montaria: a saborosa arte de formar o cavaleiro. Risonete Batista de Souza 155
As *ensinanças* do livro do cavalgar. Fernando Maués.. 201

TERCEIRA PARTE
FORMANDO O CIDADÃO

Os leais e prudentes *conselhos* de El-Rei D. Duarte. Márcio Ricardo Coelho Muniz 245

A *vertuosa compilaçom* do **Infante D. Pedro e Frei João Verba**. Paulo Roberto Sodré 307

Bibliografia geral 385

Nota prévia

Três circunstâncias tornaram a realização deste trabalho compromisso extremamente prazeroso. Em primeiro lugar, ele nasceu de um curso de pós-graduação ministrado na USP há dois anos. A programação contemplava os textos aqui analisados e mais alguns equivalentes, todos situados à roda dos séculos XV e XVI. Obras densas, complexas, moralistas, em vários aspectos datadas e, numa rápida avaliação, distantes do gosto atual. Por isso a expectativa era grande quanto à receptividade do público, de terceiro grau mas heterogêneo. Pela mesma razão, a aula inicial foi usada para traçar o perfil dos objetos em exame e prevenir surpresas quanto ao que exigiriam de acuidade crítica, maturidade intelectual e até interesse propriamente dito.

A surpreendida fui eu: seminários bem concebidos empenharam-se em "ler" nas entrelinhas dos vetustos tratados, buscando pontuar o que estudiosos anteriores haviam subestimado ou deixado passar em branco, ressaltar qualidades estilísticas e, para meu encanto, revelar a atualidade do que parecia ultrapassado. A idéia do livro gestou-se no ritmo da progressiva adesão dos alunos a essas descobertas.

A segunda satisfação tem a ver com os colaboradores responsáveis pelos ensaios. Gente jovem, de várias partes do país, são professores universitários envolvidos na carreira acadêmica e matriculados em regime de Doutorado na Universidade de São Paulo. Pesquisadores sérios, de caráter, dotados para o ofício e com uma capacidade de trabalho posta à prova sem contemplação, realizaram a tarefa de forma irrepreensível. O resultado aí está: cada capítulo oferece uma bela contribuição científica à bibliografia especializada, justificando, já por isso, o esforço despendido.

A orientação dada ao grupo foi a de que, dentro da liberdade de interpretação que respeitaria o talento individual, se procurasse privilegiar o ângulo *literário* no trato com as fontes. Temas como estrutura, fábula, enredo, personagens, foco narrativo etc. deveriam avultar do necessário enquadramento das obras em seu tempo e do reconhecimento das apropriações e intertextualidades que fizeram delas gêneros híbridos. Faltava, a esse projeto, a óptica do historiador, que apontasse os elos políticos, sociais, econômicos, filosóficos e tantos quantos se esperam de uma realidade conturbada como a do período em Portugal, comandado por uma corte que se distinguiu por investir em atividades culturais.

Essa carência foi preenchida, coroando o rol de contentamentos: feito o convite ao Dr. A. H. de Oliveira Marques para que escrevesse a Introdução, aquiesceu de imediato, com a generosidade conhecida dos brasileiros. Historiador, integrado ao Centro de Estudos Históricos da Universidade Nova de Lisboa, conhecido inclusive por estar à frente da publicação em curso, junto com Joel Serrão, *Nova História de Portugal*, em vários volumes, encarregou-se de imprimir ao livro o selo que lhe faltava, dando-lhe acabamento orgânico.

Como sempre quando se compõe uma obra, são diversas as intenções que, desde o início, subjazem ao planejamento. Neste caso, não se foge à regra, e o leitor que tiver paciência de concluir sua leitura perceberá muitas delas. No entanto, um motivo conduziu os demais: a literatura doutrinária da corte de Avis não é material obsoleto, útil apenas para panoramas de época e sem outras qualidades que a de ser síntese de ideário do poder régio no Quatrocentos português. Os que se disputarem, como nós, a enfrentar páginas tão rigorosas sairão gratificados de encontrar nelas observações agudíssimas sobre o Homem – que sonha, que sofre, que crê, que duvida, que se deses-

NOTA PRÉVIA

pera, que confia, mas, sobretudo, que persiste, testando-se a cada minuto em nome de suas mais íntimas convicções. Isso não está na superfície dos textos: oferece-se como a violeta, que protege suas belezas à sombra de juízos precipitados. Oxalá haja bons jardineiros nas ligeirezas da modernidade.

LENIA MÁRCIA MONGELLI
São Paulo, dezembro de 2000

Introdução

A literatura em prosa foi relativamente abundante no reino português de finais do século XIV e do século XV. Não ombreou, sem dúvida, com a catalã, a castelhana, a francesa ou, sobretudo, a italiana. Todavia, para um país periférico, afastado dos grandes centros internacionais de pensamento e de convívio e sem grandes tradições de prosa literária, mostrou um culto das letras assaz vigoroso e influente, quer no nível da Corte, quer de alguns cenóbios religiosos geograficamente dispersos. A produção resultante revelou também um idioma rico em vocábulos e flexível em sintaxe, mais amadurecido do que várias outras línguas da Europa cristã, embora hesitante ainda na ortografia e na exposição clara do pensamento que era, aliás, pouco claro ele também. Como escreveu António José Saraiva, em 1500 "a fisionomia do Português está fixada, com exceção de algumas particularidades" (*A cultura em Portugal*, I, 51). Os autores de Quatrocentos, atualizadas a ortografia e a pontuação, ainda são legíveis no começo do nosso século XXI.

Não se esqueça, a este respeito, que a precocidade da introdução do Português nas chancelarias e repartições públicas e na maioria dos cartórios particulares, mesmo os eclesiásticos, contribuíra para uma rápida evolução da língua, obrigando a redações o mais claras e precisas possível e multiplicando *ad infinitum* os textos indispensáveis para a burocracia e o viver quotidiano. O que sobreviveu desses textos, por abundante que pareça, representa uma pequena parte do que foi escrito ao longo dos séculos XIII, XIV e XV. Isto quer dizer que o pensador de finais da Idade Média tinha ao seu serviço um idioma já preparado para altas congeminações, fossem elas originais, adaptadas ou simplesmente traduzidas. O historiador da literatura tem descurado ou mesmo desconhecido textos como esses, que lhe serviriam de úteis bordões para analisar as obras ditas literárias, objeto dos seus interesses.

Contudo, se a língua estava apta, a mentalidade não era comparável à dos grandes centros cultos. Havia pouco lugar para a sátira evoluída, a crítica aos costumes, a variedade temática, a diversidade historiográfica. Num Estado precocemente unificado e fortemente "centralizado" – em termos feudais, entenda-se – como era o Portugal do século XV, todos afinavam por um mesmo diapasão. A moralidade afirmada e aparente da Corte e a ortodoxia tradicional da Igreja davam-se as mãos para não permitir desvios nem contestações. No que respeitava à prosa, a *élite* culta escrevia, lia e ouvia textos moralizantes e a história "oficial", legitimadora e apologética da dinastia de Avis no poder. Eventualmente, se ansiasse por leituras menos "ortodoxas", recorreria a obras estrangeiras ou a autores e manuscritos cujo traço se perdeu de todo.

Quantidade de livros, aliás, não significava necessariamente cultura generalizada. Tanto como a produção importavam a circulação e a difusão dos manuscritos. E já a própria produção era difícil, limitando a exuberância dos autores. Não abundava o material de suporte, fosse ele pergaminho, fosse ele papel. Os melhores pergaminhos e os melhores papéis não se fabricavam em Portugal e tinham de vir de além-fronteiras. A escrita, para que todos a lessem, nunca podia ser cursiva, o que exigia muito tempo de desenho laborioso das letras. Não existindo ainda imprensa, o livro constituía produção individual, embora, tratando-se de obras com "grandes" públicos, se mostrassem freqüentes os casos de ditado simultâneo a vários escribas, o que permitia tiragens de mais de um exemplar. Freqüente também era o empréstimo de livros e de partes de livros para serem copiados. E cada cópia, como até cada exemplar ditado, podia conter erros e omissões, resultado de distração, má audição ou má leitura.

INTRODUÇÃO XIII

Assim, o livro tinha de ser raro e caro. A não ser tratando-se de obras religiosas – "livros" ou versículos da Bíblia, missais e outros manuais do ofício – ou de obras jurídico-administrativas, cuja necessidade de disseminação punha em movimento dezenas de transcritores, as obras literárias conheciam tiragens de poucos exemplares. Muitas vezes mandava-se expressamente copiar o livro A ou o livro B porque o rei ou um grande senhor haviam manifestado interesse em o possuir. O livro avizinhava-se assim do painel, da tapeçaria, do objeto de ourivesaria, do manto de arminhos ou da relíquia. Possuí-lo constituía um luxo e só os mais ricos se permitiam orgulhosamente exibir uma biblioteca.

As limitações à produção não eram, todavia, as únicas a impedir uma circulação generalizada. Escritas sobretudo em casas eclesiásticas, muitas obras só com dificuldade saíam do espaço onde haviam sido criadas. Destinando-se primacialmente à comunidade respectiva, ficavam guardadas na sua biblioteca, sendo lidas ou consultadas apenas por alguns das poucas dezenas de eclesiásticos que lhe pertenciam. A transmissão do saber de cenóbio em cenóbio nem sempre se mostrava automática nem facilitada. Livros havia cujo segredo da conservação em determinado mosteiro se guardava ciosamente, com receio de "empréstimos" forçados, cópias e até roubos. A escassa circulação de muitos manuscritos levou a que rapidamente – uma ou duas gerações depois – se perdesse notícia da sua existência, levando à destruição ulterior de vários ou à sua "descoberta" em épocas próximas da atual. Podemos ainda supor que outros livros, oriundos da pena de um qualquer eclesiástico ou leigo e resultado somente do seu alvedrio, permaneceram à margem de toda a difusão, nunca saindo dos bens ou do espólio do seu autor. Estes casos e outros parecidos impedem-nos de considerar tudo aquilo que sobreviveu – pelo menos na época anterior à da expansão da imprensa – como representativo da cultura coletiva direta.

Embora a produção original em Latim se mostrasse abundante, a atividade intelectual portuguesa estava ligada principalmente às traduções. A facilidade de conhecimento do Latim possibilitava numerosos tradutores, melhores uns, piores outros, justificando até que se estabelecessem normas de bem traduzir, como sucedeu com D. Duarte (*Livro dos conselhos de El-Rei D. Duarte*; *Leal conselheiro*). À medida que o Latim ia sendo gradualmente substituído pelo Português e à medida que o público laico aumentava, o número de traduções aumentava também. Vertiam-se para "linguagem" não só livros de devoção e excertos da Bíblia como também obras de história, filosofia e literatura, textos clássicos, tratados técnicos e "científicos" etc. E começou a traduzir-se, não apenas do Latim mas igualmente de línguas românicas e até do Árabe. Traduziam-se tanto obras integrais como parte delas somente, o que se encontrasse à mão ou o que mais interesse pudesse ter para um público visado que raramente se identificava com todo o País. Traduzia-se sobretudo por encomenda ou intenção de um particular (o rei, um grande senhor laico ou eclesiástico, uma colegiada, um cabido, um mosteiro, uma Ordem religiosa etc.). As traduções, muitas vezes pouco fiéis, acresciam-se de numerosas adaptações e interpolações, destinadas a "enriquecer" ou a melhor captar o interesse dos públicos. Podiam introduzir-se assim exemplos referentes a Portugal ou maneiras de dizer simplificadas, abreviadas ou, pelo contrário, tornadas mais complexas. Problemas de autoria individual não se punham como hoje, e o "tradutor", vivendo a obra como sua, não se coibia de a modificar parcialmente, criando e levantando ao estudioso atual questões e problemas de difícil resolução. As técnicas de análise computacional poderão, a este respeito, ser de enorme utilidade.

De entre a numerosa atividade dos escritores, compiladores, adaptadores e tradutores portugueses dos finais do século XIV e do século XV, sobressai claramente a prosa doutrinária. Fruto de um período de crise e de uma moda de cariz internacional, e ainda por cima num país pequeno, cujos principais letrados e ouvintes se contavam entre os eclesiásticos, tal prosa versou principalmente temas piedosos e edificantes. A temática era pobre e o objetivo primacial, a salvação da alma. A Bíblia constituía a maior fonte de toda a produção, quer por

INTRODUÇÃO XV

transcrições de versículos quer pelas glosas ou inspirações que motivava. A seguir a ela vinham alguns autores clássicos, obras dos padres da Igreja e textos de eclesiásticos da Baixa Antigüidade e da Alta Idade Média. Autores contemporâneos ou aproximados em idade eram raros. Também os exemplos colhidos do presente ou de um passado próximo se mostravam claramente minoritários. O grosso das obras lidas e meditadas datava de séculos, sem que isso preocupasse ninguém. Passado e presente fundiam-se num todo irreal e virtual, presidido pelo mito religioso. Uma das alternativas aceites a este tipo de literatura estava nos chamados tratados "técnicos", de caça, de alveitaria, da arte de cavalgar e outros, onde aliás as questões piedosas e moralistas não faltavam. Os príncipes de Avis, cultos e devotos, como tantos outros senhores do seu tempo, enfileiravam entre os autores quer de um quer de outro gênero, e até de ambos.

Na aparência, todas estas obras passam à margem do historiador que não o seja das mentalidades, da literatura, filosofia ou da religião. Poucos as encaram sob outras perspectivas: a social, a econômica, a política, a institucional, a do quotidiano ou a das artes. Contudo a prosa, tanto moralista como "técnica", revela-se um manancial precioso para qualquer delas. O que é necessário é lê-las e analisá-las sob outros pontos de vista. Como em quase todos os documentos, a informação depende, em grande parte, dos objetivos da procura. É necessário saber interrogá-los para extrair deles o máximo conteúdo.

Vamos a exemplos.

A história da população acha-se bem patente no *Leal conselheiro* e, com menos abrangência, no *Livro da montaria*. D. Duarte, embora não concordasse com a idéia, referiu que "alguns pensam que agora vivem os homens menos que viviam em tempo de nossos avós" (*Leal conselheiro*, cap. I), o que correspondia à realidade de uma época de crise, com saldo demográfico negativo. Deu-nos também um quadro sobre a expectativa de vida e a teoria das idades, revelador do número de anos que se esperava viver nesse final da Idade Média. O outono da vida começava pelos 35 anos. Entrava-se na velhice com o dobrar do meio século. Setenta anos julgava-se a meta, aliás muito raramente atingida. Mais do que isso havia-se por exceção das exceções e quase sempre "trabalho e dor". Ouçamos o monarca:

> A repartimento das idades poderemos apropriar estas partes do entender, e as idades são por muitas maneiras repartidas, mas uma que põem os letrados, que bem me parece, chama infância até 7 anos, puerícia até 14, até 21 adolescência, mancebia até 50, velhice até 70, *senium* até 80. E dali até o fim da vida decrepidão". (...) "Eu faço delas outra repartição, de sete em sete anos, que com esta em parte se concerta, per a mudança que geralmente em os mais vejo. Na primeira, aos sete, se mudam os dentes. Segunda, de 14, são em idade para poderem casar. Terceira, de 21, que acabam de crescer. Quarta, de 28, que percalçam a toda força e verdadeiro fornimento do corpo. Quinta, de 35, em que se percalça perfeito esforço, conselho e natural entender. E dali em diante, per semelhante de 7 em sete anos, entendo que vão descendo por outros degraus naturalmente, ainda que não se veja tão claro, até cumprir o conto de 70 anos, em que devemos fazer fim de nossos dias para os feitos da presente vida.

D. Duarte ia ao ponto de fazer arqueologia demográfica, contestando que a altura dos homens do seu tempo fosse menor do que a dos antepassados:

> Nem creiamos que os homens daquele tempo eram maiores, cá se virem os ossos antigos, outros semelhantes se acharão (*Leal conselheiro*, I).

Por sua vez D. João I (*Livro da montaria*, I, 6) alude à elevada mortalidade dos pescadores e outros marítimos, comparando-a com a dos moços do monte e caçadores de caça grossa em geral, dizendo que "muitos mais morrem dos que andam sobre mar que morrem dos que andam ao monte: cá pelo ano morrem mais de 1000 dos que andam sobre mar, e dos que andam ao monte não morre um em 10 anos". Se assim era, a taxa de mortalidade no mar – por afogamento, doença, pirataria etc.

INTRODUÇÃO   XVII

– rondaria os 0,5 %, num país cuja população pouco excederia 1 milhão de habitantes.

Não seria fácil encontrar em obras como estas abundância de dados válidos sobre assuntos técnicos ou económicos e, de facto, mostram-se insignificantes os que se lhes referem. Excetuam-se, evidentemente, as técnicas específicas da temática de cada livro, como sejam as de caçar ou as de cavalgar. Mas já sobre a sociedade e a sua estruturação não faltam elementos. O *Livro da virtuosa benfeitoria* está repleto de informações sobre a organização da sociedade e do Estado feudais. Desde a ascensão e a cobiça da pequena fidalguia até aos conceitos vários de "benefício" e à hierarquia da pirâmide social, a obra do infante D. Pedro é toda ela um tratado de feudalismo teórico e prático, bem pouco explorado do ponto de vista histórico. Os senhores "são mais chegados a Deus que os outros homens (...), padres dos seus próprios súbditos, os quais eles gerem assim como naturais maridos com a terra que é seu senhorio" (II, 9). "Os servos são sempre de mais pequeno estado que os senhores" e "toda boa coisa que o servo faz a seu senhor é teúdo por obrigação de a fazer" (II, 11). Em contrapartida, "os senhores são teúdos de dar aos servos algumas coisas, s., mantimento e vestido" (II, 11). Senhores, cavaleiros, escudeiros e servos têm estatutos (condições) bem determinados, devendo cada um conhecer "quem é e de que geração" (II, 13). A concessão pelo rei de galardões aos fidalgos e a sua variação em função dos serviços prestados é abonada por um exemplo passado na corte de D. João I, onde também se alude às intrigas típicas dos cortesãos e ao comedimento do monarca (IV, 9). Igualmente a burguesia em ascensão não está ausente das lucubrações do autor, que a respeito de empréstimos e lucro escreve (V, 7):

> Um mercador empresta dinheiros a alguma pessoa que com eles ganha, por haver deles, em tempo assignado, certo preço que estabeleceu. E o recebedor outra coisa não tem com que possa gançar para satisfazer se não aquilo que lhe foi outorgado. Em tal caso claramente parece que o devedor faz sua paga do que primeiro de outrem foi receber.

No *Livro da ensinança de bem cavalgar toda sela* multiplicam-se as referências a senhores, cavaleiros, escudeiros, moços e outras categorias sociais, embora sem descrição pormenorizada das características de cada uma. A guerra acha-se bem tratada quer por D. João I quer por D. Duarte. Vejam-se, em primeiro lugar, a descrição e o correto uso do armamento utilizado: o elmo e a copelina da cabeça, a lança e a azcuma de arremessar, o escudo, a espada e outras peças essenciais ao cavaleiro. Vêm depois a tática militar e a estratégia, que se treinavam com proficiência nas artes da caça. Qualquer realizador cinematográfico dos nossos tempos, que se preocupe com o rigor das imagens apresentadas num filme histórico, não tem mais do que ler o *Livro da ensinança*, Parte V (por exemplo), para se documentar sobre a arte de cavalgar e de combater de um cavaleiro europeu da primeira metade de Quatrocentos. As armas iam de parceria com os arreios, para os quais se obtém informação praticamente exaustiva.

O rei D. João I entendia que o "jogo de andar ao monte (*i.e.*, caçar a cavalo) guarda o feito das armas por que se não perca" (*Montaria*, IV), entrando na demonstração de que um monarca ou um senhor feudal práticos na arte da montaria planeavam com maior facilidade um campo de batalha e dirigiam com vantagem uma contenda verdadeira. A tal propósito redigiu uma série de parágrafos sobre a forma de batalhar do seu tempo, de valor inestimável.

Na maioria dos textos em estudo fazem-se referências a cerimônias do culto religioso. No *Leal conselheiro* (caps. XCVI e XCVII), a descrição das práticas é completa, com indicação precisa dos ofícios principais e sua duração: missas cantadas e missas rezadas, vésperas solenes, comuns e rezadas, ofícios do Natal, da Purificação, da 4.ª feira de Cinzas, de Santa Maria, dos Ramos, de Trevas, da Ressurreição, do Pentecostes, em memória da rainha (D. Filipa), de S. Pedro, de St.ª Maria de Agosto, de Todos os Santos, da Noa e do funeral da mesma rainha, todos com as respectivas missas, procissões e cerimônias afins. O quadro completa-se com um regulamento aconselhado para as capelas senhoriais, muito desenvolvido em tudo o

INTRODUÇÃO   XIX

que respeitava à música de canto, incluindo o recrutamento, a educação e a distribuição de moços pequenos pelos vários ofícios. Como comentamos noutra parte (*A sociedade medieval portuguesa*, VII) "ouvir missa era uma das práticas mais comuns do homem da Idade Média. As igrejas, especialmente das cidades, enchiam-se todas as manhãs de uma multidão oriunda das várias classes, se não devota, pelo menos disciplinada no cumprimento de um dever social. Abundavam as festas de igreja e a veneração particular aos santos. Assistia-se à missa em sua honra. Reis e grandes senhores ouviam missa diariamente. Mas raros eram os populares que se limitavam à missa domingueira. Note-se aliás que este uso variou consoante os tempos. Nos meados do século XIV, descurava-se bastante a audiência aos ofícios divinos, ao menos entre a nobreza. O Santo Condestável ouvia duas missas por dia, e três aos sábados e domingos, "de que em Portugal ficou bom exemplo, especialmente aos do Paço que, dante que o ele assim usasse, poucos as ouviam". A rainha Santa Isabel ouvia também diariamente missa oficiada e cantada. Do "Regimento" da capela real ordenado por D. Duarte, conclui-se que o rei ouvia missa todos os dias. Uma das obrigações dos moços da capela consistia exatamente em perguntar ao senhor, cada noite, onde e a que horas desejava ouvir a missa no dia seguinte. A duração das missas variava muito. No mínimo, contava-se com meia hora para uma missa rezada. Mas eram freqüentíssimas as missas cantadas, que não duravam menos de uma hora. Excluía-se, claro está, a prédica. Causa admiração o tempo que nobres e populares passavam na igreja, durante o ano. Não espanta que uma rainha, como D. Filipa de Lencastre, nos últimos anos de vida estivesse na capela ou na igreja a mor parte das horas do dia, "cá tanto que era manhã, logo se ia à igreja, onde estava até o meio dia, e tanto que comia e filhava um pouco repouso, logo tornava a sua oração". "A maior parte da sua ocupação era em rezar, e todolos dias rezava as horas canónicas segundo o costume de Salisbury, e as horas de Nossa Senhora, e dos mortos, e os sete salmos com outras muitas devoções; e muitas vezes rezava o saltério todo, e outras horas certas vigílias."

Quase da mesma maneira procedia Santa Isabel e até um Nun'Álvares. Mas um D. Duarte, cujas tarefas profissionais o não poupavam, permitia-se horas e horas de devoção pública durante o ano. Na noite de Natal, no domingo de Ramos e em sábado da Aleluia, contavam-se cinco horas seguidas de ofício divino, com missas, sermão, ofertórios, procissões, ladainhas, horas canônicas etc. Na Purificação, quarta-feira de Trevas, quinta-feira Santa, sexta-feira de Endoenças, domingo de Pentecostes e aniversário da morte de D. Filipa, as cerimônias religiosas iam de três a três horas e meia. Qualquer dos outros ofícios, que fossem além da simples missa rezada, ocupava de uma a duas horas, e não eram coisa rara durante o ano."

Menos individualizada, porque geralmente integrada noutras práticas do quotidiano, também a cultura não estava ausente. Em quase todos os textos considerados ela surgia aqui e além, antevendo-se desde a educação das crianças até aos altos vôos da filosofia. "Os moços de boa linhagem e criados em tal casa que se possa fazer" – da nobreza, entenda-se – "devem ser ensinados logo de começo a ler e a escrever e a falar latim, continuando bons livros per latim e linguagem [*i.e.* português], de bom encaminhamento per vida virtuosa" (*Livro da ensinança*, cap. XV). Muitos contradiziam esta necessidade e este tipo de ensino, em que D. Duarte insistia, visando, como não podia deixar de ser, a salvação das almas. Desses livros passar-se-ia depois para os de "moral filosófica", para os do ensino das artes militares e para as crônicas, leituras muito apropriadas a senhores, cavaleiros e seus filhos, "de que se tiram grandes e bons exemplos e sabedorias que muito prestam, com a graça do Senhor, aos tempos da necessidade". Ao culto do espírito devia harmoniosamente aliar-se o culto do corpo: recomendavam-se cavalgar e lutar, bases de todas as outras "manhas" (= atos de destreza) que cumpriam ao nobre. Nos dois casos havia regras precisas que D. Duarte desenvolvia com o seu habitual rigor. No *Leal conselheiro*, o monarca recomendava sem ambigüidade a leitura nos tempos livres, louvando a escrita de obras de boa qualidade e citando como exemplos, além de ele próprio, seu pai, D. João I, seu irmão, o infante D. Pedro, o rei de

INTRODUÇÃO XXI

Castela, Afonso X e, na Antigüidade, o monarca bíblico, Salomão (cap. XXVII). No mesmo tratado dissertou sobre tradutologia, nomeadamente sobre a correta passagem do Latim ao Português, rejeitando os latinismos e as palavras "desonestas", atendo-se a uma tradução literal e exemplificando com textos de sua autoria, em verso e em prosa (cap. XCIX). O Infante D. Pedro, no *Livro da virtuosa benfeitoria*, insistiu na importância do conhecimento para o bom governo de qualquer país, não se esquecendo de indicar duas das melhores universidades do tempo – Paris e Oxford – e a sua regulamentação em matéria de colégios e de educação da juventude.

Gêneros da cultura professada na época surgem também no *Leal conselheiro* (XCVI, CI e CII) – teoria e prática de música sacra e regras práticas de astronomia – no *Livro da montaria* (*passim*) – zoologia e veterinária aplicada a cães, cervos e javalis – (VII) – medicina – (XVIII) – astronomia e astrologia.

Ficou famosa a referência que o autor – aparentemente pouco sensível à música "clássica" dos seus dias – fez ao compositor trecentista Guillaume de Machaut, comparando as suas composições com a corrida dos cães de caça e os ruídos inerentes ou circundantes: "cá podemos dizer muito bem, que Guilherme de Machado não fez tão famosa concordância de melodia, nem que tão bem pareça, como a fazem os cães quando bem correm. Ainda mais o tanger das buzinas e o falar dos moços quando falam aos cães, de mais quando dizem *ei-lo-vai, ei-lo-vai* [...] (cap. III).

No *Bosco deleitoso* referem-se filósofos e poetas filósofos, "aqueles verdadeiros, que sempre foram poucos", criticando-se o ensino da filosofia do tempo e ridicularizando-se a má poesia "de vaidades e de chufas". Na própria *Corte imperial*, a forma em diálogo, implicando métodos e conteúdos verbais e sintáticos de uma discussão da época, mostra-se extremamente rica para a história das mentalidades, ainda hoje muito atrasada em vários dos seus aspectos práticos.

Note-se, enfim, que toda a história antiga – eivada de conceitos mitológicos – e eclesiástica perpassa pelos textos trecentistas e quatrocentistas, dando-nos conta do que era familiar a um intelectual ou, simplesmente, a um homem culto do tempo.

Mas é a vida quotidiana, tão difícil de captar na Idade Média portuguesa, que se desvenda com maior abundância nas obras moralistas de que estamos tratando. Quase toda a temática de base mostra-se aí presente, desde a alimentação aos afetos do dia-a-dia. Veja-se, por exemplo, para aquela, o "regimento do estômago", capítulo C e um dos últimos no *Leal conselheiro*. Visando a boa saúde do corpo e, por via dela, a do próprio espírito, são-nos apresentadas as regras de uma alimentação moderada, que incluem horários e números de refeições, comidas e bebidas de mais fácil digestão e qualidade, quantidades a ingerir e assim por diante. No *Livro da virtuosa benfeitoria* (II, XXIX) mencionam-se baixelas de vidro, oriundas do Norte de África, consideradas mais próprias para os calores do Verão do que as habituais, de metal (?).

O vestuário é descrito com grande pormenor em várias obras que entre si se completam, permitindo uma idéia assaz correta dos modos de trajar na primeira metade do séc. XV. Confrontem-se capítulos como I, III e o III, II do *Livro da montaria*, com o III, XVIII e o V, V do *Livro da ensinança* e ter-se-á uma visão de conjunto dos trajes usados, desde a cobertura dos pés à da cabeça, com referência a nomes, formas, tecidos, momentos de uso e utilidade prática de cada peça.

A habitação é mais descurada mas, ainda assim, o capítulo LXXXI do *Leal conselheiro* sempre nos dá, a propósito das paixões do coração, as cinco divisões básicas da casa de qualquer nobre: sala, antecâmara, câmara de dormir, trescâmara e oratório. No *Bosco deleitoso* exaltam-se as hortas-jardins e o verde dos bosques, prados e ribeiras como alternativa ao viver "urbano". E no *Orto do esposo* deleitamo-nos com as "ervas e árvores e frutos e flores e espécies de muitas maneiras" que descreviam os aprazíveis jardins da época.

Os divertimentos surgem em grande número nos textos de D. João I e de D. Duarte. O capítulo II do *Livro da montaria* contém uma descrição muito completa dos vários jogos e distrações praticados ao tempo: o xadrez, as távolas, a péla, as "ligeirices", os saltos, os jogos braceiros, a dança, a música instrumental e o canto, cada um deles apreciado na sua utilidade e conveniência. Os capítulos II e seguintes da 1.ª parte do *Livro da ensinança* acrescentam-lhes outras atividades lúdicas, como justar, tornear, jogar as canas, reger e arremessar a lança, lançar a barra e saltar a pés juntos. Não esgotariam estes jogos o universo das práticas lúdicas e desportivas, já que estão omitidos os jogos das crianças, os divertimentos femininos e os pecaminosos jogos de tavolagem – dados e cartas, por exemplo – mencionados noutras fontes. Também não se fala de touradas, talvez demasiado populares, nem de momos, nem das incipientes artes teatrais, já muito praticadas ao tempo. Mas eram divertimentos pouco distintos, menos viris e nada "úteis" para as artes violentas que D. João I e D. Duarte preferiam.

O afeto e as suas práticas estão amplamente explanados, até porque se ligavam às questões morais e religiosas tão do agrado dos autores. Boa parte do *Leal conselheiro* insistia no amor entre pais e filhos e nas relações entre ambos. A base da teorização afirmava-se ser a experiência vivida no seio da família de Avis. Mesmo descontando o natural exagero, resultado da necessidade de apresentar normas perfeitas de moral e de conduta, ainda assim nos fica matéria suficiente para algumas conclusões. Os fatos narrados reportam-se aparentemente ao período posterior à morte da rainha D. Filipa (1415). Os infantes haviam já passado a adolescência: D. Duarte tinha 24 anos, D. Pedro 23 e D. Henrique 21. É verdade que os mais pequenos, D. João e D. Fernando, não iam além dos 15 e dos 13 anos. Mas o capítulo eduardino não parece referir-se-lhes. E sobre D. Isabel, à data com 18 anos, o silêncio é completo.

Embora homens feitos, a conduta que aparentavam para com o pai seria antes própria de moços menos do que adolescentes. Respeito e veneração absolutos, até ao ponto de se recusarem a transparência da própria personalidade. "Nas coisas que falávamos ou tratávamos com ele, não queríamos levar nossa tenção em diante, mas todo nosso desejo e prazer lhe declarávamos, oferecendo-nos a sem empacho receber sua determinação." Mesmo em folguedos e em caçadas se exaltavam a humildade e a submissão do prazer – bem natural da idade – em face do maior prazer do pai: "Em monte e caça, quando com o dito senhor éramos, das folganças que em ele costumávamos de haver fazíamos pequena conta, por a sua sempre ser acrescentada, sentindo mais um seu pequeno desprazer que perda de todas veações ou desaviamento de toda montaria." Nunca se aborreciam com a conversa do pai nem teimavam com ele, "e se algum falamento havíamos em que o nosso juízo e parecer do seu desvairasse, posto que depois nossa tenção achássemos certa e mais provada, jamais nunca lhe referíamos, antes se ele nos tornava dizer que era melhor, com humildade recebíamos seu dito". Sempre o louvavam e lhe obedeciam, dizendo em tudo a verdade. Procuravam atuar segundo seus desejos e jamais revelar descontentamento "por coisa que ele fizesse contra nosso prazer e vontade". Esta submissão feudal, bem característica da época e próxima dos ideais de devoção de pessoa a pessoa, recebia a sua contrapartida no "senhor" justo, reto e afável: "do dito senhor rei, desde a idade que nos bem acordamos, nunca em sanha houvemos ferida, nem recebemos má palavra, nem sentimos que algum dia éramos fora do seu amor e boa graça, mas recebíamos dele muitas mercês e grande honra até fim de seus mui honrados dias".

Um tal ambiente de concórdia e de amizade estendia-se às relações entre irmãos. Ausência de inveja, de "desordenada cobiça", de avareza, desejo ou sobranceria. Em jogos, discussões e opiniões procuravam nunca se levantar contra os outros.

Realidade objetiva de uma família modelar? Neblina de recordações? Ou antes hipocrisia necessária para morigeração dos súditos, para "dar o exemplo" de que a época tanto carecia? O próprio D. Duarte teve a consciência do extraordinário dos fatos que narrava e do pouco crédito que eles poderiam merecer. "Isto me parece – dizia – que deve ser mostrado a poucas e certas pessoas, ca se o virem os que são fora de tal propósito e prática, mais quererão pasmar e contradizer-me, que filhar delo pera senhor ou amigos proveitosa ensinança."

No *Leal conselheiro*, o mesmo D. Duarte procurou teorizar o amor, conceito geral que, segundo ele, englobava quatro estados diferentes de afeto: benquerença, desejo de bem fazer, amores e amizade. Por benquerença designava-se um vago sentimento de fraternidade, o "geral nome que a todas pessoas que mal não queremos podemos bem dizer que lhes queremos bem". Desejo de bem fazer, "já mais especial", sentia-se em regra para com os chegados e só muitos poucos "têm tal vontade a todos". Amores correspondiam ao que vulgarmente chamamos hoje amor: "principalmente se deseja sobre todos ser amado, haver e lograr sempre mui chegada afeição com quem assim ama. E muitas vezes, como cego ou forçado, não cura de seu bem, nem teme o mal". Mas houvesse moderação: "Os amores em todo caso hajamos por duvidosos se tanto crescem que ceguem ou forcem". Sempre que a paixão perturbasse a razão, rejeitasse-se o amor "porque, se deixarmos de nos reger per direita razão e bom entender, que valemos?". Embora D. Duarte reconhecesse a virtude do amor como meio de purificação, em especial entre a juventude, para contrariar a depravação corrente dos meios aristocráticos, condenava-o todavia por obstar a uma autêntica vida cristã: "É verdade que fazem [os amores] gente manceba melhor se trazer e precalçar algumas manhas costumadas nas casas dos senhores, mas por o perigo que muitas vezes deles se recresce, convém muito dessa prisão se guardarem os que virtuosamente desejam viver".

Finalmente, a amizade, que o monarca considerava o estado afetivo verdadeiramente superior e modelar. A amizade participava dos três outros estados mas diferia de todos eles, colhendo-lhes os proveitos e evitando-lhes os inconvenientes "tem [o amigo] a vantagem dos primeiros [benquerença e desejo de bem fazer], porque mui especial bem quer ao amigo, e assim deseja de lho fazer como para si mesmo o queria. Dos amores desvaira porque amam [os amigos] principalmente regidos por o entender, e dos outros [benquerença e desejo de bem fazer] por movimento do coração. O desejo de ser amado ainda não concorda com amigos, porque sempre pensam que o são, ca doutra guisa não se teriam em tal conta, dos quais se diz que são outro eu". Longe de se acharem apaixonados "afeição não desejam assim rijo e continuadamente achegada como namorados, nem a tal fim, porque o amigo, quando cumpre de se partir, ainda que dele sinta saudade, seguramente e bem o suporta". Era amizade o que se sentia para com os pais e para com os irmãos.

Entre os esposos, o ideal afetivo devia achar-se perfeitamente atingido, com a participação dos quatro estados do amor. "Não sendo assim, não chegam a seu perfeito estado", sentenciava D. Duarte. Mas acrescentava logo: "Vindo alguns a tal estado [casamento], sentirão como se amam perfeitamente per todas quatro maneiras de amar, ao qual penso que poucos são dispostos a vir per míngua de virtudes, saber ou boa vontade que há em cada uma das partes...". Descrendo tristemente da realização, pela generalidade, do ideal do casamento, apreendia o monarca com lucidez as transformações morais do seu século. É verdade que se apressava a corrigir o ceticismo manifestado, não fora alguém supor que na família real ou na corte reinavam a discórdia ou a indiferença. "Aqueles que a tal chegassem [casamento afetivamente perfeito] conhecerão bem quanto verdadeiramente escrevo desta ciência, *graças a Nosso Senhor per nós bem praticada.*" E, mais adiante, com a mesma preocupação moralizadora de defesa das aparências: "pois ao presente eu não sei nem ouço mulher de cavaleiro nem outro homem de boa conta em todos meus reinos que haja fama contrária à sua honra em guarda de lealdade. E passaram de cem mulheres que El-Rei e a Rainha, meus senhores Padre e Madre, cujas almas Deus haja, e nós casámos de nossas casas, e prouve a nosso Senhor Deus que eu saiba, nunca faleceu em tal erro desde que foi casada".

Poder-se-ia ir além. Os textos moralistas da Baixa Idade Média, malgrado os seus objetivos e conteúdos predominantemente diferentes, são repositórios preciosos de fontes históricas. A partir deles – portugueses e não portugueses – reconstitui-se o pulsar de uma sociedade. Constituem bases de um estudo ainda longe de completo e de comparado com a história erguida sobre outros alicerces. Compensa, sem dúvida, a sua utilização exaustiva.

A. H. DE OLIVEIRA MARQUES

PRIMEIRA PARTE
Educando o espírito

As reais cortes da *Corte enperial*

Por
Michel Sleiman
Universidade de São Paulo

*À memória, toda-lume,
de Fabiana Moro*

Michel Sleiman é mestre em Literatura Espanhola e Hispano-Americana pela Universidade de São Paulo, onde prepara tese de doutorado sobre poética medieval andaluza. Publicou *A poesia árabe-andaluza: Ibn Quzman de Córdova* (Perspectiva, 2000).

Não há novidade depois de vossa Lei,
a não ser algumas coisas particulares do Paraíso e do Inferno,
e suas qualidades e duplicação e multiplicação de palavras.

Yehudá Halevi, *El Cuzari*

1. Alegoria

O livro começa com a anunciação de umas cortes reais feitas pelo Celestial Imperador num grande campo, que é uma concreção dos céus na terra. Forrado de seda azul cravejada com muitas estrelas douradas e coberto com o verde e as flores de diversa coloração e aromas, o campo se apresenta cercado de árvores carregadas com frutos variados de muitos sabores; por todos os lados, uma água limpa se faz brotar de fontes claras, enquanto panos lavrados enfeitam o espaço circundante. No meio de tudo, as cortes reais: a corte do Celestial Imperador, a corte da eternamente esposada Igreja Triunfante e a corte da outra rainha, a Igreja Militante, esposa de Deus no plano terreno. Juntas, as três cortes reais formam a corte imperial, que dará nome ao livro.

A corte do império divino é uma corte plural, união das três cortes reais. Porque cada qual representa uma ponta angular da tríade divina, nenhuma em particular se concebe sem as demais – como Deus Uno, Imperador em Três Realezas, definido em Pai (sendo Filho e Espírito Santo), em Filho (sendo Espírito Santo e Pai), em Espírito Santo (sendo Pai e Filho). Assim são as "reais cortes" da *Corte enperial*.

2. Conjeturas

O anônimo livro da *Corte enperial* sobreviveu até nosso tempo graças a um único manuscrito, presente hoje na Biblioteca Pública Municipal do Porto[1]. De datação incerta, a época aproximada de sua redação pôde ser explicada pela língua, a caligrafia e os dados relacionados ao possuidor do manuscrito, bem como pelas datas relacionadas às fontes das quais a obra na certa se valeu.

O autor da recentíssima edição da CE, Adelino de Almeida Calado, da Universidade de Aveiro, baseado no arcaísmo lingüístico do texto e na letra gótica do manuscrito, concluiu pelo século XIV como o tempo da redação portuguesa do livro e, pelos meados do século XV, o tempo da realização da cópia de que dispomos[2]. Certamente houve outra, mais antiga em algumas décadas, que pertenceu ao rei D. Duarte, morto em 1438, como o dá a conhecer a lista de "lyuros que el rey tinha asy de latim como lingoajem", presente no *Livro da Cartuxa* do famoso governante[3], mas se perdeu. Por sua vez, as datas sugeridas por Calado concordam com o tempo de vida do possuidor da cópia sobrevivente: "Este livro he chamado *Corte enperial*, o qual livro he d. Afonso Vaasquez de Calvos, morador na çidade do Porto" (p. 3)[4]. Segundo os *Nobiliários*, Afonso Vas-

---

1. O códice tem nº 803. Após 1834, o manuscrito foi para aí levado da livraria do Mosteiro de Santa Cruz de Coimbra. Cf. PONTES, José Maria da Cruz, Corte Enperial (Livro da). In: ENCICLOPÉDIA Verbo das literaturas de língua portuguesa. Lisboa: Verbo, 1995, v. 1, pp. 1307-8.
2. Cf. CORTE Enperial. Ed. interpretativa e introd. de Adelino de Almeida Calado. Aveiro: Universidade de Aveiro, 2000. pp. xi-ii. Todas as citações da CE remetem a essa edição. O segundo termo do título do livro também aparece grafado como *Enperiall* e *Inperial*. Calado optou pela lição *Enperial*, de aparição mais freqüente, endossada pelas derivações *enperador* e *enperio*. Cf. p. xiii.
3. A referência a essa cópia do livro da CE se acha no fólio 214 do "Manuscrito da Livraria", que leva o nº 1928 do Arquivo Nacional da Torre do Tombo, esse que é o manuscrito do *Livro da Cartuxa*, como é mais conhecido o *Livro dos conselhos de El-Rei D. Duarte*. Ver a edição diplomática, com transcrição de João José Alves Dias, editada em Lisboa, pela Editorial Estampa, em 1982. p. xiii, 4 e 206-8. Segundo o editor, a relação dos livros eduardinos é datável de 1433-38.
4. Todas as referências ao texto da CE se dão no corpo do texto, indicando-se as páginas respectivas entre parênteses.

ques "foi criado do Duque de Bragança em 1442 e, em 1454 lhe alcançou o Duque de el rei o isental-o com privilegio de não ser vereador, nem ter algum officio da cidade"[5]. Em torno dessa época, o possuidor do manuscrito teria mandado executar a cópia para uso pessoal, como o sugerem as primeiras palavras da CE atrás mencionadas. De outra perspectiva, a composição do livro não poderia ser muito anterior a 1340, já que, naquele ano, morria Nicolau de Lira (1270-1340), autor de pelo menos duas das fontes importantes da obra anônima[6].

Se as datações da redação portuguesa e da cópia parecem em parte resolvidas, continua em aberto a questão da autoria, imbricada na da língua do texto original. No prólogo ao livro, o autor procede a duas declarações sobre o estatuto de seu fazer: a de realizar uma tradução ("dizeres [...] declaradas de latim em linguagem purtugues") e a de "nom [ser] como autor e achador das cousas em elle contheudas, mais como simprez ajuntador dellas em hũu vellume" (pp. 9, 11). Por conseguinte, o texto português que serviu de base para as cópias de D. Duarte e Afonso Vasques de Calvos, desde sua origem, se desenha a partir de perspectiva bifronte: a tradução e a compilação, pois, confrontada a arquitetura do texto português com a das fontes, nas mais das vezes latinas, o resultado é o rearranjo dos trechos tirados às fontes segundo estrutura própria, original em vários aspectos e só presente, até onde se sabe, no livro da CE[7].

No entanto, a escrita desse livro guarda vestígios de um terceiro idioma[8]. Supõem alguns estudiosos que o autor português partiu não do Latim, como reza o prólogo, mas de textos

---

5. Nas palavras de BRAGA, Teophilo. *Manual da história da litteratura portugueza*. Porto: Chardron, 1875, p. 173.
6. Ver adiante o levantamento das fontes.
7. O cotejo do texto da CE com os textos das fontes pode ser feito a partir de PONTES, José Maria da Cruz. Estudo para uma edição crítica do livro da "Corte Enperial". *Biblos*, Coimbra, v. 32, 1956, pp. 161-400.
8. Nomeadamente, *qui*, por *que*; *neçessidat*, cuja terminação em "t" é própria do catalão; o "gn" em *magneiras*, o plural *gentis* por *gentios*. Cf. SARAIVA, António José. *O crepúsculo da Idade Média em Portugal*. Lisboa: Gradiva, 1996. Partes 1 e 2. Cap. 51: A *Corte Imperial*: p. 144, nota 200. O professor Calado considera o *qui* (*quy*) um vestígio do latim. Op. cit., p. xvii.

catalães, ou até mesmo de um corpo textual previamente compilado nessa língua[9]. Não obstante, tais vestígios podem ser de interferências do idioma atribuíveis a um bilingüismo do autor português, familiarizado com a língua catalã e os escritos do famoso filósofo Raimundo Lúlio (1235-1315), cujo pensamento, plasmado quase que na íntegra da CE, parece ter recebido singular acolhida no Portugal de entre finais do século XIV e primórdios do XVI[10].

O livro da CE é, antes de tudo, uma apologia do Catolicismo, em que é disputada a fé cristã com os gentios, os cristãos cismáticos, os judeus e os mouros. Quer provar, diz o autor no prefácio, "a essencia de Deus e da Trindade e da encarnaçom divinal" (p. 9). Partindo da perspectiva da teologia, ele pretende levar o infiel ao entendimento ("alumiamento") da fé, pelo uso de "razões evidentes e neçesarias". Essa disputa a favor do Cristianismo manifesta um fim prático: argumenta para convencer; convence para converter.

Polêmico, apologético, adotando a forma do diálogo argumentativo, o livro é considerado o mais antigo texto teológico-filosófico de nosso idioma e, no tocante à disputa religiosa, chega a constituir um caso isolado da literatura escrita em língua portuguesa[11]. Não obstante, a composição do livro no final do século XIV e sua difusão comprovada até pelo menos o ano de 1507, quando, por indicação testamentária da Infanta D. Beatriz, uma cópia dele passa para o vigário e os frades do Mosteiro de Santo Antônio de Beja[12], podem dar-nos idéia do

---

9. É a tese pela qual se inclina Calado em CORTE, op. cit. p. ix, com base em SIDARUS, Adel. *Le Livro da Corte Enperial entre l'apologétique lulliene et l'expansion catalane au XIV siècle*. Turnhout: Brepols, 1994 (Sep. de *Actes du Colloque international de San Lorenzo de El Escorial*, 1991), pp. 131-72.

10. Cf. PONTES, J. Raimundo Lulo e o lulismo medieval português. *Biblos*, Coimbra, v. 62, 1986, pp. 51-76.

11. Reproduzimos as palavras do editor da CE, p. ix. Essa é forte razão para se pensar o texto da CE como tradução de um original estrangeiro. Cf. SIDARUS, op. cit.

12. Notícia presente no *Arquivo Histórico Português*, apud PONTES, Estudo..., op. cit., p. 1, notas 1 e 2.

enquadramento de seus propósitos de conversão nos do Portugal daquela época, lançado ao Atlântico africano e às voltas, portanto, com as atividades missionárias.

A disputa religiosa contra o infiel, com apoio de *razões evidentes e necessárias*, conforme preconiza a CE, consiste também na mesma forma adotada por Raimundo Lúlio nas suas andanças por Ásia, África e Europa, em semelhante afã de converter cismáticos e infiéis para o Catolicismo romano[13]. "Doctor Illuminatus", os escritos desse catalão da Ilha de Maiorca parecem ter chegado a Portugal e ali criado escola[14]. Alguns manuscritos de sua obra figuram em dois importantes centros da cultura portuguesa medieval: a Abadia Cisterciense de Alcobaça e o Mosteiro dos Cônegos Regrantes de Santa Cruz de Coimbra, em códices hoje presentes na Biblioteca Nacional de Lisboa e na Biblioteca Pública Municipal do Porto[15]. Logo após sua morte martirizada[16], escolas de "arte luliana" foram fundadas em Valência e Barce-

---

13. Para uma apreciação da vida e do pensamento de Raimundo Lúlio, cf. o estudo fundamental de LLINARES, Armand. *Raymond Lulle. Philosophe de l'action*. Grenoble: Allier, 1963.

14. Sobre o lulismo em portugal, cf. CAEIRO, Francisco da Gama. Dom Duarte à luz da cultura portuguesa. *Revista Portuguesa de Filosofia*, Braga, t. 47, f. 3, jul-set, 1991. pp. 407-24; SARAIVA, op. cit., Cap. 50: Raimundo Lúlio em Portugal: pp. 138-41; MARTINS, Abílio. A filosofia de Raimundo Lulo na literatura portuguesa medieval. *Brotéria*, Lisboa, v. 34, f. 5, maio 1942, pp. 473-82.

15. O códice alcobacense CCCLXXXV/203, presente na Biblioteca Nacional de Lisboa, foi descrito no *Inventário dos Códices Alcobacenses* organizado por Ataíde e Melo e publicado pela Biblioteca Nacional de Lisboa, t. 3. Lisboa, 1930. p. 166. As obras lulianas são estas: *Compendium artis demonstrativae, Liber de natura, Liber propsitionum super artem demonstrativam, Ars inventiva veritatis*. O outro códice, da Biblioteca Pública Municipal do Porto, foi descrito pelo bibliotecário D. José da Ave-Maria nos finais do século XIX e publicado por A. G. da Rocha Madahil. Faz parte do códice, outrora presente no Mosteiro de Coimbra, entre outras obras lulianas, o comentário da *Ars demonstrativa*, o *Compendiam artis demonstrativae*. Cf. PONTES, Raimundo Lulo... op. cit., p. 57, nota 14.

16. Morreria em Palma de Maiorca, alguns dias, ou meses, após ter sido apedrejado pelas populações tunisianas, como conseqüência de uma acalorada pregação pública. A morte deve ter ocorrido entre dezembro de 1315 e março de 1316. Cf. as conclusões de LLINARES, op. cit., pp. 126-7.

lona. Na Lisboa de 1431, sabe-se que existiu um "Adriam, mestre darte de Reymondo"[17], e é a uns "reymonistas" que D. Duarte se refere no *Leal conselheiro*, além de tomar a obra do beato de Maiorca como fonte de dois capítulos de seu famoso livro[18]. O relacionamento de Portugal com Raimundo Lúlio e com suas idéias filosófico-missionárias pode remontar aos tempos em que o maiorquino ainda era vivo. Foi João XXI – Pedro Hispano –, o papa português conhecido por difundir a ciência aviceniana, que autorizou o catalão a fundar o Mosteiro de Miramar na Ilha de Maiorca[19], para ensinar os missionários a língua árabe, que os instrumentaria na arte da conversão dos infiéis em terras de Europa e África[20]. A dialética da argumentação luliana, ilustrada desde os primeiros escritos do filósofo, e a retórica pacifista de seus opúsculos, muitas vezes calcados em episódios de disputas reais com judeus, muçulmanos e cismáticos, parecem ter servido como modelo aos "principais criadores da mística dos Descobrimentos"[21], os francisca-

---

17. Este "Adriam, mestre darte de Reymondo" aparece como testemunha, em assinatura, junto a "Gomes Paes, mestre de lógica". Cf. SOUSA VITERBO, R. Lulio, apud PONTES, id. O documento público em que se lê a assinatura de Adriam está no Arquivo Nacional da Torre do Tombo, Coleção Especial, Caixa 142.
18. Cf. PONTES, ibid., pp. 59-61. Segundo o autor, um mesmo escrito luliano, a *Disputatio Raymundi Christiani et Hamar Saraceni*, que serviu de fonte para o autor da CE, pode ter inspirado o rei nas suas definições das "virtudes", "pecados" e "prudência".
19. A construção do mosteiro foi autorizada pelo imperador Jaime II e sua fundação, permitida pela bula pontifícial, foi reproduzida por A.-R. Pasqual, em *Vida del beato R. L. mártir y Doctor Iluminado*, Palma, 1891, 2 v., v. 1, pp. 222-4 e por A. Rubió y Lluch, nos *Documents per l'història de la cultura catalana migeval*. Barcelona, 1908-21, 2 v., v. 1, pp. 4-5, apud LLINARES, op. cit., p. 96.
20. "Sub eodem tempore impetravit etiam Raymundus a predicto rege Miaorcarum unum monasterium construi in regno suo et possessionibus dotari sufficientibus, *ac in eodem tresdecim Fratres Minores institui, qui linguam ibidem discerent arabicum pro convertendis infidelibus*" (grifo nosso). Cf. GAIFFIER, B. de. *Analecta Boll.* apud LLINARES, op. cit., p. 96, nota 100. Esta biografia foi ditada por Lúlio a seu fiel discípulo Thomás le Myésier.
21. CORTESÃO, Jaime. O franciscanismo e a mística dos Descobrimentos. In: *Revista de las Españas*, jan.-fev. de 1932 e reprod. em *Seara nova*, de 2-06-1932, apud. CAEIRO, op. cit., p. 417. Cf., também, CORTESÃO, Jaime. *Obras completas. História da expansão portuguesa*. Lisboa: Imprensa Nacional-Casa da Moeda, 1993, v. 4. Parte I: Gênese e período henriquino.

nos cada vez mais numerosos e influentes no Portugal de Trezentos a Quinhentos[22].

De modo que não é necessário que a CE tenha sido adaptada a partir de escritos catalães, como sustenta Adel Sidarus em instigante artigo[23], uma vez que o prólogo os afirma latinos, nem mesmo que o autor do ajuntamento das fontes diversas, dentre as quais predominam quatro das obras de Raimundo Lúlio, estivesse em outras terras que não as lusitanas. Pode bem ter sido um lulista português ou um catalão residente em Portugal, conhecedor a fundo da obra latina de seu mentor político, religioso e intelectual[24]. Se é verdade que a obra se presta bem aos propósitos da expansão catalã dos Trezentos[25], não é ela menos conforme aos do Portugal de Quatrocentos, cuja mentalidade expansionista e missionária é gestada precisamente nos finais do século precedente. É em Portugal que a obra, sabe-se, existiu e teve várias cópias, levadas, muito possivelmente, pelos missionários às terras asiáticas e africanas[26],

---

22. Sobre a presença dos franciscanos em Portugal, cf. MARQUES, A. H. de Oliveira. Portugal na crise dos séculos XIV e XV. In: _____, SERRÃO, Joel (Dir.). *Nova história de Portugal*. Lisboa: Presença, 1987, v. 4, pp. 379-88; SARAIVA, op. cit., pp. 73-86.

23. SIDARUS, op. cit., com base em dados tirados ao contexto histórico, lingüístico, literário e sociocultural que concernem, em especial, ao quadro cênico da CE, defende a tese da existência de um prévio escrito catalão que teria servido ao anônimo da CE. À parte o interesse das proposições do autor, as conjeturas suscitadas por ele ainda clamam por comprovação, sobretudo no tocante, a nosso ver, à realização lingüística do texto, que dista de ser conhecida no estágio atual dos estudos relacionados ao idioma português de Trezentos.

24. O índice percentual dos vestígios do catalão no texto da CE ainda não é conhecido, nem podemos, por ora, atribuir às marcas catalãs outro significado mais que o de flagrante bilingüismo da parte do anônimo português. Contudo, não se descarta a possibilidade de alguma fonte catalã ter servido de confronto na hora da tradução do texto latino. De nossa parte, por ora, tomamos como verdadeira a afirmação do anônimo no prólogo de ser ele compilador e tradutor de textos expressamente latinos.

25. Na verdade, particularmente na segunda metade do século XIV, Catalunha, Aragão, Castela e Portugal, no que respeita à expansão econômica e à técnica comercial e náutica, ocupam um mesmo patamar. Cf. CORTESÃO, J. *Obras completas*, op. cit., pp. 20-25.

26. Referimo-nos à tese do rei Manuel II quanto à finalidade que teve a impressão de livros tais como o livro de *Vita Christi* e a *Legenda dos Santos Márti-*

bem como é possível constatar, também no extremo ocidente ibérico de entre os séculos XIV e XV, a existência de uma expressão ético-religiosa que, no conjunto, ganhou foros literários orgânicos[27].

A apologia dialogada, forma característica da CE, especialmente a *disputatio* em clima ordeiro e pacífico, é conhecida do Cristianismo desde seus primórdios[28]. Com a CE a apologia aprimora-se, favorecida que estava por circunstâncias religiosas e sociopolíticas que singularizavam a Península Ibérica em relação a outros cantos do mundo cristão: a Reconquista ibérica requeria uma política de conversão efetiva das massas infiéis[29]. A união dos propósitos lulianos e franciscanistas engendrou o surgimento de um texto que testemunha a problemática da conversão das massas, de diversa orientação vocacional: judeus, gentios, cristãos cismáticos, muçulmanos tinham de ser tratados na mesma instância do ato missionário e catequético. De fato, a CE, ladeada por algumas obras de Lúlio, particularmente o *Livro do gentio e dos três sábios*, é dos poucos textos dialogados que, literários na efabulação e filosóficos na argumentação dialética, levam em conta tão variados credos na tessitura de sua apologia ao Catolicismo. Pelo mesmo horizonte multi-religioso que tem em vista, a obra não deixa de ressoar as preocupações de um Pedro Afonso, converso de Huesca do século XII, que, no *Diálogo* apologético com os

---

res, que teriam sido enviados para as missões da África e da Ásia para a catequese e erradicação do paganismo dos conquistados, razão por que rarearam os exemplares legados. PONTES, Raimundo Lulo..., op. cit., pp. 75-6, considera a mesma situação para o caso da CE.

27. Citem-se obras de conotação místico-religiosa, semelhantes, em certo aspecto, à CE, como o *Castelo perigoso* e o *Orto do Esposo*, ou mesmo o *Boosco deleitoso*, as *Laudes e cantigas espirituais*, de Mestre André. Cf. SARAIVA, op. cit., e os diferentes capítulos de MARTINS, Mário. *Estudos de literatura medieval*. Braga: Cruz, 1956.

28. Para o teor dessa literatura, cf. PONTES, Estudo..., op. cit., pp. 7-76.

29. Para a *disputatio* em idioma castelhano, embora de orientação não-apologética, cf. TORREJÓN, José Miguel Martínez. Debate y disputa en los siglos XIII y XIV castellanos. *Actas del V Congreso de la Asociación Hispánica de Literatura Medieval*. Granada, 1995, v. 3, pp. 275-86.

judeus, também inclui os muçulmanos, ou de um São Tomás de Aquino (século XIII) da *Summa contra gentes*, destinado a convencer generalizadamente os não-cristãos. Por uma e outra razão, a obra deve vários de seus procedimentos à literatura precedente e contemporânea, desde a recorrência às fontes, compiladas e traduzidas, até a elaboração de um cenário em que a alegoria atende aos objetivos da conversão. Um e outro detalhe da CE chamaram a atenção dos estudiosos de nosso tempo.

3. Notícias bibliográficas

Em 1840, tendo examinado os manuscritos da Biblioteca Pública da Cidade do Porto e referindo-se à coleção particular do rei D. Duarte, Alexandre Herculano dá a conhecer, nestas breves palavras, o teor da CE: "O livro da côrte imperial prova que naquela epocha se tractavam em vulgar as arduas materias de theologia polemica."[30]

Anos depois, em 1875, Teófilo Braga revela o horizonte muçulmano abarcado pela CE, anunciando ser possível "saber [com a obra] o estado do conhecimento dos livros arabes em Portugal em uma epoca em que nos paizes mais civilizados da Europa era ignorado"[31]. O professor da Universidade do Porto revela ainda o nome de Afonso Vasques de Calvos, o possuidor do manuscrito, não sem ensaiar a equivocada tese de ser o rei D. João I o autor do escrito anônimo, lendo "eu pecador *iohan* do começo este livro"[32] a passagem que Carolina Mi-

---

30. HERCULANO, Alexandre. *Opúsculos*. Lisboa: Antiga Casa Bertrand, 1907, v. 9. Novelas de cavallaria portuguesas: pp. 104-5. O capítulo consultado apareceu, originalmente, em *Panorama*, v. 4, n. 140, 4 de janeiro de 1840. A lista dos livros do monarca era conhecida do público leitor desde 1739, nas *Provas da História Genealógica da Casa Real Portuguesa*, publicadas, em Lisboa, por D. António Caetano de Sousa.
31. BRAGA, op. cit., p. 174. Hoje é mais aceita a tese de que os ditos livros árabes tivessem sido tomados pelo autor da CE em traduções latinas.
32. Id., p. 173.

chaëlis de Vasconcellos corrigiria, em 1897, para "eu pecador *confiando* começo este livro"³³.

Por sua vez, nesse mesmo estudo, a filóloga da Universidade de Coimbra, intuindo possíveis perspectivas lulianas na obra, dá início à investigação das fontes, culminada, em 1956, com o fundamental "Estudo para uma edição crítica do livro da 'Corte enperial', de José Maria da Cruz Pontes, da mesma Universidade, passando pelas rápidas e nem por isso menos luminosas contribuições do jesuíta Abílio Martins³⁴.

A essas alturas, em 1910, José Pereira de Sampaio, diretor da Real Biblioteca Pública Municipal do Porto, tinha inaugurado a "Collecção de manuscriptos" com a publicação do *Livro da corte imperial*³⁵. Esta primeira edição da CE, no entanto, manteve inalterados os problemas presentes na cópia manuscrita. Trechos saltados e erros ortográficos, atribuíveis tanto à distração como à ligeireza do copista, mantiveram-se na edição de Sampaio Bruno, quando não se somaram a outros erros de transcrição do editor, dentre inúmeras infidelidades paleográficas que acabavam por dificultar a leitura e a correta compreensão do livro. Enquanto nosso século via somarem-se os estudos das obras medievais contemporâneas à CE, tais como as dos Príncipes de Avis, o escrito anônimo, corroborado por sua situação de anonimato e uma mal disfarçada desconfiança quanto a sua identidade nacional, permanecia à margem dos interesses da crítica.

Com base na edição de 1910, Abílio Martins escreveria, entre 1938 e 1940, três ensaios sobre a relação da CE com as

---

33. VASCONCELLOS, Carolina Michaëlis de. Die Litteraturen der Romanischen Völker. In: GRÖBER, Gustav. *Grundriss der Romanischen Philologie*. Strassburg: Trübner, 1897. 2º. vol., 2ª parte, p. 251, nota 3.
34. O trabalho de J. M. da Cruz Pontes, que vimos citando, de fato confirma em pormenores o que intuíram o jesuíta e Carolina M. de Vasconcellos. Embora não tenha procedido ao cotejo das fontes, foi a professora de Coimbra quem primeiro reconheceu a atmosfera luliana nos conteúdos doutrinais da CE, de que o jesuíta soube apontar algumas das fontes e Cruz Pontes levou a cabo em 1956.
35. O LIVRO da Corte Imperial. Collecção de manuscriptos inéditos agora dados á estampa. Ed. com pref. de José de Pereira Sampaio. Porto: Real Bibliotheca Publica Municipal do Porto, 1910, v. 1.

literaturas árabe e judaica. Demonstrando que o autor da CE conhecia, se não do árabe, ao menos de traduções latinas, o Alcorão e textos importantes de comentadores islâmicos, como *Bucari*; estabelecendo paralelos entre essas versões latinas e a CE, seja pela correspondência verbal quase exata entre os textos, seja pela reprodução do espírito geral da literatura islâmica, o jesuíta conclui seu estudo com palavras reminiscentes de um Teófilo Braga: "O exame da *C.I.* [corte imperial] parece autorizar-nos a afirmar, como coisa certa, que, nos fins da Idade Média, os livros árabes estavam longe de ser desconhecidos em Portugal."[36]

Na relação que estabeleceu entre a obra anônima e a literatura judaica, o padre se deteve em uma página[37] da CE, na qual se citam os nomes hebraicos com que os judeus denominam as partes de sua Bíblia: *Thôrah*, $N^eb\hat{\imath}'im$, $K^ethubim$, além de encontrar referidos, e com conhecimento de causa da parte do autor, o *Talmud* e os *Targumim*. Perguntando-se se o anônimo teria lido diretamente os escritos hebraicos, localizou um paralelo entre essa página e outra de um escrito latino do franciscano, catedrático de Paris, Frei Nicolau de Lira (morto em 1340), que Cruz Pontes confirmaria mais tarde como uma das fontes seguras da CE[38]. Concluiu, finalmente, por indicar o texto latino como fonte intermediária daquela literatura, do mesmo modo como ocorrera com relação à literatura árabe[39].

---

36. MARTINS, Abílio. A literatura árabe e a "Côrte Imperial". *Brotéria*, Lisboa, v. 26, 1938, p. 68.
37. Trata-se da página 40 da edição de Sampaio Bruno, correspondente às páginas 42-43 da edição de Almeida Calado.
38. Cf. id., Literatura judaica e a "Corte Imperial". *Brotéria*, Lisboa, v. 26, 1938, pp. 15-24. O autor se referia ao *Libellus... continens pulcherrimas quaestiones judaicam perfidiam in catholica fide improbantes*. In: *Biblia sacra*, Antuérpia, 1634, v. 1, col. 1695 ss. Cf., também do autor, Toledot Yeshu. *Brotéria*, Lisboa, v. 27, 1939, pp. 577-85, onde o autor alude a outro paralelo com o citado texto hebreu.
39. O autor citou provável afinidade entre uma passagem da CE e outra do escrito luliano intitulado *Disputatio Raymundi Christiani et Hamar Saraceni*, publicado entre as obras de Raimundo Lúlio, t. 4, Mogúncia, 1729. No entanto, não fez o cotejo. Cf. MARTINS, A literatura árabe..., op. cit., p. 66.

Com outro escrito, de 1942, "A filosofia de Raimundo Lulo na literatura portuguesa medieval", Abílio Martins encerra sua contribuição aos estudos da CE[40]. Elenca três das quatro fontes que hoje se reconhecem lulianas[41], motivado por: 1. a referência desencontrada, feita "duma forma um tanto vaga e hipotética" pelo estudioso da cultura portuguesa medieval, Joaquim de Carvalho, ao *Libre del gentil e los tres savis*, do filósofo maiorquino; e 2. "razões de ordem diversa (particularmente, a analogia do estilo e da linguagem) entre os escritos de Lúlio e a CE"[42].

De fato, em ensaio anterior de A. Martins[43], as linhas da CE em que se revelava alguma "originalidade" pareciam conjugar "ritmo" e "melodia", enquanto as truncadas, especialmente as partes mais "filosóficas" do texto, em que se procede à argumentação escolástica, pareciam-lhe "duras". O autor chamava a atenção para a "diversidade", "irregularidade" e "desigualdade" de "estilos" por toda a extensão da obra, diferenças essas que ele agrupou nesta formulação esquemática: "Estilo, em que predominam o equilíbrio, o ritmo, a melodia, denota, de regra geral, dependência única do escritor. Estilo, a que faltam aquelas características, apresenta maiores probabilidades de ter sofrido influxos alheios, quanto à idéia ou quanto à expressão externa."[44]

Ora, o trecho argumentativo tomado pelo jesuíta para demonstração das "influências estranhas" correspondia a uma pas-

---

40. MARTINS, A. A filosofia de Raimundo Lulo na literatura portuguesa medieval. *Brotéria*, Lisboa, v. 34, f. 5, 1942, pp. 473-82.

41. Ver adiante a relação das fontes.

42. MARTINS, A filosofia..., pp. 476-7. Conferimos a menção de Carvalho em CARVALHO, Joaquim de Carvalho. Cultura filosófica e científica. In: DAMIÃO, Peres (Dir.). *História de Portugal*. Barcelos: Portucalense, 1932, v. 4, p. 493. Nessa obra, o autor desenvolve as idéias contidas no artigo de 1928, consultado por Abílio Martins, ao qual infelizmente não tivemos acesso. Vale sublinhar que foi Carolina Michaëlis de Vasconcellos quem pela primeira vez se referiu à dita obra de Raimundo Lúlio. Cf. VASCONCELLOS, op. cit., p. 251, nota 4.

43. MARTINS, A. Originalidade e ritmo na "Côrte Imperial". *Brotéria*, Lisboa, v. 26, 1938, pp. 368-76.

44. Ibid., p. 370.

sagem do *Liber apostrophe*, de Raimundo Lúlio[45]. A coincidência textual, somada ao interesse despertado pela investigação crescente no campo da filosofia portuguesa medieval, confluiu para o estudo de 1942, mencionado acima.

Houve uma mudança de perspectiva: a CE passara a testemunho de "influxos lulianos", ao lado de "influxos franciscanos", medidos, aqui e ali, seja nas passagens em que há "tradução literal" das fontes, seja naquelas argumentativa e dialeticamente "análogas". Nicolau de Lira, para o trato com judeus, e Raimundo Lúlio, para o trato, ademais, com muçulmanos, conferem à CE um quê de militância franciscanista, que modelava certo pragmatismo filosófico no Portugal do final da Idade Média. Para Abílio Martins, a apologia do Catolicismo tecida pela CE coincide com o clima dos Descobrimentos e as primeiras guerras de Portugal no Norte da África, numa clara demonstração de que as idéias de Lúlio deviam casar com o entusiasmo bélico e navegador verificado naquela época[46]. A CE flagrava esse momento histórico. E é nesse contexto dos estudos da CE que a contribuição de José Maria da Cruz Pontes, de 1956, prepara o terreno para uma futura "edição crítica"[47].

O primeiro passo do professor de Coimbra foi confirmar as fontes literárias do texto, verificando-lhes a extensão e a forma em que foram adotadas: por tradução ou por adaptação. Ao lado do escrito de Nicolau de Lira e da tríade de Raimundo Lúlio, já apontados por Abílio Martins, Pontes encontrou paralelos textuais em mais dois textos dos franciscanos, além de outras fontes, dentre glosas, citações, transliterações adaptadas do árabe e do hebraico. São estas, ao todo, as fontes reconhecidas da CE[48]:

---

45. Ibid., p. 373. O *Liber apostrophe, sive de articulis fidei*, de Raimundo Lúlio, era a segunda fonte luliana levantada por Abílio Martins no mesmo ano em que apontava a *Disputatio Raymundi et Hamar Saraceni*.
46. Cf. MARTINS, A filosofia..., op. cit., p. 482.
47. Até o momento, porém, Cruz Pontes não apresentou tal edição.
48. Mais recentemente, Adel Sidarus revisou as fontes já reconhecidas por Pontes e Abílio Martins, confirmando-as, não sem precisar-lhes a extensão. Ao

a) de Nicolau de Lira:
 1. *Libellus... continens pulcherrimas quaestiones judaicam perfidiam in catholica fides improbantes**⁴⁹ e
 2. *Tractabulus... contra quemdam judaeum ex verbis Evangelli Christum et ejus doctrinam impugnantem*;
b) de Raimundo Lúlio:
 1. *Liber apostrophe, sive de articulis fidei**;
 2. *Liber de quinque sapientibus**;
 3. *Disputatio Raymundi Christiani et Hamar Saraceni**; e
 4. *Disputatio Eremitae et Raymundi super aliquibus dubiis quaestibus sententiarum magistri Petri Lombardi*;
c) de Santo Isidoro de Sevilha:
 1. *De fide catholica contra judaeos*, com glosa do salmo *Verbo Dei coeli firmati sunt*;
d) do falso Ovídio:
 1. *De Vetula*, poema atribuído ao francês Richard de Fournival, nascido cerca de 1200.

Visando a determinar o valor filosófico da CE, Cruz Pontes mede a extensão das fontes encontradas por Abílio Martins e conclui pela "não-originalidade doutrinal" do livro. No entanto, observa, a disposição das fontes em estrutura própria da CE, aliada à "fantasia de uma corte celeste", onde se situa a discussão com gentios, cristãos gregos, judeus e árabes sobre a verdade da religião cristã, permite antever uma "originalidade ao menos literária do autor": "Será interessante apontarem-se algumas observações psicológicas, as delicadas reacções psíquicas dos personagens daquelas cortes reais, conforme descritas na urdidura poética deste tratado de teologia e filosofia." ⁵⁰ É com esse propósito que ele insere a CE na extensa linhagem da literatura polémica com judeus e muçulmanos.

---

acurar as fontes islâmicas, Sidarus conjetura sobre a existência de uma lista de citações, sobretudo dos livros de Tradições do Profeta Maomé, que teria sido utilizada pelo autor da CE, fosse ele português ou, mais possivelmente, segundo Sidarus, catalão. Cf. SIDARUS, op. cit., pp. 131-72.
 49. O asterisco indica as fontes encontradas por Abílio Martins.
 50. PONTES, Estudo..., op. cit., p. 6.

A forma de diálogo, a posição pacífica e respeitosa dos dialogadores, os propósitos de reforçar a fé cristã e os dogmas da Igreja, os procedimentos argumentativos, a crença no poder de convencimento da palavra, a convicção da eficácia do debate para a argumentação discursiva, a inclinação por determinados recursos de efabulação como a forma teatralizante, dentre outras características da CE, tudo se encontra representado, em um ou mais elementos, em escritos que remontam aos primeiros anos do Cristianismo. Inclua-se a obra da patrística grega e latina, bem como a de freis, bispos e conversos dos diferentes cantos do mundo cristão, desde a África e o Oriente, até a Europa do além-Pirineus e a Península Ibérica, particularmente Portugal. Dos primórdios dessa literatura, teria existido um método tradicional de exposição, uma cadeia de textos por referir e argumentações comuns. Além dos escritos anônimos, a longa lista de autores que Cruz Pontes cita inclui nomes como os de: Aristão de Pella, S. Justino e Tertuliano, do século II; Orígenes, do séc. III; Máximo e S. Agostinho, do séc. V; S. Isidoro de Sevilha, S. Ildefonso e S. Julião, do séc. VII; Amulo, do séc. IX; S. Fulberto, Pedro Damião e Rabi Samuel, do séc. XI; Gilberto Crispim, Ódon, Guilherme de Champeaux, Pedro de Blois, Alano de Lille e Pedro Afonso, do séc. XII; Raimundo Martinho, do séc. XIII; Jerônimo de Santa Fé, além do português Frei João Monge, autor do *Speculum hebraeorum*[51], escrito na primeira metade do século XIV, ao qual se seguiria, num mesmo intuito de refutar a porfia dos judeus, o livro da CE.

Para outro jesuíta, Mário Martins, em mais um estudo de 1956, na obra portuguesa do anônimo transparece um tipo de "racionalismo naturalista", segundo o qual valem não as "razões evidentes e necessárias" propaladas pelo autor da CE, mas as "razões de congruência e analogia" buscadas à escola mística de S. Vítor, já que "as razões só podem ser compreendidas mediante um auxílio especial de Deus e uma purificação

---

51. Cf. MARTINS, Mário. *Estudos de literatura medieval*. Braga: Cruz, 1956. Cap. 25: Frei João, Monge de Alcobaça e controversista: pp. 317-26; Cap. 27: A filosofia esotérica no "Speculum hebraeorum": pp. 348-58.

moral"[52]. Mário Martins considera a CE "uma justa religiosa" e seu autor, "um raciocinador de formação escolástica"[53] que lança mão de artifícios cênicos aparentados às manifestações monásticas, tanto quanto às da religiosidade popular: "um coro de monges... mais vasto e sem rigidez", "músicas variadas... rítmica expressão da inquieta ondulação da alma humana", "música como um meio de contemplação religiosa e fonte de prazer espiritual", "rudimentar teatro religioso", "bailes e cantigas de romaria... a meio caminho entre o sagrado e o profano", enfim, "uma romaria imensa de muitos povos, deste mundo e do outro, a cantar e a tocar ao ar livre, embora conservando as linhas gerais e severas das cerimônias litúrgicas"[54].

Citado nas enciclopédias e manuais escolares como veículo do lulismo na cultura portuguesa de Trezentos e Quatrocentos, o livro da CE ainda clama pelo estudo de suas implicações filosófico-literárias[55]. Sua inclusão em estudos mais gerais da cultura portuguesa data de época muito recente, como a data da bem acabada edição de Adelino de Almeida Calado.

4. Do real ao imperial

A finalidade principal da *Corte enperial*, imediatamente revelada nas primeiras palavras do prólogo, é "o Senhor Deus seer mais e melhor conhoçido e entendido". Para conhecer e entender o Senhor Deus, o autor apelará ora aos temas da essên-

---

52. Ibid, cap. 30: Sibiúda, a "Corte Imperial" e o racionalismo naturalista. pp. 400-3.
53. Ibid, cap. 24: A polêmica religiosa nalguns códices de Alcobaça, pp. 307 e 314.
54. Ibid, cap. 31: A música religiosa na "Corte Imperial": pp. 417-21.
55. Cf. PACHECO, M. C. Monteiro. Corte Imperial. In: LANCIANI, Giulia, TAVANI, Giuseppe (Coord. e Org.). *Dicionário da literatura medieval galega e portuguesa*. Trad. de José Colaço Barreiros e Artur Guerra. Lisboa: Caminho, 1993, pp. 169-70; PONTES, J. M. da C. Corte Enperial (Livro da). In: ENCICLOPÉDIA Verbo..., op. cit., pp. 1307-10; SARAIVA, Antônio José, LOPES, Oscar. *História da literatura portuguesa*. 5. ed. Porto: Porto, s/d. Cap. 5: Literatura apologética e mística: pp. 141-6.

cia, ora aos da existência. O teor das "grandes cousas" e das "muy altas questoões" tratadas ao longo do livro será este:

• **A ontologia de Deus Uno e Trino**

a) Existência, Unidade e Trindade

Seguindo o princípio da equiparação e da permuta entre as dignidades divinas, o autor constrói um edifício lógico para a explicação da natureza essencial de Deus[56]. Daí que, se há o ínfimo, deve haver o sumo, que é Deus; ora, como não pode haver dois infinitos, o sumo é um só; por isto, há um só Deus. Sua essência são Suas perfeições – suma bondade, sumo bem, suma grandeza, sumo poder, suma sabedoria, suma virtude, suma verdade, suma glória, suma duração, sumo amor – e, sendo sumos seus atos e fazeres, estes são nele uma coisa só (pp. 18-23).

Benfeitor, Bem-Feito e Bem-Fazer; Unidor, Unido e Unir; Entendente, Entendido e Entender; Amador, Amado e Amor; Igualador, Igualado e Igualar; Gloriante, Gloriado e Glória formam, pela essência de Deus, uma unidade:

> Deus Padre he toda a sustancia divinal. E de todo sy mesmo geera Deus Filho, que he toda a sustançia devinal, e de toda a sustançia d.anbos saae o Spritu Santo, que he toda esa meesma sustançia divinall (p. 31).

O trino é uno e o uno é trino, bem como é do conto de dois que vem o três e do três vem o um. Assim, o entender vem do intelectivo e do inteligível; o ver, do visível e do visto; o homem, do corpo e da alma; Jesus Cristo, da natureza humana e da natureza divina:

---

56. Tal proposição se encontra em SARAIVA, *O crepúsculo...*, op. cit., Cap. 51: A *Corte Imperial*, pp. 144-7. Essa obra é a primeira em propor alguma chave interpretativa para o entendimento do corpo argumentativo da CE.

E por todas estas significanças e figurações e representações concluden os ladinhos que o Spritu Santo proçede... de duas em nas cousas que ditas ey, que som feguras da Triindade (p. 111).

Por existir antes que o mundo, Deus é eternidade. Sem começo e fim, Ele é perdurável (pp. 23-4, 37-9). Sabedoria e misericórdia infinda, é e cria (pp. 38-40). Por outro lado, como tudo tem um fim, o fim do homem é Deus, senão tudo acabaria na morte, passando o ínfimo a excelente, o que não pode ser, já que o sumo, que existe, é Deus (pp. 23-4).

Esta é a razão da CE: para o homem lembrar-se do Senhor Deus e para amá-Lo e entendê-Lo (p. 9). É a Deus, perfeito e imutável em todos Seus atributos, que as coisas cambiantes e imperfeitas suplicam: "E esta suma cousa hũa, asy consiirada, chamamus Deus, cuju nome seja beento e louvado" (p. 22).

b) Encarnação, pecado e redenção

O princípio da igualdade nas dignidades divinas é anunciado pelo autor da CE ainda no prólogo: "descorrendo per as tuas [de Deus] dignidades, igualdado as hũas com as outras" (p. 11). Se Deus pôs suas dignidades no mundo, foi para engrandecer a criação, já que "a grandeza de Deus pos em elle [o mundo] sua semelhança em fazendo.o grande" (p. 131). Não havendo a encarnação, deixaria de haver similitude e grandeza entre Deus e o mundo criado, daí a necessidade de que Deus fizesse sua obra da melhor maneira possível, promovendo, pela identificação do criado com Suas perfeições, o sossego e a folgança no mundo. A essência da criação pode ser resumida na simplicidade destas palavras da CE: "Deus pera esto criou o mundo: pera mostrar em elle sy mesmo e a sua obra intrinsica quy elle obra dentro em sua esençia" (p. 132).

No entanto, a essência divina projetada na criação visaria a um objetivo anterior específico: a natureza humana é criada para amar a Deus, e a Ele o homem deve unir-se pelo maior de Seus milagres, a encarnação:

E aquelo per quy a natura humanal pode seer tragida e movida a mais amar Deus he seer esa natura humanal tomada da natura devinal, em guysa quy Deus seja homem e homem seja Deus em hunidade de hũa cousa e de hũa pesoa. Ergo convem seer a encarnaçom (p. 133).

Tomando Deus a natureza humana e sendo Ele fim de toda criatura, Deus-homem passa a revelar-se como o ser nas pedras, o movimento nos céus, o crescimento nas árvores, o sentir nos animais e a razão nos anjos, pois toda criatura, em essência, pelas implicações da encarnação, participa em Deus e tem sua finalidade de perfeição garantida pela união das naturezas humana e divina. Porém, cada natureza mantém sua propriedade, observada a seguinte condição:

> como quer quy Deus tomase carne humanal, nom se mudou porem nem se alterou em guisa quy fose outro Deus, mais a natura humanal e a devinall destintas e departidas em guisa quy nom som confusas, mais cada hũa tem sua propriedade e som hunidas e ajuntadas em hũu suposito, qui he cousa perfeita quy está per sy (p. 137).

Sendo só ato divino, a encarnação é obra sobrenatural e manifestação própria da Trindade. O Unidor envia, o Unido é gerado, o Unir concebe. À geração feita pelo Pai a CE dá o nome de "enviamento". Nessa perspectiva, se o Pai, de fato, envia o Filho para O encarnar, o enviado é um Gerado passivo, enquanto da concepção do Filho, obra ativa, é encarregado o Espírito Santo, conforme estes termos:

> asy seja que em na encarnaçom nom sejam senom tres cousas, convem a saber, enviamento e geeraçom pasiva, per que he geerado o Filho, e conçibimento... ergo conviinha que ao Sprito Santo fose dada a obra da concepçom, que per elle fose conçibido o Filho (p. 154).

No prólogo, o autor já adiantara: "toda obra ha começo per Jhesu Christo" (p. 9). O Filho veio remir Adão do pecado geral da humanidade; por esse fim, Jesus Cristo se mostra como satisfação geral para a humanidade. Não tivesse pecado

Adão, Jesus deixaria de morrer, mas tanto um como outro, na verdade, não morreram, porque, transcendendo a existência, partiram do particular e chegaram ao geral, sendo mais geral ainda Jesus Cristo: "porquy todalas cousas spirituaaes e corporaaes som per rezom de Jhesu Christo, mas solamente as corporaaes som per Adam" (p. 144). Nessa mesma perspectiva, mesmo que Adão não tivesse pecado, Jesus Cristo ainda encarnaria, para o fim mais geral que é o de ser Deus lembrado, conhecido e amado por Sua criação (p. 154).

c) Vinda do Messias, Paixão e Ressurreição

O Messias é Jesus Cristo e já veio: encarnou, morreu, ressuscitou e há de descer no Juízo Final. Encarnou concebido pelo Espírito Santo, exalçando ao máximo a natureza humana. Morreu, dando às criaturas exemplo da maior sujeição a Deus, em pobreza, padecimento e morte: "Jhesu Christo deviia e era teudo a morer por conprir i mais alto graao de humildade que seer pode" (p. 185).

Com a morte, a alma de Cristo-homem teve de abandonar o corpo, mas, dado que em Cristo a natureza humana e a natureza divina formam unidade, a união do corpo com a alma deve ser forçosamente restituída. De outra maneira, configurar-se-ia contrariedade ante a natureza divina e a natureza humana que no Filho se observa. Daí a ressurreição, que restitui a vontade divina. Veja-se a formulação conclusiva da CE:

> Ergo a natura divinal divia querer restituir a alma ao corpo por concordar em na vontade com a natura humanal, que quer e deseja seu corpo e, pois que asy o deve querer, pode.o fazer, ca he toda poderosa. Ergo segue.se que asy o fez, ergo Jhesu Christo resurgio (p. 197).

Como em Jesus Cristo concordam justiça, mansidão e misericórdia, e porque tem de ser julgada a natureza humana pelo que fez segundo ou contra a vontade de Deus, o juiz que mais convém é Jesus Cristo, verdadeiro Deus e verdadeiro homem, pois o Filho sabe per experiençia aquelo que perteeçe a Deus e o que perteeçe ao homem, e aquelo que deve seer dado a Deus e aquelo que deve seer dado ao homem. Ergo ele deve seer juiz de todolos homens geeralmente (p. 207).

d) Eucaristia, substância e Trindade

A conversão de uma substância em outra é atestada pelo pão e pelo vinho sacramentais. Com o sacramento no altar, as substâncias do pão e do vinho transmutam-se no corpo e no sangue de Cristo. Assim, ao adorar-se o pão e o vinho, só se vê a Deus; o acidente em si – a matéria do pão e do vinho – aos olhos de Deus não importa: "a sustançia do pam leixa os seus açidentes, que som alvura e redondeza e cheiro e sabor do pam. E o vinho leixa o sabor e a color do vinho" (p. 212).

Por ser obra sobrenatural, a transubstancialização pela eucaristia muda a substância, sem que mudem o lugar, a quantidade e o tempo em sucessão. Assim, a eucarista não só espelha, por excelência, a obra da Trindade, como configura "o mayor milagre que Deus fez, afora a encarnaçom" (p. 214).

• **A verdade sobre Deus**

e) Escritura, literatura gentílica e livros islâmicos

O *Antigo Testamento* dá provas da Trindade ao mencionar o nome de Deus na forma tetragramática do hebraico *helloyim*. Ao lado do *Novo Testamento*, o *Antigo* também prenuncia a encarnação, a vinda de Jesus Messias e a eucaristia.

Já no *Alcorão* e nos livros de *Sahih* dos muçulmanos, como o de Bucari, são muitos os testemunhos sobre Cristo, Maria, os Apóstolos, os dez preceitos, os livros dos profetas e o Evangelho (pp. 223-6).

Um Ovídio de Naso, autor do poema *De Vetula*, dá testemunho astrológico sobre o surgimento da religião cristã. A CE cita partes do poema, em que se chama atenção para as propriedades do planeta Júpiter de "significar fe e religiom". Ainda segundo o poema, diz a CE, quando dito astro fizer ajuntamento com Mercúrio, haverá muitos revolvimentos per muitas magneiras e muitos tornamentos, porem aquela ley sera cara de creer sobre todalas leis e avera muitas gravezas e muyto peso e muito trabalho, e enssynará muitas cousas contrairas aa natureza que tam solamente seram reçebidas per fe (pp. 218-9).

Outro testemunho, agora respeitante à figura de Cristo, vem de uma autoridade gentílica, o grego Hermes Trimegisto, em livro intitulado *Logosteleos*[57]:

> Deus, fazedor de todolos deuses, fez hũu segundo Deus... e amou.o muito, asy como hũu seu filho geerado de boõa vontade, o nome do qual nom pode seer recontado per boca humanal (p. 222).

f) Cristianismo, fé e verdade

Encaminhando-se para o final do livro, a CE enivereda pelo tom mais acirrado da disputa, em que a lei é expressa agora em termos de "verdadeira" e "falsa". Verdadeira é a lei dos cristãos, porque melhor e mais perfeita; falsa a de Maomé, incita a CE. Há sinais que sinalizam a Verdade. São as virtudes cardeais e as teologais, os preceitos e os sacramentos observados no cristianismo. Tudo indica a superioridade da fé cristã, no que diz respeito a bondade e perfeição, frente à lei de Maomé. A superioridade de Cristo sobre o Profeta do Islão só confirma a lei verdadeira. O raciocínio da CE é este: porque o doador da lei dos mouros incorreu em pecados mortais, sua lei é falsa; porque Jesus Cristo, doador da lei dos cristãos, permaneceu livre deles, "em força", bem como os seguidores de sua lei, a lei de Cristo é verdadeira (p. 244).

Ao longo da CE, o tema da *essência* de Deus nunca se dissocia do de Sua *existência*. As características da existência di-

---

57. O *Logosteleos*, escrito datável do século III, é em geral atribuído a Hermes Trimegisto e o neoplatônico Apuleu de Madaura. Foi citado por S. Agostinho, Alano de Lille e, próximo à época da CE, por Jean de Paris, no *De Christo*, e por Raimundo Martinho, na *Explanatio Symboli Apostolorum*. Cf. PONTES, Estudo..., op. cit., pp. 147-8.

vina, tais como a eternidade e os estados em que Deus foi revelado à humanidade, são tomadas como ontologias do ser, tanto divino como humano, já que, assim como Deus se realiza essencialmente na natureza humana, o homem, em espírito, realiza-se em duas existências: na terrena e no Além. O milagre da Encarnação, por exemplo, tema amplo no Medievo, que aparece delineado ao longo da CE, devia estabelecer, no ser cristão, não só a relação do homem com o Filho de Deus, como também do homem com o próprio Deus Pai e Criador[58]. À pergunta "Deus existe?" soma-se a "Como existe?". Dessa perspectiva, a CE é uma página a mais na história do escolasticismo latino que, de certo modo, remonta à especulação filosófica amadurecida, no século IV, por S. Agostinho, e seguida, dentre outros, por Boécio, João Escoto Erígena e S. Anselmo[59].

Para S. Agostinho, a natureza de Deus preexiste à sua realização trina: porque é essencialmente uno, Ele pode existir em três pessoas. No juízo de E. Portalié, "Santo Agostinho [...], preludiando o conceito latino que os escolásticos tomaram-lhe emprestado, encara antes de mais nada a natureza divina e vai até as pessoas para alcançar a realidade completa"; esse Deus-Trindade pode, assim, "sem sucessão de tempo ou de natureza, mas não sem ordem de origem", expandir-se em Pai, Filho e Espírito Santo[60]. S. Agostinho, de modo análogo ao que fará séculos depois a CE, "esforçou-se em conceber a natureza de Deus por analogia com a imagem de si mesmo que o criador deixou em suas obras, particular e eminentemente na alma humana"[61]. É por esta razão que o Cristo da CE, Deus-homem, será a pessoa divina mais adequada para julgar a alma humana no Juízo Final. Também por esta razão, já por analogia, deve-

---

58. Para essa relação entre o humano e o divino na Idade Média, cf. PRICE, Betsey B. *Introdução ao pensamento medieval*. Trad. de João Machado. Lisboa: Edições Asa, 1996, p. 38.
59. Para a escolástica latina, cf. VERWEYEN, M. *Historia de la filosofia medieval*. Trad. de Emilio Estiú. Buenos Aires: Nova, 1957, pp. 67-105.
60. PORTALIÉ, E. apud GILSON, Étienne. *A filosofia na Idade Média*. Trad. de Eduardo Brandão. São Paulo: Martins Fontes, 1995, pp. 149-50.
61. Ibid., p. 150.

se pensar que, na natureza humana, junto ao corpo, deve efetivamente participar um espírito.

Há fortes indícios de a CE compartilhar da lógica de S. Anselmo de Cantuária, do século XI, particularmente quanto à *sumidade* do ser divino. Para o santo, a existência de Deus, potencialmente "algo maior do que o qual nada pode ser pensado", porque "não pode pensar-se como não existente", deve ser provada, por necessidade, a partir do "que pode ser pensado como não existente"[62]. A CE, por seu turno, define a essência de Deus por aquilo que n'Ele é sumo e perfeito, e Sua existência, por aquilo que, nos demais, é ínfimo e imperfeito, mas que n'Ele encontra suma grandeza e perfeição (pp. 17-42).

Tal concepção de Deus parte igualmente de Boécio, que O definia como princípio e perfeição, sendo Ele o Bem e a Beatitude em conjunção. A não-separação de Deus garantiria à Trindade seu sentido unitário, semelhantemente a como, séculos mais tarde, João Escoto Erígena conceberia a existência divina: enquanto Verbo e, portanto, na qualidade de concentrador de Idéias, Deus é unidade perfeita; descendendo de um Bem supremo, que é *a Idéia*, as Idéias se desdobram no mundo em infinidade de idéias, "sem que o pensamento humano esgote seu número ou altere sua perfeita unidade"[63]. É nessa base que a CE ancora sua concepção trinitarista para explicar a essência de Deus.

Partindo da formulação ontológica do ser, a CE chegará à defesa dos dogmas católicos. A existência de Deus nas três pessoas, Sua essência e as condições de Sua revelação à humanidade na figura de Cristo, encarnado através de Maria Virgem, a Paixão de Cristo, a Ressurreição, a renovação constante do ser divino pela Eucaristia e Sua confirmação pelas Escrituras, tudo vai adquirindo, com o desenrolar do livro, uma finalidade pragmática. Ela é expressa enfática e cabalmente nos capítulos

---

62. ANSELMO (Santo). *Proslogion*, de S. Anselmo, seguido do *Livro em favor de um insensato*, de Gaunilo, e do *Livro apologético*. Trad., introd. e coment. de Costa Macedo. Porto, Editora Porto, 1996, pp. 23-5.

63. GILSON, op. cit., p. 252. Nessa mesma obra, sobre Boécio, cf. pp. 167-8.

finais, onde se expõem os mistérios da Igreja, tratados no âmbito da casa terrena de Deus freqüentada pelo fiel. Nessa parte, a CE chega a falar em Lei verdadeira e Lei falsa, contrapondo a impropriedade do Islão em relação à justeza dos sacramentos do altar cristão. O livro passa então a formular a ortodoxia que, à altura dos séculos XIV e XV, tivera já longo histórico conciliar[64]. Mas, ainda antes, sondem-se os meios para "conhecer e entender Deus".

• **A epistemologia do entendimento-amor-bondade**

A CE propõe desenvolver uma "ciençia spritual", cujo objeto é o conhecimento de Deus. Os que almejam cultivar essa ciência devem estar "acesos e inflamados com grande desejo daquella bem.aventurança de que he dito: 'Bem.aventurados som os limpos de coraçom, ca elles veeram o Senhor Deus'". A limpeza do coração, tirada à Escritura, ou a limpeza da mente, tal qual referida em outra passagem da CE, justifica-se com três argumentos:

1. não estando limpo o coração, não se pode merecer a sabedoria, o dom, a graça, nem se podem gerar os sentidos espirituais;
2. tampouco merece o dom e a graça da verdadeira ciência aquele que aprende, ou estuda ou lê, visando a ganhar o louvor dos homens;
3. se o homem tiver a alma suja, não poderá ganhar nem a ciência, nem a inteligência das coisas espirituais e divinas para disputar ou arrazoar farta e elegantemente (pp. 16-7).

Esses argumentos se erguem em vista do objeto que a ciência espiritual considera: o conhecimento de Deus, fim último e

---

64. Para os dogmas da Igreja, cf. CATECISMO da Igreja Católica. Trad. do texto catequético aprovado por Sua Santidade João Paulo II, feita a partir da ed. francesa (Mame/Plon, Paris, 1992) e cotejada com a italiana (Libreria Editrice Vaticana, 1992). São Paulo: Vozes/Loyola, 1993.

primeiro da CE, que pressupõe a contemplação mística. A ciência espiritual deve levar à contemplação dos sacramentos e dos segredos profundos, altos e escondidos. A remoção dos cuidados mundanos, tanto do coração como da mente, impõe-se como condição para receber o alumbramento do Espírito Santo: ao entrar nas "veias" dos assuntos celestiais, afirma-se nas primeiras páginas do livro, o

> homem nom pode guaanhar [a ciência] per doutrina humanal nem per ensinança sagral, mais per alumiamento do Sprittu Santo, tam solamente per linpeza da mente (p. 17).

O conhecimento de Deus é o conhecimento da Trindade transubstancial ("sobresostancial", afirma o Prólogo). Não se tem acesso a essa tríade de "segredos encubertos" a não ser pela iluminação. Só quem detém a "fonte dos lumes" poderá abrir "as veas da fonte da augua viva splandeçente da mui clara sabedoria" (p. 9). E conhecer essa sabedoria é, ao fim e ao cabo, entender as palavras das "Santas Scripturas", às quais a alma humana só tem acesso quando tocada pela graça divina, levando até à vontade do homem e a seu entendimento as propriedades e poderios do divino "entender-amar-santíssima bondade".

A iluminação, ou o recebimento da graça, é invocada pelo autor da CE na forma do apelo:

> que a propiadade e poderio d.entender e do amar e da tua santissima bondade e ho meu poderio e propiadade d.entender e amar *se conjunte* em tam grande e tam alto esguardamento do entendimento e tam alta e tam grande flama d.amor *ataa que a minha alma toda seja sospensa* em entendendo e em amando a ti por a tua bondade, que he da tua sustançia, e entendendo e amando essa meesma tua bondade quanto à sua essençia e quanto ao seu obrar e fazer intrinsico que ha en ti, fazendo boo o teu auto e ho teu fazer e a tua essençia, e em as tuas pessoas divinaaes (p. 11. Grifos nossos).

Sendo manifestação de luzes na mente e no coração limpos da alma humana, a graça realiza uma transmutação substancial do entendimento. Além de agir como meio para apreender a ciência espiritual, a graça chega a fundar um método: será o único caminho possível de que dispõe a alma humana para atingir a compreensão de Deus. Só quando tocada pela graça poderá ela discorrer de modo abundante sobre as dignidades divinas, igualadas umas com as outras, no intuito de entender e compreender a essência de Deus, do primeiro ao último tema em discussão na CE.

Se a graça iluminativa no coração limpo da alma humana condiciona o caminho para Deus, as Escrituras e a razão são os instrumentos dessa ciência. As Escrituras são, assim, a palavra oculta por desvendar. Uma vez tomadas, devem gerar razões de conveniência, razões de vontade; devem ser buscadas pela alma *suspensa*, em *conjunção com a bondade divina*. Por isso convém que a alma as tome em alto grau de conjunção com o Espírito Iluminador, postos já de lado os poderes e as propriedades dos sentidos corporais, refletidos nas pálidas palavras humanas, pois, como alerta o autor:

> nom pare mentes ao desfaliçemento das palavras, mas aaquello que querem significar... Ca as palavras do homem nom som perfeitas pera falar propriamente de Deus (p. 11).

As razões necessárias se supõem evidentes ao coração iluminado; são o suporte da mente que entende as Escrituras. Parecem capazes de levar o coração escuro e empedernido às vias da iluminação e, portanto, à intelecção, porque expõem clara e argumentativamente as verdades da fé contidas nas Escrituras e nas palavras dos doutores. Necessárias e evidentes, essas razões devem convencer, entenda-se: iluminar a alma sem juízo, projetando-a na senda da fé inteligível, pois "aquelles que neguam aver hy Deus nom reçebem nem creem a Santa Scriptura e porem conpre outras provas per outras razoões neçesarias que entendo de trazer" (p. 17).

A CE alterna razão, iluminação e graça divina como meios legítimos de alcançar a ciência espiritual. Tal visão deve ser entendida como síntese da teoria da iluminação que remonta às primeiras linhas do *Antigo Testamento*. Deus tanto gera o mundo com a *luz* de seu *Verbo criador*, como o faz pelo *espírito que paira sobre as águas*. S. Agostinho, a partir da leitura do Gênesis, em suas *Confissões*, inicia uma teoria da graça divina nunca isenta dos pressupostos da teoria iluminativa[65]. Para ele, a graça é o dom de Deus que dispõe sua criatura para compreender o segredo da criação. É certo que Deus enviara o Filho, em demonstração maior de Sua graça perante a humanidade, mas é igualmente certo que Ele dera, pelo Verbo, a Escritura iluminativa. Pela luz, a existência cobrou espírito e materialidade e, pela luz, o coração do fiel percorre o caminho do conhecimento divino. A fé, por conseguinte, em ressonância à filosofia platônica, é dada como lembrança de Deus: o homem se lembra de Deus por simples vontade do Criador. Não há que submeter o verbo escriturístico à razão e ao esforço humanos, a não ser que essa razão seja no homem evidência da Luz. Em outro momento, S. Agostinho convida à meditação:

> Dirige os teus passos para a luz: só o bom pensador pode alcançar a verdade; a verdade é a própria meta da dialética racional e ninguém consegue chegar a ela através do discurso. Contempla-a como a harmonia superior possível e vive em conformidade com ela[66].

Raimundo Lúlio, no século XIII, recupera esse aspecto do agostinismo de forma potencializada: a razão só é esforço posteriormente ao coração e à mente iluminados; uma vez assim disposta, a razão humana deve retomar a senda que a recondu-

---

[65]. Pode-se considerar o assim chamado Dionísio, presumidamente coetâneo a S. Paulo, dos primeiros autores da Patrística a formular a teoria iluminativa, no livro intitulado *Dos nomes divinos*, se bem que é na *República*, de Platão, que se encontra a idéia de Bem como um *Sol do mundo inteligível*: tal como o Sol ilumina as coisas visíveis, o Bem ilumina as idéias tornando-as inteligíveis. Cf. CORDÓN, Juan Manuel Navarro, MARTÍNEZ, Tomás Calvo. *História da Filosofia. Dos pré-socráticos à Idade Média*. Trad. de Alberto Gomes. Lisboa, Edições 70, 1998, pp. 79-80.

[66]. AGOSTINHO (Santo). Da verdadeira religião, apud CORDÓN, MARTÍNEZ, op. cit., p. 80.

zirá a Deus, fonte sempiterna dos lumes[67]. O caminho da razão traça, bem se vê, um processo, pelo qual a alma humana atingirá o conhecimento de Deus, ou melhor, "lembrar-se-á" dele, como enfatiza a CE. O intelecto é dado como um "mecanismo de recepção" de tal conhecimento, mais confiável, em todo caso, que o mecanismo conformado pelos sentidos enganadores. A CE é muito clara ao rechaçar e afastar do processo cognitivo a esfera sensorial da alma humana: nem as palavras humanas podem socorrer quem busca a ciência espiritual, nem é possível outra forma de entender o Senhor Deus, salvo pela iluminação condicionada pela limpeza da mente e do coração, após o exercício da ascese. Assim era, em geral, para os franciscanos: o esclarecimento divino indissociava-se da iluminação. Na teologia de Guilherme de Ockham, por exemplo, se tanto a razão como a iluminação podiam levar o homem a conclusões similares, só a última garantiria a certeza absoluta[68].

Com essas ressalvas, a razão podia operar num campo bastante amplo, porque, de modo algum, a partir de S. Agostinho, podia a razão substituir as Escrituras, primordial e verdadeira fonte iluminativa do conhecimento. Promotor da dialética no século XII, Pedro Abelardo pode ter contribuído à dialética iluminativa esboçada na CE. Professor de lógica, leitor de S. Paulo e Aristóteles, em Abelardo, filosofia e teologia deveriam concorrer para a refutação dos infiéis, além de esclarecer as verdades da fé. Para Abelardo, a eficácia da razão presente na filosofia pagã, não obstante os filósofos da Antigüidade terem ficado à margem da graça divina contida nas Escrituras, pode bem ter sido obra de uma graça que o Cristianismo explicará melhor com o auxílio da palavra "iluminativa". Essa con-

---

67. Confira-se a semelhança das proposições de Raimundo Lúlio e S. Boaventura, após terem sofrido os efeitos da iluminação divina. Do primeiro, esta: "Pela mesma luz, ele conheceu que o ser total da criatura nada mais é que uma imitação de Deus" [*eodem lumine, cognovit totum esse creaturae nihil aliud esse quam imitationem Dei*]; e de S. Boaventura: "O universo inteiro não é mais que um livro no qual se lê em todas as páginas a Trindade" [*creatura mundi est quasi quidam liber in quo legitur Trinitas fabricatux*], apud GILSON, op. cit., p. 576.

68. Para as considerações acima, cf., por exemplo, PRICE, op. cit., pp. 194, 220.

vicção o moverá a escrever, aproximadamente em 1141, um *Diálogo entre um filósofo, um judeu e um cristão*, em que a verdade da fé cristã se sobrepõe às demais verdades em termos de "maior abrangência e maior riqueza"[69]. A CE encaminha a alma humana em direção ao conhecimento divino, incitando os infiéis a se deixarem tocar pelos argumentos de uma razão alumbrada pela verdade cristã. O senso de superioridade e completude que, na CE, move o fiel na árdua empresa da ciência espiritual não deixa de ecoar a convicção de um Abelardo.

A CE se reserva ainda uma dimensão mística: a graça divina é um ato de vontade de Deus; o homem a recebe por Sua bondade, quando atingida a desejada conjunção. Semelhante proposição da graça remonta a autores do século XII, como S. Bernardo de Claraval e Ricardo de S. Vítor, além de S. Boaventura, do século XIII. No exame de Etienne Gilson, "criada por um ato de amor divino, a vontade do homem [em S. Bernardo] é essencialmente um amor divino, uma caridade..."; é por isto possível pensar numa comunidade unida ao ser divino "por modo de semelhança que baseia-se num acordo perfeito das vontades"[70]. Segundo Gilson, ainda, Ricardo de São Vítor dará a letra de umas "razões necessárias" para explicar, pela dialética, os dogmas do Cristianismo, não sem uma "purificação do coração", imprescindível para a ciência mística[71]. Filosofia e teologia, distintas por seus métodos, puderam encontrar-se prolongadas e mutuamente complementadas na seguinte proposição do pensamento de S. Boaventura, que parece ter antecipado, de alguma maneira, a dialética da fé na CE: a fonte da especulação filosófica só pode estar na fé revelada na verdade[72].

---

69. GILSON, op. cit., pp. 342-56.
70. Ibid., p. 365. A propósito dessa formulação de Gilson, cf. BERNARD (Saint). *Oeuvres*. Trad. e pref. de M.-M. Davy, v. 1. Aubier: Montaigne, 1945. De la grace et du libre arbitre, pp. 266-90.
71. Cf. GILSON, op. cit., pp. 374-6.
72. Cf. ibid., p. 545. Cf., também, BUENAVENTURA (San). *Obras*. Ed. bilíngüe dirig., anot. e com instruções de Fr. León Amoros *et alii*. 2. ed. Madrid: Católica (Col. Biblioteca de Autores Cristianos), 1955, t. 1.

Escritura e *razão* se projetam no binômio de duas realidades, ou dois planos da existência considerados pela CE: a realidade da *alma* e a realidade do *corpo*. Fala-se de uma "alma do homem", das "almas bentas", bem como do "estado" e das "partes do [...] corpo". Ao mesmo tempo, alude-se às faculdades *da razão* e às manifestações *da emoção*: o "entendimento humanal", a "inteligência" ou a "flama d.amor", a "alma [...] sospensa", a "fremosura", o que é "delleitoso", "ledo" e "torvo". Há ainda as realidades da *abstração* e da *concreção*: a "essençia", a "contenplaçom", ou os "estormentos", os "ossos", os "miollos".

Mas, ao conjugar os planos do corpo e da alma, a CE configura um terceiro plano, dir-se-ia, um supraplano, que, do início ao fim do livro, reproduz o princípio católico da Trindade. Faz a síntese do *entendimento-amor-bondade* entre o que é divino e o que é humano e, assim, cumpre com a finalidade principal da criação: lembrar, amar e entender o Senhor Deus (p. 9).

Da perspectiva da CE, o conhecimento de Deus, entendido como ciência humana de lembrar, amar e entender os assuntos espirituais, só pode partir desses dois planos, já que tanto Deus como o homem, através do milagre da encarnação, da eucaristia, da fé e da iluminação contemplativa, participam, em diferentes graus de perfeição, de uma alma e de um corpo. Enquanto produto elaborado desse conhecimento, a CE é não mais a primeira ou a segunda realidade nessa conjunção dos planos, mas o elemento derivado dela para completar a tríade *entendimento-amor-bondade*. Essa tríade conforma, por assim dizer, a obra, ou a tessitura que a sustenta, ou, ainda, o plano das idéias que ordena seu desenvolvimento.

É por isto possível ler na CE, como sua finalidade maior, um princípio trinitarista a integrar a dialética e a retórica dos dois planos da existência que vimos mencionando – o corpo e a alma –, desdobrados entre o sensível e o inteligível, o essencial e o contemplativo. Em outras palavras, moldada pelo princípio trinitarista, a proposta pedagógica da CE, ou o método de conhecimento de Deus que ela apregoa, é um exemplo de como se devem "recontar [para lembrar, amar e entender] as cousas que som en Deus" uno e trino. Porque deseja falar da trindade, a CE se apresenta trinitarista, desde o quadro das três cortes reais, presididas pelo Celestial Imperador, no grande campo onde terá lugar o debate.

• **O pragmatismo da fé**

Elevando-se por sobre o cenário, em uma cadeira de jaspe, está um nobre varão das alturas. À sua direita, vê-se a corte da eterna "Igreja Triunfante", cuja rainha ocupa cadeira de marfim, e, à esquerda do Imperador, reserva-se outro assento, este de alabastro, destinado à esposada "Igreja Militante", Sua delegada para os assuntos terrenos, que assoma no campo seguida de variadíssima corte.

Cada figura *real* faz-se acompanhar de um *cortejo de almas*, que, de modo sugestivo, reproduz a hierarquia das idéias concebidas por Platão, na Antigüidade, relidas por Plotino e, depois, pela cristandade, desde S. Agostinho, como os graus de perfeição e identificação das criaturas em relação a seu Criador[73]. As "conpanhas" do Celestial Imperador são do mais alto grau: a cavalaria dos céus, com suas ordens de anjos e santas almas a gozarem da máxima glória. As da Igreja Triunfante são as santas mulheres e os santos varões aureolados, perfeitos em diferentes graus e merecedores da morada eterna à direita de Deus. E as companhias da Rainha Militante, porque vindas do Oriente, dos mais longínquos cantos do mundo, são os homens e as mulheres de diferentes credos e nacionalidades, dentre católicos romanos, proximamente chegados à Rainha, e um grupo, menos compacto e mais numeroso, de gregos, judeus, gentios e muçulmanos, formando a horda de almas irrequietas e ansiosas por ouvir as palavras da sábia rainha, naquelas cor-

---

73. Sobre as hierarquias em Platão, Plotino e S. Agostinho, cf. REALE, Giovanni, ANTISERI, Dario. *História da filosofia: Antiguidade e Idade Média*. São Paulo: Paulinas, 1990, v. 1, pp. 134-45, 340-6, 444-55.

tes presididas pelo Imperador Celestial, apontado, na descrição, como Jesus Cristo (pp. 13-4).

Ao lado da Igreja Triunfante, vestida de sol e com a lua sob os pés, e da Igreja Militante, trajando vestido dourado, Cristo assoma como varão de estatura mediana e membros bem compostos. Venerável, honesto, inspira amor e medo. Os cabelos da cor da avelã madura correm-lhe, lisos e repartidos ao meio, até o ombro, aonde chegam acacheados, com um dourado resplandecente. A fronte clara e plana, as faces imaculadas na expressão, de um vermelho suave, a boca e o nariz harmoniosos, a barba farta, mediana e repartida, os olhos formosos de um verde azulado a exprimir cordura, tudo nele compõe beleza insuperável (p. 12).

As cortes reais gravitam em torno da figura magnânima de Cristo. Poucas vezes interferirá Ele no debate, como também poucas vezes se ouvirá a voz da Igreja Triunfante. Nem será necessário, porque à Católica Rainha, incansável Militante, Deus outorga seu poder na terra como no céu. Depois do cerimonial do ósculo, o Celestial Imperador passa as chaves do reino dos céus para a Igreja Militante, já devidamente esposada e coroada e assentada à sua esquerda no trono de alabastro, até então vago:

> E logo ella [a Rainha Militante] ficou os giolhos em terra ante o Enperador Çelestial. E elle a tomou per a mão e dise.lhe: 'Ven.te, sposa minha, fremosa minha, ponba minha, ven.te. E seeras coroada. E poer.te.ey na cadeira real, que muito cobiiço a tua fremusura' [...] E elle a beyjou na boca. E assentou.a em a outra cadeira que estava aa seestra parte. E dise.lhe asy: 'Eu te estabeleço sobre as gentes e sobre os reinos e te dou poder que destruas e desfaças as maldades e as falsidades e plantes as virtudes e a verdade. *E aquello que tu determinares sobre a terra sera determinado em no çeeo.* E a ty dou as chaves dos reynos dos çeeos'. Entom lhe pos na cabeça hũa coroa real (pp. 14-5. Grifos nossos).

A Igreja Militante representará a Deus na terra, porque ela já está nos céus como esposa "em fe e em justiça e em misericordia". Nos propósitos da CE, ela assume a voz do Celestial

Imperador, porque, imbuída da palavra sábia, fez-se tocada pela graça divina. Foi concebida pelo Espírito Iluminador, como que encarnando a vontade essencial de Deus:

> E ella lhe respondeu: 'Oo, Senhor, raiz de Davy, estrella branca matinal! Oo Sol ouriente em as altezas, splandor da luz perduravel! Oo rey todo poderoso, beyja.me do beyjo da tua boca e conforta.me! E dá em a minha lingoa palavra dereita e bem soante pera eu demostrar a tua gloria e a tua grandeza' [...]
> E logo os angeos começarom [...] dizendo: '[...] E os reis dos poentes e os prinçipes e as virgẽes som trazidos ao rey Çelestial Enperador em prazer e em grande allegria per esta reinha. Hora quem ouver sede e desejo de sabedoria demande a esta reynha e *ella dara augua viva de clara sabedoria e de consolaçom divinal*, quem nom sabe pregunte a esta reynha e ella ho fara çerto' (p. 15. Grifos nossos).

Participa igualmente dessas cortes a palavra dos três coros. De um lado, harmoniosos e musicalizados, os coros das almas celestiais, a fazer parte das cortes do Celestial Imperador e da Igreja Triunfante; de outro, um coro de vozes mais heterogêneo, composto de reações tais como o espanto, o cochicho, a contravenção ou a algazarra:

> E entom começarom todalas gentes de rogir antre sy, os christaãos com prazer e com maravilha e os outros com torvaçom de sy meesmos. [...] Quando esto ouvirom, todalas conpanhas que hy estavam forom muito espantadas (p. 17).

Alternam-se as vozes. Ora acenam algum desagravo, ora confirmam e acatam a verdade anunciada pela sábia Rainha. À palavra de argumentação, ergue-se forte a voz dos coros. O que é dito cala fundo na platéia ouvinte, produz efeitos, marca sentido. E, quando a Rainha logra chegar a alguma síntese, das três cortes ressoa única e ecumênica voz, que se prolonga, espaço afora, até o silêncio absoluto da contemplação:

> Quando o jentil sem siso ouve ouvidas as palavras da catolica raynha, dise alta vós: 'Senhora, ora *creo eu e entendo* que ha

hy Deus e senhor todo poderoso, criador de todalas cousas'. E, tanto que elle esto disse, logo mui grande conpanha de gentiis que hy estavam outorguarom com elle. E *todas as conpanhas da corte* em alltas vozes cantarom e louvarom o Senhor Deus mui doçemente, em guysa que os çeeos resoavam com os cantares e os tangeres dos estormentos. E depois quedarom e esteverom callados (p. 41. Grifos nossos).

O objetivo da Rainha é alcançado – leia-se: lembrado, a partir da tríade lembrar, amar e entender – quando as vozes das três cortes se unificam a favor de um só credo, promovendo a atenuação do plural a favor do singular. Porém, de modo algum a unidade dos coros supõe o fim da diferenciação entre as "conpanhas", pois uma é a companhia da corte do sumo ser, o Celestial Imperador, composta de anjos e dos espíritos dos santos padres da Igreja; outra, a da corte da Igreja Triunfante, com espíritos de diferente grau de santidade, bem como é outra a corte da Igreja Militante, necessariamente em posição hierárquica inferior, porque composta das almas que ainda habitam, turvadas, a face da terra. A condução das três cortes reais a uma corte imperial será possível mediante o aprimoramento da imperfeição. Se, dentro da fantasia da CE, essa criação foi entendida pelo Imperador Celestial como necessária, para o autor da CE esse entendimento, havemos de pensar, pode ter servido como *leitmotiv* para a construção do corpo retórico-argumentativo.

De fato, para criar a fantasia literária de sua corte, o autor considerou um mundo plural passível de síntese. Daí a metáfora das cortes reais com suas companhias variadas submetidas a um "imperador celestial". O campo onde têm lugar essas cortes é marcado pela diversidade sinestésica, como sugestão da multiplicidade dos elementos físicos presentes no espaço azul sideral. É precisamente por analogia entre os estados do céu e da terra, ambos marcados pela diversidade, que um fundo de seda azul subjaz ao campo imaginado pelo autor. Exemplar, esse primeiro procedimento da CE norteará o restante da composição.

Fontes literárias distintas, tomadas a pelo menos dois autores latinos, Nicolau de Lira e Raimundo Lúlio, habilmente ajuntadas e traduzidas "em linguagem" pelo autor da CE, confluem para um discurso homogeneizador, que tende a eliminar as marcas do ajuntamento. Não há senão uma voz e uma só doutrina ao longo dos capítulos. Esse discurso, tal qual o fundo azul do campo diversificado, sublinha a conjunção das três cortes reais a favor de uma supracorte, agora imperial e, portanto, de maior alcance terreno, na medida em que deve congregar povos e nações de distinta procedência sob a mesma fé. Ao invés da pluralidade doutrinária a agitar a mente e o coração dos contendores, valerá o denominador comum de um catolicismo universal protagonizado pela ação da Igreja Militante, cuja voz se esforçará por preparar o terreno da Corte Celestial.

Eis que contra gentios, judeus, muçulmanos e algum cismático da Igreja, a Gloriosa Rainha investe manejando as armas da Escritura e da razão, tanto a conveniente como a necessária, armas todas tomadas na "linguagem portuguesa" para converter os sisudos, porfiados e hostis inimigos do que devia ser a verdadeira fé[74]. O livro pretendia fundar a apologia do Catolicismo, como era entendido por boa parte dos portugueses de então; devia ensinar-lhes a nota certeira para a disputa que se travava nas praças e nas escolas, nas mesquitas, igrejas e sinagogas[75].

É perfeito o mundo de uma única fé; imperfeito o que confronta várias. É desejável promover o Catolicismo no mundo; indesejável persistir no erro e na ignorância. É necessário ir até o infiel e cordialmente trazê-lo para o seio da Igreja; desnecessária a ação de força, se é possível a conversão por convencimento. É conveniente o uso da razão para esclarecer assuntos da fé; prescindível insistir na Escritura para ouvidos moucos. É evidente a iluminação da razão, se a fé encontra a alma em condições de recebê-la; são necessários o esforço e a militân-

---

74. Cf., por exemplo, a opinião de Pedro Calafate: "A língua portuguesa [...] assume a partir da dinastia de Avis uma dignidade acrescida, enriquecendo-se como expressão de personalidade colectiva", em CALAFATE, Pedro (Dir.). *História do pensamento filosófico português*. Lisboa: Caminho, 1999, v. 1 (Idade Média), Introdução, p. 37.

75. Cf. MARQUES, Portugal na crise...., op. cit., pp. 398-9.

cia, o diálogo e a persistência; o ordenamento na ensinança, a palavra tocada pela verdade, a fé contemplativa, o exercício da reflexão e da interiorização. É necessário, enfim, ouvir, falar, louvar e calar meditativamente... São estas máximas, condicionadoras do espírito combativo, que fazem da CE obra calcada nas questões de seu tempo, que a Rainha Militante se esforça em responder.

Tomado como metáfora, o campo onde se trava o debate da CE representa o império de Deus Uno e Trino na face da terra. As cortes, os debatentes, os cânticos e louvores dos coros, os diálogos, o desfiar de argumentações reproduzem, pois, a ação militante de Sua Santa Igreja, em projeção do universalismo católico até onde reinam o paganismo, a infidelidade e a heresia. Sendo a metáfora de um mundo em transição e perfectível, o campo configura a etapa intermediária entre o céu e a terra, uma "cidade dos homens" em vias de tornar-se a "cidade de Deus" pensada por S. Agostinho[76]. É o tom agostinista, perpassado de racionalismo luliano, que pauta a letra da CE: luzes a arrojarem-se na mente e no coração de quem compõe a grande corte; ascese a realizar na interiorização, cuidando apreender as altas questões do espírito que ali se tematizam[77]; a razão obradora que, condicionada pela fé, dá corpo e ordenamento ao debate[78].

O filósofo e a filosofia; o alfaqui e os livros islâmicos; o rabi e os livros judaicos; o bispo grego e o cristianismo cismá-

---

76. A obra de S. Agostinho é citada na página 63 da CE, curiosamente em página até agora tida por original do autor.

77. A cada fim de argumentação, segue-se um silêncio meditativo a insinuar o meio para o conhecimento divino, como que a fazer eco à interiorização mencionada por S. Agostinho: "...entrei no íntimo do meu coração sob tua guia, e o consegui, porque tu te fizeste meu auxílio. Entrei e, com os olhos da alma, acima destes meus olhos e acima de minha própria inteligência, vi uma luz imutável [...] Quem conhece a verdade conhece esta luz, e quem a conhece conhece a eternidade". AGOSTINHO (Santo). *Confissões*. Trad. de Maria Luiza Jardim Amarante. São Paulo: Paulinas, 1984, p. 175.

78. A configuração agostiniano-luliana da CE é unanimemente admitida pelos estudiosos da matéria. Cf., além dos autores já citados, CALAFATE, op. cit. Cap. 4: Livro da *Corte Imperial (Corte Enperial)*, pp. 533-9.

tico; a Igreja Militante e as Escrituras são os contendores desse debate. E, a pautar seu discurso, a lógica de variado entendimento. Ora é gentílica, judaica, islâmica e cismática, ora é católica. Há a lógica da razão humana, reflexo da diversidade mundanal, e há a lógica da razão evidente, reflexo da unidade celestial.

A primeira é a lógica do homem "torvado", "sandeu", "sem siso", "neiçio" e "de pouco saber". Irredutível, é a lógica dos porfiosos que levam a "barva grande" e têm "nariz longo, vestido[s] em panos pretos", bem como daqueles da "aljuba tenada e [...] albernoz de lãa preto e hũu alfaleme branco na cabeça" ou dos que levam ainda "mitra em na cabeça, mui ricamente obrada com pedras finas".

A lógica da razão, em contrapartida, é da "gloriosa" e "sages" rainha católica a tratar os oponentes por "amigos". Ainda que, nas mais das vezes, permaneçam irredutíveis em seus pontos de vista, os contendores devolvem-lhe a saudação em tom não menos elegante, como "Senhora muy sabedor" e "reinha senhor", tocados que são por sua afabilidade e pela prodigalidade de sua argumentação:

> ora vejo eu que senpre gaanho convosco em vos preguntar, que, *posto que as minhas preguntas nom sejam tam neçesarias, senpre as vosas respostas som muy avondosas em grande proveito* (p. 151. Grifo nosso).

A razão evidente e necessária é a do diálogo, que pressupõe alteridade. Afirma-se o Catolicismo diante das dúvidas do outro; e, porque da contravenção de um compartilham as opiniões de um terceiro, a católica rainha não perde de vista a pluralidade dos oponentes e cuida dar-lhes uma resposta generalizante: "Philosofo gentil, e vós, alfaque e reby, nom vaades asy saynado, ca o feito nom he asy como vós cuydades" (p. 67). No entanto, como recomenda a arte da retórica, o modo de argumentar deve coadunar com o do entendimento do outro[79].

---

79. O conhecimento e uso dos fundamentos da retórica clássica pelo autor da CE revela uma prática generalizada da época. Cf. MONGELLI, Lênia Márcia

Quando não se crê na palavra da Escritura, vale a prova do "necessário":

> Ja provado avemos [...] pellas Escripturas [...] Mais quy tal prova como esta nom he pera todas gentes porquy os jentiis e os phillosofos nom curam nem creem taaes escripturas, nem outrosy os mouros. Porem queremos provar [...] per razões neçesarias (p. 131).

A lógica dessas razões parte de um princípio cerrado de fé e a ele retorna inquebrantável. O Imperador Celestial aprova esse movimento, a voz dos coros o condecora, a adesão lenta mas progressiva dos espíritos desgarrados o comprova. E, no entanto, a infidelidade persiste. "Infinitum este librum", declara o *explicit* do livro, sem que o debate tenha chegado a converter a totalidade da corte vinda até aquele campo imperial. De fato, o mundo é plural e seguirá sendo, malgrado a existência de uma lei verdadeira:

> 'Como asy seja que o saber e o entender de Deus e a sua bondade sejam em Deus hũa cousa e elas sejam esse meesmo Deus, como dito he e provado em muitos pasos de meus fallamentos, ergo per estas razões que ditas ey mostra.se que a ley dos christaãos he verdadeira' [...]. Deo graçias, amen.
> Infinitum este librum (p. 244).

O paradoxo é aparente. As reais cortes foram feitas pelo Celestial Imperador para grande proveito e honra de todo o senhorio, que fora criado para lembrar o Senhor Deus, amá-Lo e entendê-Lo. Partindo de uma alegoria (as três figuras reais), o projeto sígnico da CE se desenvolve no plano de uma fantasia idealizada (o campo da corte imperial) a partir do foro concreto da realidade (Deus, Cristo, o Espírito Santo; católicos,

---

(Coord.). *Trivium & Quadrivium: as artes liberais na Idade Média.* São Paulo: Íbis, 1999. Retórica: a virtuosa elegância do bem dizer, pp. 71-112, e, da mesma autora, A arte retórica e a ciência da paixão. *Veritas.* Porto Alegre, v. 43, n. 3, set. 1998, pp. 541-8.

cismáticos e infiéis). A metáfora (o fundo azul do campo), como se vê, não está no lugar de outro significante; é o próprio significante em representação. No conjunto, os elementos que conformam a CE são muito mais o conjunto de uma *alegoria*, na qual o sensível denota o inteligível: o céu estrelado no campo multicolorido, Deus criador na figura de Jesus, a corte imperial nas cortes reais, a Igreja Triunfante na Igreja Militante, os espíritos do outro mundo dispostos em dois níveis hierárquicos, a fé iluminada pela Escritura nas linhas argumentativas da razão etc. Embora assente em fundo azul, o campo continua variado na aparência e, não obstante a incansável defesa da Rainha quanto às verdades da fé, a capacidade humana segue limitada para compreender a essência divina. O que de outra perspectiva sugere a CE é a necessidade de o Catolicismo vir a restituir a unidade confessional na face da terra. O propósito supõe uma ação militante tal qual a concebeu a rainha do debate.

Subjaz ao texto da CE um plano literário a um só tempo pedagógico e político, destinado aos propagadores do Catolicismo. O autor – português ou catalão – terá composto um manual para os homens ocupados com a conversão dos infiéis, com respeito a Portugal, aos reinos de Aragão, Catalunha e Castela. Aquele campo celestial projetava outro campo, mais real, cujo fundo azul se estendia para além dos céus ibéricos, até os que cobrem as mediterrâneas e atlânticas terras de alémmar. Trata-se da constelação de credos com que o cristianismo peninsular se debatia havia algumas centúrias. De um lado, os judeus e muçulmanos, numerosos entre a maioria cristã na Península; de outro, os cristãos da África, em muito menor número, junto aos quais, no entanto, se podia alargar o alcance da fé cristã[80].

Faz-se menção, nas linhas da CE, a umas águas salgadas, cujo gosto em vão o homem trabalha por conhecer, sem que alcance jamais sabê-lo na totalidade:

---

80. Cf. LLINARES, op. cit., pp. 37-48.

se alghũu homem gosta augua do mar per atanger hũa parte della, entende que toda a augua do mar he salguada asy como aquella que elle gosta. E, se elle podese gostar toda a augua do mar, sentiria mais do salgamento que o que sente, que mais he em no todo que em na parte, como quer que este exemplo seja groso porque de Deus e da criatura nom podemos poer enxenplo igualmente, pero semelhavelmente o entendimento humanal atange da Triindade aquello que lhe avonda segundo pode reçeber, mais nom conprende o que mais he da Triindade, bem asy e muito mais sem conparaçom como o gosto do homem nom comprende toda a augua do mar (p. 65).

Metáfora inexorável, o sal daquelas palavras é pinçado de gotas mais verdadeiramente úmidas, cujo significante encontra na denotação do signo o significado preciso: o Catolicismo existe entre outros credos, e é por sua sobreposição nada fácil a eles que efetivará a universalização da mensagem crística na face conhecida da terra. Ademais, o cristianismo deve vencer seus opositores pelos critérios de perfeição e superioridade nele subjacentes. O filósofo é néscio se não crê na existência de Deus, criador de todas as coisas. O judeu é porfioso em não admitir a Trindade e as matérias correlatas a Cristo Messias. O muçulmano incorre no erro e no pecado, porque Maomé é dito imperfeito e sua lei, falsa. Verdadeira, só a lei de Cristo, Deus-homem concebido pelo Espírito Santo, e corretos, os cristãos da corte da Rainha Militante, que seguem os preceitos da Igreja e formam a Corte Imperial do Celestial Imperador: como aqueles "reis dos poentes e os prínçipes e as virgẽes som trazidos ao rey Çelestial Enperador em prazer e em grande allegria per esta reinha" (p. 15).

5. *Outras cortes*

Quantos reis, príncipes e virgens teria arrebanhado para as cortes do Império Celestial a cidade imaginada por S. Agostinho? Os tempos o responderam, nem bem passada uma centúria da redação da CE. No trato com o judeu e o muçulmano da Península e no caminho até a outra margem do Mediterrâneo, contornando o continente africano até as Índias do Oriente ou, pelo oeste, até as Índias americanas, por todos os lados até onde chegou o estandarte da Espanha e do Portugal católicos, lá estaria de alguma forma a voz daquela Igreja Militante. Ocupando a fronteira entre os mundos da fé e da infidelidade, os reinos ibéricos, mais que seus irmãos do centro europeu, definiriam o catolicismo da alteridade, a espiar os credos circundantes[81]. Desde o século XIII, a controvérsia pública, organizada pelo "duplo poder espiritual e temporal, o da Inquisição e o dos reis"[82], é promovida nas terras da Península. Foi particularmente célebre um debate ocorrido em Barcelona, no ano de 1263, entre um Paulo Christiani, dominicano converso, e Rabi Moses ben Nachman, de Girona. Dando vitória ao judeu, o debate, conhecido como *Disputatio Nachmanis*, repercutiu positivamente entre as alfamas de Portugal[83], motivando uma espécie de réplica do lado cristão, o *Speculum hebraeorum*, tratado escrito em meados do século XIV, por Frei João, monge cisterciense de Alcobaça:

> Houve também um outro motivo, diz ele, que me arrastou com mais gosto para a presente controvérsia, a saber: um certo livro, acerca duma disputa estéril, que eu encontrei nos armários dos hebreus. De cuja disputa, narrada invejosamente e sem vergonha, eles se vangloriam contra nós, pelos erros mencionados. Ora, essa controvérsia, segundo ouvi dizer, desenrolou-se na pre-

---

81. Cf. REBOIRAS, Fernando Domínguez. A Espanha Medieval, fronteira da Cristandade. Trad. de L. Jean Lauand. *Mirandum*, São Paulo/Freiburg: Mandruvá (internet), n. 10, 2000, s/p.
82. COURCELLES, Dominique de. Présentation. In: LULLE, Raymond. *Le Livre du gentil et des trois sages*. Trad. e apres. de Dominique de Courcelles. Combas: L'Éclat, 1992, p. 10.
83. O episódio repercutiu igualmente nos demais reinos da Península. Há uma segunda versão do debate, que dá vitória ao dominicano. O teor do debate, nas duas versões, se encontra em *Quellen zur Disputation Pablos Christiani mit Mose Nachmani zu Barcelona 1263*, de O. P. Denifle. O texto hebraico de Nachman, ou Nachmanides, foi reproduzido, junto a uma tradução latina, por Wagenseil, na obra *Tela Ignea Satanae*. Citamos essas referências apud PONTES, Estudo..., op. cit., pp. 43-4 e nota 1.

sença do rei de Aragão [Jaime I, 1213-1276] [...] E contam falsamente os hebreus que, nesta controvérsia, Frei Paulo ficou vencido, no decorrer da disputa. E foi por isso que eu, Frei João, monge, *de fé íntegra e cristão de raça pura*, [...] pus ùtilmente em ordem o presente livro, para se disputar em latim, mas onde, algumas vezes, se tiram provas do hebreu. E intitulei-o *Espelho dos Hebreus*, para que assim como a gente pode ver, num espelho, as manchas da cara, assim também possam os hebreus e os conversos contemplar, neste livro, os antigos erros[84].

Em Portugal, como em outras partes da Península, a cristandade ia definindo-se a partir da noção do ser não-cristão. Não estranha que Frei João ou a Rainha Católica da CE concebam o Catolicismo em graus de pureza, perfeição e superioridade. Essas três qualidades só existem em função de algo que se tem por menos puro, menos perfeito e inferior, numa escala de valores que vai da infidelidade do outro até a fé baseada nos princípios do Deus uno e trino, conforme concebido pela teologia romana.

Não estranha, de igual modo, que a CE esteja a promover o encontro dos credos num campo maior e mais perfeitamente representativo da humanidade, disposto já sob os céus do Celestial Imperador. As cortes reais devem relativizar seu poderio, equilibrando suas forças sob mesma tutela. O Imperador Celestial, representado por sua Igreja, dispõe agora de uma corte supranacional, a congregar a pluralidade de povos, raças e credos da mais diversa procedência, subtraindo-a a um bloco de maior envergadura, que considera, sobretudo, os hiatos marítimos entre os continentes.

Nesse sentido, o mar refundidor desses continentes – aos olhos de hoje – não parece ser senão a língua portuguesa daqueles finais de Trezentos. O autor da CE criou, a partir de umas "cortes" havidas nas terras de França, Catalunha, Itália e

---

84. Apud MARTINS, *Estudos...*, op. cit. Cap. 25: Frei João, monge de Alcobaça e controversista: pp. 325-6. Grifo nosso. O escrito de Frei João Monge se encontra em dois códices alcobacenses: códs. CCXXXIX/236 e CCXL/270. Cf. idem, p. 320.

Tunísia[85], uma corte em chão genuinamente lusitano, o texto propriamente dito da *Corte enperial*, campo de uma língua em esplendor. O primeiro importante escrito português a ensaiar racionalmente as árduas matérias da teologia nasce já com uma linguagem apropriada para esse fim. A língua parece ter sido preparada para ele. Um aparato discursivo garante-lhe a concatenação lógica dos temas, mediante vocabulário assaz pertinente. De outro lado, a urdidura descritivo-narrativa encontra realização inusitada. A descrição dos debatentes e o registro de suas reações psicológicas, o recurso cenográfico dos coros, o uso que eles fazem da palavra cantada e acompanhada por instrumentos musicais, a falta de um juiz a proferir a palavra última, são todos elementos retóricos que se encontrarão ora nos autos de um Gil Vicente[86], ora nas representações singelas que promoveriam, anos depois, os missionários jesuítas, não sem retomar os pressupostos da prosódia e da métrica vicentinas[87].

Resta pensar os leitores efetivos da CE. Admitidos, como tempo da redação, os anos finais do século XIV, devem-se atribuir o surgimento e a propagação do livro provavelmente à ação cultural da dinastia de Avis. Afinal, foi na biblioteca de D. Duarte que existiu um dos manuscritos perdidos da CE, bem como é no *Leal conselheiro* do rei que se faz menção à ação dos lulistas em Portugal. Daí concluir-se, no mínimo, que o teor da obra anônima dialogou com uma tendência mais ampla de seu tempo[88].

---

85. Foi nessas localidades que se escreveram as fontes lulianas e liriana, tomadas pela CE.
86. Cf. PONTES, Raimundo Lulo..., op. cit, pp. 70-4.
87. Sobre o exercício da lógica entre os jesuítas, cf. GADOTTI, Moacir. *História das idéias pedagógicas*. 7. ed. São Paulo: Ática, 1999. Cap. 5: O pensamento pedagógico renascentista. Item 3: Os jesuítas: A *Ratio Estudiorum*, pp. 72-5. Sobre o teatro jesuítico no Brasil, cf. ANCHIETA, SJ, P. Joseph de. *Teatro de Anchieta. Obras completas*. Originais acompanhados de trad. versificada, introd. e notas de P. Armando Cardoso, SJ. São Paulo: Loyola, 1977, v. 3.
88. Sobre o lulismo em D. Duarte, cf. CAEIRO, op. cit., e PONTES, Raimundo Lulo..., op. cit., pp. 59-61. Frise-se que o confessor do monarca não era senão franciscano. Cf. MARQUES, Portugal na crise..., op. cit., p. 382.

Por essa marca da obra, pode-se imaginar o franco intercâmbio havido entre as culturas do Portugal medieval e o restante da Península Ibérica. Ao prestar tributo ao missionarismo engajado, o livro português tomou o pensador ativo de Maiorca como exemplo modelar para a ação de sua Rainha Militante. Em feliz coincidência, não terá sido o mesmo ano de 1395 – quando os barceloneses, em protesto, conclamavam pela reabilitação do pensamento de Raimundo Lúlio ao seio da Igreja – o ano em que nosso anônimo esteve às voltas com sua síntese do Catolicismo medieval, em cujas páginas, corte aberta a outras cortes, se espiam as margens do ultramar?

A pedagogia da alma no *Orto do Esposo*

Por
Raúl Cesar Gouveia Fernandes
Universidade Federal de São Carlos

*Para
Marina Massimi,
sempre grato pela amizade*

Raúl Cesar Gouveia Fernandes é professor da Universidade Federal de São Carlos e mestre em Literatura Portuguesa pela Universidade de São Paulo. Atualmente, continua pesquisando sobre o escárnio de amor da lírica galego-portuguesa.

> E foy hũa uez pregũtado hũũ sabedor que maneyra auia teer aquelle que quer aprender e quaaes cousas lhe eram necessarias pera ẽtender aquellas cousas que leese, e o sabedor respondeo que a primeyra cousa he a mẽte humildosa, cõuẽ a saber que nõ tenha por uil nehũa scriptura e que nõ aya uergonça de aprender de qualquer pessoa, e, depois que for sabedor, nõ despreze nehũũ, e a segũda cousa, que seia cuydoso e trabalhador pera buscar a sciencia.
>
> (*Orto do Esposo*, livro 3, cap. 8)

1. O **Orto do Esposo** *e seu tempo*

1.1. No contexto da prosa doutrinária portuguesa dos séculos XIV e XV, o *Orto do Esposo* é uma das obras que menos atenção receberam da crítica literária[1]. Exemplo disso é, para além da escassa bibliografia que até recentemente se havia produzido sobre o livro, o reduzido espaço que lhe tem sido reservado nos manuais de história da literatura portuguesa, mesmo em comparação com obras congêneres. Isso se explica, em parte, pelo anonimato do autor e pela dificuldade que o tema do *Orto* apresenta ao leitor de hoje. Obra didática cuja proposta ascética "rude e, por vezes simplista, tende para a mística"[2], o *Orto do Esposo* reflete preocupações religiosas e artísticas que exigem do leitor moderno um esforço de adaptação. Se o mesmo ocorre com outras obras do período, tais como o *Leal conselheiro* e o *Livro da vertuosa benfeytoria*, o *Orto* não oferece em contrapartida os atrativos de haver sido

---

1. A única edição crítica integral da obra é a preparada pelo lusitanista sueco Bertil Maler, em 3 volumes. O primeiro consta do texto crítico, o segundo apresenta comentários ao texto, a sinopse de seu conteúdo e o índice de nomes e matérias; o terceiro traz o estudo das fontes e o glossário. Os dois primeiros volumes foram publicados em 1956 no Rio de Janeiro pelo Instituto Nacional do Livro; o último apareceu apenas em 1964, editado em Estocolmo, pela Almquist & Wiksell.

2. MARTINS, Mário. Experiência religiosa e analogia sensorial. *Brotéria*, Lisboa, v. 78, 1964, p. 561.

composto por membros da família real ou de extrapolar a esfera religiosa para abordar também questões ligadas à vida social e política do Portugal de Quatrocentos, como os referidos tratados de D. Duarte e de D. Pedro.

O desinteresse que tem sido votado ao *Orto do Esposo*, no entanto, liga-se sobretudo ao questionamento acerca de seu real estatuto literário. Ainda que apresente numerosas narrativas históricas ou alegóricas, os *exempla* a que o autor sempre recorre para confirmar sua doutrina, o *Orto* não é obra de ficção. Se, por outro lado, a originalidade não fazia parte das preocupações dos escritores medievais, o monge que escreveu o *Orto do Esposo* limitou-se em grande medida a compilar e traduzir trechos das mais diversas fontes. Por isso, Álvaro Júlio da Costa Pimpão, na introdução de sua *História da literatura portuguesa: Idade Média*, inclui o *Orto do Esposo* entre os documentos que, em suas palavras, interessariam "muito mais à história da língua, da cultura e da própria civilização do que à da literatura"[3].

Embora essa opinião seja compartilhada por muitos, seria injusto negar ao *Orto do Esposo* qualquer valor literário. Em 1987, Elisa Rosa Pisco Nunes afirmava que se trata de "uma obra belíssima que tem estado até aqui numa injusta semi-obscuridade, sendo as únicas brechas de luz que sobre ela incidiram leves referências em manuais de história da língua portuguesa e ocasionais artigos em revistas"[4]. Já antes dela, os poucos estudiosos que haviam se dedicado ao *Orto* não deixaram de ressaltar suas qualidades: Mário Martins refere-se ao "forte sabor poético" da obra; Luciano Rossi considera que a distribuição dos *exempla* feita pelo autor tem "certa originalidade" e acrescenta que, em algumas passagens do livro, "o prazer de narrar se apodera do cisterciense, a ponto de por vezes lhe

---

3. 2. ed. Coimbra: Atlântida, 1959, p. 3.
4. *Da imagem do rei no Orto do Esposo: contribuição para um estudo da personagem do rei na literatura da Idade Média*. 1987. Trabalho de síntese das provas de aptidão pedagógica e capacidade científica – Universidade de Évora, p. 5. Agradecemos à autora pelo envio de cópia do trabalho.

tomar a mão"; Hélder Godinho, por sua vez, afirma ser esta "uma das mais belas obras de prosa medieval portuguesa"[5].

1.2. A um dos manuscritos do *Orto do Esposo* foi acrescentada, em data desconhecida, uma folha que atribui a autoria do livro a Frei Hermenegildo de Tancos, do Mosteiro de Alcobaça, informação registrada em 1742 na *Bibliotheca Lusitana* de Diogo Barbosa Machado[6]. No início do século XIX, entretanto, um erudito pesquisador da biblioteca de Alcobaça, o monge cisterciense Fortunato de S. Boaventura, afirma que o *Orto do Esposo* "não foi composto por Fr. Hermenegildo (se é que alguma vez existiu tal Fr. Hermenegildo), mas copiado e, quando muito, traduzido"[7]. Desde então, outros autores, baseando-se nas suposições do *Commentariorum de alcobacensi manuscriptorum, libri tres*, de Frei Fortunato de S. Boaventura, têm repetido a tese de que o *Orto do Esposo* não passaria de tradução: é o caso de Joaquim de Carvalho, Álvaro Júlio da Costa Pimpão e António José Saraiva, entre outros[8].

---

5. MARTINS, Mário. À Volta do "Orto do Esposo". *Brotéria*, Lisboa, v. 46, 1948, p. 172. ROSSI, Luciano. *A literatura novelística na Idade Média*. Lisboa: Instituto de Cultura Portuguesa, 1979, p. 91. GODINHO, Hélder. *Prosa medieval portuguesa*. Lisboa: Comunicação, 1986, p. 203.

6. Diz o autor: "Fr. Hermenegildo de Tancos cujo appelido denota a Villa de Comarca de Thomar, que lhe deu o berço. Foi Monge Cisterciense em o Real Convento de Santa Maria de Alcobaça onde se exercitou nas virtudes próprias do seu Estado monachal. Escreveo *Vidas, e Sentenças dos Santos Padres; Horto do Esposo; Varias Orações Devotas*. Todas estas obras MS se conservão, em folha no Archivo de Alcobaça". Apud WILLIANS, Frederick G. Breve estudo do *Orto do Esposo* com um índice analítico dos "exemplos". *Ocidente*, Lisboa, v. 74, 1968, p. 197.

7. Apud MARTINS, À Volta..., op. cit., p. 164.

8. CARVALHO, Joaquim de. *Obra completa*: História da cultura (1922-1948). Lisboa: Fundação Calouste Gulbenkian, 1982, v. 3. Instituições de cultura – período medieval: p. 140 (texto publicado originalmente em 1929); PIMPÃO, op. cit., p. 9. Saraiva parece hesitante quanto à tese da originalidade do *Orto do Esposo*. Em *O crepúsculo da Idade Média em Portugal*, o autor afirma que o livro "parece ser um original português", para, algumas páginas depois, listá-lo juntamente com os códices latinos ou traduzidos de Alcobaça, supondo que o *Orto do Esposo* tenha sido "traduzido na primeira metade do século XV" (4. ed., Lisboa: Gradiva, 1995, pp. 91 e 109).

Foi Mário Martins quem desfez definitivamente essa série de mal-entendidos. Num artigo publicado em 1948, na revista *Brotéria*[9], o pesquisador jesuíta observa, em primeiro lugar, que realmente não há nada que prove a existência de Fr. Hermenegildo de Tancos ou o fato de ser ele o autor do *Orto*, conforme notara Fortunato de S. Boaventura. Quanto à suposição de a obra ser uma tradução, contudo, Martins discorda de Fr. Fortunato, alegando que no Prólogo do *Orto* o autor declara explicitamente que fora solicitado a *redigir* um livro *en linguagem*; caso se tratasse de tradução de um original latino, ele provavelmente teria escrito que o livro havia sido *posto en linguagem*. Que a obra tenha sido escrita em Portugal e não seja tradução de um tratado estrangeiro desaparecido, Mário Martins depreende do trecho em que o monge anônimo, ao discorrer sobre a confiança na enganosa *bẽ auẽnturança* que o *senhoryo e poderio* oferece a príncipes e reis deste mundo, afirma a modo de exemplo:

> E aas vezes o aleuãtamento do poboo destrue e desfaz os officiaes e os poderosos. Esto se faz cada dia, e poucos anos ha que uimos esto con nossos olhos ẽ estes regnos de Portugal depois da morte delrrey dom Fernando, e esso meesmo ora e ennos regnos de Castella, ẽno destruymẽto delrrey dom Pedro, que aquelles que erã tam poderosos, que parecia que auiã poderio sobre as estrellas, que andauã cõ as cabeças aleuãtadas ẽ tal guisa que aadur se contẽptauã oolhar a terra per que auiã de andar, tostemẽte forõ derribados, delles per morte e delles per perda de bẽẽs e outros per esterramẽto, en tal guisa que todo o poderyo que ante ouuerõ foy tornado ẽ amargura[10].

O editor do *Orto* também descartou a hipótese de a obra não passar de tradução. Após extensa pesquisa acerca das fontes utilizadas pelo autor do *Orto*, Bertil Maler afirmou terem

---

9. MARTINS, Mário. À Volta..., op. cit.
10. MALER, op. cit., v. 1, pp. 251-2. Todas as citações do texto são retiradas do primeiro volume desta edição, pelo que passaremos a indicar apenas suas páginas.

sido infrutíferas suas "tentativas para topar com algum tratado inteiro de que nosso anônimo se tivesse inspirado diretamente e que houvesse tomado como modelo para copiar"[11]. Isto posto, tudo o que se pode afirmar acerca do autor do *Orto do Esposo* é que ele foi provavelmente monge de grande cultura, pois manuseava com familiaridade uma vasta biblioteca de obras latinas, e que viveu em Alcobaça na passagem do século XIV para o XV.

Se quanto à autoria pouco se pode afirmar, o mesmo não acontece com a datação da obra. Por um lado, conforme já foi dito, o monge refere-se aos tumultos ocorridos depois da morte de D. Fernando (1383), que culminaram na ascensão da dinastia de Avis ao trono português; por outro, José Mattoso observou que, no inventário de livros da biblioteca do Mosteiro do Bouro, redigido por ocasião da posse de um novo abade em 1437, figura uma cópia do *Orto*[12]. Dessa forma, pode-se situar a data de composição da obra num intervalo de aproximadamente cinqüenta anos (entre c. 1385 e 1437), que coincidem sensivelmente com o período do reinado de D. João I (1385-1433). Inclinamo-nos, entretanto, a admitir que o livro tenha sido redigido ainda no final do século XIV, pois a morte de D. Fernando é lembrada como acontecimento recente.

1.3. Chegaram até nós dois manuscritos com cópias do *Orto do Esposo*. Ambos são provenientes do mosteiro cisterciense de Santa Maria de Alcobaça e atualmente fazem parte da coleção de códices alcobacenses da Biblioteca Nacional de Lisboa. O códice Alc. 198, redigido em letra gótica do século XV, contém o *Orto do Esposo* (fls. 1r-155r) seguido dos *Solilóquios* do pseudo-Santo Agostinho; já o códice Alc. 212, copiado em letra cursiva do final do século XV, apresenta *Os doze livros das instituições monásticas* (tradução do *De institutis coeno-*

---

11. MALER, op. cit., v. 3, p. 18.
12. MATTOSO, José. *Religião e cultura na Idade Média portuguesa*. 2. ed. Lisboa: Imprensa Nacional/Casa da Moeda, 1982. Leituras cistercienses do século XV, p. 513.

biorum, de S. João Cassiano), seguido pelo *Orto do Esposo* (fls. 80r-250v)[13].

Bertil Maler designa o manuscrito Alc. 198 por A e o Alc. 212 por B. Dado que A, o manuscrito mais antigo, apresenta saltos com relação à versão de B, é impossível que este tenha sido copiado do anterior. Maler afirma que é provável, portanto, que A e B sejam cópias de um mesmo manuscrito perdido (X). Apoiando-se no estudo das variantes textuais, o pesquisador sueco crê, no entanto, que tal manuscrito não seja o original (O), mas uma cópia sua, o que resulta no seguinte *stemma codicum*[14]:

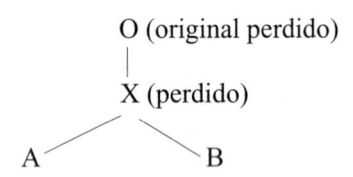

```
        O (original perdido)
        |
        X (perdido)
       / \
      A   B
```

Paulo Alexandre Cardoso Pereira refere-se ainda a três fragmentos de uma cópia do *Orto do Esposo*, provenientes do Mosteiro de Santa Maria de Lorvão, "recentemente descobertos na Torre do Tombo por Arthur Askins, Harvey Sharrer e Aida Dias", mas não foi possível verificar esta informação[15].

Além dos manuscritos alcobacenses e da cópia de Santa Maria de Lorvão, há notícias da existência de cópias, hoje desaparecidas, no Mosteiro do Bouro, conforme já foi dito, nas bibliotecas de D. Duarte (1438) e do Condestável D. Pedro de Portugal (1466)[16]. A quantidade de exemplares conhecidos, se

---

13. Cf. SILVA NETO, Serafim da. *Textos medievais portugueses e seus problemas*. Rio de Janeiro: Ministério da Educação e Cultura, 1956, pp. 78-9. Veja-se também FERRERO, Ana Diaz, PEIXEIRO, Horácio. Horto do Esposo. In: LANCIANI, Giulia, TAVANI, Giuseppe (Coord. e Org.). *Dicionário da literatura medieval galega e portuguesa*. Trad. de José Colaço Barreiro e Artur Guerra. Lisboa: Editorial Caminho, 1993, pp. 315-7.

14. MALER, op. cit., v. 3, p. 12.

15. *O "Orto do Esposo" e a construção da autoridade no* exemplum *medieval*, 1996. Dissertação (Mestrado em Letras) – Universidade Nova de Lisboa, p. 57, nota. Agradecemos ao autor pelo envio de cópia do trabalho.

16. Com relação a D. Duarte, a informação consta na lista dos "lyuros que el rey tinha asy de latim como lingoajem" presente no *Livro da Cartuxa*. Cf. DUAR-

comparada com notícias acerca da difusão de textos coevos, permite concluir que o *Orto* obteve acolhimento favorável nos meios culturais portugueses da época. Outro indício do prestígio alcançado pelo livro é a constatação, feita por José Mattoso, de que o *Orto do Esposo* é a única obra espiritual posterior ao fim do século XII que a biblioteca do Mosteiro do Bouro possuía por ocasião do levantamento feito em 1437[17]. O relativo sucesso da obra no século XV torna ainda mais incompreensível a indiferença da crítica moderna com relação ao *Orto do Esposo*.

1.4. O *Orto do Esposo* é uma compilação comentada de textos provenientes de várias fontes, em particular das "Escripturas Sanctas e dos dizeres e autoridades dos doutores catholicos", com vistas a instruir e a edificar na doutrina cristã "todollos sinplezes fiees", conforme o cisterciense declara no Prólogo da obra. Para tanto, o autor recorre à prática de ilustrar os preceitos expostos através de narrativas exemplares (*exemplos* e *falamentos*), colhidas da Bíblia, da literatura hagiográfica ou histórica e de fábulas e bestiários, procedimento muito comum na literatura moral e religiosa dos séculos XIV e XV. No contexto medieval, o *exemplum* – forma de argumentação indutiva que, "a partir de fatos passados, conclui pelos futuros"[18], prescrita no *De Inventione* de Cícero e na *Rhetorica ad Herennium* – torna-se importante instrumento de persuasão da pregação religiosa, assumindo então a forma de "uma narrativa breve dada como verídica e destinada a ser inserida num discurso (em geral em sermão) para convencer um auditório por uma lição salutar"[19].

TE (Dom). *Livro dos conselhos de El-Rei D. Duarte* (Livro da Cartuxa). Ed. diplom. de João José Alves Dias. Lisboa: Estampa, 1982, pp. 206-8. Os catálogos destas bibliotecas foram editados em SILVA NETO, op. cit., pp. 117-25.

17. MATTOSO, op. cit., p. 497.

18. REBOUL, Olivier. *Introdução à retórica*. Trad. de Ivone Castilho Benedetti. São Paulo: Martins Fontes, 2000, p. 49.

19. ["Un récit bref donné comme véridique et destiné à être inséré dans un discours (en général un sermon) pour convaincre un auditoire par une leçon salu-

Intensamente utilizado pelos pregadores (principalmente dominicanos e franciscanos) a partir do século XIII, quando o IV Concílio de Latrão (1215) reafirmou a importância da pregação aos fiéis, nesta época o *exemplum* também passou a ser objeto de atenção das *artes praedicandi*. A grande ressonância encontrada pelas narrativas exemplares – que, além de instrumento da *captatio benevolentiae* do auditório, mostraram ser eficazes para auxiliar a compreensão e a memorização de preceitos muitas vezes abstratos por parte de um público via de regra pouco instruído – é atestada pelos repertórios de *exempla* que começaram a circular por toda a Europa na época. Alguns deles figuram entre as possíveis fontes compulsadas pelo autor do *Orto do Esposo*: é caso dos *Sermones vulgares*, de Jacques de Vitry, do *Tractatus de variis materiis predicabilius*, de Étienne de Bourbon, e do *De dono timoris* (conhecido como *Tractatus de abundantia exemplorum*), de Humbert de Romans. Havia também repertórios que apresentavam as narrativas classificadas por diferentes categorias, além de índices que permitiam ao pregador encontrar rapidamente o *exemplum* que conviesse ao tema do sermão, como o *Scala coeli* de Jean Gobi e o *Alphabetum narrationum* de Arnoldo de Liège, do qual existe uma tradução catalã, o *Recull de eximplis*[20].

Para além de repertórios de *exempla* traduzidos em vulgar, como o *Libro de los gatos* e o *Libro de enxemplos*, na literatura castelhana medieval as narrativas exemplares foram utilizadas também em prosa profana, ainda que com intenção moralizante, como no *Calila y Dimna*, tradução de original árabe, e no *Conde Lucanor*. Em Portugal, embora a pregação tenha recebido grande impulso com a atividade das Ordens Mendicantes, e a presença de sermonários esteja registrada nas bibliotecas de diversos mosteiros e também na de D. Duarte, ates-

---

taire"]. LE GOFF, Jacques, apud BERLIOZ, Jacques. Exempla. In: HASENOHR, Geneviève, ZINK, Michel (Org.). *Dictionnaire des lettres Françaises. Le Moyen Âge*. Paris: Fayard, 1992, p. 437. Uma síntese da evolução do *exemplum* desde a Antigüidade até ao final da Idade Média encontra-se em PEREIRA, op. cit., pp. 4-24.

20. MALER, op. cit., v. 3, pp. 19-22.

tando o interesse pelo tema fora dos círculos eclesiásticos, não há traduções de repertórios de *exempla en linguagem*[21]. Isto não quer dizer, contudo, que a narrativa exemplar não tenha deixado vestígios em outros gêneros da prosa portuguesa, como nos nobiliários e nas crônicas de Fernão Lopes. O *Boosco deleitoso*, obra de grandes afinidades com o *Orto do Esposo*, a ponto de já ter sido cogitada a hipótese da mesma autoria[22], também apresenta "enxempros e falamentos e doutrinas muito aproveitosas e de grande consolaçon"[23]. De qualquer forma, em âmbito português, o *Orto* notabiliza-se pela abundância, variedade e organização dos *exempla* que o autor anônimo reúne, traduz e comenta. Este deve ter sido um dos motivos de sua apreciável difusão ao longo do século XV[24].

2. *A fortuna crítica do* Orto do Esposo

2.1. A despeito de Bertil Maler ter afirmado em 1956 que, àquela altura, o *Orto do Esposo* estava "longe de ser desconhecido", as notícias até então surgidas acerca da obra não só eram escassas, como também pouco aprofundadas. Afora as informações oferecidas por pesquisadores dos catálogos de Alcobaça, como Diogo Barbosa Machado e Fortunato de S. Boaventura[25], Maler lembra das edições parciais do texto preparadas por Teófilo Braga, José Joaquim Nunes e Serafim da Silva

---

21. Sobre a pregação em Portugal na Idade Média, ver CAEIRO, Francisco da Gama. Ensino e pregação teológica em Portugal na Idade Média: algumas observações. *Revista Española de Teología*, Madrid, v. 44, 1984, pp. 113-35. Ver também BAUBETA, Patricia Anne Odber. *Igreja, pecado e sátira social na Idade Média portuguesa*. Trad. de Maria Teresa Rebelo da Silva. Lisboa: Imprensa Nacional/Casa da Moeda, 1997. Cap. 3: Pregadores e sermões: pp. 119-87.
22. SARAIVA, op. cit., p. 93, e MARTINS, À Volta..., op. cit., p. 176.
23. *Boosco deleitoso*. Ed. de Augusto Magne. Rio de Janeiro: Instituto Nacional do Livro, 1950, v. 1, pp. 1-2.
24. Cf. MATTOSO, José. Exemplo. In: LANCIANI, TAVANI, op. cit., pp. 250-1.
25. Cf. acima, § 1.2.

Neto[26] e dos rápidos comentários, mais filológicos do que propriamente literários, de J. Cornu, Carolina Michaëlis de Vasconcelos e José Leite de Vasconcelos[27]. Nem mesmo o aparecimento da edição do *Orto do Esposo* foi capaz de atrair a atenção da crítica literária: a única "reação" suscitada pela publicação da obra foi um artigo de Frederick Willians, saído em 1968, no qual o autor apresenta um índice analítico dos *exempla* do *Orto*, sem contudo trazer novidades relevantes com relação à sinopse do texto elaborada anteriormente por Maler[28].

A exceção a esta inexplicável omissão da crítica é o Pe. Mário Martins. Desde os anos 40 e por mais de três décadas, o erudito jesuíta publicou diversos pequenos ensaios sobre o *Orto do Esposo*, principalmente na revista *Brotéria*, e, posteriormente, em sua coleção *Estudos de cultura medieval*. Não obstante o fato de algumas vezes limitar-se a parafrasear passagens do texto, Mário Martins oferece sugestões valiosas para a leitura do *Orto*. Sem esquecer sua já referida contribuição para o esclarecimento de questões relativas à autoria e à data de composição do livro, pode-se citar ainda a análise do recurso à analogia sensorial para descrever a experiência mística no *Orto do Esposo* e a elucidação dos fundamentos filosóficos do desprezo do mundo, temas a que retornaremos adiante[29].

---

26. BRAGA, Teófilo. *Contos tradicionais do povo português*. 2. ed., Lisboa: D. Quixote, 1995, v. 2, pp. 74-94; NUNES, José Joaquim. *Crestomatia arcaica*. 8. ed., Lisboa: Clássica Editora, 1981, pp. 57-60 (a obra foi lançada em 1906); SILVA NETO, Serafim. *Boletim de Filologia*, Rio de Janeiro, n. 2, f. 8, 1948, pp. 238-41.
27. CORNU, J. Études de grammaire portugaise. *Romania*, Paris, v. 10, 1881, pp. 334-45. Infelizmente, não tivemos acesso à "História da antiga literatura portuguesa", de Carolina Michaëlis de Vasconcelos, a que Maler se refere (op. cit., v. 1, p. XI).
28. Breve estudo..., op. cit., pp. 197-242.
29. Experiência religiosa..., op. cit.; *Introdução à vidência histórica do tempo e da morte*. I. Da destemporização medieval até ao Cancioneiro Geral e a Gil Vicente. Braga: Livraria Cruz, 1969. Cap. 1: Destemporalização: pp. 11-29. Dada a quantidade de artigos dispersos e capítulos de livros dedicados ao *Orto do Esposo* na obra de Mário Martins, são lembrados aqui apenas alguns dos mais significativos; a lista completa de seus estudos sobre o *Orto* pode ser encontrada na bibliografia final.

Mais recentemente, em 1979, Luciano Rossi examinou brevemente o *Orto do Esposo* em seu *A literatura novelística na Idade Média portuguesa*. O pesquisador italiano atentou sobretudo ao trabalho de reelaboração textual a que o monge alcobacense submeteu alguns dos *exempla* compilados, ressaltando suas habilidades narrativas. Após o exame de várias narrativas exemplares do *Orto* – que são cotejadas com as versões apresentadas por repertórios de *exempla* latinos e com as versões de outras obras do século XIV, como as *Cent nouvelles nouvelles* –, Rossi concluiu que, ao fugir do "esquema rígido do *exemplum* (...), o autor do *Orto* encontra o terreno que é mais conforme à sua índole. Quando, porém, se arrisca numa empresa de maior amplitude, o fôlego não lhe acode"[30].

2.2. Pode-se dizer que foi apenas no final da década de 80 que o *Orto do Esposo* passou a ser objeto de pesquisas sistemáticas, que desde então vêm iluminando diversos aspectos da obra. Em 1987, Elisa Rosa Pisco Nunes, num trabalho que se pode considerar pioneiro em ambiente universitário, abordou a imagem do rei no *Orto do Esposo*. Assim como Luciano Rossi, a pesquisadora de Évora afirma que, nas narrativas exemplares, o monge "ultrapassou o simples objetivo de veicular máximas doutrinárias". A análise dos numerosos *exempla* protagonizados por personagens reais – em sua maioria famosos reis e imperadores da Antigüidade, como Alexandre, Júlio César e Salomão, entre outros – leva a autora à conclusão de que, segundo o *Orto do Esposo*, o rei deve possuir, para além dos atributos habitualmente destacados na literatura medieval (como bravura e procedência de linhagem nobre), outras "qualidades num plano supra-sensível". Assim, "a dualidade da sua essência, simultaneamente humana e divina, [é] qualidade essencial para legitimar o 'ofício de regedor'"[31], à semelhança de Cristo, modelo de realeza e Rei dos reis.

---

30. ROSSI, op. cit., p. 96.
31. NUNES, Elisa, op. cit., pp. 7, 8 e 90, respectivamente.

No II Colóquio de Estudos Lingüísticos da Universidade de Évora (1987), Elisa Nunes voltou à obra, encarando-a sob outra perspectiva. Em sua comunicação, a autora procurou demonstrar como o variado material compilado pelo *Orto*, especificamente um *exemplum* que narra uma autêntica aventura cavaleiresca[32], presta-se a leituras muito diversas da interpretação moral e alegórica proposta pelo autor. Tal como ocorre nas novelas de Chrétien de Troyes, a aventura cavaleiresca do *Orto* apresenta, de acordo com Elisa Nunes, "determinados núcleos semânticos, estabelecidos através de cadeias de isomorfismos, que ultrapassam as referências bíblicas" e atualizam representações míticas indo-européias[33].

Hélder Godinho, ao discorrer sobre o feminino no *Orto do Esposo*, também notou o eco de um universo imaginário mítico nas entrelinhas dos *exempla* e da doutrina da obra. De acordo com Godinho, a conseqüência mais importante do pecado original para o autor do *Orto* foi o fato de o gênero humano, expulso do Paraíso Terrestre, ser obrigado a viver num mundo hostil, onde tudo, inclusive o próprio homem, é condenado à morte, ou seja, ao fluir do tempo. Dado que a responsável pela Queda foi Eva, o mundo presente e o angustiante correr do tempo, instrumentos do castigo divino, podem ser considerados criação feminina. Por isso, o pesquisador entrevê na misoginia do *Orto* "um exemplo de velhas concepções míticas da Ordem Universal no feminino, enquanto Ordem Universal sujeita ao tempo que as Grandes Deusas da fertilidade e da morte exemplificam"[34]. Daí, em suma, a conclusão de que a recusa da mulher no *Orto* equivale, de certa forma, a uma recusa do tempo, que dissolve tudo e todos.

Se o *Orto*, seguindo longa tradição literária, freqüentemente retrata a mulher como ser inferior ao homem e, pior ain-

---

32. A passagem encontra-se nas pp. 38 e 39 do *Orto do Esposo*.
33. NUNES, Elisa. Um fragmento do *Orto do Esposo*. Problemas de interpretação, 1987. Uma vez que as atas do Colóquio não foram publicadas, só pudemos ter acesso ao texto graças à gentileza da autora.
34. O feminino no *Horto do Esposo*. *Convergência Lusíada*, Rio de Janeiro, v. 12, 1995, p. 100.

da, tentador instrumento utilizado pelo diabo para afastar os homens do caminho da salvação[35], é porque o intuito da obra é exatamente convencer o leitor da necessidade de abandonar o sensível e o corporal para atingir o estado de pureza requerido para conquistar o Paraíso, conforme destacou Paula de Jesus Pomares Batista em sua dissertação de Mestrado, apresentada em 1996[36]. Além de examinar detalhadamente o significado simbólico das descrições dos Paraíso Terrestre e Celeste presentes no *Orto*, Batista descreve os traços principais da luta entre o corpo e a alma, identificando quais os obstáculos para a salvação apontados pelo monge alcobacense: principalmente o apego aos bens terrenos e o poder sedutor da mulher.

Num texto publicado em 1993, Carlos Fonseca Clamote Carreto procurou verificar em que medida a concepção da linguagem e o modo de escrita do *Orto* auxiliam a realização do objetivo de guiar os leitores ao Paraíso. Dado que a experiência humana do espaço e do tempo dependem em grande medida da capacidade de simbolização da linguagem, Carreto parte do pressuposto de que "a viagem mística é inseparável de uma vivência poética da linguagem". Por isso, diz, diferentemente do que ocorre no *Boosco deleitoso*, no *Orto do Esposo* "o peregrino é substituído pelo leitor e a viagem torna-se *percurso pela escrita*, reintegração da linguagem"[37]. Contudo, a linguagem humana é imperfeita e incapaz de transmitir o maravi-

---

35. Sobre a misoginia do *Orto*, cf. também FERRERO, Ana María Díaz, MELERO, Miguel Murillo. Algunas consideraciones en torno a la mujer en el *Orto do Esposo*. In: Juan Paredes (Ed.). *Medioevo y literatura*. Actas del V Congresso de la Asociación Hispánica de Literatura Medieval. Granada: Universidad de Granada, 1995, v. 2, pp. 151-8, e ainda MALEVAL, Maria do Amparo Tavares. *Rastros de Eva no imaginário ibérico*: séculos XII a XVI. Santiago de Compostela: Laiovento, 1995. Cap. 5: Mulheres "exemplares" no *Orto do Esposo*: pp. 65-80.
36. BATISTA, Paula de Jesus Pomares. *A simbologia do Paraíso no* Orto do Esposo. 1996. Dissertação (Mestrado em Letras) – Universidade Nova de Lisboa, p. 80.
37. CARRETO, Carlos Fonseca Clamote. Da cidade do texto à cidade celestial. A encenação da escrita no *Orto do Esposo*. *A cidade. Jornadas inter e pluridisciplinares*. Actas. Lisboa: Universidade Aberta, 1993, v. 1, pp. 383 e 389, respectivamente.

lhoso e o divino; daí a necessidade de recorrer à compilação de textos bíblicos e das *auctoritates*, que refletem mais de perto a Verdade. Dessa forma, conclui o pesquisador, o *Orto do Esposo* manifesta a utopia de uma linguagem total e unívoca, em que o significante seja absolutamente transparente, a fim de permitir acesso imediato à própria origem e significado de tudo: Cristo, o signo perfeito.

2.3. Essas reflexões prendem-se aos esclarecedores ensaios publicados recentemente por Margarida Madureira e Ana Maria Machado, que iluminam aspectos fundamentais da concepção da escrita no *Orto*.

Margarida Madureira dedicou-se à retórica e ao problema da classificação genológica da obra. Considerando que o *Orto* mantém um diálogo constante com outros textos, a pesquisadora observa a diluição do "sujeito da escrita, assimilado, pelo acto de re-enunciação, ao sujeito de enunciação das *auctoritates* citadas". Ora, o "discurso primeiro", a autoridade fundamental que coordena toda a enunciação é a Palavra de Deus, a Escritura; daí as estratégias de que o autor lança mão na construção da obra, que são o recurso constante às referidas autoridades e à *amplificatio*:

> Entre a letra e o sentido, como entre a Escritura e as glosas ou comentários que nela procuram apreender a intenção divina, projeta-se, então, um espaçamento, condição de uma escrita que, por meio da *amplificatio* e da acumulação redundante de citações de *auctoritates*, numa dilação do discurso teoricamente infinita, busca essa inalcançável perfeição na rememoração e meditação do texto sagrado[38].

Já Ana Maria Machado, da Universidade de Coimbra, tem se dedicado à proposta hermenêutica contida no *Orto do Esposo* e às narrativas hagiográficas da obra, em particular às pro-

---

38. MADUREIRA, Margarida. Gênero e significação segundo o *Orto do Esposo*. In: RIBEIRO, MADUREIRA, op. cit., pp. 252 e 255, respectivamente.

venientes da *Legenda aurea*. Analisando a insistência com que o autor do *Orto* aconselha a leitura da Bíblia e as orientações práticas que ele oferece a todos os *sinplezes* sobre como fazê-lo, a pesquisadora conclui que a obra "enuncia os postulados básicos da hermenêutica cristã que, embora testemunhados em textos posteriores da nossa literatura vernácula, em nenhum acusam uma explanação tão sistemática e ilustrada"[39]. Além disso, a autora observa como no *Orto* se procura eludir as dificuldades hermenêuticas do texto bíblico através da utilização de narrativas hagiográficas. Desta forma, segundo Ana Maria Machado, fica estabelecida uma hierarquia literária em que à hagiografia é atribuído estatuto de "menoridade intelectiva"[40], que a mantém submissa e condicionada à interpretação da Sagrada Escritura. Isto se liga às estratégias de pregação e à sermonária, analisadas em outro ensaio da pesquisadora. Os excertos hagiográficos do *Orto do Esposo* teriam, dessa forma, função ancilar: "a micronarrativa [hagiográfica] perde sua função prioritária original – provar a superioridade de um santo – para iluminar os temas que é convocada a demonstrar"[41].

Por fim, foi Paulo Alexandre Cardoso Pereira quem abordou de modo mais sistemático os *exempla* do *Orto do Esposo*. Em sua dissertação de Mestrado, após rica introdução em que são discutidas a história do *exemplum*, sua caracterização genológica e sua função na literatura medieval, Pereira propõe uma análise dos recursos de legitimação das narrativas exemplares do *Orto*. A primeira delas é a subordinação dos *exempla* às *setentiae* dos *auctores*: antes de mais nada a *sacra pagina*,

---

39. MACHADO, Ana Maria. O *Orto do Esposo* e as teorias interpretativas medievais. In: MEGÍAS, José Manuel (Ed.). *Actas del VI Congreso Internacional de la Asociación Hispánica de Literatura Medieval*. Alcalá de Henares: Universidad de Alcalá, 1997, v. 2, p. 928.

40. MACHADO, Ana Maria. A leitura hagiográfica no *Orto do Esposo* e a hermenêutica implícita na *Legenda aurea*. In: RIBEIRO, Cristina Almeida, MADUREIRA, Margarida (Coords.). *O gênero do texto medieval*. Lisboa: Cosmos, 1997, p. 257.

41. MACHADO, Ana Maria. A "Legenda Aurea" nos *exempla* hagiográficos do "Orto do Esposo". *Colóquio: Letras*, Lisboa, v. 142, 1996, p. 127.

mas também as palavras dos santos e doutores da Igreja. Dessa forma, mesmo os *recontamentos* ou *falamentos* de origem e temas profanos são moralizados e integrados ao discurso doutrinal. Mas não é apenas o diálogo com outros textos que confere legitimidade aos *exempla* do *Orto*: outra importante estratégia de construção da autoridade é o "diálogo do texto consigo próprio, consubstanciado no seu desdobramento auto-reflexivo", que ocorre sobretudo na terceira parte da obra[42]. A terceira forma de legitimação é o recurso aos *exempla* históricos e a concepção do tempo, tema a que o autor retornou em um ensaio publicado em 1997. Utilizando o conceito de "destemporalização" proposto por Mário Martins, o autor declara que a expressão do tempo no *exemplum*, graças à "tensão que instaura entre a história terrena e a prefiguração escatológica", faz parte da estratégia de criação da autoridade na obra[43]. O tempo exemplar é portanto histórico-filosófico, uma vez que propende para a transcendência, e histórico-teológico, pois apresenta feição providencialista. A História, *magister vitae*, é tomada como um macro-exemplo; ancorado no passado, o *exemplum* existe numa espécie de presente absoluto.

Embora ainda se possa dizer que o *Orto do Esposo* seja pouco conhecido fora do círculo dos especialistas, está em curso um significativo processo de valorização da obra, que tem atraído a atenção de um número crescente de pesquisadores. Os estudos publicados na última década, valendo-se dos recentes debates acerca do estatuto literário do *exemplum* e da narrativa hagiográfica[44], atentam para as qualidades literárias de um texto até há pouco tido apenas como mais uma das traduções produzidas por monges anônimos dos séculos XIV e

---

42. PEREIRA, op. cit., p. 100.
43. PEREIRA, Paulo Alexandre Cardoso. Mudações da fortuna: o *exemplum* medieval e a retórica da História. In: RIBEIRO, MADUREIRA, op. cit., p. 239.
44. Veja-se, a este respeito, PHILIPPART, Guy. L'hagiographie comme littérature: concept récent et nouveaux programmes? *Revue des Ciences Humaines*, Lille, v. 251, 1998, pp. 11-39. Ver também MORAIS, Ana Paiva. Alguns aspectos da retórica do exemplo: lógica do modelo e hipóteses da ficção no *exemplum* medieval. In: RIBEIRO, MADUREIRA, op. cit., pp. 227-37.

XV. Sem desconsiderar as importantes contribuições dos estudos citados, este trabalho se propõe a aproximar o *Orto do Esposo* da literatura mística, aspecto pouco explorado pela crítica até ao momento, e que parece fornecer úteis sugestões para identificar o fio condutor que cria a unidade das diversas partes da obra.

3. Propósito, estrutura e conteúdo do Orto do Esposo

3.1. Se, conforme será dito adiante[45], o autor do *Orto do Esposo* tinha conhecimento das dificuldades implicadas na leitura das Sagradas Escrituras, também o próprio *Orto*, enquanto texto que se propõe a refletir e prolongar a perfeição do discurso bíblico, exige do leitor moderno certas precauções. Verifica-se, antes de mais nada, a inviabilidade da aplicação de categorias de análise anacrônicas, pois estranhas ao contexto que deu origem à obra, particularmente no que diz respeito à classificação genológica do *Orto* – problema, de resto, comum a toda literatura medieval, como observou Hans-Robert Jauss[46].

Margarida Madureira constatou que "o *Orto do Esposo* resiste a uma abordagem genológica centrada na identificação de constantes estruturais e temáticas"[47]. A crítica tem ressaltado sobretudo sua associação com a literatura de exemplos, o que não esgota o problema, pois as fronteiras genológicas entre o *exemplum* e as diversas outras formas de narrativas curtas medievais, como o milagre, a fábula e a alegoria, nem sempre são claras[48]; mais importante do que isso, no entanto, é a constatação, já feita por alguns estudiosos, de que a tentativa de classificar o *Orto* como um simples repertório de *exempla* pa-

---

45. Cf. § 4.3.
46. Cf. JAUSS, Hans-Robert. Littérature médiévale et théorie des genres. *Poétique*, Paris, 1970, n. 1, p. 80.
47. MADUREIRA, Gênero..., op. cit., p. 249.
48. Cf. PEREIRA, O *Orto*..., op. cit., p. 34-48.

rece reduzir o escopo a que a própria obra se propõe[49]. É claro que, enquanto texto parenético[50], o *Orto* participa da "polivalência expressiva do gênero sermonístico", que na Idade Média, de acordo com Francisco da Gama Caeiro, servia para "múltiplas finalidades: desde a litúrgica integrada ao ofício divino, até à de instrução teológica e de formação de noviços ou até às de *arte* teórica da 'technica praedicandi', de repositório de esquemas ou modelos para a pregação popular, ou manual prático de pregação"[51]. Esta é, no entanto, apenas uma das facetas da obra.

Considerando a noção de gênero não como modelo apriorístico ao qual a obra literária deva se adequar, mas como grupos de famílias históricas, sem fronteiras rígidas e em constante evolução[52], verifica-se que o *Orto do Esposo*, em virtude do caráter heterogêneo de suas fontes, apresenta áreas de intersecção não apenas com a sermonária e os *libri exemplorum*, mas também com a hagiografia e a chamada "literatura de espelhos", muito em voga no final da Idade Média[53]. Por isso, tinha razão Mário Martins ao dizer que "quer no pensamento, quer no gosto pronunciado pelos exemplos, quer no tom de caráter moral e ascético, ligeiramente pessimista, o *Orto do Esposo* integra-se num ciclo literário de vasta ondulação"[54]. Por outro lado, é necessário aproximar o *Orto* da corrente da literatura

---

49. "[O *Orto*] não é um livro de apólogos, nem de milages, nem de exemplos. (...) Trata-se de um livro de espiritualidade, cheio de doutrina e bem estruturado, mas onde o exemplo exerce uma função de relevo, bem de acordo com o ambiente literário que o cercava e com a tradição em que lançava raízes antigas". MARTINS, À Volta..., op. cit., p. 169.

50. Paulo Pereira observou que "o modelo literário do *Orto do Esposo* surge e se alimenta de uma 'cultura da pregação'". O *Orto*..., op. cit., p. 54.

51. Op. cit., p. 130.

52. JAUSS, op. cit., p. 82.

53. Sob este rótulo são reunidas diversas obras de caráter pedagógico, moral e religioso, tais como o *Speculum regum*, de Goffredo de Viterbo (séc. XII), o *Miroir des bonnes femmes*, de autor desconhecido (século XIII), e o *Specchio di vera penitenza*, de Jacopo Passavanti († 1357). Na Península Ibérica, também há exemplos: o *Especlo de los legos* e o *Espelho de Christina*, tradução do *Livre des trois vertus*, de Christine de Pisan.

54. MARTINS, À Volta..., op. cit., p. 170.

mística, que conheceu formidável desenvolvimento na Europa dos séculos XIV e XV.

O fato de o *Orto* ser estruturado a partir da tradução e colagem de diversas fontes coloca também uma questão importante com relação ao trabalho do monge anônimo: em que medida pode-se considerá-lo autor de um livro por ele mesmo definido como compilação de diversos outros textos? A constante apropriação de discursos alheios – nem sempre marcando com clareza a passagem da enunciação própria para a citação – resulta, paradoxalmente, na assimilação do autor pela tradição. Seu objetivo, no entanto, era mesmo esse: longe de reivindicar qualquer autonomia ou originalidade, o autor do *Orto* pretendia garantir a aceitação de seu livro numa hierarquia de textos preexistentes. A estreita vinculação com as *auctoritates* é o que, de acordo com tal perspectiva, confere legitimidade à obra, que, formando mais um elo na cadeia, poderia mais tarde servir de modelo para futuros escritores. Considerada do ponto de vista moderno, essa concepção da escrita naturalmente implicava "uma espécie de des-responsabilização" do autor, cujo trabalho deveria restringir-se à reelaboração do legado recebido, a fim de poder, por sua vez, transmiti-lo a seus sucessores[55]. No entanto, como observa Paul Zumthor, a constatação de que a produção de textos durante a Idade Média pressupõe a coexistência de dois fatores – o *modelo* preexistente e as *variações* a que é submetido, constituindo a chamada "movência" do texto medieval – esvazia a conotação pejorativa do conceito de imitação, na medida em que valoriza a incidência operativa da tradição na produção textual[56].

Escrevendo numa época em que não existia, como hoje, o sentido claro de propriedade literária, o autor do *Orto* servia-se livremente das obras que consultava. Baseado na crença de que toda a sabedoria provém da mesma fonte – o Verbo de Deus e

---

55. FINAZZI-AGRÒ, Ettore. Autor. In: LANCIANI, TAVANI, op. cit., pp. 74-5.
56. ZUMTHOR, Paul. Intertextualité et mouvance. *Littérature*, Paris, v. 41, 1981, pp. 9-10.

as Santas Escrituras –, o monge alcobacense considerava que tudo o que se havia escrito de belo e verdadeiro era patrimônio comum ao qual todos podiam recorrer: por isso, Mário Martins disse que "a Idade Média tinha o sentido comunitário da verdade"[57].

Em suma, quer o chamemos de autor, ou de "autor de segundo grau"[58], o papel do monge anônimo situa-se entre o do *compilador* e o do *comentador*, atividades que na Idade Média eram abrangidas pelo termo *auctor*[59]: seu trabalho limitou-se, portanto, à *inventio* (a procura dos *loci* adequados para desenvolver e argumentar sobre o tema escolhido) e à *dispositio* (ou seja, a organização e o encadeamento das diversas citações). Se, de acordo com Luciano Rossi, isto não lhe tira o mérito, pois a arquitetura da obra e a disposição dos *exempla* não deixam de ser relativamente originais[60], é necessário perguntar qual foi o critério utilizado pelo autor para selecionar e sobretudo para organizar o material compilado.

3.2. No Prólogo do *Orto*, o monge anônimo discorre sobre a motivação para escrever a obra e apresenta sumariamente seu conteúdo:

> Eu, muy pecador e nõ digno de todo bẽ, escreuy este liuro pera proueito e spiritual dilectaçom de todollos sinplezes, fiees de Jhesu Christo, e spicialmẽte pera prazer e consolaçõ da alma de ty, minha jrmãã e companheyra da casa diuinal e hũanal, que me rogaste muytas uezes que te fezesse em linguagem hũũ liuro dos fectos antygos e das façanhas dos nobres barões e das cousas maraujlhosas do mũdo e das propiedades das animalias, pera leeres e tomares espaço e solaz ẽnos dias en que te cõuem cessar dos trabalhos corporaees (p. 1).

---

57. MARTINS, Mário. Das doze abusões deste mundo. *Brotéria*, Lisboa, v. 78, 1964, p. 45.
58. PEREIRA, Mudações..., op. cit., p. 239. Mário Martins diz que "o autor do *Horto do Esposo* é também 'legião'". Introdução..., op. cit., p. 11.
59. MADUREIRA, Gênero..., op. cit., p. 253.
60. *A literatura...*, op. cit., p. 91.

A identidade da "jrmãã e companheyra da casa diuinal e hũanal", que solicitou insistentemente a composição do livro, é desconhecida. A familiaridade do tratamento que o monge lhe dispensa pode ser indício de que, para além dos laços espirituais, unia-os também algum parentesco sangüíneo; de qualquer forma, trata-se possivelmente de uma monja com quem o autor mantinha correspondência assídua[61]. Aproveitando o pedido para que a obra fosse redigida *en linguagem*, pois a destinatária provavelmente não dominava o latim, o autor se propõe a compor um livro proveitoso para "todollos sinplezes, fiees de Jhesu Christo". Dessa forma, embora tudo leve a crer que o *Orto* seja endereçado em primeiro lugar para a leitura de uma monja, seu autor visava a atingir também um público mais vasto: "os fiéis", ou seja, leigos. Mais adiante, o autor reafirma esse propósito, ao declarar que "em este liuro som conteudas mujtas cousas pera mãtimẽto e deleitaçom e meezinha e cõsolaçõ das almas dos *homẽẽs de qualquer condiçom*" (p. 2. Grifo nosso).

A solicitação da "irmã" continha indicações precisas quanto ao conteúdo do livro, que deveria abordar temas históricos ("fectos antygos", "façanhas dos nobres barõees") e relativos às ciências naturais ("cousas marauilhosas do mũdo" e "propriedades das animalias"), informações de difícil acesso para quem não lia latim no Portugal do século XIV[62]. Ela desejava, portanto, uma "obra de vulgarização" de caráter enciclopédico, cuja leitura atenderia ao modesto objetivo de, segundo o autor, tomar "espaço e solaz" nos momentos em que "cõuen cessar dos trabalhos corporaees". Não obstante ceder aos rogos para compor a obra, o monge nega-se a escrever o livro *sinpliz* que lhe fora encomendado e anuncia que o *Orto do Esposo* deve atender a propósitos bem diversos dos da requerente:

---

61. A "amizade espiritual" entre religiosos e religiosas, normalmente documentada por intensa atividade epistolar, possui longa tradição no cristianismo, desde a Antigüidade. Entre os expoentes desta tradição encontram-se S. Jerônimo, Fortunato, S. Hildeberto e também Pedro Abelardo.

62. Foi apenas no século XV, por exemplo, que se intensificou a tendência de produzir traduções das obras latinas em Alcobaça. Veja-se, a este respeito, NASCIMENTO, Aires A. Alcobaça. In: LANCIANI, TAVANI, op. cit., p. 34.

E porẽ nõ te quise escreuer liuro sinpliz daquellas cousas que tu demãdaste, mais trabalhei-me fazer este liuro das cousas cõteudas ẽnas Escripturas Sanctas e dos dizeres e autoridades dos doutores catholicos e de outros sabedores e das façanhas e dos exenplos dos sanctos homẽẽs. E cõ esto mesturey as outras cousas que me tu demandaste, asy como pude, segundo a bayxeza so meu ẽtendimento e do meu saber (p. 2).

Embora advogue a superioridade das "sanctas leteras" diante da "sciencia que he da terra", tema desenvolvido ao longo da obra, verifica-se que a recusa do monge anônimo não significa a rejeição completa dos temas solicitados pela "irmã", pois, como ele mesmo admite, "mesturey as outras cousas que me tu demandaste"[63]. O que lhe importa ressaltar é a finalidade elevada da obra, em oposição à literatura profana: "como quer que os liuros das sciencias segraaes alomeam o ẽtendimẽto, pero non acendem a uõõtade pera o amor de Deus" (p. 1)[64]. Com efeito, o *Orto do Esposo* traz abundantes notícias acerca dos "fectos antygos", das "cousas marauilhosas do mũdo" e das "propiedades das animalias"; cumpre notar, contudo, que essas informações servem a outros objetivos que não o meramente lúdico explicitado pela "irmã". Destacadas do contexto original, as curiosidades históricas ou a descrição de elementos da natureza são submetidas a uma nova organização textual, em que exercem a função de exemplificar a doutrina das autoridades e dos "doutores catholicos".

---

63. Frederick Willians, em seu levantamento dos *exempla* do *Orto*, procurou ressaltar o "especial sabor popular ou *secular* do Quarto Livro". Op. cit., p. 206.

64. Ana Maria Machado, em estudo sobre o prólogo das obras didáticas e morais da Idade Média portuguesa, observa que estes critérios de classificação não são exclusivos do *Orto*: "Do ponto de vista da poética medieval, estes textos [os prólogos] permitem antever uma tipologização da literatura existente, distinguindo claramente livros de histórias de literatura de ensinança e, dentro desta, 'ciências segrais' de *ciências religiosas*, bem como as respectivas vantagens / inconvenientes que da sua leitura poderão advir". MACHADO, Ana Maria. O testemunho dos prólogos na prosa didáctica moral e religiosa. In: PAREDES, Juan (Ed.). *Medioevo y literatura*. Actas del V Congreso de la Asociación Hispánica de Literatura Medieval. Granada: Universidad de Granada, 1995, v. 3, p. 146.

Assim, os diversos relatos históricos, provenientes de textos como o *Historiarum adversus paganus*, de Paulo Orósio, servem para exemplificar modelos de comportamento ou verdades doutrinais, "dando origem a uma história ficcionada que remodela o passado, com vista à recuperação da sua essência paradigmática"[65]. As descrições das *animalias* no *Orto*, por sua vez, têm, como nos bestiários medievais, a intenção de "desvendar, nos interstícios do mundo atual, o Sentido que está escondido por baixo do véu do sentido comum, por detrás da cortina enganosa das aparências"[66]. O próprio autor do *Orto* o declara expressamente, ao dizer que "todallas geeraçõoes das animalias forõ criadas pera bõõ huso e proueito do homẽ": o gado e as lebres servem de alimento, o asno e o cavalo ajudam a aliviar o trabalho do homem, e as aves cantam formosamente. Até "as pulguas e as moscas e os peolhos" têm sua função: "anoyam muyto o homẽ, e ẽ esto deue el reconhecer a sua fraqueza e a sua mĩgua" (p. 96)[67]. O monge alcobacense não deixa de recorrer inclusive à *estrologia* e à geografia para descrever as diferentes regiões da Terra, a diversidade de línguas e costumes dos povos que a habitam (pp. 214-8).

Por fim, o Prólogo explicita o significado do título da obra:

> E puge nome a este liuro Orto do Esposo, s. Jhesu Christo, que he esposo de toda fiel alma, porque, asy como emno orto ha heruas e aruores e fruitos e flores e especias de muytas maneyras pera delectaçã e mãtimẽto e meezinha dos corpos, bem asy em este liuro som conteudas mujtas cousas pera mãtimẽto e deleitaçom e meezinha e cõsolaçõ das almas (p. 2).

O horto, assim como o bosque ou o vergel, representa na tradição medieval um cenário propício para a ascese espiri-

---

65. PEREIRA, Mudações..., op. cit., p. 244.
66. FINAZZI-AGRÒ, Ettore. Bestiários. In: LANCIANI, TAVANI, op. cit., p. 84.
67. O trecho é traduzido do *De proprietatibus rerum* de Bartolomeu de Anglico. Sobre este tema, ver também MARTINS, Mário. Os "Bestiários" na nossa literatura medieval. *Brotéria*, Lisboa, v. 52, 1951, pp. 547-60.

tual[68], conforme testemunham os títulos de importantes obras místicas contemporâneas ao *Orto do Esposo*, tais como o *Boosco deleitoso* e o *Virgeu da consolaçon*. Enquanto espaço bem delimitado e cuidadosamente trabalhado, o horto simboliza o recolhimento, condição indispensável para o cultivo do espírito. O próprio termo *paraíso* significa "jardim", e o *Gênesis* o descreve como um jardim repleto de árvores formosas, que dão frutos saborosos[69]. Além disso, a Idade Média, por influência do *Cântico dos Cânticos* – uma das principais fontes do *Orto do Esposo* –, retratou o Paraíso Terreal como um *hortus conclusus*[70]. O significado místico e alegórico do título será largamente explorado pelo autor, sobretudo nas duas primeiras partes da obra.

4. O Esposo, o horto e a vaidade das coisas mundanas

O *Orto do Esposo* é constituído por quatro livros de tamanho muito desigual. O primeiro é intitulado "Do nome de Jhesu"; os dois seguintes tratam das Sagradas Escrituras e, por isso, costumam ser abordados em conjunto pela crítica; o último, de longe o maior deles, discorre sobre a vaidade das coisas mundanas. O fio condutor que confere unidade ao *Orto* e explica sua estrutura – questão a que, salvo engano, até o momento a crítica não concedeu a devida atenção – pode ter sido sugerido pela doutrina de S. Bernardo de Claraval, com a qual

---

68. Veja-se, a este propósito, PINTO-CORREIA, João David. Bosco deleitoso. In: LANCIANI, TAVANI, op. cit., p. 107. Veja-se também CARRETO, op. cit., principalmente a p. 397.
69. Gn 2,8-17. As citações bíblicas deste ensaio seguem a *Bíblia de Jerusalém*. Nova ed., revista; 7 impr. São Paulo: Paulus, 1995.
70. A respeito do paraíso como jardim e horto fechado, ver DELUMEAU, Jean. *Uma história do Paraíso*: O jardim das delícias. Trad. de Teresa Perez. Lisboa: Terramar, [s.d.], p. 148. O autor nota, em p. 149, que esta concepção paradisíaca influenciou a arquitetura cisterciense e o ajardinamento do claustro, a ponto de S. Bernardo afirmar que "o claustro é um paraíso, uma região protegida pelo baluarte da disciplina na qual se encontra uma ampla abundância de riquezas preciosas".

o monge alcobacense dá mostras de estar bastante familiarizado. Da vasta obra do místico cisterciense, o autor do *Orto* manifesta clara preferência pela famosa coleção de sermões sobre o *Cântico dos Cânticos*.

Segundo Étienne Gilson, a doutrina de S. Bernardo assenta na noção da divinização da alma pelo amor: se Deus é caridade, o fim da ascese bernardina é o de fornecer à alma um meio para que ela aprenda a retribuir o amor com que Deus a ama; ao atingir este objetivo, a alma recuperará a semelhança com seu Criador, perdida em decorrência do pecado original[71]. Em um dos *Sermones in cantica canticorum* (o Sermão 20, um dos mais citados no *Orto do Esposo*), S. Bernardo divide o percurso amoroso que eleva a alma à beatitude contemplativa em três fases. Cremos que cada um dos degraus da via mística descritos naquele sermão seja representado pelos três grandes temas abordados no *Orto*: o Esposo (Jesus: 1º livro), o horto (as Sagradas Escrituras: 2º e 3º livros) e a vaidade das coisas mundanas (4º livro).

4.1. Primeiro degrau: *amor carnalis*

O primeiro livro do *Orto do Esposo*, um tratado intitulado "Do nome de Jhesu", é também o mais curto da obra, sendo constituído por apenas cinco capítulos (fls. 1 a 6 do ms. A). Posto que Cristo "he começo e fim de todalas cousas" e que "o seu nome glorioso deue seer chamado ẽ começo de toda boa obra" (p. 5), é natural que o monge anônimo também invoque o Seu nome no início do *Orto do Esposo*. O motivo central da presença deste tratado no início da obra liga-se, contudo, ao desenvolvimento de importantes correntes espirituais da época.

> Os séculos finais da Idade Média testemunharam uma devoção crescente a Jesus Cristo, à Eucaristia e ao Espírito Santo. A Paixão e a Morte de Cristo dizia muito aos homens angustiados de Trezentos e Quatrocentos (...). A contemplação demora-

---

71. *La théologie mystique de Saint Bernard*. 4. ed., Paris, J. Vrin, 1980, pp. 36-47.

da do Santíssimo Sacramento, por seu turno, estabelecia um contato quase direto entre os homens e a divindade, uma participação mágica no sobrenatural que correspondia aos anseios da época. Isto explica a grande voga da festa de Corpus Christi (Corpo de Deus), que se tornou uma das mais importantes de toda a Cristandade, incluindo Portugal também[72].

Como observou André Vauchez, se Cristo foi considerado, até o século XI, como "o Juiz temível que deve voltar no fim dos tempos", a partir do século XII a humanidade de Jesus e a Encarnação passaram a ocupar posição central na religiosidade européia[73]. Multiplicaram-se as práticas devocionais à pessoa do Salvador; feito carne por amor à humanidade, Cristo se torna objeto de enternecida devoção, que acarreta importantes reflexos na literatura. Os "mistérios", representações teatrais da Paixão, foram, por exemplo, difundidos por toda a Europa durante os séculos XIV e XV. No século XV, algumas das mais importantes obras da literatura mística que representava essa tendência espiritual gozaram de grande difusão em Portugal, como a *Vita Christi* de Ludolfo da Saxônia († 1378), provavelmente traduzida para o português antes de 1437[74], e a *Imitação de Cristo*, redigida por volta de 1400 e vertida na segunda metade do século XV para o português[75].

Embora o monge alcobacense possivelmente não conhecesse essas obras, contemporâneas ou pouco posteriores à provável data de composição do *Orto*, pode-se dizer que ele participava do mesmo ambiente cultural e religioso que lhes deu origem. O desprezo do mundo, aliado a uma certa dose de desconfiança com relação à especulação teológica em favor de

---

72. MARQUES, A. H de Oliveira. *Nova História de Portugal: Portugal na crise dos séculos XIV e XV*. Lisboa: Editorial Presença, 1987, v. 4, p. 373.
73. VAUCHEZ, André. *A espiritualidade na Idade Média ocidental: séculos VIII a XIII*. Trad. de Lucy Magalhães. Rio de Janeiro: Jorge Zahar, 1995, p. 73.
74. Cf. SILVA NETO, *Textos...*, op. cit., p. 83.
75. Sobre a difusão desta obra em Portugal, cf. CEPEDA, Isabel Vilares. Imitação de Cristo. In: LANCIANI, TAVANI, op. cit., pp. 322-3. A esta lista, necessariamente incompleta, deve-se acrescentar ainda um original português: as *Laudes e cantigas espirituais*, de Mestre André Dias (c. 1435).

uma "mística prática", cuja orientação central era seguir o modelo de Cristo[76], são alguns dos pontos de contato entre a proposta ascética do *Orto do Esposo* e a da chamada escola da *devotio moderna*, surgida nos Países Baixos durante os séculos XIV e XV, que possui na *Imitação de Cristo*, de Tomás de Kempis, sua mais significativa representante. Contribui para explicar uma tal afinidade a poderosa influência exercida por S. Bernardo, cuja obra está na base de toda literatura mística posterior ao século XII. Grande precursor da devoção ao Cristo encarnado, seus textos revelam "uma afetividade intensa, personalizada, quase carnal" pela pessoa do Salvador[77].

A fim de retratar a intensidade do afeto despertado por Cristo, alguns *exempla* do primeiro livro do *Orto* recorrem à imagem, comum na literatura hagiográfica medieval, da descoberta de inscrições divinas no coração de santos homens. Uma dessas narrativas apresenta a história de um cavaleiro que se deixou levar até Jerusalém por amor a Jesus, com o objetivo de percorrer os lugares em que Ele havia vivido e pregado. Ao final de sua peregrinação, chegado ao Monte das Oliveiras e sem saber por onde continuar a seguir os passos de Cristo, o cavaleiro exclamou: "Meu Senhor Jhesu Christo, nõ sey hu uaa mais depos ty. Em este luguar me faze caminho per que uaa a ty!". Seu pedido foi atendido: tendo pronunciado essas palavras, sua alma foi arrebatada para o Paraíso. Desejosos de apurar a causa da morte repentina, seus acompanhantes "abrirõ-lhe o costado e acharon-lhe o caraçom aberto e partido, e era dentro em elle escripto: Jhesu meu amor" (p. 8)[78]. De acordo com Eugene Vance, o motivo das inscrições no coração, proveniente de uma epístola de S. Paulo[79] e mais tarde difundida pe-

---

76. A expressão é de Daniel-Rops. *História da Igreja: A Igreja da Renascença e da Reforma. 1. A Reforma protestante*. Trad. de Emérico da Gama. São Paulo: Quadrante, 1996, v. 4, p. 143.
77. SARAIVA, António José. *A cultura em Portugal. Teoria e história*. Livro II: Primeira época: a formação. Lisboa: Gradiva, 1991, p. 225.
78. Logo a seguir, o autor transcreve outra narrativa semelhante (pp. 9-10).
79. Trata-se do trecho em que o apóstolo discute a necessidade da circuncisão para os cristãos de origem não-judaica (Rm 2,28-29): "Pois o verdadeiro judeu não é aquele que como tal aparece externamente, nem é verdadeira circuncisão

las *Confissões* de Santo Agostinho, envolve uma passagem da Lei exterior para a Lei interior, gravada no coração[80].
A influência de S. Bernardo no primeiro tratado do *Orto do Esposo* não se esgota, entretanto, com a sugestão do tema. Segundo Gregorio Díez Ramos, "S. Bernardo vê esta devoção à humanidade de Cristo na palavra Jesus. Para ele, dizer Jesus é sentir em toda sua pressão um amor muito profundo e muito íntimo para com a humanidade de Cristo. Por isso, ao pronunciar essa divina palavra, sua alma se enamora e seus lábios saboreiam o mel"[81]. Com efeito, traduzindo um trecho do místico de Claraval, escreve o autor do *Orto*: "Jhesu he mel ẽna boca e doce soom ẽna orelha e alegria spiritual ẽno coraçõ, nome manso, benigno, misericordioso" (p. 7). Nisto, S. Bernardo seguia, aliás, uma tradição que remonta a S. Macário e aos Padres do Deserto, nos primórdios do cristianismo. Difundiu-se já no século III entre os anacoretas egípcios um modo de "oração do coração" que foi descrita por outro cisterciense, Thomas Merton, da seguinte forma:

> Invocar o nome de Cristo "em nosso coração" equivalia a apelar para Ele com a mais profunda e sincera intensidade de fé,

---

a que é visível na carne: mas é judeu aquele que o é no interior e a verdadeira circuncisão é a do coração, segundo o espírito e não segundo a letra".

80. Apud JAGER, Eric. The book of the heart: reading and writing the medieval subject. *Speculum*, Cambridge, v. 71, 1996, p. 6. O autor acrescenta que, de acordo com a tradição agostiniana, o coração é compreendido "como consciência, lugar onde Deus inscreve Sua lei nos homens; como discernimento, sede do intelecto e do afeto; e como memória, uma espécie de registro da experiência pessoal" ["as conscience, site where God inscribes his law in humans; as understanding, the focus of readerly intellect and affect; and as memory, a kind of internal record of personal experience"]. O trecho de S. Agostinho citado pelo autor para confirmar esta interpretação é o seguinte (*Confissões*, 10.3): "Há muitos, porém, que desejam saber saber quem sou eu (...). Desses, uns conhecem-me, outros não; ou, simplesmente ouviram de mim ou de outros, a meu respeito, alguma coisa. Mas os seus ouvidos não me auscultam o coração, onde sou o que sou". AGOSTINHO (Santo), *Confissões*. Trad. de Angelo Ricci. São Paulo, Abril, 1984, p. 172.

81. ["Esta devoción a la humanidad de Cristo, San Bernardo la ve en la palabra Jesús. Para él, decir Jesús es sentir en toda su presión un amor muy profundo y muy íntimo hacia la humanidad de Cristo. Por eso, al pronunciar esa divina palabra, su alma se enamora y sus labios gustan la miel"]. RAMOS, Gregório Diez. "Introducción general". In: BERNARDO (San), *Obras completas*. Madrid: Biblioteca de Autores Cristianos, 1953, v. 1, p. 114.

manifestada pela concentração de todo o nosso ser sobre uma oração despojada de tudo que não é essencial e reduzida a nada mais do que a invocação do seu nome, com simples pedido de auxílio. Disse Macário: "Nenhuma meditação é mais perfeita do que o Nome bendito e salvífico de Nosso Senhor Jesus Cristo que habita sem interrupção em ti, como está escrito"[82].

Daí também que o *Orto* atribua diversas virtudes ao nome de Jesus: ele opera milagres, curando as chagas corporais e espirituais; Seu nome purifica a alma e converte o gentio, além de afugentar os demônios; enfim, o nome *Jhesu* subjuga todas as coisas. O poder atribuído ao nome de Jesus decorre, segundo Mário Martins, de uma particular relação entre filologia e ontologia, característica da cultura medieval, segundo a qual "as palavras exteriores reportam-nos à representação interior das coisas, às suas vivências. E assim, erguemo-nos do sinal à coisa espelhada e desta à coisa em si mesma. (...) Verifica-se uma espécie de hipóstase entre o nome e a pessoa significada, atribuindo-se àquele as virtudes desta"[83]. Ou seja, o sinal e a realidade misteriosa para a qual ele remete de alguma forma coincidem; por meio do sinal, torna-se possível fazer experiência do mistério. Em conseqüência desta identificação e refletindo uma "concepção ultra-realista" e concreta dos artigos de fé, típica da religiosidade popular no final da Idade Média[84], o nome de Jesus assume uma função quase mágica em alguns *exempla* do *Orto*. De fato, seu poder salvífico se manifesta independentemente da consciência e dos méritos do beneficiado, como se verifica em uma narrativa sobre as penas do inferno:

> Hũũ homẽ foy leuado ao jnferno pera ueer as penas que hi som, e antre aquelles que hy eram, vyo hũũ homem que era todo metido ẽ os tormẽtos, afora a cabeça, que tijnha fora. E pregũtou-lhe porque nõ padecia ẽna cabeça, e elle lhe disse: Porque

---

82. MERTON, Thomas. *Poesia e contemplação*. Trad. do Mosteiro da Virgem, de Petrópolis. Rio de Janeiro, Agir, 1972, pp. 38-9.
83. MARTINS, *Experiência...*, op. cit., p. 553.
84. HUIZINGA, Johan. *O declínio da Idade Média*. Trad. de Augusto Abelaira. 2. ed., Lisboa: Ulisséia, [s.d.], p. 174.

soya muitas uezes poer o nome de Jhesu ẽna cabeça escripto, e porem nõ padeço pẽnas em ella (p. 9).

O primeiro livro do *Orto* apresenta, portanto, à sua maneira, o início da via mística descrita por S. Bernardo: o amor carnal por Cristo. "Este é o lugar que ocupa na mística cisterciense a meditação sobre a humanidade sensível do Cristo. Ela é apenas um início, mas é um início absolutamente necessário"[85]. Dado que o homem, em virtude de sua existência corporal, é obrigado a partir das coisas sensíveis para atingir as espirituais, o primeiro degrau da ascese que o conduzirá à contemplação perfeita de Deus é o *amor carnalis*. Essa necessidade natural explica também o porquê da Encarnação: o Verbo teve de se tornar homem para se comunicar aos homens.

4.2. Segundo degrau: *amor rationalis* (1)

Depois de discorrer sobre Cristo, o Esposo da alma dos fiéis, a obra trata do horto. O segundo livro também não é longo (fls. 6-16 do ms. A) e conta com 14 capítulos. Intitulado "Do Parayso Terreal", ele apresenta uma pormenorizada comparação alegórica entre o "orto deleitoso" do Paraíso Terreal e a Bíblia, recorrendo com freqüência a passagens do *Cântico dos Cânticos* e dos *Sermones in cantica* de S. Bernardo. No entanto, como observa Mário Martins,

> Há uma diferença, ao mesmo tempo grande e pequena, entre o horto deste livro e o dos *Cantares*. Com efeito, no *Horto do Esposo*, sobretudo no começo, a esposa é a alma que se recreia no horto ou jardim da Sagrada Escritura. E por linha secundária, também nesta obra. Por seu lado, Cristo alegra-se na alma do homem – e esta é um horto regado pelos rios da Sagrada Escritura[86].

---

85. ["Telle est la place qu'occupe dans la mystique cistercienne la méditation sur l'humanité sensible du Christ. Elle n'est qu'un commencement, mais c´est un commencement absolument nécessaire"]. GILSON, op. cit., pp. 101-2.

86. MARTINS, Mário. *A Bíblia na literatura medieval portuguesa*. Lisboa: Instituto de Cultura e Língua Portuguesa, 1979, p. 51.

Apoiado na tradicional interpretação alegórica do texto bíblico, o autor do *Orto* também vê na poesia amorosa do *Cântico* uma descrição da união mística entre Cristo e o fiel. A amada, que suspira pelo amado, representa a alma que busca Jesus: "Em meu leito, pela noite, procurei o amado da minha alma. Procurei-o e não o encontrei! Vou levantar-me, vou rondar pela cidade, pelas ruas, pelas praças, procurando o amado da minha alma...". O amado, por sua vez, é Cristo, o Esposo que se deleita com a amada: "Já vim ao meu jardim, minha irmã, noiva minha, colhi minha mirra e meu bálsamo, comi meu favo de mel, bebi meu vinho e meu leite"[87]. No entanto, valendo-se da ambigüidade das imagens do poema bíblico, o monge alcobacense amplia o significado simbólico do horto. Em primeiro lugar, ele afirma que "a Sancta Escriptura he tal como ho orto do parayso terreal" (p. 14) e atribui à própria obra os mesmos atributos: "asy como emno orto ha heruas e aruores e fruitos e flores e especias de muytas maneyras pera delectaçõ e mãtimẽto e meezinha dos corpos, bem asy em este liuro som conteudas mujtas cousas pera mãtimẽto e deleitaçom e meezinha e cõsolaçõ das almas" (p. 2). Mais adiante, o *orto* do Paraíso é também comparado com a Igreja (p. 37).

Instrumento escolhido por Deus para revelar mistérios inacessíveis à inteligência humana, as Sagradas Escrituras eram consideradas o fundamento de toda autoridade e fonte inesgotável de verdadeira sabedoria: "esta he a ciencia dos ryos da Sancta Scriptura, que nacem da fonte que saae do coraçõ do Padre perdurauil" (p. 34)[88]. É importante notar que o elogio à Bíblia no *Orto do Esposo* se estende a seus comentadores. Ao

---

87. Ct 3,1-2 e 5,1.
88. A água, como se sabe, simboliza a purificação; daí a comparação da sabedoria das Escrituras com um rio cuja fonte está em Deus, que é explorada novamente pelo autor alguns capítulos adiante, aproveitando uma citação do *Eclesiástico* (24,30): "A sabedorya celestrial he asy como a agua que uem do ceeo pello canal dos liuros, onde diz ella de sy meesma pella boca do sabedor: Eu assy como o cano da agua saay do parayso. Cõuem a saber viindo pella scriptura dos liuros, ca pello cano da sabedorya celestrial se alinpam as çugidades dos peccados" (p. 42).

descrever o doce canto das aves do Paraíso Terreal, o autor compara-o aos evangelistas e, sem marcar qualquer diferença hierárquica, também aos doutores que souberam interpretar adequadamente as Escrituras, "excitando e espertando os fiees pera conhecer a uerdade da ley uelha e da ley noua":

> E porem ēna Sancta Scriptura ha aues que cantam muy docemēte, s. os quatro euāgelhistas, que cantam suas cantigas muy doces, trazendo aa memoria os fectos de Jhesu Christo. E Ssancto Agostinho canta seu cantar muy amoroso, espoendo toda a Sancta Scriptura sobrecelestrialmente (...), e Sam Jheronimo canta muy gracioso cantar, mostrando-nos estoryalmēte toda a ley uelha e a noua, e Sam Gregorio diz seu cantar glorioso, espoendo moralmēte a Sancta Escriptura pera bōōs custumes da alma, e Sancto Anbrosio canta seu cantar muy praziuel, espoendo a Sancta Scriptura per figuras (p. 31).

A sucessão de citações, nem sempre devidamente assinaladas, de textos bíblicos e de sentenças dos Padres da Igreja mostra que os livros dos "doutores catholicos" compartilham do prestígio e da autoridade do texto bíblico, uma vez que representam seu prolongamento. Ainda que em menor grau, o mesmo acontece com os *exempla* hagiográficos, que revelam o comportamento paradigmático dos santos, continuadores da obra de Cristo. A hagiografia era vista como uma espécie de "segunda Bíblia"[89], pois, conforme esclarece Marc Van Uytfanghe, "hagiografia (do grego *hagios*, santo, *graphien*, escrever) significa literalmente 'escritura santa' e era esta a acepção do termo na Idade Média"[90].

---

89. MACHADO, A leitura..., op. cit., p. 267.
90. ["Hagiographie (du grec *hagios*, saint, *graphien*, écrire) signifie littéralement 'écriture sainte' et c'est en cette acception-là que le mot recouvrait au Moyen Âge"]. UYTFANGHE, Marc Van. Modèles bibliques dans l'hagiographie. In: RICHÉ, Pierre, LOBRICHON, Guy. *Le Moyen Âge et la Bible*. Paris: Éditions Beauchesne, 1984, p. 449. Sobre a evolução do termo hagiografia, inicialmente ligado à Bíblia, até o significado extrabíblico atual, cf. PHILIPPART, op. cit., pp. 12-22.

Curtius observou que nas *Etimologias* de S. Isidoro, obra com a qual o autor do *Orto do Esposo* estava familiarizado, o livro é comparado a um campo e o ato de escrever, ao trabalho do lavrador[91]. Embora não cite esta passagem do doutor sevilhano, o *Orto* traça uma longa comparação alegórica entre a Bíblia e o "orto deleitoso" do Paraíso Terrestre. Assim como no Paraíso há enxertos, eles também podem ser encontrados nas Sagradas Escrituras: em primeiro lugar, "de tres pessoas da Trindade, ẽxertadas em hũa esencia, asi como um hũa rayz", e também a "de duas naturas, ẽxertadas em hũũ Jhesu Christo, asy como en tronco de aruor" (p. 16). As plantas do *orto* são comparadas à Igreja Militante e à Igreja Triunfante; as espécies aromáticas são "o encenço da deuaçom e a myrra da mortificaçom da carne e o cinamomõ da renẽbrança da morte e o balsamo da perseuerança" (p. 19). Quanto às flores, o autor declara que a rosa simboliza o martírio e o lírio é sinal de castidade. Há ainda o cedro da esperança, a oliveira da piedade e a palma da vitória sobre a morte. Os "muy dilicados fruytos" que o fiel encontrará nas Escrituras são "as huuas da spiritual alegria e os figos da dulçura perdurauil e as spigas da madureza das boas obras e as nozes da paciencia" (p. 25). As ervas das Sagradas Escrituras curam todas as enfermidades da alma: o *isope* limpa a alma, o alçafrão representa a penitência e o nardo simboliza a humildade. Por fim, os quatro rios que regam o *orto* do Paraíso também estão *spiritualmẽte* presentes na Bíblia: o *Geon* representa a Prudência, o rio *Phisõ* corresponde à virtude da Temperança, o *Tigre* simboliza a *Forteleza* e a Justiça é representada pelo *Eufrates*[92].

O Paraíso é um jardim fechado, *hortus conclusus*. Baseando-se na descrição de Bernardo de Anglico, o monge anônimo afirma que, em virtude do pecado original, a entrada do Paraíso foi vedada aos homens e o jardim paradisíaco, circun-

---

91. CURTIUS, Ernst Robert. *Literatura européia e Idade Média latina*. Trad. de Paulo Rónai e Teodoro Cabral. São Paulo: Hucitec/Edusp, 1996, p. 388.

92. O *Eclesiástico*, que é uma das principais fontes bíblicas do *Orto*, relaciona os quatro rios do Éden à sabedoria (Eclo 24,23-34).

dado por um muro de fogo, é vigiado por anjos que não permitem o acesso de ninguém que não seja merecedor das alegrias perduráveis. Com a Santa Escritura ocorre o mesmo: ela é "orto çarrado e fonte seelada" (p. 35)[93]; os que fizerem pouco dela ou forem contrários a seus ensinamentos poderão ter o mesmo destino de uns hereges do Egito: "E porẽ lançou nosso Senhor plagua sobre elles, ẽ tal guisa que todollos (...) perderõ a fala de homẽẽs e ladrauõ como cããs todollos dias e noctes ẽ tal maneyra, que os prenderõ cõ prisõões de ferro e os leuauã aas egreyas pera receberem saude, ca elles comiam as mããos e os braços" (p. 35). Por isso, adverte o autor, a doutrina das Escrituras deve ser exposta e explicada *catolicamẽte*, ou seja, o ensino e a exegese bíblicas devem estar de acordo com a tradição. E assim o leitor é introduzido no tema do próximo livro.

4.3. *Amor rationalis* (2)

O terceiro livro do *Orto do Esposo*, que leva o título de "Falamẽto dos proueytos e cõdiçõões da Sancta Scriptura e de como deue seer leuda e emsinada", é intimamente ligado ao anterior. Composto por 15 capítulos (fls. 16-36 do ms. A), ele prolonga os louvores às virtudes da Bíblia, acrescentando, como o título indica, uma série de orientações de como estudá-la adequadamente. A insistência sobre a necessidade de bem conhecer as Escrituras, que visava a responder à necessidade de aprofundamento da compreensão intelectual da Palavra de Deus, é uma forma de representar a passagem ao segundo grau da via mística, o *amor rationalis*. Segundo S. Bernardo, o *amor carnalis* "converte-se em racional quando as idéias que nos inspira acerca de Cristo comunicam tal firmeza a nossa fé, que nem os sofismas do erro, nem os laços da heresia ou do demônio são capazes de separar-nos em nada da doutrina da Igreja"[94].

---

93. O trecho é tradução de Ct 4,12: "És jardim fechado, minha irmã, noiva minha, és jardim fechado, uma fonte lacrada".

94. [O amor] ["se convierte en racional cuando las ideas que nos inspira acerca de Cristo comunican tal firmeza a nustra fe, que ni los sofismas del error ni los lazos de la herejía o del demonio son capaces de apartarnos un ápice de la doctrina de la Iglesia"]. BERNARDO, op. cit., v. 2, p. 123.

A nova parte do *Orto* começa exatamente no ponto em que a anterior havia terminado, ou seja, manifestando preocupação de salvaguardar a pureza da doutrina bíblica contra os ataques dos *emiigos* da fé católica. O autor principia por referir-se às sete colunas firmes, os sacramentos, que sustentam o edifício da Igreja. Cristo, que é o *ortelam* do jardim da "sancta ygreya", dispôs para sua defesa o querubim do "conprimẽto da sciencia", a espada de fogo dos santos doutores e a espada *retornacida* da fé dos mártires (p. 37). Estes instrumentos devem garantir também a ortodoxia da exegese bíblica, que é a preocupação fundamental do monge nesta parte da obra. Antes de mais nada, entretanto, cumpre reafirmar a superioridade das Escrituras diante da sabedoria mundana. Com efeito, a Palavra de Deus está além das capacidades da razão humana:

> a sancta sciencia da theoligia he hũũ pooço tam alto, que poucos podem tirar a agoa delle senõ com a ajuda da fe, onde diz Jhesu, filho de Syrac: Cheo he, assy como o ryo, de sabedoria. Porem cõta Sancto Agostinho que mayor he a actoridade da Sancta Escriptura ca todo o antreuigiamento do engenho hũanal, e porẽ nõ a pode o homẽ de todo comprehender (p. 39).

Por sua vez, as "outras scripturas" não apenas não aproveitam de nada, como também podem afastar o estudioso do caminho da virtude:

> E porem deue homẽ deseiar e aprender e leer aquella celestrial doutrina das Sanctas Scripturas (...) e cauidar-se da sciencia carnal e diabolica e terreal e das outras sciencias mũdanaaes, porque ẽnas sciencias mũndanaes demanda o homẽ gosto e fruyto da alma e nõ he hy achado, porque taaes sciencias liberaaes jnflã e nõ dam saude (p. 65).

A sabedoria deste mundo é *sandice*, se comparada com a doutrina revelada, como já dissera S. Paulo[95]. Daí os terríveis castigos infligidos nos *exempla* do *Orto* àqueles que, conhece-

---

95. 1Cor 1,24-25.

dores da Palavra de Deus, preferem deleitar-se com a leitura dos escritores pagãos a buscar a compreensão mais perfeita da mensagem bíblica. S. Jerônimo, por exemplo, na sua juventude, continuava mais apegado aos livros dos poetas e filósofos antigos do que à palavra dos profetas. Tendo ficado gravemente enfermo, em ponto de morte, teve uma visão. Era réu num julgamento e o juiz acusou-o de ser falso cristão: "mentes, ca nõ es christãão mas ciceroniano, ca mais te pagas de leer pellos liuros de Cicerõ, gentil filosafo, ca da Sancta Escriptura, e hu he o teu tesouro, aly he o teu coraçõ". Sem ter como se defender, Jerônimo é açoitado até prometer fazer *peendença* e dali em diante não voltar a incorrer no mesmo erro (p. 66)[96].

Se os cristãos não devem perder tempo com leituras inúteis, procurando a sabedoria onde ela não se encontra, o autor parece mais indulgente com relação a alguns filósofos *gentis* que, utilizando a razão com equilíbrio, aproximam-se de um conhecimento natural do Criador e da lei moral, ainda que para reconhecer unicamente quão insondáveis são os desígnios de Deus[97]. É o caso de Sócrates e Aristóteles que, ao final de suas vidas, reconheceram humildemente serem ainda nécios e ignorantes:

> ca disse Socrates depos de muytos tẽpos que estudou e leeo com grande diligencia: Esto tam solamẽte sey que nõ sey nehũa cousa. E Aristotiles, estando em fim de seus dias, disse a seus discipulos: Eu entrey em este mũdo com coyta e viuy em elle toruado e agora sayo-me delle neycio e sem saber (p. 48).

---

96. No sermão 36 dos *Sermones in cantica*, S. Bernardo aconselha: "ainda que todo saber, desde que submetido à verdade, seja bom, tu, que buscas com temor e tremor a salvação, e a buscas apressadamente, dada a brevidade do tempo, deves aplicar-te a saber, antes e acima de tudo, o que conduz mais diretamente à salvação". LAUAND, Luiz Jean (Org. e Trad.). *Cultura e educação na Idade Média*. São Paulo: Martins Fontes, 1998, p. 265.

97. Conforme observou Étienne Gilson, a valorização das capacidades naturais da razão é uma tendência que se verifica desde os primórdios do cristianismo. Com efeito, S. Paulo já havia sugerido em suas encíclicas que, "subordinado à fé, o conhecimento natural não está excluído". GILSON, Étienne. *A filosofia na Idade Média*. Trad. de Eduardo Brandão. São Paulo: Martins Fontes, 1995. Introdução: p. XIX.

Outro caso lembrado é o de Dionísio, convertido pelo discurso de Paulo no Areópago de Atenas: ao final deste *exemplum*, o autor conclui que "asy parece que a sciencia da filosafia ajuda algũas uezes algũũs pera se tornarem aa uerdade, e nõ he marauilha, ca de Jhesu Christo saaem e nacem todalas sabedorias"[98]. A variação do tratamento dispensado pelo *Orto do Esposo* à filosofia pagã reflete, segundo Ana Maria Machado, a diversidade de posições que o cristianismo adotou com relação ao legado clássico, advogadas nas diferentes obras que o monge anônimo consultou[99]. De qualquer modo, a superioridade do texto bíblico é indiscutível: toda a verdade está ali encerrada, o que torna qualquer outro livro dispensável:

> A Sancta Escriptura contem em sy toda a sabedoria, onde diz Sancto Agostinho que qualquer cousa que o homẽ aprender fora da Sancta Escriptura, se cousa he danossa que empeeça, aly achara per que seya condẽnada e, sse cousa he proueytosa, emna Sancta Escriptura a achara (p. 40).

Para o autor do *Orto*, a sabedoria se resume a "conprir os cõselhos de Jhesu Christo" e a verdadeira filosofia não consiste nos sofismas da lógica, mas é "cõnhocimẽto das cousas humanaes e deuinaes con studo de bem uiuer" (pp. 52 e 51, respectivamente). Diversos *exempla* da obra confirmam esse ponto de vista. Um deles narra a história de um missionário "leterado e sotil" que, enviado para a Inglaterra, não colheu nenhum fruto de suas pregações; no entanto, seu sucessor – que "nõ era tã leterado", mas "husaua de exenplos e parauoas, preegando chããmẽte" – converteu quase todo o país (p. 73). Contra a *sotileza* dos *leterados* – possível crítica aos excessos da escolástica já decadente – o autor do *Orto* opõe a simplicidade de uma doutrina reduzida ao essencial: seguir a Cristo. Esta posição é, de resto, característica dos círculos afins à corrente da *devotio moderna*: esses religiosos "não buscam as al-

---

98. *Orto*, pp. 68-9, respectivamente. Esta passagem é baseada em At 17,22-34.
99. MACHADO, A leitura... op. cit., p. 259.

turas vertiginosas da mística; desdenham igualmente as especulações. Em troca, cultivam as virtudes que bastam para fazer um bom cristão"[100].

Sendo assim, o fiel nunca deve deixar de ler as Escrituras. Ainda que elas pareçam fastidiosas e enfadonhas, "nõ deue homẽ porem leixar de leer per ellas, ca esto he sinal de emfirmidade spiritual", que torna o "paladar da alma" insensível ao "mel do ceeo" (p. 47)[101]. Ora, como notou Mário Martins, a descrição da Bíblia no *Orto do Esposo* é toda baseada em analogias sensoriais: "cheiro de incenso, formosura, claridade, doçura, contato, eis algo mais do que expressões abstracionistas. Estamos para além da razão raciocinante, sem a condenarmos. E junto à luminosidade, um elemento afetivo, o *coraçom* de quem lê devagar as páginas bíblicas"[102]. De fato, que outro autor poderia produzir um estilo mais perfeito e sublime do que o empregado no livro escrito pelo próprio Deus? Permanecer insensível a ele é sintoma grave; por outro lado, o monge anônimo alerta para o risco de o leitor, maravilhado com o aspecto formal do texto, deixar de alcançar seu significado

---

100. ["No buscan las alturas vertiginosas de la mística; desdeñan igualmente las especulaciones. En cambio, cultivan las virtudes que bastan para hacer un buen cristiano"]. RAPP, Francis. *La Iglesia y la vida religiosa en Occidente a fines de la Edad Media*. Trad. de José Monserrat Torrents. Barcelona: Labor, 1973, p. 193. Cristina Sobral também afirma que "é esta a imagem da sabedoria que o Cristianismo quis opor à sabedoria Antiga e de que nos falava Santo Agostinho: a supremacia da fé sobre o racionalismo filosófico e a interdependência da sabedoria teórica e da prática da vida despojada", em A imagem da sabedoria na Lenda de Maria Egipcíaca. *Revista da Faculdade de Letras da Universidade de Lisboa*, v. 15, 1993, p. 142.

101. A Regra de S. Bento prescrevia a *lectio divina* como forma de combater o ócio, mas também previa a possibilidade da realização de tarefas alternativas, no caso de determinados monges acharem a contemplação muito exigente: "A ouçiosidade e ho muyto falguar he jnnmiigo e cõntrayro da alma. E por tanto em tempos çertos deuẽ os monges de trabalhar per suas mããos e ẽ certas horas na liçõ santa. (...) E sse algũu for tam negligente e priguiçoso que nõ queyra ou nõ possa cõtenplar ou leer seia lhe ẽcomendada tal obra que faça". Citamos a versão da Regra traduzida em Alcobaça no século XV e editada por José Joaquim Nunes. Textos antigos portugueses: 7. *Revista Lusitana*, Lisboa, v. 31, 1918, pp. 128-9.

102. MARTINS, Experiência..., op. cit., p. 554.

oculto: não se deve "leer a Sancta Escriptura como fazem algũũs que se deleitã ẽnas palauras de Deus e ẽnas suas obras, nõ porque ellas seiam saluaçõ e saude da alma, mas porque som marauilhosas, e mudam os louuores de Deus em falas" (p. 41).

A leitura das Escrituras, por facultar o acesso do homem à sabedoria divina, exige atenção e cuidados especiais por parte dos fiéis. Ao invés de *escoldrinhar* – ou seja, especular e questionar de modo arrogante – os mistérios de Deus, o *Orto do Esposo* afirma que a razão humana deve prestar assentimento à verdade revelada reconhecendo seus limites, no que seguia uma longa tradição, cujo maior representante é o *credo ut intelligam* de S. Anselmo de Aosta[103]. Sem a fé, a razão é incapaz de alcançar o mistério revelado nas Escrituras: "todo homẽ que quer leer pellas Sanctas Scripturas, nõ confii da agudeza de seu ẽgenho nẽ da sua soteleza nẽ do grande trabalho do seu studo mas confii da bondade de Deus e da piedade da oraçõ e da humildade de dentro do coraçõ" (p. 55). Assim, o estudo da Palavra de Deus requer, antes de mais nada, um coração puro e virtuoso, pois "a sciencia sem uirtude nõ he digna seer nomeada sabedoria" (p. 50).

O autor oferece também conselhos práticos de como tornar a *lectio divina* (que era como a regra de S. Bento designava a leitura e meditação de textos sagrados) mais proveitosa. Traduzindo e simplificando trechos de obras como o *De studio legendi*, de Hugo de S. Vítor, o monge alcobacense afirma que não é recomendável ler diversos livros ao mesmo tempo; além de não permitir a memorização, esse hábito torna a alma *mouidiça* (p. 53). A paz interior ("folgança dentro em seu coraçom") e a tranqüilidade exterior ("sesego defora do corpo") também são condições importantes; deve-se reservar ainda um "tenpo

---

103. Segundo Étienne Gilson, S. Anselmo "afirma que primeiro é preciso estabelecer-se firmemente na fé, e recusa-se, por conseguinte, a submeter as Sagradas Escrituras à dialética. A fé é, para o homem, o dado de que este deve partir. O fato de que o homem deve compreender e o fato de que sua razão pode interpretar lhe são fornecidos pela revelação: não se compreende para crer, mas, ao contrário, crê-se para compreender". *A filosofia...*, op. cit., p. 292.

cõuinhauel pera studar" (p. 54). É preciso ler a Bíblia com calma, quase que ruminando o texto: "E este liuro deue homẽ tomar da mããu de Jhesu Christo, rogando-o muy humildosamente e recebẽdo-o cõ grande deseyo e mastigãdo-o cõ grande sabor e corporãdo-o ẽna sua alma cõ grande feruor" (pp. 77-8). Além disso, a leitura não é um mero exercício intelectual, pois é necessário procurar "conprir per obra" aquilo que se aprendeu:

> as Sanctas Escripturas deuẽ seer leudas e entendudas per aquelle meesmo spiritu per que ellas forõ dictadas e fectas, ca nũca o homẽ auera o ssentido e o entẽdimẽto de Sam Paulo que elle ouue ẽ aquelo que screpueo, ataa que per huso de boa uõõtade e de boa enteençã aya ẽ ssy dentro o spiritu delle per estudo de meditaçõ e de pensamẽto ameude e nũca entendera os salmos de Dauid asy como os elle entendeo, ataa que nõ aya prouado per experiencia a afeyçõ e a uõõtade dos salmos. E asy das outras scripturas, que as nõ pode homẽ entẽder senõ auẽdo boa uõõtade de cõprir per obra o que ellas ensinã e cõ boa teençam de aproueitar aa sua alma e aa dos outros (p. 53).

Mais do que apenas o estudo das Sagradas Escrituras, a *lectio divina* era uma meditação que deveria conduzir à contemplação. Jean Leclercq observa que "para os antigos, meditar é ler um texto e aprendê-lo 'de cor', no sentido integral da palavra, isto é, aplicando nele todo seu ser: seu corpo, pois o pronuncia em voz alta; a memória, que o fixa; a inteligência, que compreende seu sentido; a vontade, que aspira a pô-lo em prática"[104]. Um dos componentes mais importantes da meditação era a oração. Segundo o autor do *Orto*, a fim de que o conteúdo da meditação possa se tornar objeto de experiência pes-

---

104. ["Para los antiguos, meditar es leer un texto y aprendérselo 'de memoria', en todo el sentido de la palabra, es decir, poniendo en ello todo su ser, su cuerpo, pues lo pronuncia la boca; la memoria, que lo fija; la inteligencia, que comprende su sentido; la voluntad, que aspira a ponerlo en práctica"]. LE CLERCQ, Jean. *Cultura y vida cristiana*: iniciación a los autores monásticos medievales. Trad. de D. Antonio M. Aguado e D. Alejandro M. Masoliver. Salamanca: Sígueme, 1965, p. 29.

soal, a leitura (*lectio*, *liçõ*) deve sempre ser acompanhada do pedido: "Porem diz Sam Jeronimo que depois da oraçõ soceda a liçõ e depois da liçõ soceda a oraçom" (p. 70). Só assim seria possível atingir a contemplação:

> E porem aquel que lee pella Sancta Escriptura, soyba per estes graaos: primeyramente aya liçom e doutrina, e dessy meditaçom e pensamēto e oraçom e contēplaçom, ca a doutrina lhe dara entendimēto, e a meditaçom lhe dara cõselho, e a oraçõ pidira a Deus o que lhe conpre, e ēna contemplaçõ ho achara (p. 41).

Por fim, apoiando-se no modelo tradicional de formação monástica, o autor alerta para os perigos de leitores menos experimentados arriscarem-se nas passagens mais "profundas e escuras" da Bíblia sem estar devidamente preparados: quem quiser começar a estudar a Escritura Santa, aconselha o *Orto*, "primeyro deue leer e studar ēnas cousas mais ligeyras e entende-llas, pera cheguar depois aas cousas mays altas" (p. 40), sob pena de se confundir e perder a fé. F. Vandenbroucke assinala que o programa de leituras bíblicas devia iniciar pelos livros históricos, que podiam ser interpretados *secundum litteralem intellectum*, passando aos livros que exigiam interpretação *secundum allegoriam*, para finalmente chegar aos que deviam ser lidos *secundum moralem instructionem*. S. Jerônimo recomendava um ciclo de leituras semelhante: "os *Salmos*, os *Provérbios* de Salomão, o *Eclesiastes*, *Jó*, os Evangelhos, os *Atos*, as Epístolas; em seguida apenas os Profetas, os livros históricos; enfim, *sine periculo*, poder-se-á abordar o *Cântico dos Cânticos*"[105]. Os relatos hagiográficos, assim como os *exempla*, também são indicados para os que ainda não estão prontos para enfrentar as dificuldades que certos livros bíbli-

---

105. ["le psautier, les Proverbes de Salomon, l'Ecclésiaste, Job, les Evangiles, les Actes, les Epîtres; puis seulement les prophètes, les livres historiques; enfin, sine periculo, on pourra aborder le Cantique des Cantiques"]. La lectio divina du XIe au XIVe siècle. *Studia monastica*, n. 8, 1966, pp. 269-70.

cos oferecem, e é por isso que o *Orto do Esposo* recorre a eles com tanta freqüência, como observou Ana Maria Machado[106].

4.4. Terceiro degrau: *amor spiritualis*.

O quarto livro do *Orto do Esposo* é o mais longo de todos: conta com 70 capítulos e representa três quartas partes do total da obra (fls. 37-155 do ms. A). Embora o autor não lhe tenha dado título, a crítica moderna tem-no chamado, com razão, de "Da vaidade das coisas do mundo". É desta parte da obra, na qual a influência da *Consolação da filosofia* de Boécio e do *De contemptu mundi* de Inocêncio III é mais visível, que o monge alcobacense tira as conclusões práticas mais radicais de sua proposta ascética[107]. A idéia central que perpassa o livro é de que a alma só poderá unir-se a seu Esposo na medida em que se libertar do apego às coisas terrenas.

No prólogo do quarto livro, o autor expõe a base doutrinária que irá utilizar. O pecado original expulsou o homem do Paraíso e tornou a sabedoria divina inacessível à razão humana; desde então, a substância humana, que era "nõ departida" como a de Deus, dividiu-se em duas: o corpo e a alma. Por isso, "ho homẽ he diuiso e partido ẽ si meesmo, ẽ guisa que a uõtade da sensualidade da carne he contra a uõtade da alma, asy como diz Sam Paulo: Eu nõ faço o bem que quero, mas faço o mal que nõ quero, e a carne cobiiça cõtra o spiritu e o spiritu contra a carne" (p. 82)[108]. Dessa forma, o harmonioso matrimônio entre a alma e o corpo, estabelecido desde a criação, degenera em prisão para o espírito. A encarnação de Cris-

---

106. A leitura..., op. cit., p. 257.
107. Hélder Godinho afirma que "O *Horto* é um livro radical, as conseqüências que o autor tira da concepção do mundo que veicula são levadas aos últimos limites", em O feminino..., op. cit., p. 98.
108. A passagem reflete temas a que S. Paulo se referiu diversas vezes. Ver, por exemplo: "Querer o bem está ao meu alcance, não porém o praticá-lo. Com efeito, não faço o bem que eu quero, mas pratico o mal que não quero" (Rm 7,18b-19); na *Epístola aos Gálatas*, o tema é retomado: "A carne tem aspirações contrárias ao espírito e o espírito contrárias à carne. Eles se opõem reciprocamente, de sorte que não fazeis o que quereis" (Gl 5,17).

to (que saiu da boca de Deus assim como uma palavra se torna manifesta e sensível quando é pronunciada) oferece novamente ao homem o acesso à sabedoria divina. O espírito, "muy agrauado e pessado pella cõpanha da carne", recebe a Cristo como a um esposo e realizam-se as "uodas antre Deus ẽcarnado e a creatura razoauel" (pp. 88 e 87, respectivamente). No entanto, a luta entre o corpo e a alma continua, e é preciso aprender a submeter os impulsos da carne às exigências do espírito. A fim de auxiliar a sobrepujar os instintos carnais, o autor apresenta uma interminável lista de argumentos e exemplos a favor da tese de que o mundo material e a vida corporal não têm real valor e consistência[109].

A formosura do corpo, por exemplo, além de passageira, é superficial, no sentido literal do termo: "Muyto cõpre a nos de nos trabalharmos de curar nosa alma, ca a fremosura do corpo tam sollamẽte he ẽno coyro decima. Ca, se os homẽs vissem aquello que jaz so a pelle, sem duuida lançariam o que teem ẽno estamago cõ noyo" (pp. 147-8). Examinando tudo com esse olhar impiedosamente atento, que revira as coisas por dentro buscando palpar sua essência oculta por trás das aparências enganadoras, o monge alcobacense constata que nada possui consistência se não se liga à sua raiz ontológica – se não se torna, de alguma forma, eterno. As dignidades e o poderio terreal também são enganosos e duram pouco; as riquezas – que não apenas trazem inúmeros cuidados, como escravizam a alma – nunca são suficientes para acalmar a ganância: "se tu viues segundo a natura, nũca seras pobre. E, se viues segundo a openiom dos homẽẽs, nũca seras rico" (pp. 259 e 299-300, respectivamente). Baseando-se talvez numa das passagens mais contundentes dos Evangelhos, o *Orto* condena os sentidos corporais por representarem ocasião de pecado: é me-

---

[109]. Frederick Willians, que notou com certa surpresa o caráter secular da maioria dos *exempla* do quarto livro, não chegou a perceber o porquê disto. Na verdade, não se trata de um desvio do objetivo inicialmente traçado, como o estudioso dá a entender; antes ao contrário: o autor do *Orto* convoca a realidade mundana apenas para mostrar sua fragilidade e inconstância. Op. cit., p. 206.

lhor ser cego do que se deixar *ẽflamar* pela luxúria; é melhor ser surdo do que ceder à tentação de dançar com a mulher *balhadeyra* (pp. 153 e 161, respectivamente)[110]. Em suma, neste mundo tudo é passageiro e, portanto, enganoso: o homem que se fia cegamente nas bem-aventuranças terrenas deixou-se seduzir pelas aparências, o que inevitavelmente resulta em decepção:

> [Os homens] som deramados e espedaçados ẽ aquelas cousas que parecem e nõ som e lanbem as ymagẽẽs destes bẽẽs tenporaaes, pensando que ham fame. Pois, qual he aquelle tam neycio ou tam sandeu que, lanbendo as ymagẽẽs ẽno espelho ou que parecẽ em sonho, crea que pode seer farto? Onde diz o propheta Ysaias: Sonha o famĩĩto e come per sonho, e, depois que se esperta, fica cansado e ajnda ha fame e a sua aalma he uazia (p. 130).

Mário Martins afirmou que, para o autor do *Orto do Esposo*, as coisas temporais se reduzem a "quase-sombras". Limitados e instáveis, os objetos e as circunstâncias mundanos não oferecem segurança e, no constante fluxo do tempo, em que qualquer realidade acaba por transformar-se, o monge observa que tudo é corroído, desaparece e morre. Por isso, "sente-se dominado por esta idéia da 'inexistência metafísica' [das coisas temporais], estreitamente vinculada à busca do Absoluto". A solução proposta para resguardar-se do angustiante fluir das coisas é a *destemporalização*, ou seja, o desenraizamento deste mundo, com os olhos postos na eternidade[111]. Paulo Alexandre Pereira, apoiando-se nas reflexões de Martins, descreveu sinteticamente a filosofia subjacente ao último livro do *Orto* como a "despromoção axiológica das entidades

---

110. A inspiração para essas observações pode ter sido colhida do *Evangelho de Mateus*: "Caso o teu olho direito te leve a pecar, arranca-o e lança-o para longe de ti, pois é preferível que se perca um dos teus membros do que todo o teu corpo seja lançado na geena. Caso a tua mão direita te leve a pecar, corta-a e lança-a para longe de ti, pois é preferível que se perca um dos teus membros do que todo o teu corpo vá para a geena" (Mt 5,29-30).

111. MARTINS, Introdução..., op. cit., pp. 16-9.

dotadas de existência temporal e a conseqüente preconização de uma 'teoria da relatividade existencial'"[112].

O desprezo do mundo e a acusação de inconsistência endereçada a todas as realidades mundanas têm como objetivo, portanto, educar a alma a ater-se ao que é essencial, isto é, à essência, ao fundamento absoluto que comunica o ser a tudo o que existe – o Ser, o único que verdadeiramente é. Este despojamento, tão característico do carisma cisterciense, é a condição indispensável para que se consumem as *uodas* entre a alma e seu Esposo. A união mística, termo de todo o percurso ascético, é a realização suprema do amor, que S. Bernardo chamou de *amor spiritualis*. A alma só contemplará perfeitamente seu Amado se "for totalmente despojada de seu invólucro carnal"[113]; atingiu a perfeição aquele que "ama a santidade de vida e os bons costumes, que se envergonha de toda porfia, aborrece toda murmuração, não sabe o que é a inveja, detesta a soberba e não apenas foge de toda glória humana, como a despreza profundamente, que abomina e se esforça por destruir em si toda impureza da carne e do coração"[114].

Embora a violência dos ataques dirigidos pelo autor do *Orto* a tudo o que é terreno possa surpreender o leitor moderno, convém notar que o motivo do desprezo do mundo é comum na literatura religiosa de fins da Idade Média, época em que a Europa viveu profunda crise. F. Vandenbroucke observa mesmo que este pessimismo não é apanágio exclusivo dos meios monásticos, mas traduz realmente o espírito da época[115].

A Peste Negra, que dizimou aproximadamente um terço da população européia em 1348, trouxe à tona, de forma aguda, a consciência da fragilidade do homem e da instabilidade da vida. A sensação de insegurança permaneceu por mais de

---

112. PEREIRA, Mudações..., op. cit., p. 240.
113. Apud VAUCHEZ, op. cit., p. 174.
114. ["Ama la santidad de vida y el arreglo de las costumbres, que se avergüenza de toda porfía, aborrece toda murmuración, no sabe qué cosa sea envidia, detesta la soberbia y no sólo huye de toda gloria humana, sino que profundamente la desprecia, que abomina y se esfuerza en destruir en sí toda impureza de la carne y del corazón"]. BERNARDO, op. cit., pp. 125-6.
115. Op. cit., pp. 285-91.

um século, enquanto focos esporádicos da epidemia continuaram a espalhar o terror, atingindo severamente diferentes regiões[116]. Por isso, como afirma Johan Huizinga, "em nenhuma outra época como na do declínio da Idade Média se atribuiu tanto valor ao pensamento da morte. Um imperecível apelo de *memento mori* ressoa através da vida"[117]. O *Orto do Esposo* testemunha com clareza esse estado de espírito, insistindo à exaustação no caráter precário e transitório dos bens terrenos e na brevidade da vida humana:

> A qualquer cousa que te tornares, todallas cousas nõ som certas. Tan solamẽte a morte he certa. Se pobre es, nõ he certo se ẽriquecerás. Nom es ẽsinado. Nõ he certo se seras ẽsinado. Enfermo hes. Nõ he certo se saaras. Nado es. Certo he que morreras. E, como quer que a morte certa he, pero o dia da morte nõ he certo. E, quando chega a morte, entõ parecẽ todallas cousas do mũdo vaydade (p. 349).

José Mattoso notou que a morte, e conseqüentemente a necessidade de estar preparado para enfrentar o tribunal divino, foi assumindo posição cada vez mais central na pregação religiosa a partir do século XIII[118]. Daí a quantidade de *exempla* do *Orto* que retratam a presença de anjos ou demônios prenunciando o destino eterno de moribundos a seus familiares e amigos, ou que narram visões do outro mundo, em que os mortos proclamam solenes advertências quanto a atitudes que possam comprometer a sorte futura das almas.

Se a presença obsedante e iminente da morte naturalmente despertava o anseio por conquistar a *vida perdurauel*, a Igreja, dilacerada pelo Cisma do Ocidente (1378-1417), parecia não estar em condições de angariar os favores divinos. A situa-

---

116. Sobre a peste em Portugal, veja-se MARQUES, A. H. de Oliveira. *Portugal na crise...*, pp. 20-2.
117. HUIZINGA, op. cit., p. 145.
118. O imaginário do Além-Túmulo nos *exempla* peninsulares da Idade Média. In: PAREDES, Juan (Ed.). *Medioevo y literatura*. Actas del V Congreso de la Asociación Hispánica de Literatura Medieval. Granada: Universidad de Granada, 1995, v. 1, pp. 134-5.

ção do clero português não era menos desalentadora: Oliveira Marques alude ao nepotismo generalizado que caracterizou o recrutamento eclesiástico a partir de meados do século XIV em Portugal, facultando o desleixamento dos costumes e a corrupção que dominaram os quadros eclesiásticos da época[119]. Por isso, as duras críticas que o autor do *Orto do Esposo* dirige ao clero não devem ser lidas como meros clichês retóricos, mas sim como referência a circunstâncias concretas que o monge alcobacense devia conhecer de perto. Antes de mais nada, o *Orto* reprova o excessivo envolvimento das autoridades eclesiásticas no poder laico e suas disputas. Dizendo que os prelados atendiam mais facilmente aos pedidos ilícitos dos poderosos do que aos justos rogos dos humildes, o autor acrescenta: "E calo-me das guerras dos prelados e das despesas sobejas que fazem em sy e cõ os amigos carnaaes e con outras persoas sem proueito" (p. 268). A constatação de que o clero se preocupava demais com a "dignidade ẽna terra" e esquecia-se de "seruir a Deus" leva-o a conclusões sombrias:

> Nõ quero ẽ esto mais falar. Mas temor ey de periguar a fe, ca nõ veio quẽ defenda nem quẽ dê ffe aa doutrina e aa vida de Jhesu Christo senõ algũũs poucos, e muy poucos, cuya vida he escarnecida e desprezada, especialmẽte per aaquelles que a deviam defender e mostrar per exemplo. Mais nõ a querem elles mostrar per exenplo e condanõ aquelles que a querem mostrar e que a mostrã. Ja nõ teemos senõ lyuros, que som vozes mortas, e preegadores auõndosamẽte, que todo quanto preegam, todo contradizem per obras. Oo, Saluador Jhesu Christo, asy he escarnida e doestada a tua doutrina e dos teus escolheitos agora ẽnos nossos tenpos (p. 263).

Além disso, a partir de meados do século XIV, o próprio Mosteiro de Alcobaça conhece uma fase de relativa estagnação, depois do apogeu vivido no século XIII. No reinado de D. João I, os cistercienses, que durante a Revolução haviam

---

119. MARQUES, op. cit., pp. 226-36.

apoiado os rivais do Mestre de Avis, deixam de gozar do prestígio que possuíam junto à corte, sendo preteridos pelos Dominicanos. Por outro lado, embora a quantidade de traduções produzidas no *scriptorium* de Alcobaça tenha crescido bastante a partir do final do século XV, a produção global de livros declinou sensivelmente[120].

Os conflitos políticos e as guerras, a inquietante certeza da morte e a crise religiosa explicam o sentimento de insegurança e de decadência que domina as duas últimas centúrias da Idade Média. Refugiado no mosteiro, mas nem por isso deixando de observar atentamente a agitação do século, o autor do *Orto do Esposo* nota que a condição humana é periclitante e incerta e conclui, citando o *Eclesiastes*: "uaydade de uaydades, e todallas cousas som uaydades" (p. 102). Sua resposta à desoladora situação em que o mundo de então se encontrava é a proposta de ensinar o caminho para que a alma, livre das angústias e dos engodos do mundo, possa salvar-se. O isolamento do mundo e a separação da vida são, de resto, uma tendência que Daniel-Rops observou ser característica do reflorescimento da literatura mística na crise dos séculos XIV e XV[121].

5. *A pedagogia da alma no* Orto do Esposo

5.1. Em que pese à clareza dos propósitos anunciados no Prólogo e à evidente afinidade temática entre o segundo e o terceiro livros – ambos dedicados às Sagradas Escrituras, ainda que em perspectivas distintas –, a primeira impressão que o *Orto do Esposo* transmite é que seu autor escolheu e encadeou os diversos temas abordados de maneira casual. A acentuada desproporção entre os livros só faz reforçar a suspeita de que não havia um programa anterior claramente definido que orientas-

---

120. A estimativa é feita em MARQUES, A. H. de Oliveira. *História de Portugal: Das origens ao Renascimento*. 12. ed., Lisboa: Palas Editores, 1985, v. 1, p. 204. Acerca da importância cultural de Alcobaça na Idade Média portuguesa, ver NASCIMENTO, Aires A. Alcobaça. In: LANCIANI, TAVANI, op. cit., pp. 32-5.

121. DANIEL-ROPS, op. cit., pp. 137-44.

se o trabalho de compilação e organização das citações e dos numerosos *exempla*. Por outro lado, a questão da organização interna e da coordenação dos quatro livros que compõem o *Orto* tem sido objeto de considerações marginais na bibliografia crítica dedicada à obra, que sempre privilegiou o tratamento de cada um dos livros em separado ou os cortes transversais em busca de constantes formais e temáticas. O primeiro pesquisador a tratar do tema foi Mário Martins, num artigo publicado em 1964. O pesquisador jesuíta afirma:

> A unidade íntima desta obra medievo-portuguesa, podemos vê-la na *palavra de Deus*: encarnada em Jesus e expressa no seu nome; revelada aos homens, nas folhas escritas da *Bíblia*; conhecida, experimentalmente, pelos sentidos espirituais, após a catarse dos sentidos corporais[122].

Carlos Fonseca Clamote Carreto, por seu turno, também procurou identificar o fio condutor da obra. Segundo o autor, a própria estrutura temática e narrativa do *Orto* convida "o leitor a uma progressiva conquista de um espaço, de um jardim interior", pois "o livro fala do Livro [a Bíblia] que remete para o paraíso terrestre no qual se recreia a alma, no centro da qual, por sua vez, está Deus"[123]. A descrição destes "encaixes" – que, para usar a terminologia do estudioso, formam uma "constelação" – não é, contudo, inteiramente convincente: falta-lhe levar em consideração o papel central desempenhado por Cristo, que, de acordo com o monge alcobacense, é a primeira exteriorização do Pai. Além disso, embora a noção de que o *Orto do Esposo* proponha uma progressiva interiorização seja útil e sugestiva, a argumentação de Carreto atém-se quase exclusivamente ao plano discursivo, deixando escapar a estrutura doutrinal da obra.

O Prólogo do *Orto* fornece pistas valiosas para o aprofundamento da questão. Aí, é estabelecida com clareza a finalida-

---

122. MARTINS, Experiência..., op. cit., p. 552.
123. CARRETO, op. cit., p. 397.

de pedagógica que a obra se propõe: acender "a uõõtade pera o amor de Deus" e, tal como a Bíblia, ensinar "o entendimẽto da mẽte" tirando o homem "das uaydades do mũdo" (pp. 1-2). A observação, feita logo a seguir, de que o título da obra se refere a "Jhesu Christo, que he esposo de toda fiel alma" (p. 2), alusão clara ao *Cântico dos Cânticos*, esclarece o teor da proposta pedagógica: o tema da união nupcial entre a alma e Cristo é o preferido da mística medieval, em particular de S. Bernardo[124]. A profunda influência exercida pelos *Sermones in cantica*, abundantemente citados no *Orto*, fecha o círculo: o monge alcobacense intenta acender "a uõõtade pera o amor de Deus" seguindo os degraus do aperfeiçoamento do amor descritos pelo místico de Claraval.

5.2. Subjacente à organização aparentemente casual dos quatro livros do *Orto*, insinua-se, portanto, a descrição dos graus do amor proposta no Sermão 20 dos *Sermones in cantica* a orientar a seleção e a disposição do material compilado pelo monge anônimo. Fortemente influenciado por S. Bernardo, é natural que ele não se restringisse a transcrever algumas *sententiae* do santo cisterciense: a quantidade de citações da obra bernardina permite supor que ela tenha sido objeto de meditação cuidadosa, repetida e pausada por parte do autor do *Orto* – o mesmo tipo de leitura que ele aconselhou a propósito das Sagradas Escrituras.

O *Orto do Esposo* apresenta, pois, estrutura coerente, que reflete uma tendência ascensional. No vigésimo dos *Sermones in cantica*, um dos mais citados no *Orto*, S. Bernardo declara, a propósito do primeiro grau do amor, o *amor carnalis* a Jesus: "Aquele que está repleto deste amor se comove e enternece facilmente com qualquer consideração ou leitura relativa a este piedoso assunto. Nada ouve de mais saboroso, nada lê mais

---

124. Étienne Gilson observa que S. Bernardo considerava o *Cântico dos Cânticos* como a "iniciação por excelência à vida mística" ["initiation par excellence à la vie mystique"]. *La théologie...*, op. cit., p. 92.

ansioso, nada repassa em sua memória com mais freqüência, nem tem meditação mais doce e agradável que esta."[125] Daí que o monge alcobacense inicie seu livro exaltando o nome de Jesus. O segundo livro do *Orto*, dando seqüência ao apelo emotivo do anterior, louva as virtudes da Bíblia descrevendo-a poética e alegoricamente; é apenas no terceiro livro que o autor transmitirá seus conselhos sobre como ler as Escrituras de modo a compreendê-las adequadamente e apreender sua lição, recorrendo à tradição hermenêutica e exegética medieval: a *lectio divina* é o meio apontado para atingir o *amor rationalis*. O prólogo do quarto livro apresenta, melhor do que em qualquer outra passagem da obra, a descrição da união esponsal entre Cristo e a alma do fiel. A última parte do *Orto do Esposo*, em que o monge alcobacense prega com insistência a necessidade de abandonar as coisas materiais, corresponde ao *amor spiritualis*.

O percurso ascético é gradual e, ao final da obra, há uma apologia da vida solitária, que representa o completo desligamento de tudo o que possa torvar a contemplação do Amado[126]. Dessa forma, compreende-se o motivo da crescente radicalização das posições assumidas pelo autor. Conforme já foi dito, o quarto livro é aquele no qual o monge anônimo tira as conclusões mais extremas de sua proposta. No entanto, o leitor atento observará que a radicalização das opiniões é o termo de um processo contínuo: o terceiro livro também é mais incisivo e provocador do que os anteriores, na discussão que produz sobre o conhecimento do *segle* e o conhecimento divino. Os dois primeiros tratados, ao contrário, visam simplesmente a como-

---

125. ["El que está lleno de este amor se conmueve y enternece fácilmente con cualquier consideración o lectura relativa a este piadoso asunto. Nada oye más gustoso, nada lee más ansioso, nada repasa en su memoria con más frecuencia, ni tiene meditación más dulce y agradable que ésta"]. BERNARDO, op. cit., v. 2, p. 123.

126. Esta tendência não é exclusiva de S. Bernardo. André Vauchez observa que o eremitismo conheceu um notável desenvolvimento a partir do século XII, pois respondia aos anseios de uma vida espiritual mais rica e íntima, que estava ao alcance de todos, inclusive leigos, através da prática de uma vida pobre e solitária. Op. cit., pp. 77-82.

ver e a conquistar o leitor com a descrição das doçuras do nome de Jesus e das delícias do *orto* bíblico.

Por fim, a estrutura ascendente da proposta mística do monge alcobacense permite explicar também o acentuado desequilíbrio causado pelo tamanho do último livro do *Orto*. À primeira vista, o fato de o autor se alongar a cada nova parte da obra parece ser sintoma de falta de planejamento ou noção de harmonia; o exame mais atento, no entanto, revela que o monge alcobacense tinha consciência de que, à medida que avançava, tratava de temas mais complexos e exigentes. O percurso pedagógico proposto é linear e ascendente; assim, compreende-se que o autor se preocupasse em explicar melhor o que ele considerava mais importante: por que se deter no que é inferior, em detrimento do que é mais elevado?

É bem verdade que a divisão tripartite dos graus do amor apresentada nos comentários ao *Cântico dos Cânticos* não é a única, nem a mais famosa, descrição das etapas da via mística proposta na obra de S. Bernardo[127]. Costuma-se considerar a divisão quadripartite do amor desenvolvida no *De diligendo Deo* como a mais importante delas. Não há dúvida, contudo, de que a versão que o autor do *Orto* tomou por base é a dos *Sermones in cantica*, pois, além de não haver quaisquer notícias que dêem conta da existência de cópias do *De diligendo Deo* na biblioteca de Alcobaça, Bertil Maler não identificou este tratado como possível fonte consultada pelo monge anônimo. Por outro lado, o vigésimo dos sermões sobre o *Cântico dos Cânticos* é abundantemente citado no *Orto*.

A fim de guiar seus leitores (não apenas a "irmã" a quem se endereça em primeiro lugar, mas também os *sinpliz*, homens de "qualquer condiçom" que viessem a ler o *Orto*) na escalada dos degraus da ascese proposta por S. Bernardo, o monge de Alcobaça fez como aquele missionário enviado à Inglaterra, referido num dos numerosos *exempla* da obra: usou

---

127. Sobre as diferentes divisões do amor propostas por S. Bernardo, cf. GILSON, *La théologie...*, op. cit., p. 200, nota.

"exenplos e parauoas, preegando chããmête" (p. 73). Em suma, o *Orto do Esposo*, obra sob tantos aspectos única na literatura portuguesa, tem por objetivo reafirmar, glosando e ampliando, o apelo do místico de Claraval: "ama, pois, ao Senhor, teu Deus, com o afeto de um coração cheio e inteiro; ama-O com toda a sabedoria e vigilância da razão; ama-O com todas as forças do espírito"[128].

---

128. ["Ama, pues, al Señor, tu Dios, con el afecto de un corazon lleno y entero; ámale con toda la sabiduría y vigilancia de la razón; ámale con todas las fuerzas del espíritu"]. BERNARDO, op. cit., 122.

O deleite no *boosco* de Deus

Por
Lênia Márcia Mongelli
Universidade de São Paulo

*Para
Truti,
no ermo sagrado de Jericoacoara*

Lênia Márcia Mongelli é professora titular do Departamento de Letras Clássicas e Vernáculas da Universidade de São Paulo. Sócio-fundadora, além de secretária, da ABREM – Associação Brasileira de Estudos Medievais, tem vários livros publicados sobre temas do medievo.

1. Para uma leitura menos arriscada

Tanto a "Dedicatória" quanto o "Prólogo" do *Boosco deleitoso*, de autoria anônima, definem o gênero de prosa em que a obra deve ser inserida: literatura de devoção, de doutrinação espiritual, de configuração mística e de exemplos morais. Eis a dedicatória:

> A muito esclarecida e devotíssima reinha dona Lianor, molher do poderoso e mui manífico rei dom Joam segundo de Portugal, como aquela que sempre foi enclinada a tôda virtude e bem-fazer, zelosa grandemente de sua salvaçam e de tôda alma cristaã, mandou emprimir o seguinte livro chamado *Boosco deleitoso*, veendo Sua Alteza nêle tanta duçura espiritual e prosseguindo *êle* com tantos enxempros e figuras, por convidar a muitos aa doutrina de nosso Redentor Jesu Cristo, em nome do qual começa o dito livro[1].

A motivação de Sua Alteza é explícita: "convidar a muitos aa doutrina de Jesus", solicitação que se baseia no recurso a "enxempros e figuras" de que se serviu a obra para produzir,

---

1. *Boosco deleitoso*. Ed. de Augusto Magne, baseada no texto de 1515. Rio de Janeiro: Instituto Nacional do Livro, 1950, 2 v., v. 1, p. 1. [Todas as citações da obra serão extraídas desta edição, que poderemos referir por BD. A partir de agora, o número da página, entre parênteses, acompanhará imediatamente a citação.]

em quem a ler, profunda "duçura espiritual". A rainha teria usado a edição em proveito próprio: viúva há vinte anos de D. João II, retirada no Convento da Madre de Deus, que fundara, D. Leonor, ali no "ermo" de sua cela e também apartada das "glórias mundanaes" de que gozara, supostamente se preocuparia com a salvação de sua alma[2].

O "Prólogo" segue teor similar, mas acrescido de elementos que importa distinguir, porque também funcionam como uma espécie de "guia de leitura" da obra:

> Êste livro é chamado *Boosco deleitoso* porque, assi como o boosco é lugar apartado das gentes e áspero e êrmo, e vivem enele animálias espantosas, assi eneste livro se conteem muitos falamentos da vida solitária e muitos dizeres, ásperos e de grande temor pera os pecadores duros de converter. Outrossi, em no boosco há muitas ervas e árvores e froles de muitas maneiras, que som vertuosas pera a saúde dos corpos e graciosas aos sentidos corporaaes. E outrossi há i fontes e rios de limpas e craras águas, e aves, que cantam docemente, e caças pera mantiimento do corpo.
>
> E assi eneste livro se conteem enxempros e falamentos e doutrinas muito aproveitosas e de grande consolaçom e mui craras pera a saúde das almas e pera mantiimento espiritual dos coraçoões dos servos de Nosso Senhor, e pera aquêles que estam fora do caminho da celestrial cidade do paraíso poderem tornar aa carreira e ao estado de salvaçom e poderem alcançar aquela maior perfeiçom, que o homem pode haver enesta presente vida, e haver o maior prazer e aquela maior dolçura e consolaçom espiritual, que a alma pode receber enquanto está em o corpo e, depois desta vida, haver e possuir a gróoria perdurávil, tomando enxempro de uũ homem pecador, que todo êsto encalçou em vida apartada e solitária dos negócios do mundo, segundo êle reconta de si meesmo, dizendo assi (pp. 1-2).

Com a mesma nitidez com que a essência do livro se define na "dedicatória", aqui se delineia sua estrutura alegórica:

---

2. Esta suposição, plausível, é de D. Manuel II: *Livros antigos portugueses: 1489-1600*. Braga: Oficinas de trabalho protegido da APPACDM, 1995, t. 1, p. 299.

1. na justificação do título: se o "boosco é lugar apartado das gentes e áspero e ermo", cheio de "animálias espantosas", ele se reproduz, por analogia, nos "falamentos e dizeres" da "vida solitária", que são "ásperos e de grande temor", porque se destinam a "pecadores duros de converter", para quem foi escrita a obra, de preferência a outros receptores; 2. quanto à parte amena do "boosco", onde há muitas "ervas e árvores e froles", "vertuosas" para o corpo e os "sentidos corporaaes", com "fontes e rios de limpas e craras águas", ela é paralela aos "enxempros e falamentos e doutrinas" que são "de grande consolaçom e mui craras pera a saúde das almas"; 3. o fim último é a salvação da alma: convencer "aqueles que estam fora do caminho da celestrial cidade do paraíso" de que "o maior prazer" está na "gróría perdurávil", que só se alcança "depois desta vida"; 4. como parâmetro dessa trajetória, conta-se a fábula de "uũ homem pecador", que vem a ser o "Peregrino", protagonista do texto.

Por mais que a proposição se amplie ao longo dos cento e cinqüenta e três capítulos e das oito partes em que Augusto Magne convencionou distribuí-los, esta é a espinha dorsal do BD, sua estrutura de sustentação, a que se retorna a cada página, para retomar as metáforas do "boosco", das "árvores e froles", das "águas craras" e das "aves", da "celestrial cidade", etc., numa coesão de propósitos que eleva o sentido das inevitáveis repetições, monótonas para os desavisados. Fora desses pressupostos, ou sem tê-los na devida conta, qualquer leitura da obra seria distorcida.

A essa altura dos trabalhos críticos sobre o *Boosco*, um segundo ponto tem de ser adotado como espécie de premissa: a filiação do texto ao *De vita solitaria*, de Francesco Petrarca (1304-74)[3]. A afirmação pioneira de Mário Martins tem sido confirmada e ampliada por outros que lhe seguiram a trilha,

---

3. PETRARCA, Francesco. De vita solitaria. *Prose*. Ed. bilingue a cura di G. Martellotti e P. G. Ricci. Milano-Napoli: Riccardo Ricciardi editore, 1955, pp. 285-591. [Citações da obra serão extraídas desta edição, que também poderá ser referida por VS.]

fazendo uso de cotejos que não deixam qualquer margem a dúvida: "o certo é que quase toda a obra *De vita solitaria* está substancialmente contida no *Boosco deleytoso*, pode dizer-se capítulo por capítulo, umas vezes transcritos à letra, outras vezes resumidos e aliviados da erudição clássica, e outras ainda alongados com passagens novas de santos monges e figuras simbólicas a falar. Em geral, tudo o que na *Vida solitária* é exclusivo de Petrarca aparece no *Boosco deleytoso* na boca de D. Francisco, nobre solitário"[4]. Mais especificamente, do capítulo 16 ao 118, correspondentes à 2ª., 3ª., 4ª., 5ª e 6ª partes, o compilador fez glosa de Petrarca; restam portanto, de lavra própria, os quinze primeiros capítulos e mais ou menos os quarenta finais, o que resultaria, *grosso modo*, na 1ª., 7ª e 8ª partes da edição de Magne.

As duas considerações – a espiritualidade alegórica do *Boosco* e suas raízes petrarquianas – têm tido duplo efeito sobre as análises interpretativas da obra: de um lado, o necessário cuidado para não atribuir originalidade de composição a procedimentos que se inserem no *corpus* da mística cristã, com estereótipos análogos em outras religiões, e apoiados em modelo bem definido, no caso o de Petrarca, de edição então recente, temporalmente muito próximo do *Boosco*[5]; de outro lado, a obrigatoriedade de ater-se a tais evidências como que obnubila novas possibilidades, quer pela natureza do objeto, que se revela, de saída, enclausurado em rigidez formal e temática, quer pelos preconceitos de leitores nada animados com a severidade moral de um tratado com destinatário certo. Só recentemente, como veremos, as reflexões sobre o BD têm procurado ultrapassar a barreira dos lugares-comuns.

---

4. MARTINS, Mário. Petrarca no *Boosco Deleytoso*. *Brotéria*, Braga, v. 38, 1944, p. 365. Retomado, com o mesmo título, em *Estudos de literatura medieval*. Braga: Livraria Cruz, 1956, pp. 131-43.

5. José Leite de Vasconcelos datou o *Boosco*, e sua hipótese ainda não foi contestada: "Esta obra, ainda que impressa no primeiro quartel do século XVI, representa porém uma fase lingüística muito mais antiga, dos começos do século XV, ou ainda dos fins do século XIV". *Lições de filologia portuguesa*. 2. ed. Lisboa: Oficinas da Biblioteca Nacional, 1926, p. 136, nota 3.

Até então, a válvula de escape da crítica concentrou-se nos recursos estilísticos estampados no anônimo. Tanto o filólogo como o leigo, o especialista ou o simples curioso têm sabido apreciar a maestria da linguagem literária do BD. A riqueza das metáforas, das comparações, dos símiles, a inventividade das alegorias, o esforço bem-sucedido de inovar as repetições, os torneios sintáticos para raciocínios complexos, a rarefação das imagens, etc. enchem de artifícios retóricos a extenuante trajetória do Peregrino, sem esquecer, conforme a persistente lição agostiniana, que a "beleza da expressão" não pode comprometer a "gravidade do pensamento"[6]. A entonação, variadíssima, caminha dos extremos de um suave lirismo para contundências dramáticas, sem esquecer o riso irônico, que não poucas vezes matiza o discurso ortodoxo dos vetustos "barões". Colhamos, ao acaso, algumas amostras:

• sobre o recolhimento do claustro:

> Verdadeiramente a craustra é paraíso; ali som os prados verdes das escrituras; ali som as águas dos rios das lágrimas que correm avondosamente, as quaaes o amor lança e coa das afeições e das vontades mui puras. Ali som as árvores mui altas, que som os coros dos santos, e nom há i tal que nom tenha e que nom dê muita avondança de fruito (pp. 98-9).

• sobre a pretensão dos velhos:

> Ca esta é agora a madureza e o siso dos velhos dêste tempo, haver por mizquindade seerem tirados das deleitaçoões, nom embargando que teem a morte ante seus olhos e mui toste há-de seer arrincada a sua deleitaçom da morada dos lembros podre e caidiza (p. 124).

• sobre os desassossegos do coração:

---

6. Santo Agostinho. *A doutrina cristã*. Manual de exegese e formação cristã. Trad. de Nair de Assis Oliveira. São Paulo: Paulinas, 1991, p. 139.

...caminheiro mui ligeiro e mui trigoso mais que os ventos, o teu coraçom busca folgança em muitas cousas e nunca a pode achar em nenhuua cousa nem lugar. Ele muda os conselhos e camba as afeiçoões e faz novas razoões e correge os juízos e edifica e pranta e destrue e ainda arrinca e abaixa e alevanta e dá riqueza e deita em proveza, ora despreça, ora dá honra, ora doesta, ora louva, ora pensa que está asseentado com o príncipe em cadeira e em honra, e logo cuida como é prelado, e dês i pensa como está em conselho dos mais honrados, e logo joga com os moços, e dês i entra em nos lugares da luxúria e em as praças trauta os negócios do seu amigo e mui toste o quer destruir com sanha, ora se vai ao açougue, ora salta em a peleja e ora é em o inferno e mui poucas vezes vai ao céu, e quer julgar os feitos do Senhor Deus (pp. 127-8).

• sobre os bajuladores que vivem nas cortes:

A sua vida é mui coitada; ca êles, quando estam com o príncipe ou com o prelado, oferecem-lhe louvaminhas. Estes som testemunhas nom de verdade, mas de falsidade, mesteiraaes som de enganos e de error; em tanto louvam o príncipe, que o querem mostrar igual a Deus, seendo homem mortal. Êstes som caães gargantoões e aves garridas, ca mordem e matam quando querem. Êstes nom reteem nẽhuũa cousa da sua vontade, ca tôda a sua vontade é segundo lhe mostra o príncipe a sua. Eles riiem, com o senhor que rii, e choram quando êle chora, e som sanhudos quando êle é sanhudo, e mansos quando é amansado, e louvam quem êle louva e brasfamam quando êle brasfama (pp. 142-3).

• sobre a mulher:

Nom há peçonha tam pestelencial aaquêles que se trabalham de vida espiritual como companhiia de molher. Ca o apostamento da fêmea, quando é mais brando, tanto é mais de temer e mais enganoso e mais travêsso; e esso meesmo os seus costumes, que nom há no mundo cousa mais movediça nem mais contraira ao estudo da folgança. Qualquer que tu és, que buscas folgança, cavida-te da fêmea, ca ela é celeiro perdurávil de pelejas e de trabalhos. Mui poucas vêzes moram sô uũ telhado a paz e a molher (pp. 165-6).

• sobre a passagem do tempo:

...porque qual é a cousa de maior sandice que seer homem negrigente e preguiçoso pera fazer aquêlo que compre em o tempo presente, que é seu e é certo, e desejar e esperar o tempo que é por viir, que é alheo, e podem acontecer mil aqueecimentos per que nom poderá fazer aquêlo que compre? E esta cousa é o maior mal da vida do homem: com esperança de viver, nunca bem vivem (p. 160).

• sobre a humildade:

E porque a sua alma era mui alta em abaixando-se, e apurada de todo quebrantamento das cousas terreaaes (p. 203).

Reconhecem-se nos excertos as lições das artes *praedicandi* e *sermocinandi* medievais – na ordenação dos argumentos, na seleção de "provas", na preferência pela sintaxe coordenada das relações frasais, com reiterações conjuntivas de soberbo efeito persuasório. O amplo rol temático a que serve a linguagem bem cuidada, desdobramentos da apologia do ermo, compõe um panorama de época muito além dos limites religiosos-morais do texto, inclusive pelo contributo de Petrarca. Esse perfil de objeto literário uno e vário deve nortear a leitura do BD, para que avancem os trabalhos, não se abuse das redundâncias e se contornem equívocos.

2. O que já foi dito?

O *Boosco* ainda pertence à lista dos livros raros: a edição de Augusto Magne está há muito esgotada, e a edição crítica que eventualmente preparava Abílio Roseira interrompeu-se com sua morte[7]. D. Manuel II diz que da obra, originalmente, só se conhecia um exemplar, na Biblioteca Nacional de Lisboa, sem folha de rosto e editado em 1515 por Hermão de Campos, bombardeiro del Rei[8], segundo o *colófon* da edição Magne. Júlio Dantas supôs que o título inicial pudesse ser *Hermo Espiritual*, conforme livro oferecido por Fernão Lopes ao Infante D. Fernando (*Huũ liuro de linguagẽ q chamã hermo espiritual*), mais tarde trocado por D. Leonor[9]. Por último, Magne atesta que "véu ainda mais impenetrável encobre a pessoa do autor"[10], num anonimato de paternidade muito comum à Idade Média.

Os manuais didáticos e de história literária são os que com freqüência mais sistemática manifestam interesse pelo BD, quando menos por dever de ofício[11]. Às vezes, nem isto[12]. Ne-

---

7. GONÇALVES, Rebelo. *Filologia e literatura*. Rio de Janeiro: Companhia Editora Nacional, 1937, pp. 233-46. Reminiscência de Vergílio na literatura medieval portuguesa, p. 234.
8. Op. cit., p. 288. O autor cita bibliófilos e críticos que trataram do incunábulo.
9. DANTAS, Júlio, apud D. Manuel II, op. cit., p. 291.
10. Introdução ao *Boosco deleitoso*, op. cit., pp. ii-iii.
11. Alguns deles: SAMPAIO, Albino Forjaz de. *História da literatura portuguesa ilustrada*. Paris/Lisboa: Ailland e Bertrand, 1929, v. 1. Alvorecer da prosa literária sob o signo de Avis, pp. 172-5; SARAIVA, António José, LOPES, Óscar. *História da literatura portuguesa*. 5. ed. corrig. e aum. Porto: Porto Ed., s.d. Literatura apologética e mística, pp. 141-6; MARQUES, A. H. de Oliveira. Outros meios e agentes de cultura. *Portugal na crise dos séculos XIV e XV*. Lisboa: Presença, 1987, pp. 419-30; PIMPÃO, Álvaro Júlio da Costa. *História da literatura portuguesa*. Coimbra: Coimbra Ed., 1947, v. 1, pp. 15-40; MOISÉS, Massaud. *A literatura portuguesa*. 25. ed. rev. e aum. São Paulo: Cultrix, 1988, pp. 36-38; VIEIRA, Yara Frateschi et al. *A literatura portuguesa em perspectiva*. Trovadorismo, Humanismo, v. I. São Paulo: Atlas, 1992, v. 1, pp. 141-3.
12. Por exemplo, é curioso que Manuel Rodrigues Lapa, no âmbito da prosa didática, se restrinja ao *Leal conselheiro* e ao *Livro da vertuosa benfeytoria*. Cf. *Lições de literatura portuguesa. Época medieval*. Ed. rev. e aum. Coimbra: Coimbra Ed., 1973. Cap. 9, pp. 319-50. Hernâni Cidade não trata do assunto no *Lições de cultura e literatura portuguesas*. 6. ed. corrig. e aum. Coimbra: Coimbra Ed., v. 1, 1975, embora dedique um capítulo à "nossa cultura humanística" (Cap. 4), e nem em *Lições de cultura luso-brasileira. Épocas e estilos na literatura e nas artes plásticas*.

les, por imposição do gênero, pontuam-se aspectos gerais da obra, quase sempre vistos a partir do contexto humanista do Quatrocentos português: o moralismo da corte avisina, a incentivar leituras de feição espiritualista; a persistência do latim como língua culta e o intenso labor dos tradutores, procurando "poer em lingoagem" tratados de pouca circulação até à data, o que inclui a Bíblia, para facilitar o acesso a ela da gente comum; a força de penetração da mentalidade feudal, alargando o círculo das funções régias e de seus compromissos culturais; o trabalho nos mosteiros e nos conventos em prol do livro, etc. Nesse panorama se dissolve o BD, a par de outras obras que se lhe assemelham: a apologia do misticismo, casado ao bucolismo de contorno clássico, de que nasce a alegoria da via ascética, e mais a "tradução" compiladora de Petrarca são os pontos interpretativos que cumprem a finalidade meramente informativa de didáticos e paradidáticos. Referências à tradição antiga (Horácio, Cícero, Sêneca, Vergílio) e à cristã, com algum destaque para Dante, às vezes detalham as linhas principais do conjunto. Como um verbete de dicionário[13], em que o geral prevalece sobre o particular, o *Boosco* tem cruzado os tempos[14].

No entanto, há destaques no meio da indiferenciação. O artigo citado de José Leite de Vasconcelos tem o mérito de situar a obra no tempo: impressa no século XVI, pode ter sido escrita no XV ou até antes. O que se terá passado nesse intervalo de um século? Quais as semelhanças entre os dois momentos históricos para justificar a aceitação de públicos apa-

---

Rio de Janeiro: Livros de Portugal, 1960. Para José Hermano Saraiva, "O renascimento quatrocentista português" revela-se, literariamente, nas *Crônicas* e no *Leal conselheiro*. *História de Portugal*. Lisboa: Alfa, 1913, pp. 156-8.

13. Modelo de boa síntese é o de J. D. Pinto-Correia, em LANCIANI, Giulia, TAVANI, Giuseppe (Org. e Coord.). *Dicionário da literatura medieval galega e portuguesa*. Trad. de José Colaço e Artur Guerra. Lisboa: Caminho, 1993.

14. Conforme veremos, a crítica mais recente vem valorizando as qualidades estético-literárias do *Boosco*, corrigindo restrições como estas, feitas anteriormente: segundo Saraiva, a obra "não serve como documento de originalidade literária, mas como exercício e reflexo das possibilidades do idioma". Op. cit., p. 144; Massaud Moisés condescende apenas com "algum progresso na expressão de sentimentos para os quais a Língua ainda não estava preparada". Op. cit., p. 36.

rentemente distintos? De que elementos de um e outro tempo se deixou o *Boosco* impregnar, no momento em que declinava a Idade Média e irrompia o Renascimento? As possibilidades que as questões levantam apontam para o valor "documental" da obra, reduzindo a rigidez dos que a catalogam tão-só entre os exemplários lingüísticos.

A Mário Martins devem-se os estudos desbravadores de conteúdos mais complexos. Dentre eles, continua atualíssimo o citado "Petrarca no *Boosco Deleytoso*"[15], inclusive por atribuir à participação do poeta italiano sua verdadeida dimensão. Ou seja: embora poucos, os capítulos ausentes em Petrarca são específicos o suficiente para conferir identidade ao BD e para plantá-lo em solo português, numa circunstância histórico-cultural fora da qual a obra perderia o sinete que a singulariza e comprometeria a lisura de juízos de valor. É mais ou menos nessa linha que Zulmira Coelho dos Santos faz sua inteligente leitura do texto de Martins, formulando a pergunta que avança nas investigações: *como* o autor anônimo do BD se apropriou do *De vita solitaria*? O que reteve e o que abandonou da fonte?[16] A indagação leva a conclusões esclarecedoras: o anônimo leu Petrarca à sua maneira, com certa independência, tendo preferido a concisão expressiva sempre que o assunto era a descrição da vida no "segre" do ângulo de um "leterado", contra os pormenores mais detalhistas para enfatizar as vantagens da "contemplação". Desse procedimento para fazer os cortes – isentando o compilador de subserviência intelectual – é que o *Boosco* avulta como obra de "espiritualidade", enquanto Petrarca privilegia a vida apartada em função do *ocium literatum*, da reflexão amparada pelo amor das "leteras". Para o italiano, há que preparar-se para a vida ativa, conhecendo-lhe os perigos; o anônimo hiperboliza-os, para pregar a ascese cris-

---

15. *Petrarca...*, op. cit.
16. SANTOS, Zulmira Coelho dos. A presença de Petrarca na literatura de espiritualidade no século XV: o *Boosco deleitoso*. In: *Actas do Congresso Internacional Bartolomeu Dias e a sua época*. Universidade do Porto: Comissão Nacional para as comemorações dos Descobrimentos Portugueses, 1995, v. 5, pp. 91-108.

tã. Ao ver de Zulmira, a linha interpretativa adotada pelo compilador nada tem, contudo, de singular, podendo ser inserida no amplo movimento de reforma espiritual em curso entre os séculos XIV e XVI, bem exemplificado pela quantidade de obras similares impressas na Espanha entre 1500 e 1530[17].

Voltando a Mário Martins, dois outros ensaios seus abriram caminhos: "Imagética bíblica" e "*Boosco Deleitoso*"[18], em que pese às páginas de paráfrase e/ou transcrição da matriz. No primeiro, ele chama a atenção para a proximidade da obra com o *Cântico dos Cânticos* bíblico, pelas nuanças eróticas da união da alma com a divindade, que mal disfarçam sua discutida origem em algum epitalâmio oriental; no segundo, aborda a fértil metáfora da "viagem interior" que se efetua no *Boosco*, perfazendo as três vias místicas da "purgação", "união" e "contemplação", cujo arremate é a "morada celeste". Atento ao Prólogo do BD, Mário Martins insiste no recurso à alegoria, ponderando que seu lado "realista" está no tema do "peregrino interior", constante de numerosas obras contemporâneas e posteriores (por exemplo, *Pèlerinage de vie humaine*, composto pelo clérigo Guillaume de Digulleville, entre 1330 e 1358, e o célebre *The Pilgrim's Progress*, de John Bunyan, já no século XVII). É bom lembrar que o próprio Petrarca escreveu, em 1358, um guia para peregrinos na Terra Santa, intitulado *Itinerarium breve de ianua usque ad Ierusalem et Terram Sanctam*.

Uma pista "alegórica" riquíssima de meandros foi oferecida por Francisco de Simas Alves de Azevedo[19], embora em pequeno artigo. As sete virtudes que se apresentam ao Peregrino, três teologais e quatro cardinais, foram vestidas simbolicamente, numa profusão de cores e de sentidos que, diga-se de

---

17. Ibid., p. 95.
18. Ambos estão em *Alegorias, símbolos e exemplos morais da literatura medieval portuguesa*. Lisboa: Brotéria, 1975, pp. 191-206 e 271-83, respectivamente.
19. Achegas para o estudo dos vestuários simbólicos das virtudes no *Boosco deleitoso*. *Armas e troféus*. Revista de História, Heráldica, Genealogia e de Arte, s. 2, n. 3, 1961, pp. 299-305.

passagem, nada têm a ver com Petrarca[20], portando objetos referentes à sua função e ao temário da doutrinação prestes a começar. Além delas, a Misericórdia, tão atuante junto ao "mizquinho pecador", traja-se heraldicamente, nos moldes das "nobres damas dos séculos XIII e XIV", estampadas também em belas iluminuras[21]. A pompa da indumentária da Ciência da Escritura Sagrada é digna de seu lugar no panteão hierárquico. O autor deixou em suspenso a pergunta que ainda não foi respondida: por que foram concebidas com mais comedimento as roupas de Fé, Esperança e Caridade?

Aida Fernandes Dias resume muito do que vimos resenhando[22], também ela preocupada em matizar a presença de Petrarca no BD: o autor italiano era bem conhecido em Portugal nos finais do século XIV; mas nem tudo obriga a supor que o nobre solitário de nome Francisco, acompanhante do pecador na maior parte de seu trajeto pelo "segre", seja necessariamente Francisco Petrarca; como distintivo importante entre as duas obras, no VS a solidão não tem conotação ascética, o que aparenta o *Boosco* antes a algumas hagiografias e, pelas passagens "realistas", até a certas obras historiográficas. Evoluindo de sugestões anteriores, Aida faz decisiva observação sobre a estrutura do enredo, acerca do longo e penoso percurso do homem acusado de todos os lados, tendo a seu favor apenas a "graciosa donzela" (Misericórdia), cheia de complacência para com sua infinidade de erros. Como joguete de forças contrárias transfigura-se a existência do Peregrino, explicando o teor penitencial de sua ascensão para Deus[23].

---

20. Ibid., p. 300.
21. Ibid., p. 305.
22. Um livro de espiritualidade: o *Boosco Deleitoso*. *Biblos*, Coimbra, v. 65, 1989, pp. 229-45. O mesmo artigo foi reproduzido em *Antologia de espirituais portugueses*. Lisboa: Imprensa Nacional/Casa da Moeda, 1994, pp. 25-36.
23. O tema da "vida como luta" foi belamente examinado por Mário Martins em "Psicomaquia ou combate espiritual". Cf. *Alegorias...*, pp. 173-81. E ainda: MONGELLI, Lênia Márcia. *Boosco Deleitoso: a reinvenção do peregrino*. *Boletim do Centro de Estudos Portugueses*. São Paulo, s. 4, n. 1, 1994, pp. 71-6.

A "viagem da alma" estudada por Mário Martins é, de fato, rica vertente de abordagem do BD. Foi por onde penetrou Maria de Jesus de Paulos[24]: embora servindo-se de bibliografia lacunosa e mostrando-se um tanto insegura em afirmações descabidas[25], a dissertação debruça-se, com originalidade, pelo esoterismo iniciático da *peregrinatio*, analisando os rituais de passagem, o simbolismo numerológico, a imagética bíblica, a concepção especular da vida etc. O trabalho, talvez cerceado por sua destinação acadêmica, não pôde explorar as trilhas que mapeia; mas foi bastante eficiente em sugerir o magma mítico no seio da ortodoxia religiosa cristã. (É para ela, a ortodoxia cristã, que se volta Pedro Calafate, rastreando a lição de S. Bernardo do "conhece-te a ti mesmo" como a primeira condição para atingir a Sabedoria[26] – versão católica da célebre máxima socrática. Ao ver de Calafate, o *Boosco* assenta na mística bernardina e lembra o modelo de Santa Tereza de Ávila).

Saraiva concorda quanto ao rigor desta pregação, pois ela tem por paradigma a "imitação de Cristo", conforme divulgada pela literatura monacal[27], com seus princípios de sujeição completa à lição de humildade do filho de Deus – que é, ao fim e ao cabo, preparação para a morte, para o Juízo Final. Há aqui a memória dos solitários orientais, dos monges da Síria, bem como do auto-aniquilamento búdico no Nirvana. Com destacar o teor didático dos exemplos e histórias de "proveito" elencados no BD, Saraiva aventa um público também leigo a

---

24. *A viagem interior no Boosco Deleitoso*: a alma em busca do centro. 1994. Dissertação (Mestrado em Letras) – Universidade Nova de Lisboa.

25. Como dizer, por exemplo, que a "viagem" no *Boosco* acontece "fora do tempo e do espaço, em direção ao Além", ou, contradizendo-se, que a obra é "até rica, se a encararmos sob o ponto de vista estilístico e mítico". Ibid., pp. 7, 8 e 9, respectivamente.

26. CALAFATE, Pedro. O *Boosco Deleytoso solitário*. In: _____ (Dir.). *História do pensamento filosófico português*. Lisboa: Caminho, 1999, v. 1 (Idade Média), pp. 527-31.

27. SARAIVA, António José. *O crepúsculo da Idade Média em Portugal*. Lisboa: Gradiva, 1996, pp. 90-9.

quem se destinaria a modelar conversão do "mizquinho" tantas vezes reincidente.

Depois desse périplo pela fortuna crítica do BD, verifica-se que, por altos e baixos, a obra vem sendo submetida a uma hermenêutica com metodologias variadas, que lhe distinguiram os andaimes de sustentação e muitos de seus anexos. Não há discrepâncias dignas de reparo nessas interpretações, porque tomaram a "dedicatória" e o "prólogo" como norte, respeitando as intenções do texto, marcadas pelo teocentrismo medieval e pelo rígido conceito de *auctoritas*[28]. Contudo, há entrelinhas que escaparam à agudeza dos olhares[29] e pontos que merecem ser ressaltados com outra ênfase, porque mais polissêmicos. Façamos a nossa incursão[30].

3. O "arranjo" da refundição do compilador

Dos cento e cinqüenta e três capítulos que somam o *Boosco Deleitoso*, cento e quatro são síntese de Petrarca e quarenta

---

28. As considerações proemiais do BD apelam para preocupações comuns ao gênero didático no medievo: "Segundo como diz o apostolo sam Pedro, porque os sanctos de Deos en como quer que fossem homeẽs, falarom pelo Spiritu Sancto, e convẽ que sigamos e ajamos o que elles disserom, se queremos que o que nós dissermos seja firme, porque o que nós dizemos nõ há auctoridade nẽ seria firme, se nõ fosse provado per auctoridades da sancta Escriptura e dos sanctos". *Virgeu de Consolaçon*. Ed. crítica de Albino de Bem Veiga. Porto Alegre: Livraria do Globo, 1959, p. 3.

29. Diz Ana Maria e Silva Machado em seu contundente artigo: "A atmosfera religiosa que envolve este tipo de obras cria um horizonte de expectativas, marcado pela ortodoxia teológica e pelo conservadorismo oficial, que, no entanto, não se pode erigir em garantia, uma vez que estes e outros tópicos [p. ex., o exercício literário como forma de 'louvor de Deos'] coroam obras de ficção, como fórmulas estratégicas de conquistar uma dignidade e uma validade que à partida lhes estava vedada". O testemunho dos prólogos na prosa didática moral e religiosa. In: Medioevo y literatura. *Actas del V Congreso de la Asociación Hispánica de literatura medieval*. Ed. de Juan Paredes. Granada: Universidad de Granada, 1995, v. 3, p. 134.

30. Nas considerações a seguir, está implícita a bibliografia antes comentada. Para evitar excessos de notas, restringir-nos-emos a citações indispensáveis, a menos que se trate de textos não referidos.

e nove, criação do anônimo. Quantitativamente, a balança pende para o poeta italiano; mas como não é a parte a ele atribuída que dá a dimensão mais característica da obra, e sim a outra, vincadamente espiritualista, essa diferença é tudo.

Com efeito, o aparente desequilíbrio das partes aponta para um misticismo que de longa data vem sendo analisado como distintivo da identidade literária portuguesa, mais afeita ao lirismo e às abstrações do que a de seus vizinhos peninsulares, práticos antes de tudo[31]. Lendas e exageros à parte, porque classificações como esta são sempre restritivas, o fato é que a beleza do BD enquanto artefato artístico reside no esforço de sublimação da realidade, de representação do inefável, sendo que a chegada do Peregrino ao "alto monte" nada fica a dever, do ponto de vista estilístico, às melhores páginas teológico-filosóficas de um S. Boaventura, que, no *Itinerário da mente para Deus*, fez da rarefação da linguagem um perfeito símile do objeto contemplado. As "consolaçoões celestriaes", resumidas na oitava parte do BD, tornam as lições e "exempros" petrarquianos incidentes de percurso, "provações" a que estão sujeitos todos os habitantes do "segre", se quiserem chegar à Glória. Enquanto o VS privilegia as coisas da terra, o anônimo se volta para o céu, deleitado em preparar e descrever a beatitude do "mizquinho pecador". Muito mais que o doutrinário de Petrarca, seu Peregrino é convincente, porque podemos vê-lo entrar no "boosco" a que chegou por esforço e persistência próprios. O andamento é escatológico e o enredo, metáfora da Salvação.

Servindo-se do autor italiano, o anônimo criou outra obra, em que as diferenças pesam significativamente sobre as semelhanças. A começar do tipo de discurso, que em Petrarca tem a solenidade da argumentação forense, como se pode ver, no VS, já no parágrafo inicial do *Liber Primus*:

---

31. BELL, Aubrey F.G. *Alguns aspectos da literatura portuguesa*. Trad. de Agostinho de Campos. Rio de Janeiro: Francisco Alves, 1924, p. 45. VOSSLER, Karl. *Alguns caracteres de la cultura española*. Argentina: Espasa-Calpe, 1942.

Acredito que um espírito nobre, que esteja fora de Deus, que é nosso fim último; fora de si mesmo e de seus pensamentos mais íntimos; e fora do grupo com que tenha afinidade espiritual, não pode encontrar descanso. Embora o prazer esteja coberto de visgo tenacíssimo e atado a laços atraentes e doces, não logra prender por muito tempo à terra quem sabe ser forte. Quer andemos à procura de Deus; quer de nós mesmos e dos honestos estudos que nos ajudam a conseguir ambas as coisas; quer, ainda, de um espírito que nos seja afim, devemos nos manter o mais longe possível da multidão dos homens e do turbilhão da cidade. Que as coisas sejam assim como digo, não o negam nem mesmo aqueles que se divertem por entre os murmúrios das pessoas, a menos que estejam de tal modo oprimidos e sufocados por falsas opiniões, que não possam de vez em quando retornar a si mesmos e voltar-se rastejando para o elevado sentido da verdade.[32]

A maneira de doutrinar está mais próxima do *Orto do esposo* do que do *Boosco deleitoso*. Neste, a fábula se desenrola em ambiência predominantemente medieval, com uma "originalidade" que fala a favor da artesania da compilação e do quanto ela é "moderna" em relação a um passado literário fundado na "consciência de que só Deus tinha capacidade criativa"[33], justificando que o autor se contentasse em reivindicar para si apenas o estatuto de "ajuntador". O BD tem ritmo próprio, em andamento ascendente muito bem articulado e concentrado nas reações do protagonista:

---

32. ["Credo ego generosum animum, preter Deus ubi finis est noster, preter seipsum et archanas curas suas, aut preter aliquem multa similitudine sibi coniunctum animum, nusquam acquiescere; etsi enim voluptas tenacissimo visco illita et blandis ac dulcibus plena sit laqueis, fortes tamen circa terram alas detinere diutius non potest. Atqui sive Deus, sive nos ipsos et honesta studia, quibus utrunque consequimur, sive conformem nobis querimus animum, a turbis hominum urbiumque turbinibus quam longissime recedendum est. Id sic esse ut dico, illi ipsi etiam forte non negent qui concursu populi mulcentur ac murmure, si modo ita obruti depressique falsis opinionibus non sunt, quin interdum ad seipsos redeant seque ad excelsam veri semitam vel reptando convertant."] Op. cit., p. 296.

33. MACHADO, op. cit., p. 144.

- 1.ª parte (caps. 1-13): prepara-se suntuosamente a conversão do Peregrino;
- 2.ª, 3.ª, 4.ª, 5.ª e meados da 6.ª partes (caps. 14-119): doutrinação do Peregrino, por meio de relatos exemplares e admoestações de "nobres solitários";
- caps. 110-20: surge a Morte, acelerando a narrativa;
- caps. 121-37 (já na 7.ª parte): a penitência no "boosco nevooso", com avanços e recuos;
- 8.ª parte (caps. 138-53): a entrada no "alto monte".

O momento crucial desta trajetória, notoriamente climático, são os vinte capítulos dedicados à "renembrança da Morte", marco na vida do pecador: antes de ela aparecer com suas urgências, sua premência de tempo, sugerindo a enorme distância entre a sucessão cronológica das horas e a contagem espiritual delas, o leitor pressente que o desfilar de doutores severos poderia tornar-se infindável, porque o "mizquinho" continuaria incorrigível, fraco e "empedernido" – adjetivos de que o acusam reiteradamente. Contudo, quando "a amargosa dona" adentra o cenário, com suas falas de crueza e realismo dolorosos, temos o primeiro discurso "sincero" do Peregrino, vazado de dentro para fora, no recôndito da consciência, a indicar o arrependimento que precede a conversão:

> – Ai de mi, minha madre, porque me geeraste barom de discórdia e de maldade per todo mi meesmo: todos me maldizem. Pereça o dia em que eu foi nado! Pera que saí do ventre de minha madre pera haver trabalho e door e seerem os meus dias consumidos em confusom? Ai de mi, minha madre, porque me geeraste filho de amargura e de door? Ai, mizquinho, porque nom foi eu morto em o ventre, ou porque nom morri tanto que saí dêle? Pera que foi criado pera seer queimado e seer manjar de fogo? Ora eu fosse morto em no ventre de minha madre e ela fôsse a mi sepulcro perdurávil, assi como se fôsse traladado do ventre pera o moimento. Ai, mizquinho, e quem me dará aos meus olhos fonte de lágrimas pera chorar a minha mizquindade e as minhas maldades? E eu fiz e faço cousas mui maas per que hei Deus sanhudo e o próximo e mi meesmo, e luxei a minha conciência e a minha alma, e porém serei feito manjar de fogo, que sempre arde e queima e nunca é apagado. E serei feito man-

jar de vermeês que sempre rooem e comem e nunca morrem; irei nuu e esbulhado, ca a minha chaga desesperada é de haver saúde (p. 262).

Note-se que a personagem reconhece ter consumido os seus dias "em confusom"; esse estado de falta de discernimento dos valores, de perda de limites, de indiferenciação de juízos é a condição mais propícia ao assédio do demônio e às tentações[34]. O tema é tópico na literatura medieval e havemos de lembrar que nem o perfeito Galaaz escapou dos riscos da "confusom" interior: a donzela apaixonada que entrou em sua alcova deixou-o "tam contorbado", que esteve na iminência de pecar contra a castidade e perder o Graal. Etimologicamente, "tentar" vem do latim *tentare* ou *temptare*, de que deriva *tentatio-onis*: no século XIII, o sentido do verbo é "instigar para o mal, para o pecado", dentro de um rol mais amplo de significados que incluem "procurar, empreender, experimentar, sondar"[35]. Só uma alma resistente não sucumbirá ao contínuo espreitar do inimigo; o alerta é bíblico: "Vigiai, pois, visto que não sabeis quando o Senhor da casa voltará, se à tarde, se à meia-noite, se ao cantar do galo, se pela manhã: para que, vindo de repente, não vos encontre dormindo. O que vos digo, digo a todos: Vigiai!"[36].

Desses vinte capítulos de reflexão sobre a Morte, o 113 é lapidar no gênero, ao figurar para o pecador os detalhes de sua "derradeira hora mui tenebrosa". Encarnando a "educação pelo terror" que será criticada em épocas futuras de defesa da liberdade[37], a dona canaliza suas advertências para a "corruçom da carne" e as desastrosas conseqüências dos vícios:

---

34. MONGELLI, Lênia Márcia. *Por quem peregrinam os cavaleiros de Artur*. Cotia: Íbis, 1995, pp. 89 ss.
35. CUNHA, Antônio Geraldo da. *Dicionário etimológico Nova Fronteira da língua portuguesa*. Rio de Janeiro: Nova Fronteira, 1982.
36. Mc 13,35-37.
37. DELUMEAU, Jean. *História do medo no Ocidente. 1300-1800*. Trad. de Maria Lúcia Machado. São Paulo: Companhia das Letras, 1980. Ver principalmente o capítulo "O paroxismo do medo", pp. 398 ss.

Ca tu és homem que serás feito nom homem; e quando enfermares pera morte, crecer-te-á a door, e tu, pecador, haverás grande pavor; o teu coraçom tremerá, a cabeça cairá, o siso esqueecerá, a virtude secará, a face emmarelecerá, o rostro se fará negro, os olhos se faróm treevosos, as orelhas ensurdecerám, a bôca se fará muda, e a língua se encurtará; o corpo se consume, a carne se desfaz e emmagrece; entom a fremosura da carne faze-se fedor e podrimento, entom serás resolvido em ciinza e tornado em vermẽ (pp. 266-7).

Para certificar-se de que o susto surtiu efeito, a dona ainda confere: "Vês, pecador, que vista tam espantosa? Mas este é espelho mui proveitoso." – metáfora recorrente no medievo, consentânea à concepção de relações iterativas entre o sagrado e o profano, pelas quais se foram buscar modelos exemplares em Petrarca.

Do capítulo 121 em diante, o roteiro é o da ascese cristã: depois do "boosco trevoso", uma temporada penitencial no "boosco nevooso" e a apoteose esponsalícia no "boosco deleitoso". O que verdadeiramente provocou a transformação salvífica no "sobervo mizquinho"? Di-lo ele próprio, em primeira pessoa, de ouvinte passivo a ativo, já com domínio de si: "Muito se abaixava a minha carne mizquinha ouvindo eu, pecador coitado, estes santos dizeres da dona amargosa, e a minha vontade se espertava pera mudar minha vida piriigosa" (p. 265).

Portanto, a história do Peregrino tem um "antes" e um "depois", determinados pela intervenção da Morte. Com ela foram trazidos à discussão dois temas que estiveram no centro das preocupações da cristandade já desde o século II de nossa era: a medida do tempo e o Juízo Final, estreitamente inter-relacionados[38]. Todos os grandes teólogos da Igreja refletiram so-

---

38. Como se sabe, vários historiadores modernos têm tratado a questão, que, pelas dimensões deste trabalho, só pode ser pontualmente referida. Para maiores informações, consultar LE GOFF, Jacques. *A civilização do Ocidente medieval.* Trad. de Manuel Ruas. Lisboa: Estampa, 1983, 2 v., v. I, cap. 6; mais recentemente, FRANCO JÚNIOR, Hilário. *O ano mil. Tempo de medo ou de esperança?* São Paulo: Companhia das Letras, 1999.

bre as lições agostinianas[39], atentos ao novo calendário imposto pela história da Encarnação de Cristo, o Deus que se fez homem e que propôs, com seu sacrifício, a espera da Redenção. Ela será julgada em dia coletivo de Juízo, porque só os bons a merecerão, contra os maus, condenados eternamente às penas infernais. Essa cronologia temporal linear, de essência nitidamente psicológica, conforme apontou com angústia Santo Agostinho, determinando que se olhe para o futuro e para a hora do julgamento de Deus, explica o desprezo votado ao "segre", espaço de trânsito. No BD, a consciência disto é um dos resultados que a "dona amargosa" obtém junto ao pecador:

– Oo! Senhor Deus, faze-me conhecer a minha fim e o conto dos meus dias quejendo é, pera saber aquêlo que me falece (p. 264)[40].

Se a Morte condena, aterroriza o mizquinho, mudando o rumo da fábula, também a Misericórdia interfere na conversão. Contraponto da "dona espantosa", pronta a auxiliar, a

---

39. Santo Agostinho dedicou o Livro 11 das *Confissões*, intitulado "O homem e o tempo", ao exame das numerosas implicações do conceito de "tempo", extensivo ao princípio da "memória" platônico. Trad. de J. Oliveira Santos e A. Ambrósio de Pina. 10. ed. Porto: Livraria Apostolado da Imprensa, 1981, pp. 291-321. Para o "Juízo Final", o bispo de Hipona reservou o Livro Vigésimo de *A cidade de Deus*. Contra os pagãos. Trad. de Oscar Paes Leme. 2. ed. São Paulo: Vozes/Federação Agostiniana Brasileira, 1990, v. 2.

40. Convém assinalar que a preocupação com o fim do mundo inclui o *Boosco* numa atmosfera moral muito própria do "declínio" da Idade Média: "Múltiplos indícios permitem datar da segunda metade do século XIV essa ascensão da angústia escatológica. Sua difusão a esse nível da diacronia se explica pela coincidência ou pela rápida sucessão das desgraças que já enumeramos: instalação em Avignon de um papado cada vez mais administrativo e ávido de ganho, Grande Cisma (encontrando-se todo europeu, então, excomungado por aqueles dos papas a quem não obedecia), reaparecimento desastroso da peste, Guerra dos Cem Anos, avanço turco etc. Galienne Francastel observa: 'Em toda a Europa do século XIV [...], a ilustração do Apocalipse é um grande tema em moda. Começando como tantos outros, na escultura monumental francesa [...], estende-se progressivamente à miniatura, ao retábulo e ao afresco. Atinge seu apogeu de difusão no século XIV [...]'". DELUMEAU, op. cit., p. 219.

compreender, a incentivar, argumentando sempre com a complacência de Deus e Seu prazer na recuperação da "ovelha desgarrada", a donzela torna-se "sanhuda" e muito pouco flexível:

> – Oo homem sem gradecer e desconhocido ao Senhor Deus e a mi, oo tu, coraçom duro, oo vontade áspera, ataa quando dás afriçom ao teu amiigo Jesu Cristo? Ataa quando o fazes cansar? E êle bate aa porta da tua alma com a sua graça, e tu nom lhe queres abrir; e êle te chama, e tu nom queres sair pera o receber; e êle, teu amado, te chama, dizendo: "Abre-me, irmaã, minha amiga, minha espôsa" (p. 272).

Do ângulo alegórico, a retirada do apoio sugere a resistência do pecado, a falta de fé do pecador e o distanciamento da Graça, sem a qual ninguém se livra dos "cajões" que maculam o corpo e a alma. Mais uma vez, o embate de contrários suportado pelo Peregrino ilustra tópico teológico espinhoso: as relações entre a Graça e o "livre alvedrio", que, no século XVI, esquentaram a polêmica de Lutero com Erasmo de Roterdam[41]. O autor anônimo do BD parece ter seguido de perto o receituário de Santo Agostinho (veja-se, no *Boosco*, o capítulo 82), segundo o qual será *livre* o homem dominado pela graça de Cristo, liberdade que começa pelo exercício da razão sobre as paixões. As falhas nascem do abuso do livre-arbítrio e apenas a Vontade divina consegue evitar os desvios, impondo limites[42]. Para o bispo africano, a Graça é tão-só a chance conferida a cada um de remissão dos pecados[43]. Quando a Misericórdia desanima e a Morte recrudesce, é porque o "mizquinho" está no limiar da autocondenação. Então ele recua. E salva-se.

---

41. DELUMEAU, Jean. *Nascimento e afirmação da Reforma*. Trad. de João Pedro Mendes. São Paulo: Pioneira, 1989, p. 106 ss.
42. Santo Agostinho. *O livre-arbítrio*. Trad. de Nair Assis Oliveira. 2. ed. São Paulo: Paulus, 1995.
43. Santo Agostinho. *A graça*. Trad. de Augustinho Belmonte. São Paulo: Paulus, 1998, v. 1, p. 214.

Havemos de lembrar que o protagonista do BD é um Peregrino[44], um caminheiro em busca do Paraíso. Não compete rastrear aqui a pujança dos mitos, lendas e visões que tomaram por motivo a viagem ao Além – da Antigüidade (a descida de Orpheu aos infernos pode ser um bom exemplo) à era moderna (fundado na psicanálise, o "outro mundo" é a psique do sujeito), sempre com base em estruturas narrativas que pressupõem percalços e a superação deles, modulando a fábula.[45] Se a *Divina Comédia* é sombra evidente que paira sobre o *Boosco*, em termos peninsulares a grande busca do Graal figura um antecedente poderoso, com seus cavaleiros "luxuriosos" e um Santo Vaso que nunca se aproxima, a não ser do "eleito", do "escolhido", do "predestinado", do "sergente de Jesu Cristo", Galaaz. As aventuras vividas pelos súditos de Artur, de teor iniciático e probatório[46], correspondem à retórica dicotômica de "dona" e "donzela", que atuam diretamente sobre as emoções do pecador. Ao mesmo espaço mental e cultural se pode filiar a saga marítima de Fernão Mendes Pinto, em pleno século XVI, muito apropriadamente batizada de *Peregrinação*[47].

A referência não é gratuita e afasta anacronismos. A prática da peregrinação é longeva: muito antes da era cristã o homem já procurava os lugares santos para purificar-se através de orações. Porém, a convergência desse hábito antigo para o período das Cruzadas, na Idade Média Central (a primeira Cruzada data de 1095), com toda a cristandade unida no projeto de recuperar Jerusalém ao infiel, criou uma das metáforas

---

44. E também "regedor" (p. 140 do BD), ou seja, aquele que rege, administra, governa, em cargos administrativos. O fato de esse regedor ter sido quase condenado por suas fraquezas sugere a estreiteza da justiça dos homens e os mistérios da Justiça de Deus. Compreende-se que seja a "espantosa dona", a Justiça, a estar de olho nesse pecador.

45. A bibliografia sobre o assunto é enorme. Para iniciar, um bom título é PATCH, Howard Rollin. *El outro mundo en la literatura medieval*. Trad. de Jorge Hernández Campos. Mexico: Fondo de Cultura Económica, 1983.

46. MONGELLI, Lênia Márcia. *Por quem...*, op. cit., cap. 3.

47. PINTO, Fernão Mendes. *Peregrinação*. Transc. de Adolfo Casais Monteiro. Lisboa: Imprensa Nacional/Casa da Moeda, 1983.

mais ricas da tradição literária ocidental. Em Portugal, onde se sabe que o Renascimento tem constituição bifronte, eivada de ideologia medieval, o motivo da *peregrinatio* teve forte adesão, espalhando-se por textos religiosos, históricos, dramáticos, pedagógicos, literários, etc. Mesmo porque ele calha muito bem ao axioma bíblico da "vida como combate"[48], divisa que parece ter guiado cada um dos marinheiros de Fernão Mendes Pinto, a começar do narrador:

> Daqui por hũa parte tomem os homẽs motiuo de se naão desanimarem cos trabalhos da vida para deixarem de fazer o q. deuem, porque não há nenhũs, por grandes que sejão, com q não possa a natureza humana, ajudada do fauor diuino[49].

A memória da cavalaria medieval está vivíssima nas alegorias do BD: "Que fazes em a morada da cidade, homem delicado, que desejas seer cavaleiro de Jesu Cristo? Como lidarás em a sua batalha espiritual, se tu nom és usado aas asperezas e trabalhos que os cavaleiros ham em as guerras e em as batalhas?" (p. 41). Georges Duby antologia uma série de narrações acerca dos movimentos organizados pela cristandade, a partir já do ano mil, para preservar a hegemonia da Igreja e garantir a paz de Deus através das armas[50]. O tema da "guerra santa", justificada pelas ousadias do "mouro" contra a terra sagrada, principia no espírito, no cerco às tentações demoníacas, sendo

---

48. Ef 6,13-17: "Tomai, portanto, a armadura de Deus, para que possais resistir nos dias maus e manter-vos inabaláveis no cumprimento do vosso dever. Ficai alerta, à cintura cingidos com a verdade, o corpo vestido com a couraça da justiça, e os pés calçados de prontidão para anunciar o Evangelho da paz. Sobretudo, embraçai o escudo da fé, com que possais apagar todos os dardos inflamados do Maligno. Tomai, enfim, o capacete da salvação e a espada do Espírito, isto é, a palavra de Deus". E no BD: "Ajuda-me, Senhor, ca a minha vida guerra e batalha é sobre a terra, porque emigos de muitas guisas nom quedam de me asseitar de cada parte, pera me tomar, e perseguem-me pera me matar; êstes som os demónios e os homens e o mundo e a carne, que lidam fortemente contra mi" (p. 33).

49. Op. cit., p. 13.

50. DUBY, Georges. *O ano mil*. Trad. de Teresa Matos. Lisboa: Edições 70, 1986.

esta a "luta" do Peregrino: "...nom enojam atanto as aversidades do mundo, como me atormentam as tribulações de dentro do meu coraçom e da minha alma" (p. 26). E assim como combater, em plagas longínquas, rendia ao guerreiro indulgências plenárias, o regedor do *Boosco* sabe que "beẽto é o barom que sofre a tentaçom, ca receberá coroa de vida depois que fôr provado em ela" (p. 27).

Sublinhe-se, como lembrete, que nem só a *fé*, ao tempo, era solicitada como amparo do denodo e da bravura do espírito, na luta contra adversidades. À *razão* se conferia a mesma responsabilidade, segundo a célebre alegoria de Alfonso de la Torre, composta no século XV, *Visión deleytable* – tão próxima do BD em tantas passagens –, cuja essência retoma a *Consolatio*, de Boécio[51]. Para além da "visão" que apresenta ao protagonista, à maneira boeciana, as disciplinas do *trivium* e *quadrivium*, há uma outra "lumbre intelectual", que se revela aos sábios apenas no "alto monte", onde se dá o encontro com a Verdade. Na segunda parte da obra também desfilam as "virtudes", auxiliares do Entendimento na morigeração dos costumes e na disciplina das paixões – fraquezas que derrubam os que "não sabem"[52] e que estão lamentavelmente alheios de uma ética das finalidades, a distinguir o homem das "alimálias".

Na fonte da "milícia religiosa" bebeu o anônimo do BD. Fez os cortes e adaptações cabíveis, mas o esqueleto pode ser identificado. Se assim os virmos, os quinze primeiros capítulos da obra são ritualísticos, preparam o "mizquinho pecador" para fazer-se peregrino e rumar ao "alto monte". As comemorações espetaculares marcavam de fato a abertura das peregrinações: havia missa, procissões e um rico cortejo de nobres damas e senhores, acompanhado de coro musical, e de clérigos,

---

51. ALFONSO de la Torre. *Visión deleytable*. Ed. crítica y estudio de Jorge Garcia López. Salamanca: Universidad de Salamanca, 1991.

52. Ibid., p. 143. A importância do *saber*, principalmente no plano espiritual, é o que defende Avempace como indispensável à edificação da "cidade perfeita". *El régimen del solitario*. Ed. e trad. de Don Miguel Asín Palacios. Granada: Escuela de Estudos Árabes de Granada, 1946.

portadores da cruz, que derramavam bênçãos sobre os viajantes[53]. Distribuía-se guia de instrução moral para os que partiam e um programa em etapas para o percurso, visando inclusive a garantir-lhes a segurança e a integridade física[54]. No BD, o aparato corre por conta 1. do aparecimento do anjo, "glorioso guiador"; 2. da intervenção das virtudes teologais (Fé/Esperança/Caridade) e cardinais (Justiça/Temperança/Fortaleza/Prudência), mais Misericórdia e Ciência da Escritura Sagrada; 3. da fala exortativa de S. Jerônimo. Quanto ao anjo, é o mediador de Deus, a conduzir o cristão pelo caminho da vida, figura tutelar de ampla utilização na Idade Média; S. Jerônimo é bem lembrado para abrir a lista dos instrutores do pecador, não só por também ter peregrinado à Palestina e lá vivido "apartado", mas ainda por ser o "Doutor bíblico", especialista nos estudos escriturísticos e responsável pela *Vulgata* em latim da Bíblia – a sugerir a formação pedagógica dos solitários ilustres do BD. Sua fala, dignificando a abertura, é peremptória:

> Que direi do êrmo e da vida solitária? Certamente eu digo que o lugar do êrmo é forma da doutrina e o apartamento é pregaçom de virtudes. Espantosa cousa é ao monge a vila ou castelo, mas o êrmo é tal como o paraíso (p. 40).

Sobre a presença das virtudes, personificadas por mulheres, na inauguração da *peregrinatio*, ela mostra o quanto os prosadores da casa de Avis, humanistas clássicos-cristãos, estiveram atentos à rica tradição alegórica, principalmente a medieval[55], presente na *Corte enperial*, no *Orto do esposo*, em D.

---

53. MARTINS, Mário. *Peregrinações e livros de milagres na nossa Idade Média*. 2. ed. Lisboa: Brotéria, 1957. LE GOFF, Jacques e SCHMITT, Jean-Claude. *Dictionnaire raisonné de l'Occident médiéval*. Paris: Librairie Arthème Fayard, 1999. Verbete "Pèlerinage".

54. Se a comparação procede, atente-se para o conteúdo programático do capítulo 13 do BD, traçando linhas e normas de conduta para o "mizquinho".

55. MACQUEEN, John. *Allegory*. Londres: Methuen & Co. Ltd., 1976. Uma bibliografia comentada sobre o assunto está em HANSEN, João Adolfo. *Alegoria*. Construção e interpretação da metáfora. 2. ed. São Paulo: Atual, 1987 (Série Documentos).

Duarte, no *Livro da vertuosa benfeytoria* etc., conforme analisam os ensaios aqui reunidos, ou ainda na referida *Visión deleytable*. Luxuosamente trajadas, morando em espaços específicos e carregando objetos com significados próprios[56], seis delas têm papel decorativo ao longo da narrativa, ou presença supradoutrinária, pois não voltam a aparecer. A Justiça acusa e condena; a Misericórdia estimula e ampara; uma existe para que a outra possa pronunciar-se, em intercâmbio de funções; o timbre da voz que admoesta é o do Antigo Testamento: "...misericórdia e ira estão sempre em Deus,/grandemente misericordioso, porém capaz de cólera./Os seus castigos igualam sua misericórdia."[57] Uma lembra as culpas, outra promete a absolvição; ambas antecipam a balança divina, no "postomeiro" dia.

Atente-se para a descrição do lugar em que vive a Ciência da Escritura de Deus:

> levarom-me per uũ virgéu deleitoso, em que havia árvores com fruitos e ervas com froles; e o virgéu era mui grande. E, em meo do virgéu, estava uũa casa mui alta e mui fremosa e mui grande; e as paredes da casa erom tôdas de cristal tam craro, que os que dentro estavom viiam per elas todo o de-fora mais craramente que se nom tevesse paredes. A casa era cuberta de uũa abóbeda mui fremosa, de cantos talhados, e bem çarrada e mui ricamente lavrada. E em redor da casa estavom canos de prata, e saíam das paredes da casa mui ricamente lavrados, e haviam as bôcas em figuras desvairadas animálias mui fremosas. E pelas bôcas dêstes canos saíam águas mui craras avondosamente, de uũ odor tam precioso, que passava todos os boõs odores das cousas do mundo, que boõ odor dam.
>
> Estas águas caíam em aquêle virgéu pelas ervas e pelas froles, que eram de muitas maneiras e de muitas coores, e pelos pees das árvores abastadamente, e dês i caíam per todos os campos em redor a preto e a longe e regavom os prados e os pães e as vinhas e os campos e as árvores, que estavom em os booscos (pp. 16-7).

---

56. AZEVEDO, op. cit.
57. Eclo 16,12-15.

É quase imediato identificar esse "virgéu deleitoso" ao jardim do Éden, entrevisto por meio de apelos sensoriais (os "boos odores", as "águas mui craras", os "canos de prata") e de uma abundância que atinge "prados", "paaes" e "vinhas", derramando-se com fartura por todos os "booscos". Jacques Le Goff, conforme temos assinalado no BD, estudou o gosto do homem medieval por representar idéias abstratas através de símbolos concretos, que falassem mais palpavelmente de outra realidade escondida sob as aparências, inapreensível por mecanismos comuns, porque sagrada[58]. Nesta descrição do BD, a hierofania dá-se inclusive pelas "bocas em figuras de desvairadas animálias mui fremosas", imagem que bem sugere os quatro leões bíblicos com que a tradição cristã costuma referir os apóstolos evangelistas. O centro do cenário é a "casa de cristal", tornada clichê pelas novelas de cavalaria, abrigo de amantes famosos à espera de seus pares. O cristal é pedra simbolicamente polissêmica: representa pureza, limpidez e, por extensão, clareza de idéias, espírito lúcido; sua transparência é considerada bom exemplo da união de contrários: sendo concreto, material, o cristal permite ver através de si, representando o plano intermediário entre visível e invisível. Por isso é usado como talismã, conferindo poderes mágicos ao proprietário. Segundo crenças orientais, num "palácio de cristal" heróis primitivos buscavam o "talismã real", quando saíam das sombras das florestas[59]. Tais concepções fazem da "casa mui alta e mui fremosa e mui grande" do BD uma pré-figuração do "alto monte" a que chegará o Peregrino, ou seja: são as Sagradas Escrituras, com seu "encobrimento mui fremoso", que franqueiam a visão de Deus. A narrativa tem estrutura circular, como requer o substrato mítico das histórias exemplares.

A constatação revê o parecer de Mário Martins, que considera a primeira parte do BD "a menos profunda, embora mais ao alcance do leitor comum"[60]. O predomínio, aqui, da lingua-

---

58. LE GOFF, *A civilização...*, v. 2, pp. 33 ss.
59. CHEVALIER, Jean, GHEERBRANT, Alain. *Dictionnaire des symboles*. 12. ed. Paris: Seghers, 1969.
60. *Alegorias...*, op. cit., p. 271.

gem literária sobre a dicção tratadística filosófico-moral dos capítulos subseqüentes não significa "menor profundidade"; antes, aponta a sensibilidade do anônimo para adaptar as "flores do estilo" ou "cores da retórica" – tema central dos interesses estéticos das "poéticas" medievais[61] – a um assunto cuja aridez dificilmente convenceria o público quatrocentista, não estivesse travestido ao gosto cortesão. Afinal, as artes antigas do *trivium*, que entraram pelo século XVI afora, pregavam insistentemente a adequação do discurso ao ouvinte.

O mesmo tratamento formalmente requintado o autor anônimo soube dar às duas partes finais do BD, onde se realiza o terceiro "grado" da ascese, culminando na "contempraçom do Senhor face a face". As delícias desse estado afetivo estão em todos os místicos de todos os tempos[62] e prevêem recursos descritivos que mais ou menos se equivalem, guardadas as diferenças de credo religioso: luz, cores, odores "celestriaes", "avondanças" e prazeres que "ôlho nom viu", "orelha nom ouviu" e nem "língua pode dizer" (p. 341) compensam sobejamente as durezas de uma existência vivida em mortificação. São páginas e páginas de linguagem florida para retratar o "deleite".

Coerentemente ao andamento ascendente da narrativa, as coisas não são tão fáceis para o Peregrino. Chegar ao "alto monte" não o isenta de riscos. A luta continua, agora entre a *soberba* e a *humildade*[63], que assumem o posto de Misericórdia/Justiça. O orgulho provoca a cegueira e o homem, vulnerável, não consegue ver até onde vai a ousadia do demo:

---

61. FARAL, Edmond. *Les arts poétiques du XIIe et du XIIIe siècle*. Paris: Honoré Champion, 1962.
62. ARROYO, Ciriaco Morón. *La mística española: antecedentes y edad media*. Madrid: Ediciones Alcalá, 1971 (Col. Aula Magna, n. 22); com outro enfoque, esotérico, COSTA, Dalila L. Pereira da. *Místicos portugueses do século XVI*. Porto: Lello e Irmão, 1986.
63. Consulte-se, de S. Bernardo de Claraval, o "Sermão sobre o conhecimento e a ignorância", trad. de Luiz Jean Lauand. In: LAUAND, Luiz Jean (Org.). *Cultura e educação na Idade Média*. São Paulo: Martins Fontes, 1998, pp. 262-71. Disse S. Paulo: "Se alguém pensa que sabe alguma coisa, ainda não conhece nada como convém conhecer." 1Cor 8,2.

– Oo pecador sandeu, pensas tu que estás mui chegado a Deus? Certamente, tu, pola soberva, estás mui alongado dêle, e porém o diabo, padre da soberva, houve grande poder sôbre ti, pera te enganar per taaes consolações. Ca o diabo se trasfegurou em anjo de luz, assi como sooe a fazer, e procurou esta dolçura, semelhante aa dolçura do Senhor. Oo homem mal-aventurado! Porque nom paraste mente, com grande diligência, em o que te aveo e porque nom aderençaste a aaz da tua mente em Deus, em guisa que o teu coraçom nom se partisse dêle? (p. 303).

Na página seguinte está a receita do antídoto contra os ouropéis da vaidade:

> Mortifica a tua vontade per obediência; talha a deleitaçom corporal per austinência; have paciência, sofrendo tribulaçom; have proveza, sofrendo a míngua das cousas do mundo, e assi cobrarás a graça da groriosa ifante e a sua mercee, que perdeste per soberva. Porque a sabedoria de Deus homilda o homem e nom o levanta em soberva e em vaã-grória, ca aquêle é sabedor cujo coraçom é em Jesu Cristo e cujo ôlho se levanta aas cousas celistriaaes, e a sabedoria nom acha lugar u nom é paciência e humildade (p. 304).

A nova contenda, que se passa no "gracioso campo" (espécie de Purgatório), tem também outro interlocutor, em lugar da Morte: é a Sabedoria, "dona filha de rei", "uma donzela a mais fremosa e melhor guarnida que nunca eu vira, ca a fremosura e craridade da sua face nom havia comparaçom" (p. 299). Sua função: fazer "veer e entender e gostar o medo da Santa Escritura e as cousas que se enela conteem" (p. 300). Também se veste magnificamente e habita uma casa que reproduz "a quinta do Senhor". O modelo da concepção alegórica pode ser encontrado na cultura erudita e na popular, na tradição folclórica e nos ensinamentos esotéricos[64]: a guardiã do tesouro, a

---

64. Apesar da perspectiva psicanalítica, há boas indicações sobre o assunto em JUNG, Emma, FRANZ, Marie Louise von. *A lenda do Graal*. Trad. de Margit Martincic. São Paulo: Cultrix, 1995.

depositária do segredo, a portadora da chave do castelo encantado etc. Para retomar um paradigma muito aparentado ao *Boosco*, lembrem-se os atributos da filha do Rei Pescador, o sentinela do Graal. O ponto culminante da ascensão ao céu, que é onde a alma atende ao chamado do Esposo, está no capítulo 139, síntese de uma teoria do conhecimento ou de um conceito de Sabedoria. Para adquiri-la, o tempo é dispendido "em estudar, em leer e em orar e em trabalhar; o meu desejo era mui ardente, seguindo as peegadas de Jesu Cristo"[65]. Em primeiro lugar, portanto, todo e qualquer conhecimento assenta num dogma de fé: o Peregrino "contemprava com espanto como a ciência de Deus sabia as gotas das chuvas e os dias dos segres e tôdalas cousas trespassadas e as que som por viir". A onisciência e a onipresença divinas alimentam a relação panteísta com a Natureza[66], o que leva o homem, num procedimento sempre analógico (o princípio das "semelhanças"), a "escodrinhar as cousas" e a procurar nelas "razões encubertas e escondidas", para entender *por que* e *como* são feitas[67]. Ele o realiza de duas ma-

---

65. Adquirir o conhecimento de Deus através do filho Jesus está nas epístolas paulinas: "...nenhuma criatura se vangloriará diante de Deus. É por sua graça que estais em Jesus Cristo que, da parte de Deus, se tornou para nós sabedoria, justiça, santificação e redenção". 1Cor 1,29-30.

66. Na *Visión deleytable*, pela Natureza se contempla "a ordem do mundo". Op. cit., p. 215.

67. Isto inclui as obras humanas, o que desperta atenção, aparentemente paradoxal, ao mundo concreto. A contradição deixa de existir, se se considera que é preciso entender as "cousas mundanaes", às vezes muito instrutivas, para saber defender-se: "E contemprava as obras da indústria e da arte dos homeēs, em que há muitas maneiras de lavôres e de obras que os homeēs fazem per seus saberes e per suas artes: e contemprava a deciprina e a ensinança dos costumes, que em parte som per estabelecimento divinal, assi como som os serviços que se fazem a Deus e os sacramentos da Igreja, e parte som per ordenança e estabelecimento humanal, assi como som as leis que estabelecerom os homeēs pera esta vida baixa, mas os estabelecimentos divinaaes som pera a vida alta" (p. 314). André Vauchez, tratando do monacato e do eremitismo, destaca a relação entre "vida ativa" e "vida contemplativa": "Se os eremitas fugiram do mundo, nem por isso se tornaram indiferentes aos homens, e a literatura profana ou hagiográfica os mostra distribuindo conselhos e reconforto aos que vinham procurá-los." *A espiritualidade na*

neiras: "pelas propriedades e pelas calidades de dentro e de fora e segundo o modo natural e segundo o modo artificial". Em linhas gerais, excluídos os desvios e as nuanças, as referências às polaridades metodológicas do ato de conhecer pertencem à "filosofia" cristã de Santo Agostinho, em seu esforço de "provar" que a verdadeira felicidade só é econtrável em Deus[68]. Os degraus iniciáticos que elevam até Ele devem ser galgados com humildade, para que não se atropelem etapas nem se criem falsas expectativas. Só a perseverança conduz ao êxtase. A alma do Peregrino chegou lá, pelas mãos de seu "confortoso companheiro":

> – Groriosas cousas som ditas de ti, cidade de Deus, mas muito mais és que o que de ti é dito, oo cidade santa celistrial Jerusalém, visom de paz perdurávil. Como és fremosa em teus deleitos e em teus prazeres! (p. 340).

4. Ilustrações das dores do mundo: os ensinamentos de Petrarca

Não foi fácil resgatar o Regedor impenitente. Houve não só que carregar nas tintas para retratar a enormidade das artimanhas do demônio, como ainda convocar um batalhão de santos, padres da Igreja, anacoretas, sábios e até gente comum,

---

Idade Média ocidental. Séculos VIII e XIII. Trad. de Lucy Magalhães. Rio de Janeiro: Jorge Zahar, 1995, p. 79. Ver capítulo 33 do BD.

68. Em *O livre-arbítrio* (tema do capítulo 82 do BD), Santo Agostinho expõe com clareza os quatro graus de conhecimento necessários para adquirir a "sabedoria em Deus": o "sensível" (que se divide em "exterior" – absorvido pelos sentidos corpóreos – e "interior" – interpretado pelo sentido da alma); o "intelectual", em que o homem se serve da razão; e o "intuitivo", que se dá por iluminação, por emanação da divindade na mente humana. Op. cit., Livro 2, pp. 80-144. Ver, ainda *A cidade...*, op. cit., v. 2, Livro 11, Cap. 25. Uma boa síntese da teoria agostiniana é oferecida por COSTA, Marcos Roberto Nunes. Conhecimento, ciência e verdade em Santo Agostinho. In: DE BONI, Luís Alberto (Org.). *A ciência e a organização dos saberes na Idade Média.* Porto Alegre: EDIPUCRS, 2000, pp. 39-55.

que foram beneficiados por optar pela solidão do ermo, onde puderam passar a vida em revista e convencer-se do caráter perecível de tudo que é material. A quantidade de nomes listados, que retroagem a Adão ("quando era soo, esteve em sua nobreza; e acompanhado, caiu"; p. 165), mais a tendência a hiperbolizar-lhes a biografia são estratégias narrativas justificadas pela "dureza de coração" do Peregrino. Por isso os conselhos de Petrarca serviram tão bem ao anônimo.

Contudo, é preciso assinalar: se o humanista italiano fornecia modelo já estruturado, este pertence a um contexto mental mais amplo, em que se faz sentir, no plano social, o gosto pelo eremitismo, e na tradição literária, a revivescência do bucolismo clássico. Petrarca deve ser somado ao peso de ambas as heranças[69], para que o *Boosco deleitoso* se furte ao rótulo injusto de "plágio". As duas vertentes, da realidade histórica e da ficção, convergem para o mito da Idade do Ouro, para a busca na terra da felicidade eterna, para a concentração da espiritualidade medieval na recuperação do Paraíso perdido.

Jacques Le Goff analisa rapidamente, mas em profundidade, o tema medieval do *contemptus mundi* ("desprezo do mundo"). Conforme diz o historiador, não é privilégio de místicos, pois teólogos como Inocêncio III e poetas como Walter von der Vogelweide aconselharam e/ou louvaram a *fuga mundi*. No *Boosco*, o "grorioso" Celestino, "quando forom por êle ao êrmo, pera o fazerem papa, provou de fugir com uũ dicípulo" (p. 214). E

> Amónio, que havia grande conhecimento das santas escrituras, e porém o tomarom per fôrça pera seer bispo, e porque viu que nom podia escapar nem fugir per outra guisa, e por nom seer tirado do êrmo, talhou a sua meesma orelha por nom seer perteencente pera bispo. E porque o nom queriom porém leixar, disse que, se o mais aficassem, que talharia a sua própria língua, pola qual o queriom fazer bispo (p. 180).

---

69. Recorde-se que entre 1346 e 1348 o italiano compôs o *Bucolicum carmen*, com dez éclogas em hexâmetros.

A moda veio do Oriente (capítulo 73 do BD) e podia manifestar-se como solidão individual, a exemplo de um S. Antão, ou cenobítica, com monges desfrutando da solidão compartida em mosteiros. Personagem popularizada pelas canções de gesta e pelas novelas de cavalaria, onde há sempre um conselheiro tutelando o herói, os eremitas distinguiam-se pela maneira de se trajar, numa espécie de "ostentação da vida selvagem" perante "um mundo que se civiliza": estão sempre "descalços, vestidos de peles – geralmente de cabra –, com o seu bastão em forma de *tau* que é, ao mesmo tempo, bordão de peregrino, cajado de vadio e instrumento de magia e de salvação"[70].

Observe-se que o exotismo da indumentária se adequa muito bem às convenções do pastoralismo bucólico – artifício que se mantém pela história literária com uma aceitação de surpreender, considerando-se que seu ingênuo idealismo quase sempre serve de contraponto a momentos de perturbação coletiva, como é o caso do Arcadismo setecentista ou do Parnasianismo, no final do século XIX[71]. É nesse padrão, fornecido

---

70. LE GOFF, *A civilização...*, op. cit., v. 1, pp. 228-33. André Vauchez faz descrição semelhante: "Os eremitas desse tempo eram, efetivamente, penitentes: suas roupas eram sempre rústicas, sua aparência descuidada e até terrível. Procuravam os lugares mais sinistros, dormiam em grupos, diretamente no chão, ou construíam cabanas de galhos de árvores. Alimentavam-se com alguns legumes e produtos de colheita, nunca comiam carne nem bebiam vinho." Op. cit., p. 78. Tereza Aline Pereira de Queiroz fala de uma verdadeira "escola do deserto" que floresceu, desde o século III da era cristã, por influência dos eremitas. Aprender a saber na Idade Média. In: MONGELLI, Lênia Márcia (Org.). *Trivium e Quadrivium: as artes liberais na Idade Média*. Cotia, SP: Íbis, 1999, pp. 18-9.

71. Maria Helena da Rocha Pereira analisa, na linha das permanências, alguns "Reflexos portugueses da IV Bucólica de Vergílio". *Novos ensaios sobre temas clássicos na poesia portuguesa*. Lisboa: Imprensa Nacional/Casa da Moeda, 1988, pp. 333-56. Para ficarmos apenas na Literatura Portuguesa, e a propósito, lembre-se que muito já se falou do "classicismo" de *A cidade e as serras*, de Eça de Queirós, ou das odes "campestres" de Ricardo Reis (Fernando Pessoa). Não é de estranhar, nessa tradição, que Celso Mangucci use o *Boosco deleitoso* como epígrafe de um dos capítulos de seu estudo sobre a *Quinta de Nossa Senhora da Piedade. História do seu palácio, jardins e azulejos*. Vila Franca de Xira: Museu Municipal, 1998, pp. 33-7.

pela Antigüidade greco-romana[72], que parece enraizar-se o "contraste entre a vida do morador da cidade, ocupado em negócios, e a do solitário assessegado", conforme descrito em toda a segunda parte do BD. Tenha-se um exemplo do cotidiano edênico do Peregrino:

> E polo arroído que há o ocupado e negociador, que mora antre as gentes, há o solitário, aa hora do seu comer, folgança e assessêgo e silêncio; e pola multidoem das gentes, que o negociador tem consigo, tem o solitário si meesmo, e êle é companheiro a si meesmo e consigo meesmo fala, e êle é convidado de si meesmo e nom há temor de estar soo, pois que está consigo. E em logo de paaços, tem as paredes da casa, mais feita de barro e de pedra, e cuberta com madeiros montses; e por cadeira de marfim, tem uũa seda de carvalho ou de faia pura, e paga-se de oolhar o ceeo e nom o ouro. E praz-lhe de teer seus pees sôbre a terra e nom sôbre a púrpora. E a beençom da mesa e as graças, que o solitário dá ao Senhor Deus, som a êle cantar mui gracioso, quando se asseenta e levanta da mesa. E se tem algũu caseeiro, aquêle é escançom e cozinheiro e servidor; e qualquer cousa que lhe poem diante, todo o faz e há por pricioso o solitário, com igualeza do seu coraçom e com sua temperança; e o seu manjar é qualquer cousa que acham em os matos estranhos ou em as ribeiras; e o seu bever é do vinho que fazem das parreiras montses, que nacem em nos outeiros (pp. 55-6).

---

72. Ernst Robert Curtius dedica um capítulo ao estudo da "Paisagem ideal" em Homero, Teócrito, no Vergílio das *Bucólicas* e nas canções de gesta, onde bosques, florestas, grutas e "vergéis" são descritos de maneira tópica. *Literatura européia e Idade Média latina*. Trad. de Teodoro Cabral. Rio de Janeiro: Instituto Nacional do Livro, 1957, pp. 190-209. Assim Homero pinta a chegada de Ulisses à ilha dos Ciclopes: "Chegando à terra, que próxima estava, vimos no extremo dela, perto do mar, uma alta caverna, à sombra de loureiros. Ali se recolhia muito gado miúdo, ovelhas e cabras; em volta fora construída uma elevada cerca com pedras enterradas no chão, pinheiros esguios e carvalhos de espessa copa. Ali se albergava um homem gigantesco que, sozinho, apascentava as cabras, longe dos demais; pois não freqüentava ninguém, vivia solitário, e não respeitava nenhuma lei." *Odisséia*. Trad. de Antônio Pinto de Carvalho. São Paulo: Difusão Européia do Livro, 1960, p. 123. Ver, no BD, os capítulos 44 e 45.

Petrarca também fez sua "recolha" e o VS coleta exemplos em fontes variadíssimas – pagãs, cristãs, populares, ocidentais e orientais –, o que, de resto, é próprio de obras no gênero[73] e condiz com o cosmopolitismo dos humanistas. Isto explica a estranheza de certas historietas, claramente truncadas em seus pormenores aparentemente lascivos:

> Como poderia contar como o monge Malco em o êrmo guardava os gaados do seu mui bravo senhor, que o tinha em cativo, e como se escondeu em uũa cova com uũa molher, que êle dava a entender que era sua com temor de seu senhor? E ali uũa lioa lidou por eles contra seu senhor, que os queria matar (p. 181).

Ou o diálogo com a nobre Melânia, que abandonou marido, filhos e bens materiais, porque, dialoga o narrador,

> com grande cuidado andaste buscando os santos padres em os desertos e seguiste-os em o esterramento, servindo-os com teu trabalho e dando-lhe piadosa esmola das tuas riquezas (p. 196).

Para as personagens bíblicas, reservaram-se casos milagrosos (alguns parecem arrancados de hábitos ancestrais: "Este ermitam esfregou a face de uũ morto com poo e logo ressurgiu da morte"; p. 201). De muitos deles participam animais a que a tradição conferiu poderes diabólicos:

> Consiira outrossi o solitário Martinho, o morador do monte Mársico, ao qual o penedo forte dava água, estilando-a, assi como foi feito aos filhos de Israel; e na cova dêste Martinho morou conele uũa serpente em que jazia o emmigo escondido per três anos. E era mui espantosa, e êle conversou com ela com grande paciência, ataa que se foi, e êle ficou soo vencedor (p. 201).

---

73. BREVEDAN, Graciela Rossaroli, RAMADORI, Alicia E. *Exempla y oraciones en Barlaam y Josafat. Aproximación genológica II.* Bahía Blanca: Universidad Nacional del Sur, 1996. Na Introdução, faz-se um histórico do imbricamento de fontes em obras como *Calila e Dimna, El Conde Lucanor, Castigos del Rey D. Sancho*, etc.

O ascetismo do Anônimo encontrou no rigor petrarquiano um condiscípulo à altura: o poeta, na linha da mais profunda tradição religiosa medieval[74], propôs Cristo como modelo, Aquele que "no êrmo jajuou e em o êrmo venceu o diabo que o tentava, e em o êrmo deu mantimento duas vêzes a muitas gentes que haviam fame" (cap. 70). Por isso é tão difícil ao Peregrino firmar-se, dada a excelência do paradigma, que subjaz a todas as advertências de Petrarca. E elas convergem para um ponto: "conhece-te a ti mesmo", porque "quando houveres conhocimento perfeito de ti meesmo, entom estarás em cima do mui alto monte" (cap. 57). O elo criado entre a imagem de Jesus e o exercício da auto-sondagem é que permite ao homem medir a extensão das próprias fraquezas, situando-se sempre aquém da perseverança e da humildade do Filho de Deus humanizado.

O núcleo dessa aliança é o *coração*, e o que o coloca à deriva é o *temor*[75]. Num dos mais belos capítulos do BD, 49, Mestre Vicêncio, "da ordem dos pregadores", cuja autoridade veio de "haver perigado em o mar pelo aazo do diáboo" e que morreu santamente "alagado", adverte o Peregrino sobre a meta da "grorificaçom": "...tu a fazes retardar quanto em ti é per pecado, porque andas navegando per teu coraçom, ca tu ali te vaas u te leva o coraçom, que é corredor e andador mui arrevatado, que nunca há estança nem assessêgo" (p. 127). Por conta de insistir no mal que vem de dentro, na linha do agostinismo, a colaboração de Petrarca "atualiza" o *Boosco deleitoso*, com escapar da ortodoxia do misticismo, da inocência da alma angélica, para deter-se na voracidade das paixões "mundanaaes". Não foi à toa que ele escreveu um dos mais requintados cancioneiros amorosos da história literária ocidental e que compôs impiedosas "invectivas" no campo da política.

---

74. DUBY, Georges. *S. Bernardo e a arte cisterciense*. Trad. de Roberto Leal Ferreira. São Paulo: Martins Fontes, 1990. Ver o capítulo 2, "Rigor".

75. Santo Agostinho diz que "são quatro as perturbações da alma: o desejo, a alegria, o medo e a tristeza". *Confissões*, op. cit., p. 254.

Sem hesitação, o autor anônimo do BD serviu-se do VS, também para compor um painel de usos e costumes sociais[76]. Evidentemente, os de seu tempo, mesmo considerando a anterioridade de Petrarca e a prevalência do medievalismo na obra – paralelismo que fala pela relatividade de marcos cronológicos e já é, em si, poderoso instrumento de crítica. O alvo da 4ª parte do BD é a nobreza e o clero, numa seqüência de cortesãos, abades, mulheres, além de filósofos e poetas, castigados por má índole, por excessos, responsáveis pela maioria das condenações. Nesse particular, o crime dos príncipes é inafiançável, porque trai a confiança neles depositada – lição que está em D. João I, D. Duarte, Infante D. Pedro, etc. Nos capítulos 51 e 53, o nobre D. Francisco, guia do "mizquinho", endurece nas verberações e, ao mesmo tempo, apieda-se dos que têm o inglório dever de mandar:

> Oo! Que mal-aventurado estado é o do rei ou do príncipe, porque nom é seguro de nẽhuũa parte; ca, se faz justiça, logo é torvado pelo alevantamento dos maaus; e se leixa de fazer justiça, há temor de ser acusado pela bôca dos boõs; se despende largamente, há temor de perder o amor do pôboo, e se leixa de dar graadamente, teme a traiçom dos grandes; e se muito conversa com as gentes, despreçam-no, e se se aparta das gentes, dizem dêle que é apartadiço e nom é amado; se é piadoso, acusam-no que é negrigente e deleixado, e se é rigoroso em a justiça, dizem que é cruel (p. 135).

A mesma dificuldade de viver corretamente encontram os "créligos":

> Qual é o sacerdote que se nom ençuja em alguũa guisa quando lava as çugidades dos outros? Qual é aquêle que nom sente pungimentos em sua conciência, pensando que foi mais piadoso que devera aaquêle que se confessou a êle? Ou que lhe

---

76. Mario Martins diz que os ascetas medievais preocupavam-se com "a miséria do povo e com os abusos do poder". A ética social no *Vergel da consolação*. *Revista portuguesa de filosofia*. Braga, n. 15, 1959, pp. 407-16.

foi mais áspero ou meos percebido em lhe dar remédio, ou meos sages em lhe dar conselho, ou se preguntou mais que devera ou se foi mais pouco sabedor em preguntar? (p. 142).

No caso dos nobres cortesãos, sua duplicidade de comportamento, pérfido desvio moral, é que os condena:

> Em no paaço, parecem anjos, e em sua pousada som demoões, ca mostram em praça que som vogados pola justiça, e em sua casa som roubadores daqueles que teem dereito e nunca perdem enveja nem sospeita. Quando veem falar outrem com el-rei, ou o ham por enmigo ou o temem por sospeito; e gabam muito seus padres e sua geeraçom e chamam-se de linhageës estranhas, e apropiam a si nomes e alcoinhas e títolos. Trabalham-se por irem ante os outros e querem avantagem em nos asseentamentos e em as outras cousas, e padecem grandes tristura e vergonça quando lhes êsto nom vem aa sua vontade (p. 143).

A misoginia medieval, que, na *Demanda*, impõe não levar "dona nem donzela" na busca do Graal, no BD (caps. 54 e 61) assenta na indisposição paulina contra a vida dos casados[77], acrescida pela visão demoníaca da mulher, um perigo no ermo:

> Pois que seerá dos casados, ca o homem casado há consigo pena e padicimento que nom pode esquivar e tormento continuado e mal necessário e batalha de dentro de si mesmo. Porque a molher desseca o homem per muitos e desvairados cuidados. Enmiga é da contempraçom (p. 144).

Na 5.ª parte concentram-se os relatos de milagres, visões, narrativas de heroísmo, abnegação, humildade e força decisória, qualidades que fizeram de reis, papas, sultões orientais, abadessas, filósofos, santos e até de gregos e romanos antigos, eremitas ideais – ou porque se converteram dos erros ou por-

---

77. "Aos solteiros e às viúvas, digo que lhes é bom se permanecerem assim, como eu. Mas, se não podem guardar a continência, casem-se. É melhor casar do que abrasar-se." 1Cor 7,8-9.

que reafirmaram convicções. Somados os exemplos edificantes, deles se extrai uma ética comportamental, um código de bons princípios, cuja essência está discriminada, por itens, no cap. 105, já na 6.ª parte – como um preâmbulo severo, judicativo, à entrada da Morte: contra as fornicações, as riquezas, o poder, a avareza e a cobiça, num estilo parenético bíblico que faz *tabula rasa* da vida terrena. O Peregrino torna-se pretexto para que se critique a decadência contemporânea[78], um dos flancos a que serve sua trajetória alegórica.

Aspecto saboroso da inserção do BD no momento presente é o da tolerância religiosa, fazendo conviver pacificamente cristãos e pagãos, Cícero, Demóstenes e D. Francisco-guia (caps. 91 e 92), numa rica troca de experiências[79] entre os "leterados" de crenças diversas, também reverenciada na *Corte enperial*. Esta será talvez a feição mais típica do humanismo quatrocentista português, em que o expansionismo geográfico vai deixando de ser projeto mirífico e trazendo para perto a curiosidade por regiões longínquas, alimento dos mitos sobre as Índias e da lenda do Preste João[80]. Desse ponto de vista, vale a pena atentar para os caps. 96 e 97, em que se discorre sobre os usos dos "Brâmanas" e de outros primitivos orientais – povos "que vivem àcêrca do paraíso terreal em uũa terra mui tempe-

---

78. Vários historiadores de hoje têm falado na "crise" dos séculos XIV e XV – fenômeno marcadamente peninsular, mas também europeu: TUCHMAN, Barbara W. *Um espelho distante.* Trad. de Waltensir Dutra. Rio de Janeiro: José Olympio, 1989; MARQUES, A. H. de Oliveira. *Portugal na crise dos séculos XIV e XV.* Lisboa: Presença, 1987.

79. Joaquim Barradas de Carvalho aborda, de vários ângulos, o pragmatismo que pontua *O Renascimento português: em busca de sua especificidade.* Lisboa: Imprensa Nacional/Casa da Moeda, 1980.

80. BOXER, C. R. *A Igreja e a expansão ibérica* 1440-1770. Trad. de Maria de Lucena Barros. Lisboa: Edições 70, 1978. Marcel Bataillon fala dessa curiosidade em Damião de Góis: *Études sur le Portugal au temps de l'humanisme.* Paris: Centro Cultural Português, 1974. Le cosmopolitisme de Damião de Góis: pp. 121-54. DIAS, José Sebastião da Silva. *Os descobrimentos e a problemática cultural do século XVI.* Lisboa: Presença, 1982. Cap. 5: A revolução dos mitos e dos conceitos.

rada" (p. 219)[81]. Perplexo com as diferenças, o narrador aceita e repudia, aponta vantagens e desvantagens de seu modo de viver selvagem: se é "sandice" o "maao costume que ham de matarem si meesmos em o fogo", por outro lado, é admirável "aquele despreçamento do mundo que nom pode seer maior", exercido com "livridom" – tornando até possível admitir que eles "avorreçam as vistiduras", andem nus (p. 221). Portanto, mesmo de civilizações desconhecidas como essas podem advir ensinamentos proveitosos ao "mizquinho" pecador. Nada deve ser negligenciado, porque – Petrarca insiste, pela versão do Anônimo – desprezar as coisas terrenas não é ignorá-las.

5. Diabo/Mundo/Carne: a tríade da danação

> Afeiçoai-vos às coisas lá de cima, e não às da terra. Porque estais mortos e a vossa vida está escondida com Cristo em Deus.
>
> Cl 3,2-3.

> Porque os desejos da carne se opõem aos do Espírito, e estes aos da carne; pois são contrários uns aos outros. É por isso que não fazeis o que quereríeis. Se, porém, vos deixais guiar pelo Espírito, não estais sob a Lei. Ora, as obras da carne são estas: fornicação, impureza, libertinagem, idolatria, superstição, inimizades, brigas, ciúmes, ódio, ambição, discórdias, partidos, invejas, bebedeiras, orgias e outras coisas semelhantes. Dessas coisas vos previno, como já vos preveni: os que as praticarem não herdarão o reino de Deus!
>
> Gl 5,17-21.

Pode-se dizer que o *Boosco deleitoso* é um engenhoso *exemplum* narrativo de uma alma vitoriosa, que seguiu ao pé-da-letra os conselhos disseminados pelas epístolas paulinas,

---

81. Estranhezas tais assinala Fernão Mendes Pinto ao contornar a costa de Málaca ou na chegada às terras exóticas da China. Op. cit.

conforme as epígrafes que encimam esta conclusão. O anônimo fundamentou, por argumentos plurívocos e hauridos de fontes bíblicas, filosóficas, hagiográficas, literárias e folclóricas, a incompatibilidade entre "as coisas lá de cima" e "as coisas cá de baixo", as aparências e a natureza cambiante do pecado. Em Gil Vicente, cujo *Auto da Alma* está enquadrado na mesma atmosfera de espiritualidade, a caminhante, que também se encontra "nesta triste carreira/desta vida", implora ao Anjo Custódio protetor:

> Cercae-me sempre ó redor
> Porque vou mui temerosa
> Da contenda[82].

"Contenda" foi igualmente a atribulada existência do Regedor – descrita nos pormenores e detalhes que faltam à esplêndida contensão dramática vicentina – criando certa exasperação no andamento da fábula que é dos melhores efeitos estilísticos no BD. A alma no *Auto* suplica: "Olhae por minha fraqueza/terreal"; o Regedor, que, com sentimento idêntico, não consegue superar sua "humanal fraqueza", ouve do "grorioso abade santo Joane" a advertência decisiva:

> a raiz dos pecados e das tachas e vícios vive em ti (p. 254).

Esta síntese doutrinária é como que extraída de Agostinho e opõe *Verdade* a *Vontade* – metonimizando cabalmente todas as dualidades inconciliáveis que percorrem o BD. Ainda muito jovem, o bispo africano confidencia já "arder no desejo da Sabedoria, propondo-me, depois de a obter, abandonar todas as esperanças frívolas e todas as loucuras enganosas das vãs paixões. Porém, chegado já aos trinta anos, continuava ainda preso ao mesmo lodo de gozar dos bens presentes que fugiam e me dissipavam". A dificuldade explica-se pela própria "subs-

---

82. VICENTE, Gil. *Obras de Gil Vicente*. Porto: Lello e Irmão, 1965. Auto da Alma, pp. 76-99.

tância do mal", que nada mais é do que uma "perversão da vontade desviada da substância suprema" – só manifesta em Deus[83]. A ênfase da pedagogia cristã deve ser posta na educação da vontade: "Enquanto essa vontade [da castidade] permanecer constante e firme, advenha o que advier ao corpo ou do corpo, se impossível evitá-lo sem pecado, somos inocentes do que lhe acontece." Para ilustrá-lo, conta a tragédia ocorrida com a nobre Lucrécia, que, tendo sido estuprada, matou-se de vergonha. Agostinho pondera: talvez seu gesto haja sido precipitado, porque o "congresso dos corpos" pode ter ocorrido com "divórcio das almas", o que isenta a vítima de culpa – só existente se houver "consentimento secreto"[84]. Toda a responsabilidade reverte para o plano da *consciência*, conforme propôs a Igreja medieval reformada, que instituiu a confissão dos pecados e o ato de contrição[85]. Por isso, no cap. 82 do BD, o esforço de S. Agostinho é empregado em "demostrar" à alma do "mizquinho" Regedor "quanto mal ela meesma pariu pera si" (p. 187). É a tônica doutrinária do Anjo Custódio, que, no *Auto* vicentino, recorda à pecadora o "acordo" celeste: Ele "deu-vos livre entendimento,/E vontade libertada". Cumpre instruí-la e enrijecê-la.

Como, se o Peregrino reconhece ter desvairado "em as tormentas do mundo e da carne e do diáboo"? (p. 94). São incontáveis as vezes em que os "nobres solitários" retomam essa trilogia para impor medo e respeito. Dela faz o BD sua longa e densa paráfrase: em nosso percurso terreno (*mundo*), somos vítimas das tentações (*carne*), arquitetadas pelo espírito do Mal (*diabo*). O que atribui ao demo um papel sobranceiro, embora subjacente e disfarçado, na obra: lê-se nas entrelinhas sua mítica "justa" com Deus[86], batalha que o erro da Queda fez pe-

---

83. AGOSTINHO (S.). *Confissões*, op. cit., pp. 147 e 174, respectivamente.
84. Idem, *A cidade...*, op. cit., v. 1, pp. 46 e 49, respectivamente. O tema é discutido no Livro 1, caps. 16 a 19.
85. BOLTON, Brenda. *A reforma na Idade Média*. Trad. de Maria da Luz Veloso. Lisboa: Edições 70, 1983, p. 20.
86. RUSSELL, Jeffrey Burton. *O diabo*. As percepções do Mal da Antigüidade ao Cristianismo primitivo. Trad. de Waltenir Dutra. Rio de Janeiro: Campus,

sar na responsabilidade dos homens. A *via crucis* do Peregrino é a de todos os que não armaram a Vontade contra o assédio diabólico:

> O diáboo, meu aversairo assi como bravo leom, nom queda cercar, buscando alguém que destrua; êste acende os seus dardos de fogo contra mi. A morte da alma entra pelas freestas dos sentidos do meu corpo, e os meus olhos roubam a minha alma (p. 33).

A imagem do demônio, construção puramente histórica, tornada motivo artístico e iconográfico a partir da Idade Média Central, tem sua concepção agudizada nos séculos XIV e XV, quando o sentimento geral da falência de valores suscita a angústia coletiva. Vem sempre associada às terríveis descrições do inferno e ao motivo do Juízo Final – relação emblematizada na *Divina Comédia*. Muito antes dela, e trazida do Oriente por volta do século IV, a *Visão de São Paulo* ou a irlandesa *Visão de Tungdal* narram o espetáculo assustador da descida aos domínios de Belzebu. Nas *Tentações*, de Hieronymus Bosch, o intuito do quadro é retratar um esforço de resistência paralelo ao que se espera do Regedor no BD: "O prestidigitador diabólico exibe assim diante do eremita impassível todos os recursos de sua arte mágica: tenta aterrorizá-lo, fazê-lo enlouquecer, desviar-se para as alegrias fáceis da terra. Trabalho perdido. Santo Antão representa, para Bosch, a alma cristã que conserva sua serenidade em um mundo onde Satã recorre incessantemente a novas armadilhas."[87] A severa dona, Justiça, traz constantemente à memória do Peregrino os tormentos da condenação eterna:

1991, p. 225: "A figura de Satã, no Novo Testamento, só é compreensível quando vista como a contrapartida, ou contraprincípio, de Cristo". NOGUEIRA, Carlos Roberto Figueiredo. *O nascimento da bruxaria*. São Paulo: Imaginário, 1995, p. 55: "O diabo é intrínseco ao Cristianismo".

87. DELUMEAU, *História do medo...*, op. cit., p. 142. Quanto às várias faces do demônio, ver BALTRUSAITIS, Jurgis. *Le Moyen Âge fantastique*. Paris: Flammarion, 1981.

Quando eu, coitado pecador, ouvi estas palavras tam espantosas, houve mui grande temor do inferno e dos juízos de Deus, e nom se partia do meu coraçom êste mui grande pavor (p. 60).

A fábula do BD é um roteiro de progressivo arrependimento e consagração, encerrando-se na "contempraçom" da Verdade; mas o enredo que se desenrola ante os olhos do leitor é o sofrimento da "vida como desterro" do Paraíso "celistrial". Etimologicamente, "peregrino" é o expatriado, o exilado da convivência divina[88] (sentido "próprio" de *peregrinitas, tatis* = "condição de estrangeiro"): "porque me sentia embargado dos meus pecados, que haviam feito departimento entre mi e o Senhor Deus" (p. 217). Sua estrada é a do sacrifício, da "peendença", que reatualiza o Calvário de Cristo.

No *Apocalipse*, está clara a encenação do último dia: "Abriram-se livros, e ainda outro livro, que é o livro da vida. E os mortos foram julgados conforme o que estava escrito nesse livro, segundo as suas obras."[89] Esta é a espada de Dâmocles agravando o estado existencial agônico do "mizquinho" Regedor:

> – Di-me, pecador, como pensas tu achar em a velhice aquêlo que nom semeaste em a mancebia? Ca qualquer cousa que o homem semea, esso colherá; e bem sabes tu que semeaste pecados e maldades, e porém dereito é que colhas vergonça e arrependimento e morte; que o pecado, quando é feito, geera morte perdurávil (p. 218).

---

88. *Dictionnaire raisonné...*, op. cit., p. 893.
89. Ap 20,12.

SEGUNDA PARTE
Disciplinando o corpo

Montaria: a saborosa arte de formar o cavaleiro

Por
Risonete Batista de Souza
Universidade Federal da Bahia

*Para o
Prof. Nilton Vasco da Gama,
dedicado Mestre de muitas gerações*

Risonete Batista de Souza é professora de Filologia Românica da Universidade Federal da Bahia. Na Universidade de São Paulo, conclui doutorado sobre a lírica medieval galego-portuguesa, em torno da obra do trovador Martin Soares.

1. O *Livro da montaria*, de D. João I[1], é um extenso e minucioso tratado de caça ao javali, cuja autoria é atestada pela seguinte declaração contida no Prólogo: "Por ende nos Dom Joham por graça de Deus Rey de Portugal, e do Algarue, senhor de Cepta (...) nos trabalhamos com a aiuda de Deus de fazer este liuro de montaria" (pp. 7-8); e também pelas referências feitas a ele por D. Duarte, que o cita no capítulo XXVII do *Leal conselheiro*: "E semelhante o mui excelente e virtuoso Rei meu senhor e padre, cuja alma Deos haja, fez ũu livro das horas de Sancta Maria, e salmos certos por finados, e outro de montaria"[2]; e ainda no capítulo XI da V parte do *Livro da ensinança de bem cavalgar toda sela*: "E por se ferirem mais prestemente, Elrrey meu senhor põe algũus avisamentos no seu Livro da Montaria"[3]. Também na lista de livros em "lingoajem", pertencentes à biblioteca de D. Duarte (fol. 163 do cód.

---

1. *Livro da montaria, feito por D. João I, rei de Portugal*; conforme o manuscrito nº 4352 da Biblioteca Nacional de Lisboa, publicado por Francisco Maria Esteves Pereira. Coimbra: Imprensa da Universidade, 1918. Cf. também *Livro da montaria*. In: OBRAS dos Príncipes de Avis. Intr. e rev. de M. Lopes de Almeida. Porto: Lello e Irmão, 1981, pp. 1-232. Doravante será referido pela sigla LM. Todas as citações do texto do tratado serão feitas com base na edição da Lello e Irmão, que reproduz o texto estabelecido por Esteves Pereira.
2. DUARTE (Dom). *Leal conselheiro*. Ed. crít., intr. e notas de Maria Helena Lopes de Castro. Lisboa: Imprensa Nacional/Casa da Moeda, 1998, p. 111.
3. Id. *Livro da ensinança de bem cavalgar toda sela*. Ed. crít. acompanhada de notas e dum glossário por J. M. Piel. Lisboa: Bertrand, 1944, p. 106.

3390 da Biblioteca Nacional de Lisboa), cita-se o "Livro de Montaria que copilou o victorioso Rey D. João ao qual Deus dê eternal gloria"[4].

D. João I intitula-se, no Prólogo, senhor de Ceuta, o que permite estabelecer 1415, ano da conquista daquela praça marroquina pelos portugueses, como *termo a quo* da composição do tratado. Como *termo a quem*, deve-se tomar 1433, ano da morte do monarca[5].

Conforme declara na apresentação, o rei contou com a ajuda de "*bõos*" monteiros na elaboração do tratado. A participação de monteiros é confirmada em várias passagens, em que se registram controvérsias de opiniões entre os especialistas consultados: "e de sobre este gouerno ouueram grande referta em departimento os monteiros sobre o creamento dos allaãos, e sabuios" (p. 39); "A este dar desta treuessa tiuerom algũus monteiros, que era maa de a darem, e outros tiuerom que era bõa de a darem" (p. 93). Muitos temas polêmicos são deixados em aberto, mas algumas vezes o rei escolhe o ponto de vista que considera mais acertado:

> em esto [de levantar o porco a calcada] fallarom os monteiros, que como quer que esta cousa seia bõa de a fazerem assi (...) por ende disserom algũus que seria milhor de leuarem os caães nas treelas (...) E esta parece que he muy milhor, e mais certa rezom que a outra (p. 148).

É lícito pensar em assembléias de monteiros afamados, que deliberavam sobre questões controversas, como sugere a passagem:

> Ditos estes modos que auemos escrito, que os monteiros deuem teer, quando ouuerem de matar o porco de justa, pollos quaaes segundo nosso sentido, e des hi por aquelles que bõos monteiros eram, que sobre taaes cousas muytas uezes lhes ui-

---

4. Cf. id. *Livro dos conselhos de El-Rei D. Duarte (Livro da Cartuxa)*. Ed. diplom. de João José Alves Dias. Lisboa: Estampa, 1982, pp. 206-8.
5. MARQUES, A. H. de Oliveira. *Portugal na crise dos séculos XIV e XV.* Nova História de Portugal. Lisboa: Presença, 1987, v. 4, pp. 530-46.

mos departamentos, *e uirem com elles a juizo ante outros bõos monteiros*, e auerem fim de determinamentos, e definirem aquellas cousas, que se em este matar dos porcos poderiam fazer: os quaaes disserom e determinarom que eram mais proueitosas pera os homẽes serem guardados, quando assi justassem, de seer feridos dos porcos (p. 172. Grifos nossos).

Nestas reuniões, provavelmente, tomavam-se notas que, mais tarde, eram ordenadas. É possível que um "retórico" tenha participado da redação final do tratado como sugere a advertência do autor:

e os monteiros que este liuro leerem, se mais souberem, nom leixem de acrecentar em o conhecimento dellas [das armadas] (...) e esso meesmo que a tambem o façam *com bõo prouimento de algum, ou de algũus bõos retoricos*, em tal guisa que polla escritura da enaddiçom nom seia a tam maao retorico em a escreuer, que toda a composiçom do liuro desta parte das armadas seia corrompida (p. 191. Grifos nossos)[6].

O fato de D. João ter consultado outros especialistas em assuntos de montaria, como ele próprio confessa, ou mesmo de ter submetido o texto à supervisão de um escritor mais experiente, como parecem sugerir os dados expostos, não são indícios suficientes para pôr em dúvida a autoria do tratado. Além da declaração do rei no Prólogo e da confirmação de D. Duarte, é possível perceber ao longo da obra a presença do autor, que narra experiências, apresenta seu ponto de vista, toma partido diante de opiniões divergentes, conforme será demonstrado adiante.

D. João declara, no Prólogo, as razões que o moveram a compor seu tratado: o desejo de resgatar a dignidade da arte da

---

6. Esteves Pereira conjetura que se tratasse de Martin Affonso de Mello, também grande caçador e autor de obras como o *Regimento da guerra* e as memórias do reinado de D. Fernando. Cf. Introdução da edição crítica do *Livro da montaria*, p. xxi. Sobre Martin Affonso de Mello como redator das memórias de D. Fernando, ver LOPES, Fernão. *Crónica do Senhor Rei Don Fernando nono rei destes regnos*. Porto: Civilização, 1989, p. 127.

montaria e de ensinar todas as etapas da caça ao porco selvagem. O LM é uma obra endereçada, especialmente, aos "bõos" e "grandes", ou seja, à alta nobreza, reis, príncipes e grandes senhores, porém há uma parte (o Livro Segundo) dirigida aos moços do monte, auxiliares indispensáveis nas caçadas.

Embora não fosse monopólio de classe, a caça na Idade Média era uma das principais ocupações dos nobres, pois sua prática como desporto exigia fortuna, tempo livre e dependentes[7]. As principais funções da caça desportiva eram, em tempo de paz, preencher o longo período de ócio e preparar para a guerra. Caçava-se fundamentalmente de duas maneiras: por perseguição ao animal (montaria) e através de aves de rapina domesticadas (cetraria). A primeira modalidade prestava-se aos dois objetivos, o recreativo e o treino para a guerra. Esporte viril, a montaria assemelhava-se à guerra, pois o nobre, a cavalo e armado de lança, perseguia e lutava com animal feroz, de grande porte. Já a segunda modalidade, menos violenta e arriscada, constituía-se em mero passatempo e podia ser praticada inclusive por damas[8].

Os romances corteses fazem referência à caça como atividade aristocrática. No *Eric e Enide*, de Chrétien de Troyes, por exemplo, a ação tem início durante uma caçada ao cervo branco, organizada pelo rei Artur[9]. Também as crônicas da época dão vários exemplos do interesse da nobreza pela arte venatória. Fernão Lopes, na Crônica de D. Fernando, destaca a paixão do monarca pela caça: "Era ajmda elRey Dom Fernamdo mujto caçador e monteiro, em guisa que nenhuum tempo aazado pera ello leixava que o nom husasse."[10] Porém, o rei amava a falcoaria: "Elle trazia quaremta e cimquo falcoeiros de besta, afora outros de pee e moços de caça, e dizia que nom avia de

---

7. BLOCH, Marc. *A sociedade feudal*. Trad. de Liz Silva. 2. ed. trad. rev. Lisboa: Edições 70, 1998, pp. 316-7.
   8. LYON, Bryce. Coup d'oeil sur l'infrastructure de la chasse au Moyen Âge. *Le Moyen Âge*, Liège, n. 2, t. 104, s. 5, 1998, p. 211.
   9. TROYES, Chrétien de. *Romances da Távola Redonda*. Trad. de Rosemary Costhek Abílio. 2. ed. São Paulo: Martins Fontes, 1998. Erec e Enide, p. 33.
   10. LOPES, op. cit., p. 4.

follguar ataa que poboasse em Santarem huuma rua, em que ouvesse çem falcoeiros."[11] Ainda segundo o cronista, D. João, filho de Inês de Castro, preferia a montaria:

> Era mujto husado de faltar, e correr, e remessar a cavallo e a pee, sofredor de gramdes trabalhos a monte, e a caça, e semelhantes desemfadamentos; ca el per dias e noites numca perdia afam, levantamdosse duas e tres horas ante manhaã, aprazamdo de noite per imvernos e calmas, des i cavalgar, e correr fragas e montes espessos, e faltar regatos e corregos de gramdes cajoões, caimdo em elles, e os cavallos sobrelle: em tanto era queremçoso de montes, que numca receava porco, nem husso, com que se emcomtrasse a pee, nem a cavallo.[12]

Outro testemunho importante da paixão da nobreza pela arte venatória é a grande quantidade de tratados cinegéticos produzidos no Ocidente medieval em cortes régias e senhoriais[13]. Inicialmente em latim, depois em romance, esses textos tinham as mais diferentes formas de composição: verso, diálogo, prosa[14]; tratavam de diversos aspectos: processo de captura das aves de rapina, seu adestramento e cura das enfermidades,

---

11. Ibid., loc. cit.
12. Ibid., p. 266.
13. A corte siciliana de Frederico II é um exemplo do interesse aristocrático pela literatura cinegética. O próprio soberano elaborou o *De arte venandi cum avibus*, considerado o mais completo e original tratado de falcoaria produzido na Idade Média. Cf. GOMES, Maria Manuela Ribeiro de Almeida. O *Livro da Montaria* de D. João de Portugal no contexto dos tratados medievais de caça. In: RIBEIRO, Cristina Almeida, MADUREIRA, Margarida (Coord.). *O género do texto medieval*. Lisboa: Cosmos, 1997, pp. 195-6. Este gênero literário foi cultivado por grandes senhores como Gaston Fébus, conde de Foix-Béarn, que escreveu, na segunda metade do século XIV, o *Livre de chasse*, e Henri de Ferrières, senhor normando, autor do *Livre du Roy Modus et de la Royne Ratio*, do terceiro quartel do século XIV. Cf. TUCOO-CHALA, P. L'art de la pédagogie dans le Livre de Chasse de Gaston Fébus. In: LA CHASSE au Moyen Âge. Actes du Colloque de Nice. Nice, Les Belles Lettres, 1980, p. 19. Os reis e grandes senhores ibéricos também incentivaram este gênero literário, conforme será demonstrado a seguir.
14. Como exemplo de obra em forma de diálogo tem-se o *De avibus tractatus*, atribuído a Adélard de Bath (séc. XII) e, em verso, *Dels auzels cassadors*, de Daude de Pradas, do séc. XIII. Cf. GOMES, op. cit., pp. 193-4, 197-8.

no caso da cetraria; a busca, cerco e abate do animal, em se tratando da montaria. A cetraria predomina, a julgarmos pelo número de textos conservados, mas a montaria nunca deixou de ser praticada.

Conhece-se apenas um tratado de montaria em latim, escrito na corte de Frederico II (1194-1250), o *De arte bersandi*, que trata da caça com besta e com auxílio de cães, atribuído a Guicennas, um cavaleiro germânico[15]. Em língua vulgar, uma referência românica importante é o anônimo *Chace dou cerf*, do século XIII, escrito em língua *d'oïl*, em verso e sob forma de diálogo[16].

A Península Ibérica foi um local privilegiado para desenvolvimento desta literatura, pois, tal como a Sicília normanda, uniu a tradição germânica à árabe[17]. Inicialmente, surgiram as traduções, depois, no século XIV, as obras em língua vulgar. São referências obrigatórias na Península *El libro de la caza*, de Don Juan Manuel[18], *El libro de la montería*, de Alfonso XI[19], e *El libro de las aves de caça*, de Pero Lopez de Ayala[20].

---

15. Ibid., p. 196.
16. Ibid., p. 197.
17. Uma das principais fontes árabes da literatura cinegética do Ocidente medieval é o tratado de Moamin. Composto por cinco livros, três de cetraria e dois sobre cães de caça, foi traduzido para o latim em meados do século XIII por ordem de Frederico II com o título de *Liber Moamin falconarii*. É da mesma época a tradução castelhana conhecida como *Libro de las animalias que caçan*. Cf. María Isabel Montoya Ramírez na introdução da sua edição crítica de ALFONSO XI. *Libro de la montería*. Est. y ed. crítica por Maria Isabel Montoya Ramirez. Granada: Universidad de Granada, 1992, p. 28.
18. MANUEL, Juan (Don). *Cinco tratados*: Libro del cavallero et del escudero; Libro de la tres razones; Libro enfenido; Tratado de la asunción de la Virgen; Libro de la caça. Ed., intr. y notas de Reinaldo Ayerbe-Chaux. Madison: The Hispanic Seminary of Medieval Studies, 1989.
19. ALFONSO XI, op. cit.; ver também o LIBRO de la montería del rey de Castilla Alfonso XI. Estudio preliminar por Matilde López Serrano. Madrid: Patrimonio Nacional, 1969.
20. LÓPEZ DE AYALA, Pero. *El libro de las aves de caça*. Com las glosas del duque de Albuquerque. Madrid: Sociedade de Bibliófilos, 1869.

Em Portugal, conservaram-se os seguintes tratados medievais de caça: o *Livro de falcoaria*, de Pero Menino[21], o *Livro de citraria e experiencias de algũs caçadores*[22], anônimo, que precede o tratado de Pero Menino no cód. 518 da Biblioteca Nacional de Lisboa. No Museu Britânico, cód. 821, Núcleo Sloane, encontram-se: o *Livro de cetraria e falcoaria velha*[23], anônimo, *Cetraria do rey Dancus*, *Cetraria de Enrrique Emperador d'Alemanha*, a tradução portuguesa do *Livro de cetraria*, de Pero Lopez de Ayala[24], e o *Livro de falcoaria*, de Francisco Mendanha. Completam a lista o *Livro de alveitaria*, do Mestre Giraldo[25] (cód. 2294, da Biblioteca Nacional de Lisboa, F.G.), e o *Livro de montaria*, de D. João I. Houve ainda um tratado de cetraria, hoje perdido, o de João Martins Perdigão, falcoeiro de D. Dinis, do qual se tem notícia através do livro de Pero Menino[26].

Nesta relação, predominam a compilação e a tradução. Segundo Rodrigues Lapa, o *Livro de citraria e experiencias de algũs caçadores* é uma compilação que deve datar do século XV[27]. Já o *Livro de cetraria e falcoaria velha*, segundo Gunnar Tilander, que o editou, é a verdadeira tradução portuguesa do livro do rei Dancus. Tilander ainda informa que o *Livro de fal-*

---

21. LAPA, M. Rodrigues (Ed.). *Livro de falcoaria de Pero Menino*. Coimbra: Imprensa da Universidade, 1931. Ver também: PEREIRA, Gabriel (Ed.). *Mestre Giraldo, Tratado das enfermidades das aves de caça* (segundo um manuscrito do século XV), Lisboa: [s.n.], 1909.
22. LAPA, M. Rodrigues. Livros de falcoaria. *Boletim de Filologia*, Lisboa, t. 1, 1933, pp. 199-234.
23. TILANDER, Gunnar. Uma tradução portuguesa desconhecida do tratado de cetraria do rei Dancus. *Boletim de Filologia*, Lisboa, t. 6, 1940, pp. 439-57.
24. Como observa Rodrigues Lapa, o chanceler castelhano traduziu e incorporou ao seu tratado o *Livro de falcoaria*, de Pero Menino. Cf. LAPA, *Livro...*, op. cit, p. xxix.
25. PEREIRA, Gabriel. Livro d'Alveitaria do Mestre Giraldo. *Revista Lusitana*, Lisboa, v. 12, nn. 1-2, 1909, pp. 1-60.
26. "e demais ainda punha en mais breve quê diz que o livro de João Martîz Perdigão, que foy falcoeiro del rey don Denis, que fazia con [con]feições mudar o falcão en quinze dias, as quais cousas eu vy escritas no seu livro". Cf. LAPA, *Livro...*, op. cit., p. 67.
27. LAPA, *Livros...*, op. cit., p. 199.

coaria, de Francisco Mendanha, reproduz quase fielmente o livro de Pero Menino, que o tratado de *Cetraria de Enrrique Emperador d'Alemanha* deriva da mesma fonte que o poema provençal *Lo romans dels auzels cassadors*, de Daude de Pradas, e que o livro atribuído ao rei Dancus é, na verdade, uma falsificação[28].

O *Livro de alveitaria*, de Mestre Giraldo, é, como ele mesmo declara no prólogo, uma compilação que "o muy nobre Senhor rrey dom donjs mandou a mỹ meestre giraldo que conposesse e hordenasse hũu liuro ho mjlhor que e mỹ semelhasse"[29]. Ele informa ainda que usou como fonte os tratados de *Theudorique* e de *Jurdan Cavaleiro*[30]. Sua função teria sido, pois, traduzir as obras e ordenar a matéria nelas contida. O livro está estruturado em duas partes: a primeira trata da criação e treinamento do cavalo, a segunda, das doenças *naturaaes* e *acidentaaes*.

O *Livro de falcoaria*, de Pero Menino, é um tratado original sobre as moléstias dos falcões e a terapêutica correspondente, composto a pedido de D. Fernando pelo seu falcoeiro, conforme informação contida no breve prólogo:

> Don Fernando, pella graça de Deus Rey de Portugal e dos Alguarves, mandou a min Pero Minino, seu falcoeiro, que lhe fizesse hũ livro de falcoaria, no qual fosse escrito e declarado todas as doenças dos falcões e os nomes dellas[31].

---

28. TILANDER, op. cit., p. 440. Cf. também do mesmo autor Acerca del Livro de falcoaria de Pero Menino. *Revista de Filologia Española*, Madrid, v. 23, 1936, pp. 255-74.

29. PEREIRA, op. cit., p. 2.

30. As fontes utilizadas por Mestre Giraldo são o tratado de Jordão Ruffo de Calábria, dedicado ao imperador Frederico II, escrito na primeira metade do século XIII, e o de Teodorico de Bolonha (morto em 1298), médico e moralista da ordem dominicana, bispo de Bitonto e Cérvia. Cf. LORENZO, Ramón. Livro de Alveitaria de Mestre Giraldo. In: LANCIANI, Giulia, TAVANI, Giuseppe (Org. e Coord.). *Dicionário da literatura medieval galega e portuguesa*. Trad. de José Colaço Barreiros e Artur Guerra. Lisboa: Caminho, 1993, pp. 405-6.

31. LAPA, *Livro...*, op. cit., p. 1.

Conservado em três cópias manuscritas, duas da Biblioteca Nacional de Lisboa (cód. 2294, F.G., cód. 518, Pomb.) e uma do Museu Britânico (cód. 821, Núcleo Sloane), foi editado em 1909 por Gabriel Pereira, mas atribuído ao Mestre Giraldo, físico de D. Dinis, pois no cód. 2294, único conhecido pelo editor, este tratado não possui prólogo e vem acompanhado do *Livro de alveitaria*, do Mestre Giraldo. Carolina Michaëlis de Vasconcellos chegou a conclusão semelhante em seu estudo sobre os tratados cinegéticos deste códice[32]. Posteriormente, o livro de Pero Menino foi editado por Rodrigues Lapa, que corrigiu o erro de atribuição.

Como se pode notar, predominam as obras dedicadas à cetraria, principalmente as produzidas nas cortes da dinastia borgonhesa. Esta modalidade de caça, por ser menos violenta, estava mais concordante com o ambiente cortês em que floresceu a lírica trovadoresca. Já a montaria, por seu caráter viril e bélico, era um desporto exclusivo de homens. Será o preferido da dinastia de Avis, conforme atesta a lista de livros "em lingoajem" que compunham a biblioteca de D. Duarte, onde, além do tratado de D. João I, encontram-se os seguintes títulos relativos à arte venatória: "Livro de Cetraria, per castelão", "Livro da Cetraria que foy del-Rey D. João", "Livro de Montaria, per castelão", e outro designado apenas como "Livro de Montaria."[33]

O título "Livro de Montaria, per castelão" parece remeter ao *Libro de la montería*, mandado fazer por Alfonso XI, entre 1342 e 1350. Mas, apesar da precedência, o LM tem apenas alguns pontos em comum com o tratado do rei castelhano. Como é comum nos demais tratados de caça, a justificativa da impor-

---

32. VASCONCELLOS, Carolina Michaëlis de. Mestre Giraldo e os seus tratados de alveitaria e cetraria. *Revista Lusitana*, Lisboa, v. 13, n. 3 – 4, 1910, pp. 149-432. A romanista afirma à p. 150: "Compostas por ordem ou instigação del Rei D. Denis por um seu médico, as obras de *alveitaria* e *altanaria* de que vou ocupar-me confirmam o alto conceito em que tradicionalmente o fundador da universidade era tido".

33. DUARTE, *Livro dos conselhos...*, op. cit., pp. 206-8.

tância da arte venatória restringe-se, no livro de Alfonso XI, ao prólogo, enquanto no de D. João I se estende pelos capítulos iniciais da primeira parte. Porém, em essência, o LM ressalta as mesmas virtudes da arte venatória, apresentadas pelo monarca castelhano: a caça é um desporto próprio de reis, príncipes e grandes senhores; sua principal função é proporcionar recreio ao espírito cansado das responsabilidades administrativas[34]. Ambos fazem apologia da montaria, mas divergem quanto ao animal a ser caçado. Alfonso XI exalta a caça ao veado, que considera "a mais nobre, e a maior, e a mais alta, e a mais caveleiresca, e de maior prazer"[35], se comparada à cetraria. D. João I trata, exclusivamente, da caça ao javali e apenas cita ursos e veados.

O *Libro de la montería*, como o LM, está dividido em três livros ou partes. No entanto, não há coincidência na disposição do conteúdo de ambos. Na primeira parte, discorre sobre os equipamentos que devem ser usados pelos monteiros, sobre como reconhecer os rastos das diversas espécies de animais, sobre a forma de monteá-los a cavalo e os lances que podem suceder, o modo de treinar bons cães e a classe destes, o foro dos direitos dos monteiros. Na segunda parte, trata das feridas que os cães podem receber das feras, das enfermidades destes e de como tratá-las. Na terceira e mais longa, descreve os montes bons para caça em Castela, Leão e alguns no reino de Granada, a época favorável para a caça em cada um deles e as espécies animais encontradas.

No LM também há uma parte referente aos cães de caça, a sua escolha, criação e treinamento, mas falta a descrição das feridas e sua terapêutica. Também não consta o foro dos direitos dos monteiros nem a descrição dos montes onde abunda a caça. As referências aos locais de caça são genéricas, raramen-

---

34. "los rreys et los grandes señores cataron maneras de auer soltura en caçar et en otras maneras en que tomassen plazer para dar folgura al entendimiento." ALFONSO XI, op. cit., pp. 133-4.
35. "la mas nobre, et la mayor, et la mas alta, et la mas cauallerosa, et de mayor plazer." Ibid., p. 134.

te o rei menciona um lugar determinado[36]. O cotejo das duas obras e a existência de um tratado de montaria em castelhano na biblioteca duardina sugerem que D. João conheceu o livro de Alfonso XI; no entanto, mesmo nos capítulos em que trata dos mesmos assuntos, o monarca português não reproduz o texto do rei de Castela.

2. Do LM conhece-se uma cópia manuscrita do final do século XVIII, guardada na Biblioteca Nacional de Lisboa (cód. 4352), a qual, por sua vez, reproduz a cópia feita por Manuel Serrão da Paz, em 1626, do original encontrado no colégio jesuíta de Monforte de Lemos, em Lugo, na Galícia[37]. Segundo Manuela Mendonça, esta cópia do século XVII foi recentemente identificada na Livraria do Convento da Arrábida[38].

Existem atualmente três edições do texto do LM. A primeira é a edição crítica publicada em 1918 por Francisco Maria Esteves Pereira[39]. Mais recentemente, em 1981, apareceu outra edição na coleção Tesouros da Literatura e da História, com introdução e revisão de M. Lopes de Almeida[40]; em 1990, foi editada uma tradução espanhola, com o título *Libro de montería del Rey Juan I de Portugal*, introdução de Manuel Terron Albarran e tradução de Gonzalo de Macedo Sherman, em dois volumes, sendo que o segundo é fac-símile do manuscrito[41]. A

---

36. Esta é uma das poucas referências a locais propícios à caça: "ca em todollos lugares do monte nom som todos estes que assi dissemos, ca entre Tejo e Odyana, em poucos lugares, ou em nenhũus, se acham carualheyras que seiam de folha ancha, nem em Serra de Estrella, aa de leue se podem achar murteyras" (p. 94).

37. Cf. PEREIRA, op. cit., p. vi.

38. Catálogo da Livraria do Convento da Arrábida, apud MENDONÇA, Manuela. O Livro da Montaria. In: *Actas do Congresso Histórico 150 Anos de Nascimento de Alberto Sampaio*. Guimarães, 1995, p. 279.

39. Cf. nota n.º 1.

40. Também citada na nota n.º 1. Esta edição reproduz o texto estabelecido por Esteves Pereira, sem as notas.

41. LIBRO de monteria del rey Juan I de Portugal. Trad. de Gonzalo de Macedo Sherman. Madrid: Círculo de Bibliografia Venatoria, 1990, 2 v. Citamos com base em CEPEDA, Isabel Vilares. *Bibliografia da prosa medieval em língua portuguesa*. Lisboa: Ministério da Cultura/Instituto da Biblioteca Nacional e do Livro, 1995, p. 144.

primeira edição portuguesa, a de Esteves Pereira, é de difícil acesso[42]. À segunda, da coleção Tesouros da Literatura e da História, falta uma introdução mais completa e informativa, pois o organizador, M. Lopes de Almeida, faleceu antes de concluí-la.

O tratado foi pouco estudado, apesar de alguns críticos reconhecerem sua importância para a história da cultura. Rodrigues Lapa o qualifica de "verdadeiro monumento da literatura desportiva da Idade Média portuguesa"[43]. Opinião igualmente favorável demonstra António José Saraiva ao ressaltar o grande interesse lingüístico e literário da obra[44]. Lindley Cintra destaca o valor literário dos primeiros capítulos[45]. Apesar destas poucas e bem qualificadas vozes, os estudiosos têm passado ao largo da obra.

Os manuais de história literária dão breves notícias sobre o LM, que normalmente se restringem a título, autoria e sumário do assunto[46]. No *Dicionário da literatura medieval galega e portuguesa*[47], Manuel Simões analisa alguns pontos abordados no prólogo e nos capítulos iniciais do Livro Primeiro, po-

---

42. Trata-se de obra há muito esgotada, disponível em poucas bibliotecas públicas brasileiras.
43. LAPA, M. R. *Lições de literatura portuguesa: época medieval*. 8. ed. rev. e aum. Coimbra: Coimbra Ed., 1981. D. Duarte e a prosa didática: o gosto dos desportos, p. 345.
44. Cf. SARAIVA, António José. *O crepúsculo da Idade Média em Portugal*. 3. ed. Lisboa: Gradiva, 1993, p. 217.
45. CINTRA, Lindley. O Livro da montaria. In: COELHO, Jacinto do Prado (Dir.). *Dicionário das literaturas portuguesa, brasileira e galega*. Porto: Figueirinhas, 1960, p. 429.
46. Podem citar-se como exemplos de brevíssimas menções: PIMPÃO, Álvaro J. da Costa. *A história da literatura portuguesa: Idade Média*. 2. ed. rev. Coimbra: Atlântida, 1959, p. 191; BELL, Aubrey F. G. *A literatura portuguesa: história e crítica*. Trad. do inglês por Agostinho de Campos e J. G. de Barros e Cunha. Lisboa: Imprensa Nacional, 1971, p. 109; FIGUEIREDO, Fidelino de. *História literária de Portugal: séculos XII-XX*. 3. ed. São Paulo: Nacional, [s.d.], p. 100; SARAIVA, António José, LOPES, Óscar. *História da literatura portuguesa*. 9. ed. corr. e actual. Porto: Porto Ed., 1976, p. 112; MOISÉS, Massaud. *A literatura portuguesa*. 36. ed. rev. e aum. São Paulo: Cultrix, [s.d.], p. 36.
47. LANCIANI, TAVANI, op. cit., pp. 412-3.

rém nada informa sobre os manuscritos, as edições e a estrutura da obra, nem a situa no contexto da literatura cinegética medieval. A bibliografia sugerida no final do verbete aponta apenas dois artigos de Mário Martins. O verbete escrito por Lindley Cintra, no *Dicionário das literaturas portuguesa, brasileira e galega*[48], informa sobre a estrutura do livro e algumas das fontes utilizadas por D. João. A bibliografia, um pouco mais ampla, inclui a edição de Esteves Pereira. A pobreza da fortuna crítica do LM reflete-se ainda nos repertórios bibliográficos, como a *Bibliografia da prosa medieval em língua portuguesa*, de Isabel Vilares Cepeda[49], em que, além das três edições, são citados apenas cinco trabalhos sobre o LM, de autoria de Mário Martins. O fato é que, mesmo preenchendo essas lacunas deixadas pelos repertórios bibliográficos, os estudos sobre aspectos pontuais da obra somam pouco mais de uma dezena.

Um dos primeiros a se debruçar sobre o tratado de D. João I foi Luciano Pereira da Silva, que no trabalho "O astrólogo Joam Gil e o *Livro da montaria*"[50] investigou não apenas a identidade do autor que mereceu citação mais ampla no LM, mas também as demais fontes dos conhecimentos astronômicos expostos pelo monarca. Em 1938, Sílvio Lima analisou o relevo dado no LM à experiência. Ele também lamenta que o tratado português tenha sido ignorado pelo historiador da literatura; chama a atenção para trechos que melhor expressam o espírito de observação da natureza e o estilo vivaz e plástico de D. João I, a sensibilidade de suas observações psicológicas[51].

Embora seja rico em expressões relativas à arte da caça, há apenas um estudo lingüístico sobre o LM, de circulação res-

---

48. Op. cit., p. 429.
49. Op. cit., pp. 143-5.
50. Separata de *Lusitania*, Lisboa, v. 2, f. 1, 1927.
51. O desporto e a experiência na Idade Média. In: SÉRGIO, Manuel, FEIO, Noronha. *Homo ludicus: antologia de textos desportivos da cultura portuguesa.* Lisboa: Compendium, 1978. v. 1, pp. 128-37. Artigo publicado originariamente em LIMA, Sílvio. *Desporto, jogo e arte.* Porto: Civilização, 1938, pp. 151-79.

trita, já que é tese de licenciamento. Trata-se de um glossário e comentário filológico feito por Manuel de Araújo[52]. Mário Martins estuda o LM em seis artigos, em que rastreia fontes utilizadas por D. João I e analisa aspectos já referidos, como a concepção de desporto e de educação, além da valorização do saber adquirido com a experiência. As fontes bíblicas e as obras dos Padres da Igreja de que se serviu o Mestre de Avis são temas de "A Bíblia no Livro da Montaria"[53] e "A espiritualidade no Livro da Montaria"[54]. Outra fonte foi a *General estoria*, em que D. João buscou o mito da transformação de Actéon em veado por Ártemis[55]. Em "Da caça e da concepção do desporto no Livro da Montaria"[56], Mário Martins busca demonstrar que o LM oferece concepção ao mesmo tempo racional e cristã do desporto. Os capítulos iniciais contêm, segundo ele, uma espécie de "filosofia desportiva", em que o rei procura justificar a caça ao porco montês sob duas perspectivas: de um lado, sua função lúdica; de outro, sua utilidade no preparo para a guerra e para a boa administração pública. Num outro trabalho, Mário Martins enfoca o que chama de pequeno tratado de criação e adestramento dos cães de caça existente dentro do LM[57]. Observa que o modelo pedagógico, defendido pelo rei, para adestrar cães é análogo ao da educação do jovem cavaleiro. Em outro artigo, "Experiência e conhecimento da natureza no Livro da Montaria"[58], o mesmo

---

52. *O Livro de montaria de D. João I: glossário e comentário filológico.* 1943. Tese (Licenciamento em Letras) – Universidade de Coimbra.
53. *A Bíblia na literatura medieval portuguesa.* Lisboa: Bertrand, 1979, pp. 61-3.
54. *Estudos de cultura medieval.* Lisboa: Verbo, 1969, v. 1, pp. 115-23. Publicado inicialmente em *Itinerarium*, Braga, n. 32, 1961, pp. 163-70.
55. A racionalização cristã de Ovídio na General Estoria e no Livro da Montaria. Ibid., pp. 119-31.
56. *Estudos de literatura medieval.* Braga: Cruz, 1956, pp. 453-66.
57. A este pequeno tratado de pedagogia canina Mário Martins dá o nome de "Cinopedia medieval". Foi publicado inicialmente em *Brotéria*, Lisboa, v. 69, 1959, pp. 41-50, e, depois, em *Estudos de cultura...*, op. cit., pp. 101-13.
58. Ibid., pp. 85-100.

estudioso aponta mais um aspecto importante, que é a ênfase na experiência pessoal do autor e de seus colaboradores em detrimento do saber livresco. Além do pioneirismo de muitas dessas observações, os trabalhos de Mário Martins constituem-se em importantes sinalizadores de possíveis linhas de pesquisa.

Recentemente têm surgido estudos mais analíticos sobre o LM. Em 1989, Aníbal Pinto de Castro[59], objetivando demonstrar o valor literário desse tratado, relacionou as fontes utilizadas por D. João I e analisou os recursos retóricos empregados pelo monarca na redação de seu livro de caça. As fontes do LM são também o assunto do estudo em que Maria Helena de Teves Costa Ureña Prieto inventaria a bibliografia clássica que, direta ou indiretamente, foi citada no LM[60].

Em 1995, Manuela Mendonça[61] apresentou estudo em que discute aspectos polêmicos levantados em trabalhos anteriores, como a questão da autoria, e informa sobre a descoberta de um segundo manuscrito. O estudo divide-se em três partes: "Autor e obra", "O homem e a obra no tempo" e "A mensagem". Na primeira parte, são dadas informações sobre os manuscritos conhecidos atualmente e é abordada a questão da autoria; na segunda, o tema é a "medievalidade" de D. João, expressa na valorização da cavalaria; a suposta "modernidade" do rei é discutida na terceira parte, em que a autora argumenta que o LM, por se fundamentar na experiência e não no saber livresco, antecipa o espírito renascentista.

Maria Manuela Ribeiro de Almeida Gomes, em 1997, enfocou a questão da contextualização do LM no conjunto da literatura cinegética do Ocidente medieval, com o objetivo de investigar sua originalidade. Segundo ela, embora inserido no contexto europeu da literatura cinegética e tendo como base

---

59. Do valor literário do Livro da montaria de D. João I. In: *Actas do Congresso Internacional Bartolomeu Dias e a sua época*, Porto, v. 4, 1989, pp. 51-64.
60. Bibliografia clássica do *Livro da montaria* de D. João I. In: *Actas do Terceiro Congresso da Associação Internacional de Lusitanistas*, Coimbra, 1992, pp. 77-94.
61. MENDONÇA, op. cit., pp. 279-91.

toda uma tradição germânica (visigoda) e árabe, o LM parece ser obra independente, no estilo e na estrutura[62].

Na introdução a um estudo sobre o *Livro da ensinança de bem cavalgar toda sela*, de D. Duarte, Isabel Dias[63] faz uma rápida porém substancial análise dos oito primeiros capítulos do LM, discutindo princípios de natureza política e militar que explicariam os interesses cinegéticos da nova corte. Ficam de fora de sua análise os aspectos sociomorais. Esses aspectos são discutidos por Márcio Ricardo Coelho Muniz[64], cujo trabalho enfoca as regras de boa conduta explícitas nos capítulos VII e VIII do Primeiro Livro do LM, em que o reicaçador adverte que é preciso conter a paixão, natural num jogo tão prazeroso, e "manter o siso", atributo indispensável aos grandes senhores.

Como se pode notar, há pouco mais de uma década, vem ressurgindo o interesse pelo LM. O aparecimento da cópia de 1626 e o fato de a edição de Esteves Pereira ser rara justificam a preparação de uma nova edição crítica deste que é o mais completo e original tratado cinegético da Idade Média portuguesa.

3. D. João inicia o LM recomendando que deve ser lido na ordem em que foram dispostos capítulos e partes, para que não se perca o sentido que se quis dar ao conjunto:

> E porque em todas as obras que os homées fazem em o escreuer, aquelles que as leem, filham as entenções de muytas guisas, ca segundo os entenderes de cada hum assi filham as entenções, e porque os que este liuro leerem, saibam a ordem, que nos tiuemos em o fazer, rogamoslhes que quando o quize-

---

62. GOMES, op. cit,. pp. 189-204.
63. DIAS, Isabel. *A arte de ser bom cavaleiro*. Lisboa: Estampa, 1997. *Livro da montaria*, pp. 28-35.
64. Recrear o entender, guardar a vontade e manter o siso: aspectos morais no *Livro da montaria*, de D. João I. In: *Atas do III Encontro Internacional de Estudos Medievais*, Rio de Janeiro, 1999. [No prelo]. Texto gentilmente cedido pelo autor.

rem leer a primeira uez, que leam pimeiramente este prologo, e
deshi os capitulos que se seguem na taboa delle, e per alli sabe-
ram a entençom que tiuemos em o escreuer, e primeiramente
seguesse o prologo (p. 5).

Esta advertência inicial e a análise da estrutura do tratado, feita a seguir, evidenciam que não só o livro foi planejado previamente, mas também que visa a objetivos outros além de ensinar todas as etapas da caça ao porco selvagem.

O LM compõe-se de prólogo e três livros ou partes. No Prólogo, o autor reflete sobre a importância da escrita como recurso para preservar o conhecimento humano, apresenta-se, expõe as razões por que se propôs escrever a obra e informa como a estruturou.

O Livro Primeiro possui trinta capítulos, que podem ser subdivididos em duas grandes partes. A primeira, do cap. 1 ao 8, é uma espécie de introdução, em que o autor procura justificar a importância da montaria e definir os parâmetros sociais, políticos e morais de sua prática. A partir do cap. 9 inicia-se a parte técnica propriamente dita: trata da criação e do adestramento dos cães de caça (caps. 9 ao 14); do cap. 15 ao 30, da busca do porco selvagem, sua localização, cerco e corrida.

O Livro Segundo é dirigido especialmente aos escudeiros e aos moços do monte e inicia-se com um capítulo sobre a necessidade de se trajarem adequadamente quando em companhia de seus senhores e também de portarem boas armas. Seguem-se orientações de como conduzir os cães durante a caçada (caps. 2 ao 10) e de como cercar e matar o porco (caps. 11 ao 20).

O Livro Terceiro é endereçado aos senhores. No cap. introdutório, ensina como tratar os monteiros. Nos caps. 2, 3 e 4, fala sobre os trajes adequados à prática da montaria, bem como sobre o cavalo e os utensílios dos cavaleiros. A parte técnica seguinte versa sobre a condução e domínio dos cães, o cerco e a perseguição e, por último, a luta entre o caçador e a fera.

Há evidente articulação entre as partes do tratado. Advém deste fato uma das razões por que não convém a leitura de partes em separado. A outra diz respeito à *entençon* do rei ao compor o LM, que seria, segundo ele, fazer o elogio deste desporto, mostrando suas *prefeiçoões*.

O desejo de resgatar a dignidade de atividade essencialmente nobre leva D. João a estender sua argumentação sobre o enquadramento social, político e moral do desporto pelos oito capítulos iniciais. No primeiro, justifica a existência dos jogos como atividades que visam a guardar o "estado dos reys", que é, segundo ele, reger e defender o reino. Em tempo de paz, as tarefas de governação estendem-se sobremaneira e acabam por "cansar o entender". Por outro lado, a ausência prolongada dos campos de batalha pode levar o guerreiro a "perder o uso das armas". O jogo ideal deve cumprir essas duas funções: "recrear o entender" e "guardar os feitos das armas".

No segundo capítulo, compara a montaria a outros jogos. Cita o xadrez, a távola[65], a péla (bola), as manhas de ligeirices[66], de braçaria[67], a justa, o torneio[68], e os "joguos de solaz e de prazer": "o cantar, tanger e dançar" (p. 12). Enquanto os primeiros, além de passatempo, se prestam ao treinamento do guerreiro, os de "solaz e de prazer" apenas "recreiam o entender". Cada um desses jogos cumpre separadamente um dos dois objetivos e, mesmo os que pretendem "guardar os feitos de armas", só o fazem em parte, pois não requerem todas as habilidades (*manhas do corpo*) necessárias aos "homées darmas".

Do quinto ao oitavo capítulos, o autor reflete sobre os aspectos morais implicados na montaria. Diante da acusação de alguns frades de que "andar a ho monte he vaydade", D. João

---

65. Também designado "tavolado" ou "bafordo", consistia no arremesso da lança (bafordo) contra uma paliçada, com o objetivo de a abater. Cf. MARQUES, A. H. de Oliveira. *A sociedade medieval portuguesa: aspectos da vida quotidiana*. 5. ed. Lisboa: Sá da Costa, 1987, p. 192.

66. Corridas e saltos, com ou sem cavalo. Ibid., p. 193.

67. Habilidade em arremessar lança, dardo (barra) e manobrar a espada. Ibid., pp. 192-3.

68. A rigor, a justa era um combate simulado entre dois cavaleiros armados de espada ou de lança; já o torneio consistia em combate coletivo, em que os contendores eram organizados em grupos. Mas há referência a justas coletivas. Ibid., pp. 191-2.

traça os parâmetros morais da atividade venatória para a nobreza. Segundo ele, a montaria só é pecado quando o monteiro é movido exclusivamente pelo anseio de prazer, pela paixão, quando negligencia as tarefas próprias do seu estado, quer seja rei, cavaleiro, escudeiro ou moço do monte; e não o é, quando praticada com objetivos de melhor preparar-se para o desempenho de suas funções[69].

A partir do nono capítulo, o rei adentra a matéria técnica propriamente dita. Apesar de os capítulos iniciais conterem o cerne das motivações ideológicas do autor, as idéias neles expostas são reiteradas ao longo dos sessenta e dois capítulos restantes. Não basta ao monarca ensinar as regras da arte de montaria, ainda que as obras existentes, na sua opinião, não o façam a contento; ele esforça-se por transmitir os preceitos morais que devem nortear sua prática.

Quando trata da criação e adestramento dos cães de caça, D. João expõe não apenas seu programa pedagógico, como bem notou Mário Martins[70], mas também sua concepção de modelo social. Os melhores sabujos e alãos são filhos de cães e cadelas igualmente bons e *fremosos*, ou seja, de boa linhagem. O nobre e o belo estão associados na mentalidade medieval[71]. Na esco-

---

69. A crítica feita pelo clero à paixão desmesurada de reis, príncipes e grandes senhores pela caça está bastante documentada. Tomem-se como exemplo as palavras de Frei Álvaro Pais, que, ao tratar dos pecados dos maus reis e príncipes, afirma: "ocupam-se demasiadamente em montarias, em caçadas de aves, e em lutas com feras, nos bosques, com muito dano das terras, despesas com seus monteiros, com trabalhos dos lavradores e despesas de cães, expondo seus corpos e almas aos dentes das feras. E, quando deviam ocupar-se no despacho dos negócios do reino, dedicam o tempo à péssima e perigosa ocupação das feras, dando exemplo prejudicial aos seus". *Espelho dos reis*. Est. do texto e trad. de Miguel Pinto de Meneses. Lisboa: Instituto de Alta Cultura, 1955, v. 1, p. 287.

70. MARTINS, Cinopedia..., op. cit., pp. 41-50.

71. A idéia de que o belo é nobre subjaz, por exemplo, à descrição que Fernão Lopes faz de D. Fernando: "Avia bem composto corpo e de razoada altura, fremoso em parecer e muito vistoso; tal que estando açerca de muitos homeens, posto que conhecido nom fosse, logo o julgariam por Rei dos outros". LOPES, op. cit., p. 3. Para o homem medieval, a beleza física, a luz e a cor estavam associados como valores estéticos supremos. Segundo Le Goff, "Beleza é luz, tranqüiliza e é sinal de nobreza." LE GOFF, Jacques. *A civilização do Ocidente medieval*. Trad. de Manuel Ruas. 2. ed. Lisboa: Estampa, 1995, p. 101.

lha dos cãezinhos novos, prevalecem também os critérios de aparência: consideram-se as cores, o talho dos corpos, os sinais. É possível fazer uma analogia entre alãos e sabujos e senhores e monteiros. O Mestre de Avis qualifica os alãos como a mais nobre casta de cães. A eles cabe também a tarefa mais relevante no processo da caçada: pegar o porco. Os sabujos, como os monteiros, têm a função de localizar a caça; aos alãos e senhores cabe a tarefa de justar com a fera. Por serem cães nobres, deveriam ser ensinados de acordo com o modelo de educação dos jovens fidalgos, isto é, sem castigos físicos:

> e esto nom seia em nenhũa guisa per força, senom per seus talantes (...) e porque todallas cousas se querem castigar segundo sua natureza, assi como em hum filho de hum grande que fosse de grande linhagem, nom compria que fosse castigado como castigam o filho de hum azamel, assi nom deuem castigar hum alaão como hum podengo de mostra, que nunca se castiga senom per couces, e pancadas, e esto nom cumpre fazer aos alaãos (p. 43).

O monarca referenda seu conselho didático com o Conde Lucanor: "Ca falando o conde Lucanor do castigo dos moços fidalgos, pos em seu exemplo, e disse, nom castigues moço mal tragendo, mas dilhe com que uaa prazendo" (p. 43)[72].

Ao iniciar os ensinamentos referentes à caçada propriamente dita, D. João retoma e aprofunda idéias expostas no prólogo sobre a importância do conhecimento e da escrita como meio eficiente de preservar o saber, virtude primordial do homem. Os livros, por sua vez, tanto se prestam para ensinar aos que não sabem, como para ajudar os que sabem a reter o co-

---

72. Na biblioteca de D. Duarte havia um exemplar do tratado de educação dos nobres, escrito por Don Juan Manuel, sobrinho de Afonso X, concluído em 1335. O tratado compõe-se de cinco partes: a primeira, a que D. João I se refere, reúne cinqüenta e um contos de procedência diversa; as três seguintes são coletâneas de provérbios, e a última um tratado teológico. Cf. JUAN MANUEL (Don). *El conde Lucanor*. Vers. moderna e intr. de Amancio Bolaño e Isla. 13. ed. Mexico: Porrua, 1988, pp. xi-v.

nhecimento. Sendo esta a principal virtude do homem que quer ser *bõo*, o monteiro que deseja sê-lo em seu ofício e ganhar *prez* e "bõa nomeada" (fama, boa reputação) deve esforçar-se para obtê-la.

Desse modo, o monarca justifica a importância da elaboração do seu tratado de caça, pois

> o saber he em algũas cousas muy longo, e a memoria nom poderia reteer que o podesse mais perfeito e tostemente achar sem escriptura per ella, por tanto queremos aqui poer em este liuro, ca teemos que todollos monteiros ainda que saybam aprazar, nom o saberam perfeitamente (p. 57).[73]

O *aprazar* é uma arte complicada, que exige experiência, capacidade de observação, sentidos alertas. Há muito o que ensinar: como identificar o rastro do porco; como saber a que horas ele passou, com base nas "fresquidões das terras, e das heruas", "no britamento dos paães" e outros sinais semelhantes; quais os hábitos e comportamento dos porcos; como assinalar seu trajeto para guiar os caçadores que vão levantá-los. Depois, é preciso saber como cercar o animal que se deseja caçar, como distribuir vozarias e armadas, e as formas de levantá-lo. E há também muitas dificuldades em ensinar essa matéria, pois trata-se de saber empírico, de percepção sensorial. Como descrever *fresquidões* da terra, umidade ou secura dos ares, torvamento de águas? O rei reza ao Espírito Santo, para que o ajude na tarefa de explicar, por escrito, como é a tal *fresquidom* deixada na terra pela unha do porco. Ou, diante da dificuldade em descrever o talho do rastro do porco, apela para a representação por meio de desenho. Esta também é a solução para demonstrar como se faz o cerco ao animal[74].

---

73. Reconhece-se aqui o *topos* da necessidade de compartilhar o saber, um dos mais apreciados por D. João I. Curtius ressalta que este *topos* foi largamente utilizado na Idade Média. CURTIUS, Ernst Robert. *Literatura européia e Idade Média latina*. Trad. de Paulo Rónai e Teodoro Cabral. São Paulo: Edusp, Hucitec, 1996, p. 131.

74. O recurso aos desenhos é largamente usado na literatura cinegética medieval. Tome-se como exemplo o *Livro d'alveitaria*, do Mestre Giraldo, Primeira

Quanto aos moços do monte, isto é, aos auxiliares dos monteiros, aos coadjuvantes da grande arte, são indispensáveis no cerco do porco, na condução dos cães e na luta com a fera. Sua condição de aprendizes e o fato de estarem quase sempre a pé tornam-nos mais vulneráveis a sofrer feridas, algumas vezes fatais, donde a importância de conhecer bem seu ofício. As excursões ao monte, acompanhando os senhores que "filham prazer", são oportunidades de prestar bons serviços e de granjear estima. Se demonstrarem habilidade com as armas e "proeza", os moços poderão ser promovidos a escudeiros. Antes de mais nada, devem cuidar da aparência, "trageremse limpos, tambem nos trajos" (p. 127). Devem aproveitar a rara oportunidade de convívio com os *bôos* e buscar sua companhia a fim de aprender com eles as boas maneiras.

O Livro Terceiro está endereçado aos senhores e pretende ensiná-los não só a serem bons monteiros, isto é, a dominar o saber técnico referente à caçada, mas também a governá-la bem. Além de trazer seus servidores "regrados a sua vontade", os senhores devem tratá-los bem e recompensá-los de modo justo, como reza o código das relações feudais, para que estes se sintam contentes em acompanhá-los nas caçadas.

D. João ainda chama a atenção dos senhores para suas responsabilidades para com o povo. Quando caçam, seja rei, príncipe ou outro grande senhor, não devem causar danos aos moradores das terras por onde passam. A autoridade não justifica abuso de poder. Também alerta-os para a necessidade de contenção, de controle da paixão pelas caçadas. Não fica bem para a "honra e fazenda" de um grande senhor ir seguidamente ao monte, em qualquer época, pois "onde há infinda estremidade, toda he mal" (p. 180).

O segundo capítulo desta terceira parte versa sobre os trajes dos monteiros. Além das reiteradas recomendações para ves-

---

parte, cap. XI, onde são representados diversos tipos de freios. Op. cit., p. 13; ou ainda o *El libro de las aves de caça*, de Lopez de Ayala, capítulos XI, XXIII, dentre outros, em que são desenhados ferros próprios para tratar doenças dos falcões. Op. cit., pp. 65, 98.

tir-se de acordo com sua condição social, usar roupas bem-feitas e limpas, o rei chama a atenção para a necessidade de adequação da roupa à "praça", ou seja, ao local que se vai freqüentar. Não cabem no monte trajes de seda, roupas excessivamente largas ou compridas, que dificultam os movimentos, tampouco sapatos ou calças soladas (com pés e solas subjacentes[75]), indumentárias próprias dos salões. Para além da questão da adequação da roupa ao desporto e à classe social do desportista, este capítulo informa sobre o valor simbólico do traje na sociedade medieval[76]. O monteiro deve usar roupas confeccionadas em "panos de lãa", adequados ao "estado daquelle que os trouxer". E esclarece: um tecido pardo fica bem para um pobre escudeiro, porém ao rei ou grande senhor convém usar traje de *escarlata* (p. 182)[77]. É possível, ainda, inferir dados sobre a moda da época, como o uso de mangas largas e compridas ou as mangas "de luiva", isto é, apertadas ao braço.

Apesar de ser obra técnica e de empregar numerosos termos próprios do jargão dos caçadores, o LM é acessível inclusive ao leigo, pois é didático. O cuidado pedagógico do autor traduz-se na linguagem clara e fluente, na estrutura meticulosamente planejada, no cuidado em guiar o leitor, em situá-lo no assunto, rememorar o que foi ensinado antes, esclarecer o que pode parecer obscuro ou dúbio. A análise da estrutura e do estilo do LM revela que D. João possuía razoáveis conhecimentos de retórica.

---

75. MARQUES, *A sociedade...*, op. cit., p. 36.
76. Le Goff afirma sobre o significado social do vestuário na Idade Média: "O vestuário designa todas as categorias sociais, é um verdadeiro uniforme. Levar vestuário de uma condição diferente da sua é cometer o pecado capital da ambição ou da degradação." LE GOFF, op. cit., p. 123. Sobre o traje na Idade Média, consultar também: MARQUES, *A sociedade...*, op. cit., pp. 23-62; PALLA, Maria José. *Do essencial e do supérfluo; estudo lexical do traje e adornos em Gil Vicente*. Lisboa: Estampa, 1992.
77. Oliveira Marques informa que a *escarlata* era um tecido caro, em tons próximos do vermelho, importado da Inglaterra ou de Flandres. A Pragmática de 1340 reservava seu uso ao rei e aos membros da família real. *A sociedade...*, op. cit., p. 58.

Por pretender ser completo, o LM resulta em obra exaustiva. Um dos recursos mais utilizados é a *repetitio*. O autor reitera as informações ou idéias que considera importantes. Trata-se de recurso consciente, usado com propósito definido. Tome-se como exemplo uma destas repetições:

> Nos uos dissemos que compria muyto aos homẽes darmas auerem bõo folego, e depois disto serem ligeiros e auerem braçaria, e depois ferir bem de todallas armas, que se de sobremão ferem, e ainda mais saberem ferir de justa, e com todo isto que lhes compria de serem bem auisados, e caualgar bem, e que lhes compria auer bõa força (p. 18).

A retomada, no início do cap. 4 do Livro Primeiro, do que foi dito no capítulo II justifica-se por se tratar das habilidades indispensáveis ao homem de guerra. A reiteração de uma idéia ou informação ajuda a fixação na memória. Não se perca de vista que, na época, ainda era comum a leitura em voz alta para um auditório. O estilo de outras obras contemporâneas denuncia esta prática, ao utilizar expressões próprias da oralidade[78]. O fato de o monarca dirigir-se não somente aos reis e senhores mas também aos escudeiros e moços do monte sugere que o LM foi escrito para ser lido em reuniões de monteiros, de diferentes níveis sociais. Escudeiros e moços do monte dificilmente poderiam ter acesso a uma obra escrita sem intermediação de terceiros.

Por ser obra longa, as repetições têm ainda a função de concatenar capítulos e partes: "Pois que dissemos em como os rreys, e os senhores, e tambem os escudeiros, e os moços do monte poderiam cahir em erro de bem fazer em serem monteiros" (p. 32), bem como retomar assunto tratado anteriormente, a ser

---

[78]. Fernão Lopes escreve: "Assi que amte despemderiamos lomgo tempo em *leer e ouvir* suas proveitosas obras, que breve espaço seermos ocupado em nas rrecomtar e poer em hordenamça". *Crónica de D. João I*. Porto: Civilização, 1989, v. 1, p. 64 (grifos nossos). Na crónica de D. Fernando, o mesmo cronista diz: "nom se agravem *vossas orelhas douvir* em breve recomtamento algum pouco de seus geitos e manhas". Op. cit., p. 265 (grifos nossos).

aprofundado ou a servir de base para nova informação: "Dito nos auemos no capitulo xiiij da primeira parte, em qual guisa deuiam os moços que tragiam os caães de correr, e em que maneyra deuiam ensinar os caães nouos de correr" (p. 129).

A preocupação com a clareza é uma constante no LM. D. João tem consciência das limitações da escrita para expressar todas as nuanças do que pretende representar. Há aspectos como cheiros, sons, impressões táteis, texturas, movimentos, que só os sentidos podem captar:

> este conhecer de que horas he [o rastro], he muy maao em no homem poder dar a conhecer em escritura (...) nos rastros nom pode nenhum monteiro poer por escrito as fresquidoões, nem as sequidoões que fazem sobre a terra, e na herua, e nos paus que quebra, quando [o porco] passa por encima delles (p. 63).

Apesar das alegadas limitações estilísticas, e da própria aridez do assunto, o autor consegue criar trechos de grande expressividade. São comparações muitas vezes hiperbólicas, que traduzem o entusiasmo do caçador apaixonado:

> ja quando o usso sahe por algũa armada, entom he tam fremosa cousa de ueer que aquelles homẽes que o ueem nom podem seer tam pouco monteiros que nom seiam em tal folgança, que todallas cousas que ouuessem de fazer, que lhe nom esquecessem, ca em dizer uerdade esta uista he tam saborosa em ueer, que comparada he com a uista da gloria de Deus (p. 16).

Consciente da afirmação quase herética, o monarca procura justificá-la para que não a tomem por mal, pois não passa de uma comparação semelhante às que fizeram os Santos Padres, que aproximavam coisas grandes com pequenas e vice-versa.

O entusiasmo do autor pelo assunto possibilita a criação de trechos de extremo realismo, como esse em que reproduz os gritos dos moços instigando os cães:

> e a cousa he esta, que em cada hum dia a muytos acontece, quando assi andam, que se se lhe aleuanta algum ceruo, ou outra algũa ueaçom, e pollo monte que he alto, elles [os moços] nom o

ueem, senom ouuem a arrancada, e quando a assi ouuem, cuydam que he o porco que se aleuanta, e bradam todos, eylo uay, eylo uay: e quando os caães que a estas uozes som usados, de os poerem, e correrem com o porco, logo correm pera aquelle lugar (p. 134).

O didatismo reflete-se ainda na constante preocupação com o significado, com a exatidão do que se quer transmitir. Nenhuma noção pode ficar obscura ou ambígua. Por isto o autor recorre a definições de sentidos: diferença entre "entender" e "entendimento":

> e esta uirtude que assi julga todas as cousas pollos sentidos, ou por o coraçom chamada *entender*, que assi como elle conhece pollo ueer, assi conhece pollo ouuir: ca como o ouuir ouue aquella cousa que ouue, logo o entender assi mesmo julga como faz no ueer, e assi pollos outros sentidos: e quando estas cousas assi som representadas ao entender, elle qual he assi escolhe aquella cousa, ca se he bõo, escolhe o melhor, e se maao he, escolhe o peor: e com este escolhimento representa a outra uirtude, a que dizem uontade, e se se acorda com aquillo que o entender bõo acorda, entom lhe dizem *bõo entendimento*, porque se ajunta a esta palaura, de duas uirtudes, de entender e de uontade, a que dizem mente, tomando estas duas palauras, entender e mente, uem a fazer aquella concordia daquellas uirtudes, e chamamlhe *entendimento* (p. 10. Grifos nossos).

Ou entre "proeza" e "ardimento":

> *ardimento* chamam a qualquer homem, que com sanha mouida de coraçom, por uingar seu despeito, sem nenhũa ordem de rezom, em que he conhecer aquello que faz, se lhe uem a perigo do corpo, ou de honrra, ou de fama, ou de outra qualquer cousa, que de perigo lhe possa uiir, senom tam somente acabar aquella cousa, que lhe a sanha daa, que quer que acabe, a este tal chamam *ardimento*: ca *proeza* he aquelles que se poem em grandes feitos, e quando em elles som, som muy auisados daquello que am de fazer, tambem em nas palauras, como em no trager do corpo, e a tambem des que no feito som, ferirem nos lugares que entenderem que sera sua auentagem, per que mais aginha trage-

ram a fim aquella cousa que tem começada, e mais a sua honrra (pp. 165-6. Grifos nossos).

Outro recurso retórico empregado são os exemplos, que ilustram as teorias apresentadas:

> hum rrey entra em hũa batalha escontra outro rrey: e os caualleiros que som de hũa parte, e da outra, nom am sanha huns dos outros, segundo a sanha pode seer estimada per como se deue de auer: e quando aquelle, que em tal lugar entra, faz aquella cousa bem, que a de fazer, a este dizem que o faz com proeza (p. 166).

Ou as enumerações, como no cap. 19 do Livro Primeiro, em que D. João discorre sobre as dificuldades de determinar, através dos rastros, o roteiro dos porcos:

> *Primeiramente* acontece que algum porco uay cear, e uay per algum caminho, que seia carreyro, ou outro lugar qualquer, e per alli per hu foy, per alli tornou (...) *A segunda* he esta, muytas uezes acerta que hum porco see em hum monte, e em ceando entrou, e sahio daquele monte por uezes, e todallas idas com as uindas cheira o sabuio (...) *A terceira* daquellas que os porcos algũas uezes fazem por este auiamento, he esta: quando acontece que hum porco see em um monte, e sahio delle aa cea, e tornou aaquelle monte, e entrou daquella parte per que sahira aa cea (p. 80. Grifos nossos).

Além do *topos* exordial da necessidade de transmissão do conhecimento, presente no prólogo do LM e reiterado noutras passagens, o autor recorre várias vezes ao *topos* da falsa modéstia. Tome-se como exemplo o cap. 17 do Livro Primeiro, onde ressalta as imperfeições de sua obra, se comparada à de Deus: "pero nos nom podemos dizer de nos assi como disse Moyses de nosso senhor Deus, que diz que uio que todallas obras, que fizera, que eram bem feitas" (p. 69)[79]. Ou ainda

---

79. Gn 1,10; 12; 18; 25.

quando se diz parvo por não saber explicar adequadamente como se pode conhecer a hora em que o porco passou:

> E nos esto dizemos em esto que queremos escreuer, ca tanto nos he forte, que a memória e a imaginatiua nos teme, e a maão nos enfraquece com temor de nom podermos poer por escrito, per que guisa se possa entender, em tal guisa que traga fruto de ensino aos que quiserem daprender: e porem dizemos que melhor nos seria de calar, ca em esto falarmos: mais que assi seia, moue a piedade daquelles que querem daprender, e força-nos o amor que a este joguo auemos (p. 64).

4. Ao justificar a composição do seu tratado, D. João afirma que, na sua opinião, os autores de livros de montaria não lograram mostrar a excelência deste jogo, nem conseguiram ensinar plenamente a arte aos que desejam ser bons monteiros. No cap. 10 do Livro Terceiro, novamente evidencia conhecer outras obras do gênero, quando diz "que hũa das grandes meestrias, que em todo liuro da montaria a, he em fazer bem as corrudas" (p. 201). Entretanto, não cita nenhuma obra em particular; ao longo do livro, há apenas mais duas referências genéricas a tratados cinegéticos: uma no Prólogo, quando lamenta que os autores tenham preferido assuntos menos proveitosos como falcoaria e alveitaria em detrimento da montaria; outra no segundo capítulo do Livro Terceiro, quando recomenda aos monteiros que evitem ir à caça em cavalos de "maaos sinaaes (...) que no livro de alueytaria som reprouados" (p. 184)[80].

O princípio da *auctoritas* não está ausente do LM. D. João recorre a vários modelos para referendar os princípios morais, éticos e políticos que norteiam sua obra. Fato incomum nesse gênero literário, a *Bíblia* é a principal fonte citada, seguida dos Santos Padres e dos Doutores da Igreja. As citações bíblicas são diretas ou através das glosas e evidenciam familiaridade do

---

80. Esta referência não parece remeter ao *Livro de alveitaria*, de Mestre Giraldo, onde há um capítulo (XVII da Primeira parte) sobre como conhecer o cavalo com base na aparência física, pois aí são enumeradas apenas as qualidades físicas positivas. Cf. PEREIRA, op. cit., pp. 16-7.

autor com os textos sagrados, o que corrobora a informação de Fernão Lopes, na *Crónica de D. João I*, de que este monarca mandou traduzir alguns textos bíblicos, como *Evangelhos*, *Atos dos Apóstolos*, epístolas de São Paulo e "outros espirituaes livros dos Santos", com o objetivo de "que aqueles que os ouvisem ffosẽ maees devotos açerqua da lley de Deus"[81]. Sabe-se por Fernão Lopes e por D. Duarte que D. João traduziu ainda um livro das "Horas de Santa Maria"[82].

A passagem bíblica pode ser tomada como fonte inconteste de conhecimento. É o que ocorre no cap. 9 do Livro Primeiro, em que o autor instrui os monteiros para que jamais permitam que outro cão, diferente do escolhido, esteja próximo da cadela na hora do cruzamento, pois os cãezinhos podem nascer parecidos com o animal não-selecionado. O rei fundamenta essa teoria no artifício usado por Jacó para enganar Labão. Segundo a narrativa bíblica, Jacó lançava pedaços de madeira na água onde as ovelhas bebiam, para que elas tivessem cordeiros malhados[83]. O Mestre de Avis ressalta o valor dessa autoridade: "E pois que nos temos tam bõa authoridade, como esta, non a deuem a teer os monteiros em pouco" (p. 33).

Como exemplo de outras citações bíblicas diretas tem-se, logo no Prólogo, mais uma passagem do *Gênesis*. Aí o autor procura justificar a importância da transmissão do saber humano, lembrando que ele advém de Deus, que criou o homem à Sua imagem e semelhança (*semelhidon*), razão por que ele é *razoauil* e *sabedor* (p. 7)[84]. Portanto, é meritório preservar o saber, e o meio adequado é pôr por escrito o conhecimento adquirido ao longo das gerações. O rei cita diretamente ainda o *Livro de Jó* e o *Evangelho de São João*[85], a propósito dos perigos de feridas e de morte a que estão sujeitos os moços do mon-

---

81. Op. cit., v. 2, p. 2.
82. "Elle tornou em seu louvor [da Virgem] as suas devotas oras em linguaje)". LOPES, *Crónica de D. João...*, op. cit., v. 2, p. 2. Cf. também DUARTE, *Leal...*, op. cit., p. 111.
83. Gn 30,37-43.
84. Gn 1,26-27.
85. Jó 2,2-5; Jo 25,13.

te (p. 127), e o profeta Jeremias: "E porem dizemos com o propheta Jeremias, que dezia, aa, aa Senhor Deus, que paruo som eu, e nom sey o que diga" (p. 64)[86], para justificar a dificuldade do autor em "poer por escrito" a matéria a ser ensinada. A seguir, o monarca invoca a ajuda do "Spiritu Santo", com palavras que lembram os *Atos dos Apóstolos*[87]. No *Livro da Sabedoria*, busca a sentença "mais ual auenturar, ca em certo perder" com o objetivo de referendar o conselho dado aos escudeiros para que tragam seus alãos soltos durante a busca, a fim de não cansá-los (p. 189).

Além das citações explícitas e de trechos em que se reconhecem passagens bíblicas incorporadas ao discurso do autor, há as referências indiretas. O Profeta Isaías é invocado através de glosas para fundamentar a noção de que o rei representa todo o reino (p. 181). Outra fonte importante de conhecimento indireto da *Bíblia* utilizada pelo monarca é a *General estória*, de Afonso X[88]. O Mestre de Avis encontrou nessa obra a lenda árabe que fala da tristeza de Adão, que, após ser expulso do Paraíso, apesar de trabalhar arduamente, não conseguia obter da terra os frutos desejados[89]. Segundo ele, a frustração do monteiro que não consegue encontrar o porco aprazado assemelha-se ao infortúnio de Adão (p. 104).

---

86. Jr 1,6.
87. D. João refere-se à descida do Espírito Santo quando os apóstolos de Cristo estavam reunidos em Jerusalém para celebrar a festa de Pentecostes. Depois de receber o Espírito Santo sob a forma de línguas de fogo, os apóstolos começaram a falar diferentes línguas e puseram-se a pregar para pessoas de todas as nacionalidades. At 2,1-12.
88. Afonso X pretendeu fazer uma história do mundo e, para tanto, juntou a Bíblia, obras dos Santos Padres, historiadores e poetas latinos, compêndios medievais dos poemas de Homero, autores franceses, árabes e peninsulares. No século XIV, a *General estoria* foi traduzida para o galego e para o português. Da tradução portuguesa, mandada fazer por D. João I, restam apenas fragmentos. Cf. LORENZO, R. Geral estoria. In: LANCIANI, TAVANI, op. cit., pp. 291-3; a respeito da tradução portuguesa, ver CINTRA, Luís F. Lindley. Sobre uma tradução portuguesa da General Estoria de Afonso X. *Boletim de Filologia*, t. 12, Lisboa, 1951, pp. 184-91. É provável que o título "Historia Geral" na lista da biblioteca de D. Duarte corresponda à tradução portuguesa da obra de Afonso X.
89. AFONSO X, apud. MARTINS, *A espiritualidade...*, op. cit., p. 117.

Dentre as referências a autores religiosos tem-se São Bernardo, em breve citação no Prólogo, Santo Agostinho, em trecho de maior fôlego (pp. 55-6), e o Pseudo-Agostinho (*Solilóquio*), em duas passagens (pp. 25 e 56). D. João parafraseia um dos mais célebres capítulos das *Confissões*, em que o Bispo de Hipona discorre sobre o conhecimento de Deus[90], com o objetivo de ressaltar a importância do *conhecer* como virtude primordial do homem, extensiva não só às coisas espirituais, mas também às corporais e mundanas: "ca ao homem compre primeiramente depois do conhecimento do seu Deus, conhecer a si mesmo (...) Des hi conhecer todo bem que lhe he feito, ora seia de seruidor a senhor, ou de senhor a seruidor" (p. 56), "he de força que os monteiros ajam em si bõo conhecer" (p. 57).

A lista dada aqui não é exaustiva. Embora as menções à *Bíblia* sejam comuns nos textos medievais, inclusive em tratados técnicos, no LM, para além de se constituírem recursos retóricos, emprestam à obra um caráter doutrinal, que contrabalança com os trechos em que se percebe o entusiasmo do caçador apaixonado. D. João busca nessas obras religiosas o fundamento moral e ético da prática desportiva, pois objetiva, com seu tratado de caça, cristianizar uma prática que vem do fundo dos tempos, tem origem pagã.

O componente mítico, no entanto, não foi descurado pelo autor. Ao lembrar a caçada do porco de Cálidon, morto pelo infante Meléagro com a ajuda de Atalante[91], D. João visa a fundamentar a idéia de que, desde a origem, a caça é atividade própria de reis.

---

90. AGOSTINHO (Santo). *Confissões*. Trad. de J. Oliveira Santos e A. Ambrósio de Pina. São Paulo: Nova Cultural, 1999. Livro X, cap. 6: Quem é Deus?, pp. 263-6.

91. O javali de Cálidon foi enviado por Ártemis para devastar o reino de Eneu, como castigo por ele ter esquecido de fazer oferenda à deusa. Muitos heróis participaram da caçada à terrível fera, mas foi Atalante que o feriu primeiro, cabendo a Meléagro, filho de Eneu, liquidar o animal já enfraquecido. Apaixonado pela heroína, Meléagro cedeu-lhe as honras da caçada: a pele do javali. Sobre o mito, consultar BRANDÃO, Junito de Souza. *Dicionário mítico etimológico da mitologia grega*. 3. ed. Petrópolis: Vozes, 1997, v. 1, p. 133. A referência ao javali de Cálidon no LM encontra-se na p. 22.

Outro mito citado é a narrativa da desgraça de Actéon, transformado em cervo por Ártemis e comido por seus cães[92]. Aqui o Mestre de Avis toma a narrativa pagã como exemplo para exortar os monteiros a não se deixarem conduzir pela paixão a ponto de perder sua dignidade humana e se igualar à fera que buscam combater. A hipótese de Maria Helena Ureña Prieto de que as referências mitológicas do LM são oriundas do *Cinegético*, de Xenofonte, sem a intermediação de Ovídio não se sustenta[93], pelo menos no que diz respeito ao mito de Actéon, pois o rei cita explicitamente a interpretação alegórica de outro autor:

> porque uenham a seer taaes como o iffante Anteom, que por andar ao monte, diz o Ouuidio na sua storia, que se tornou ceruo, e que o comerom os seus cãaes: *esto disse o author, que non disse Ouuidio*, que se tornara ceruo, como os outros que o som de sua natureza propria: mas que se tornou ceruo per as condiçoões, que tomou por andar ao monte sem discreçom (...) e diz que o comerom os seus cãaes: e o comer que assi o comerom, foi que despendeo quanto auia, que lhe ficara de seu padre; e porque o despendeo com os cãaes andando assi ao monte, nom parando mentes, como non era senom joguo, e em cousa de joguo o foi assi despender, auendoo Ouuidio por mal, *e por esto lhe disse que o comerom os seus caães* (p. 30. Grifos nossos).

A fonte dessa citação é o *Ovídio moralizado*, provavelmente, através da *General estoria*[94].

---

92. A versão mais difundida da causa da morte de Actéon é a de que ele, durante uma caçada, flagrou Ártemis banhando-se numa fonte. Enfurecida, ela o transformou em cervo e incitou os cães do herói, que o perseguiram e o devoraram. BRANDÃO, op. cit., p. 22. Cf. também: OVIDIO. *Metamorfosis*. Trad. e notas de Ely Leonetti Jungl. Madrid: Espasa Calpe, 1998. Libro Tercero, pp. 142-6.

93. "embora Ovídio refira estes heróis mitológicos, parece evidente, pela repetida menção que deles se faz nos livros de caça, que a fonte é Xenofonte e não Ovídio". PRIETO, op. cit., p. 90.

94. Poema francês de fins do séc. XIII ou início do XIV, *Ovide moralisé* faz interpretação alegórica dos mitos pagãos das *Metamorfoses*, de Ovídio. A obra francesa foi aproveitada por Afonso X e seus auxiliares na elaboração da *General estoria*, conforme consta António G. Solalide na introdução de sua edição da

O Mestre de Avis demonstra conhecer outros autores clássicos além de Ovídio. Ele menciona o *De anima*, de Aristóteles, ao discorrer sobre a importância de o monteiro conhecer bem seu ofício[95]. Júlio César é citado em três passagens: na primeira, como personagem da "caronica rromãa", na segunda, como autor e, por último, sem determinar a obra aludida[96].

Numa extensa digressão, no cap. 18 do Livro Primeiro, onde D. João discute as condições de tempo que podem impedir o monteiro de determinar, pelo rastro, quando passou o porco, demonstra possuir conhecimentos de astrologia e astronomia[97]. Cita um número considerável de autores e obras referentes ao assunto: o astrólogo Joam Gil e seu "grande liuro"; o "Almagesto", de "Tolomeu" (Ptolomeu); o "liuro das deferenças e dos

---

obra do rei Sábio: "No dejaron los auxiliares de Alfonso de aprovechar textos romances para la parte histórica e mitológica; entre los franceses hallamos el *Roman de Troie*, el *Roman de Thêbes* y el *Ovide moralisé*". ALFONSO X, apud MARTINS, A racionalização..., op. cit., p. 120. O mito de Actéon encontra-se nas pp. 148-54 da edição de Solalinde. Ibid., p. 130.

95. "e assi bem parece que este conhecer nom esta em o corpo, nem nos sentidos, mais que esta na força da alma, e elle per si se entende sem ajuda de outro nenhum: *ca assi o disse Aristoteles no liuro terceiro da alma*, que o conhecer humanal conhecendo e auendo noticia das cousas per elle conhecidas, se retornaua sobre si conhecendo de si meesmo as cousas per si meesmo conhecidas" (pp. 57. Grifos nossos).

96. "Por a qual rezom deue a todo o homem ser notada hua palaura que he dita na caronica rromãa, que disse hum sabedor sobre um feito que sucedeo a Julio Cesar com Petreo e Freneeo" (p. 12), "Dito he no liuro de Julio Cesar hũa grande authoridade, que diz todo princepe ou senhor, que algũa terra deua de reger, que nunca bem a pode reger, se nom for temido e amado" (p. 179), "em como quer que sobre semelhantes cousas auemos hum fermoso dito do Crispo Acurio, quando falaua a Julio Cesar, que lhe perguntaua pollas puridades do rio Nilo" (p. 199). Na biblioteca de D. Duarte havia uma obra com o título "Julio Cesar". Há também a tradução portuguesa quatrocentista da compilação francesa do séc. XIII, *Li Fet des Romains*, cujo título é *Vida e feitos de Júlio César*, editada por Maria Helena Mira Mateus. Lisboa: Fundação Calouste Gulbenkian, 1970.

97. "durante toda a Idade Média, os termos *astronomia* e *astrologia* eram empregados indiferentemente para designar a mesma disciplina, que incluía o que entendemos atualmente tanto por astrologia, como por astronomia." FRIAÇA, Amâncio. A unidade do saber nos céus da astronomia medieval. In: MONGELLI, Lênia Márcia (Org.). *Trivium e Quadrivium: as artes liberais na Idade Média*. São Paulo: Íbis, 1999, pp. 295-6.

juízos", de Albamazar; o "liuro dos juízos", de "Ali abem Ragel; o "author da sphera" e o da "theorica das pranetas" (p. 74). Na lista de livros pertencentes a D. Duarte, há referência a dois títulos de livros de astrologia: "Livro d'estrologia, encadernado e cuberto de couro branco", "Livro d'astrologia, encadernado e cuberto de couro preto". É provável que ao menos um deles seja o "grande liuro" do astrólogo Joam Gil, várias vezes citado.

Luciano Pereira da Silva identifica Joam Gil como João Gil de Castiello, sábio a serviço do rei aragonês Pedro, o Cerimonioso (séc. XIII), autor de traduções, de um livro de *Ordenações da casa real* e de outro de astrologia[98]. O "author da sphera" pode ser identificado como João de Sacrobosco, que compôs no século XIII um tratado intitulado *De sphaera*; já o autor da "theorica das pranetas" deve ser Gerardo de Cremona, que redigiu no século XII a *Theorica planetarum*. Albumazar (séc. IX) é o autor de *Introductorium in astronomiam* e de *De magnis conjunctionibus*. A obra de Ali Aben Ragel foi traduzida do árabe para o castelhano no século XIII, por iniciativa de Alfonso X, com o título de *El libro complido de los judicios de las estrellas*, do qual havia uma cópia em Portugal[99].

D. João também conhecia um pouco de medicina[100], constantemente citada, quer para aplicar seus conhecimentos à montaria, quer para comparar os métodos das duas artes, ambas fundamentadas na observação e na experiência.

A imagem de amante das letras, que D. Duarte e Fernão Lopes procuram oferecer de D. João, não parece de todo exagerada. Há no LM uma quantidade razoável de referências a autores e obras de várias áreas do conhecimento, o que possi-

---

98. Op. cit., pp. 2-3. Maria Helena Ureña Prieto diz que se trata de um português, sem contudo apresentar qualquer dado que comprove sua afirmação. Op. cit., p. 87.

99. SILVA, op. cit., pp. 2-3.

100. Na biblioteca de D. Duarte havia um volume de "Livros Davicena", um "Viatico" e o "Livro da Lepra, encadernado em pergaminho". DUARTE, *Livro dos conselhos...*, op. cit., pp. 206-8.

bilita a conclusão de que o rei conhecia o conteúdo de muitos dos livros das bibliotecas dos príncipes de Avis.

No que diz respeito à matéria técnica, o LM fundamenta-se na experiência. No esforço de explicar tal fato, surgem as mais variadas teorias. Sílvio Lima diz que o livro traduz o espírito do desporto e, por isto, transmite um saber empírico, vagamente experimentalista, "germe dum possível e fecundo experimentalismo crítico"[101]. Mário Martins lembra que ao lado dos místicos e dos filósofos distanciados da realidade concreta havia, na Idade Média, "os homens de acção e os que viviam em contacto com a natureza"[102], que raramente escreviam sobre o cotidiano, o mundo natural. Os tratados de caça são fruto da experiência destes homens[103].

O saber técnico ensinado pelo LM tem como base a observação. Os capítulos que tratam da busca são exemplares de como é possível interpretar os sinais. Infere-se o tamanho do animal pela largura das passadas, seu sexo, pelas características da "foçadura", isto é, da marca deixada no solo pelo focinho do porco. Sabe-se a hora em que passou, por indícios como a umidade dos rastros, a marca de orvalho nas ervas, a água revolvida.

Esse saber técnico advém da observação feita por outros monteiros: "pero nos nom uimos em todo aquello que queremos escreuer, senom pollos ditos de algũus bõos monteiros que em isto usarom" (p. 160). Ou do próprio autor: "algũas uezes uimos acontecer" (p. 222), "ca nos uimos acontecer a algũus monteiros, e a nos meesmo aconteceo" (p. 223), ou ainda "a nos aconteceo de o fazermos, e quem o prouar achara que he uerdade" (p. 227). Também a confirmação do saber depende da experimentação: "se algum duuidar de esto seer assi,

---

101. LIMA, op. cit., p. 137.
102. MARTINS, Experiência..., op. cit., p. 94.
103. Neste aspecto, a obra de D. João I está em consonância com os tratados cinegéticos do século XIV. Tucoo-Chala, enumerando as características que fazem do *Livre de chasse*, de Gaston Fébus, um manual pedagógico, destaca o fato de seu autor ter posto em sua obra a experiência pessoal. Op. cit., p. 19.

proueo, e o prouar lhe tragera a esperiencia, e sabera que esto he uerdade" (p. 225). Como ressalta Sílvio Lima, o jogador experimenta "a validade pragmática das regras cinegéticas no próprio terreno onde se realiza o jogo"[104].

O monarca insiste em registrar as mais diversas opiniões, mesmo discordantes, em reunir o maior número de experiências possível sobre um mesmo assunto, o que dá ao LM um caráter de "suma". Mas deixa-o em aberto para os leitores que tiverem algo a acrescentar, que o façam: "E porem rogamos a todollos monteiros que agora som, e aos que depois uierem, que em esto melhor souberem, que glossem sobre ello" (p. 69).

A montaria exercita e desenvolve uma série de habilidades indispensáveis ao guerreiro. Estas habilidades lhe são dadas "por natureza", "segundo Deus lhe daa a graça", ou pelo uso. Como o monarca adverte, mesmo aqueles que as possuam por natureza, precisam exercitá-las para que não se percam. Por outro lado, também é possível desenvolvê-las por meio de treino constante.

A educação do nobre surge como o grande diferencial. Não basta nascer nobre, é preciso aperfeiçoar o corpo e o espírito para merecer este título. Pois os senhores, como ressalta o autor, "som cabeça, e authoridade de todos aquelles que monteiros som, que com elles andam" (p. 178), tal como os reis "que eram cabeça, e coudees de todo o pouo" (p. 181). A concepção joanina de realeza assenta em bases feudais. Além do poder político, que o monarca procura fortalecer, o rei possui um poder simbólico, que referenda e legitima o primeiro. Uma das idéias-chave é que o poder real emana de Deus. Está-se diante da concepção de realeza sagrada[105].

---

104. LIMA, op. cit., p. 130.
105. Analisando a origem da crença difundida na Europa, durante mais de meio milênio, de que os reis da França e da Inglaterra tinham o poder de curar as escrófulas, Marc Bloch conclui que "nos reinos surgidos das invasões um grande número de reminiscências de origens diversas, fossem germânicas fossem romano-orientais, mantinha em torno da realeza uma atmosfera de veneração quase religiosa, mas nenhuma instituição regular corporificava esse sentimento vago. Foi a Bíblia o que enfim forneceu o meio de reintegrar na legalidade cristã a realeza sa-

O rei é o escolhido por Deus, "nos Dom Joham por graça de Deus Rey de Portugal" (p. 7). O poder simbólico advém também da idéia de que o rei representa todo o povo: "por uezes pena uem aos pouos pollos pecados dos rreys, e nunca foi achado que o rrey fosse penado pollo pecado do pouo" (p. 22); "ca o rrey em todallas cousas que diz, e faz, deue a parar mentes em como as faz, que assi seiam feitas, que por ellas de bõo conto a Deus de si, que o fez rrey" (p. 27); "onde el rey uay, alli uam todollos do reyno" (p. 181). Como tal, ele é o modelo a ser seguido: "ca muy grande talante da aos que andam com os rreys de fazerem os grandes feitos, quando ueem que o rrey folga de fallar em elles, e o tem por bem aos que os fazem" (p. 29).

O fato de ser exemplo implica grande responsabilidade, rigorosas normas de conduta moral. D. João procura traçar essas normas, que servirão de guia de comportamento para a nobreza cortesã. Ele assume também o papel de educador de seus súditos. Com seu tratado de caça, o Mestre de Avis objetiva "definir melhor os contornos de um modelo de comportamento adequado à nova condição existencial da jovem aristocracia dominante, que tinha, nesta altura, imperiosa necessidade disso para disfarçar a sua condição secundária e tosca"[106].

Do ponto de vista simbólico, a caça também tem função civilizatória. Matar o animal significa destruir a ignorância, as tendências nefastas. Sua procura, seguir seu rastro, por sua vez, representa a busca espiritual[107]. Para que o jogo seja edificante do ponto de vista moral e proveitoso fisicamente, é preciso que o praticante siga código de comportamento respeitável.

---

grada das idades antigas." BLOCH, Marc. *Os reis taumaturgos: o caráter sobrenatural do poder régio (França e Inglaterra)*. Trad. de Júlia Mainardi. São Paulo: Companhia das Letras, 1998, p. 75.

106. MONTEIRO, João Gouveia. Orientações da cultura portuguesa na 1ª metade do século XV. (A literatura dos príncipes de Avis). *Vértice*, Coimbra, v. 5, s. 2, 1988, p. 103.

107. CHEVALIER, Jean, CHEERBRANT, Alain. *Dicionário de símbolos*. Trad. de Vera da Costa e Silva et al. 12. ed. rev. e aum. Rio de Janeiro: José Olympio, 1998, p. 157.

Primeiro, evitar o isolamento: "ca ao rrey he dado sempre de seer acompanhado de muytas gentes e bõas, e dos grandes de seu reyno" (p. 28). É preciso também cuidar-se para não adotar os maus costumes dos monteiros, como comer e beber sem moderação, vestir-se de maneira desleixada, falar de assuntos banais. São os monteiros que devem esforçar-se por seguir o modelo de seu senhor e não o contrário. Os que estão no topo da sociedade devem comportar-se de modo condizente com a posição que ocupam, por direito de nascimento. A imagem ideal do nobre traçada por D. João é a de sobriedade quase ascética.

O modelo sociopolítico apresentado pelo LM é o de uma sociedade formada por "senhores" e "servidores", ligados pelos laços do benefício. Todo senhor deve esforçar-se por ser temido e amado por seus servidores. Principalmente temido: "empero que quando alguũa destas ouuesse de desfallecer, que antes desfallecesse o amor, que o temor" (p. 179). A autoridade é condição *sine qua non* ao bom governo, pois "uergonhosa cousa he" o senhor "poer leis, e nom se dar a execuçom". O senhor deve se fazer obedecer por seus servidores sob pena de ver "minguar seu estado". Para isto, todo aquele que não cumprir suas ordens deverá "aver delle pena sensiuel", "nos corpos e nos bẽes". O senhor deve ainda conhecer seus servidores, tratá-los pelos nomes e dar a justa recompensa aos que o servem. Pois é justo que os que sirvam bem seu senhor, o temam e amem, recebam dele "mercee, assi em como sempre foy" (p. 179). Em essência, este é também o ideal de ordem social e política apresentado pelo Infante D. Pedro no seu *Livro da vertuosa benfeitoria*[108].

Como foi visto, D. João declara que, ao compor o LM, visava a dois objetivos: resgatar a dignidade da montaria – "e nos uendo assi tam bõa cousa, que he usada dos bõos e grandes, estar desprezada" (p. 8) – e demonstrar sua excelência, ensi-

---

108. PEDRO (Infante Dom), VERBA, João (Frei). *Livro da vertuosa benfeytoria*. Ed. crít., intr. e notas de Adelino de Almeida Calado. Coimbra: Universidade de Coimbra, 1994.

nando todas as etapas da caça ao porco selvagem – "e porque a nosso ueer nom foi nenhum, que se della trabalhasse fazer liuro, e como pollos liuros que eram feitos se nom podessem mostrar as perfeiçoões que em ella a, nem outrosi que dessem ensino a aquelles, que ouuessem sabor de serem monteyros" (p. 8). Os dois objetivos estão imbricados, um não se cumpre sem o outro. O prestígio da montaria como desporto próprio de reis suscita o elogio desta arte. Por outro lado, o rei precisa ensinar todas as regras da sua prática, para que não se percam. A afirmação de que a montaria estava desprezada não significa seu abandono; ao contrário, a atividade era bastante apreciada pela nobreza portuguesa, conforme denota a afirmação "he usada dos bõos e grandes".

Ao fazer a apologia da montaria, D. João afirma que ela, como os outros jogos, foi criada para guardar o "estado dos reys", sobre os quais recaem as funções de reger e defender o reino. Só a montaria cumpre integralmente os objetivos de distrair a mente e treinar o corpo, razão por que é um *joguo* completo, pois "o que cada hum dos joguos faz apartadamente por si, o jogou da montaria o faz juntamente" (p. 15). O fato de estar associada à dignidade régia confere-lhe prestígio, devendo ser vedada a pessoas *rafeces*, que a praticam por razões econômicas: "porem o deuem os rreys muyto preçar, e fazer que nom seja tam auilado como agora he: ca nom fica uaqueiro, nem clerigo, nem homem astroso que nom queira ja seer monteyro" (p. 23).

O modelo régio da caçada e do caçador remonta à Antigüidade Clássica. Xenofonte, na *Ciropedia*[109], obra que trata da educação de Ciro, e no *Cinegético*, primeiro tratado de caça conhecido e que se constituiu em modelo para os tratados medievais, dá à atividade venatória um importante papel na formação do governante[110]. Ciro, que desde a adolescência se exer-

---

109. XENOFONTE. *Ciropedia: a educação de Ciro.* Trad. do grego por João Félix Pereira. Rio de Janeiro: Ediouro, [s.d.].
110. COELHO, M. Helena, RILEY, Carlos G. Sobre a caça medieval. Separata de *Estudos Medievais*. Centro de Estudos Humanísticos/SEC/Delegação Regional do Porto, Porto, 1988, p. 225.

citava através da caça, é apresentado como o modelo do príncipe: vigoroso, hábil, corajoso e ético. Para Xenofonte, a formação do caráter tinha como base a saúde do corpo[111].

No prólogo do seu *Cinegético*, Xenofonte faz o elogio à caça como exercício para se ter corpo saudável. Segundo ele, essa atividade torna o homem vigoroso, aprimora os sentidos, protege contra a velhice prematura e é a melhor escola de guerra, pois habitua o caçador a palmilhar caminhos difíceis, a suportar as agruras do mau tempo e a desprezar prazeres grosseiros[112]. Estes argumentos tornar-se-ão tópicos nos tratados de caça medievais. Xenofonte fundamenta seu modelo no mito: no prólogo, diz que a caça foi invenção de Apolo e Ártemis, que a legaram ao centauro Quirão e este, por sua vez, a ensinou a muitos heróis. Dentre os pupilos de Quirão, está Actéon[113], citado por D. João no LM. No modelo mítico, caça e educação estão lado a lado[114].

Também Platão, em *As leis*, faz um elogio à caça. Ao contrário de Xenofonte, ele condena a caça com redes e armadilhas, que qualifica de "preguiçosa", bem como a captura de aves, segundo ele, artificiosa e inadequada ao homem livre. No rígido modelo platônico, a caça tem a função de treinamento físico, de exercício da coragem "que é divina". O animal deve ser perseguido a cavalo e com matilha de cães, a fim de que o caçador despenda esforço para alcançar seu objetivo[115].

O modelo régio de caçador apresentado por D. João está em concordância com o clássico. O nobre, que caça a cavalo, armado com lança (*azcuma*), com a ajuda de cães e de auxiliares também a cavalo ou a pé, um animal de grande porte e fe-

---

111. JAEGER, Werner. *Paidéia: a formação do homem grego.* Trad. de Artur M. Parreira. São Paulo: Martins Fontes, 1995, p. 1250.
112. XÉNOPHON: *L'art de la chasse.* Texto estabelecido e traduzido por Edouard Delebecque. Paris: Les Belles Lettres, 1970, pp. 57-8.
113. Cf. BRANDÃO, Junito de Souza, op. cit., p. 22.
114. JAEGER, op. cit., p. 1249.
115. "o único tipo de caça que realmente resta para todos, e o tipo melhor, é a caça aos quadrúpedes com cavalos e cães e os próprios membros do caçador." Cf. PLATÃO. *As leis.* Trad. Edson Bini. Bauru: Edipro, 1999, p. 322.

roz, é o destinatário do LM. Além de treino físico e recreio para os sentidos, esta modalidade de caçada simulava uma batalha. Na *ordo* medieval, os nobres são os *bellatores*, cuja função é a defesa das demais ordens[116]. E a defesa se faz pelas armas. Guerra e nobreza estavam associadas. Deste ponto de vista, a montaria não era um simples passatempo em período de paz. Daí a defesa da exclusividade da prática da montaria para a nobreza. Por estar associada à figura e à dignidade régia, era uma atividade emblemática e prestigiosa do ponto de vista social. Como Ciro, que presenteava os amigos com animais abatidos, o Mestre de Avis desdenha da caça por motivos econômicos, visados por "gente astrosa".

5. Analisar o LM apenas como mais um tratado cinegético do medievo português é atitude reducionista. A chave de leitura é dada logo na nota de advertência que antecede o Prólogo: é preciso lê-lo atento às *entençons* do autor. A escolha da montaria se justifica não só por ser a modalidade de caça preferida do autor, mas porque é a que melhor se presta a seu objetivo de ensinar as virtudes cavaleirescas de destreza física e coragem.

Embora o rei não condene o riso e a alegria, há um tom grave, *sesudo*, mesmo no lazer da nova dinastia:

> Nos nom dizemos que quando a este joguo de montaria forem, que nom joguem, riam, e filhem prazer, mais esto seia sempre em todallas aquellas cousas que bõas forem, que por joguetarem, e por rirem se possam fazer, e que das maas nom curem, porque em ellas esta erro. Certas cousas compre de fazerem os reys, e principes, e senhores aquellas que bõas forem, e as que bõas nom som guardemse de as fazerem (p. 181).

No LM, este tom grave se faz notar não na aridez da matéria técnica, como se pode pensar à primeira vista, mas na insistente doutrinação do monarca, que reitera os conselhos para que não se perca de vista o fato de a montaria ser um jogo e que,

---

116. DUBY, Georges. *As três ordens ou o imaginário do feudalismo.* Trad. de Maria Helena Costa Dias. 2. ed. Lisboa: Estampa, 1994.

como tal, deve ser praticado com moderação, a fim de que não se reverta em malefícios para o praticante ou para a sociedade. O mérito desse agradável passatempo está, como já assinalaram os *antiguos*, em preparar para a guerra e distrair o espírito cansado das grandes responsabilidades[117]. Fora destes parâmetros, a caça é uma atividade perniciosa.

A visão de D. João é oposta à de Gaston Fébus, que declara no Prólogo de seu tratado que despende todo seu tempo em três coisas: nas armas, nos amores e na caça[118]. Note-se que o tratado português está, ao menos em parte, na contramão da tendência de sua época, que era de valorização dos aspectos estéticos da atividade venatória: "De treino para a guerra ou de necessidade económica, a caça tende cada vez mais a se transformar numa actividade de lazer, numa distracção, num divertimento de corte."[119] A *entençon* de D. João, portanto, é resgatar os valores clássicos da caça, ou seja, sua função educativa, que se achava desprezada.

Entretanto, o Mestre de Avis não perde o senso de equilíbrio. Apesar de demonstrar predileção pelos jogos viris, não condena os jogos de *solaz*, como o faz D. Duarte no seu tratado de equitação[120]. Para o primeiro, o jogo de *solaz* "he muy pertencente pera os rreys", pois é conveniente que sejam alegres. A música, o canto e a dança são demonstrativos da honra,

---

117. A idéia de que a caça é não somente útil, mas indispensável, porque treina o cavaleiro no controle das armas e na prática da equitação remonta ao *Cinegético*, de Xenofonte.

118. "tout mon temps me suis délité par espicial en trois choses, l'une est en armes, l'autre est en amours, et l'autre si est en chasce". Cf. TUCOO-CHALA, op. cit., p. 22.

119. Strubel, Saulnier, apud. GOMES, op. cit., p. 201.

120. "E esso medês das manhas outras de força, ligeirice e braçaria que os cavalleiros e scudeiros em esta terra muyto avantejadamente sabiam e husavam de fazer, de que agora os vejo mynguados, que muyto me despraz (...) por que tanto custumaram a falla das molheres e poserom todas suas tençooes com gram desejo em se trabalharem de bem trazer, calçar, jugar a peella, cantarem e dançarem, por lhes seguirem as voontades que mostram principalmente destas manhas, que de todas outras leixarom a mayor parte." DUARTE. *Livro da ensinança...*, op. cit., p. 118.

da grandeza e da liberalidade do senhor diante dos vassalos e dos estrangeiros. No código social da Idade Média, o poder do senhor era confirmado por uma série de sinais externos, dentre os quais a ostentação e as demonstrações de liberalidade ocupavam lugar de destaque. Por outro lado, os vassalos tinham o dever de participar das festas da corte, de *folgar* com seu senhor, participar de sua *ledice*[121].

D. João procura justificar a prática dos jogos corteses de modo que não sejam reduzidos a meras atividades para preencher o ócio de um grupo social privilegiado. O jogo deve ter uma função e sua prática, um rigoroso código moral; se atende à paixão, torna-se pecado. Reis, príncipes, senhores, escudeiros e mesmo os moços do monte devem tomar a montaria pelo que ela é: jogo, desporto, passatempo para desenfado do espírito, treino para a guerra. Há uma série de preceitos a serem seguidos, mas também uma série de riscos: de ferimentos e até de morte, pois o embate com a fera pode ser fatal para monteiros ineptos. O principal risco está no fato de ela ser uma atividade prazerosa e, como adverte o monarca, "o homem nunca cahe em erro grande senom por as cousas em que toma grande prazer" (p. 27). A paixão pelas caçadas pode levar o rei a descurar de suas responsabilidades administrativas, a abandonar o convívio dos seus pares na corte para perambular de monte em monte em companhia de gente de estrato inferior, a andar malvestido, a tornar-se falador e mentiroso. Enfim, perder sua dignidade de rei.

---

121. Uma das obrigações do vassalo, em tempo de paz, era participar da corte de seu senhor para tomar parte no conselho, mas, sobretudo, para prestigiá-lo. A corte era convocada "em datas mais ou menos regulares coincidentes, em geral, com as principais festas litúrgicas (...) Aparecer aos olhos de todos rodeado por um grande número de dependentes; obter, por parte destes, que, por vezes eram também de elevada categoria, o cumprimento público de alguns dos seguintes gestos de deferência – funções de escudeiro, de escanção, de criado de mesa – os quais, aos olhos de uma época sensível às coisas vistas, tinham um valor simbólico: poderia haver, para um chefe, manifestação mais retumbante do seu prestígio, ou meio mais delicioso de ele próprio tomar consciência disso?" BLOCH, *A sociedade...*, op. cit., p. 235.

Não há, em nenhum dos tratados de caça portugueses medievais, essa preocupação em justificar uma prática que, todos sabem, era privilégio de classe. Os desportos existiam para que os senhores "filhassem prazer". De modo que a atitude do Mestre de Avis é bastante peculiar no conjunto da literatura cinegética portuguesa ou mesmo ocidental. Embora reconheça a importância das atividades lúdicas para desenfado do espírito ou como sinais externos de prestígio, interessa-lhe, sobretudo, o jogo como oportunidade para educar. Assim como o bom desportista é aquele que aprende e respeita as regras do jogo, o homem *bõo* é o que aprende e segue as regras da sociedade a que pertence.

D. João cria que é possível ensinar ao homem tanto as habilidades físicas quanto as virtudes espirituais. O rei é o educador do seu povo. E ele o faz pelo exemplo e pela doutrinação. Ele próprio "não nasceu rei; aprendeu"[122]. Daí o esforço para preservar a imagem de uma família real de moral impoluta. Todos, sem exceção, deviam ser exemplo de soberanos e príncipes cristãos: o Mestre de Avis, D. Felipa de Lencastre e sua prole – a "ínclita geração". A leitura de boas obras é uma das maneiras de aprender a virtude: "O leer dos livros de boas insinanças, nos tempos em que nom convenha obrar em outros mais convenientes feitos, me parece pera esto [para evitar o pecado da ociosidade] bem proveitoso".[123] Ler para ocupar o tempo livre, mas, sobretudo, "por acrecentar em virtudes, minguar em falicimentos."[124] A crença na função numológica do saber leva o Mestre de Avis a incentivar a criação de um importante centro cultural na corte régia. Ele próprio deu o exemplo com seu tratado de caça ao porco montês. D. Duarte e o Infante D. Pedro o seguiram.

---

122. MATTOSO, José (Dir.). *História de Portugal: a monarquia feudal (1096-1480)*. Lisboa: Estampa, 1997, v. 2, p. 416.
123. DUARTE. *Leal conselheiro*..., op. cit., p. 108.
124. Ibid., p. 109.

As *ensinanças* do livro do cavalgar

Por
Fernando Maués
Universidade Federal do Pará

*Para Fernando,
Cenilda, Aline, Flávio, Marcus e Adailton,
que com paciência fomentaram meu entendimento.*

Fernando Maués é formado pela Universidade Federal de Belém (PA) e Mestre em Literatura Portuguesa pela Universidade de São Paulo, com pesquisa sobre as tradições medievais no *Romanceiro*, de Almeida Garrett.

"Feliz quem confia à razão a gerência de toda a sua vida."
Sêneca. *A vida feliz*

"Portanto, cavalgai o melhor que puderes."
A canção de Rolando

Aqui começa a primeira parte, em que se dá notícia do "Livro do Cavalgar que El-Rey D. Eduarte copilou"

Quando, em 1820, José Xavier Dias da Silva noticia ter encontrado, na Biblioteca Nacional de Paris, um manuscrito contendo duas obras do rei D. Duarte[1], uma delas, o *Livro da ensinança de bem cavalgar toda sela*[2], parecia estar fadada a ocupar posição secundária devido a seu caráter "meramente desportivo".

O "rei filósofo" se ocupou da redação do LE durante boa parte de sua vida. Iniciou-a ainda infante[3] e nela trabalhou até sua morte. Houve, segundo o próprio autor informa, um longo período de interrupção:

---

1. SILVA, José Xavier Dias. Acerca do "Leal Conselheiro" d'El-Rei D. Duarte, e do "Livro da ensinança de bem cavalgar". *Annaes das Sciencias, das Artes e das Letras*, Paris, n. 8, v. 1; n. 9, v. 1, abril-julho 1820, pp. 3-24; 92-118.
2. DUARTE (Dom). *Livro da ensinança de bem cavalgar toda sela*. Ed. Crítica de Joseph M. Piel. Lisboa: Imprensa Nacional/Casa da Moeda, 1986. [A obra, daqui por diante, será referida como LE e suas citações acompanhadas do número das páginas entre parênteses.]
3. "Começasse o livro da enssynança de bem cavalgar toda sela, que fez Elrrey Dom Eduarte de Portugal e do Algarve, e senhor de Cepta, *o qual começou em seendo Iffante*" (p. 1. Grifo nosso).

Conti/nuarey esta leytura *em que passa de quatro ãnos pouco screvy*, com o proposito e teençom no começo scripta, spedyndome della mais brevemente. Ca por os grandes cuydados que se me recrecerom depois que pella graça de deos fuy feito Rey, poucos tempos me ficam pera poder sobr'ello cuydar nem screver (p. 127. Grifo nosso).

D. Duarte foi entronizado em 1433 e, pelo que diz acima, retoma em 1437 a tarefa de completar seu "livro do cavalgar". No entanto, a peste acaba por vitimá-lo em setembro de 1438, ficando o projeto incompleto[4].

Segundo estudos de Maria Helena Lopes de Castro[5], a cópia do LE que chegou até nós teria sido levada de Portugal pouco depois da morte do rei, circulando por várias bibliotecas da Europa – notadamente de Espanha e Itália –, até chegar a Paris, onde seria encontrada por Xavier Dias da Silva.

Dividido em três partes – a vontade, o poder e o saber –, o LE visa a ensinar a arte de cavalgar. Nesse sentido, o tratado encontra-se filiado a uma literatura técnica que remonta a obras clássicas acerca da caça e da montaria – entre as quais destacamos o *Cinegetikós* e o *Hippiké*, escritos por Xenofonte[6] entre os séculos V e IV a.C. – às quais vem se juntar a tradição de textos cinegéticos[7] castelhanos e portugueses, revigorada desde os tempos de D. Dinis. Contam-se, nesta linha, obras bastante conhecidas como o *Livro d'alveitaria*, de Mestre Gi-

---

4. Das dezesseis subpartes que deveriam constituir a terceira parte do LE, apenas sete foram redigidas. A questão será discutida na terceira parte deste trabalho.
5. CASTRO, Maria H. L. "Leal Conselheiro": itinerário do manuscrito. *Penélope*, Lisboa, n. 16, 1995, pp. 109-24.
6. XENOFONTE. *L'art de la chasse*. Paris: Belles Lettres, 1970, e *De l'art equestre*. Paris: Belles Lettres, 1978.
7. Um "tratado cinegético é um texto didáctico relativo à caça e/ou seus auxiliares – quadrúpedes ou aves de caça –, composto em latim ou língua vulgar, e destinado em princípio a um público de praticantes". GOMES, Maria Manuela R. de Almeida. O *Livro da montaria* de D. João de Portugal no contexto dos tratados medievais de caça. In: RIBEIRO, Cristina A., MADUREIRA, Margarida (Coords.). *O género do texto medieval*. Lisboa: Cosmos, 1997, p. 190.

raldo[8], o *Livro de falcoaria*, de Pero Menino[9], e o *Livro da montaria*, de D. João I[10].

Marcados por uma vocação pragmática, esses tratados pouco têm interessado aos estudiosos da literatura. São, via de regra, objeto de estudos filológicos e historiográficos, que procuram nesta "sub-literatura" flagrantes da língua e da vida cotidiana do tempo em que foram escritos. Devemos notar, porém, que esse "gênero" está longe de ser homogêneo. Ainda que apresentem em comum a preocupação com o universo prático e cotidiano da caça e seus anexos – como a gineta –, os tratadistas não se furtam a digressões de caráter moral. Tais digressões, raras nas obras de Xenofonte, Pero Menino e Mestre Giraldo, tornam-se mais freqüentes no *Livro da montaria* e, como se verá, chegam a ser centrais no LE. Em resumo, enquanto os textos clássicos e os da primeira dinastia portuguesa tratam sobretudo de cães, cavalos e aves, as obras avisinas dirigem sua atenção para o homem.

Obra de um rei cuja cultura ia muito além do conhecimento pragmático[11], o LE incorpora influências de toda a literatura em prosa que há mais de um século vinha ocupando o lugar deixado pela lírica[12]. Este movimento de influxo doutrinário e

---

8. *Livro de alveitaria de Mestre Giraldo.* Int. e notas Cacilda de O. Camargo, Carlos A. Iannone e Jorge Cury. In: *Textos.* Araraquara, Instituto de Letras, Ciências Sociais e Educação, nn. 5 e 6, 1988. A obra do físico de D. Dinis é, basicamente, um manual de medicina veterinária eqüestre.

9. *Livro de falcoaria de Pero Menino.* Int., not. e gloss. M. Rodrigues Lapa. Coimbra: Imprensa da Universidade, 1931.

10. JOÃO I (Dom). *Livro da montaria.* In: ALMEIDA, Manuel Lopes de (Ed.). *Obras dos Príncipes de Avis.* Porto: Lello & Irmão, 1981, pp. 1-232.

11. A verificação da lista de obras da biblioteca real revela bem a dimensão e a diversidade de matérias a que tinham acesso o monarca e seus filhos. Ver: DUARTE (Dom). *Leal conselheiro.* Ed. crítica de Joseph M. Piel. Lisboa: Bertrand, 1942, pp. 414-6 e *Livro dos conselhos de El-Rei D. Duarte (Livro da Cartuxa).* Ed. diplomática de João José Alves Dias. Lisboa: Estampa, 1982, pp. 206-8.

12. Sobre o declínio da atividade lírica em favor da prosa ver: LAPA, M. Rodrigues. D. Duarte e a prosa didática. In: *Lições de literatura portuguesa:* época medieval. 10. ed. Coimbra: Coimbra Ed., 1981, pp. 343-4; MONTEIRO, J. Gouveia. Orientações da cultura portuguesa na 1.ª metade do século XV (a literatura dos príncipes de Avis). *Vértice,* Coimbra, n. 5, s. 2, 1988, pp. 91-3.

prático é bem representado em Portugal por obras historiográficas como a *Crônica geral de Espanha de 1344*; "espelhos", como o *Regimento de príncipes*, de Egídio Romano; versões e traduções de gregos e romanos como Aristóteles e Sêneca e da literatura moralista cristã, dos Padres da Igreja a Tomás de Aquino; textos que evocam a imagem mística e os códigos da cavalaria feudal, como a *Ordem da cavalaria*, de Raimundo Lúlio. Não se pode ignorar, no entanto, a presença ainda viva das novelas como o *Livro de Tristan*, o *Merlim* ou o *Livro de Galaaz*, relacionados na biblioteca real.

Pode-se imaginar, então, que na primeira metade do século XV, quando D. Duarte escrevia justamente um livro sobre o cavalgar, não podia deixar de escutar as vozes dos filósofos ou os ecos das proezas de cavaleiros arquetípicos como Guilherme Marechal, que dominara o mais belo e selvagem cavalo:

> Como já não pertencia à casa de Tancarville, não tomou parte na distribuição dos melhores cavalos da estrebaria. Restou um, porém, no pátio, que ninguém quis. Forte, bonito, de belo porte, mas rebelde ao freio, selvagem demais e mal treinado, de modo que ninguém se atrevia a utilizá-lo num combate esportivo. Guilherme saltou em cima dele, deu-lhe esporas, domou-o enfim (...). E soube utilizá-lo com tal maestria que naquele dia acabou fazendo quatro prisioneiros[13].

A paráfrase de Duby ao poema de Guilherme revela bem o significado do "bem cavalgar" no medievo: o domínio sobre o cavalo é, a um só tempo, instrumento de façanhas, de engrandecimento da honra e símbolo maior de uma classe de homens superiores[14]. Neste sentido, fica claro que um tratado so-

---

13. DUBY, Georges. *Guilherme Marechal ou o melhor cavaleiro do mundo*. Trad. Renato Ribeiro. Rio de Janeiro: Graal, 1987, pp. 102-3.

14. "A cavalaria é sobretudo uma maneira de viver. Requer uma preparação especial, uma sagração solene e atividades que *não podem se confundir com as do homem comum*." PASTOREAU, Michel. *No tempo dos cavaleiros da Távola Redonda*. Trad. Paulo Neves. São Paulo: Companhia das Letras, 1989, p. 44 (grifos nossos). "O cavaleiro pertence a uma classe de guerreiros. O termo *cavaleiros* (**equides**) foi escolhido por César para designar o conjunto da **classe guerreira** entre os celtas, por oposição à classe sacerdotal (**druidas**), e [...] por oposição à

bre a gineta, escrito ainda na Idade Média, tivesse um forte apelo espiritualizante e moral. Joseph Piel, em sua Introdução ao LE, anuncia este fato:

> Referimo-nos às partes do livro em que o autor, elevando-se acima de ensinamentos puramente técnicos, consegue espiritualizar a matéria com considerações de caráter psicológico e moral de uma espontaneidade e frescura de espírito surpreendentes (p. x).

Essas "partes do livro" a que se refere Piel são demasiado extensas, demasiado importantes para serem consideradas como simples digressões do assunto principal, a arte hípica. Ao contrário, o tratado de D. Duarte parece distante de ser um livro sobre cavalos como é o de Xenofonte ou o do físico de D. Dinis: a simples análise estrutural, feita adiante, comprova-o. Também não é um livro sobre o ideal de uma ordem, como o de Lúlio. O rei, na verdade, utiliza-se da mais nobre arte, do poder sobre o mais nobre animal[15], para escrever um incisivo discurso moral e político acerca do controle, não apenas sobre *a besta*, mas sobre si próprio e sobre o mundo.

Antes disso, no entanto, muito já se disse acerca do LE.

---

plebe [...]. A escolha do termo simboliza exatamente a natureza e a função, ou seja, a própria essência da parte *militar* da sociedade céltica." CHEVALIER, Jean, GHEERBRANT, Alain. *Dicionário de símbolos*. 11. ed. Trad. Vera da Costa e Silva et al. Rio de Janeiro: José Olympio, 1997, pp. 201-2 (grifos do autor).

15. "O cavalo ocupa evidentemente uma posição de destaque nas atividades bélicas do cavaleiro. As canções de gesta (...) apresentam-no como o mais fiel companheiro do herói e dão-lhe um nome personalizado: Tencedor é o cavalo de Carlos Magno, Vieillantif, o de Rolando (...) e o de Ogier, o Dinamarquês, Broiefort – um animal capaz de chorar de alegria ao rever o dono após uma separação de sete anos." PASTOREAU, op. cit., p. 117. Isidoro de Sevilla afirma acerca dos cavalos: "à exceção do homem, só o cavalo é capaz de chorar e experimentar sentimentos de dor". In: SEVILLA, Isidoro de (San). *Etimologías*. 2. ed. Ed. bilíngüe. Int. Manuel C. Diaz y Diaz. Ver. e notas José Oroz Reta e Manuela Marcos Casquero. Madrid: Biblioteca de Autores Cristianos, 1993, v. 2, p. 65 ["a excepción del hombre, sólo el caballo es capaz de llorar y experimentar sentimientos de dolor"].

Acaba-se a primeira parte e começa-se a segunda, em que se traça um panorama do pensamento crítico acerca do tratado de D. Duarte

No percurso da crítica sobre o LE, o dado comum, pelo menos até a publicação da obra por Roquete em 1843[16], é a reprodução de notícias semelhantes àquela proferida por Ruy de Pina no final do século XV, segundo a qual o rei "fez huũ livro de Regimento para os que custumarem andar a cavallo"[17].

Bernardo de Brito, por exemplo, no seu *Elogios dos reys de Portugal*, de 1630, afirma que D. Duarte "deixou hum livro da Arte de cavalgar e domar bem hum cavalo"[18]. Duarte Nunes Leão, na *Cronica e vida del Rey Dom Duarte*, de 1643, escreve: "Fez outro livro para os homens, que andão a cavalo, em que *parece* daria alguns preceitos de bem cavalgar e governar os cavalos."[19]

O termo "parece", presente no texto de Leão, e a descrição sucinta e superficial do LE fornecida por vários autores[20], inclusive Ruy de Pina, revelam que as indicações jamais se apoiaram na leitura efetiva da obra. Ratifica esta tese o estudo fundamental de Maria Helena Lopes de Castro, segundo o qual o manuscrito contendo o *Leal conselheiro* e o LE teria sido levado de Portugal pouco depois da morte do rei[21] – daí a im-

---

16. DUARTE (Dom). Livro da ensinança do bem cavalgar toda sella que fez Elrey Dom Eduarte de Portugal... In: *Leal conselheiro o qual fez Dom Duarte*. Editado por J. I. Roquete com notas históricas do Visconde de Santarém. Paris: P. Aillaud, 1842, pp. 495-650. No prefácio da obra consta a data de 1843. Há outra edição, de 1854.
17. PINA, Ruy de. *Chronica d'el-rei D. Duarte*. Lisboa: Escriptório, 1901, p. 26.
18. Apud BOURDON, Léon. Question de priorité autour de la découverte du manuscrit du "Leal conselheiro". *Arquivos do Centro Cultural Português*, v. 14, Pons, 1979, p. 4.
19. LEÃO, Duarte Nunes. Crônica e vida Del Rey D. Duarte dos reys de Portugal undécimo. In: _____. *Crónicas dos reis de Portugal*. Int. e rev. de M. Lopes de Almeida. Porto: Lello & Irmão, 1975, p. 77 (grifo nosso).
20. O texto citado de Bourdon apresenta uma série de autores que, de alguma forma, se referem ao LE "por ouvir dizer"; pp. 3-8.
21. CASTRO, op. cit., pp. 109-24.

possibilidade de os cronistas terem-no lido, e, por extensão, de imaginá-lo como "*livro que o costume português considerava em especial*", conforme sugeriu Wilhelm Giese[22].

Sendo assim, independente de aceitar-se ou não Corrêa da Serra como descobridor do manuscrito contendo as obras de D. Duarte na Biblioteca Nacional de França, em 1804[23], é só a partir da notícia dada nos *Annaes* por José Xavier Dias da Silva, em 1820, e notadamente das primeiras edições, de 1843[24], que se pode esperar uma atividade crítica acerca do LE.

Os primeiros comentários a respeito da obra focalizavam sobretudo sua vertente técnica – fato certamente potencializado pela comparação entre o "tratado de gineta" e o *Leal conselheiro*, este de caráter mais marcadamente filosófico.

Desde a notícia dos *Annaes* de 1820, que trazia comentários descritivos e históricos acerca do manuscrito, passando pelos prefácios e notas das edições de 1843 e pelas equivocadas informações de autores como Oliveira Martins[25], o LE só ganharia um estudo específico em 1934[26], quando Wilhelm Giese se propõe estudar os usos técnicos de gineta portugueses a partir do livro de D. Duarte, principalmente no que diz respeito aos arreios (*reitzeug*). Giese tem o cuidado de distinguir com detalhes os vários tipos de equipamentos citados pelo rei – sela, bardão, freios etc. –, confrontando as informações do LE com o que se conhece sobre a cultura cavaleiresca dos fins do medievo.

---

22. GIESE, Wilhelm. Portugiesisches Reitzeug am Aufange des XV Jahrhunderts nach D. Duartes Livro da ensinança de bem cavalgar toda sella. *Miscelânea scientifica e literaria dedicada ao Doutor J. Leite de Vasconcellos*. Coimbra: Imprensa da Universidade, 1934, v. 1, p. 68 (versão inédita para o português de Juliana P. Perez).

23. BOURDON, op. cit., pp. 9 ss.

24. Além da já mencionada edição de Roquete, temos: DUARTE (Dom). *Leal conselheiro e Livro de ensinança de bem cavalgar toda sella escritos pelo senhor Dom Duarte*. Lisboa: Tip. Rollandiana, 1843, pp. 495-650.

25. "[D. Duarte] dissertava sobre as regras do bem cavalgar, reeditando o que o pai escrevera no seu tratado de montaria". MARTINS, Oliveira. *Os filhos de D. João I*. Lisboa: Ulisseia, 1998, p. 136.

26. GIESE, op. cit., pp. 66-84.

Giese chama ainda atenção para a originalidade da obra, considerando-a o "primeiro e mais antigo livro de cavalaria"[27] – pelo que não se justifica a queixa de Piel na Introdução de sua edição do LE: "O *Livro do cavalgar* é nada menos – e aqui reside o seu capital interesse, *ainda não posto em relevo* – que o primeiro tratado de equitação da literatura européia" (p. viii. Grifo nosso)[28].

No mesmo ano de 1934 sai a primeira edição das preciosas *Lições* de M. Rodrigues Lapa, e nela, um capítulo dedicado a "D. Duarte e a prosa didática"[29]. Ali, o pesquisador localiza a obra do "rei filósofo" no sistema literário português. Entre os "últimos trovadores" e "Fernão Lopes e os cronistas", é apresentada a literatura de Avis – dentro desta, um certo destaque para o LE. Ao lado de considerações historiográficas e de história literária, Lapa, desde logo, aponta as questões centrais da problemática duartina, como o didatismo da obra, o pendor racional e psicologizante do rei, sua crença na experiência etc.: "O livro teria um interesse medíocre, se fosse apenas um tratado de gineta. Mas não é só isso; é acima de tudo o elogio entusiástico da educação e da vontade."[30]

O fundamental no capítulo das *Lições* são as inferências relativas ao estilo da redação. Numa crítica severa às opiniões correntes, que consideravam "claro" e "gracioso" o texto do

---

27. Ibid., p. 68.
28. Na linha de pesquisa das características técnicas da arte hípica no Portugal medieval, há que mencionar o recém-publicado artigo em que Carlos Henriques Pereira discorre sobre os vários tipos de selas, de maneiras de montar e sobre o comércio dos cavalos em Portugal, além de apresentar algumas informações acerca do LE e de tratados eqüestres anteriores, como os de Mestre Giraldo e Jordão Ruffo de Calábria: PEREIRA, Carlos H. Le cheval au Portugal au Moyen Âge. *Latitudes: cahiers lusophones*, n. 7, 1999/2000, pp. 43-6. No mesmo artigo o autor menciona seu estudo: "Étude d'un traité d'équitation portugais du XVe siècle: 'Livro da ensinança de bem cavalgar toda sela' du roi Dom Duarte". Paris: Sorbonne Nouvelle (Paris III), U. F. R. d'Études Ibériques et Latino-Américaines – Études Portugaises et Brésiliennes, 1999 (Mémoire D. E. A.).
29. LAPA, M. Rodrigues. D. Duarte e a prosa didática. In: _____. *Lições de literatura portuguesa: época medieval*. 10. ed. Coimbra: Coimbra Ed., 1981, pp. 343-74.
30. Ibid., p. 349.

LE – principalmente à de Roquete, qualificada de "disparate" –, Lapa afirma o "nenhum talento poético do rei-filósofo" e acrescenta: "a linguagem de D. Duarte não pode ser engraçada porque é excessivamente culta"[31]. Tal feição culta encontra-se ligada a "um movimento literário de cultura clássica"[32], que culmina com a latinização da escrita, da qual Lapa dá vários exemplos concretos[33]. O crítico não se esquece, no entanto, de mencionar o cuidado de D. Duarte na escolha exata das palavras – o rei "é um dos primeiros, em Portugal, que não crêem na existência de sinónimos"[34] – além de seu papel na inclusão de neologismos de origem latina no vernáculo.

Em 1937, é um capítulo do *Ensaios sobre o desporto*, de Sílvio Lima, que aprofunda a discussão acerca das inferências "psicologizantes" do tratado de gineta[35]. Lima enxerga em D. Duarte "o português que mais fina e profunda consciência teve da *pedagogia desportiva*"[36]. Se toda doutrinação pressupõe um "doutrinador", uma "matéria a doutrinar" e um "doutrinado", o trunfo do Rei teria sido colocar em relevo a "psicologia do doutrinado", do aluno[37]. Era preciso conhecer bem o homem, suas motivações e seus medos, para alcançar educá-lo. É esse aspecto do tratado que mais interessa a Lima:

> Vê-lo [D. Duarte], com a serenidade e a frieza introspectivas de um Espinosa cristão, (...) desfibrar, relacionar, classificar sentimentos, emoções, paixões, instintos, volições; trazer até à superfície as radículas das mais obscuras e recalcadas tendências[38].

---

31. Ibid., p. 353.
32. Ibid., p. 354.
33. Ibid., p. 366.
34. Ibid., p. 354.
35. LIMA, Sílvio. O desporto, o mêdo e El-Rei D. Duarte. In: _____. *Ensaios sobre o desporto*. Lisboa: Sá da Costa, 1937, pp. 55-71.
36. Ibid., p. 37 (grifos do autor).
37. Ibid., p. 38.
38. Ibid., p. 37.

Tal tendência à análise da pedagogia do Monarca, no entanto, pouco avança.

Naquele momento, a escassez de pesquisas acerca do LE é causada e ao mesmo tempo refletida pela e na ausência de uma edição confiável do texto. Quase cem anos depois das primeiras edições, vêm a público duas pequenas antologias: a primeira, em 1940, organizada por Rodrigues Lapa, apresenta apenas um excerto do LE[39], cujo texto é extraído da edição de Roquete (1843), porém já cotejada com as fotografias que Piel fizera dos manuscritos de Paris. Outra coletânea sai em 1942, sob os cuidados de F. Costa Marques[40].

Ultrapassadas pela edição do LE efetivada por Piel em 1944, essas antologias guardam hoje seu interesse devido às introduções e às notas – sobretudo as primeiras, dado que as últimas são, em sua maioria, explicações lexicais, também superadas pela edição de 1944. As introduções dão conta principalmente de localizar o LE em seu contexto cultural, evocando as características do século XV português, relatando o declínio da poesia trovadoresca e dos romances em prosa em favor da prosa didática. Tal fenômeno, é claro, estava consoante o momento histórico de um reino e de uma dinastia em busca de afirmação e ampliação: "a literatura agora tinha um fim prático: tratava-se de formar homens rijos de corpo e de alma para a defesa e a expansão da terra. Para isso nada melhor que os desportos"[41]. No mesmo sentido, infere Costa Marques:

> O século XV português vê assim nascer uma literatura de caráter moralista e desportivo, porque a expansão do reino implicava por um lado a moralidade dos costumes e a força de

---

39. LAPA, M. Rodrigues (Org.). A arte de bem cavalgar. In: _____. *Dom Duarte e os prosadores da Casa de Avis*. Lisboa: Portugália, 1940, pp. 50-4. (Refere-se à parte 3, 5, cap. 15 do LE.)

40. MARQUES, F. Costa (Org.). *D. Duarte, Leal conselheiro*. Lisboa: Livraria Clássica Editora, 1942. A antologia contém cinco excertos do LE, referentes ao Prólogo, a dois capítulos sobre o medo (1 e 5), a um sobre o "assessego" (1) e a outro sobre a "soltura" (15).

41. LAPA, *Dom Duarte e os prosadores...*, op. cit., p. viii.

vontade, e, por outro, o vigor do corpo e o adestramento nas armas[42].

Ao lado das observações extratextuais, Lapa e Marques apontam para questões estilísticas, sobretudo para a estrutura "laboriosa" do texto; a tendência do autor para a análise e as classificações; o pragmatismo de uma linguagem pobre em imagens, alegorias, símbolos; e, sobretudo, para os latinismos que marcam a sintaxe do LE[43].

Os ensaios, na esteira do que se anunciara nas *Lições*, apontam para o racionalismo do Rei[44]; a valorização do empirismo; a função política e didática de sua obra[45]; a pedagogia baseada na educação da vontade[46], etc.

O florescimento das pesquisas, que parecia iminente a partir da publicação da edição crítica de Piel, em 1944, não aconteceu. A Introdução do pesquisador alemão à obra e suas notas trazem, é certo, alguma discussão no campo da filologia e da estruturação geral das partes e capítulos; o pesquisador, porém, constata mais do que analisa e interpreta.

À parte obras de síntese como *El-Rei Dom Duarte e o "Leal conselheiro"*, de A. Soares Amora[47] – leitura básica para qualquer estudo sobre o rei e que vai muito além do "ABC da lealdade" –, o artigo de Gouveia Monteiro[48] e o recém-lançado primeiro volume da *História do pensamento filosófico português*[49], importa abordar três estudos em especial.

---

42. MARQUES, F. Costa, op. cit., p. 7.
43. Ibid., pp. 24 ss.; LAPA, *Dom Duarte e os prosadores...*, op. cit., pp. x e xv.
44. "O que caracteriza acima de tudo a obra de D. Duarte é o seu racionalismo". In: LAPA, *Dom Duarte e os prosadores...*, op. cit., p. xiii.
45. Ibid., p. viii.
46. MARQUES, F. Costa, op. cit., p. 20.
47. AMORA, António Soares. *El-Rei D. Duarte e o "Leal Conselheiro"*. São Paulo: Faculdade de Filosofia, Ciências e Letras da Universidade de São Paulo, 1948. (Boletim, n. 93, Letras, 5).
48. MONTEIRO, op. cit., pp. 89-103.
49. Nesta obra, a seção relacionada à obra do segundo rei de Avis tende para a análise filosófica e moral do *Leal conselheiro*, pouco atentando para o LE. GAMA, José. D. Duarte. In: CALAFATE, Pedro (Dir.). *História do pensamento filosófico português*. Lisboa: Caminho, 1999, v. 1 (Idade Média), pp. 379-411.

O primeiro, dissertação de Mestrado de Isabel Dias transformada em livro[50], procura apresentar uma visão panorâmica do LE. É, na verdade, uma boa leitura do texto de equitação, podendo servir como roteiro e introdução à obra. Após dois capítulos de suma bastante informativos acerca da literatura técnica e da história do manuscrito que contém o LE (pp.17-48), a autora passa a descrever, passo a passo, o livro de D. Duarte. Como não escolhe tema ou passagem específicos, nem analisa a fundo o texto, sua leitura é, em geral, parafrástica.

Do problema da paráfrase poucos puderam escapar – talvez pelo fato de ser o LE texto pouco conhecido, o que reclama sempre um resumo prévio. No entanto, alguns avançaram para além dele. Este é o caso do artigo de Rogério Fernandes sobre os processos pedagógicos propostos por D. Duarte[51]. Fernandes é o primeiro a se debruçar verdadeiramente sobre este tema que já fora indicado por muitos autores, aplicando ao pensamento do rei alguns conceitos modernos como "pedagogia directiva" ou "reforço positivo"[52]. Mais ainda, indica os diferentes níveis em que o autor quatrocentista se coloca em relação ao leitor – ora no mesmo nível, ora em posição superior[53]; define o público leitor como a classe senhorial[54] – proposição ainda bastante vaga, que certamente mereceria estudo em separado; apresenta as técnicas de exposição das idéias no LE[55]. Enfim, define D. Duarte como "homem do seu tempo", que não "ultrapassa o quadro da educação literária senhorial, fundamentalmente dirigido à educação moral"[56].

O autor indica ainda a feição mais pragmática que lúdica do tratado de gineta: formar moral e fisicamente a classe guerreira:

---

50. DIAS, Isabel. *A arte de ser bom cavaleiro*. Lisboa: Estampa, 1997.
51. FERNANDES, Rogério. D. Duarte e a educação senhorial. *Vértice*, Coimbra, nn. 396-7, 1977, pp. 347-88.
52. Ibid., pp. 363 e 368.
53. Ibid., pp. 362-3.
54. Ibid., p. 359.
55. O rei apresenta "ordenadamente séries de regras sobre os assuntos abordados, o que confere ao texto um elevado grau de clareza expositiva". Ibid., p. 362.
56. Ibid., p. 360.

Contrariamente ao ponto de vista expresso por Sílvio Lima, o *Livro da Ensinança* não é um tratado de pedagogia *desportiva* mas um manual de instrução *militar* (...) Segundo nossa hipótese de trabalho, trata-se de um *manual de formação profissional*[57].

Num ótimo capítulo final, Fernandes apresenta talvez a melhor síntese do texto e do contexto do LE, tratando do pouco mencionado otimismo do rei – "atitude de confiança no homem e na vida"[58] –, de sua dimensão pré-renacentista e dos condicionantes sociais do LE.

É nesta última linha que se insere a Dissertação de Mestrado de Vera Lúcia P. F. Dias[59], de 1991, consistente balanço histórico do século XV em Portugal, tomando o tratado de gineta de D. Duarte como ponto de partida. A tese da autora é a de que encontramos na obra do rei a expressão ideológica de um momento crítico no qual a nobreza feudal, cavaleiresca, se bate contra a ascensão do modo de vida burguês, da invasão do capital, da capitulação da honra como valor primordial.

Iniciando pela discussão do objeto literário como fonte histórica, bem como do contexto português do século XV, e passando pelo inevitável comentário parafrástico do LE, Vera Lúcia Dias indica os elementos de resistência cavaleiresca na obra: a apologia da honra, da vontade e, sobretudo, da postura do cavaleiro, traço social distintivo[60]. De uma perspectiva dialética, a autora demonstra também os sinais dos novos tempos inseridos na obra: o apelo à razão – que, de certa forma, refreia a explosão heróica[61] –, a menção do ganho material.

Como se pode notar, tem-se disponível um mosaico de estudos sobre o LE. No entanto, tudo reclama trabalho. O estudo das fontes, por exemplo, ainda por fazer, assim como do con-

---

57. Ibid., p. 352 (grifos do autor).
58. Ibid., p. 388.
59. DIAS, Vera Lúcia Pian Ferreira. *Livro da ensinança do bem cavalgar toda sela*: contradições entre o mundo mental da nobreza e as transformações econômicas-sociais no século XV em Portugal. Rio de Janeiro: UFRJ – Instituto de Filosofia e Ciências Sociais, 1991 (Mestrado – História).
60. Ver caps. 2 e 3 (3.1).
61. Ibid., p. 136.

ceito de *vontade* no LE, do arcabouço religioso, da definição do público leitor e do papel da razão, além de uma análise específica da organização geral da obra.

Acaba-se a segunda parte e inicia-se a terceira, que trata da organização da obra e das estratégias retóricas e lingüísticas utilizadas

Analisar a organização do LE, sua divisão em partes e capítulos, assim como a ordem e a relevância dadas aos temas, envolve as dificuldades de encarar como acabada uma obra que se sabe incompleta.

Sem embargo disso, é flagrante o esforço de ordenação realizado por D. Duarte na redação de seu *tratado*. A idéia de uma compilação[62] de partes escritas aleatoriamente, sem nenhuma estruturação ampla que imprima unidade e sentido geral ao livro, parece improvável, se se tem em mente toda a tradição retórica e dialética que, surgida na Grécia e incorporada a Roma, fora recuperada de maneira insistente pela cultura medieval[63], fundamentando as construções rigorosas do discurso escolástico que se faziam sentir em toda comunidade letrada, mesmo a laica.

D. Duarte, não à toa chamado "rei filósofo", conhece bem tal tradição e deixa entrever, em vários momentos, a consciência da unidade de seu tratado. Quase no final do LE, escrevendo sobre os perigos do cavalgar, o autor remete o leitor para o início: "pera saber como se devem guardar de cayr da besta, *recorramsse aa primeira parte deste livro* onde se mostram muitas enssynanças pera fortemente saberem cavalgar" (p. 135. Grifo nosso).

---

62. Na lista dos livros da biblioteca real, o LE aparece como "Livro de Cavalgar que El-Rey D. Eduarte copilou". Este "copilou", cujo sentido de coligir ou reunir é inequívoco nos dias de hoje, possuía campo semântico mais amplo na Idade Média, em que pouco se diferenciava cópia, tradução, versão ou composição original. Este "copilou" possui aqui o sentido de "escreveu". Atente-se para o que diz o rei ainda no prólogo do tratado: "e por que nom sey outro que sobr'ello geeralmente screvesse, me praz de poer esta scyencya primeiro em scripto" (p. 3).
63. Ver: CURTIUS, Ernst Robert. *Literatura européia e Idade Média latina*. Trad. Paulo Rónai e Teodoro Cabral. São Paulo: Hucitec/Edusp, 1996, pp. 83-5.

Mais do que noção de unidade, o monarca revela ter um plano bem definido. No segundo capítulo da primeira parte, escreve: "Todo esto e outras cousas, *que na terceira parte serom declaradas*, som muyto necessarias de saberem os que boos monteiros desejom seer" (p. 7. Grifo nosso). No último fólio do manuscrito (fl. 128 r.)[64], afirma:

> Das mallicias das bestas em todo lugar e tempo convem guardar, *como adiante*, deos querendo, *dyrey quando seu tempo vyer*, spicialmente nos mais periigosos ou de vergonha (p. 137. Grifo nosso).

Como já observara Piel, "Deus infelizmente não quiz que o autor realizasse êste projecto" (p. 137; nota 5). Permitiu ao menos que D. Duarte deixasse, disseminados pelo texto, indícios que nos propiciam refletir sobre a estrutura do LE.

O tratado de gineta é constituído de um Prólogo e três partes de extensões desiguais, as quais revelam os três requisitos do bom cavaleiro: a vontade de cavalgar; o poder do corpo e da *fazenda* para ter bons animais e equipamento adequado; e o saber, o conhecimento das *manhas* da gineta.

No Prólogo, D. Duarte apresenta as justificativas para a redação do tratado: por um lado, educar, ensinar a arte hípica: "esto faço por ensynar os que tanto nom souberem" (p. 1); por outro lado, distrair a própria mente das fatigantes tarefas burocráticas pelas quais, desde infante, era responsável: "achey por boo e proveitoso remedio algũas vezes penssar e de mynha mão screver em esto por requirymento da voontade e folgança que em ello sento" (pp. 2-3). Além de *folgar*, a redação do tratado visa a evitar que o ócio traga pensamentos indesejados:

> E veendo que meu coraçom nom pode sempre cuidar no que segundo meu estado seria melhor e mais proveitoso, alguũs dias, por andar a monte, caça e camynhos, ou desembargadores

---

64. A informação acerca dos fólios do manuscrito é fornecida por Piel na edição crítica que utilizamos.

nom chegarem a mym tam cedo, estou oucioso, ainda que o corpo trabalhe, por nom filhar em tal tempo alguũ cuidado que empeecymento me possa trazer[65] (p. 2).

É no Prólogo que o autor chama a atenção para a importância da prática – "husança" (p. 1) – no aprendizado e para a intenção de inserir na obra matérias que fogem ao tema estrito da gineta:

> Antremety algũas cousas que perteecem a nossos custumes, ainda que tam aproposito nom venham, por fazer a alguũs proveito, posto que a outros pareça sobejo (p. 3).

Seguem-se, então, as três partes. Se no aspecto quantitativo é clara a prevalência da terceira, do "saber", em que efetivamente se encontra o ensinamento das técnicas de gineta, nota-se que a primeira preocupação de D. Duarte é conquistar seu público, sensibilizá-lo para o tema em questão, o cavalgar.

Na Primeira Parte, da "vontade", o monarca enumera os benefícios, em tempos de guerra e paz, que a *manha* propicia: honra, proveito e prazer.

> Por que todollos homeẽs naturalmente desejam sua honra, proveito e boo prazer, me parece que todollos senhores cavalleiros e scudeiros esta manha devem muyto desejar, visto em como della estes bẽes veem aos que bem pratycam (p. 4).

Os quatro capítulos dessa parte tratam, respectivamente, "da honra que se de tal manha segue" (p. 4); das vantagens do cavalgar em tempos de paz – "justar, tornear, jugar as canas,

---

65. O sentido desse excerto ganha relevo se confrontado com os capítulos XIX, XX e XXVI do *Leal conselheiro*, que tratam dos perigos do ócio e da tristeza ("humor menencorico"). A tópica do estudo como estratégia de ocupação do espírito contra os maus pensamentos é antiga. Sêneca, por exemplo, no seu *Sobre a serenidade*, escreve: "Se dedicas ao estudo o tempo em que deixas tuas obrigações, não abandonas, nem deixas de cumprir teu dever. [...] Se te entregas ao estudo, podes escapar de todo o fastio diante da vida." In: SÊNECA, Lúcio Aneo. *Diálogos*. Int., notas e trad. de Carmen Codoñer. Madrid: Nacional, 1984, p. 359.

reger algũa lança e sabêlla bem lançar" (p. 6); das respostas às críticas que se podem fazer ao proveito advindo da *manha*; e "da folgança que desta manha segue" (p. 8). A organização dos capítulos revela uma estratégia dialética, na qual a experimentação de uma proposição se dá por meio de uma refutação. Após a vitória sobre argumentos contrários, a idéia triunfa mais fortemente como "verdadeira"[66].

A segunda parte, tão curta que ocupa apenas um fólio dos vinte e nove manuscritos (fl. 101 r.), trata do "poder". Divide-se em dois capítulos: o primeiro, acerca do "poder do corpo", dos pré-requisitos físicos do cavaleiro; o segundo, do "poder da fazenda", dos recursos materiais necessários para "comprar e aver boas bestas; e a outra pêra as governar" (p. 11). Esta parte, na verdade, mais do que falar dos recursos corporais e materiais necessários, tem como objetivo demonstrar que a vontade e o conhecimento permitem ultrapassar qualquer carência de *poder*: "quem grande voontade tever e de todo esto bem souber, (...) com razom sempre mais poderoso sera que os outros pera as aver e governar" (p. 12).

Note-se a pertinência dessas indicações de D. Duarte frente ao fato de que, a partir de meados do século XIV, "o cavalo e o armamento tornam-se tão caros, e a cerimônia de investidura na ordem de cavalaria passa a indicar despesas tão elevadas, que muitos nobres permanecem na categoria de escudeiros"[67]. Importava saber escolher bem o animal e domá-lo, evitando custos elevados.

Como se nota, o Prólogo e as duas primeiras partes formam uma ampla introdução à obra. Trata-se aqui, como em longo exórdio, de despertar o interesse pelo tema, além de apresentar um panorama do que será dito nos capítulos seguintes. Estando o leitor inflado de interesse pela *manha* e destituído

---

66. Ver: ARISTÓTELES. Tópicos in: *Aristóteles* (I). Sel. José Américo M. Pessanha; Trad. Leonel Vallandro e Gerd Bornheim. São Paulo: Abril Cultural, 1983, pp. 131-3 (Col. Os Pensadores).
67. MATTOSO, José. *A nobreza medieval portuguesa*: a família e o poder. Lisboa: Estampa, 1981, p. 367.

de argumentos contra ela, cabe ao autor desfilar seus ensinamentos "técnicos", ou seja, infundir o *saber* em seu público.

A terceira parte, que compreende os fólios 101 v. a 128 r. do manuscrito, deveria ser composta de dezesseis subpartes, que cuidariam dos "XVI avysamentos pryncypaaes ao boo cavalgador" (p. 12). No quadro seguinte, a coluna da esquerda reproduz o plano de D. Duarte, expresso no breve prólogo da terceira parte (pp. 12-14); a da direita apresenta o conteúdo efetivo do texto.

Subpartes da Terceira Parte

Plano de D. Duarte[68]	Conteúdo
1º. "Que se tenha fortemente na besta..." (21 capítulos)	Informações técnicas de como estar bem firme sobre o cavalo: dos tipos de sela; das posições das pernas; das manhas que faz o cavalo para derrubar; da vestimenta adequada, etc.
2º. "Que seja sem receo..." (10 capítulos)	Do medo: causas; como ultrapassá-lo.
3º. "Que seja seguro" (na vontade e contenença do corpo e do rostro... e ssaibha mostrar sua segurança) (7 capítulos)	Sobre a segurança: como se ganha e perde a segurança; a vergonha e o empacho; como mostrar segurança, sobre a *mostrança*.
4º. "Que seja assessegado..." (3 capítulos)	Da postura (boo assessego) sobre a sela.
5º. "Que seja solto..." (16 capítulos)	Da desenvoltura no cavalgar: retoma temas como a vontade e a exortação da *manha*; além do uso das mãos para reger e usar as armas e das técnicas da *luyta* (luta livre).
6º. "Que saibha bem ferir das esporas..." (2 capítulos)	Do uso das esporas em várias situações e terrenos.
7º. "Que traga bem a mão a todos freos..."*	—
8º. "Que sse saibha guardar dos perigos..." (capítulo único)	Corresponde à 7.ª subparte no LE. Trata "dalgũa enssynança pera dos periigos e cajoões que a cavallo acontecem nos podermos com a graça de Deos guardar" (p. 134).

---

68. Os itens marcados com * encontram-se ausentes do texto.

9º. "Que saibha passar bem as terras per matos, serras e colladas..." *	—
10º. "Que seja bem avisado..." *	—
11º. "Que seja fremoso..." *	—
12º. "Que seja bom aturador em andar grandes caminhos..." *	—
13º. "Que saibha bem conhecer as bocas das bestas, e mandarlhes fazer os freos..." *	—
14º. "Que lhe conheça as mynguas e tachas [da besta]..." *	—
15º. "Que saibha conhecer, guardar e acrecentar as bondades [da besta] que ouver, nom peiorando per desordenada voontade ou myngua de saber." *	—
16º. "Que per speriencyas e regras geeraais conheça as [bestas] bem feitas e boas pêra cada hũa cousa." *	—

Observe-se, a terceira parte do livro do "rei-filósofo" contém apenas sete das dezesseis subpartes projetadas. A sexta parece resumida, sem as habituais separações de conceitos e temas em parágrafos e capítulos. A sétima encontra-se abruptamente interrompida.

Como já comentado, a redação do LE ficou praticamente interrompida nos primeiros quatro anos de reinado de D. Duarte. Retomado no último ano de vida, o tratado deixa entrever a tentativa do autor de acabá-lo rapidamente[69].

---

69. Segundo Piel, na Introdução do LE, "as palavras *spedyndome della mais brevemente* só podem, a nosso ver, significar que o autor tencionava terminar de vez e de qualquer maneira sua empresa, embora respeitando as linhas gerais do plano primitivo (...*com o proposito e teençon no começo scripta*)" (p. xii. Grifos do autor).

Um índice vem reforçar a idéia de que a obra passou, pelo menos, por uma ordenação depois de escrita boa parte de seu conteúdo. Na abertura do LE, diz-se que D. Duarte o "começou em seendo Iffante" (p. 1). Apenas três páginas depois, o autor escreve: "em as guerras delrrey, meu senhor e padre, cuja alma deos aja" (p. 4). Se sabemos que à morte de D. João o infante logo foi proclamado rei; que o tratado ficou quase intocado nos primeiros quatro anos de seu reinado; assim, entre os anos de 1437 e 1438, o LE sofreu um derradeiro processo de organização e redação final.

Pensando nos critérios gerais de estruturação da obra, nota-se que a terceira parte revela uma clara divisão: as subpartes 1ª a 12ª tratam do cavaleiro, enquanto as da 13ª à 16ª cuidariam do cavalo – suas doenças, qualidades, treinamento, etc. Ainda, as subpartes 1ª a 5ª referem-se diretamente ao homem: a posição certa dos joelhos, do braço ou do tronco; o conhecimento das selas e das *manhas* das bestas, tudo isso serve apenas para ajudar o ginete a "ser forte", ser "sem receo", ser "seguro", ser "assessegado" e ser "solto". O saber é, aqui, instrumento de elevação.

Nota-se, assim, o quanto as intenções do autor transparecem na estrutura da obra. A prioridade cronológica e a extensão com que trata do cavaleiro explicitam bem que *é* o homem, em suas dimensões física, moral e psicológica, quem interessa a D. Duarte.

Esse dado é significativo quando se nota que, em outro tratado de gineta – a *Hippiké* de Xenofonte –, todo o ensinamento está voltado para o cavalo: as primeira e segunda partes orientam acerca da compra do animal, observando suas características físicas; a terceira, das instalações ideais para o cavalo; e apenas as duas últimas, do comportamento do cavaleiro sobre o cavalo. Observa-se, no entanto, que mesmo nestas partes é a psicologia do animal que está em jogo, nunca a do cavaleiro: "Deve-se saber que o nervosismo é, para o cavalo, aquilo que é, para o homem, a cólera."[70]

---

70. XENOFONTE, *L'art equestre*, op. cit., p. 63 ["Il faut d'abord savoir que la nervosité est au cheval exactement ce que la colère est à l'homme"].

No LE, a situação é completamente diversa: a primeira subparte, sobre "seer forte na besta", configura-se como panorama dos vários ensinamentos técnicos necessários ao cavalgar: a postura do corpo (tronco, pernas, braços), os tipos de selas, as estratégias para não cair, do cuidado com o equipamento. Única subparte que conta com "preâmbulo", esta primeira parece um pequeno tratado, a ser completado e ampliado nas subpartes posteriores.

Avysados os princípios básicos da gineta, D. Duarte atenta para o que é verdadeiramente sua vocação: a análise do espírito humano. A subparte sobre o "sseer sem receo", tão comentada pela crítica do LE, é um estudo acurado da psicologia do medo e da coragem. Na terceira, da "segurança", os temas estudados são a vergonha, o "empacho"[71] e a necessidade de mostrar aos outros segurança. Na quarta, o autor fala da boa postura sobre o cavalo e dos proveitos daí advindos.

Todos estes itens estão muito mais ligados a qualidades morais e psicológicas, incluindo a afirmação pela aparência (*mostrança*), do que propriamente a informações técnicas. Como já se anunciava, a estrutura do LE vem comprovar que as "partes" que tratam do espírito do homem são o cerne da obra.

A quinta subparte, da "soltura", é aquela cuja unidade estrutural é mais difícil de identificar. Dos dezesseis capítulos que a compõem, dois, sobre a "vontade", são compartilhados com o *Leal conselheiro*[72]. Temos ainda o capítulo, um tanto deslocado, acerca da luta (cap. XVI) e vários sobre as maneiras de usar ambas as mãos: a esquerda, para trazer a rédea e governar o cavalo; a direita, para trazer as armas e lutar.

No correr da leitura do LE o leitor se depara, não poucas vezes, com técnicas de gineta já apresentadas em capítulos anteriores. É uma constante, por exemplo, falar da ajuda que se pode ter da correta posição dos pés e dos joelhos, da importân-

---

71. Segundo o rei, vergonha e empacho se distinguem por ter, a primeira, a razão como fonte; o segundo, o coração. Cf. LE, p. 44.
72. Os capítulos VIII e XI do LE correspondem aos III e V do *Leal conselheiro*.

cia da postura, etc. Este fato sugere dois procedimentos retóricos e pedagógicos complementares. O primeiro é a estratégia da *repetitio*, pela qual se busca convencer e fixar o conhecimento através da insistência sobre determinado assunto[73]; o segundo, que parece mais importante, estabelece um processo pedagógico no qual a nova menção ao tema não é rigorosamente repetição, mas ampliação[74].

As subpartes da terceira parte do LE funcionam como lições progressivas. Primeiro, há que estar firme sobre o cavalo; para tanto, é importante conhecer a maneira correta de sentar-se na sela, de posicionar os membros inferiores, de conhecer o equipamento, de ter a postura certa, etc. Com o cavaleiro já sobre a montaria, segue-se o discurso sobre a coragem; em seguida, sobre a segurança, e assim por diante. Os ensinamentos técnicos, que serviam apenas para que o cavaleiro estivesse firmemente posto sobre a besta, agora são retomados em outras dimensões, a serviço da coragem, da segurança, do "assessego" e da "soltura"[75].

As técnicas de gineta, assim, são várias vezes recuperadas em situações diferentes. O progresso na arte de cavalgar não é marcado pelo aprendizado de segurar armas ou de evitar quedas, mas pelo estágio de excelência alcançado pelo cavaleiro: ser firme, sem receio, solto, etc. São qualidades do homem, e não técnicas, que presidem a estruturação das partes e capítulos do LE.

Além da organização geral, importam também os mecanismos de construção interna dos capítulos e partes. Os capítulos

---

73. No Prólogo de seu *Leal conselheiro*, o rei comenta acerca de tal atitude: "Ainda que algũas rezões vãa dobradas, sejame relevado, por que o faço querendo todo melhor declarar, avendo em tal leitura por menos falicimento dobrallas, que, onde convem, ser minguado no screver." DUARTE (Dom), op. cit., p. 2.
74. REBOUL, Oliver. *Introdução à retórica*. Trad. Ivone Castilho Benedetti. São Paulo: Martins Fontes, 2000, pp. 59-60.
75. Observem-se estes excertos, nos quais D. Duarte revela enorme consciência da progressividade e da complementaridade de suas *ensinanças*: "E para cobrar assessego na sella qual se deve aver, prestam muyto estas principaaes partes suso scriptas: de seer forte, sem receo e sseguro" (p. 65); "ca do boo assessego na besta se dá grande ajuda a sseer em ella ryjo, solto e fremoso" (p. 68).

são construídos a partir de esquemas que recuperam, ainda que sem rigor, a retórica clássica. Seguindo o modelo, o texto é composto de um proêmio, o qual introduz o tema a ser tratado; em seguida, apresenta uma divisão de itens a serem estudados[76].

> Eu disse que hũa das principaaes cousas que avya daver o boo cavalgador, era seer forte em se teer na besta. E pera esto he de saber que destas seis partes nos podemos ajudar: A primeira, daver boo geito de andar dereitamente na besta e em toda cousa que fezer. A ssegunda, do apertar das pernas. A terceira, do firmar dos pees nas estrebeiras. A quarta, do apegar das mãaos ao tempo da necessidade. A quinta, do conhecymento da maneira... (p. 14).

O excerto acima chama a atenção para um uso constante na redação do LE: a profusão de enumerações, classificações e distinções, as quais, ao lado da insistente retomada de noções de capítulos anteriores e indicações do que se dirá nos posteriores, exercita a memória do leitor, assim como fomenta sua percepção de conjunto do que é ensinado. No início da quarta sub-parte da terceira parte, o autor escreve:

> Passadallas tres partes de que screvy: a primeira de sseer forte, que he a mais principal que huũ cavalgador deve aver; a ssegunda do atrevymento; a terceira da ssegurança, que pera bem cavalgar e outras cousas muyto vallem: screverei na quarta de sseer assessegado mais brevemente... (p. 65).

Anunciados os tópicos, inicia-se a narração[77], na qual apresentam-se as técnicas e a argumentação[78], onde se prova a vali-

---

76. "La exposición de estas cosas de que vamos a hablar, se pone distribuida brevemente; com ésta se logra que el oyente retenga en el ánimo cosas ciertas, de modo que entienda que, dichas éstas, se habrá terminado..." In: CÍCERO. *De la invención retórica*. Int., trad. e not. Bulmaro Reyes Coria. México: Universidad Nacional Autónoma de México, 1997, p. 24.
77. "Es la exposición de cosas realizadas, o como realizadas". Ibid., p. 21.
78. "La argumentación parece ser un hallazgo, de algún género, que muestra probablemente, o que demuestra necesariamente alguna cosa". Ibid., p. 32.

dade dos preceitos. Para ilustrar a estrutura de que vimos tratando observe-se um capítulo bastante breve do LE, no qual o autor ensina como, pelo costume, os homens são "sem receo":

> Per husança todollos homeēs se fazem mais sem receo [...]. E porem dizem que as cousas husadas nom fazem sentimento. E viindo a nosso proposito, he de saber que se perdermos o custume dandar em bestas fazedores e desassessegadas, e de correr e saltar per lugares duvydosos razoadamente, que a voontade nos receará de o fazer per medo, per empacho ou per vergonha, em tal guisa que, se o muyto leixarmos, acharnosemos conhecidamente muyto mynguados do que ante sentyamos. E assy quem esta manha bem quiser aver, nunca por stado nem hidade, a todo seu poder, com medo ou preguiça perca custume razoado de cavalgar em taaes bestas que corram e saltem, por lhe nom sentir o coração em ello receo; ca se perder a husança, cobrará cada vez mais temor, e per el leixará gram parte desta manha (p. 52).

Em primeiro lugar, D. Duarte apresenta a proposição a ser comprovada. Em seguida, retira seu argumento do senso comum – "E porem dizem..." –, uma premissa geral, segundo a qual as coisas muito experimentadas não provocam mais grandes comoções. Depois, aplica a proposição ao caso específico da montaria e do medo, utilizando, para isso, a tópica do contrário: infere que, se o cavaleiro não cultivar o hábito de montar cavalos "rebeldes" e "nervosos" e de enfrentar terrenos e saltos perigosos, acabará por sentir-se cada vez mais inseguro, o que é o mesmo que afirmar que o uso continuado dessas atividades serve para tirar o receio.

A argumentação, em outras passagens, se dá através de estruturas marcadamente silogísticas:

> 1. "Nom embargante que, pera aver qual quer boa manha ou virtude, he necessario a graça special de nosso senhor deos..."
> 2. "Se alguū homem geeralmente em seus feitos recea mais do que deve, e acertandosse em alguū feito perigoso el se mostra tam sem receo, que por ello ha honrra e scusa grande mal..."
> 3. "Que diremos que faz esto, senom graça special?" (p. 56)

Em outros momentos, quando no assunto predomina o caráter técnico, a argumentação dá lugar à demonstração e ao "exemplo":

> Huũ avisamento per mym achei quando desarmado regia algũa grande e pesada lança: que ao alevantar della, ante que sobre ho ombro me caisse, eu a leixava correr per a maão huũ pedaço. E aquesto fazia por fycar mais quedo na ssela e por o grande seu peso me nom desassessegar; e penso que se per alguũs for custumado em tal caso, que acharóm grande avantagem se o bem souberem fazer (pp. 80-81).

Aqui, o elemento principal de convencimento não é o direcionamento do raciocínio, como na argumentação, mas a autoridade do escritor/orador, como rei e como cavaleiro experimentado.

Enfim, no termo das partes e sub-partes – e mesmo dos capítulos – temos, à guisa de conclusão, recursos como a enumeração, pela qual "coisas ditas de modo disperso e difuso são reunidas em um único lugar e, a fim de recordá-las, colocadas sob uma única mirada"[79]. Por exemplo, no primeiro capítulo que trata da soltura, a conclusão reúne os temas mais importantes já mencionados – o poder, o medo, o "empacho", etc.:

> Da parte da rrazon convem aver boo conhecimento das manhas de cadahuũ segundo a ydade, stado e tempo convem de husar. E aquellas que som pera fazer, ainda que o coraçom per ssy se queira empachar, deve seer forçado [a] perderlhe o empacho, vergonça e preguiça, e aver della grande e boa husança, por que se gaanha grande parte da soltura (p. 71).

Todas essas estratégias retóricas confluem para facilitar o aprendizado técnico e espiritual do leitor. Fundamentam-se não no acaso, mas na tradição da prosa didática – na Antigüidade e no Medievo – e na capacidade de observação do espírito hu-

---

79. Ibid., p. 59 ["Cosas dichas dispersa y difusamente se reúnen en un único lugar, y para recordarlas se colocan bajo una única mirada"].

mano e seus processos cognitivos[80]. É sob este ponto de vista, de propiciar melhor aprendizado, que D. Duarte indica a melhor maneira de ler:

> E os que esto quiserem bem aprender, leamno de começo pouco, passo, e bem apontado, tornando algũas vezes ao que ja leerom pera o saberem melhor. Ca se leerem ryjo e muyto juntamente como livro destorias, logo desprazerá e se enfadarón del, por o nom poderem tam bem entender nem renembrar; por que regra geeral he que desta guisa se devem leer todollos livros dalgũa sciencia ou enssy/nança (p. 3).

Enfim, o rigor da leitura proposto por D. Duarte, com idas e vindas, paradas e reflexões, transparece na estrutura – cheia de repetições, resumos e ampliações – de sua escrita.

No plano da linguagem, devem-se a Rodrigues Lapa as melhores inferências acerca da obra do monarca. Foi o primeiro a afirmar as dificuldades de leitura do texto, que nada tem de gracioso ou fluente. A sintaxe latinizada, sempre referida pela presença dos verbos no final do período, avança provocando instabilidade na posição dos termos da oração. Ao lado do uso freqüente da subordinação, a sintaxe acaba por tornar alguns trechos difíceis de entender:

> E sse estes naturalmente de tal louvor se allegrom, que farom os que esta sabem davantagem, que ante outras he tam estremada pera os que perteẽce (p. 9).

> E esso medês das manhas outras de força, ligeirice e braçaria que os cavalleiros e scudeiros em esta terra muyto avantejadamente sabiam e husavam de fazer, de que agora os vejo mynguados, que muyto me despraz, nom prestando dictos e consselhos com algũa parte densynança e avisamentos que lhe sobr'ello per mym som mostrados (p. 118).

---

80. Observe-se, por exemplo, o primeiro capítulo do *Leal conselheiro*, que trata das "partes do nosso entendimento": aprender, lembrar, julgar, inventar e saber declarar (expressar). In: DUARTE (Dom). *Leal conselheiro*, op. cit., pp. 7-8.

Tais fenômenos encontram explicações na progressiva influência que os textos doutrinários latinos vinham exercendo na corte avisina, como testemunha a profusão de traduções[81]. Se, por um lado, estas obras estavam em franco processo de tradução para *lingoagem*, por outro imprimiam definitivamente seu "modo de dizer" na língua portuguesa.

O Latim, e sobretudo o Latim escolástico, foi, como não poderia deixar de ser, a língua sobre a qual a prosa doutrinal portuguesa apoiou os primeiros passos, quer decalcando nele as suas formas, quer aprovisionando-se do vocabulário que lhe faltava. Por isso D. Pedro declara que a matéria do seu livro obriga a recorrer a palavras "alatinadas" e a termos difíceis. E D. Duarte socorre-se freqüentemente de latinismos, embora condene seu uso imoderado. Palavras como: *abstinência, infinito, fugitivo, evidente, sensível, intelectual, circunspecção*, etc., contam-se entre os latinismos que nesta época são enxertados no tronco da língua[82].

Como notaram Saraiva e Lopes, a subordinação provoca o enrijecimento hierárquico das relações sintáticas[83]. O fenômeno, é claro, encontra reflexos no aprofundamento das relações entre os conceitos tratados. Neste sentido, é bastante próprio que a prosa doutrinária adote a estrutura subordinada como preferencial, já que depende da capacidade argumentativa de encadear conceitos.

---

81. "Ia então [século XV], pela Europa, sobretudo pela Itália, todo um movimento literário de cultura clássica. Petrarca e Boccaccio tinham dado o exemplo e o impulso vivificador desde meados do século XIV. Era moda buscarem-se novos textos latinos e interpretá-los, corrigi-los, traduzi-los e imitá-los. (...) Ainda príncipe [D. Duarte] não perdia a menor ocasião de adquirir livros e traduções de obras antigas. Em 1422, esteve em Portugal, em missão diplomática, o Bispo de Burgos, Afonso de Cartagena, reputado humanista. D. Duarte lhe pediu que traduzisse em vulgar o livro de Boccaccio, *De casibus virorum*. Doutra vez, mais tarde, pediu-lhe a tradução da *Retórica* de Cícero. (...) A sua [de D. Duarte] fecunda atividade de príncipe foi passada, pois, a ler e traduzir do latim", in: LAPA, *Lições*, op. cit., pp. 354-5. Cf. NASCIMENTO, op. cit., p. 278.

82. SARAIVA, António José, LOPES, Oscar. *História da literatura portuguesa*. 15. ed. Porto: Porto Editora, 1989, p. 114.

83. Ibid., p. 115.

A prosa das novelas de cavalaria, que dependem mais da narração linear de fatos, tinha nas orações coordenadas sua opção. Falando da colocação do verbo na oração, Afonso Botelho comenta:

> Ora, sabendo, quem está atento à indissolúvel relação da filosofia, quão importante é o lugar do verbo para o processo do pensamento, torna-se verossímil que essa construção, por vezes rebuscada, servisse mais o pensar do que o sensibilizar, mais o filósofo do que o literato. (...) D. Duarte (...) escrevia numa língua que tanto devia à espontaneidade do português como ao classicismo do latim, em cujas regras lógicas vazava o pensamento[84].

Por outro lado, cabe lembrar que até o século XIV "a colocação dos termos da oração era muito mais livre do que hoje"[85] e que, mesmo no século seguinte, "freqüentemente o *verbo* ia para a parte final da frase ou do período"[86]. Assim, não julgamos producente valorizar demais os dados de sintaxe do LE. A mesma precariedade apontada por Bechara na afirmação de que "D. Duarte usou e abusou de palavras latinadas"[87], acreditamos existir em outra segundo a qual o uso do verbo em posição final seria um traço marcante da prosa do monarca.

Parece digno de nota, no entanto, que o verbo em posição final não seja predominante no LE. Mais ainda, a posposição é bem mais freqüente nas partes cujo tópico incide na argumentação moral:

> Esto faço por ensynar os que tanto nom souberem, e trazer em renembrança aos que mais sabem as cousas que lhes bem parecerem, e nas fallecidas enmendando no que screvo a outros podeerem avysar (p. 1).

---

84. BOTELHO, Afonso. *D. Duarte*. Lisboa/São Paulo: Verbo, 1991, p. 19.
85. HAUY, Amini B. *História da língua portuguesa*: séculos XII, XIII e XIV. São Paulo: Ática, 1989, p. 77.
86. PAIVA, Dulce de Faria. *História da língua portuguesa*: séculos XV e meados do XVI. São Paulo: Ática, 1988, p. 81.
87. BECHARA, Evanildo. Um processo sinonímico em D. Duarte. In: *Atas do I Encontro Internacional de Estudos Medievais*. São Paulo: USP/UNICAMP/UNESP, 1996, p. 28 (grifos do autor).

Quando prevalecem os ensinamentos técnicos, a colocação do verbo é de anteposição:

> E dally avante nom bullyr mais com os pees nem pernas ataa que passem os encontros, se a besta anda como deve; ca se ella antepara ou se desvya, convem que per necessidade (que) a façom sayr aas sporas. Em justa custumam em esta terra lançar a vara aa mão ezquerda e aa mãao dereita. E se for aa mãao ezquerda, dévesse dar ajuda e balanço do banzear do corpo pera aquella parte, levantando bem o braço dereito... (p. 80).

Tal observação revela a alternância de registros lingüísticos praticados pelo monarca. Não é mais o caso de uma língua vernácula para descrever e narrar, e outra culta, o Latim, para pensar. A *lingoagem* finalmente triunfa, marcada por variações nos usos da sintaxe.

Resta mencionar, na esteira de Lapa, a sensibilidade de D. Duarte para a delimitação exata do campo semântico das palavras. Sem estender muito, basta pensar na dificuldade que enfrentamos em distinguir, à primeira vista, conceitos como firmeza, segurança, *assessego*, etc., ou ainda, na discussão acerca da diferença entre *vergonha* e *empacho*.

> E faço deferença do empacho e da vergonha, por que a rrazom perteêce de nos fazer vergonha das cousas que receamos seer mal feitas, ou do que fazemos ou fezermos, do que nosso entendimento nos dá juyzo que fazemos mal (...). E o empacho perteence sollamente ao sentido do coraçom, que nom pode reguardar razoadamente se he bem ou mal aquela cousa de que o [h]a (p. 44).

É provavelmente este cuidado com o uso das palavras[88] que leva D. Duarte – que, segundo Lapa, "não acreditava em sinônimos" – à economia vocabular notada por Isabel Dias. De

---

88. Aristóteles indicava que "acontece várias vezes de chocarmo-nos com uma dificuldade ao discutir ou argumentar sobre uma posição determinada porque não se formulou corretamente a definição". ARISTÓTELES, Tópicos, op. cit., p. 139.

acordo com a autora, o monarca usa um "léxico bastante circunscrito" em suas instruções e descrições sobre "uma mesma parte do corpo". Por exemplo. "direitas", "firmadas" e "encolhidas", sobre as pernas; "firmes" e "dobrados", sobre os pés, etc.[89]
Enfim, se a estrutura do LE informa muito acerca do pensamento do monarca – a preocupação com o homem, a análise dos sentimentos, as influências clássica e cristã –, veja-se o que diz o discurso do tratado de gineta.

Aqui termina a terceira parte e começa a quarta, na qual se mostra que cavalgar é índice da nobreza

Algumas páginas atrás, comentou-se acerca do público a quem se destina o LE: os "cavaleiros e escudeiros" que constituíam uma nobreza recém-elevada, depois de ajudar o Mestre de Avis em sua conquista. Tal nobreza enfrentava, no início do século XV, uma grave crise, que ia além das questões monetárias ou de saúde: era uma classe guerreira sem guerra. Desprovida de sua função social, de *bellatores*, todo o sentido de sua existência está em jogo[90]. A crise de identidade gera uma terrível debilidade moral e de costumes, para a qual atenta e contra a qual se empenha D. Duarte.

> E esso medês das manhas outras de força e ligeirice e braçaria que os cavalleiros e scudeiros em esta terra muyto avantejadamente sabiam e husavam de fazer, de que agora os vejo mynguados, que muyto me despraz, nom prestando dictos nem consselhos com algũa parte densynança e avisamentos que lhe sobr'ello per mym som mostrados. E outras vezes, constrangidos per / mandado que as provem, fazemnas de tal maneira que a mym he pouca folgança a rrespeito das que já em minha casa vy fazer. Todo esto entendo que lhes vem por myngua de voontade que dellas ham; por que tanto custumarom a falla das molheres e poserom todas tenções com gram desejo em se traba-

---

89. DIAS, Isabel, op. cit., p. 77.
90. "Combater é a razão de ser do cavaleiro". PASTOREAU, op. cit., p. 101.

lharem de bem trazer, calçar, jugar a peella, cantarem e dançarem, por lhes seguirem as voontades que mostram principalmente destas manhas, que de todas outras leixarom a mayor parte (p. 118).

Entende-se assim o significado mais amplo do LE: um esforço dirigido a reformar os hábitos da nobreza portuguesa.

Há muitos séculos os termos "nobre" e "cavaleiro" tinham convergido para um sentido comum. Falando da passagem do século XI para o XII, Duby demonstra o freqüente intercâmbio entre eles[91]. O historiador aponta ainda a ampla difusão do termo "cavaleiro":

> Tal sucesso, na verdade, traduz a tomada de consciência de três fatos complementares: um fato técnico, a superioridade do cavaleiro no combate; um fato social, a ligação entre o gênero de vida considerado nobre e o uso do cavalo, ligação ainda muito mal estudada, mas certamente muito profunda e antiga (conviria levar as pesquisas até os túmulos de cavalos vizinhos daqueles dos chefes na pré-história germânica e, na Antigüidade clássica, até o significado social da equitação); um fator social, enfim, a limitação do serviço de armas a uma elite restrita.[92]

Em fins da Idade Média, então, não há como pensar no nobre sem associá-lo à imagem do cavaleiro – espécie de homem superior identificado por seus atributos éticos e estéticos. Daí a pertinência de um tratado de gineta: o cavalgar e o cavalo são os símbolos máximos de uma classe que não se queria confundida com um Terceiro Estado emergente.

> A nobreza do cavalo decorre do facto de este permitir distinguir, na sociedade humana, os nobres dos não nobres: "nule beste soit plus noble d'um cheval, car par celui li roy, li prince sont conneüz dês austres povres gens". Associado ao mundo

---

91. DUBY, Georges. *A sociedade cavaleiresca*. Trad. Antonio de Pádua Danesi. São Paulo: Martins Fontes, 1989, p. 82.
92. Ibid., pp. 28-9.

dos nobres, cujos contornos sociais ajuda a definir, o cavalo é reflexo da excelência do grupo que representa[93].

Nesse sentido, entendem-se bem os apelos de D. Duarte relativos à gineta e, mais ainda, à gineta com excelência. Seguindo a tópica de que o exterior é reflexo da virtude interior, o rei insiste várias vezes na importância da aparência, da *mostrança*[94]: "Pódesse ainda mostrar esta segurança per algumas mostranças contrafeitas, as quaaes nom tam soomente prestam ao parecer de fora" (p. 63).

O dado estético como instrumento distintivo[95] é explícito na descrição que Duby apresenta de Guilherme Marechal:

> Ele [Guilherme] sempre deu muita importância à sua equipagem e a sua elegância pessoal, sempre quis eclipsar todos os concorrentes, exibindo as armas mais brilhantes e a moda mais recente (...). O esplêndido aparelho convinha a sua fama[96].

Aqui, "aparência" é igual a "excelência". Para D. Duarte, há uma maneira de cavalgar que identifica o verdadeiro nobre. Ela deve transparecer no exterior, mas tem sua fonte na virtude interior[97], que o LE não se cansa de lembrar:

> Alguũs (...) poderóm dizer que vyrom muytos seer boos cavalgadores, e pouco por ello prezados; por que *esta manha per ssy soo nom he soficiente pera fazer alguũ muyto valer* (...). As cousas principaaes encamynhadores com a graça de deos pera os homeẽs averem bem em esta vyda e na outra, som estas:

---

93. DIAS, Isabel, op. cit., pp. 21-2. O texto citado entre aspas é de Jordão Ruffo de Calábria, da versão francesa de sua *De medicina equorum*.

94. Ver os capítulos sexto e sétimo da terceira sub-parte do LE.

95. "exaltação [de classe] que se acentua à medida que os meios cavaleirescos adquirem uma consciência mais nítida do que os separa da massa 'sem arma' e os eleva acima dela" In: DIAS, Vera, op. cit., p. 51.

96. DUBY, *Guilherme Marechal...*, op. cit., p. 155.

97. Platão afirma não crer "que o corpo bem construído possa melhorar a alma com suas excelências corporais, mas, pelo contrário, é a alma boa que, mercê de suas virtudes, aperfeiçoa o corpo na medida em que isto for possível". PLATÃO. *Diálogos*: a República. Trad. Leonel Vallandro. Porto Alegre: Globo, 1964, p. 84.

Averem boas vontades de *fazer todallas cousas virtuosamente e lealmente* a deos e aos homeẽs (pp. 7-8. Grifos nossos).

Raimundo Lúlio, no século XIII, era bem específico neste sentido:

> Se a cavalaria residisse mais na força corporal que na força do coração, seguir-se-ia que a ordem da cavalaria concordaria mais com o corpo do que com a alma; e, se fosse assim, o corpo teria maior nobreza que a alma.
> Donde, visto que a nobreza do coração não pode ser vencida nem subjugada por um homem nem por todos os homens que existem, e um corpo pode ser vencido e preso por outro, o cavaleiro malvado que teme mais pela força de seu corpo, quando foge da batalha e desampara seu senhor, que pela maldade e fraqueza de seu coração, não cumpre com a honrada ordem da cavalaria, que teve seu princípio na nobreza do coração.[98]

Essa "nobreza de coração", citada por Lúlio, identifica-se com a virtude exigida por D. Duarte. Assim, no plano ético, o cavaleiro/nobre é reconhecido sobretudo por sua *virtus* – retomada, sob a óptica cristã, do conceito grego de *arete*:

> A palavra "virtude", na sua acepção não atenuada pelo uso puramente moral, e como exemplo do mais alto ideal cavaleiresco unido a uma conduta cortês e distinta e ao heroísmo guerreiro, talvez pudesse exprimir o sentido da palavra grega [Arete].[99]

---

98. LLULL, Ramon. *Libro de la ordem de caballeria.* Madrid: Alianza, 1992, p. 42 ["Si la caballería residiera más em la fuerza corporal que en la fuerza del corazón, se seguiría que la orden de la caballería concordaría mejor con el cuerpo que con el alma; y si así fuese, el cuerpo tendría mayor nobleza que el alma. De donde, puesto que la nobleza de corazón no puede ser vencida ni sometida por un hombre ni por todos los hombres que existen, y un cuerpo puede ser vencido y apresado por otro, el caballero malvado que teme más por la fuerza de su cuerpo, cuando huye de la batalla y desampara a su señor, que por la maldad y flaqueza de su corazón, no cumple con la honrada orden de caballería, que tuvo su principio en la nobleza de corazón"].

99. JAEGER, Werner. *Paidéia: a formação do homem grego.* Trad. Artur M. Pereira. 3. ed. São Paulo: Martins Fontes, 1995, p. 25.

O conceito é o de um homem completo: belo no físico, nobre nos atos, honrado na moral. Este homem pertence a um estrato bem definido da sociedade: "A *arete* é o atributo próprio da nobreza. Os gregos sempre consideraram a destreza e a força incomuns como base indiscutível de qualquer posição dominante."[100]

Não havia como imaginar, tanto na Antigüidade quanto na Idade Média, um privilégio mundano que não fosse reflexo da superioridade espiritual. Lembremos, por exemplo, que os combates no medievo eram a maneira de auferir a justiça: ter força era sinônimo de ter direitos. Na Antigüidade não era diferente: "nos primeiros tempos era inseparável a habilidade do mérito"[101].

A doutrinação de D. Duarte pretendia imprimir justamente esta virtude à nobreza que o cercava. Construir um reino era construir a elite que o governava. Se, por um lado, infundia ensinamentos éticos e morais através dos conselhos do "ABC da lealdade", por outro reforçava a virtude física no LE. Como já sabemos, o corpo não é o objetivo final, mas instrumento do espírito – e aliado deste.

Tal noção tem raízes na Antigüidade. Jaeguer comenta que, para Platão, a finalidade da ginástica "não é a perícia técnica, mas antes *a formação do ethos*. Trata-se de um processo de enrijecimento espiritual"[102]. Ouçamos o grego:

> Os próprios elementos da ginástica e trabalhos a que se entregar terão em mira antes estimular o elemento impetuoso de sua natureza do que o vigor corporal[103].

Nesse sentido, o LE é uma obra para a elevação do homem como um todo, sem deixar, por isso, de ser um texto cinegético. Corpo e espírito não são, no tratado de gineta, contraditórios, desde que regidos pela mesma faculdade.

---

100. Ibid., p. 26.
101. Ibid., p. 30.
102. Ibid., p. 829 (grifo nosso).
103. PLATÃO, *Diálogos*..., op. cit., p. 92.

Acaba-se a quarta parte e inicia-se a quinta, na qual se fala do binômio *"vontade e saber"*, e de como a razão sobressai como guia da virtude

Como já foi comentado, a arte de dominar o cavalo e as armas faz parte do treinamento para dominar-se a si mesmo. Tratando da *Ciropedia*, Jaeguer infere que, para Xenofonte, o soldado é "o verdadeiro homem, vigoroso, saudável, valente e firme, disciplinado não só na luta contra os elementos e contra o inimigo, mas também contra si próprio e suas fraquezas"[104].

No LE, D. Duarte apresenta ensinamentos detalhados para governar "a besta": a firmeza, o controle das emoções, a flexibilidade[105], etc. Todas as lições, no entanto, são imediatamente estendidas ao controle interno. Falando do treinamento, que pode acrescentar muito à natureza, o autor afirma:

> Aqueste he boo avisamento e muyto proveitoso e fremoso a quem o ssabe fazer. E bem podemos desto tomar exempro das desvairadas maneiras de vyver dos homeẽs; por que som alguũs que, nom teendo lembrança do que requerem seus stados, boas e dereitas vydas, tanto teẽ a teençom ryja e desemparada em comprir o que desejam, ainda que seja cousa de pouca vallia, que assy caãe como vem o que elles querem fazer. Ca se faz seu acabamento em lhes dar [a]azo(o) de tristezas, malquerenças, fazer roubos ou semelhantes malles, logo seguem seu desejo, sem outro reguardo que em sy ajam do que lhes convem (p. 41).

As inferências acerca do autocontrole são uma constante no LE – e também nos demais escritos de D. Duarte – e têm na sub-parte que trata do ser "sem receo" um bom exemplo. Ali o autor apresenta as várias causas da coragem ("sem receo") do cavaleiro: nascimento, hábito, conhecimento, outro medo maior, etc. Mais uma vez, os preceitos do rei alcançam um horizonte

---

104. JAEGER, op. cit., p. 1225.
105. Ver o sétimo capítulo da primeira sub-parte (terceira parte), que fala das vantagens de o cavaleiro saber montar as mais diversas selas (pp. 19-20).

mais amplo do que o da gineta. A educação, com a graça de Deus, é vista como transformadora da natureza[106]:

> E posto que se diga que nom podemos mudar as cousas da natureza, eu tenho per boo *entender* e geeral boa *voontade* os homees enmendam muyto, com a graça de deos, em os seus naturaaes fallecyme[n]tos, e acrecentam nas virtudes. E porem cada huũ deve trabalhar por sse conhecer (p. 45. Grifos nossos).

O que a estrutura da obra anunciava, o texto acaba por explicitar: vontade e entender[107] (saber) é o binômio que rege as *ensinanças* reais. Tal binômio, no entanto, tende nitidamente para um dos termos – coincidindo assim, mais uma vez, com aquilo que revelava a organização do LE.

Os capítulos IX a XI da quinta sub-parte discutem as "quatro vontades" que habitam todos os homens[108]: a "carnal", que busca "vyço, folgança do corpo e cuidado, arredandosse de todo perigoo, despesa e trabalho" (p. 89); a "espiritual", que faz com que se enfrentem todos os perigos sem nenhum resguardo, mesmo os que seriam naturais ao "stado" e "poder" do indivíduo[109]; a "prazenteira e tiba", que procura satisfazer as duas anteriores, tentando realizar jejum sem fome, alcançar a

---

106. Também para os gregos, "uma educação consciente pode até mudar a natureza física do Homem e suas qualidades, elevando-lhe a capacidade a um nível superior". JAEGER, op. cit., p. 3.

107. Note-se o sentido amplo que o termo abriga na perspectiva duartina. Os capítulos I e II de seu *Leal conselheiro* – "Das partes do nosso entendimento" e "Do entender e memória" – abordam o tema com minúcia e legam ao "entender" sete partes, que vão desde a memória, como hoje a compreendemos, até a capacidade de julgar, criar, expressar-se e agir. DUARTE (Dom). *Livro da ensinança*, op. cit., pp. 7-14.

108. Os dois primeiros são compartilhados com o *Leal conselheiro* e têm como fonte de inspiração direta – "segundo desto achei em huũ livro" (p. 89) – o *Livro das colações* de João Cassiano.

109. "E esto medês faz nos cuydados dalgũas obras, que lhe parecerem boas e virtuosas, que se despõe a elles assy destemperadamente que nom teẽ cuydado de comer, dormyr, nem da folgança ordenada que o corpo naturalmente requere. E as despesas, onde lhe parece que eh bem, consselha que se façam logo, sem nehuũ resguardo do que sua fazenda pode abranger e governar". *LE*, p. 90.

honra da cavalaria sem passar perigos, ter fama de generoso sem fazer despesas – e daí que tal vontade "nunca o leixa viver bem nem virtuosamente" (p. 90); e, finalmente, a "obediente ao entender": "muyto perfeita e virtuosa, nom segue sempre o que estas [as outras três vontades] requerem, e obra muytas vezes o que nom lhes praz, *todo per determynaçom e mando da rezom e do entender*" (p. 90. Grifos nossos).

A vontade, enfim, submete-se ao entender, à razão. Tal conceito, marcante no LE, imprime alguma distância entre o que se diz no tratado de gineta duartino e os ideais ancestrais da cavalaria. Para D. Duarte, por exemplo, a coragem que o "sem receo" identifica não tem nada de desvairada, de inconseqüente – baliza-se, assim como a vontade, pela razão: "pera todo que devem a aver atrevymento, o teẽ assy como melhor teerse pode, e as cousas que som de recear, elles as temem e se guardam dellas como he razom" (p. 43). A idéia central aqui é a de equilíbrio. Se se pode errar pelo excesso ou pela falta, o caminho da virtude encontra-se intimamente ligado à noção aristotélica de *mediocritas*[110]: "a virtude bem se mostra que he no meo" (p. 43)[111].

Por outro lado, Georges Duby relata o caráter da coragem que, três séculos antes de D. Duarte, inflamava o "melhor cavaleiro do mundo":

> O valeroso nenhuma proteção almeja, a não ser a presteza de seu cavalo, a qualidade de sua armadura e o devotamento de seus iguais, cuja amizade o fortalece. A honra obriga-o a pare-

---

110. Horácio também propaga a idéia de mediania: "Mas entre os vícios se equilibra e pende, / A igual distância, a sólida virtude"; ou ainda: "Melhor, Licínio, viverás, nem sempre / Sulcando o alto mar, nem quando temes, / Cauto as procelas, costeando muito / a praia iníqua. Quem preza a áurea mediania, evita / De um velho teto a solidez seguro; / Evita sóbrio majestosos paços, / Alvo da inveja." In: HORÁCIO. *Obras completas*. Trad. Elpino Duriense et al. São Paulo: Edições Cultura, 1941, pp. 272; 58.

111. "A via média do agir moral, que remonta a Aristóteles, deixa-se reconhecer facilmente em várias passagens, e inspira certamente essa tendência de D. Duarte a buscar habitualmente o equilíbrio harmonioso no desenvolvimento da personalidade bem formada ou virtuosa". GAMA, José. D. Duarte. In: CALAFATE, op. cit., p. 392.

cer intrépido, até as raias da loucura. Essa temeridade fez que os companheiros de Guilherme o repreendessem, fraternalmente, diante dos muros de Montmirail, durante as guerras do Maine: *ele se excedia*. [...] Quando [Guilherme] ensinava Henrique, o moço, excitava-o a arriscar-se dessa maneira, *sem considerar o perigo*...[112]

Na gesta de Rolando[113], temos a mesma luta entre prudência (razão) e coragem. Ao ver a desigualdade de forças entre francos e sarracenos, Olivier reclama ao herói que peça ajuda aos companheiros:

> Olivier diz: "Os Pagãos têm uma grande força e nós Franceses parece que somos bem poucos. Companheiro Rolando, tocai então a trompa. Carlos ouvirá e o exército voltará." Rolando responde: "Isto seria loucura! Na Doce França eu perderia minha fama. Vou imediatamente dar grandes golpes com Durindana: a lâmina ficará ensangüentada até o ouro da guarda."[114]

A diferença entre os cavaleiros é explícita. A gesta adverte: "Rolando é bravo, Olivier é sábio."[115] Mais tarde, perdida a batalha, o "sábio" sentencia:

> "Companheiro [Roland], a culpa é vossa. A bravura sensata nada tem a ver com a loucura. O comedimento vale mais que a temeridade. Se os franceses morreram, foi por vossa imprudência."[116]

---

112. DUBY, op. cit., pp. 119-20 (grifo nosso).
113. *A canção de Rolando*. Trad. de Ligia Vassallo. Rio de Janeiro: Francisco Alves, 1988. Cotejada com: *La chanson de Roland*. Ed. bilíngüe francês moderno/dialeto anglo-normando de Joseph Bédier. Paris: L'Édition d'Art, 1924.
114. *A canção de Rolando*, op. cit., p. 45 ["Olivier dit: 'Les païens sont très forts; et nos Français, ce me semble, sont bien peu. Roland, mon compagnon, sonnez donc votre cor: Charles l'entendra, et l'armée reviendra!' Roland répond: 'Ce serait faire comme um fou. Em douce France j'y perdrais mon renom.'"]. *La chanson de Roland*, op. cit., p. 83.
115. *A canção de Rolando*, op. cit., p. 46 ["Roland est preux et Olivier sage"]. *La chanson de Roland*, op. cit., p. 87.
116. *A canção de Rolando*, op. cit., pp. 61-2 ["Compagnon, c'est votre faut, car vaillance sense et foulie sont deux choses, et mesure veut mieux qu'outrecuidance. Si nos français sont morts, c'est par votre légèreté"]. *La chanson de Roland*, op. cit., p. 133.

A *Canção*, no entanto, é de Rolando e não de Olivier; é pelo primeiro que choram os franceses. Também, no outro caso, o mais honrado, o paradigma é Guilherme e não seus pares. Num período histórico em que a batalha campal decidia os destinos de uma guerra, a coragem "desmedida" é atributo do cavaleiro ideal. Tal modelo, amparado pelas gestas e pelas novelas em prosa, já não é o mesmo no texto doutrinário do LE: neste, a razão é o valor maior.

A evolução das técnicas guerreiras, trezentos anos depois de escritos os poemas de Rolando e de Guilherme, exigiria mais estratégia e menos heroísmo: "o uso cada vez maior da artilharia obrigou a processos ofensivos e defensivos diferentes. (...) Uma estratégia mais sofisticada exigiu o recurso abundante a itinerários, guias, espiões, mercadores, etc."[117].

O que o LE reflete, neste contexto, é que a guerra, então, pedia mais razão e menos impulso desvairado. Não apenas a guerra se modificara. O contexto político português, de uma dinastia elevada pelas mãos da massa, e não pelas leis linhagísticas e divinas antes evocadas, de uma classe produtiva e mercantil emergente, reclamava um governo que tivesse no equilíbrio (*temperança*) a linha mestra de suas decisões.

D. Duarte, neste sentido, debate-se com variadas vontades: as interiores, que o dividiam entre o "humor menencórico" e o prazer do vinho e das mulheres[118]; as exteriores, de vários grupos políticos e sociais que haviam de querer satisfeitas suas "necessidades". A complexidade dos problemas vulgares e cotidianos, que caíam sobre os ombros do rei nas intermináveis entrevistas e reuniões, as questões burocráticas não podiam ser resolvidas nas altas esferas do discurso teológico. O rei havia que se preparar, ilustrar-se, aprender a guiar seu povo. A profusão de traduções e compilações encomen-

---

117. MARQUES, A. H., SERRÃO, Joel (Dir.). *Nova história de Portugal*. Lisboa: Presença, 1987, v. 4, p. 62.

118. Dos três foi capaz de escapar, segundo conta no cap. XIX do *Leal conselheiro*.

dadas pelos senhores de Avis, a prolífica aquisição de obras e a redação de tratados como o LE são indícios da consciência dessa necessidade, que teria como processo culminante, enquanto signo da busca do saber, a nomeação de Fernão Lopes como cronista do reino.

TERCEIRA PARTE
Formando o cidadão

Os leais e prudentes *conselhos* de El-Rei D. Duarte

Por
Márcio Ricardo Coelho Muniz
Universidade Ibirapuera

*Para Fernando,
Márcia, Michel, Paulo, Raul e Risonete,
pela folgança do trabalho em grupo.*

Márcio Ricardo Coelho Muniz é professor assistente de Literatura Portuguesa e Teoria da Literatura da Universidade Ibirapuera (SP). Atualmente, conclui doutoramento sobre El-Rei D. Duarte na Universidade de São Paulo.

> "...se leixarmos de nos reger per dereita razom e boo entender, que valeremos?"
> **D. Duarte.** *Leal conselheiro*

1. Do "ajuntamento" dos "conselhos" de El-Rei

Entre 1437 e 1438, ano de sua morte, D. Duarte, décimo primeiro rei português, ocupa o tempo livre – pouco, em face das obrigações que a condição de monarca exige – na escrita, compilação e organização de suas obras, até então anotações fragmentadas, cartas, conselhos, regimentos, memórias, sumários, mezinhas, enfim, escritos vários[1]. O que determina o debruçar-se sobre suas notas para sistematizá-las é, afirma o rei, um requerimento de sua esposa, D. Leonor de Aragão, que, observando os constantes apontamentos que ele fazia, decide solicitar ao esposo que reúna seus escritos soltos[2]. Aparentemente, daí surgiu o *Leal conselheiro*.

---

1. Grande parte desses textos compõe o denominado *Livro dos conselhos de El-Rei D. Duarte* (Livro da Cartuxa). Ed. diplom. e transcr. de João José Alves Dias. Lisboa: Estampa, 1982. Não estamos considerando entre esses escritos avulsos o tratado de equitação chamado *Livro da ensinança de bem cavalgar toda sela*, que D. Duarte começou a escrever quando ainda era Infante, conforme declara no Prólogo à obra, e que acabou por não concluir. Cf. DUARTE (Dom). *Livro da ensinança de bem cavalgar toda sela*. Ed. crít. de Joseph M. Piel. Lisboa: Instituto Nacional/Casa da Moeda, 1986.

2. "Muito prezada e amada Rainha Senhora: vós me requerestes que juntamente vos mandasse screver algũas cousas que havia scriptas per boo regimento de nossas conciencias e voontades". DUARTE (Dom). *Leal conselheiro*. Ed. crít., intr. e notas de Maria Helena Lopes de Castro. Lisboa: Instituto Nacional/Casa da

Se assim foi, por que não decidiu o rei apenas mandar "juntamente (...) screver algũas cousas que havia scriptas", mas resolveu "que seria melhor feito em forma de ũu soo tractado com algũus adimentos" (p.7)? Por que escritos avulsos, aos seus olhos, passaram a merecer a atenção de uma sistematização tratadística?[3] Por que, então, tantos daqueles apontamentos ficaram de fora do *tractado* e outros, poucos, vieram a compô-lo, sendo muitos, ou a maior parte do LC, escritos ou mandados pôr "em lingoajem" exclusivamente para sua construção? O que continham aqueles, para que fossem alijados da obra, e esses, para justificar seu "ajuntamento"? Muitas questões. Encaminhem-se as respostas.

O *Leal conselheiro* é um tratado sobre os pecados e as virtudes, redigido por D. Duarte para melhor regimento das "conciencias e voontades" próprias, das gentes da casa e dos senhores do reino. Obra de teor moral e intenção didática, visava a servir como uma espécie de manual de conduta virtuosa, destinado prioritariamente ao homem nobre português, cuja melhor

---

Moeda, 1998, p. 7. As citações do *Leal conselheiro*, designado daqui em diante por LC, serão feitas a partir desta edição e acompanhadas do número da página entre parênteses.

3. Alguns dos escritos de D. Duarte são datáveis da década de 20, como o "Conselho do Jfante pera o seu Jrmão o Jfante dom pedro quando se partio pera Vngria", de setembro de 1425, ou "Crença d el rey que Per o Jfante dom fernando enujou a seu Jrmão o Jfante dom Pedro", datada de 1º. de maio de 1429, respectivamente capítulos 3 e 7 do *Livro dos conselhos*, op. cit., pp. 21 e 50. Outros apontamentos são da primeira metade da década de 30, como o leitor poderá conferir no citado *Livro dos conselhos*. Mas a datação de um capítulo do LC, o de número 98, transcrição de uma carta de D. Duarte a seus cunhados aragoneses, de 25 de janeiro de 1435, permite-nos situar a escrita e organização do LC, a princípio, entre esta data e setembro de 1438, quando faleceu D. Duarte. Não obstante isto, Piel defende que se date a produção do LC entre 1437 e 1438, baseado na referência, no capítulo 91, a Frei Gil Lobo, confessor do Rei, seguida da expressão "que Deos perdoe", o que indica que à data da compilação do LC o Frei confessor já era falecido. Como este morreu provavelmente em meados de 1437, parecem estar mais próximos do período real de composição da obra os limites traçados por Piel. Cf. PIEL. J. M. Prefácio. In: DUARTE (Dom). *Leal conselheiro*. Ed. crít. e anotada de Joseph M. Piel. Lisboa: Bertrand, 1942, pp. ix e x.

formação o rei acreditava seu dever orientar e guardar[4]. Um "ABC da lealdade".

Pelo que se sabe sobre o destino da obra após a morte de D. Duarte – ocorrida imediatamente à sua conclusão, segundo a datação que se segue para a escrita do LC –, os objetivos do rei não alcançaram êxito, já que seus contemporâneos não chegaram a conhecer o conteúdo do LC, pois o manuscrito, ao que tudo indica, saiu de Portugal pelas mãos de D. Leonor de Aragão, em 1440, quando esta deixou o reino em direção a Castela[5]. As poucas referências à obra, pelos cronistas de D. Duarte[6] e por outros escritores ao longo dos séculos, indicam que só no séc. XIX o LC passa a ser conhecido pelos leitores, mediante duas edições quase simultâneas[7].

Obra de monarca ilustrado, o LC não é o primeiro texto de caráter tratadístico ou ficcional produzido por um rei. Vem de longe, em Portugal e por toda a Europa, a tradição de reis e infantes literatos. Em terras lusitanas, caso exemplar é o de D. Dinis (1279-1325), criador de um dos maiores e mais belos cancioneiros individuais da lírica galego-portuguesa. Seu filho bastardo, o Conde D. Pedro de Barcelos, é autor dos primeiros escritos de historiografia em língua portuguesa: o *Livro de linhagens*[8] e a *Crônica geral da Espanha de 1344*.

---

4. "E porque, ao presente, de sua mercee [de Deus] tem esta virtude outorgada em estes reinos antre senhores e servidores, maridos e molheres [...], dos quaes pois Ele de sa boa graça me outorgou principal regimento, *me sinto muito obrigado de a sempre manteer e guardar a todos*" LC, p. 9 (grifos nossos).

5. Sobre o destino do manuscrito do LC, cf. CASTRO, Maria Helena Lopes de. *Leal conselheiro*: itinerário do manuscrito. *Penélope*, Lisboa, n. 16, 1995, pp. 109-24.

6. Cf. PINA, Rui de. *Crônica d'El Rei D. Duarte*. Lisboa: Escriptório, 1993. LEÃO, Duarte Nunes e. Chronica e vida del rey Dom Duarte. In: _____. *Crônicas dos reis de Portugal*. Porto: Lello e Irmão, 1975, p. 779.

7. Uma da Tipographia Rollandiana, de Lisboa, datada de 1843, e outra organizada por José Inácio Roquete, impressa por J. P. Aillaud, de Paris, datada de 1842 no frontispício, mas com data de 1843 na introdução. Para esta última informação, cf. CASTRO, op. cit., p. 121, nota 4.

8. José Mattoso afirma que a redação do *Livro de linhagens* do Conde D. Pedro data, provavelmente, do período entre 1340 e 1344. MATTOSO, José. Livros

Quando eles próprios não pegaram da pena, reis e infantes incentivaram a escrita de obras. Aconteceu assim com D. Dinis, que incumbiu Mestre Giraldo, seu físico pessoal, da escrita de um *Livro de alveitaria*[9], espécie de livro de medicina veterinária, especializado em cavalos. De forma semelhante, o rei D. Fernando (1367-83) ordenou a seu falcoeiro, Pero Menino, que redigisse o *Livro de falcoaria*, um tratado sobre as enfermidades e respectivas terapêuticas dos falcões. Obras de caráter técnico e sentido prático espelham o interesse que tais questões despertam no fim do medievo português.

Esta prática de uma escrita própria ou incentivada por reis e príncipes, que prospera ao longo do século XIV português, alcança o ápice na primeira metade do século seguinte, durante o reinado do Mestre de Avis e da "ínclita geração", como são denominados os filhos de D. João I. Reconhecidamente, este momento de produção conjunta dos príncipes de Avis e de seus servidores é singular na história de Portugal e dele resultou uma literatura que – a par das idiossincrasias dos autores, dos temas e assuntos das obras e dos propósitos mais ou menos práticos, filosóficos, políticos, morais e pedagógicos que motivaram a escrita de cada uma delas –, no conjunto, traduz ideais morais, éticos e políticos que surpreendem pela intenção análoga de que se revestem.

Alguns desses ideais serão, nas obras dos príncipes de Avis, constantemente reiterados. A eles serão aduzidos novos valo-

---

de linhagens. In: LANCIANI, Giulia, TAVANI, Gieseppe (Org. e Coord.). *Dicionário da literatura medieval galega e portuguesa*. Trad. de José Colaço Barreiros e Artur Guerra. Lisboa: Caminho, 1993, pp. 419-21.

9. Ramon Lorenzo afirma ser Mestre Giraldo não o autor, no sentido moderno do termo, mas sim o tradutor do *Livro de alveitaria*, partindo o físico de D. Dinis de dois tratados que circulavam em Portugal à época de sua tradução, 1318: um, de Teodorico de Bolonha; outro, de Jordão Ruffo de Calábria. Ainda segundo R. Lorenzo, Mestre Giraldo teria se baseado mais no livro do primeiro, por acreditar que o segundo se apoiava naquele. Esclarece R. Lorenzo que o raciocínio do Mestre é equivocado, pois a obra de Jordão Ruffo é anterior à de Teodorico de Bolonha. LORENZO, Ramon. *Livro de alveitaria* de Mestre Giraldo. In: LANCIANI, TAVANI, op. cit., pp. 405-6.

res, virtudes e deveres. Por sua vez, o nascente padrão de atitude e comportamento será estendido a seus pares, pois a um renovado modelo de monarca cabe, da mesma forma, um novo súdito. Subjaz, assim, àquelas obras um fundo marcadamente político que, em última instância, visa a reforçar a autoridade da dinastia que se implantou após 1385. Por outro lado, esta literatura se vê como espelho em que os súditos, a renovada nobreza, poderão e deverão contemplar-se e refletir-se. Vejam-se aqui as palavras de J. Gouveia Monteiro:

> não é difícil reconhecer na maioria deles [os escritos dos príncipes de Avis] a imagem de um chefe político atento às grandes preocupações da sua época e disposto a contribuir exemplarmente para a sua resolução. Através da literatura, pretende-se precisamente denunciar os vícios e deformações que corroem a harmonia social e propor novos modelos de comportamento e acção, directamente inspirados no exemplo dos próprios monarcas ou por eles expressamente sugeridos e delimitados[10].

Tais questões permitem descortinar o contexto que propiciou a D. Duarte a escrita de seu *tractato*. Outra fonte dessa informação se encontra no rol de livros que o rei possuía em sua biblioteca privada[11]. Na relação de livros em latim e "lingoajem" – 20 daqueles e 64 destes –, depara-se com obras de autores clássicos, dos Padres da Igreja, de história, de ficção literária, de edificação moral, de reflexão filosófica e tratados práticos[12].

---

10. MONTEIRO, J. Gouveia. Orientações da cultura portuguesa na 1ª metade do séc. XV (A literatura dos príncipes de Avis). *Vértice*, Coimbra, n. 5, s. 2, 1988, p. 97.

11. No estudo que fez das livrarias dos príncipes de Avis, Aires Nascimento aponta para esse aspecto da biblioteca duartina: "Seremos assim levados a considerar as referidas bibliotecas como *livrarias de mão, ou de uso pessoal e mais imediato dos seus proprietários*, a funcionarem em paralelo com outras de tipo comum ou geral". NASCIMENTO, Aires Augusto. As livrarias dos príncipes de Avis. *Biblos*, Coimbra, v. 69, 1993, p. 273 (grifos nossos).

12. O leitor pode conferir a relação completa dos livros da biblioteca duartina, no Cap. 54: "Lyuros que el rey tinha asy de latim como lingoaJem", do *Livro dos conselhos*, op. cit., pp. 206-8.

Enfim, um número significativo de obras, mesmo para uma biblioteca real. Todavia, o que de mais importante esse rol de livros duartinos revela é a coexistência, na biblioteca real, de obras cujo conteúdo corrobora a preocupação de D. Duarte com sua (in)formação plena, propiciadora da boa governança do reino.

Mais do que um simples "ajuntamento" de escritos soltos que o rei decide organizar em forma de "ũu soo tractado com algũus adimentos", ainda que "mesturadamente e nom assi per ordem", o *Leal conselheiro* deve ser inserido no contexto dessa literatura formativa, surgida no bojo das transformações advindas da Revolução de Avis. Se assim se considera, a justificativa dada pelo rei, de que atende a uma solicitação da esposa, reflete mais um procedimento tópico do que um propósito real. Curtius, tratando das tópicas da modéstia, afirma que, freqüentemente, "a fórmula da modéstia está ligada à *afirmação de que o autor só ousa escrever em obediência ao pedido, desejo ou ordem* de um amigo, de um patrono, ou de uma pessoa altamente colocada"[13]. Este fato e a própria sistematização tratadística requerida para a obra permitem conjeturar desígnios mais elevados do rei.

A pista desses desígnios outros é dada pelo próprio autor, quando revela que de seus apontamentos soltos resultou um *tractado*. Entender esta sistematização dispensada pelo rei às suas anotações, o recurso a traduções ou a simples transcrições de textos alheios e a recuperação de alguns escritos do *Livro dos conselhos* e do *Livro da ensinança* será o trajeto a percorrer na interpretação do LC. Antes, porém, vejam-se outros percursos já trilhados.

---

13. CURTIUS, Ernst Robert. *Literatura européia e Idade Média latina.* Trad. de Teodoro Cabral e Paulo Rónai. São Paulo: Hucitec/Edusp, 1996, p. 128 (grifos nossos).

2. Das leituras dos "conselhos" de El-Rei

A tradição crítica do *Leal conselheiro* confunde-se, em seu início, com os estudos sobre a biografia de D. Duarte. Reconhecido como obra de cunho íntimo, fruto de solicitação familiar, o LC contém meia dúzia de capítulos nos quais o rei relata fatos de sua vida pessoal[14], o que possibilitou que os estudos biográficos duartinos não se afastassem e constantemente partissem do LC.

Em *Os filhos de D. João I*, Oliveira Martins[15] configura a mais célebre leitura filha daquele imbricamento. Apoiando-se principalmente na *Crônica d'El Rei D. Duarte*, de Rui de Pina, o historiador se apropria de forma parcial deste texto, assim como do LC, deixando um testemunho em tom romanceado, em que surpreende a figura abúlica do rei:

> D. Duarte, sem ser um medíocre, não se podia dizer um espírito superior [...] Não nascera para reinar, nascera para aconselhar. Tudo lhe servia de tema para composições mais ou menos interessantes [...] É esta a impressão resultante do exame do *Leal conselheiro*, que, se tivesse datas, seria um diário completo da simpática e melancólica existência de D. Duarte: esse rei cheio de virtudes, mas destituído de qualidades, capaz de compreender a ordem e o valor das coisas, incapaz, porém, de mandar, por debilidade constitucional da vontade e da inteligência[16].

---

14. Cf., entre outros, Caps. 19, 20 e 98.
15. Lisboa: Guimarães, 1993. A primeira redação de *Os filhos de D. João I* veio a público na *Revista de Portugal*, 1889-1890, como indica o autor em nota à "Advertência". Cf. p. 285, nota 1.
16. MARTINS, op. cit., pp. 130, 131, 133, respectivamente. Atente-se para a nítida contradição em que incorre o historiador, em capítulo a seguir ao que analisa o LC: "Já, porém, desde 1414, antes de Ceuta, quando essa grandiosa empresa fora planeada: *já desde então, D. Duarte, ainda infante, corria o despacho dos negócios da Fazenda e da Justiça, sendo o rei de facto nas árduas espécies de administração interna*"; p. 148 (grifos nossos).

Na trilha de Oliveira Martins, Júlio Dantas aprofunda a visão negativista, acusando a neurastenia real pelos insucessos políticos, inclusive posteriores:

> É na neurastenia de D. Duarte que nós encontramos a causa e a explicação de todos os desastres políticos do seu reinado e da própria regência que se lhe seguiu. Que foi Tânger, senão a conseqüência social duma crise de neurastenia? Que foi mais tarde Alfarrobeira, senão a resultante póstuma dessa crise?[17]

A partir da terceira década do séc. XX, os estudos duartinos, ainda que mantendo a linha biográfica, ganham nova luz. Orientado por uma leitura à margem do subjetivismo que permeou o retrato construído por Oliveira Martins, Domingos Maurício reviu a ação de D. Duarte durante seu curto reinado[18], precisando e corrigindo informações das crônicas de Pina e de Zurara[19] e dando à luz documentos inéditos[20]. Em seus textos, o historiador pôs em evidência a sagacidade diplomática do rei na defesa dos interesses nacionais junto à Santa Sé, além de dimensionar corretamente a ação e orientação real na Campanha de Tânger, comprovando que o rei tinha plena consciência da empreitada:

> A maior responsabilidade de D. Duarte, perante a história, nesta emprêsa, será, apenas, a da cega confiança depositada nas qualidades de D. Henrique. Dêsse engano, todavia, atenuado pela escravidão às conveniências da época, pois mal poderia

---

17. A neurastenia do rei D. Duarte. In: _____. *Outros tempos*. 3. ed. Lisboa: (s. ed.), (s. d.), pp. 7-18.

18. "D. Duarte e as responsabilidades de Tânger". *Brotéria*, Lisboa, v. 12, nn. 1, 3, 5 e 6, e v. 13, nn. 7 e 9, 1931, pp. 29-34, 147-57, 291-302, 367-76, 19-27 e 161-73, respectivamente.

19. ZURARA, Gomes Eanes. *Crônica de Guiné*. 2. ed. Est. intr. e atual. ortogr. de José de Bragança. Porto: Civilização, 1973.

20. Esses documentos dizem respeito principalmente àqueles que compõem o *Livro dos conselhos* e também a outros encontrados por Domingos Maurício na Biblioteca Mediceo-Laurenziana de Florença, *Fondo ashburnam*, cod. 1792. Apud MAURÍCIO, op. cit., pp. 31 ss.

confiar a outrem a expedição, um juízo imparcial não deixará de o absolver. Lamentar, sim, lamentará que tão cêdo a morte tivesse roubado a Portugal um rei, que, pela sua cordura, tino administrativo e vasta cultura, parecia fadado para luzeiro brilhante da grande alvorada nacional da dinastia de Avis[21].

À correção da imagem pública do governante, seguiu-se a reparação de sua figura psicológica, empreendida por Faria de Vasconcelos[22]. Utilizando-se de teorias psicológicas contemporâneas e analisando os relatos feitos por D. Duarte sobre sua crise de "humor menencorico"[23], Vasconcelos chega à seguinte conclusão: "D. Duarte não é, pois, um fraco de vontade, um doente mental, mas sim um homem senhor do seu querer, e até mesmo um tipo novo de chefe."[24]

Antes daquelas duas corrigendas, Joaquim de Carvalho dedica algumas páginas ao LC[25]. Para o historiador, junto com o *Livro da vertuosa benfeytoria*, do Infante D. Pedro, a obra de D. Duarte é fruto das questões relacionadas à necessidade de fundamentação do poder político após a Revolução de Avis.

---

21. Ibid., v. 13, n. 9, p. 173.
22. "Contribuição para o estudo da psicologia de El-Rei D. Duarte". *Brotéria*, Lisboa, v. 25, 1937, pp. 404-18 e 576-85.
23. Cf. LC, Cap. 20.
24. VASCONCELOS, op. cit., p. 585. Voltaram ao tema da neurastenia de D. Duarte, de modo geral, corroborando a reparação feita por Vasconcelos: DAVID-PEYRE, Yvonne. "Neurasthenie et croyance chez D. Duarte de Portugal". *Arquivos do Centro Cultural Português*, Paris, v. 15, 1980, pp. 521-40; SAMPAIO, D. e ANTUNES, A. L. D. "Duarte or the depression on the throne". In: *Acta Psiquiátrica Portuguesa*, Lisboa, v. 26, out./dez., 1980, pp. 203-10; DIAS, C. Amaral. "D. Duarte e a depressão". *Revista Portuguesa de Psicanálise*, Lisboa, n. 1, 1985, pp. 69-88; e, mais recentemente, SANFINS, Elvira d'Abreu. *Depressão em D. Duarte*. Lisboa: Ed. da autora, 1987.
25. CARVALHO, Joaquim de. Cultura filosófica e científica. In: PERES, Damião (Dir.). *História de Portugal*. Barcelos: Portucalense, 1932, v. 4, Cap. 7: pp. 475-528. As páginas dedicadas ao LC são 513-26. Este texto foi anteriormente publicado com o título de "Desenvolvimento da filosofia em Portugal durante a Idade Média". *O Instituto*, 1927, v. 75, n. 1. Em edição contemporânea: _____. *Obra completa*. Lisboa: Fundação Calouste Gulbenkian, 1992, v. 1, pp. 337-54.

Comentando a dedicação do rei aos temas das paixões, das virtudes e dos pecados, Joaquim de Carvalho ressalta a análise quase fenomenológica desses, afirmando que, "sob este aspecto, o *Leal conselheiro* é um livro sem par na nossa literatura filosófica"[26].

Manuel Rodrigues Lapa, em 1934, produz o primeiro estudo em que, a par das questões biográficas, o LC é observado tanto em seus aspectos temáticos quanto literários[27]. Contrapondo-se ao olhar enviesadamente filológico de Roquete[28], Lapa denuncia a ausência de poeticidade do texto, culpando a falta de instinto literário e a linguagem demasiadamente erudita do rei, mas contrabalança essas *falhas* do estilo com a contribuição dada pelo texto ao desenvolvimento da língua portuguesa, comprovada nos numerosos neologismos que ganharam "foros de cidade na língua culta"[29] e no cuidado com que o rei precisava os sentidos das palavras, algo inovador à época. A "tendência marcada para os problemas psicológicos"; as fontes clássicas e medievais; o "espírito razoavelmente independente, que sabia corrigir as leituras com os resultados de sua própria experiência"; o valor fundamental desta; o estabelecimento de uma teoria da *tristeza*; a constituição de uma filosofia da saudade; o "racionalismo convicto e metódico"; entre outros dados, são alguns dos temas apontados por Lapa como centrais no pensamento duartino[30].

---

26. CARVALHO, op. cit., p. 525.
27. LAPA, Manuel Rodrigues. *Lições de literatura medieval*: época medieval. 10. ed. rev. Coimbra: Coimbra, 1981. Cap. 9: D. Duarte e a prosa didáctica, pp. 343-74. O *Leal conselheiro* é analisado com exclusividade nas pp. 324-38. A primeira edição da obra de Lapa é de 1934.
28. Lapa se refere aos elogios ao estilo de D. Duarte feitos por J. I. Roquete na Introdução à edição por este preparada. Cf. *Leal conselheiro o qual fez Dom Duarte*. Ed. e intr. de J. I. Roquete. Paris: J. P. Aillaud, 1842.
29. LAPA, op. cit., p. 328.
30. Ibid., pp. 328 ss. Seguindo de perto a análise e as conclusões de Lapa, Costa Marques publica um pequeno estudo introdutório a uma coletânea do LC, que busca tornar mais conhecidos os textos e as idéias de Dom Duarte. Cf. DUARTE (Dom). *Leal conselheiro* e *Livro da ensinança de bem cavalgar toda sela*. Notícia histórica e literária, seleção e anotações de F. Costa Marques. 2. ed. rev. Coimbra: Atlântida, 1973. A primeira edição desta obra é de 1942.

Devemos a Antônio Soares Amora a primeira obra de síntese das idéias de D. Duarte, centrada quase de modo exclusivo no LC[31]. Não fugindo a um longo estudo biográfico do rei na primeira parte do livro, Amora dedica a segunda e maior parte à análise do LC. Nesta, discute, primeiro, o destino do manuscrito e as edições da obra, depois expõe de forma detalhada seu conteúdo e apresenta um plano estrutural do texto, ainda hoje aceito[32]. Após estabelecer a distinção entre "educação profissional" e "educação aristocrática", Amora demonstra de que forma D. Duarte construiu sua obra visando a educar a nobreza: "O público direto, imediato, de D. Duarte é, assim, a aristocracia, o 'estado dos defensores'"[33]. Daí o caráter enciclopedista de que se reveste a obra, o teor pragmático de alguns capítulos, sua preocupação moral e os objetivos didáticos com que o leitor depara a cada página:

> Este é o nosso ponto de vista no que respeita à interpretação do caráter e objetivos das obras duartinas: não são elas um "diário", nem foram escritas para entreter momentos de ócio. Escreveu-as D. Duarte para a educação da "áurea mediania aristocratica".[34]

Tratando da filosofia educacional expressa nas obras do rei, Amora afirma que os princípios da educação para D. Duarte devem visar ao "aperfeiçoamento", já que "invoca com freqüência a experiência e conhecimento do leitor"[35], à "educação reflexa", fruto da convivência social, e, por fim, à "educação integral", que ponha em prática o princípio de Juvenal: *mens sana in corpore sano*. Por fim, para o crítico, o LC foi ordenado com o intuito de demonstrar três princípios fundamentais, desenvolvidos ao longo da obra:

---

31. *El Rei Dom Duarte e o "Leal conselheiro"*. São Paulo: Fac. Filos., Ciências e Letras da Univ. de São Paulo, 1948 (Boletim n. 93. Letras, 5).

32. Se bem que esse plano já esteja, de forma desenvolvida, no Prefácio de Joseph M. Piel à edição crítica do LC. Cf. PIEL, op. cit., pp. xv ss.

33. AMORA, op. cit., p. 114.

34. Ibid., p. 114.

35. Ibid., p. 116.

a nossa vida moral (segundo LC) se reparte em três "regimentos": o da consciência, o da família e o do Estado (ou de "qualquer julgado"); a **lealdade** para com nós mesmos, para com nossos semelhantes e para com Deus é essencial à vida virtuosa; o **homem prudente** é o ideal de perfeição humana.[36]

Contemporâneo do trabalho de Amora e também com uma excelente síntese do LC, encontramos o texto de Robert Ricard[37]. Na referida síntese, o crítico constata que a maior parte do livro duartino é "consagrado ao estudo dos pecados, dos vícios e das virtudes"[38]. Apoiando-se no rol de livros contidos na biblioteca real, assim como em alguns autores identificados como fontes prováveis de D. Duarte, Ricard defende a inserção do LC entre os "tratados de vícios e virtudes" ou "manuais morais", comuns na Europa medieval a partir do século XIII[39].

Corrigidas aquelas injustiças históricas em relação ao homem e ao governante, e após os estudos de Lapa, Amora, Ricard e da edição crítica de Piel, os estudiosos puderam voltar-se mais livremente para o LC.

Outros escritos de teor geral foram sendo produzidos ao longo dos anos, nos quais estão quase sempre presentes as conclusões a que chegaram os críticos citados e as inevitáveis questões biográficas. Dentre esses, encontram-se os estudos da historiografia literária produzidos por Álvaro Júlio da Costa Pim-

---

36. Ibid., p. 212 (grifos do autor).
37. "Le *Leal conselheiro* du Roi D. Duarte de Portugal". *Études sur l'Histoire et Religiosité du Portugal*. Paris: Fundação Calouste Gulbenkian, 1970, pp. 62-86. Este estudo foi primeiramente editado em: *Revue du Moyen Âge Latin*, Paris, t. 4, 1948, pp. 367-90.
38. Ibid., p. 69.
39. Ibid., pp. 75 ss. Ricard voltou ao texto de D. Duarte em mais dois artigos: "Quelques remarques sur le texte du *Leal conselheiro*". *Bulletins des Études Portugais et de l'Institut Français au Portugal*, Coimbra, t. 17, 1953, pp. 229-31; e "Du roi D. Duarte de Portugal à Ciro Alegría: la 'oración del Justo Juez'". *Bulletin Hispanique*, Bourdeaux, v. 56, 1954, pp. 415-23.

pão[40], Antônio José Saraiva e Óscar Lopes[41], Massaud Moisés[42], Maria Leonor Carvalhão Buescu[43] e Maria do Amparo Tavares Maleval[44].

O testemunho de amadurecimento da língua portuguesa e a consciência dos problemas lingüísticos suscitaram o interesse de filólogos e lingüistas pelo LC. Nessa perspectiva, foram produzidos estudos como os de Harold J. Russo, *Morphology and syntax of the "Leal conselheiro"*[45], levantamento estatístico dos fenômenos gramaticais ligados aos aspectos morfológicos e sintáticos; de J. A. Pires Lima, "O *Leal conselheiro*, lido por um anatômico"[46], estudo do léxico anatômico presente no LC; de Kimberley S. Roberts, *Orthography, phonology and word study of the "Leal conselheiro"*[47]; e, de Evanildo Bechara, "Um processo sinonímico em D. Duarte"[48], no qual o filólogo, após analisar e exemplificar os processos de formação sinoní-

---

40. *História da literatura portuguesa: Idade Média*. Coimbra: Atlântida, 1959, pp. 200-6.
41. *História da literatura portuguesa*. 12. ed. cor. e actual. Porto: Porto Ed., 1982. Cap. 2.2: A prosa doutrinal de Corte: pp. 111-9. De Antônio José Saraiva cf. o *Leal conselheiro*. In: *O crepúsculo da Idade Média em Portugal*. Lisboa: Gradiva, 1996. Parte 3: pp. 226-35.
42. *A literatura portuguesa*. 28. ed. rev. aum. São Paulo: Cultrix, 1999, pp. 35-6.
43. *Literatura portuguesa medieval*. Lisboa: Universidade Aberta, 1990, pp. 109-28.
44. MALEVAL, Maria do Amparo Tavares. A prosa doutrinária. In. MOISÉS, Massaud (Org.). *A literatura portuguesa medieval: trovadorismo e humanismo*. São Paulo: Atlas, 1992, pp. 141-3.
45. Philadelphia: University of Pensylvania, 1942.
46. Sep. do *Jornal do Médico*, Porto, nn. 60 e 61, 1943, pp. 7-22.
47. Philadelphia: University of Pensylvania, 1940. Sobre esse estudo afirma Joseph M. Piel: "É, infelizmente, bastante reduzido o valor científico do estudo de Kimberley S. Roberts". Cf. PIEL, Joseph M. Resenha crítica de *Orthography, phonology and word study of "Leal conselheiro"*, de Kimberley S. RobertsI. *Biblos*, Coimbra, v. 22, 1946, pp. 369-70.
48. In: *Atas do I Encontro Internacional de Estudos Medievais*. São Paulo: Universidade de São Paulo/Universidade de Campinas/Universidade Estadual de São Paulo, 1995, pp. 26-35.

mica no LC, conclui, em oposição ao juízo clássico de Lapa[49], que em D. Duarte encontramos "um delicado artífice da prosa medieval portuguesa, em cuja obra, de filão a filão na recolha de seus recursos lingüísticos, iremos contemplar e admirar a pujança do seu ainda hoje tão pouco conhecido *instinto literário*"[50].

Numa perspectiva ainda de caráter lingüístico, aproveitando-se das preocupações conceituais e semânticas de D. Duarte[51], incluem-se levantamentos e pesquisas que visam a determinar a contribuição do LC à construção do português arcaico. Nesse campo inserem-se os estudos de Jesuína Inês Pereira, *Glossário do "Leal conselheiro": até o capítulo XX (inclusive)*[52]; de Herbert Palhano, *A expressão léxico-gramatical do "Leal conselheiro"*[53]; e, de Maria Alice da Silva Almeida, *Contribuições para o dicionário arcaico do português: um glossário do Leal conselheiro de D. Duarte*[54]. Por sua vez, no plano da linguagem, o texto de Sebastião Tavares de Pinho, "O triplo código do tradutor de latim: do *Leal conselheiro* aos nossos dias"[55], detém-se sobre o interesse demonstrado por D. Duarte nas questões de tradução do latim para a "lingoagem"[56], além

---

49. Cf. LAPA, op. cit., pp. 315 ss.
50. BECHARA, op. cit., p. 35 (grifos do autor).
51. Segundo Evanildo Bechara, "D. Duarte, ao lado de muitas outras qualidades, possuía um fino trato para problemas lingüísticos, e disso se valeu com muita perspicácia para traçar os limites conceituais de noções que, no falar comum, se interfluem". Ibid., p. 26.
52. 1947. Dissertação (Licenciatura em Filologia românica) – Universidade de Lisboa.
53. 2. ed. acresc. Lisboa: Revista de Portugal, 1949.
54. 1946. Dissertação (Licenciatura em Letras) – Universidade de Lisboa.
55. *Máthesis*, Viseu, n. 2, 1993, pp. 37-46.
56. Cf., em particular, o Cap. 99 de LC: "Da maneira pera bem tornar algũa leitura em nossa linguagem". Nesse capítulo, D. Duarte explicita as regras de uma boa tradução, dando alguns "avisamentos" para a tradução do latim para o português. Do mesmo autor, cf. "O Infante D. Pedro e a "escola" de tradutores da Corte de Avis". *Biblos*, Coimbra, v. 69, 1993, pp. 129-53. Sobre aqueles "avisamentos", que são em número de cinco, Custódio Magueijo produz um exercício de tradução latina de interesse didático. Cf. "Versão latina dum texto de D. Duarte: *Leal conselheiro*", *Clássica*, Lisboa, n. 2, 1977, pp. 63-8.

de discutir a hipótese de existência de uma "escola de tradutores" da casa de Avis, que incluiria, entre outros, os humanistas Vasco Fernandes de Lucena, Frei João Verba, o bispo de Burgos, Alfonso de Cartagena, além do próprio D. Duarte e de seu irmão, o infante D. Pedro[57].

Na década de cinqüenta, Afonso Botelho dedica-se aos estudos do pensamento filosófico presente nos textos de D. Duarte, em particular no LC[58]. Para Botelho, atento em particular à discussão sobre a "saudade", nos escritos duartinos se encontram "a disposição e o método que transformam a saudade em problema do espírito e não em conceito definido"[59]. O crítico entende que D. Duarte constrói uma filosofia de caráter fenomenológico, a partir da investigação das expressões da sensibilidade humana, em particular da saudade e da tristeza, intimamente ligadas[60]. Em perspectiva próxima à de Botelho, está o texto de Luís Alberto Cerqueira, "D. Duarte e o sentido ontológico da saudade"[61].

Propondo uma inserção do pensamento duartino nos estudos da antropologia e da cultura portuguesas, José Gama publicou em 1995 a última grande obra de síntese sobre o LC,

---

57. PINHO, op. cit., pp. 43-4.

58. BOTELHO, Afonso. *Da saudade ao saudosismo*. Lisboa: Instituto de Cultura e Língua Portuguesa, 1990. Cap. D. Duarte e a fenomenologia da Saudade: pp. 25-37; Andar direito: pp. 39-71; Renunciar: pp. 73-99; O "A. B. C." da Lealdade: pp. 101-6. (Col. Biblioteca. Breve, 118). Ainda do mesmo autor, revelando interesses semelhantes: "Actualidade de D. Duarte". *Revista Portuguesa de Filosofia*, Braga, t. 47, 1991, pp. 443-54.

59. BOTELHO, *Da Saudade...*, op. cit., pp. 28-9.

60. Sobre a questão do "humor menencorico", ligada ao pecado da "tristeza", confira do mesmo crítico: "D. Duarte e a superação da melancolia". *Memórias da Academia de Ciências de Lisboa*, t. 21, 1993/94, pp. 123-31 (Classe Letras).

61. *Revista Portuguesa de Filosofia*, Braga, t. 47, 1991, pp. 455-67. No campo das relações do LC com a filosofia, foram defendidas mais recentemente duas dissertações de Mestrado em universidades portuguesas. Cf. MEIRELLES, Acir Fernandes. *Consciência e vontade no Leal conselheiro de D. Duarte*, 1997. Dissertação (Mestrado em Filosofia) – Universidade dos Açores, e PINTO, Abílio Fernando Bento. *O Leal conselheiro de D. Duarte: uma "moral filosofia"*, 1997. Dissertação (Mestrado em Filosofia) – Universidade do Porto.

A filosofia da cultura portuguesa no "Leal conselheiro" de D. Duarte[62]. Gama defende duas teses básicas: na primeira, o LC possui na essência um espírito de portugalidade, reflexo do contexto histórico da nação que emerge a partir da dinastia de Avis; na segunda, essa essência da portugalidade é transmitida, em forma de projeto político e filosófico, às gerações posteriores. A par das questões polêmicas que as duas teses podem suscitar[63], a obra de Gama possui o mérito de destacar com a ênfase merecida o otimismo que conforma o pensamento duartino, pouco realçado, ou até mesmo negado, por boa parte da crítica[64].

Em perspectiva semelhante à de José da Gama, encontra-se o texto de Francisco da Gama Caeiro, "Dom Duarte à luz da cultura portuguesa"[65], que rebate a tese antilulista do LC[66], afirmando que D. Duarte recorre algumas vezes ao pensamento do maiorquino, e, quando se opõe às idéias de Lúlio, o faz como ressalva e não como negação[67]; e o texto de Maria Cândida Monteiro Pacheco, "Para uma antropologia situada: o Leal Conselheiro"[68], segundo a qual o conceito de experiência no LC não se contrapõe à razão, mas se coaduna a ela, de onde sua visão antropológica realçar a valorização da experiência

---

62. Lisboa: Fundação Calouste Gulbenkian, 1995. Como indica o autor no "Prefácio", esta obra "coincide", em essência, com sua dissertação de doutoramento em filosofia, defendida em 1991. Do mesmo autor, cf. "Análise das paixões no *Leal conselheiro*". *Revista Portuguesa de Filosofia*, Braga, t. 47, f. 3, jul./set., 1991, pp. 387-404; e D. Duarte. In: CALAFATE, Pedro (Dir.). *História do pensamento filosófico português*. Lisboa: Caminho, 1999, v. 1 (Idade Média), pp. 379-411.

63. Cf. DIONÍSIO, João. Resenha crítica sobre *A filosofia da cultura portuguesa no "Leal conselheiro" de D. Duarte*, de José Gama. *Colóquio: Letras*, Lisboa, v. 142, 1996, pp. 259-61. Alhures, as idéias defendidas por José Gama serão discutidas com mais detalhes.

64. Esse é também um dos valores que João Dionísio destaca na obra de José Gama. Ibid., p. 260.

65. *Revista Portuguesa de Filosofia*, Braga, t. 47, f. 3, jul./set., 1991, pp. 407-24.

66. Segundo Caeiro, esta tese teria sido esboçada por Robert Ricard. Ibid., p. 420. Sobre sua formulação, cf. RICARD, op. cit., pp. 70 ss.

67. CAEIRO, op. cit., pp. 420 ss.

68. *Revista Portuguesa de Filosofia*, Braga, t. 47, f. 3, jul./set., 1991, pp. 425-41.

ordenada pela razão e pelo desenvolvimento das virtudes e controle das paixões. Pinharanda Gomes, ao tratar da questão do valor da experiência nos textos duartinos, ressalta que, por não ser um escolástico, D. Duarte dispensa grande apreço ao "sootil entender", o que lhe permite ler, analisar e interpretar as coisas do mundo sem o apoio da erudição livresca, apesar de não dispensá-la plenamente[69]. Por sua vez, Margarida Garcez Ventura, em "A lealdade ao Homem: uma perspectiva antropológica"[70], estudando a concepção duartina sobre a lealdade, defende que tal concepção teria sido o alicerce facilitador do contato do português com o "outro", advindo do processo das Navegações.

Em outra perspectiva, Mário Martins, em "Do *Leal conselheiro* e do *Livro de cavalgar*[71], averigua o uso que D. Duarte faz da Bíblia: "ao lembrar-nos este ou aquele nome dos evangelhos, sentimos que o faz a talho de foice e não como um professor de teologia"[72]. Constatando a intimidade pouco acadêmica do rei com o texto sagrado, Martins conclui, sempre a partir de diversos exemplos, que "é este à-vontade no uso da Bíblia a melhor prova da sua leitura freqüente e de como sabia aproveitar-se dela"[73]. Joaquim Mendes de Castro, por sua vez, em "A Bíblia no *Leal conselheiro*"[74], faz útil levantamento das vezes em que cada livro bíblico aparece citado no LC[75], além de

---

69. GOMES, Pinharanda. D. Duarte, do "sootil entender". *Cultura Portuguesa*, Lisboa, n. 2, 1982, pp. 11-5.

70. *Actas do Congresso Internacional Bartolomeu Dias e a sua época*. Porto: Comissão Nacional para as Comemorações dos Descobrimentos Portugueses, 1989, v. 5, pp. 581-8.

71. *A Bíblia na literatura medieval portuguesa*. Lisboa: Instituto de Cultura de Língua Portuguesa, 1979 (Col. Biblioteca Breve, v. 35), pp. 65-9.

72. Ibid., p. 66.

73. Ibid., p. 67.

74. *Didaskalia*, Lisboa, v. 1, f. 2, 1971, pp. 251-61.

75. Alguns dados que apresenta o autor: Evangelho, 94; S. Mateus, meia centena; S. Lucas, mais de 1/4; S. Paulo, 53; S. Tiago, 08; S. Pedro, 07; S. João, 07; Actos, 03; Apocalipse, 02; Antigo Testamento, 83; Salmo, mais de 1/3; Provérbios, 10; Eclesiastes, 06.

defender a hipótese de um D. Duarte tradutor de trechos da Bíblia[76]. Joaquim Bragança, em "O *Leal conselheiro* em Alcobaça"[77], informa sobre um códice alcobacense, de número 384, contendo trechos do LC, que Bragança transcreve e comenta.

Os temas do amor e do casamento despertaram também a atenção de Mário Martins, que deles tratou em "A amizade e o amor conjugal no *Leal conselheiro*[78], no qual o crítico destaca o papel da amizade para a consolidação do casamento, segundo a visão do LC, e realça o valor do saber leigo na constituição do pensamento moral e ideológico da cristandade. Tratou também daqueles temas Maria de Lourdes Correia Fernandes, em "Da doutrina à vivência: amor, amizade e casamento no *Leal conselheiro* do rei D. Duarte"[79]. Fernandes, em seu minucioso e agudo texto, demonstra que o tema do casamento surge no meio da enumeração das três virtudes teologais, Fé, Esperança e Caridade, relacionado particularmente à última. Segundo a autora, visando ao aperfeiçoamento moral dos casados, o LC acaba por fazer a apologia da amizade, mais do que do amor, fortemente ligada à lealdade[80].

---

76. "Não é difícil – ao menos assim o cremos – surpreender a mão régia nas traduções incorporadas no *Leal conselheiro*: a célebre tradução 'a contextos' ('ao pee da letera, ... scripto na maneira alatinada'), e alguns lapsos muito característicos, por leitura equivocada ou desprezo da sintaxe, constituem dois critérios que naturalmente se auxiliam e ajudam na pesquisa das afinidades dos textos." Ibid., p. 256.

77. *Didaskalia*, Lisboa, v. 11, f. 2, 1981, pp. 363-88.

78. *Estudos de cultura medieval*. Lisboa: Brotéria, v. 3, 1983, pp. 187-98. Além desse e do outro já citado, Mário Martins aborda outras questões pertinentes ao LC em *Estudos de cultura medieval*. Lisboa: Verbo, 1969. Cap. 10: O "pari" de Pascal e um sermão português do século XV: pp. 125-33; *Estudos de cultura medieval*. Lisboa: Brotéria, 1983, v. 3. Cap. 17: Pais e filhos no *Leal conselheiro*: pp. 199-206; *Alegorias, símbolos e exemplos morais da literatura medieval portuguesa*. 2. ed. Lisboa: Brotéria, 1980. Cap. 19: O *Leal conselheiro*: pp. 231-8.

79. *Revista da Faculdade de Letras*, Porto, v. 1, s. 2, 1984, pp. 133-94.

80. Paulette Demerson também tratou sobre o tema do amor no *Leal conselheiro* em: "L'amour dans *O Leal conselheiro* de Dom Duarte", *Arquivos do Centro Cultural Português*, Paris, v. 19, 1983, pp. 483-500.

Em análise de perspectiva histórica, encontramos o texto de José Custódio Vieira da Silva, "O conhecimento do paço medieval através das reflexões de D. Duarte"[81], que se aproveita do cap. 81 – "Das casas do nosso coraçom e como lhe devem seer apropriadas certos fĩis", no qual D. Duarte desenvolve a alegoria do coração composto por cinco casas – para analisar a constituição do paço medieval no séc. XV; e o de Jane Santos Tavares, "O papel da sociedade no *Leal conselheiro*"[82], que estuda a divisão social proposta por D. Duarte, no cap. 4, em relação à divisão tripartite da sociedade medieval, apenas apontando a nova subdivisão apresentada pelo rei (oradores, defensores, lavradores e pescadores, oficiais, mesteirais), sem nada depreender da proposta duartina.

Cabe ressaltar, por fim, os trabalhos publicados nos últimos anos por João Dionísio. Averiguando as fontes de imagens e citações[83], analisando os papéis da leitura[84], da escrita e da memória[85], interpretando uma redundância no LC[86] e verificando a circulação de textos duartinos em manuscritos quatrocentistas[87], o

---

81. *Revista de Ciências Históricas*. Porto, v. 9, 1994, pp. 155-63.

82. *Anais da II Semana de Estudos Medievais*. Brasília: Universidade de Brasília, 1995, pp. 57-60.

83. Cf. "O Camelo dá que lembrar: sobre um apontamento no capítulo L do *Leal conselheiro* o qual fez Dom Eduarte". *Românica*, Lisboa, n. 3, 1994, pp. 71-81; e "Uma abelha no prólogo: sobre um desejo formulado no início do *Leal conselheiro*". *Revista da Biblioteca Nacional*, Lisboa, v. 10, nn. 1-2, 1995, pp. 7-22 (Separata gentilmente cedida pelo autor).

84. Cf. "D. Duarte e a leitura". *Revista da Biblioteca Nacional*, Lisboa, v. 6, n. 2, 1991, pp. 7-17. Sobre a questão da leitura ver também: DIAS, Aida Fernanda. "D. Duarte e a lição dos livros à luz do *Leal conselheiro*". *Beira Alta*, Viseu, v. 50, 1991, pp. 487-505.

85. Cf. "Escrevo, logo lembro: a escrita mnemônica no *Leal conselheiro*". *O Escritor*, Lisboa, n. 3, 1994, pp. 136-43, e "Lembranças rebeldes, combates mnésicos e remédios vinículas: sobre a arte do esquecimento no *Leal conselheiro*". *Colóquio: Letras*, v. 142, 1996, pp. 147-58.

86. Cf. "D. Duarte *mis-en-abîme*: sobre uma redundância no capítulo LRVIII do *Leal conselheiro*". *Românica*, Lisboa, n. 5, 1996, pp. 129-291.

87. "D. Duarte em francês". *Humanas*, Porto Alegre, v. 21, n. 1, t. 2, 1998, pp. 375-94.

crítico tem se dedicado ao estudo de elementos até então pouco ou mal interpretados pela tradição de estudiosos.

Como se viu, após esse longo olhar sobre as "leituras" dos "conselhos" duartinos, apesar das diversas sínteses feitas do LC e dos mais variados percursos analíticos desenvolvidos ao seu redor, poucos foram os que se dispuseram a interpretar a organização (ou a falta desta) que o rei conselheiro deu à sua obra. O ordenamento dos capítulos em grupos por aproximação temática; a disposição desses grupos no todo da obra, a revelar um desígnio específico no tratamento de cada um deles; o privilégio dado a alguns temas, como os diversos capítulos dedicados ao pecado da "tristeza", à alegoria das "casas de nosso coração" ou à virtude da "prudência", em detrimento de outros tópicos; enfim, a organização do que se acostumou chamar a "miscelânea" duartina foi pouco estudada em seu conjunto. Uma análise da tessitura geral do *Leal conselheiro* revelará alguns significados para o "ajuntamento" feito por El-Rei.

3. Da organização dos "conselhos" de El-Rei

Num dos primeiros testemunhos sobre o *Leal conselheiro*, Rui de Pina refere-se de forma vaga à obra:

> [D. Duarte] fez um livro de Regimento para os que costumarem andar a cavallo: e compoz por si *outro* aderençado á Rainha D. Leonor, sua mulher, a que intitulou o *Leal Conselheiro*, *abastado de muitas e singulares doctrinas*, especialmente para os bens d'alma[88].

A imprecisão sobre o conteúdo ("singulares doctrinas") repete-se na informação sobre a forma. Não se sabe se *outro* substitui toda a expressão "livro de Regimento" ou se apenas "livro". Se incluir "regimento", poderemos pressupor um certo ordenamento, regras estabelecidas com um fim específico e

---

88. PINA, op. cit., p. 26 (grifos nossos).

disciplinador [89]; se se restringir a "livro", estaremos limitados a um "ajuntamento" de escritos, sem maiores dados.

Duarte Nunes Leão já se refere ao LC como "tratado"[90], o que pressupõe certa unidade de conteúdo e de propósitos do que se escreve[91]. Porém, como visto alhures, ambos os cronistas aparentam não terem tido acesso direto aos escritos duartinos – prova disso são as poucas linhas que dedicam a estes. Fica-se sem saber como poderiam ser classificados os livros de El-Rei, nos fins do século XV, início do XVI.

Por outro lado, os primeiros críticos do LC atentaram pouco para a classificação que o próprio D. Duarte dá à sua obra – "ũu soo tractado com algũus adimentos" – e insistiram em vê-lo como miscelânea de escritos sobre vícios e virtudes. Joaquim de Carvalho, comparando LC ao *Livro da vertuosa benfeytoria*, considera este um tratado e aquele, uma obra ensaística, cuja escrita revela a preferência do autor pela variedade e pela divagação[92]. Lapa aponta a falta de unidade de tempo e de pensamento como elemento inibidor de uma análise dou-

---

89. O glossário de Luís de Saavedra Machado e Correa de Oliveira registra os seguintes sentidos para "regimento": (do l. regimentu-) administração, reinado, regime, disciplina. *Textos portugueses medievais*. Coimbra: Coimbra Ed., 1965, p. 762.

90. "Escreveo [D. Duarte] outro tratado, dirigido á Rainha sua molher, cujo titulo era, do *Leal conselheiro*." LEÃO, op. cit., p. 779.

91. S. Isidoro de Sevilha, em seu *Etimologias*, define assim *tratado*: "*Tratado* é a ampla exposição de um só tema, e recebe este nome porque direciona o conhecimento aos múltiplos aspectos do tema, contrastando-os em seu exame" ["*Tratado* es la amplia exposición de un solo tema, y recibe este nombre porque dirige la idea hacia los múltiples aspectos del tema contrastándo-los en su examen"]. Ao fazer a distinção entre *plática, discurso* e *tratado*, Isidoro de Sevilha considera o receptor desses textos e afirma que, enquanto "o *tratado* dirige-se de maneira especial a um receptor específico, o discurso se destina ao público em geral" ["el *tratado* va dirigido de manera especial a uno mismo; el discurso se orienta hacia el público en general"], indicando a especificidade do público a que o *tratado* visa. *Etimologias*. 2. ed. bilíngüe, versão espanhola e notas por Jose Oroz Reta e Manuel C. Diaz y Diaz. Madrid: Biblioteca de Autores Cristianos, 1998. Livro 4, 8, p. 583.

92. CARVALHO, op. cit., p. 524.

trinal da obra, afirmando que "a compilação desses apontamentos, dessas meditações ocasionais, é que forma o fundo do *Leal conselheiro*"[93].

Piel também apresenta juízo semelhante sobre a obra. Além de considerar feliz a expressão "livro de ensaios", com que Agostinho de Campos define o LC, Piel afirma que "na verdade trata-se de uma miscelânea de considerações de ordem moral e prática, muitas sem nexo aparente"[94]. Já Robert Ricard é mais enfático na indicação da ausência de um plano organizador do LC:

> O *Leal conselheiro*, com efeito, não é de nenhum modo um tratado construído segundo um plano preestabelecido e escrito de uma só vez. Costuma-se qualificá-lo de compilação. Eu diria antes que ele é uma recolha. D. Duarte agrupou observações, notas, e até mesmo cartas que escreveu em épocas bem diferentes. Inseriu traduções ou paráfrases de seus autores preferidos [...] ou ainda páginas redigidas por algum colaborador[95].

Pelo texto do crítico francês, percebe-se quanto as palavras do "Prólogo" – "Porque destas tres partes, mesturadamente e nom assi per ordem, é meu proposito de mais trautar" (p. 9) – influenciaram a leitura de LC, ainda que o mesmo Ricard reconheça que "algumas séries de capítulos formem um conjunto coerente"[96].

---

93. LAPA, op. cit., p. 329.

94. PIEL, op. cit., p. x.

95. "Le *Leal Conselheiro*, en effect, n'est aucunement un traité construit selon un plan fixé d'avance et écrit d'un seul jet. On le qualifie quelquefois de compilation. Je dirai plutôt que c'est un recueil. D. Duarte y a groupé des remarques, des notes, voire des lettres, qu'il avait écrites à des dates très différentes. Il y a inséré des traductions ou des paraphrases de ses auteurs préférés [...], ou encore des pages rédigées par quelque collaborateur." RICARD, op. cit., p. 65. Além dos já citados, cf. semelhante opinião em MARTINS, Mário. *A Bíblia*... p. 65; e SARAIVA, 1996, op. cit., p. 226, entre outros.

96. ["certaines séries de chapitres forment un ensemble cohérent"]. RICARD, op. cit., p. 66.

Paradoxalmente, foi Piel o primeiro a esboçar um esquema do LC. Segundo o crítico, o *Leal conselheiro* pode ser dividido em duas partes: a primeira, com certa unidade, compreende os caps. 1 a 90; a segunda, os caps. 91 a 102, sendo o 91 sua introdução. A primeira parte ainda é passível das seguintes divisões: os caps. 1 a 9 tratam do entendimento e suas partes; os caps. 10 a 33, da declaração dos pecados; os caps. 34 a 62, das sete virtudes; os caps. 63 a 80, da definição dos sete pecados capitais e dos outros; os caps. 80 a 90, de como devemos cuidar das "casas de nosso coração". Já a segunda parte, de acordo com Piel, "é constituída por uma miscelânea de escritos vários, que D. Duarte julgou dignos de figurar na sua obra, e que não tivera ocasião de incluir na primeira parte"[97]. O último capítulo, o 103, como se espera, é a conclusão à obra.

Este esquema serve de base ao plano apresentado por Amora[98], que pouco muda em relação ao de Piel, reconhecendo nos caps. 1 a 90 a parte a que D. Duarte se refere como um "tratado", da mesma forma entendendo os dez capítulos seguintes (91 a 102) como os "adimentos", sem encontrar entre as duas partes nenhum vínculo digno de comentário. Robert Ricard propõe divisão um pouco distinta de Piel. Segundo o crítico francês, é possível distinguir três partes no LC: os caps.

---

97. PIEL, op. cit., pp. xv e xvi.
98. Reproduzimos aqui o esquema de Amora, op. cit., p. 94:
   I – PROLLEGO
   II – HUU SOO TRACTADO (I – LR)
      1º – Introdução (psicologia) (I – IX):
         a – o entendimento (I)
         b – o entender, a memória, a vontade e o siso (II – IX)
      2º – Tratado de moral (X – LR)
         a – os pecados (X – XXXIII)
         b – as virtudes (XXXIV – LX)
         c – várias considerações sobre os pecados e as virtudes (LXI – LR)
   III – ALGUUS ADIMENTOS – introdução. Conselhos morais e práticos
   IV – FAZ FIM TODO TRAUTADO – considerações finais sobre a obra: sua natureza e finalidades.

1 a 72, consagrados aos estudos dos vícios e virtudes; os caps. 73 a 90, nos quais o rei versa essencialmente sobre os temas do "contentamento", do "sentido" e das "cinco casas do coração"; os caps. 91 a 102, reunião de escritos sem ordem aparente e desligados das partes anteriores[99].

Mais recentemente, José da Gama, apesar de recorrer, com pequenas alterações, ao esquema proposto por Piel, não se furta a apontar a ausência de sistematização do LC[100]. Todavia, com o intuito de inserir a obra duartina no campo da filosofia cultural portuguesa, propõe uma exegese do texto apoiada na hermenêutica de fundo ricoeuriana, perseguindo uma unidade que estaria latente no texto de D. Duarte[101].

Distinguindo três momentos dessa hermenêutica – "*prefiguração* da experiência prática onde surgiu a obra, o acto de *configuração* textual da própria obra, e a *refiguração* da obra na leitura-recepção do leitor ouvinte"[102] –, Gama reconhece que o trabalho de interpretação se dá a partir da configuração textual. Disso resulta a importância da análise semântica do LC, "com dois objectivos principais a atingir: a unidade da obra, como reflexão individual do autor, e a sua finalidade, como obra dirigida a leitores"[103]. Sempre apoiado pela hermenêutica de Paul Ricoeur, o crítico defende que a unidade do LC se revela pela identificação das forças latentes do texto. Para tanto, é necessário um levantamento das "formas ou expressões simbólicas"[104]. A aplicação dessa perspectiva analítica permite a Gama reconhecer três daquelas "formas simbólicas" – *lealdade*, *entendimento* e *experiência* – que configuram a unidade estruturalmente ausente no livro duartino. Assim, ainda que por via semântica, o crítico admite uma espécie de uniformidade temática no LC, o que permitiria, segundo a

---

99. RICARD, op. cit., p. 69.
100. GAMA, op. cit., pp. 86 ss.
101. Ibid., pp. 34 ss.
102. Ibid., p. 38 (grifos do autor).
103. Ibid., p. 39.
104. Ibid., p. 39.

definição de S. Isidoro de Sevilha, considerá-lo um *tractado*. Este, inclusive, é um dos pontos que sustentam a tese de Gama, de que existiria uma "mensagem de portugalidade" embutida no texto:

> Por detrás da sucessão aparentemente desordenada dos diversos capítulos que compõem o Leal Conselheiro parece-me ocultar-se um verdadeiro projecto de portugalidade que o rei idealizava para o Portugal do começo de quatrocentos, capaz de desafiar a aposta do futuro.[105]

Sem se afastar muito do plano proposto por Piel, que na sua macroestrutura segue a divisão feita pelo próprio D. Duarte, entende-se que os caps. 1 a 90 compõem o *tractado*. Todavia, os onze capítulos que formam os "adimentos" finais podem se somar ao corpo central da obra[106]. Observe-se, de forma mais detalhada, como se organiza o "ajuntamento" dos conselhos de El-Rei.

O *Leal conselheiro* se inicia por um "Prólogo" do autor, escrito nitidamente após os capítulos subseqüentes. Da leitura dele, depreende-se que El-Rei foi motivado por um requerimento da rainha, D. Leonor de Aragão, sua esposa; que a finalidade era divulgar "algũas cousas que havia scriptas per boo regimento de nossas conciencias e voontades" (p. 7), para que aos seus leitores esses escritos pudessem "prestar acrecentando em suas bondades com leixamento de muitos erros" (p. 8); que devíamos tomá-lo como "ũu A B C de lealdade", que "por o A se podem entender os poderes e paixões que cada ũu de nós ha, e por o B o grande bem que percalçom os seguidores das virtudes e bondades, e por o C, dos males e pecados nosso cor-

---

105. Ibid., p. 50. Na impossibilidade de expor toda a argumentação de Gama, sugerimos a leitura da obra, bastante instigante em seus propósitos. (Grifos nossos)

106. Sobre esse grupo de capítulos finais, além das palavras de Piel citadas atrás, Amora entende que o *"Leal conselheiro*, no seu conjunto, respeita um plano definido e tem finalidade e caráter próprios, *inteiramente independentes dos ensaios aproveitados*". Cf. AMORA, op. cit., p. 69 (grifos nossos). Mais à frente, voltar-se-á ao papel desses "adimentos".

regimento"; que o rei organizou o LC "mesturadamente e nom assi per ordem" (p. 9); que ele se dirigia a um grupo específico de leitores, "e tal trautado me parece que principalmente deve perteecer pera homẽes da corte que algũa cousa saibham de semelhante sciencia, e desejem viver virtuosamente" (p. 11); e que foi "feito em forma de ũu soo tractado com algũus adimentos" (p. 7). Não faltam ao "Prólogo" duartino conselhos de como ler e melhor aproveitar a "substancia" de seu *tractado*; indicações das fontes de que se serviu na composição da obra; além de avisos aos leitores para se prevenirem contra o enfadamento, já que "algũas rezões vaam dobradas", explicando que assim faz "querendo todo melhor declarar, havendo em tal leitura por menos falicimento dobra-las que, onde convem, seer minguado no screver" (p. 8).

A presença de um prólogo no LC é índice importante da atenção dispensada pelo rei à obra. Parte obrigatória da maioria dos tratados clássicos e medievais[107], o prólogo cumpre a função de informar os leitores das motivações, das finalidades, da estrutura, dos pressupostos da obra, entre outros dados. Momento fático, em que o autor busca conquistar a benevolência do leitor, é comum, por exemplo, recorrer às tópicas do discurso em tais introduções, como os *topoi* da modéstia, nas suas mais variadas formas, da dedicatória, da obrigação de comunicar um saber que se possui, dos perigos do ócio etc.[108], todos identificáveis no "Prólogo" ao LC. Vê-se, desde já, que a tese do "ajuntamento" dos escritos soltos, sem um elemento ordenador, mostra-se frágil.

Os caps. 1 a 9 parecem formar uma unidade temática, identificados, por parte da crítica, como uma espécie de pequeno

---

107. Entre outros, o leitor pode conferir os compostos por Cícero (*Sobre o orador*), S. Tomás de Aquino (*Do governo dos príncipes*), D. Juan Manuel (*El conde Lucanor*) e os dos príncipes da casa de Avis.

108. Cf. CURTIUS, op. cit. Cap. 5: A tópica: pp. 121-52. Sobre a tópica da modéstia, muito presente no "Prólogo" ao LC, afirma Curtius: "Na fase final da Antigüidade pagã e cristã e, mais tarde, na literatura latina e vernácula da Idade Média, tiveram larga difusão essas 'fórmulas de modéstia'"; p. 126.

"tratado de psicologia"[109]. Esses capítulos versam sobre o *entendimento* e suas partes: aprender, recordar, julgar, inventar, declarar, executar e perseverar. Na visão do rei, o *entendimento* é distinto do *entender*. Enquanto este liga-se à faculdade da razão, aquele relaciona-se intimamente com a *memória* (racional e sensual) – importante para se lembrar da prática da virtude e para não se esquecer das falhas – e com a *vontade*. Sobre a *vontade*, D. Duarte apresenta uma divisão de seus tipos, baseada na autoridade de S. João Cassiano[110]: *vontade carnal* apenas deseja o prazer, negando o trabalho; *vontade espiritual* inclina-se para um cumprimento rígido das obrigações, esquecendo-se "da folgança ordenada que o corpo naturalmente requere" (p. 21); a *tiba* ou *prazenteira* busca satisfazer as duas anteriores, porém sem aceitar cessões de uma das partes; e a *perfeita e virtuosa* orienta-se pela razão e pelo entender na prática das virtudes, não se deixando governar por nenhuma das três anteriores (cap. 3).

Essa caracterização da psicologia do homem dá azo a que D. Duarte apresente uma classificação dos cinco estados sociais a que podem pertencer os homens (oradores, defensores, lavradores e pescadores, oficiais, mesteirais[111]) e as qualidades morais que se devem exigir de cada um. Aconselha o rei aos homens, independentemente de seus estados, a não seguir a *vontade prazenteira*, mas sim a se deixarem guiar pela quarta, *perfeita e virtuosa* (cap. 4).

---

109. Cf., por exemplo, CARVALHO, op. cit., p. 524; e AMORA, op. cit., pp. 120 ss.

110. As obras de S. João Cassiano são uma das fontes mais constantes do pensamento duartino. Duas delas, o *Livro das colações* e as *Instituições*, estão entre as mais lidas na Idade Média, ambas presentes na biblioteca do rei. Cf. PIEL, op. cit., pp. xii ss.

111. Essa classificação de D. Duarte, de certo modo, renova a divisão social tradicional na Idade Média (*oratores, bellatores, laboratores*), porque revela, em relação à última, uma variante que já considera a classe emergente dos burgueses. Sobre aquela divisão tradicional, cf. DUBY, George. *As três ordens ou o imaginário do feudalismo*. Trad. de Maria Helena Costa Dias. Lisboa: Estampa, 1982.

A essa segue-se uma segunda divisão, apoiada nas experiências e observações de D. Duarte. As *vontades*, segundo o rei, são também em número de quatro: as que pertencem à *alma vegetativa*, que cuidam da saúde do corpo; as que pertencem à *alma sensitiva*, que regem as paixões, boas e más; a vontade *racional*, responsável pela defesa das virtudes; e a do *livre alvidro* (livre-arbítrio), que deve reger as outras, guiada pelo entendimento e pela razão (cap. 6). Às duas classificações, é aduzida a autoridade de uma homilia de S. Gregório, na qual o Padre afirma participar o homem das *almas vegetativas*, das plantas; das *sensitivas*; dos animais, e da *racional*, pertencente aos anjos (cap. 7).

Essa "breve repartiçom" escrita sobre o *entendimento*, "nossa virtude mui principal", relaciona-se com a necessidade que tem o homem de conhecer e guardar a prática das virtudes. Só com o cumprimento das sete partes do *entendimento* e com o regimento da *boa vontade*, o homem consegue aquele que deve ser o ideal de todos, ser chamado e considerado "sesudo, prudente, discreto e de boo entendimento"[112]. Para bem cumprir tais ideais, são necessários ao homem, ainda, o "bem querer", o "soficiente poder" e o "saber". A conjugação daqueles (*entendimento* e a *boa vontade*) com estes (*querer, poder* e *saber*) visa, segundo o rei, a cinco fins a que deve almejar todo homem: receber a graça e o amor de Deus, ganhar honra e virtude, viver em saúde e bom estado, acrescentar seus estado, terra e fazenda, e, por fim, estar constantemente feliz.

A unidade desses nove capítulos, como se vê, está no fundo ligada à proposição que defendem, qual seja: o homem deve ter a ciência de seus poderes e paixões, males e pecados; o controle racional daqueles e "corregimento" desses, por meio das virtudes e boas vontades; e saber do bem e felicidade que se alcançam assim agindo. Enfim, todo homem deve almejar

---

112. Essas expressões são sinônimas no LC, identificando o homem virtuoso: "E por moor declaraçom consiiro que geeralmente per este siso, discreçom e prudencia e boo entendimento, *que todo filho por ũa cousa, segundo boa maneira de falar, ainda que os nomes se mudem*" (p. 40. Grifos nossos).

uma vida de virtudes. Só assim ele alcançará a felicidade. Em última instância, este é o conselho que o rei pretende dar a seus leitores. Se considerarmos o modelo didático que D. Duarte escolhe para definir seu *tractado* – ABC da lealdade – e a interpretação que dele faz, constatamos que o método já revela a proposição, pois a cada letra daquele correspondem os ideais deste: ao A, o entender os poderes e as paixões; ao B, o bem que nos vem do seguir as virtudes; e ao C, a necessidade de se guardar dos pecados.

Ainda que D. Duarte afirme não ser um escolástico – "E nom screvo esto per maneira escolastica" (p. 110) – e que redija seu *tractado* "mesturadamente e nom assi per ordem", contornando as regras clássicas de construção do discurso, esse grupo de capítulos (1-9) funciona como uma espécie de *exórdio* à obra. Estão anunciadas neles: a proposição básica, a defesa da vida virtuosa; as questões que serão tratadas, os vícios e as virtudes; a intenção de envolver o leitor com o assunto de que tratará, apontando a utilidade dos seus conselhos; enfim, uma introdução ao seu *tractado*. Corroboraram nossa leitura as palavras finais do cap. 9, fecho do grupo unitário de capítulos, convite à continuação da leitura:

> E porquanto a principal parte do siso, prudencia e descriçom é havermos limpeza de coraçom per que se gaança e outorga o reino dos ceeos. E de tal guarda seu fundamento está, principalmente, em nos tirar e afastar dos pecados, pera que nos é necessario deles boo conhecimento. Por em screvo esta breve e somaria declaraçom pera os que sobr'elas pouco estudam o poderem haver em geeral com algũus conselhos e avisamentos, e se preguntarem os que é rezom ou virem os livros que largamente os declarom, poderem, com a graça do Senhor Deos, ligeiramente seer avisados. A qual guarda dos pecados pera todas estas partes suso scriptas nos é tam necessaria que, sem ela, cousa de bem nom podemos fazer nem possuir (p. 42).

O próximo passo será ocupar-se dos pecados e das virtudes, dá-los a conhecer aos leitores, apontando os modos de corrigir aqueles e de manter estas.

D. Duarte não diz toda a verdade quando afirma que misturou tudo sem seguir uma ordem. Como se viu, os caps. 1 a 9 constituem uma unidade. Do mesmo modo, o conjunto dos caps. 10 a 33 compõe um arrazoado sobre os pecados, os sete capitais, e outros. Na organização desses capítulos, pode-se identificar uma disposição ordenadora. Com exceção para a Inveja (cap. 15), a cada um dos pecados capitais são reservados dois capítulos: Orgulho, que o rei denomina Soberba (10-11), Ira[113] (16-17), Preguiça (26-27), Avareza (28-29), Luxúria (30-31) e Gula (32-33). O conteúdo desses pares temáticos sofre pequenas variações. Alguns capítulos trazem contribuição de autoridades, como as de S. João Cassiano[114] no 16, de Martin Pires[115] no 27, ou do próprio D. Duarte, em escritos anteriores ao LC, no 11[116]. Outros são contrapontos virtuosos aos pecados de que tratam, de autoria do rei, como o 29, que discorre sobre as "maneiras do dar por nosso senhor deos", em oposição à Avareza, e o 33, que disserta sobre as diferenças dos jejuns e de suas vantagens morais, em contraste à Gula.

Ao pecado da Soberba, D. Duarte acrescenta os ensinamentos de S. João Cassiano, que considera o pecado da Vanglória distinto daquele. O conteúdo dos caps. 12 e 13, que tratam deste pecado, é retirado das obras de Cassiano[117], a que são acrescentadas, no cap. 14, considerações do próprio rei.

---

113. D. Duarte faz diferença entre ira e ódio, considerando este uma das paixões daquela, deixando o cap. 17 para o exame dessa paixão. Todavia, como D. Duarte guarda um capítulo exclusivo para o ódio, a seguir ao capítulo dedicado à ira, é possível, contrariando as opiniões do Rei, aproximá-los nesse esboço de sistematização.

114. Servimo-nos, para as informações de fontes autorais, total ou parcialmente, das eruditas e sempre úteis notas de Piel à sua edição crítica do LC. Cf. DUARTE, *Leal...*, op. cit., 1942.

115. Não se tem certeza da exatidão dessa fonte. Seguiu-se a sugestão feita por Piel. Ibid., p. 99, nota 2.

116. Sabe-se hoje que este capítulo deriva do cap. I do *Livro dos conselhos*. Cf. a correção feita por João Dionísio à lista dos textos do *Livro dos conselhos* aproveitados pelo Rei em seu LC, apresentada por José Gama. DIONÍSIO, Resenha crítica..., op. cit., p. 261. Dionísio apresenta lista completa dessas correspondências em "D. Duarte *mis-en-abîme*...", op. cit., pp. 138-9, nota 5.

117. Cf., particularmente, os dois livros das *Instituições* de S. João Cassiano dedicados ao assunto: o Livro XI: *De spiritu cenodoxiae*, e o Livro XII, *De spiri-*

Entre os caps. 18 e 25 tem-se uma longa digressão relativa aos pecados. Entende D. Duarte que ao pecado da Ira ligam-se seis paixões (ódio, tristeza, nojo, pesar, desprazer, aborrecimento e saudade), sobre as quais o rei se dispõe a aconselhar, definindo-as e expondo suas causas e formas de evitá-las. Inspirado mais uma vez pelo escritos de S. João Cassiano, que considera a tristeza o mais grave dos pecados, D. Duarte dedicará a esta paixão sete capítulos, 18-24, a começar pelo 18, em que as *Instituições*, de Cassiano, servem ao rei para definir, dar as causas e os remédios contra a tristeza[118].

O cap. 19 constitui um dos mais célebres escritos duartinos. Encontra-se nele um relato profundo, minucioso e aparentemente sincero do mal de "humor menencorico", que sofreu D. Duarte quando ainda príncipe. O rei narra todo o processo de intensa melancolia que viveu durante longos três anos, aponta suas causas, as sugestões de tratamentos dadas pelos médicos da corte, sua negativa em segui-los, o início da cura a partir da doença da mãe, a rainha D. Felipa de Lencastre – "porque sentindo ela, leixei de sentir a mim" (p. 76) –, a morte da rainha, os "remédios" que encontrou sozinho para seu mal, enfim um retrato que até hoje impressiona pela carga de sinceridade.

Os demais capítulos (20 a 23) esmiúçam o assunto: apontam mais causas da tristeza (medo da morte, excesso de trabalho etc.), algumas provenientes de pecados, outras, de virtudes; aconselham remédio; e tratam com particularidade do "enfadamento", um dos maiores causadores da tristeza. O conselho que dá quase ao final desse grupo de capítulos recupera idéias

---

tu superbiae. CASSIANI, Joannis. *Opera Omnia.* Cum amplissimus commentaris Alardi Gazaei. Paris: [s. Ed.], 1874 (Col. Migne de Patrologia Latina, t. 49), pp. 397 e 419, respectivamente. Piel, em Apêndice à edição crítica do LC, identifica e transcreve o texto de S. João Cassiano a que se reporta D. Duarte. Cf. DUARTE, *Leal...*, op. cit., 1942, p. 398.

118. Cf. CASSIANI, op. cit., Livro IX, *De spiritu tristitiae*, pp. 351 ss. Da mesma forma, Piel transcreve em apêndice os textos de Cassiano que serviram de base para o Rei. Cf. ibid., pp. 399-400.

expostas nos capítulos introdutórios: ter consciência dos males e conhecer suas origens (o orientar-se pela razão e pelo entender) ajudará na escolha dos remédios corretos e permitirá a cura:

> E parece-me seer necessario, ainda que o nome seja geeral, cada ũu conhecer, quando tal [os males] sentir, donde lhe vem e saber-lhe buscar com a graça do Senhor, dereitos remedios (p. 88. Grifos nossos).

Merece atenção, ainda, o cap. 24, "Do conselho que sobr'esto dei ao Ifante Dom Pedro". Este capítulo é, na verdade, a transcrição, com alterações, de uma carta que D. Duarte enviou ao irmão, o Infante D. Pedro, quando este partia para a Hungria. Datada de 1425[119], revela que desde essa época as questões centrais desenvolvidas sobre o pecado da tristeza já ocupavam o pensamento do rei. Começando com conselhos gerais que dizem respeito ao comportamento correspondente ao "stado" nobre de D. Pedro – temperança, discrição, controle das paixões, regimento do corpo, moderação na "folgança" etc. –, logo D. Duarte introduz sua preocupação central: "E a cada ũa destas partes compre reger muito bem e discretamente aquel que de tristeza se quer afastar e, com a graça do Senhor, traz seu coraçom em boo assessego..." (p. 92). A partir daí, segue uma série de conselhos para se evitar a tristeza, recuperando de forma desenvolvida os dados no início da carta e fazendo a apologia do comedimento, da razão e do entender.

O motivo aparente que leva à transcrição desta carta, o próprio D. Duarte o revela: "E quando meu irmão, o ifante dom Pedro, desta terra se partio, sabendo eu que algũa desto [tristeza] sentia, lhe fiz este conselho ajuso scripto" (p. 90). Todavia, mais do que isso, podemos encontrar nesta carta o *leitmotiv* da longa digressão sobre o pecado da tristeza. Como

---

119. Esta datação é estabelecida por Francis Rogers em *The Travels of the Infante Dom Pedro of Portugal*. Apud. DUARTE (Dom), *Livro dos conselhos...*, op. cit., p. 21.

comprova seu conteúdo, desde há muito vinha D. Duarte refletindo sobre o necessário controle deste pecado, o mais grave de todos, para o bom regimento das vontades e virtudes. A experiência pessoal do rei lhe dá a dimensão dos males causados pela tristeza e da importância de se aprender a combatê-la. Além disso, a discussão permite que sejam reafirmados todos os valores da razão, do entender, do controle das paixões que o rei vem defendendo desde o início. Nada mais justo, assim, o destaque conferido ao tema.

Como se vê, a digressão duartina, na realidade, corrobora os ensinamentos que, ao longo dos capítulos, o rei vem transmitindo. Prevista dentro das regras clássicas do discurso como um dos recursos da *dispositio*, a digressão pode servir de momento de distração e de relaxamento ao leitor, e ao mesmo tempo deve cumprir o papel de reforço, de prova ou exemplo a mais, daquilo que se pretende defender. Ressalvando que não se está diante de um texto que segue ortodoxamente as regras clássicas da retórica discursiva, é possível, no entanto, entender a organização em pares dos capítulos sobre os pecados, o recurso à autoridade de outros pensadores, e, ainda, essa longa digressão apoiada em experiência pessoal do rei como procedimentos inspirados pela *amplificatio*. Já no séc. V, S. Agostinho cuidou de demonstrar que a retórica poderia ser instrumento útil aos intelectuais cristãos[120].

Feito o arrazoado sobre os pecados, o *tractado* de D. Duarte dirige-se às virtudes, pois o conhecimento e a manutenção delas nos guardam contra "falicimentos". Às virtudes teologais e cardinais o rei dedica os caps. 34 a 60, em número próximo ao dispensado aos pecados. Da mesma forma, encontra-se certa sistematização na distribuição dos capítulos: os caps. 34 a 37 tratam da Fé; 38 a 42, da Esperança; 43 a 49, da

---

120. S. Agostinho, em *A doutrina cristã*, particularmente no Livro IV, discorre longamente sobre a eloquência na oratória cristã, recorrendo a exemplos de S. Paulo, S. Cipriano, S. Ambrósio, assim como dos Profetas. Cf. AGOSTINHO (Santo). *A doutrina cristã: manual de exegese e formação cristã*. Trad., intr., adapt. de notas, índices e org. geral de Nair de Assis Oliveira. São Paulo: Paulinas, 1991.

Caridade; 50 a 59, da Prudência; e o 60, da Justiça, Temperança e Fortaleza.

A organização interna de cada grupo é semelhante à usada na apresentação dos pecados. Assim, sobre a Fé, fica-se sabendo em que consiste esta virtude e em que se deve crer (no que manda a Santa Igreja, nos sacramentos, nas virtudes, nos pecados e nos direitos da Igreja), além de várias considerações do rei sobre outras formas de crença (sonhos, profecias, visões, sinais celestes, astrologia etc.[121]). Como no tratamento dos pecados, também aqui o rei recorre à autoridade externa e às experiências pessoais. No cap. 34, D. Duarte vale-se de uma pregação de seu confessor, Mestre Francisco, a propósito da Fé, e expõe reflexões pessoais sobre o dogma da imaculada concepção de Nossa Senhora, no cap. 35[122].

Nos caps. 38 a 42, o rei ensina sobre os pecados que se cometem por excesso ou falta da Esperança. Volta a aproveitar escritos anteriores[123], nos quais estabelece a diferença entre "fiança" (vincula-se à *vontade*) e "confiança" (pertence ao *en-*

---

121. Em relação a essas formas de crença, D. Duarte é de opinião que se deve seguir o que manda a Igreja: "D'agoiros, sonhos, dar aa vontade, sinaes do ceeo e da terra, algũu boo homẽe nom deve fazer conta, porque, se nom pode bem entender quando é per natural demostraçom de Nosso Senhor, tentaçom do imigo ou natural preciencia ou que veem per símprez acontecimento, per mudança da compreissom, ou falas passadas sem algũu significado. E porque nom se pode a maior parte bem conhecer, o mais seguro caminho é nom curar de todo esto" (p. 147).

122. Segundo Piel, o que está nesse capítulo já havia sido escrito quando da redação do LC. O crítico se vale do trecho em que D. Duarte afirma: "E ao tempo que naquesto screvi em minha missa leerom epistola e avangelho que me pareceo gram parte fazerem a meu proposito". Cf. DUARTE, *Leal...*, op. cit., 1942, p. 139, nota 1. Seguindo essa interpretação, D. Duarte, pelo exemplo de fé que traduz, decide anexar esse escrito anterior ao seu tratado exatamente ao grupo de capítulos que tratam da Fé. Vale registrar, ainda baseando-se em Piel, que a questão da imaculada concepção de Maria só foi definida em 1854, demonstrando quanto ousava o rei em opinar sobre tema tão polêmico.

123. Os capítulos 39 e 40 têm inspiração nas curtas anotações feitas pelo rei, em seu *Livro dos conselhos*, as quais são amplamente desenvolvidas no LC. Cf. DUARTE, *Livros dos conselhos...*, op. cit., Cap. 34: p. 157.

tender e ao *saber*), reafirmando o dever do cristão em confiar em Deus (cap. 40). Apoiando-se nos ensinamentos de S. João Cassiano, faz a defesa dos homens de linhagem, riqueza e poder, contra ataques de "algũus leterados e outras pessoas que vivem em religiom" (p. 157), afirmando que a virtude não é atributo exclusivo de nenhuma classe, portanto, todos que se guiam por uma vida virtuosa podem confiar na graça divina (caps. 39 e 41). Por fim, trata dos frutos da penitência e aconselha a confiança nela como caminho certo para alcançar a misericórdia de Deus (cap. 42).

Ao discorrer sobre a Caridade, a obra duartina volta às digressões. A virtude da caridade enseja o rei a tratar, em cinco capítulos, sobre "as maneiras d'amar". Após a definição da virtude da caridade e de conselhos de como segui-la, D. Duarte expõe as quatro maneiras de amar que possui o homem: a "benquerença", o "desejo de bem fazer", o "amor" e a "amizade". Esta última é a mais perfeita e virtuosa, pois a amizade

> Tem a vantagem dos primeiros, porque mui special bem quer ao amigo e assi deseja de lho fazer, como pera si medês o queria. *Dos amores desvaira, porque amam principalmente regidos per o entender, e dos outros, per movimento do coraçom* (p. 173. Grifos nossos).

Como se percebe pela distinção entre as quatro maneiras de amar e pelo privilégio dado à "amizade", é, mais uma vez, o uso da razão ("regidos per o entender") e o total controle das paixões ("per movimento do coraçom") que orientam os conselhos de D. Duarte. Quando passa a tratar da "maneira como se devem amar os casados" (cap. 45), o rei, apoiando-se no exemplo dos pais e em sua própria experiência, afirma que são necessárias aquelas quatro maneiras de amar; porém, já que o amor traz descontrole ao coração (cap. 47), é a amizade que deve ser almejada pelos casados. Para isso, é necessário que entre os esposos impere a lealdade, o segredo, a verdade, a segurança, a "boa entrepetaçom", a "boa presunçom", o "avisamento na fala" – "antre os que se bem amam grande guarda nas palavras é necessaria" (p. 179) – [124], enfim, tudo o que assegure a discrição e o siso[125].

À virtude da Prudência D. Duarte dedica dez capítulos. Em que consiste a prudência, quais as condições para que o homem seja considerado prudente, os frutos que se alcançam sendo prudente e conselhos gerais para os que desejam se guiar pela virtude da prudência são os temas de que tratam esses capítulos. Não faltam aqui, como se tem visto noutras partes, a recorrência às autoridades clássicas e medievais que escreveram sobre essa virtude principal, bem como interpretações pessoais do rei sobre o assunto de que trata.

As outras virtudes cardinais são tema de um único capítulo, o 60, em que se analisam as qualidades necessárias a um bom julgador: "desejo de fazer dereito de ssy e dos outros" (virtude da Justiça); "que se tempere quando sse trigar ou allargar mais do que convem" (virtude da Temperança); "que perssevere em bem obrar" (virtude da Fortaleza). O pouco espaço dado a essas virtudes morais pode ser explicado pelo fato de elas serem requisitos do homem prudente e, portanto, estarem disseminadas ao longo dos dez capítulos dedicados à Prudência.

Findos esses dois grandes blocos temáticos sobre os pecados e as virtudes, seguem-se ainda trinta capítulos, sobre os quais a crítica, de modo geral, pouco tem se detido, por não perceber neles uma conexão clara com os sessenta capítulos anteriores[126]. Por versarem sobre temas aparentemente distin-

---

124. Sobre os cuidados na fala, D. Duarte transcreve uma tradução, segundo Piel, bastante livre, de um trecho de um opúsculo de S. Tomás de Aquino, de teor misógino, sobre os perigos da "conversaçom das molheres spitituaes". Cf. Cap. 47 do LC.

125. Para os temas do amor, da amizade e do casamento no LC, confira a aguda leitura de FERNANDES, op. cit.

126. Referindo-se a esses trinta capítulos, Piel entende que os caps. 63 a 80 definem os sete pecados capitais e outros, e que nos caps. 81 a 90 o Rei versa sobre "como havemos de apropriar 'as casas de nosso coração' a determinados fins". Cf. PIEL, op. cit., p. xvi. Já Amora afirma que os caps. 61 a 90 trazem "várias considerações sobre os pecados e as virtudes", sem especificar, todavia, o conteúdo dessas considerações. Cf. AMORA, op. cit., p. 94.

tos, tem sido difícil justificar a presença desses capítulos no corpo central do *tractado*, a não ser apontando para a relativa desordem de seu alinhavo. No entanto, entendendo os referidos capítulos como um recurso à *amplificatio* – espécie de reforço do que se aconselhou até agora –, pode-se esboçar uma sistematização deles[127] e inseri-los dentro dos propósitos gerais da obra, qual seja, a construção de um ideal de homem virtuoso.

Pontuem-se, em pequenos núcleos temáticos, os comentários a esses trinta capítulos:

1. Um primeiro grupo de seis capítulos, 61 a 66, imediatamente posteriores àqueles dois grandes blocos, recorre à autoridade de "algũus doctores e sabedores" que escreveram sobre os temas dos vícios e das virtudes. Encontram-se definições e conselhos de S. Tomás de Aquino, Sto. Agostinho, Pedro Lombardo, S. Gregório, Sto. Ambrósio, Cícero, entre outros, além de dois capítulos com o mesmo intuito, porém dedicados às opiniões dos seguidores de Raimundo Lúlio, os "remonistas" – conforme o recurso retórico às opiniões de figuras reconhecidamente doutas no assunto, as "autoridades".

2. Num outro bloco unitário de capítulos, 67 a 72, o recurso à *amplificatio* é ainda mais claro, afirmando D. Duarte sua intenção de aprofundar aquilo de que tratou anteriormente:

> Por que me pareceo, quando vos sobr'esto falei, que vos prazia apropriar os falicimentos a nossos sentidos, em este capitulo sobr'elo farei algũa declaraçom, mesturando natural com moral segundo a mim razoado parece (p. 257).

Esses seis capítulos versam sobre as relações dos pecados com os sentidos humanos, como aqueles se apropriam do cora-

---

127. Robert Ricard se empenhou em decifrar a aparente desordem desses trinta capítulos, ligando a primeira parte às discussões sobre os pecados e as virtudes, e determinando, nos outros, três temas essenciais: "le *contentamento*, le *sentido* et les cinq *casas* du coeur humain". Op. cit., pp. 67-9 (grifos do autor). Com pequenas variantes, o esboço de sistematização que se apresentará guarda certa semelhança com o de Robert Ricard.

ção, e sobre os tipos de pecados que se cometem por meio do coração, boca, obra e omissão.

3. Os seis capítulos seguintes, sem perder de vista os temas dos pecados e das virtudes, trazem algo de novo para o tipo de ensinamento dado. Nos caps. 73 a 75, o rei trata do "contentamento", da satisfação do espírito. Ensina que se pode cair em "falicimento" por não se contentar com o que convém, ou seja, por não se reconhecer as graças que são oferecidas, de acordo com os estados que se possuem. Aconselha um contentamento orientado pelo equilíbrio e pela razão, comedido diante dos desígnios divinos. Por sua vez, os caps. 76 a 78 versam o tema clássico da "medida"[128]. D. Duarte é o primeiro a reconhecer que poucos são os livros que, ao tratarem das virtudes e dos pecados, atentam para a importância "do boo, razoado sentido": "Porque em cada ũu dos dictos livros nom se toca ũa parte de virtude per cujo falicimento muitos caem em pecados e males, algũu pouco delo vos quero screver" (p. 275). Ensina, então, que mesmo as virtudes, praticadas em exagero ou em míngua, ou seja, sem a "boa medida", podem levar ao erro, ao pecado. Pode-se inclusive pecar, por falta do "razoado sentido", contra Deus, contra os senhores, amigos, servidores e contra si mesmo. Este tema da "justa medida", um dos núcleos da *paidéia* clássica, coaduna perfeitamente com o ideal didático presente no LC. Assim como para os homens da Antigüidade, a defesa do domínio das paixões pelo uso da razão é um princípio educacional em D. Duarte, daí a freqüência do tema em sua obra e o tratamento exclusivo recebido nesses três capítulos. Atente-se para como tais conselhos se relacionam com a condenação dos pecados do Orgulho e da Ira, e também com a exaltação das virtudes da Caridade e da Prudência, centrais para a construção do homem justo, de "boo, [e] razoado sentido".

4. Nos caps. 79 a 80, os conselhos do rei buscam ensinar as maneiras de combater o mal e alcançar o bem. Este se conquis-

---

128. Sobre esse tema, cf. JAEGER, Werner. *Paidéia: a formação do homem grego*. Trad. de Artur M. Parreira. São Paulo: Martins Fontes, 1995. Em especial, o capítulo "O homem trágico de Sófocles", pp. 315-34.

ta, principalmente, por duas vias: primeiro, por meio da prática das virtudes teologais e cardinais; segundo, evitando-se os "falicimentos" que, muitas vezes, são tomados por virtudes, não se tendo consciência plena do que motiva as ações. Deste modo, o homem deve se afastar da astúcia, disfarçada em prudência; da vingança, em justiça; da escassez, em temperança; da perfídia, em fortaleza. Para tanto, devemos "bem conhecer e seguir as dereitas obras virtuosas desemparando os falicimentos tanto a elas chegados, que per geeral openiom ũa per outra se filha" (p. 289).

5. O Infante D. Pedro, ao final de seu *Livro da vertuosa benfeytoria*, apresenta-nos uma imagem alegórica – a aparição de seis donzelas carregando, cada uma delas, objetos distintos – com o intuito de tornar mais claro ao leitor o conteúdo de seu tratado[129]. Semelhante ao irmão, talvez mesmo inspirado pela leitura de seu livro[130], D. Duarte cria uma metáfora, dita "per imaginaçom", na qual concebe o coração composto por cinco casas, "assi ordenadas como costumam senhores": a sala, espaço social aberto aos visitantes; a "ante-camara", para os moradores e outros mais notáveis de seu senhorio; o quarto de dormir, a que têm acesso os mais chegados dos senhores; a "trescamara", ou quarto de vestir, em que apenas os moradores e os mais íntimos têm permissão de entrar; e o oratório, reservado para os senhores estarem a sós, a rezar, ler e meditar (p. 297). Desenvolvida em torno de um símbolo, o coração, espaço em que habitam os sentidos humanos – "casa" das vontades e das paixões –, essa metáfora é desdobrada nos caps. 81 a 88. Estes se estendem por tópicos que aparentemente fogem da

---

129. Para uma interpretação da imagem alegórica criada pelo Infante D. Pedro, cf. REBELO, Luís de Sousa. A alegoria final do *Livro da virtuosa benfeitoria*. *Biblos*, Coimbra, v. 69, 1993, pp. 367-79.

130. Muito provavelmente a redação do *Livro da vertuosa benfeytoria* se deu entre os anos de 1418 e 1429. Cf. CALADO, Adelino de Almeida. Introdução. In: PEDRO (Infante Dom) e VERBA, João (Frei). *Livro da vertuosa benfeytoria*. Ed. crít., intr. e notas de Adelino de Almeida Calado. Coimbra: Universidade de Coimbra, 1994, pp. xxxiii ss. Havia um exemplar desta obra na biblioteca de D. Duarte.

metáfora construída, como o cap. 83, no qual D. Duarte aproveita um trecho de seu *Livro da ensinança*, onde traça um paralelo entre o bom cavaleiro que sabe do "andar dereito na besta" e o homem virtuoso; ou o cap. 84, em que o rei dá conselhos práticos sobre como administrar bem e virtuosamente nossos afazeres, sem incorrermos em pecado; ou, ainda, o cap. 87, tradução de parte do *Vita Christi*, cuja mensagem central é a de manter calmo o coração, mesmo nas atribulações, pois o mal que atinge o homem não se dá sem a permissão divina e serve de ensinamento para se alcançar a virtude.

Apesar de aparentemente distantes da metáfora das "casas de nosso coração", esses capítulos estão inseridos nela, pois versam sobre o controle dos sentidos e das paixões, ordenados com o entendimento e a razão. Isto implica reconhecer que cada espaço da "casa" deve ser ocupado por correta atividade, desenvolvida de forma adequada e no momento certo. Nas palavras do Rei:

> devemos ordenar em nosso coraçom, poendo na sala todalas cousas que nom tem outra (finalidade), afora filhar prazer. Na camara do paramento as do proveito. As da saude corporal, na camara do dormir. Nas trescamaras, os feitos da honra, tirando delas toda cousa que aa virtude seja contraira, como *h*omeziados de nossa casa. O estudo specialmente seja guardado pera o serviço de Nosso Senhor e seguimento das virtudes. E posto que sejam estas cinco fĩis assi departidas, todos porem nos movemos, quando é por nosso prazer, a percalçar o que nos parece maior bem, ou por scusar maior mal (p. 295).

6. Os caps. 89 a 90 tratam da virtude da liberalidade. D. Duarte busca a autoridade de S. Gregório, no *Livro pastoral*[131], para o ensino dessa virtude. São admoestados tanto os que doam

---

131. A *Regula pastoralis* (Livro pastoral) é um manual para orientação das atividades dos Bispos, redigido por S. Gregório I, dito *Magno*, que foi papa entre 590 e 604. Segundo Piel, os caps. 89-90 do LC são tradução, ou "paráfrase muito pouco feliz", dos cap. xx e xxi da 3ª parte da *Regula pastoralis*. Cf. DUARTE, *Leal...*, op. cit., 1942, p. 329, nota 1, e p. 336, nota 1, respectivamente.

sem o controle de suas necessidades e acabam caindo na escassez como os que se negam a doar, incorrendo em avareza. Exige-se o "boo razoado", a boa medida na liberalidade, para que não se peque nem por excesso, nem por falta.

Com mais esse conselho, que na realidade retoma o ensinamento recorrente em todo o texto – a necessidade do reger-se pela razão, pelo entendimento dos atos, pelo controle dos impulsos sensuais –, termina D. Duarte a parte que afirma ser o seu *tractado*. Como se buscou demonstrar, esses últimos trinta capítulos da parte central da obra cumprem o papel de ampliar e reafirmar os conselhos dados, de forma mais sistemática, nos sessenta primeiros capítulos, compondo um corpo com relativa unidade formal e temática.

A imagem de "ajuntamento" de escritos com que, de certa forma, a crítica caracterizou o LC até agora, parece se esvanecer diante da descrição feita dos capítulos. O tratamento "mesturado" das virtudes e dos pecados, anunciado pelo rei no "Prólogo", revela-se mais tópico do que prático. D. Duarte, ainda que premido por escasso tempo, dá à obra unidade temática, centrada nos ensinamentos morais. Contribuem para essa uniformidade o acentuado racionalismo do pensamento duartino, os propósitos educacionais da obra e a tradição tratadística a que se filiam o conteúdo moral e a estrutura do LC. Visando a estabelecer um padrão de comportamento moral e a educar a nobreza segundo o primado da razão, não poderia faltar, ao menos no corpo central da obra, a organização reveladora de uma escrita racional.

Ao que segue, o rei denominou "adimentos". Como entender esses doze capítulos em relação ao conjunto da obra? Deve-se respeitar a classificação simples de "adimentos"? A crítica tem apontado certa incompatibilidade das duas partes. Amora, em tom categórico, afirma que "o *Leal conselheiro*, no seu conjunto, respeita um plano definido e tem finalidade e caráter próprios, *inteiramente independentes dos ensaios aproveitados*"[132]. Piel, como se viu, classifica-os como "miscelâ-

---

132. AMORA, op. cit., p. 69 (grifos nossos).

nea de escritos", que D. Duarte teria julgado digno de anexar à obra. Da mesma opinião compartilha Robert Ricard[133]. Veja-se outra leitura possível dos "adimentos" de El-Rei.

Ao tratar da redação do LC, Lapa afirma que o manuscrito que chegou até os dias de hoje é distinto do que saiu das mãos do próprio rei, a "redação primitiva"[134], e que é possível reconhecer as diferenças entre os dois manuscritos pela leitura daquele. As marcas desse reconhecimento são o "Prólogo" inicial e os capítulos somados ao final[135]. Se estão corretas as afirmações de Lapa, elas não indicam o porquê de aqueles capítulos terem sidos aditados à obra, mas comprovam, como se havia apontado anteriormente, que houve por parte de D. Duarte um tempo, ainda que provavelmente pequeno, para organizar seu LC[136].

Hoje, com o conhecimento completo do *Livro dos conselhos* do rei, pode-se perguntar por que, dos seus 97 capítulos, menos os cinco já aproveitados no corpo central do LC, D.

---

133. "D. Duarte parece ter querido reunir, sem ordenamento, todas as páginas para as quais não pôde encontrar lugar nos capítulos anteriores" ["D. Duarte paraît avoir voulu réunir sans ordre toutes les pages que n'avaient pu trouver place dans les chapitres antérieurs"]. RICARD, op. cit., p. 69.

134. Também Maria Helena Lopes de Castro acredita que o manuscrito que se conhece não é autógrafo, mas sim cópia do que teria escrito D. Duarte. CASTRO, op. cit., p. 109.

135. "As diferenças entre as duas redações, a primitiva e a definitiva, se percebem da leitura desta: o Prólogo foi escrito para a redação definitiva; os capítulos finais (LRI-CIII), como diz o próprio D. Duarte, foram ajuntados à obra 'sem outro adimento'; e porque entravam na obra, fora do plano desta, o autor os introduz por uma espécie de prólogo, que é o Cap. LRI." LAPA, op. cit., p. 67, nota 116.

136. Outras marcas dessa organização são as diversas referências feitas, ao longo do *tractado*, ao capítulo 98, "Da pratica que tinhamos com El Rei meu senhor e padre", que faz parte dos "adimentos", indicando a intenção de transcrevê-lo junto ao LC. Entre outras, cf. pp. 168, 196, 282, que anunciam o capítulo futuro, e também a p. 374, que fala deste como algo já passado. Encontram-se, da mesma forma, outras marcas dessa organização interna do LC nos diversos momentos em que o texto anuncia capítulos ou temas que se seguirão, assim como aqueles já tratados. Cf., entre outras, pp. 12, 29, 31, 35, 42, 44, 90, 137, 181, 184, 197, 214, 227, 234, 282 e 301.

Duarte optou por esses onze em detrimento de outros. A resposta está tanto no conteúdo de cada um deles como nos propósitos do *tractado* real.

Dos doze capítulos dos "adimentos", o primeiro é um resumo dos demais. O rei faz uma "tavoa e declaraçom das cousas que adiante som scriptas", explicitando, de certo modo, por que os ajuntou ao fim de sua obra: "Desejando de poer fim a esta breve e simprez leitura, *as cousas per mim feitas a esto perteecentes, que ficam por screver, em ela sem outro adiamento as faço treladar*" (p. 329. Grifos nossos). Como se pode perceber, o rei indica que não foi aleatória a escolha dos capítulos anexados ao LC. Em sua mente, todos os escritos possuíam algo em comum com o que vinha escrevendo ("as cousas per mim feitas a esto perteecentes"), necessitando apenas de uma "tavoa" ordenadora. Ao fim desse mesmo capítulo introdutório à parte final, afirma o rei que "algũas cousas tenho scriptas no livro que faço de saber bem andar a cavalo"[137], assim como *"outras que por nom seerem taes que a vós perteeçam,* as nom fiz aqui tralladar" (p. 331. Grifos nossos), permitindo inferir que "outras" se refere aos escritos que formam hoje o *Livro dos conselhos* e que buscou aproximar apenas as "cousas perteecentes".

Os onze capítulos dos "adimentos" versam sobre assuntos distintos, mas todos confluem para a defesa das virtudes e a proteção contra os pecados. Na medida em que alguns dos capítulos são datados da época em que D. Duarte era ainda infante, portanto anterior a 1433[138], eles comprovam que tais questões preocupavam D. Duarte havia muito. O cap. 92 é emblemático disto. Nele, o rei apresenta sete princípios que devemos seguir para melhor praticar as sete virtudes e servir a Deus, já

---

137. Para Piel, essa declaração é indicativa de que D. Duarte também se dedicava, a essa altura, à redação do *Livro da ensinança de bem cavalgar toda sela*, que ficou inconcluso. Cf. DUARTE, *Leal...*, op. cit., 1942, p. 342, nota 5.

138. Para a datação dos capítulos provenientes do *Livro dos conselhos*, recorremos às notas da edição diplomática, organizada por João José Alves Dias. Cf. DUARTE, *Livros dos conselhos...*, op. cit.

que parece "razom conseguir¹³⁹ o trautado passado que d'eles principalmente falei" (p. 329). No capítulo seguinte, D. Duarte expõe uma interpretação da oração *Pater Noster*, em cujas partes identifica cada uma das sete virtudes.

Além desses, encontram-se, ao longo dos capítulos, os seguintes conselhos: de como ler os livros, particularmente os de "ensinança spiritual, e das virtudes moraes" (cap. 94); dos modos de organizar os serviços da capela e do tempo que se deve dedicar a cada um dos ofícios religiosos (caps. 96-97), já que a "boa devaçom faz leixar os pecados e seguir as virtudes" (p. 330); da maneira de traduzir do latim para "nossa linguagem" (cap. 99)¹⁴⁰; um "regimento do estomago", para manter a boa saúde do corpo, morada do espírito (cap. 100), pois "quem *o* guardar como convem na geeral maneira de seu viver, quanto a este perteece por bem regido sera contado" (p. 330); e um método de saber as horas, por meio de uma roda do tempo (caps. 101-102), importante da mesma forma, na visão do rei, para ajudar no desempenho das atividades cotidianas, "porque os que a sabem teem ajuda pera seerem melhor regidos" (p. 331).

Dois capítulos se destacam nesse conjunto. Um deles, o 95, foi redigido por Frei Gil Lobo, confessor de D. Duarte. O rei explica que o Frei escreveu a seu mandado, mas que o tema é de sua autoria ("per minha envençom"). O texto é outro exemplo de que o rei recorreu ao uso da linguagem figurada para estabelecer seus conselhos¹⁴¹, apesar de afirmar que

---

139. Para Piel, "conseguir", nesta frase, significa "continuar", "terminar". Cf. DUARTE, *Leal...*, op. cit., 1942, p. 340, nota 3.

140. Atente-se para a preocupação moral que conforma dois dos cincos conselhos de D. Duarte sobre a tradução: "O quarto, que *nom ponha palavras que segundo o nosso costume de falar sejam havidas por desonestas*", e "o quinto, que *guarde aquela ordem que igualmente deve guardar em qualquer outra cousa que se screver deva*, scilicet que *screv*a *cousas de boa sustancia,* claramente" (p. 362. Grifos nossos).

141. Além dos exemplos da imagem "das casas de nosso coração" e o paralelo entre o homem que sabe do "andar dereito na besta" e o homem virtuoso, há ainda as figuras do espelho, da manta e do pandeiro (cap. 88), e da relação do leitor

escrevia "teendo mais teençom de bem mostrar a sustancia do que screvia que a fremosa e guardada maneira de screver" (p. 8)[142]. O capítulo figura a existência de duas barcas, metáfora do percurso da vida do homem: uma, segura, firme e perfeita; outra, rota, fraca e viciosa. Deve-se escolher uma delas para ir ao "porto seguro e *divinal* prazer que é a gloria" (p. 340). O conselho para que o homem se guie para a primeira, perfeita, é claro: "com seu exempro podees entender que cousa perigoosa é dar-se o homem a destemperança, e cousa segura aa temperança" (p. 341).

O outro capítulo, o 98, contém a transcrição da célebre carta de D. Duarte aos cunhados aragoneses, os infantes D. Henrique e D. João. Datada de 25 de janeiro de 1435, nela D. Duarte, já rei, relata aos dois parentes seu relacionamento e o de seus irmãos com o pai, o rei D. João I. A celebridade da carta se deve, entre outras coisas, ao retrato que oferece do Mestre de Avis na intimidade familiar, de como educou os filhos guiado por uma conduta moral rígida, entre eles o próprio D. Duarte; do papel desempenhado pela rainha, D. Leonor; do amor que unia pais e filhos e o que imperava entre estes; enfim, um precioso documento das relações cotidianas de uma das mais notáveis famílias reais portuguesas. Ressaltam do longo relato exemplos de conduta, frutos da modelar convivência familiar, que D. Duarte parece querer transformar em conselhos morais para os cunhados e que, anexados ao LC, acabam por servir também aos homens da corte que desejem viver virtuosamente.

---

ideal com a abelha, no "Prólogo". Sobre as fontes prováveis desta última imagem, cf. DIONÍSIO, "Uma abelha no prólogo...", op. cit.

142. Para além do possível sentido tópico desta afirmação, D. Duarte demonstra consciência literária do papel da linguagem figurada na compreensão, por parte do leitor, do ensinamento transmitido. Para João Dionísio, "o uso que D. Duarte faz destas figuras não representa uma cedência à formosura discursiva, que se propusera evitar. Pelo contrário, a função de cada uma dessas figuras é a de esclarecer, de tornar mais claras as suas reflexões, ou seja, mais uma vez, a de fugir à obscuridade". Ibid., p. 9.

Ao cabo, observa-se que os "adimentos" do LC, apesar de não participarem do corpo central do *tractado*, dele não estão completamente desligados. Ao contrário, a escolha de D. Duarte desses capítulos pode se explicar pela tônica moral de cada um, independente da maior ou menor praticidade dos conselhos que comunicam. Como se verifica nos capítulos do corpo central, o reger-se pelas virtudes e o necessário "corregimento" dos pecados são conselhos recorrentes. Eles mesmos compõem o sentido e a finalidade dos "adimentos".

O capítulo final, o 103, encerra o *tractado* duartino com uma exaltação do valor da lealdade para o bom regimento do corpo e da alma, da casa e do reino. Lealdade, entenda-se, aos ordenamentos e ensinamentos divinos. Sem a ajuda de Deus o homem nada pode, daí ser imprescindível o guardar-Lhe lealdade. Isto implica, em relação a si mesmo, grande cuidado com o coração, pois suas diversas portas podem facilitar o erro, o pecado. No regimento da casa, o exemplo de uma vida virtuosa – lealdade aos desejos de Deus e cultivo da verdadeira amizade – impede que se percam senhores e servidores. O reino que não se deixa reger pela vontade e direcionamento divinos tem vida breve. A fidelidade a Deus é o grande elemento de alinhavo de tudo o que se ensinou/aconselhou.

Aqui chegado, é possível afirmar a existência de um ideal ordenador por parte de D. Duarte na tessitura do LC. Sendo assim, por que o rei afirma, no "Prólogo" à obra, que decidiu tratar dos vícios e virtudes "mesturadamente e nom assi per ordem"? A resposta à questão deve ser dada em três perspectivas: primeiro, não se pode descartar a hipótese de esta declaração do rei ser mero recurso tópico, comum aos prólogos[143]. Segundo, ela pode expressar um desejo consciente do rei de não se guiar pelos métodos retóricos de construção do discur-

---

143. De acordo com Curtius, escusar-se pela deselegância, pela má apresentação ou pela ausência de organização clara do texto, alegando incapacidade ou deficiência do saber, é um dos recursos do *topos* da modéstia. Cf. CURTIUS, op. cit., pp. 126 ss.

so, ou por não dominá-los[144] ou por privilegiar uma escrita pessoal e íntima, conforme apontam muitos de seus críticos. Não obstante se identificarem, em certas partes do LC, funções muito próximas das repartições tradicionais da retórica discursiva, nem por isso a obra é fruto do emprego rígido do método. Terceiro, deve-se considerar a provável falta de tempo de D. Duarte na escrita e organização de seu *tractado*. Se estiverem certos os críticos, que indicam como data da composição do LC os dois últimos anos de vida do rei (1437-38), e se se lembrar das atribuições provenientes da trágica tentativa da conquista de Tânger, além das obrigações normais de um monarca, poder-se-á concluir que as constantes marcas de brevidade dos capítulos, mais do que meros *topoi*[145], revelam verdadeiramente o pouco tempo de D. Duarte para sistematização do livro. Consciente disso, o rei apressa-se em solicitar as escusas do leitor pela aparente desordem do *tractado*.

Não se descarte a hipótese de aquele questionamento ter sua resposta no conjunto dos motivos acima expostos.

4. Da prudência e do fim dos "conselhos" de El-Rei

A crítica dedicada ao *Leal conselheiro*, durante esse século e meio após as primeiras edições da obra, tem convergido para a discussão duartina sobre as virtudes e os pecados. Há uma espécie de consenso crítico em definir o LC como um tratado de "moral filosofia". Robert Ricard ensaiou inclusive uma

---

144. "[D. Duarte] foi homem sesudo e de claro entendimento, amador de sciencia de que teve grande conhecimento, e não por descurso d'escolas, mas por continuar d'estudar e lêr bons livros: cá sómente foi grammatico, e algum tanto logico." PINA, op. cit., p. 26. A darmos crédito ao cronista do Rei, D. Duarte não freqüentou a universidade, onde o ensino escolástico ainda imperava.

145. Entre essas marcas, encontramos as seguintes expressões: "este breve sumario", "das quaes mostrarei brevemente algũas", "esto pouco e simprezmente screvo", "algũu pouco vos quero screver", "desto mais nom perlongo", "passando per todo sumariamente", "das quaes ũa soomente ponho", todas elas comuns à boa parte do LC. Sobre o *topos* da brevidade, cf. CURTIUS, op. cit., Cap. 13 dos excursos: "A brevidade como ideal estilístico"; pp. 595-604.

análise de caráter genológico, propondo a inserção do *tractado real* entre os "manuais morais", comuns na Europa a partir do século XIII:

> Apesar das irregularidades de sua composição, às vezes mais aparentes que reais, o *Leal conselheiro* não é absolutamente desprovido de unidade e, se ele não estuda um só assunto, ao menos possui um tema central: pode ser resumido essencialmente em um tratado de vícios e de virtudes. Segundo o que trata, ele se liga claramente a um gênero bem determinado, e, de certa forma, banal: os manuais de moral, a que se somam os pecados, surgidos por volta do séc. XIII[146].

Como se nota nestas palavras, a questão da "moral filosofia" conforma o centro das preocupações de D. Duarte e, por sua vez, é para ela que a crítica segue dirigindo prioritariamente sua atenção. Índice dessa constatação é o fato de, em 1991, durante as comemorações do 6º centenário de nascimento do rei[147], ter sido a área de filosofia das poucas a registrar devidamente a data[148].

Mais contemporaneamente, os escritos duartinos têm despertado interesse para além da problemática moral e filosófica. José Gama, apesar de adotar a perspectiva da filosofia, registra a variedade de temas merecedores de maior e mais detalhada atenção:

---

146. "malgré les caprices, quelquefois plus apparents que réels, de sa composition, le *Leal conselheiro* n'est pas absolument dépourvu d'unité et qu'il étudie sinon un seul sujet, du moins un sujet principal: *il peut se ramener essentiellement à un traité des vices et des vertus. Sous ce rapport, il se rattache donc clairement à un genre bien déterminé, et d'ailleurs banal, ces manuels de morale, ces 'sommes' des péchés qui apparaissent vers le XIIIᵉ siécle.*" RICARD, op. cit., p. 75 (grifos nossos).

147. Foram demasiado tímidas as comemorações do 6º centenário de nascimento do rei, no que diz respeito aos estudos acadêmicos, perto da importância histórica do Infante e Rei D. Duarte e do valor de sua obra para o estudo das "mentalidades".

148. A *Revista Portuguesa de Filosofia*, publicação da Faculdade de Filosofia da Universidade de Braga, dedicou o tomo 47, fascículo 3, de julho/setembro, de 1991, à obra de D. Duarte.

Questões de ética, de política, de direito e da história das idéias através das influências de obras mencionadas no texto [no LC], são alguns dos temas que aguardam tratamento específico em profundidade[149].

Quanto à função política, uma afirmação de Antônio José Saraiva parece ter contribuído para inibir qualquer perspectiva de estudos políticos da obra duartina:

> Tratando-se de uma obra escrita por um rei e para "príncipes e senhores", somos tentados a procurar no *Leal conselheiro* um pensamento político. Mas essa procura não traz grandes achados. Para D. Duarte não há uma esfera especificamente política, distinta da moral e da religiosa. O que é preciso é que todos cumpram os mandamentos de Deus, ensinados pela Igreja[150].

As esferas política, moral e religiosa não se distinguem com facilidade no Quatrocentos e não se pode esquecer que isto não é exclusividade do pensamento e do governo de D. Duarte. A separação definitiva entre os poderes temporal e religioso é obra das monarquias absolutistas, posteriores ao governo duartino.

Desde a polêmica sobre o alcance dos poderes temporal e secular – controvérsia estabelecida entre o papa Bonifácio VIII e o rei da França, Felipe, o Belo, no final do séc. XIII e início do XIV –, a problemática da separação das esferas política e religiosa se impôs para toda a Europa cristã. Para George Sabine, a polêmica entre os dois poderes resultou não só na produção de um grande número de escritos de teor político, promovendo um importante desenvolvimento da teoria política, mas também "mostrou a aparição na política européia de uma nova força – o sentimento nacional"[151]. Com isto, iniciavam-se

---

149. GAMA, 1991, op. cit., p. 392.
150. SARAIVA, 1996, op. cit., p. 234.
151. "mostró la aparición en la política europea de una nueva fuerza – el sentimiento nacional". SABINE, George H. *Historia de la teoría política*. Trad. de Vicente Herrero. México/Buenos Aires: Fondo de Cultura Económica, 1963, p. 201.

os movimentos de separação daquelas esferas de poder, bem como se afirmavam os poderes monárquicos independentes. São duas, segundo Sabine, as linhas da controvérsia entre Bonifácio VIII e Felipe, o belo:

> [de uma parte] se atacava a soberania papal baseando-se na suposição de que se tratava de uma pretensão clerical, própria de um poder eclesiástico e à qual, em conseqüência, havia que fazer frente, pondo uma muralha que limitasse àquele o exercício moral e religioso que lhe era próprio. De outro lado, atacava-se o poder real como tal, baseando-se em que, não importa onde existisse, era essencialmente tirânico e devia ser moderado e limitado pela representação e pelo consentimento[152].

Em Portugal, desde D. Dinis (1279-1325) – portanto, contemporâneas àquela polêmica –, encontram-se ações que visam à centralização do poder nas mãos da Coroa, e os reis que se lhe seguiram continuaram buscando esse poder absoluto. Só no governo de D. João II o absolutismo monárquico foi instaurado definitivamente[153]. Porém, isto não significa que D. Duarte te-

---

152. "se atacaba la soberanía papal basándose en la presunción de que se trataba de una pretensión clerical, peculiar de un poder eclesiástico y a la que, en consecuencia, había que hacer frente poniendo una muralla que limitase a aquél al ejercicio moral y religioso que le era propio. Por otra parte, se atacaba al poder soberano como tal, basándose en que dondequiere que existiese era esencialmente tiránico y debía ser moderado y limitado por la representación y el consentimiento." Ibid., p. 215.

153. Oliveira Marques, ao analisar as relações entre a Igreja e a Coroa, nos séculos XIV e XV, afirma que as questões problemáticas daquelas relações foram resolvidas por "concordatas", ou seja, acordos que buscavam definir os campos de ação pertencentes à Igreja e à Coroa. Desses acordos, resultaram "clara e crescente intervenção do poder real e a conseqüente integração da sociedade eclesiástica na sociedade laica, cada vez mais submetida a uma legislação uniformizante". Ainda destaca o importante papel do "Beneplácito Régio", direito que possuía o poder civil de examinar os documentos provenientes de Roma para que esses pudessem ter valor legal em Portugal. "Era um produto claro [o Beneplácito Régio] da época de afirmação do centralismo laico e estatal". MARQUES, A. H. de Oliveira, SERRÃO, Joel. *Nova história de Portugal*. Lisboa: Presença, 1987, v. 4: Portugal na crise dos séculos XIV e XV, pp. 377 ss.

nha governado imune aos movimentos de independência e centralização do poder. Ao contrário, é sabido que seus cinco anos de governo deram continuidade às ações de seu pai, D. João I, na afirmação do poder da dinastia nascida em 1385. Os esforços duartinos na distinção do campo de influência e atuação pertencentes à Coroa e à Igreja[154] e a continuação da política expansionista são provas de que o ideal centralizador orientou seu governo. Se é no reinado de seu neto, D. João II, que se dá a plena concentração do poder nas mãos do monarca, isto se deve a contingências históricas que não diminuem a importância das atitudes dos reis anteriores. Além disso, aquele imbricamento de esferas não impede que se identifique e se considere a existência de um pensamento político no corpo do *tractado* moral de D. Duarte.

As preocupações políticas do rei emergem, com relativa clareza, de sua disposição em delimitar os elementos necessários para o bom regimento do reino em diversos capítulos do LC, particularmente naqueles em que trata do homem prudente. Ligada ao exercício da vida política desde Platão[155], a virtude da Prudência é condição inerente ao correto exercício do poder. Sem ela, é impossível a prática das outras três virtudes cardeais: Justiça, Fortaleza e Temperança. Segundo Josef Pieper, a Prudência "não é algo assim como a irmã das outras virtudes; ela é a sua mãe e já foi designada literalmente como 'genitora das virtudes' (*genitrix virtutum*)"[156].

Também para D. Duarte essa virtude está intrinsecamente relacionada à correta prática do poder. Na visão do rei, as ou-

---

154. Especificamente sobre as relações do governo de D. Duarte com a Igreja, cf. VENTURA, Margarida Garcez. Galicanismo e fidelidade ao Papa nos tempos de D. Duarte (1415-1438). *Revista Portuguesa de História*, Coimbra, v. 1, t. 31, 1996, pp. 331-43; e MARQUES, José. A geração de Avis e a Igreja no séc. XV. *Revista de Ciências Históricas*, Porto, v. 9, 1994, pp. 105-33.

155. No livro IV d'*A República*, Platão apresenta as virtudes que, mais tarde, serão denominadas cardinais (Prudência, Justiça, Fortaleza e Temperança) e aponta as relações entre elas e o governo da Cidade-Estado. *Diálogos*. Trad. de Leonel Vallandro. Ediouro, s/d, v. III, pp. 139-78.

156. PIEPER, Josef. Estar certo enquanto homem: as virtudes cardeais. Trad. de Luiz Jean Lauand. *Videtur*, São Paulo, n. 11, 2000, p. 75.

tras três virtudes cardeais parecem se resumir ao perfeito exercício da Prudência. Além de "genitora das virtudes", à Prudência estão ligadas as faculdades de discernimento e deliberação. Por meio dela, o homem é capaz de encontrar a verdade e fazê-la valer. Segundo Luiz Jean Lauand:

> O homem prudente é o que sabe decidir e agir com discernimento [...] Ao contrário da contemplativa *sapientia*, a *prudentia* – como já definira Aristóteles – volta-se para o *operabilium* e não para a pura contemplação da verdade[157].

Consciente do papel central que cabe à Prudência no regimento do reino, D. Duarte dispensa a esta um tratamento especial, nitidamente desproporcional ao concedido à Justiça, à Fortaleza e à Temperança. No entanto, ainda não foi bem dimensionada a preeminência da discussão em torno da Prudência dentro do *tractado* duartino. De todos os pecados e virtudes sobre os quais discorre D. Duarte, nenhum tem o relevo dado a ela. O rei dedica-lhe dez capítulos, de 50 a 59 – dos cento e três de que se compõe o LC –, como um pequeno "tratado da Prudência" inserido em seu manual.

Dos dez capítulos, o 50 serve como uma espécie de introdução, a distinguir os papéis que cabem às virtudes cardeais ou principais. Lembrando que o homem é regido pelo *entendimento* (*memória* e *voontade*) e pelo *entender*, o rei afirma que a *memória* e o *entender* devem ser guiados pela Prudência, e a *voontade*, pela Justiça. Já dos desejos contidos na *voontade*, o *cobiiçador* é governado pela Temperança, e o *iracivel*, pela Fortaleza. O *saber*, *querer* e *poder*, necessários ao exercício de nossos atos, também são governados pelas virtudes cardeais: "o saber per prudencia se rege, o querer per justiça e o poder per temperança nas cousas deleitosas e per fortaleza em contradizer" (p. 201).

Ainda nesta parte introdutória, D. Duarte esclarece a relação entre as virtudes cardeais e as coisas do mundo, ressaltando a importância daquelas para o regimento do reino:

---

157. LAUAND, Luiz Jean. *Provérbios e educação moral*: a filosofia de Tomás de Aquino e a pedagogia árabe do Mathal. São Paulo: Hottopos, 1997, p. 84.

E posto que estas virtudes a todos perteeçam, aos grandes senhores mais som necessarias, sem as quaes suas almas, pessoas, estado e os do seu senhorio seriam em gram perdiçom, consiirando sempre que os reinos nom som outorgados pera folgança e deleitaçom, mas pera trabalhar de spritu e corpo mais que todos, pois que tal oficio que o Senhor nos outorgou é maior e de mui grande merecimento aos que o bem fezerem, na vida presente e que speramos. E assi per contrairo a quem o mal governar, porque o nosso bem-viver a muitos aproveita per exempro, castigo, mercees e gasalhado e boo razoar. E o mal grande parte pera si faz tirar, segundo aquel dicto: "Per exempro do rei, os de sua terra muitos se governam" (p. 201. Grifos nossos).

Esta citação revela a orientação que o tratamento dessas virtudes assume no LC. Objetivam-se o governo do reino e a boa ou má conduta do governante. Deste depende a salvação ou o "falicimento" de seus súditos. D. Duarte demonstra ter consciência de que suas ações são o "espelho" de uma vida virtuosa. A citação final, retirada de fonte comum de saber ("aquel dicto"), resume com clareza o papel especular atribuído às funções de um rei.

Exemplar desse ideal duartino é o relato da atitude de seu pai, D. João I, que, em certa ocasião, mandou bordar na roupa um camelo carregando quatro sacos, nos quais estão as seguintes expressões: "primeiro, temor de mal reger; segundo, justiça com amor e temperança; terceiro, contentar corações desvairados; quarto, acabar grandes feitos com pouca riqueza" (p. 202)[158].

---

158. Segundo João Dionísio, a funcionalidade dessas imagens está exatamente em servir de "espelho" de conduta para o próprio rei e também para os nobres de que se cerca: "não é de pensar que este 'bordado' esteja destinado à massa anônima que pode observar o rei, distante, uma ou outra vez. O vulgo talvez conseguisse delinear a forma do camelo, mas as inscrições dos sacos, por distância física e analfabetismo, ser-lhe-iam ilegíveis. A roupa é para o rei, e a mensagem que ela exibe será também para o rei, mas dirige-se igualmente ao número de governantes e conselheiros de que D. João I se faz rodear. O efeito procurado não andará longe de um *speculum regis*: o de convidar a fazer como o rei faz, o de nortear o comportamento político na corte pela norma real". DIONÍSIO, *O camelo dá que lembrar...*, op. cit., pp. 76-7.

Como se vê, a preocupação com o bom regimento do reino é algo que D. Duarte aprendeu com o pai e que faz questão, em seus "conselhos", de transmitir aos "senhores e gente de suas casas".

O trecho denota, do mesmo modo, a influência sobre o Rei da leitura dos chamados "espelhos de príncipes", literatura de cunho didático-parenético que buscava ser uma espécie de manual de formação e de orientação político-moral para os que governam. Essa literatura remonta à Antigüidade greco-latina e encontra nos séculos finais da Idade Média européia grande repercussão junto à nobreza[159]. Na biblioteca de D. Duarte, encontram-se, em latim e em "lingoajem", algumas dessas obras. Duas delas, em particular, são fontes básicas dos capítulos de que tratamos: o *Segredo dos segredos*, de um Pseudo-Aristóteles[160]; e o *Regimento dos príncipes*, de Egídio

---

159. Em texto que discute a presença dessa literatura no mundo islâmico, Rafael Ramón Guerrero afirma que "A Idade Média [...], partindo do modelo de príncipe cristão definido por Sto. Agostinho, viu florescer, desde o período carolíngio, um amplo conjunto de textos cujo objetivo era a educação e orientação moral dos príncipes, nos quais se ensinavam seus deveres e comportamentos. *Constituiu um gênero literário e bibliográfico especial, conhecido pelo nome de 'Espelho de príncipes', que consiste em um conjunto de apólogos e provérbios com exemplos político-morais e que utiliza a metáfora do espelho*" ["La Edad Media (...), partiendo del modelo de príncipe cristiano bosquejado por San Agustín, vio florecer, desde el período carolingio, un amplio conjunto de textos cuyo objetivo era la educación y guía moral de los príncipes y en los que se señalaban sus deberes y comportamientos. *Constituyó un género literario y bibliográfico especial, conocido por ele nombre de 'Espejos de príncipes', que consisten en un conjunto de apólogos y proverbios con ejemplos político-morales y que utilizan la metáfora del espejo*"]. Em: El Pseudo-Aristóteles árabe y la literatura didáctico-moral hispana: del Sirr Al-Asrâr a *La Poridat de las poridades*. In: RÁBANOS, J. M. Soto (Coord.). *Pensamiento medieval hispano*. Madrid: Consejo Superior de Investigaciones Científicas, 1998, pp. 1037-51. (Grifos nossos.)

160. Não estão ainda definidas a autoria e a tradução portuguesa deste texto. Mesmo no séc. XV, a questão da autoria não era pacífica, referindo-se D. Duarte a ele como o "livro Secretis Secretorum, *que se afirma fez Aristotiles...*"; p. 202. Para melhor discussão da autoria e tradução da obra, cf. SÁ, A. Moreira de. Introdução. In: PSEUDO-ARISTÓTELES. *Segredo dos segredos*. Ed., transcr. e introd. de Artur Moreira de Sá. Lisboa: Faculdade de Letras da Universidade de Lisboa, 1960, pp. xiii-xxix.

Romano[161], em uma cópia em latim e outra em português. Do primeiro, D. Duarte transcreve, ainda nesse capítulo que considera-se introdutório, quinze "speciaes condições e virtudes que se requerem ao boo conselheiro" (p. 202), entre elas: boa memória, cortesia, inteligência em toda ciência, amor pela verdade e pela justiça, comedimento em relação aos prazeres da comida e da bebida, assim como com os gastos, discrição etc. (pp. 202-4)[162].

A partir do cap. 51, D. Duarte centra-se com exclusividade na virtude da Prudência. Aconselhando a que cada um se valha da experiência dos feitos já praticados, o rei explicita, de certa forma, o porquê do privilégio dado àquela:

> porque grande fundamento é da mui perfeita prudencia, nom se reger per seus desejos e paixões, mas per aquelo que nosso boo entender demostra, ou per soficientes pessoas, quando convem, nos é conselhado (p. 205).

A prudência, como se vê, relaciona-se ao *entendimento* – lembre-se de que ela rege o *entender* e a *memória* – e evita que o homem se entregue aos desejos e às paixões, caindo em "falicimentos".

Os conselhos duartinos relativos à Prudência, desde esse momento, vinculam-se às obrigações dos reis e senhores que desejam ser prudentes, aspirando para sua obra um *status* de *Espelho de príncipes*.

Recorrendo prioritariamente aos escritos de Egídio Romano, no *Regimento dos príncipes*, D. Duarte passa a aconselhar e a analisar a conduta daqueles a quem é outorgado o go-

---

161. *Glosa castelhana al 'Regimiento de príncipes' de Egidio Romano*. Ed. de Juan Beneyto Perez. Madrid: Instituto de Estudios Políticos, 1947, 3 vv.

162. O *Segredo dos segredos*, como se disse, pertence ao gênero dos "espelhos de príncipe". Como tal, é direcionado a este e constitui-se de uma série de conselhos para o governante, desde aspectos da vida íntima do rei até questões concernentes ao regimento do reino. Os conselhos de que se aproveita D. Duarte são retirados da terceira parte dessa obra, do capítulo "dos bons costumes e virtudes do optimo conselheiro". Cf. PSEUDO-ARISTÓTELES, op. cit., pp. 71-2.

verno dos homens. Todavia, não somente o governante, mas também os súditos são alvos dos ensinamentos. Neste aspecto, D. Duarte segue de perto a tradição dos "espelhos de príncipe", conforme se depreende do primeiro capítulo do livro de Egídio Romano:

> Segundo disse o Filósofo [Aristóteles], nas Políticas, que aquelas coisas que convém ao senhor saber mandar, essas mesmas convém ao súdito saber fazer. E se por este livro são ensinados os príncipes como devem agir e de que maneira devem comandar seus súditos, convém ao povo aprender esta ciência e esta doutrina, para que saiba como obedecer a seu príncipe[163].

São três, segundo D. Duarte, citando Egídio Romano, os motivos por que devem os príncipes se guiar pela Prudência: primeiro, para serem verdadeiros governantes, sabendo a que fim conduzir os seus; segundo, para não se tornarem tiranos, deixando-se levar somente pelo desejo de riquezas e prazeres físicos; por fim, para serem naturais senhores de si mesmos, tendo o controle de seus desejos e paixões[164]. Só assim os senhores podem alcançar o verdadeiro senhorio.

---

163. "según dice el Filósofo [Aristóteles] en las Políticas que aquellas cosas que conviene al sennor de saber mandar, esas mesmas convienen al súbdito de saber facer. E si por este libro son ensennados los príncipes como se deven haver e en cual manera deven mandar a los súbditos, conviene esta sciencia e esta doctrina aprenderla fasta el pueblo porque sepan cómo han de obedecer a sus príncipes." *Glosa castelhana al "Regimiento de príncipes"*..., op. cit., v. 1, 1ª parte, Cap. 1, p. 13.

164. Conforme indica Joseph Piel, o conteúdo do capítulo de que tratamos "é vertido livremente", por D. Duarte, da obra de Egídio Romano. Cf. DUARTE, *Leal...*, op. cit., 1942, p. 213, nota 3. Na glosa castelhana da obra de Egídio Romano, a passagem a que se refere D. Duarte é a seguinte: "Por tres razones sennaladamente conviene a los reys e a los príncipes ser sabios. Lo primero [...] es que los que no son sabios ni pueden governar a sí ni a los otros, ca la sabiduría es tal como los ojos que ven e muestran al omme por do ha de ir [...] Lo segundo porque no sean tiranos, ca si ellos fueses sin sabiduría, tornarse havían en tiranía [...] Lo tercero porque sin sabiduría no podrían ser naturalmente sennores, e porque no es sabio ni ha entendimiento bueno es naturalmente siervo." *Glosa castellana al "Regimiento de príncipes"*..., op. cit., v. 1, 2ª parte, Cap. 7, p. 96.

A esses conselhos – além dos inspirados por Aristóteles, Boécio, Vegécio e John de Salisbury, autores de importantes obras de teoria política –, D. Duarte não se furta a acrescentar as razões que crê devam levar o príncipe a desejar ser prudente: reger com ordem e claro fim o povo; tornar-se-lhe necessário, "como o beesteiro se ha a seeta"; manter-lhe a saúde etc. (pp. 207-8). Subjaz a tais conselhos a preocupação com a boa ordem do governo. O príncipe imprudente ameaça a vida dos seus e a boa "saúde" do reino, possibilitando insurreições ou tirania.

Para o exercício de um governo prudente, é necessário ao príncipe possuir qualidades específicas. Recorrendo mais uma vez a Egídio Romano, D. Duarte arrola oito propriedades de que se compõe a virtude da Prudência, todas inerentes ao bom príncipe: memória das coisas passadas, *avisamento* (ser previdente e sagaz), conhecimento das leis e costumes, saber bem aproveitar desse conhecimento, sutileza na determinação do caminho correto a seguir, boa audição dos conselhos dos sábios e importantes de seu reino, intimidade com as necessidades do povo, e ser *sages* (perspicaz em discernir o bom do mau conselho)[165]. O fim a que levam todas essas qualidades, D. Duarte retira da *Ética a Nicômaco*, de Aristóteles: "impossivel cousa é o prudente seer nom boo" (p. 211).

D. Duarte cuida de lembrar aos seus leitores os cinco fins que buscam os que têm vida regida pela Prudência, já explicitados anteriormente, no final do nono capítulo do LC: receber a graça e o amor de Deus, ganhar honra e virtude, viver em saúde e bom estado, "acrescentar seus estado, terra e fazenda", e estar constantemente feliz. Atente-se que se misturam, nesses fins, proveitos válidos para todo homem (graça e amor divino, saúde e felicidade), independente de sua condição social,

---

165. Na *Glosa castelhana al Regimiento de príncipes*: "Conviene de notar que ninguno puede complidamente ser sabio ni prudente, si no oviere todas las partes de la prudencia, las cuales deven haver los reys para ser prudentes. E son estas: memoria, entendimiento, razón, providencia, agudeza, doctrinanza, prueba de las cosas". Ibid, v. 1, 2.ª parte, Cap. 8, p. 100.

e alguns outros exclusivos do governante e dos senhores (honra, virtude e aumento de estado, terra e fazenda). Tais valores, ainda que possam ser almejados pela gente simples, dizem respeito, na rigidez hierárquica do mundo medieval, aos príncipes e à nobreza, a quem se dirige de forma prioritária o *espelho de príncipe* duartino.

De suas leituras de obras que versaram sobre a Prudência, D. Duarte acrescenta a seu pequeno tratado outras três virtudes: *eubolia* (bom conselho), *sinesis* (capacidade de bem escolher e julgar) e *gnomi* (temperança na escolha do caminho a seguir). Estas, somadas à prática das virtudes teologais (Fé, Esperança e Caridade), muito contribuem para o exercício da Prudência.

No cap. 58, traz considerações de Cícero sobre o ser prudente, retiradas do livro do *De officiis*, e, no cap. 59, transcreve texto feito pelo jurista da Corte, Dr. Diogo Afonso Mangancha, sobre o mesmo assunto. Além desses, no cap. 54, D. Duarte expõe os motivos dos que acreditam inútil ou até mesmo errado fugir à peste e responde com opiniões pessoais, defendendo a fuga como uma atitude racional:

> E semelhante *se conselha o fugir da pestelença, por saude corporal e guarda da vida* quanto em nós for, por seer proveito pera este caso geeralmente dos que delo bem usarem, com a graça de Nosso Senhor ao qual praz que, *poendo em el nossa principal sperança, nos ajudemos daquela prudencia e discreçom quanto mais bem podermos* (p. 221. Grifos nossos).

O recurso às autoridades ou à experiência/opinião pessoal consubstancia a defesa dos valores da Prudência, que conformam esse grupo de capítulos. Ao fim, a Prudência emerge como virtude principal (*genitrix virtutum*). O privilégio que lhe concede D. Duarte reflete sua preocupação com os receptores do *Leal conselheiro*, os "senhores e a gente de suas casas". Mas não só. Atento às obrigações que a governança do reino implica, seus escritos parecem servir à nobreza que está obrigado a bem orientar, e ainda aos seus próprios objetivos e deveres enquanto rei. Se, no "Prólogo" ao LC, D. Duarte já denota inquietação com sua formação pessoal – "pensando como sobr'esto hei-de screver, saberia mais desta moral e virtuosa sciencia e que me fara guardar de fazer cousas mal feitas, por seerem contrairas do que screvo" (p. 7) –, este pequeno "tratado sobre a Prudência" sugere que isto se deve ao hábito de observação, desenvolvido ao longo de sua experiência administrativa junto ao pai e, depois, ocupando o lugar dele: "E, grande parte do que sobr'esto screvo, conheci consiirando meus falicimentos e doutros que per desvairadas maneiras em contra desta virtude (a prudência) faleciam" (p. 235).

O *Leal conselheiro* termina por defender uma vida orientada pela virtude da Prudência. O "conselheiro real" tem ciência das implicações religiosas, sociais e políticas do que ensina. Instado por essa consciência, redige seus "conselhos". Talvez tenha lhe faltado tempo para melhor realizar o ideal ordenador, mas os "conselhos" aí estão:

> E assi concluindo, pois de razom a fortuna com os prudentes e virtuosos mais se deve acordar, e as cousas bem andantes melhor logram e possuem, e as contrairas soportam, gande bem é todos nos trabalhar pera viver virtuosamente, seguindo em todo as regras da prudencia quanto mais podermos, nom nos desemparando aas voontades e paixões desordenadas so falsa esperança de nom certa fortuna (p. 231).

A *vertuosa compilaçom*
do Infante D. Pedro e Frei João Verba

Por
Paulo Roberto Sodré
Universidade Federal do Espírito Santo

*Para
Geraldo Moura,
com quem os antigos acendem seus brilhos.*

Paulo Roberto Sodré é professor da Universidade Federal do Espírito Santo e desenvolve doutorado em Literatura Portuguesa na Universidade de São Paulo. Publicou *Um trovador na berlinda: as cantigas de amigo de Nuno Fernandes Torneol*, de 1998. (Prêmio Almeida Cousin de Ensaio, do Instituto Histórico e Geográfico do Espírito Santo.)

1. *"E ordenase se estes colegios por maneyra dos de uxonia e de paris, e assy creçerião os leterados e as sçiençias."*

    Infante Dom Pedro. *Carta de Bruges*[1].

A presença do Infante D. Pedro, 1º Duque de Coimbra, ganha relevo precioso no período avisino, marcado pela responsabilidade de justificar a Revolução de 1383-85[2], corroborar a eleição do Mestre de Avis e de seus descendentes e de preservar a autonomia portuguesa junto a Castela.

Nesse ambiente de formação – uma vez que Portugal está diante de uma nova forma de poder (pela eleição popular do rei), de uma nova dinastia e de uma nova nobreza –, a educação senhorial ganha foros de legitimação. A historiografia se compromete a mapear e a registrar os fatos, certificados pelos documentos da Torre do Tombo, a fim de confirmar o reinado

---

1. PEDRO (Infante Dom). Carta de Bruges. In: SÁ, Artur Moreira de. A *Carta de Bruges* do Infante D. Pedro. *Biblos*, Coimbra, v. 28, 1952, p. 42.

2. No sentido que José Mattoso dá a esse termo: "conjunto de acontecimentos do período de 1383-85 sem pretender atribuir-lhe o sentido que teve durante a época moderna e sobretudo a contemporânea. Reconheço que 1383 não alterou radicalmente as estruturas da sociedade portuguesa. Parece-me, em todo caso, que trouxe suficientes mudanças e perturbações para se poder usar a palavra sem demasiado anacronismo". *Fragmentos de uma composição medieval*. Lisboa: Estampa, 1993 (Col. Histórias de Portugal, v. 1). A nobreza e a Revolução de 1383: p. 278.

avisino[3]. Com o mesmo alvo, a prosa didática, produzida principalmente pelo rei D. João I e pelos Infantes D. Duarte e D. Pedro, traz a preocupação humanista[4] de educar os príncipes, os senhores e, em segunda instância, o comum dos homens, para dar ao reino de Portugal uma coesão política e ética que propiciasse sua ordem e seu desenvolvimento. Com a dinastia de Avis, nasce a prosa doutrinária portuguesa[5].

O fundador da Dinastia de Avis e seus filhos não nos legaram apenas "hũu livro assaz perteecente pera os principes e grandes senhores". Deixaram um conjunto de livros em que se entrevê uma concepção de homens cultos dedicados ora à tradição e à modernidade de ideais políticos, ora à manutenção de uma Revolução, ora à *ensinança* de virtudes, que nobilitasse a nobreza emergente e esclarecesse o ofício do monarca. Sobretudo, registraram em sua terra os matizes do Humanismo que começavam a tornar mais acessível ao europeu ocidental católico[6], ou seja, "em lingoajem", o legado clássico greco-latino.

Pai e filhos visam todo o tempo esse destino. As obras patrocinadas e produzidas pelos Infantes de Dom João I e Dona

---

3. Fernão Lopes, por exemplo, desde a *Crônica de D. Pedro*, trabalha a imagem de D. João I como futuro salvador do reino, abençoado por Deus. Esse é um dos pontos da tese de Luís de Sousa Rebelo, em *A concepção do poder em Fernão Lopes*. [Lisboa]: Livros Horizonte, 1983.

4. Aires Augusto Nascimento, em "As livrarias dos Príncipes de Avis", adverte-nos quanto ao uso desse e de outros adjetivos ("pré-humanistas" ou "pré-renascentistas"), afirmando que devemos dar a essa cultura avisina "o reconhecimento de uma consistência própria e aceitemos que ela ultrapassa os limites de grupos para ser a cultura do homem comum, entregue aos negócios de todos os dias e responsável pela vida pública que quer ler e que para isso reclama que os instrumentos de leitura sejam os de uma língua quotidiana". *Biblos*, Coimbra, v. 69, 1993, p. 283.

5. SARAIVA, António José. *História da cultura em Portugal*. Lisboa: Jornal do Fôro, 1950, v. 1, Cap. 6: A cultura palaciana: p. 638.

6. Seguimos a divisão das "três grandes Europas" medievais (cristã católica ou ocidental, cristã ortodoxa e Europa Islâmica), proposta por A. H. de Oliveira Marques e João José Alves Dias, no artigo "Portugal na Europa medieval". In: *Actas do V Cursos Internacionais de Verão de Cascais*. Cascais: Câmara Municipal de Cascais, 1999, v. 2, p. 29.

Felipa de Lencastre incorporam esse ideal pedagógico, dourando-o em obras ideologicamente comprometidas com a propaganda de uma família de eleitos, consagrada por Deus, pela autoridade católica e pela aclamação popular[7].

Nascido em 9 de dezembro de 1392, em Lisboa, e tragicamente falecido em 20 de maio de 1449, com cinqüenta e sete anos, na batalha de Alfarrobeira contra o rei D. Afonso V, o Infante D. Pedro aparece nas crônicas como um homem cultivado pelas letras e viagens. Personagem admirado por seus contemporâneos[8], seja por sua prudência, seja por sua cultura, "bem latinado e assaz mistico em sciencias e doutrinas de letras, e dado muito ao estudo"[9], o Infante D. Pedro desempenhou papel político fundamental em seu tempo, ao assumir a Regência do reino por dez anos, entre 1438 e 1449[10]. Embora ético, formado por leituras moralistas de Cícero, Sêneca e Egidio Romano, para ficarmos apenas com autores de obras que

---

7. Cf. a esse respeito o artigo de Luís Adão da Fonseca, "A morte como tema de propaganda política na historiografia e na poesia portuguesa do século XV". *Biblos*, Coimbra, v. 69, 1993, p. 513, em que o autor assenta a exemplaridade da família de Avis em três *slogans*: a família de D. João I é *unida, santa* e *culta*.

8. É o que podemos deduzir da reação do Papa e de alguns príncipes cristãos, relatada por Rui de Pina, diante da morte do Infante, em Alfarrobeira: "antes todos [Papa e príncipes] sem exceição, com apontamentos de muitos louvores e grandes merecimentos do Infante, enviaram acerca de sua morte muito reprender El-Rei". PINA, Ruy de. *Chronica d'El-Rei D. Afonso V*. Lisboa: Escriptorio, 1902, v. 2, Cap. 129: Como El-Rei fez aos Reis e Principes christãos uma geral notificação da morte do Infante...: p. 117.

9. Ibid., Cap. 125: Das feições, costumes e virtudes do Infante D. Pedro: p. 112.

10. Este período determinou o que Humberto Baquero Moreno considera as duas linhas a partir das quais se pode julgar a figura política do Infante: a que encara D. Pedro como um homem voltado para os interesses da nação, assumida por Rui de Pina e, posteriormente, por Oliveira Martins, Cardeal Saraiva, Paulo Merêa, Veiga Simões, e a que considera o Infante um ambicioso e violento homem político, preocupado apenas com sua projeção pessoal, defendida por Gaspar Dias de Landim e seguida por Braancamp Freire, Fortunato de Almeida e Manuel Heleno. Humberto Moreno conclui a respeito dessas linhas, no entanto, que a "defesa assumida a seu favor por D. Henrique e sobretudo pelo conde Arraiolos constitui um indicativo de que D. Pedro pautou a sua ação política em função de valores éticos". O Infante D. Pedro, da Regência a Alfarrobeira. *Biblos*, Coimbra, v. 69, 1993, p. 13.

ele conheceu mais de perto por meio de suas leituras e traduções, o Infante era dono de um temperamento autoritário e por vezes violento, o que fatalmente lhe granjeou inimigos[11]. Vítima das intrigas da corte, dividida entre sua regência e a de D. Leonor, D. Pedro não logrou colocar em prática seus ideais de governo[12].

Não é, todavia, a controversa figura do Infante que nos interessa estudar detidamente. Tampouco sua trajetória durante a Regência. Cumpre-nos estudar uma de suas obras, o *Livro da vertuosa benfeytoria*[13], em co-autoria com o Frei João Verba. São nosso alvo os propósitos do Infante e do Frei como escritores cultos a serviço da Corte de Avis e sobretudo os efeitos desse livro. O compilador, o tradutor, aquele que, procurando e dedicando-se à sabedoria, alinha-se entre os "filósofos", segundo a concepção de Cícero em *Dos deveres*[14], esse é o que nos importa investigar. O tratado, a compilação, o livro sobre o benefício como atitude política e conduta cristã, isso é o que nos importa discutir.

Optamos pela abordagem genológica, uma vez que o gênero escolhido pelos autores, o tratado e sua configuração compósita, instiga questões que englobam aspectos literários, filosóficos, políticos e históricos importantes.

---

11. Loc. cit. Na "Carta do infante D. Duarte a seu irmão D. Pedro, quando este retirou de Portugal, a aconselhá-lo, em razão de sua tristeza e enfadamento", nota-se a preocupação de D. Duarte (e, por conseguinte, a descrição psicológica de D. Pedro), quando adverte o irmão: "temperaae as afeiçõoes, assy que per ellas nom desejees nem façaaes algũa cousa contra razom e dereito". In: MONUMENTA henricina. Coimbra: Atlântida, 1961, v. 3 (1421-31), pp. 105-9.
12. COELHO, Maria Helena da Cruz. O Infante D. Pedro, Duque de Coimbra. *Biblos*, Coimbra, v. 69, 1993, p. 44.
13. PEDRO (Infante Dom), VERBA, João (Frei). *Livro da vertuosa benfeytoria*. Ed. crít., intr. e notas de Adelino de Almeida Calado. Coimbra: Coimbra Ed., 1994. A partir dessa citação, utilizaremos a abreviatura LVB. No caso de citações, estas serão seguidas do número da página, entre parênteses. Advertimos que o título dessa obra e sua ortografia variarão bastante, dependendo da época dos estudos críticos sobre ela.
14. CÍCERO, Marco Túlio. *Dos deveres*. Trad. de Angélica Chiapeta. São Paulo: Martins Fontes, 1999, pp. 80-1.

Desejando subir à "serra muito alta do conhecimento verdadeiro", e pressupondo que "todollos homẽes desejam naturalmente saber", o Infante D. Pedro assina, junto com seu confessor, o licenciado Frei João Verba, o LVB, doutrina "aos principes muy perteecente". Compilação do tratado de Sêneca, *De beneficiis*, essa obra foi iniciada em 1418 e terminada em 1429[15], por solicitação de D. Duarte, ainda infante. A concepção desse tratado vem ao encontro do ideal de formação cultural desejado pelo Infante e documentado na *Carta de Bruges*, espécie de carta-conselho, enviada a D. Duarte ainda príncipe, em que defende a formação dos prelados, a valorização das universidades, além da necessidade de fortaleza, justiça e temperança para a boa administração do reino.

O LVB resulta de um período de profícuas leituras de tratados educacionais e políticos, comumente chamados de espelhos[16], voltados para a formação e orientação de príncipes e outros nobres. O *Regra da vida virtuosa* (ou *Formula vitae honestae*), de S. Martinho de Dume (ou Braga)[17], do século V, e o *Espelho de reis* (ou *Speculum regum*), do Frei Álvaro Pais[18], do século XIV, podem ser considerados os únicos tratados políticos produzidos em terras portuguesas, anteriores ao tratado de D. Pedro e Frei João Verba. Após a publicação do LVB, somente o *De republica gubernanda per regem*, de Diogo Lopes

---

15. Datação defendida por Adelino de Almeida Calado, na "Introdução" à edição crítica do *Livro da vertuosa benfeytoria*, op. cit., pp. xxiv-xxxviii. O ano de 1418 é justificado pela declaração do Infante na "Dedicatória" do LVB, em que se refere às Cortes de Santarém daquele ano. Quanto às datas da conclusão, permanecem as hipóteses.

16. Maria de Lurdes Correia Fernandes, em "Dos espelhos de religiosos aos espelhos para os 'estados' seculares, particularmente o dos 'senhores'", trata da questão dos espelhos num breve histórico, em *Espelhos, cartas e guias: casamento e espiritualidade na Península Ibérica (1450-1700)*. Porto: Instituto de Cultura Portuguesa/Faculdade de Letras da Universidade do Porto, 1995, pp. 32-46.

17. In: DUME, Martinho de (S.). *Opúsculos morais*. Ed. bilingüe com intr. e notas de Maria de Lourdes Sirgado Ganho et al. Lisboa: Imprensa Nacional/Casa da Moeda, 1998, pp. 29-43.

18. Ed. bilingüe com estab. de texto e trad. de Miguel Pinto de Meneses. Lisboa: Instituto de Alta Cultura, 1955, 2 vv.

Rebelo, do final do século XV, foi publicado em Portugal, além do perdido *Tratado das virtudes que pertencem a um príncipe*, dedicado a D. Afonso V, escrito por Vasco Fernandes de Lucena. Essa é a base a partir da qual Nair de Castro Soares afirma que o livro do Infante e do Frei é o primeiro tratado de educação de príncipes escrito em português[19].

Talvez fosse producente apontar, nesta altura, o caráter tratadístico tanto da *Carta de Bruges*, de 1426, produzida portanto entre 1418 e 1429, período de produção do LVB, quanto da *Carta de Coimbra*[20], de 1433, posterior. Os dois documentos, examinados geralmente à luz da historiografia e da filologia, não parecem ter sido estudados sob a perspectiva genológica, por meio da qual revelariam marcas do tratado de educação de príncipes, em forma breve de epístola e conselho, visando ao delineamento ético do governo de D. Duarte ainda infante, na *Carta de Bruges*, e já coroado rei, na *Carta de Coimbra*. Algumas dessas marcas[21] estão no prólogo (a razão afetiva de se escrever a carta, o objetivo pedagógico, o desejo de aconselhar a partir do conhecimento adquirido nas leituras ou na experiência), nos conselhos de ordem geral (a conduta do rei) e prática (fortaleza do reino, justiça sem demora, crítica à má aderência do paço), na exortação ao justo governo do reino, além de na ideologia que fundamenta conselhos éticos. Se a hipótese estiver correta, o LVB será o segundo tratado de formação de príncipes em português, sendo o primeiro a *Carta de Bruges*. Provavelmente, discutiremos essa idéia em outro estudo. Voltemos ao LVB.

Tomando um viés bastante diferente do *Espelho de reis*, em que Álvaro Pais defende a supremacia do poder eclesiástico sobre o civil, e do *De republica gubernanda per regem*, em

---

19. "A *Virtuosa benfeitoria*, primeiro tratado de educação de príncipes escrito em português". *Biblos*, Coimbra, v. 69, 1993, pp. 290-2.

20. PEDRO (Infante Dom). Carta do Ifante dom pedro que mandou a elrey quando em boa ora foy aleuantado por noso rey. In: SÁ, Artur Moreira de (Ed.). Alguns documentos referentes ao Infante D. Pedro. *Revista da Faculdade de Letras*, Lisboa, t. 22, s. 2, n. 1, 1956, pp. 28-31.

21. Desenvolveremos esse aspecto genológico mais adiante.

que se defende a transmissão direta do poder[22], o LVB aborda pontualmente a ação do príncipe por meio de um dos pilares da administração monárquica, o beneficiar. A partir desse ato, em específico, os autores discutem o ofício de reinar, sua legitimidade, seus deveres e seus privilégios, inserindo seu livro, portanto, no gênero do *speculum*, considerado literatura de cunho oficial, geralmente produzido a partir de encomendas "feitas por uma realeza que surge desejosa de compreender plenamente a sua função, a qual é entendida agora como *métier* e supõe (...) instrução e ciência"[23]. Os primeiros modelos remontam, como é de esperar, à *paidéia* grega e a sua preocupação com a formação de cidadãos e dirigentes. Os mais remotos, *A Nicocles*, de Isócrates, a *Ciropedia,* de Xenofonte, dos séculos V e IV a.C., ou os mais próximos do LVB, *Do govêrno dos príncipes: ao rei de Cipro*, de Tomás de Aquino, e *El Conde Lucanor*, de Dom Juan Manuel, dos séculos XIII e XIV, são alguns dos títulos que constituem esse gênero didático.

Isócrates, em *A Nicocles*, preceitua a conduta do jovem rei. Seu discurso parte da diferença entre o homem comum e o monarca, para determinar o que convém a este. Em forma de conselho, o tratadista modela a figura do governante, cujo ofício compreende a manutenção da paz, o bem-estar dos súditos, a liberalidade e temperança do rei, a valorização dos poetas e dos conselheiros. Já em *Nicocles ou Os cíprios*[24], o tratadista

---

22. SOARES, op. cit., p. 292.
23. MONTEIRO, J. Gouveia. Orientações da cultura portuguesa na 1.ª metade do séc. XV: a literatura dos Príncipes de Avis. *Vértice*, Coimbra, n. 5, s. 2, 1988, pp. 89-103, esp. 93. Esse autor chama a atenção para um trecho da "Dedicatória", no LVB, em que o Infante se dirige a D. Duarte: "E pero, senhor, que eu bem entenda que destas cousas de que el [o LVB] tuacta vós sooes per pratica bem grande douctor, creo, porende, que vós sentirees prazer em veendo, *como em spelho*, em elle, louvor de vossas boas obras" (p. 5. Grifo nosso). Com essa comparação, insinua-se uma das propostas genológicas do LVB: aproximar-se de um *speculum regum*.
24. ISÓCRATES. *Isocrates*. Transl. by George Norlin. Cambridge: Harvard University, 1991, v. 1. To Nicocles. Nicocles or The Cyprians: pp. 37-113. Esse autor é citado por D. Pedro e João Verba, no LVB, a propósito de seu *Livro da vida e costumes philosophaaes* (p. 98).

grego dá voz ao rei Nicocles, que defende a monarquia, indica o tipo ideal de rei e, principalmente, arrola cerca de trinta e seis itens que orientam o comportamento dos súditos. Dissertativos, ambos os textos são marcados pelo tom imperativo, conciso e breve. Desses tratados éticos, podemos inferir alguns aspectos que configurariam o gênero: o caráter moral e didático, a escolha de um modelo de soberano, a finalidade de promoção da educação de regentes, a ficcionalização do enunciador como recurso retórico.

No "Prólogo" de *Ciropedia: a educação de Ciro*, Xenofonte indaga "a origem deste varão extraordinário, qual sua índole, qual sua educação, que o fizeram tão superior na arte de governar"[25]. A resposta é um tratado político – que inaugura a era da educação dos príncipes[26] –, em que Ciro adquire matizes de modelo de governador de nações, graças sobretudo aos benefícios dados a seus companheiros e súditos: "Que outro soberano mereceu, pelos benefícios que fez, que seus súditos o preferissem a seus irmãos, pais e filhos?"[27]. A coragem, a temperança, a organização e o respeito fizeram de Ciro um benfeitor, cuja imagem Xenofonte registrou em seu livro, para que os contemporâneos se esmerassem na arte de governar. Outros aspectos que configurariam o gênero são apresentados nesse texto: o panegírico, a narração das virtudes e ações exemplares do rei – a exemplaridade de Ciro é exposta na narração dos feitos desse imperador e nos discursos que ele profere a seus soldados nos momentos de conquista –, e a autoridade da história.

No período mais próximo a D. Pedro e Frei João Verba, encontramos vários daqueles textos. No rol da livraria de D. Duarte, registra-se um importante tratado de educação de príncipes: "Regimento de Princepes, picado d'ouro nas taboas, e as

---

25. Rio de Janeiro: Ediouro, [s.d.], p. 30. Essa obra de Xenofonte foi traduzida para o francês por Vasco Fernandes de Lucena, um dos tradutores da Corte de D. Duarte.

26. JAEGER, Werner. *Paidéia: a formação do homem grego*. Trad. de Artur M. Parreira. 3. ed. São Paulo: Martins Fontes, 1995. Xenofonte: o cavaleiro e o soldado ideais, p. 1225.

27. XENOFONTE, op. cit., p. 219.

cobertoiras vermelhas"[28], de Frei Gil de Roma ou Egídio Romano[29], em latim *De regimine principum*, e em tradução feita por Vasco Fernandes de Lucena, encomendada por D. Pedro, a propósito da formação de Afonso V. Outras obras do gênero são conhecidas no século XV, em Portugal, como o *Panegírico de Trajano*, de Plínio, o Moço, também traduzido por Lucena; *De regimine principum*, de S. Tomás de Aquino; *Communiloquium*, de Ioannes Gallensis, todas citadas pelo Infante e pelo Frei no LVB, e ainda o *Livro das três virtudes* (ou *O espelho de Cristina*), de Christine de Pisan[30], cuja alegoria das três donzelas parece ter inspirado D. Pedro e João Verba na criação da "poesia", no Livro 6 do LVB[31].

Em *Do govêrno dos príncipes: ao rei de Cipro*, S. Tomás de Aquino orienta Hugo II sobre "a origem do reino e quanto compete ao ofício de rei, segundo a autoridade da divina Escritura e os exemplos dos príncipes mais dignos de louvores"[32]. Esse tratado aborda questões que vão desde a discussão sobre a necessidade de haver um rei, a vantagem da monarquia e os riscos da tirania, no "Livro Primeiro", até a escolha de região para a fundação de um reino, "Livro Segundo"[33]. A preocupação do tratadista é a de tornar a visão e a ação do príncipe fecundas para a comunidade, independentemente dos prêmios que ele possa receber, já que esses serão dados por Deus[34].

---

28. NASCIMENTO, op. cit., pp. 278, 284-5.
29. ROMANO, Egidio. *Regimiento de los principes.* Trad. de Juan Garcia de Castrojeriz. Sevilla: Meinardo Ungut/Estanislao Polono, 1494.
30. PISAN, Christine de. *O espelho de Cristina.* Ed. fac-simil. Lisboa: Biblioteca Nacional, 1987.
31. MARTINS, Mário. *Alegorias, simbolos e exemplos morais da literatura medieval portuguesa.* 2. ed. Lisboa: Brotéria, 1980, Cap. 20: Virtuosa Benfeitoria: pp. 239-45.
32. É o que afirma S. Tomás de Aquino, no "Argumento da obra". Trad. de Arlindo Veiga dos Santos. São Paulo: Anchieta, 1946, p. 13b.
33. Comentamos a parte atribuida a S. Tomás de Aquino, "Livro Primeiro" e os quatro capítulos do "Livro Segundo". As outras partes (pelo menos os doze capítulos que encerram o "Livro Segundo") são de autoria de Ptolomeu de Luca, discípulo do filósofo. Ibid., pp. 131-2.
34. Ibid., pp. 61-2.

O 33º item do "Titulo dos Livros de lingoajem do claro Rey D. Duarte" é "O Livro do Conde Lucanor"³⁵, de Dom Juan Manuel, concluído em 1335. Tratado moral de educação dos nobres castelhanos, o livro é estruturado em cinco partes, sendo a primeira uma coleção de cinqüenta e um *exempla*, colhidos de diversas fontes; as três seguintes são coletâneas de provérbios, e a quinta parte, um tratado sobre a salvação das almas. Afirma o autor que fez o livro desejando que os homens fizessem neste mundo obras tais que lhes propiciassem honras e rendas³⁶. Embora dedicado aos nobres em geral, e não a um príncipe, não é difícil de se perceberem no exemplário castelhano os indícios de um tratado de educação de príncipes, seja pela presença do Conde, alto título na hierarquia feudal, seja pela do conselheiro Patronio, seja ainda pela seleção das virtudes, voltadas para a boa administração de um senhorio, exortadas nos *exempla*: a lealdade, a prudência no governo, o cuidado com as alianças políticas, as estratégias de defesa da terra, os benefícios. Cada conto orienta Lucanor na condução de seu governo, o que se adequa aos objetivos do gênero de que tratamos.

Considerando o caráter dissertativo dado por Isócrates e Tomás de Aquino a seus tratados, o modo narrativo de Xenofonte ou Dom Juan Manuel, percebe-se a flexibilidade do gênero³⁷ e a inequívoca intenção dos educadores: cuidar da convivência política da comunidade a partir do cultivo das virtudes próprias de um rei.

---

35. NASCIMENTO, op. cit., p. 285.
36. "este libro fizo don Johan, fijo del muy noble infante don Manuel, deseando que los omnes fiziessen en este mundo tales obras que les fuessen aprovechosas de las onras e de las faziendas e de sus estados." MANUEL, Juan (Dom). *Libro de los enxiemplos del Conde Lucanor e de Patronio*. Ed. de Alfonso I. Sotelo. 18. ed. Madrid: Cátedra, 1996, p. 69.
37. Antonio García Berrio e Javier Huerta Calvo, em *Los géneros literarios: sistema e historia*, afirmam que, "mais do que como gênero histórico ou teórico, caberia falar do tratado como uma denominação muito flexível e geral, susetível de ser aplicada a obras em prosa de ficção ou a obras de tipo científico e didáctico". 2. ed. Madrid: Cátedra, 1995, Cap. 5: Los géneros didáctico-ensayísticos: pp. 218-30, esp. p. 224.

Com essa intenção, no segundo quartel do séc. XV, o Infante D. Pedro e Frei João Verba concluem o LVB. Sensível às novidades culturais que conheceu em sua decantada viagem pelas "Sete Partidas" do mundo[38] – fato que pode ser claramente observado na *Carta de Bruges*, em que D. Pedro expõe ao rei D. Duarte suas idéias sobre administração e política cultural do reino, inspiradas por Oxford e Paris[39] –, o Infante fortalece o que poderíamos designar como seu "serviço senhorial" para a formação dos príncipes e senhores. Tendo isso em vista, e provavelmente considerando a defesa que Aristóteles faz da educação no tratado *A política*[40], o Infante incentiva a tradução de importantes títulos para a educação da corte:

> Na verdade, o trabalho de tradução orientava-se no sentido de tornar disponível junto de um novo público uma obra cujo acesso estava vedado por uma incompetência lingüística impeditiva. Superar a barreira lingüística, no intuito de tornar útil a um novo público a doutrina implícita num texto, traduzia, por isso, uma preocupação pedagógica que, identificada com um grande senhor, se revestia de um significado que não deve ser esquecido. Neste quadro, podemos notar que a postura do Infante nos surge muito ligada à concepção da prestação de um serviço senhorial[41].

Essa é uma das motivações que levam o Infante a traduzir, ele mesmo, o *De officiis*, de Cícero, entre 1433 e 1438, e a pro-

---

38. Viagem de que provavelmente teria participado João Verba, como supõe Dias Dinis, em "Quem era Fr. João Verba, colaborador literário de El-Rei D. Duarte e do Infante D. Pedro". *Itinerarium*, Braga, a. 2, nn. 10-1, 1956, pp. 424-91, pp. 439 ss. Cf. CALADO, op. cit., p. xxxvii.
39. No artigo "O Infante D. Pedro e a Universidade", M. Augusto Rodrigues comenta sobre o "programa de política cultural", exposto na carta enviada ao Infante D. Duarte. *Biblos*, Coimbra, v. 69, 1993, pp. 345-62. A "Carta de Bruges" foi editada por Artur Moreira de Sá, op. cit.
40. Trad. de Nestor Silveira Chaves. São Paulo: Edipro, 1995, p. 171. O Infante e o Frei citam, no LVB, a *Ensinança política* (p. 101) e *Policia* (p. 180), de Aristóteles, possivelmente variação de título para *A política*.
41. OSÓRIO, Jorge A. A prosa do Infante D. Pedro. A propósito do "Livro dos ofícios". *Biblos*, Coimbra, v. 69, 1993, p. 109.

mover a tradução de outras obras, sob a responsabilidade de Vasco Fernandes de Lucena, como já pudemos citar. Do mesmo modo, D. Duarte também incentiva a aquisição de livros, a tradução e a criação de bibliotecas "em lingoajem", constituindo o que Aires Nascimento supõe ser um "programa de tradução" para leitura dirigida, voltada para a educação senhorial[42].

O LVB provém desse fecundo ambiente português, o que lhe valeu o epíteto de "resumo da cultura intelectual de seu tempo"[43].

2. "*O Livro da virtuosa benfeitoria pode ser definido no seu conteúdo de várias maneiras, conforme o que cada um vê nele de maior interesse.*"

Adelino de Almeida Calado.
Introdução ao Livro da vertuosa benfeytoria[44].

Em 1995, Isabel Vilares Cepeda organiza a *Bibliografia da prosa medieval portuguesa: subsídios*, em que se encontram dados tanto sobre os manuscritos quanto sobre os estudos publicados a respeito dessa prosa. Nele encontra-se a fortuna crítica do *Livro da vertuosa benfeytoria*[45]. Contando com seis edições, sendo crítica apenas uma, o tratado do Infante Dom Pedro e Frei João Verba foi tema de vinte e dois trabalhos que perfazem a recolha de Isabel Cepeda. Atualmente, outros títulos lhe foram acrescentados[46], aumentando a fortuna crítica que passaremos a observar.

---

42. NASCIMENTO, op. cit., pp. 280-1. Cf. ainda o artigo de Sebastião Tavares de Pinho, "O Infante D. Pedro e a 'escola' de tradutores da Corte de Avis". *Biblos*, Coimbra, v. 69, 1993, pp. 129-53.
43. COSTA, Joaquim. Introdução. In: O LIVRO da virtuosa bemfeitoria. Porto: Imprensa Portuguesa, 1940, p. ci.
44. CALADO, op. cit., p. vii.
45. Lisboa: Instituto da Biblioteca Nacional e do Livro, 1995, pp. 192-7. Há problemas de revisão, a que se devem provavelmente os erros de número de volumes e fascículos.
46. Isabel Vilares Cepeda optou por excluir os trabalhos constantes da historiografia literária, como o de Teófilo Braga e António José Saraiva. Esses e outros estudos mais atuais é que se incluem no referido acréscimo.

Refiram-se inicialmente as menções feitas ao *Livro da vertuosa benfeytoria*, para termos uma noção de como ele foi sendo gradualmente alvo da atenção dos pesquisadores. As primeiras remontam ao *Leal conselheiro*[47] e às crônicas de Gomes Eanes de Zurara[48]. No início do século XVI, Rui de Pina o sugere como "confissão a qualquer christão mui proveitosa", na *Chronica de El-rei D. Affonso V*[49]. Embora Gaspar Dias de Landim tenha dedicado uma crônica ao Infante D. Pedro na primeira metade do século XVII, não se nota nenhuma menção ao LVB[50]. Em 1752, o bibliógrafo Barbosa Machado o inclui em *Bibliotheca lusitana historica, critica e chronológica*[51], referindo-se ao "Da virtuosa bemfeitoria" a partir da citação de Rui de Pina: uma confissão muito proveitosa ao cristão. Em 1843, o abade A. D. de Castro e Sousa publicou o *Resumo historico da vida, acções, morte e jazigo do Infante D. Pedro*, apontando a co-autoria do tratado e indicando, na nota 28, a cópia da Academia Real das Ciências de Lisboa[52]. Inocêncio da

---

47. D. Duarte se lhe refere no capítulo 28, ao tratar da avareza. *Leal conselheiro*. Ed. crít., intr. e notas de Maria Helena Lopes de Castro. Lisboa: Imprensa Nacional/Casa da Moeda, 1998. O registro do título também consta do *Livro dos conselhos de el-rei D. Duarte (Livro da Cartuxa)*. Ed. diplom. de João José Alves Dias. Lisboa: Estampa, 1982, pp. 206-8.
48. Joaquim de Carvalho, em "Sobre a erudição de Gomes Eanes de Zurara: notas em torno de alguns plágios deste cronista", demonstrou várias passagens do LVB de que Zurara se aproveitou em suas crônicas. Se por "preito" ou se por má fé, não há como ajuizar as *deflorationes* de Zurara. In: CARVALHO, Joaquim de. *Obra completa*. Lisboa: Fundação Calouste Gulbenkian, 1983, vv. 4-2, pp. 185-340. Cf. sobretudo o "Apêndice A", em que Carvalho apresenta os cotejos entre as crônicas e o tratado, pp. 309-27.
49. PINA, op. cit., p. 112.
50. *O Infante D. Pedro*. Lisboa: Escriptorio, 1892 (v. 1); 1893 (v. 2); 1894 (v. 3) (Col. Bibliotheca de Classicos Portuguezes). Como se sabe, essa "Copiosa rellação das competencias que houve n'este Reyno sobre o governo delle entre a Rainha D. Leonor e o Infante D. Pedro seu cunhado..." encerra uma contundente suspeita sobre o caráter do Infante. Landim não poupa a imagem oportunista, ambiciosa e ardilosa de D. Pedro, em benefício do fundador da Casa de Bragança, D. Afonso, seu irmão natural e inimigo. Não é de estranhar que o autor deixe de lado o que constituiria o legado literário do Infante.
51. MACHADO, Diogo Barbosa. *Bibliotheca lusitana histórica, crítica e cronológica*. Ed. fac-simil. Coimbra: Atlântida, 1966, v. 3, pp. 542-5.
52. Lisboa: [s. ed.], 1843, p. 13.

Silva o faz constar do *Diccionario bibliographico portuguez*, de 1862, descrevendo e transcrevendo partes do manuscrito da Academia Real das Ciências de Lisboa e informando o leitor da existência do manuscrito da Academia Real da História, de Madrid[53]. Oliveira Martins, em *Os filhos de D. João I*, refere-se às "conclusões morais da filosofia"[54] do Infante Dom Pedro e do Frei João Verba por via indireta, colhida ao dicionário de Innocêncio da Silva. Teófilo Braga, no início deste século, estuda o livro e transcreve algumas passagens dos manuscritos inéditos, sem informar se de Lisboa ou se da Biblioteca Pública do Porto[55]. Quando José Pereira de Sampaio editou integralmente o LVB, em 1910, baseado nos manuscritos da Biblioteca Pública Municipal do Porto, vários estudos começaram a ser produzidos mais intensamente[56].

Ao avaliar as linhas de pesquisa em que se distribui o conjunto dos textos críticos sobre o tratado do Infante Dom Pedro e Frei João Verba, percebemos a princípio cinco tendências: autoral[57], filosófico-moral, político-econômica, lingüístico-filológica e literária.

Na linha de estudos que designamos autoral, o artigo de Manuel Paulo Merêa[58], publicado em 1919, é o primeiro a in-

---

53. SILVA, Innocencio Francisco da. *Diccionario bibliograpfico portuguez*. Ed. fac-simil. Lisboa: Imprensa Nacional/Casa da Moeda, 1973, v. 6, pp. 375-9.
54. [s. ed.] Lisboa: Guimarães, 1993, p. 115.
55. CALADO, op. cit., p. x.
56. Antes de examinar a bibliografia sobre o LVB, destacaríamos as atas do *Congresso Comemorativo do 6º Centenário do Infante D. Pedro*, realizado entre 25 e 27 de novembro de 1992, na Faculdade de Letras de Coimbra. Oito partes compõem as atas publicadas, em 1993, num volume especial da *Biblos*: I. A figura histórica do Infante D. Pedro; II. D. Pedro e a língua; III. D. Pedro e a acção política; IV. D. Pedro: o livro e os livros; V. O pensamento de D. Pedro; VI. A memória de D. Pedro; VII. D. Pedro e a arte; VIII. D. Pedro: a morte e o símbolo. Distribuídos por essas oito partes, vinte e sete artigos analisam, noticiam e discutem a participação político-cultural-literária do Infante no século XV português. *Biblos*, Coimbra, v. 69, 1993.
57. Nessa linha, incluímos os textos dedicados predominantemente às discussões sobre a co-autoria do LVB, até há pouco tempo imprecisamente atribuída apenas ao Infante D. Pedro.
58. Referimo-nos à primeira edição de "As teorias políticas medievaes no *Tratado da Virtuosa Bemfeitoria*", em *Revista de História*, Lisboa, v. 8, 1919, pp. 5-21. Voltaremos a tratar desse texto mais adiante, porém em edição de 1923.

cluir o Frei na co-autoria da obra, o que o próprio Infante já havia feito de modo explícito na "Dedicatória" ao irmão D. Duarte: "E assy [é] este livro, que per entender meu e voontade, e do lecenciado que compos e fez delle a mayor parte"[59]. Alberto Martins de Carvalho se dedicou mais detalhadamente ao problema das atribuições, em *O Livro da virtuosa bemfeitoria: esbôço de estudo*, defendendo a idéia de que D. Pedro seria responsável pela parte literária da obra e o Frei, pelo aspecto mais dissertativo[60]. Os artigos de Antonio Joaquim Dias Dinis, "Quem era Fr. João da Verba, colaborador literário de El-Rei D. Duarte e do Infante D. Pedro" e "Ainda sobre a identidade de Frei João Verba", ambos publicados na revista *Itinerarium*[61], são também responsáveis pela valorização da figura do co-autor João Verba. No primeiro artigo, Dias Dinis rastreia, por meio de documentos e citações de estudiosos da cultura quatrocentista portuguesa, a formação, a competência e o crédito que o próprio Infante D. Pedro atribuiu a Verba. No segundo, Dinis corrige informações (o Frei era dominicano e não "cónego regrante de S. Agostinho", p. ex.) e acrescenta documentos de que se infere o prestígio do Frei na corte avisina. Mais esparsamente, outros autores voltaram sua atenção para esse intrincado aspecto do LVB, permanecendo, todavia, incertas as atribuições[62].

Os estudos que abordam a questão filosófico-moral incluem artigos de Diamantino Martins, "O sistema do universo na 'Virtuosa benfeitoria' do Infante Dom Pedro"[63], em que o

---

59. PEDRO, VERBA, op. cit., p. 5.
60. Coimbra: Imprensa da Universidade, 1925, pp. 11 ss. Adelino Calado, em sua "Introdução", refere os estudos voltados para a co-autoria e resume o que seria provavelmente atribuído ao Frei (pp. lvi-viii) e ao Infante (lviii-x).
61. Op. cit., e Braga, a. 3, nn. 16-7, 1957, pp. 479-90, respectivamente.
62. Sebastião Tavares de Pinho, em "O Infante D. Pedro e a 'escola' de tradutores da Corte de Avis", comenta a co-autoria do LVB, concluindo que está "ainda sem inteiro esclarecimento o peso da intervenção de cada um dos dois co-autores". Mais adiante, o autor comenta sobre Frei João Verba, como um dos profissionais da tradução da corte avisina, responsável pela tradução do diálogo *De amicitia*, de Cícero. Op. cit., pp. 129-53. Cf. também Joaquim de Carvalho, "Cultura filosófica e científica: período medieval", op. cit., v. 2, pp. 291 ss.
63. *Bracara Augusta*, Braga, vv. 16-7, t. 2, nn. 39-40 (51-2), 1964, pp. 292-300.

autor apresenta paráfrase do LVB, para revelar o sistema universal teocêntrico concebido pelo Infante D. Pedro. Esse mesmo autor publica "O sistema moral na 'Virtuosa benfeitoria'"[64], estudo mais descritivo, em que rastreia os mandamentos do oferecer, receber e agradecer os benefícios, cerne da conduta moral cristã. Outros trabalhos foram publicados, como o de Pedro Calafate, "O conceito da ordem natural no *Livro da virtuosa benfeitoria*", em que o autor analisa os sentidos que a expressão "ordem natural" vai adquirindo no tratado, desde o retórico até o social, religioso e filosófico[65], e de Nair de Castro Soares, "A *Virtuosa benfeitoria*, primeiro tratado de educação de príncipes em português", em que a autora apresenta um painel esclarecedor do ambiente cultural de que emergiu o tratado, além de analisá-lo como um produto original, na medida em que reflete sobre a condição da realeza e expõe uma visão global da problemática do poder[66].

A abordagem político-econômica é exemplificada pelo estudo clássico de Manuel Paulo Merêa, "As teorias políticas medievais no 'Tratado da Virtuosa Benfeitoria'", em que o autor detecta a doutrina do Infante, cuja base é a proveniência divina do poder, o consentimento popular desse poder, o ato de reinar como ofício, o fazer justiça como dever, e a manutenção do conselho formado pelos três estados, o que leva Merêa a concluir pelo caráter indubitavelmente medieval da política do LVB[67]. Francisco Elias de Tejada Spínola publicou, em 1943, "Una filosofia politica sobre la idea del beneficio"[68], cuja tese é a de que o benefício não é apenas um motivo de considerações éticas, mas um princípio de organização estatal. Desse mesmo autor, há o artigo "Ideologia e utopia no 'Livro da Virtuosa Benfeitoria'"[69], em que discute como se dá no tratado o

---

64. *Revista Portuguesa de Filosofia*, Braga, v. 21, n. 3, 1965, pp. 235-54.
65. *Biblos*, Coimbra, v. 69, 1993, pp. 253-63.
66. Ibid., pp. 289-314.
67. *Estudos de História do Direito*. Coimbra: Coimbra Ed., 1923, pp. 183-227.
68. In: SPÍNOLA, Francisco Elías de Tejada. *Las doctrinas politicas en Portugal: Edad Media*. Madrid: Escelicer, 1943, Cap. 7: pp. 111-45.
69. *Revista Portuguesa de Filosofia*, Braga, t. 3, f. 1, 1947, pp. 5-19.

entrelaçamento do moral (que provém da análise dos laços que relacionam pais e filhos, senhores e servos, criaturas e Criador) e do político (que se percebe "na concepção da teoria da comunidade política, como intercâmbio de benefícios externos"[70]). António José Saraiva, em *O crepúsculo da Idade Média em Portugal*, discute o fundamento do poder no LVB e destaca a doutrina baseada na "solidariedade social, cuja causa, no fundo, é o amor que se deve a Deus e ao próximo"[71]. Maria Antónia de Oliveira Braga, em 1955, publica "Os benefícios honrosos na 'Virtuosa benfeitoria' do Infante D. Pedro", estudo dividido em duas partes: a primeira considera o teor, as circunstâncias, o lugar e as pessoas a quem se deve honrar; a segunda apresenta uma antologia de capítulos dos diversos livros do LVB[72]. Luís de Sousa Rebelo, ao estudar a concepção de poder nas crônicas de Fernão Lopes, analisa também o LVB, a partir da importância que assume no tratado a "Grande Cadeia do Ser", idéia inspirada em Plotino: todos os seres que compõem o universo encontram-se estreita e hierarquicamente relacionados entre si[73]. Francisco da Gama Caeiro, em "Hermenêutica e poder no *Livro da virtuosa benfeitoria*", aponta a possibilidade de se examinar o LVB como "espaço de significações assumidas", independentemente de suas fontes inspiradoras, para tentar "compreender melhor em que consistiu o processo hermenêutico para o homem medieval"[74]. Amândio Augusto

---

70. Ibid., p. 17.
71. Lisboa: Gradiva/Público, 1996, 2 vv. (Col. Cultura & História, v. 6), Cap. 74: A teoria da sociedade segundo o infante D. Pedro: p. 226. Esse capítulo é refundição de dois textos que constam de sua *História da cultura em Portugal*, obra citada, publicados em 1950: "A apologia do Feudalismo na *Virtuosa bemfeitoria*" e "A teoria do governo na *Virtuosa bemfeitoria*". Neste e na refundição, António Saraiva contesta a conclusão de Paulo Merêa a propósito do consenso popular como fundamento do poder. Segundo ele, D. Pedro se baseia mais em Agostinho e na Patrística do que em Tomás de Aquino e Aristóteles, defensores do papel popular na realização do poder temporal.
72. *Studium Generale*, Porto, v. 2, nn. 1-2, 1955, pp. 5-41 [Separata].
73. *A concepção do poder em Fernão Lopes*, op. cit. Outro aspecto importante, apontado por Rebelo, é o funcionamento do LVB como parte do "subsolo filosófico" do tempo a que pertence Lopes, cuja raiz o tratado revela; pp. 42 ss.
74. *Biblos*, Coimbra, v. 69, 1993, pp. 381-8.

Coxito, em "O pensamento político-social na *Virtuosa benfeitoria*"[75], examina o caráter pragmático e especificamente conjuntural do tratado português. Nessa mesma linha de pensamento se apresenta a dissertação de Mestrado de José Maria Pinheiro Maciel, *Os benefícios do Infante D. Pedro: uma teoria da acção na "Virtuosa benfeitoria"*. A tese é de que o tratado efetivamente revela a "eficácia política na gestão das trocas que nascem da benevolência natural", o que afastaria o LVB de uma interpretação moralista e religiosa[76]. João Abel da Fonseca, em "A *Virtuosa benfeitoria* e o pensamento político do Infante D. Pedro"[77], analisa os dois primeiros livros do LVB e discute os aspectos medievais (manutenção das relações vassálicas) e modernos (centralização monárquica) que permeiam o pensamento político do Infante, cujo sumo é "velar pelo bem da comunidade". Armando de Castro se dedica ao pensamento econômico de D. Pedro vazado no LVB[78], em que se evidencia o caráter feudo-senhorial da obra. Segundo o autor, a classe senhorial intuía na atividade econômica um adversário e tomava como condenável a riqueza material, visto que o importante era ter essa riqueza como fonte de benefícios e não de acúmulo individual de bens. Helder Macedo comenta as afinidades entre o pensamento político do Infante, expresso no LVB, e o de Fernão Lopes (valor do patriotismo e da justiça), em "A Virtuosa Benfeitoria da Nova Ordem"[79]. Em "O Infante D. Pedro", constante do *História do pensamento filosófico portu-*

---

75. Ibid., pp. 389-94.
76. 1993. Dissertação (Mestrado) – Universidade do Porto. Interessante, na dissertação de Pinheiro Maciel, é a série de pontuações que ele dissemina: o hedonismo do Infante D. Pedro, a relação entre a divisa do brasão do Infante (*Desir*) e o benefício honroso, a busca do que seria o texto primitivo de D. Pedro antes da interferência escolástico-religiosa do Frei.
77. *Biblos*, op. cit., pp. 227-50.
78. *As idéias económicas no Portugal medievo: séculos XIII a XV*. 2. ed. Lisboa: Instituto de Cultura e Língua Portuguesa, 1989, Cap. 3: O pensamento económico no século XV. 1. Infante D. Pedro: pp. 61-9. (Col. Biblioteca Breve, v. 13).
79. In: GIL, Fernando, MACEDO, Helder. *Viagens do olhar: retrospecção, visão e profecia no Renascimento português*. Porto: Campo das Letras, 1998, Cap. 2: Fernão Lopes, a Sétima Idade e os príncipes de Avis, pp. 143-73.

guês: Idade Média, Pedro Calafate acompanha, destaca e analisa os métodos de exposição, estilo, as fontes e as principais linhas de reflexão ético-política do LVB (e, eventualmente, da *Carta de Bruges*): a origem divina do poder e sua mediação popular, a finalidade espiritual do governo dos príncipes, a importância da cultura no fortalecimento das nações, a fraternidade na relação entre senhores e súditos, entre outros[80].

Manuscrito[81] quatrocentista e oitocentista, cujo arquétipo ainda não se encontrou – e do qual derivam os manuscritos de Viseu e Madri[82], o LVB foi assunto de textos de abordagem filológica e lingüística: José Pereira de Sampaio, no texto introdutório à edição do LVB, historia a descoberta e comenta os manuscritos oitocentistas da Biblioteca Pública Municipal do Porto, além de cotejá-los com os de Madrid e de Lisboa[83]. Américo da Costa Ramalho, "Um manuscrito desconhecido de 'O Livro da virtuosa benfeitoria'"[84], e Luís Afonso Ferreira, "Algumas considerações à volta dos manuscritos do 'Livro de virtuosa benfeitoria'"[85], tratam do manuscrito da Bodleyan Library. Alexandre de Lucena e Vale, em "Do original da *Virtuosa benffeyturia* e o seu actual paradeiro"[86], investiga o percurso

---

80. CALAFATE, Pedro (Dir.). *História do pensamento filosófico português: Idade Média*. Lisboa: Caminho, 1999, v. 1, 4.ª Parte: Ética e sociedade: Cap. 1: A geração de Avis (O infante D. Pedro), pp. 411-44.

81. Seis manuscritos do LVB são conhecidos: *Manuscrito da Real Academia de la Historia de Madrid*, 9/5487 [séc. XV(ca. 1430)]. *Manuscrito da Biblioteca Municipal de Viseu*, cofre n. 12 [séc. XV (ca. 1430)]. *Manuscrito da Biblioteca Pública Municipal do Porto*, ms. 1682 [séc. XIX (ca. 1813)]. *Manuscrito da Biblioteca Pública Municipal do Porto*, ms. 1683 [séc. XIX]. *Manuscrito da Academia das Ciências de Lisboa*, ms. 170 Azul [séc. XIX (1813), cópia do ms. de Viseu]. *Manuscrito da Bodleian Library de Oxford*, Lyell 86 [séc. XV]. Cf. o tópico 4, A tradição manuscrita, da "Introdução" de Adelino Calado, op. cit., pp. lxii-lxxxix.

82. CALADO, op. cit., pp. lxxxvii-xix.

83. In: O LIVRO da virtuosa bemfeitoria do Infante Dom Pedro. Porto: Real Bibliotheca Publica Municipal do Porto, 1910 (Col. de Manuscriptos Ineditos, v. 2) [i-xxiv].

84. *Boletim de Filologia*, Lisboa, v. 9, f. 3, 1948/50, pp. 278-84.

85. *Biblos*, Coimbra, v. 25, 1949, pp. 488-508.

86. *Colóquio: Revista de Artes e Letras*, Lisboa, n. 57, 1970, pp. 71-4.

do manuscrito do LVB e sua chegada a Viseu, por doação de Nunes de Carvalho. O artigo de Maria Helena da Rocha Pereira, "Helenismos no 'Livro da virtuosa benfeitoria'"[87], apresenta um estudo lexical com glossário comentado, dividido em quatro campos semânticos (teológico-eclesiástico, político, filosófico-científico e literário), a partir do qual conclui sobre a importância do tratado para a história da língua portuguesa[88].

Por sua vez, boa parte da abordagem literária dos artigos dedicados ao LVB se realiza mais pelo comentário geral, pelas indicações de idéias a serem desenvolvidas do que propriamente pela análise e interpretação. Embora sendo considerado o primeiro estudo global do LVB, *O livro da virtuosa bemfeitoria: esbôço de estudo*, de Alberto Martins de Carvalho, publicado em 1925, trata predominantemente da questão literária, uma vez que nele se examinam mais especificamente duas questões: a co-autoria, o que Martins de Carvalho avalia a partir da análise literária do texto, como já foi comentado, e a tese de que o Infante e seu Confessor não seguem rigorosamente o *De beneficiis*, comprovando-a com o cotejo entre as duas obras[89]. Mário Martins publicou pequenos capítulos sobre o livro do Infante e do Frei. O caráter alegórico[90] e as fontes bíblicas de que se servem os autores do LVB para fundamentar seu tratado moral[91] são apontados pelo autor, assim como os traços satíricos de várias passagens do livro[92]. Diamantino Mar-

---

87. *Biblos*, Coimbra, v. 57, 1981, pp. 313-55.
88. Ainda sobre a bibliografia dedicada à questão dos manuscritos e das edições publicadas, merecem leitura as recensões críticas de Luís Afonso Ferreira, sobre a edição de José Pereira de Sampaio, de 1910 (pp. 597-8), e de Joaquim Costa (as seguintes), em *Biblos*, Coimbra, v. 23, 1946, pp. 597-606, e de João Dionísio, sobre a edição crítica de Adelino de Almeida Calado, em *Colóquio: Letras*, Lisboa, n. 142, 1996, pp. 236-8.
89. CARVALHO, A. Martins de, op. cit.
90. *Alegorias, símbolos e exemplos...*, op. cit., pp. 239-45.
91. *A Bíblia na literatura medieval portuguesa*. Lisboa: Instituto de Cultura Portuguesa, 1979 (Col. Biblioteca Breve, v. 35), Cap. 8: O Livro da Virtuosa Benfeitoria: pp. 71-4.
92. *O riso, o sorriso e a paródia na literatura portuguesa de Quatrocentos*. 2. ed. Lisboa: Instituto de Cultura e Língua Portuguesa, 1987, pp. 40-7.

tins desenvolveu, em "O 'De beneficiis' de Séneca e a 'Virtuosa bemfeitoria' do Infante D. Pedro", o que poderia ser considerado um estudo de fontes, ao cotejar as passagens do *De beneficiis*, de Sêneca, e o LVB[93], demonstrando "a ampliação operada pelo Infante Dom Pedro e Frei João Verba na *Virtuosa Bemfeitoria*, na visão sistemática em que enquadrou os benefícios"[94], conclusão que corrobora a de Martins de Carvalho, como observamos. Manuel Augusto Naia da Silva defende sua tese de Doutorado, seguindo a mesma linha de estudo de fontes, em *Temas comuns no* De beneficiis *de Séneca e na* Virtuosa benfeitoria *do Infante D. Pedro*[95], cuja proposta é fundamentar minuciosamente o que já havia sido escrito sobre a dependência do LVB em relação ao livro de Sêneca. Ao contrário de Diamantino Martins e Naia da Silva, Joaquim de Carvalho estudou o LVB como fonte das crônicas de Gomes Eanes de Zurara, em "Sobre a erudição de Gomes Eanes de Zurara: notas em torno de alguns plágios deste cronista"[96]. Luís de Sousa Rebelo apresenta a exegese da "alegoria das seis donzelas" – um dos recursos retóricos mais visados no LVB –, considerando-a a "cúpula" do livro, em que se desenha o objetivo da obra: "persuadir o leitor ouvinte da conveniência política e da justeza da doutrina do poder que [o Infante] tão vigorosamente sustenta", representada pela sexta donzela, síntese das outras cinco, em "A alegoria final do *Livro da virtuosa benfeitoria*[97]. No artigo "Gratidão e lealdade: dois valores humanistas", Nair de Nazaré Castro Soares estuda o *topos* da *gratia* e da *fides* nos autores latinos, nos prosadores portugueses de Avis (D. Pedro e D. Duarte) e nos humanistas quinhentistas[98].

---

93. *Revista Portuguesa de Filosofia*, Braga, t. 21, n. 3, 1965, pp. 255-321.
94. Ibid., p. 257.
95. 1996. Tese (Doutorado em Língua e Cultura Latinas) – Universidade Nova de Lisboa.
96. CARVALHO, op. cit.
97. *Biblos*, Coimbra, v. 69, 1993, pp. 367-79. Idéia já esboçada em *A concepção do poder...*, op. cit.
98. *Humanitas*, Coimbra, v. 46, 1994, pp. 245-58.

Por reunir todas essas linhas de pesquisa, o artigo de Robert Ricard, "L'Infant D. Pedro de Portugal et 'O Livro da virtuosa bemfeitoria'"[99], ganha relevo. Considerando sumariamente a biografia e a obra do Infante, o autor procura situar a "adaptação original do *De beneficiis*", o que ele consegue a partir do comentário sobre os manuscritos conhecidos; do cotejo do tratado com o de Sêneca; da descrição detalhada ("análise") do LVB; do estudo da tradição senequista na Península e das fontes primárias e secundárias do livro de D. Pedro; da revisão das interpretações sobre as idéias do LVB (contrastando as de Merêa e Spínola) e da apresentação do perfil da figura do Infante. Além disso, apresenta, no "Appendice", os *exempla* comuns ao LVB e ao *De beneficiis*, propõe tradução para o francês do capítulo 9, "en que sse mostra hũa pequena poesia per cujo aazo se comprio esta obra", do Livro 6, e arrola a bibliografia mais recente sobre o tema da "esfera infinita", o que o alinha entre os trabalhos fundamentais para a compreensão e apreciação do livro[100].

Atualmente, nenhum estudo sobre o tratado dos benefícios português pode ser iniciado sem a leitura da "Introdução" de Adelino de Almeida Calado, constante de sua edição crítica do LVB[101]. Dividido em cinco partes, o estudo apresenta ob-

---

99. *Bulletin des Études Portugaises et de l'Institut Français au Portugal*, Coimbra, v. 17, 1953, pp. 1-65. Esse estudo foi republicado, como informa Adelino de Almeida Calado, em obra citada, em *Études sur l'histoire morale et religieuse du Portugal*. Paris: Centro Cultural Português, 1970, pp. 87-136.

100. Há ainda que se referir ao livro de Lita Scarlatti, *Os homens de Alfarrobeira*. Lisboa: Imprensa Nacional/Casa da Moeda, 1980, Cap. 10: O Tratado da virtuosa benfeitora, pp. 129-36. Nesse capítulo, o estudo se volta para o cotejo entre a proposta política expressa no LVB e as ações do Infante durante a Regência, inserindo-se o trabalho numa linha biografista, que preterimos. Joaquim Costa, na "Introdução" a O LIVRO da virtuosa bemfeitoria do Infante Dom Pedro. 2. ed. comemorativa. Porto: Imprensa Portuguesa, 1940, em vez de dedicar-se à apresentação da edição do LVB, dedica-se à defesa do Infante, em relação a sua postura política, e torna o tratado um exemplo das idéias e da conduta de D. Pedro.

101. As edições publicadas são: O LIVRO da virtuosa bemfeitoria do infante Dom Pedro. Ed. de José Pereira de Sampaio, op. cit. O LIVRO da virtuosa benfeitoria do Infante Dom Pedro. 2. ed. com intr. e notas de Joaquim Costa, op. cit. O LIVRO da virtuosa bemfeitoria do Infante Dom Pedro. 3. ed. com intr. e notas

servações críticas sobre os textos dedicados a essa obra, incluindo os artigos das atas do Congresso Comemorativo do 6º Centenário do Infante D. Pedro; comentário sobre o título do livro; análise de sua gênese, estrutura, objetivos e co-autoria; exposição, descrição e relação entre os manuscritos quatrocentistas e oitocentistas e, por fim, justificativa da escolha do manuscrito de Madrid como base de sua edição crítica, assim como os critérios seguidos para realizá-la. Nessa "Introdução", Calado faz o inventário da bibliografia e discute o "estado da questão" em que se encontra o LVB.

Dentre as linhas dos estudos dedicados ao tratado do benefício, predominam as voltadas para a questão filosófico-moral e política, sendo poucos os textos que observam o LVB a partir da perspectiva econômica, histórica[102], lingüística e literária. Não foram raros os autores que afirmaram o que Calado, em 1994, voltou a constatar: "nomeadamente pensamos que os aspectos literários e lingüísticos têm sido preteridos em favor dos filosóficos e políticos, o que resulta, pelo menos, numa visão deformada por defeito"[103].

Mesmo na historiografia literária portuguesa, dificilmente o LVB é considerado em sua especificidade artística. Alguns autores fundamentais o comentam: Teófilo Braga, na *História da literatura portuguesa: Idade Média*, cuja primeira edição se deu em 1909, classifica-o como "um tratado moral em forma de compilação" dos sete tratados de Sêneca[104], sem lhe dedicar mais atenção. Um dos primeiros a discutir o aspecto literário

---

de Joaquim Costa. Porto: Biblioteca Pública Municipal, 1946. O LIVRO da virtuosa bemfeytoria. Ed. e estudo de Luís Afonso Ferreira. Coimbra: Imprensa da Universidade, 1948, 2 v. Cf. CEPEDA, op. cit., p. 192. Refira-se ainda a edição de Manuel Lopes de Almeida, em OBRAS dos Príncipes de Avis. Porto: Lello & Irmão, 1981, pp. 525-763.

102. Um exemplo é o artigo de Diamantino Martins, "Ecos da vida portuguesa do século XV", cujo conteúdo é uma série de apontamentos sobre os costumes portugueses (presentes de Natal, recepção dos nobres pelas vilas, caridade, relações internacionais) mencionados no LVB. *Brotéria*, Lisboa, v. 28, 1939, pp. 150-4.

103. CALADO, op. cit., p. xvii.

104. Lisboa: Imprensa Nacional/Casa da Moeda, 1984, 4 vv., v. 1, pp. 403-4.

do LVB, Álvaro J. da Costa Pimpão, em *História da literatura: Idade Média*, expõe com mais vagar a obra do Infante e do Frei. Tomando-o como "um directório da consciência do Príncipe 'de bom talante' e, como tal, destinado a orientá-lo na justiça da benfeitoria"[105], Costa Pimpão aponta o cuidado estilístico dos autores e "certos passos" artísticos do LVB, mas desencoraja a análise literária de uma obra, cuja "forma que hoje chamaríamos didáctica, ingurgitada de autores, de sentenças e de preceitos, com a distribuição da matéria em 'razões, e 'provações', é muito pouco favorável a uma análise estética do conteúdo"[106]. Em *Lições de literatura portuguesa: época medieval*, Manoel Rodrigues Lapa trata minimamente do livro. Suas observações breves, em que predominam as notícias biográficas sobre o Infante, destacam o efeito amenizador de "algumas historietas e exemplos sugestivos"[107] e a dificuldade da leitura, devido ao grande número de citações de autores antigos e à complexidade do assunto tratado escolasticamente. António José Saraiva e Óscar Lopes, em *História da literatura portuguesa*, apresentam um estudo comparado entre o *Leal conselheiro* e o LVB, frisando, a respeito deste, o caráter objetivo, escolástico em contraste com a natureza ensaística e subjetiva daquele[108]. Sobre o aspecto literário propriamente dito, nada é discutido com extensão, prevalecendo a análise de viés sociológico e lingüístico. Maria do Amparo Tavares Maleval circunscreve o alcance formal do tratado a uma paráfrase do *De beneficiis*, de Sêneca, em *A literatura portuguesa em perspectiva*[109].

O que se percebe nesses trabalhos acabados de referir é a *menção* aos rasgos ou à escassez da qualidade literária do

---

105. 2. ed. rev. Coimbra: Atlântida, 1959, p. 192.
106. Ibid., p. 195.
107. 10. ed. rev. pelo autor. Coimbra: Coimbra Ed., 1981, p. 372.
108. 12. ed. corr. e actual. Porto: Porto Ed., 1982, pp. 114-5.
109. MOISÉS, Massaud (Dir.). *A literatura portuguesa em perspectiva*: *Trovadorismo e Humanismo*. São Paulo: Atlas, 1992, v. 1, Cap. 3: A prosa doutrinária, pp. 141-3.

LVB[110]. Embora Costa Pimpão destaque os "coloridos de imagens, bem como (...) o valor narrativo de trechos como o da lenda de Santo Aleixo, onde a singeleza se combina com a esmerada elegância", a "especial cadência que o redactor do capítulo 9º do VI livro soube comunicar à expressão da alegoria" ou ainda "o ritmo de *arte maior* (em alguns trechos da obra)"[111], ele e os outros autores acabam por preterir o estudo desses aspectos em função da análise filosófico-político-moral, linha que marcou a fortuna crítica dessa obra.

3. *"Algūus vocabullos significam as cousas segundo as essencias que ellas teem."*

Infante Dom Pedro e Frei João Verba.
Livro da vertuosa benfeytoria[112].

Iniciar o comentário dessa obra quatrocentista requer antes de mais nada o exame de seu gênero[113], não para catalo-

---

110. Nos dicionários especializados, apresentam-se geralmente sínteses de informações constantes da historiografia literária. Endossando a idéia de Robert Ricard de que se trata de uma "adaptação original" do *De beneficiis* de Sêneca, Jacinto do Prado Coelho define o LVB como "livro de moral prática", no verbete "Virtuosa benfeitoria", do *Dicionário das literaturas portuguesa, brasileira e galega*. Porto: Figueirinhas, 1960, p. 876. Rita Costa Gomes, também em verbete, "Virtuosa benfeitoria", classifica-o como "tratado de doutrina moral e política", discute sua estrutura (menciona "os novos usos literários", como a alegoria), suas fontes, e apresenta algumas teses sobre a doutrina exposta no LVB, em LANCIANI, Giulia, TAVANI, Giuseppe (Org. e Coord.). *Dicionário da literatura medieval galega e portuguesa*. Trad. de José Colaço Barreiros e Artur Guerra. Lisboa: Caminho, 1993, pp. 681-3. Pedro Ferrer assina o verbete "Pedro, Dom (Duque de Coimbra)", mencionando a *Virtuosa benfeitoria* apenas como "obra de doutrina moral e política" inspirada em Sêneca, sem maiores comentários, e destacando, com número de linhas superior ao dedicado ao LVB, o poema do Infante em louvor a Juan de Mena. In: MACHADO, Álvaro Manuel (Org. e Dir.). *Dicionário da literatura portuguesa*. Lisboa: Presença, 1996, pp. 369-70.
111. PIMPÃO, op. cit., p. 196. José Maria Pinheiro Maciel também menciona o ritmo endecassílabo do LVB. Op. cit., p. 21, Nota 52.
112. PEDRO, VERBA, op. cit., p. 20.
113. Por *gênero* entendemos, de acordo com Mikhail Bakhtin, um tipo de enunciado relativamente estável. É este autor que afirma ainda que é indispensável,

gá-la e restringi-la, mas para que se suponha a partir de que expectativa ela foi criada e observá-la de maneira mais precisa e justa.

Logo nas primeiras páginas do LVB, em que se explicam os motivos da composição, do objetivo, do título e da estrutura da obra, encontramos os termos "livro" (p. 3), "tractado" (p. 7), "nova compilaçom" (p. 15), "composiçom" (p. 20), "novo fingimento" (p. 36), "obras moraaes" (p. 86)[114]. Termos mais genéricos, mas sem implicações genológicas, também aparecem como epítetos do trabalho de D. Pedro e Frei João Verba: "obra" (p. 14), "cuydado" (p. 342) e "trabalho (p. 352). Desses termos, "livro" é o que predomina não só no LVB, como também no rol da livraria de D. Duarte e D. Fernando, ao lado de variada terminologia como "collações", "epistolas", "trattados", "regimento de príncipes", "coronica" ou "capitulos"[115].

Antes de observarmos os termos usados pelos autores do LVB, contudo, notemos como, nos nossos dias, os críticos to-

---

para qualquer estudo, uma concepção clara da natureza do gênero do discurso, em *Estética da criação verbal*. Trad. de Maria Ermantina Galvão G. Pereira. 2. ed. São Paulo: Martins Fontes, 1997. Os gêneros do discurso, pp. 277-326.

114. Essa expressão é utilizada de modo indireto. Os autores afirmam que, nas obras moralistas, os exemplos são instrumentos importantes de fixação do conhecimento, o que justifica sua utilização no LVB e, por conseguinte, a inclusão deste entre as obras doutrinárias.

115. NASCIMENTO, op. cit., pp. 284-7. Interessante notar que todos os títulos, efetivamente, poderiam ser antecipados pelo termo "livro". Todavia, essa distinção nos permite conjecturar sobre gêneros propriamente ditos (epístolas, regimentos, crônica), tipos de encadernação (livros, cadernos) e sistema de catalogação da época, já que em vez de *Livro de* "Marco Paulo" ou *Livro de* "Bartolo", ou *Livro do* "Genesy" ou *Livro do* "Orto do Esposo", esses títulos (entre aspas) aparecem no rol isoladamente. Quanto ao texto do Infante e do Frei, o título que aparece é *Livro da Virtuosa Bemfeitoria*. Se considerarmos que "livro" é a obra escrita, segundo a concisa classificação de Isidoro de Sevilha (*Etimologias*. 2. ed. bilíngüe de Jose Oroz Reta e Manuel-a Marcos Casquero. Madrid: Biblioteca de Autores Cristianos, 1993. 2 vv., v. 1, p. 591), o termo se mantém na generalidade até hoje conhecida: "uma porção de cadernos manuscritos ou impressos e cosidos ordenadamente" (CUNHA, Antônio Geraldo da. *Dicionário etimológico da língua portuguesa*. 2. ed. rev. e acresc. Rio de Janeiro: Nova Fronteira, 1994, p. 478. A primeira ocorrência registrada dessa palavra se dá no século XIII).

mam essa obra. Alguns a definem como tratado[116]; tradução[117]; outros como "uma vasta síntese"[118] ou "obra de divulgação da opinião de vários clássicos" e "obra didática"[119]; "uma adaptação original do *De beneficiis*"[120]. Essas denominações, como facilmente se pode perceber, não são excludentes: o LVB é um *tratado*, *adaptação* pessoal *traduzida* de Sêneca, cujo *didatismo divulga* a opinião de clássicos pagãos e cristãos. O gênero *tratado* prevalece.

O Infante D. Pedro e Frei João Verba parecem inclinados à precisão terminológica, quando declaram que se esforçaram para tornar acessíveis os "sete pequenos livros" de Sêneca, "fazendo nova compilaçom proveytosa a mim e a todollos outros que son obligados de praticar o poder que teẽ pera fazerem boas obras" (p. 15). Tampouco excludentes, "tractado", "nova compilaçom" e "composiçom" parecem se mesclar na adaptação original que fizeram D. Pedro e João Verba do *De beneficiis*.

Isidoro de Sevilha, ao tratar dos gêneros das obras, afirma que *tratado* é uma ampla exposição de um só tema, e recebe este nome porque aborda o assunto a partir de seus múltiplos aspectos, contrastando-os em seu exame. Para evitar confusões terminológicas, o etimologista distingue *prática* (uma discussão que exige interlocutor) e *discurso* (dirigido ao público em geral) de *tratado* (dirigido de modo especial a uma pessoa)[121].

---

116. Nair de Castro Soares, no título de seu artigo, já define o gênero do LVB: "A *Virtuosa benfeitoria*, primeiro tratado de educação de príncipes em português", op. cit., p. 289, opinião seguida por Amândio Coxito, em "O pensamento político-social na Virtuosa Benfeitoria", op. cit., p. 389. Paulo Merêa, em "As teorias políticas medievais no 'Tratado da Virtuosa Bemfeitoria'", e A. Martins de Carvalho, em *O Livro da virtuosa bemfeitoria: esbôço de estudo*, primeiros estudos dedicados ao LVB, assim o designaram também.

117. É o que se deduz de Maria Helena da Rocha Pereira, em "Helenismos no 'Livro da virtuosa benfeitoria'", op. cit., e Sebastião Tavares de Pinho, em "O Infante D. Pedro e a 'escola' de tradutores da Corte de Avis", op. cit.

118. MARTINS, Diamantino, O 'De Beneficiis'..., op. cit., p. 257.

119. FONSECA, op. cit., p. 228.

120. RICARD, op. cit., p. 19, e REBELO, op. cit., p. 368.

121. SEVILLA, op. cit., v. 1, p. 583. Nos dicionários pesquisados, o conceito de tratado proposto por Isidoro permanece com poucas variações: Martin Alon-

"Compilaçom" é estudada por Isidoro a partir daquele que a faz, o *compilator*: aquele que mescla os ditos alheios com os seus[122]. "Composiçom" é termo que não se encontra registrado nas *Etimologías*, senão pelo termo *comptus* "(bem composto)", o que nos permite entender esse vocábulo em seu sentido de efeito retórico, um texto composto organizadamente, e não no sentido genológico que procuramos. "Tratado" e "compilaçom" são os termos que importa verificar.

A definição de Isidoro para *tratado* abarca o propósito do Infante e do Frei, na medida em que os seis livros do LVB são dedicados à *ampla exposição* sobre o benefício, *seu único assunto*, abordando-o sob *os diversos aspectos do tema*. Resta-nos saber o que poderia significar "dirigido de maneira especial a uma pessoa".

Se Isócrates escreve seus tratados com o intuito de presentear o novo rei com seus conselhos; se Xenofonte redige a *Ciropedia* com a intenção de frisar um modelo de monarca-soldado para os gregos; se Tomás de Aquino assina o *Do governo dos príncipes: ao rei de Cipro* para elucidar questões relacionadas à melhor forma de governo e à escolha de um ter-

---

so, no *Diccionario medieval español: desde las glosas emilianenses y silenses (s. X) hasta el siglo XV*. Salamanca: Universidad Pontificia de Salamanca, [s.d.], v. 2 (ch-z), p. 1603, classifica "tratado" como "escrito ou discurso que compreende ou explica as espécies concernentes a uma matéria determinada". No *Vocabulario literario*. Barcelona: Apolo, 1938, p. 299, Ramón Esquerra parafraseia o conceito de Alonso. Federico Carlos Sainz de Robles define tratado como "escrito referente a uma determinada materia em quantos efeitos e causas lhe são concernentes", em *Ensayo de un diccionario de la literatura*. Madrid: Aguilar, 1965, v. 1 (Terminos, conceptos, "ismos" literarios), p. 1154. "Estudo formal e sistemático dum assunto": esse é o conceito de Harry Shaw, em *Dicionário de termos literários*. Lisboa: Dom Quixote, 1982, p. 461. No *Dicionário do livro*, Maria Isabel Faria e Maria da Graça Pericão classificam o termo como "documento que apresenta uma exposição sistemática num domínio determinado do conhecimento, de uma forma tão completa quanto possível". Lisboa: Guimarães, 1988. Por fim, Antônio Moniz e Olegário Paz conceituam ("o estudo desenvolvido de qualquer assunto científico ou afim") e historiam a produção dos tratados, indicando que "na literatura portuguesa as obras dos Príncipes de Avis têm a apresentação formal de tratados filosófico-morais, com interesse literário". Lisboa: Presença, 1997, p. 216.

122. SEVILLA, op. cit., p. 811.

ritório adequado para edificar um reino, e, por fim, se Dom Juan Manuel recolhe os *exempla* a fim de entreter o receptor nobre castelhano com contos morais, a *maneira especial* talvez seja o intuito demarcadamente pedagógico, talvez seja a "oferta digna" à excelência da comunidade ou do príncipe a que se dirige a obra, talvez seja ainda o matiz literário que se detecta nas estratégias retóricas utilizadas. Quer-nos parecer que essas hipóteses compareçam ao objetivo dos autores do LVB, na medida em que tanto o aspecto de "oferta digna" ("E porque, senhor, o vosso mandado foy principal aazo de seer acabada aquesta obra" [p. 4]), de intuito didático ("aynda que principalmente o livro aos principes seja aderençado, a outros muytos dá geeral douctrina" [p. 4]), quanto o aspecto literário ("foy a obra composta pera o engenhoso e sotil achar delectaçom a seu entendimento" [p. 4]) estão presentes. Assim sendo, podemos verificar que o LVB trata amplamente de um tema em seus diversos aspectos, de modo didático e de maneira literária[123].

Pode-se tornar a definição isidoriana de *tratado* mais nítida, observando alguns textos mais próximos do século XV. No "Prefácio" de *A verdade*, Anselmo de Cantuária, do século XII, esclarece que elaborou três tratados referentes ao estudo da Sagrada Escritura, "semelhantes pelo fato de terem sido compostos na forma de interrogação e resposta"[124]. Mais adiante, de maneira indireta, o teólogo aponta a natureza do tratado: "um deles é o *Sobre a verdade*, isto é, o que é a verdade, em que coisas se costuma dizer que ela existe, e o que é a justiça". O título já evidencia o propósito de expor amplamente um único tema (a verdade) e seus aspectos diversos (a relação entre verdade e justiça, por exemplo). Contemporâneo de D. Pedro e Frei João Verba, D. Duarte define o tratado de equitação implicitamente, ao afirmar que

---

123. Cf. BERRIO, CALVO, op. cit., p. 224.
124. ANSELMO (Santo), ABELARDO, Pedro. *Monólogo...* 4. ed. Trad. de Angelo Ricci et al. São Paulo: Nova Cultural, 1988 (Col. Os pensadores), p. 143.

conhecendo que a manha de seer boo cavalgador he hũa das principaaes que os senhores cavalleiros e scudeiros devem aver, screvo algũas cousas per que seran ajudados pera a melhor percalçar os que as leerem com boa voontade e quiserem fazer o que per mym em esto lhes for declarado[125].

Dedicado aos nobres da Corte de Avis, o tratado apresenta o tema que é ampla e didaticamente discutido, o cavalgar, cujos múltiplos aspectos (compleição física, psicológica e econômica do cavaleiro) são abordados em sete partes.

Esses trechos e as obras comentadas nos indicam não só a permanência subjacente do conceito de *tratado* de Isidoro de Sevilha, nos séculos que se lhe seguiram, mas as diversas possibilidades formais e temáticas do gênero. Narrativo, em diálogo, dissertativo, em verso, o tratado abrange variadas áreas do saber e da cultura: filosófico (*A política*, de Aristóteles), poético (*Epístola aos Pisões*, de Horácio), amatório (*Tratado sobre o amor*, de André Capelão), cinegético (*Livro da montaria*, de D. João I). Variados os autores, os destinatários, os conteúdos, mantém-se, todavia, a ampla exposição de um assunto, cujo propósito é o ensino e a orientação.

No caso do LVB, um tratado de educação ou espelho de príncipes, a especificidade se encontra, para além do caráter pedagógico-parenético da obra, nos destinatários, os príncipes, reis no exercício do poder ou mesmo representantes de casas senhoriais, e nas normas de conduta ético-político-religiosa, que visam ao modelo de governante[126].

Como tratado, o LVB é resultado de tradução e adaptação do *De beneficiis*, de Sêneca, como é largamente glosado pelos

---

125. DUARTE (Dom). *Livro da ensinança de bem cavalgar toda sela*. Ed. crít. de Joseph-Maria Piel. Lisboa: Imprensa Nacional/Casa da Moeda, 1986, p. 1.
126. Definição apresentada por Nair de Castro Soares, em "A *Virtuosa benfeitoria*, primeiro tratado...", op. cit., p. 289 (Nota 2). Cf. ainda o artigo "O *Livro da montaria* de D. João de Portugal no contexto dos tratados medievais de caça", de Maria Manuela R. de A. Gomes. In: RIBEIRO, Cristina Almeida, MADUREIRA, Margarida (Coord.). *O género do texto medieval*. Lisboa: Cosmos, 1997, pp. 189-91.

críticos. Entretanto, o termo "compilaçom" lança luzes diferentes sobre essa idéia. Mescla de ditos próprios e alheios, a compilação, assim como a cópia[127], é elemento fundamental da cultura medieval, podendo revelar originalidade não apenas por meio da seleção de textos, mas pelas alterações e acréscimos efetivados pelos autores[128], ao contrário do caráter meramente copista que Tejada Spínola atribui à compilação[129]. É esse processo que permite deduzir que o projeto de D. Pedro não era *traduzir* aquela obra de Sêneca, mas reunir em livro uma série de conceitos, gnomas, exemplos, preceitos e comentários provenientes de diversas fontes, preservando do tratado senequista o tema, o objetivo doutrinário e alguns *exempla* e citações.

O *Livro dos ofícios*, tradução de D. Pedro do *De officiis*, de Cícero, permite-nos perceber melhor o propósito do Infante em relação ao LVB, na medida em que, para a versão desse tratado ciceroniano, o que há de mais pessoal é seu

> propósito de obter a tradução de um texto caucionado pela autoridade de um autor clássico, que ele leu como especialmente vocacionado para a defesa de um paradigma de virtude prática aconselhável a leitores idealmente situados na área senhorial. Para o efeito buscou sintonizar a mensagem do discurso original com o horizonte de expectativas desse público, mediante equivalências lexicais que denunciam também a idéia de modernização da doutrina veiculada pela obra de Cícero[130].

Essa afirmação de Jorge Osório indica o grau de interferência do Infante, na adaptação da obra ciceroniana à ambiên-

---

127. Joaquim de Carvalho, no artigo citado sobre cultura filosófica e científica medieval, comenta sobre as *deflorationes*, os plágios na Idade Média, afirmando que "ninguém atentava no plágio e se atentava não lhe atribuía uma significação subversiva da dignidade, porque a verdade era independente de quem a formulava". Op. cit., v. 2, p. 226.
128. GOMES, op. cit., p. 189 (Nota 2). Cf. TOVAR, Joaquín Rubio. Algunas características de las traducciones medievales. *Revista de Literatura Medieval*, Alcalá de Henares, v. 9, 1997, pp. 197-243.
129. *Las doctrinas políticas en Portugal*, op. cit., p. 135.
130. OSÓRIO, op. cit., p. 127.

cia cultural de seu programa de formação de senhores feudais[131]. Por sua vez, no LVB a idéia de compilação norteia o objetivo de D. Pedro e João Verba, provavelmente atentos à expectativa dos ouvintes/leitores em relação à tradução dos "sete pequenos livros" de Sêneca[132]. Assim sendo, o LVB está longe de ser uma estrita tradução. O termo escolhido pelo Infante e pelo Frei para predispor o público senhorial não pode ser desconsiderado. Curiosamente, no entanto, os termos "tratado" e "compilaçom" aparecem uma única vez no LVB.

A que o adjetivo "nova", que acompanha o termo *compilaçom*, poderia corresponder? Retomemos o trecho em que o Infante declara sua "novidade":

> A culpa maleciosa en que a nossa natureza primeyramente cahio foy aazo de nós encorrermos ignorancia e maleza, per que as nossas obras carecem, per vezes, das vertuosas perfeyções de que deviam seer acompanhadas. Este falicimento consiirarom antigamente os sabedores e por tanto se trabalharom de darem ensinanças aos homẽes, con que lhes podessem acorrer. E antre os outros o grande philosopho moral Seneca sguardou os erros que en os auctos dos benefficios eram acostumados, dos quaaes muitos, usando como nom devem, nom sabem fazer mercees nem recebê-llas nem as agradecer, do que muitos filham e dam occasyom de seerem as benfeyturias viciosamente apouquentadas. E, com grande desejo de poer algũu corregimento per guisa que tam nobre aucto e tam perfeito, como he o bemfazer, nom perecesse, compos em latim sete pequenos livros, dando ensinança aos homẽes que desto razoadamente quisessem usar, dos quaaes a ssentença e ordenança, porque he curta e muito scura, e do falar que agora usamos desacustumada, traba-

---

131. Osório cita algumas expressões traduzidas pelo Infante, que ilustram essa adaptação: *res bellicae* é vertido para "fectos de cavallaria"; *ea animi elatio*, para "aquelle ardimento e alevantamento de coraçom"; *cum colonis nostris*, para "com nossos Regueengueyros"; ou ainda *res domestica*, para "cousa de consselho". Ibid., pp. 114-5. Cf. pp. 214 e 241 do artigo de Joaquín Tovar, op. cit.

132. Não seria arriscado nem ocioso supormos que o Infante pudesse estar atento também às idéias de D. Duarte sobre os procedimentos da tradução. Ainda que os preceitos tenham sido publicados no capítulo 99 do *Leal conselheiro*, as idéias deste já poderiam ser conhecidas por D. Pedro.

lhey·me de a ensirir toda com outras cousas que a esto eram compridoyras, fazendo nova compilaçom proveytosa a mim e a todollos outros que son obligados de praticar o poder que teẽ pera fazerem boas obras (p. 15).

A citação do extenso excerto se justifica. O motivo da composição do LVB respalda-se na mesma motivação que tiveram os "sabedores" antigos, dentre os quais o "grande philosopho moral Seneca", cujo objetivo é "poer algũu corregimento" aos homens em livro de "ensinança" sobre "tam nobre aucto e tam perfeito, como he o bemfazer". Além de implicitamente D. Pedro e o dominicano João Verba se alinharem entre aqueles sábios preocupados em salvaguardar o exercício da benfeitoria, eles inserem sua obra no gênero das antigas, preservando sua mesma intenção ética: conduzir os príncipes e os senhores a "praticar o poder que teẽ pera fazerem boas obras". O "nova" realça ao mesmo tempo a seleção do texto de inspiração senequista e a inserção da ideologia cristã ("com outras cousas que a esto eram compridoyras"), de inspiração bíblica, patrística e escolástica[133], que comentaremos mais adiante.

Considere-se, então, o que os autores possivelmente quiseram significar com "novo fingimento". Depois de discutir as dúvidas relacionadas com as diferenças entre "bem-fazer" e "dar", D. Pedro e João Verba afirmam que "nom componho aquesta obra por buscar novo fingimento, mas por fazer proveyto a myn e a outrem" (p. 36). *Fingere*, para Isidoro de Sevilha, significa "modelar", "compor" ou "fazer", "dar forma" e "plasmar"[134]. Aparentemente contraditórios, pretender uma

---

133. A. Martins de Carvalho, em *O livro da virtuosa bemfeitoria: esboço de estudo*, afirma que "a *Virtuosa Bemfeitoria* não é absolutamente original, descontada mesmo a influência de Séneca, bem pelo contrário; não segue à risca o *De beneficiis*, plagiando-o, porém, regularmente; ainda por isso não se pode chamar uma compilação dêsse livro ou de qualquer outro. Tem, a-pesar-de tudo, um certo carácter pessoal e característico. É um pouco, de facto, como se confessa no capítulo II, 'nova compilaçom' de assuntos que por Séneca e outros foram tratados, mas não tem uma inspiração única e definida, sofrendo a influência dos mais variados autores". Op. cit., p. 34.

134. Op. cit., v. 1, p. 819; v. 2, p. 505. Nesse sentido, inter-relacionam-se o *fingimento* e a *dispositio*, escolha e ordenação do pensamento, das frases e das fi-

"nova compilaçom" e não buscar "novo fingimento" assentam em intenções diferentes. A *nova compilação* indica que o Infante e o Frei consideram o LVB uma compilação de exemplos e máximas de Sêneca, a que os autores darão nova perspectiva, cristianizando-a e medievalizando-a[135]. O "novo fingimento" parece implicar uma preocupação retórica com o estilo, o "sabor" da obra, que os autores secundarizam, exceto quando a necessidade de facilitar a aprendizagem requer "poesia" ou exemplos, como eles afirmam na "Dedicatória" e no 2º Livro: "En as obras moraaes se pooem os exemplos por que som aazo de as cousas seerem melhor conhecidas e fazem os entendimentos consentir ao que lhes ensinam" (p. 86)[136].

Imaginada a obra e exercido o ofício de produzi-la, o Infante D. Pedro e Frei João Verba oferecem a D. Duarte os seis livros que compõem o *tratado* dos benefícios, *compilaçom* e espelho das virtudes de um bom senhor.

4. *"Eu não quero que as palavras inspiradas por um tão magno assunto sejam excessivamente frias e secas – pois a filosofia não deve renunciar por completo ao talento literário –, mas também não há que dar demasiada importância às palavras."*

Sêneca. *Cartas a Lucílio*[137].

Compõem o LVB seis livros, além da dedicatória e da "tavoa" que o acompanham. Cento e cinco capítulos expõem as

---

guras de linguagem no discurso retoricamente articulado, como a define Heinrich Lausberg, em *Elementos de retórica literária*. 4. ed. Trad. de R. M. Rosado Fernandes. Lisboa: Fundação Calouste Gulbenkian, 1993, p. 95.

135. Afirma Joaquim de Carvalho, em "Cultura filosófica e científica: período medieval": "No título, na problemática, na índole moralista, nas abundantes citações e *deflorationes*, a *Virtuosa Benfeitoria* é o livro de um senequista medievalizado". Op. cit., p. 292.

136. Egídio Romano, no "Prólogo" ao *Regimiento de los príncipes*, aconselha: "convém a tais obras [de moral filosofia] usar figuras e exemplos". Op. cit., p. 2, 1ª col.

137. SÉNECA, Lucio Aneu. *Cartas a Lucílio*. Trad. de J. A. Segurado e Campos. Lisboa: Fundação Calouste Gulbenkian, 1991, p. 306.

quaestios, os argumentos, os contra-argumentos, as citações, os exemplos, as reflexões e as exortações do Infante D. Pedro e de Frei João Verba ao bem-fazer. Tomando o tratado a partir do comentário do quadro geral da "ordenança acustumada" – como se referem os autores à estrutura do livro –, procuraremos rastrear suas partes[138] para compreender seu propósito, sua realização e seu efeito.

Talvez seja oportuno, neste momento, considerar uma digressão. O aspecto autoral do LVB nos coloca diante de um embaraço difícil de deslindar. É certo que Frei João Verba tem papel fundamental na redação do tratado[139]. É exato, segundo o testemunho do próprio Infante, que sua participação envolve composição detalhada:

> E do acabamento do livro eu dey encomenda ao lecenciado frey Joham Verba, meu confessor, fazendo per outrem o que de acabar per mym entonce era embargado. E el tomou aquelle livro que eu tiinha feyto e tambem outro que fez Seneca, en que me eu fundara, e apanhou o que achou em elles que fosse bem dicto ou bem ordenado. E, corregendo e acrecentando o que entendeo seer compridoyro, acabou o livro adeante scripto (p. 4)[140].

Conquanto seja inviável identificar o que é de cada um dos autores, supõe-se ser atribuível a D. Pedro o que é facil-

---

138. Não é nossa intenção repetir o que Robert Ricard fez tão minuciosamente, na parte 3 de seu clássico estudo, "L'Infant D. Pedro de Portugal et 'O Livro da virtuosa bemfeitoria'", op. cit., pp. 19-36, e o que Naia da Silva voltou a fazê-lo, em *Temas comuns...*, op. cit.

139. Mário Martins chega a afirmar que "talvez esta obra *pertença mais* ao dominicano Frei João Verba do que ao infante D. Pedro". Mais adiante, o autor radicaliza: "Mas Frei João Verba (*optemos por ele*) não se limita a um só livro da Bíblia e vemos a facilidade com que ele relaciona o Testamento Velho e o Novo, unindo o salmo 40 às bem-aventuranças." *A Bíblia na literatura medieval portuguesa*, op. cit., pp. 71 e 73, respectivamente. (Grifos nossos.)

140. "Aquelle livro que eu tiinha feyto" é a declaração a partir da qual José Maria Pinheiro Maciel imagina a "versão original" do LVB, lamentando sua perda, pois possivelmente o tratado do Infante seria uma teoria da ação política mais afastada do aspecto religioso e escolástico, que certamente o confessor dominicano lhe impingiu. Op. cit., p. 120. Adelino Calado comenta a gênese e as possíveis versões do LVB, em obra citada, pp. xxiii ss.

mente identificável com sua biografia de infante, filho de D. João I, conhecedor de Paris e Oxford, leitor de Sêneca e de Egídio Romano. Em diversas passagens do LVB, percebe-se nitidamente a autoria de D. Pedro, ficando implícita e diluída, a parte, ao que tudo indica não pequena, que coube ao licenciado. Metodologicamente, seria impreciso, se não falseador, atribuir aos dois o que é nitidamente experiência de D. Pedro:

> E porem se enclinou a minha voontade a fazer esta obra aos princepes muy perteecente, antre os quaaes, per mercee do nosso emperial e infiindo Senhor, eu fuy geerado sem proprio merecimento (p. 17).

> E ja eu, que este livro compuse, fuy posto em perigoso stado por aazo de semelhante simpreza [ser médico sem autoridade e receitar remédios sem conhecimento] com que muitos empeecem, fazendo dampno aos que son tehudos de aprazerem (p. 158).

> E, seendo eu de tal afficamento muy conquistado, aconteceo·me de hir ao monte (...). E, andando por filhar prazer com minha companha em os delectosos sabores de que usam os princepes, em alegrosas caças e suas montarias (...) me fez tornar muy trigosamente pera o meu logar donde partira, que leva dos penedaaes todo seu nome (p. 342)[141].

Esses trechos pontuam o biografismo que permeia o tratado. Além dessa primeira pessoa "biográfica", encontramos o "nós", cujo sentido abrange tanto o de *homens* ou *cristãos*, presente com freqüência nas conclusões dos capítulos[142], como o

---

141. Salvador Dias Arnaut, no artigo "O Infante D. Pedro, Senhor de Penela", relaciona "penedaaes" a Penela. *Biblos*, Coimbra, v. 69, 1993, pp. 173-217, esp. p. 184.

142. "E, porquanto toda criatura razoavel que en aqueste mundaval curso faz sua vivenda, pera esto fazer avisadamente, pode receber ensinança daquesta douctrina, mostra·sse que ella he geeralmente a nós todos muy compridoyra, pois a ffraqueza da nossa memoria juntamente nom pode reteer todo aquello que he neccecessario pera vertuosamente fazermos nossas obras" (p. 19).

de *portugueses*: "Desto nós prezamos porem pouco e, seendo degastadores com os strangeyros, somos scassos en os nossos. E nom sey que nos a esto demove, salvo se he hũa pouca de vãagloria per que maginamos de seer nomeados pello mundo" (pp. 116-7). Salvo leitura mais atenta, cremos poder afirmar que o "nós autoral", na acepção de "eu e João Verba", inexiste na linguagem do LVB.

Não obstante isso, decidimos considerar os sujeitos-de-enunciação a partir dos epítetos que exponham os autores propriamente ditos: "o Infante D. Pedro e Frei João Verba", "o Infante e o Frei", "os autores do LVB" ou mesmo "D. Pedro e João Verba". No parágrafo a seguir, entretanto, em que se fará o comentário sobre a "Dedicatória", comparecerá apenas o Infante como autor, seja pelo caráter paratextual dessa parte do tratado, seja por sua predominante e flagrante marca autobiográfica.

A abertura do LVB se dá com a "Dedicatória". Ela desempenha a função de prólogo[143] por indicar as linhas gerais da obra e por apresentar um breve histórico da produção do tratado. Hesitante entre obedecer ao pedido do irmão D. Duarte de finalização da obra e a advertência do pai D. João I de deixá-la de lado nos tempos de guerra, D. Pedro decide contentar aos dois, pedindo a seu confessor, Frei João Verba, que desse "acabamento" do livro[144]. Iniciando a dedicatória-prólogo com uma

---

143. A. Porqueras Mayo estuda o "prólogo dedicatória", em *El prólogo como genero literario: su estudio en el Siglo de Oro español*. Madrid: Consejo Superior de Investigaciones Científicas, 1957. No capítulo dedicado à história do gênero, Mayo afirma que, no século XV, o prólogo aparece normalmente nos livros, ainda que muitas vezes cumpra o ofício de uma mera dedicatória; p. 86. Cf. pp. 111-2, sobre o "Prólogo dedicatória".

144. Em "O testemunho dos prólogos na prosa didáctica moral e religiosa", Ana Maria Silva e Machado aponta as marcas do gênero prólogo, dentre as quais a da "alegação de dificuldades em harmonizar as responsabilidades governativas com os projectos culturais", citando como exemplo essa atitude de D. Pedro. In: NUÑEZ, Juan Paredes (Ed.). *Medioevo y literatura: Actas del V Congreso de la Asociación Hispánica de Literatura Medieval*. Granada: Universidad de Granada, 1995, v. 3, pp. 131-46, esp. p. 140.

imagem que remete ao começo da *Divina comédia*[145] – um homem afligido por "booscos de muitos cuydados e de grandes rochas de feytos stranhos" –, D. Pedro explica ao "primogenito herdeyro dos reynos de Portugal e do Algarve" a autoria do LVB ("ella [a obra] foy feyta per minha devisa e per meu acordo" [p. 6]), a co-autoria ("do lecenciado que compos e fez delle a mayor parte" [p. 5]), as relações intertextuais ("dictos de Seneca e doutros douctores em elle alegados" [p. 5]), o estilo ("foy a obra composta pera o engenhoso e sotil achar delectaçom a seu entendimento, e ao simprez porem nom minguasse atal clareza per que aprender podesse as cousas que a elle convem" [p. 4]), os receptores ("hũu livro assaz perteecente pera os principes e grandes senhores" [p. 3]) e a finalidade do tratado: "aynda que principalmente o livro aos principes seja aderençado, a outros muytos dá geeral douctrina" [p. 4]).

Aquela imagem dantesca representa os graves afazeres e preocupações de D. Duarte no governo de Portugal. Ao metaforizá-los, o Infante D. Pedro adverte o irmão sobre não se esquecer ("eu nom creo, porende, nem cuydo que assoombramento lhe podem trazer de squeecimento que seja dampnoso em aquellas cousas hu compre lembrança" [p. 3]) do que havia lhe solicitado tempos atrás ("som certo que bem acordado serees que (...) me dissestes que me trabalhasse de o acabar" [p. 3]): o tratado que ora ele lhe dedica e entrega.

Em seguida, o Infante e o Frei arrolam os livros e seus capítulos na "tavoa". Desse sumário se depreende que cada livro tratará de aspectos essenciais do ato de beneficiar: 1º sobre a definição de benfeitoria; 2º sobre como *dar* o benefício; 3º sobre como *pedir*; 4º sobre como *receber*; 5º sobre como *agradecer*, e 6º sobre como *perder* o benefício.

O primeiro livro contém vinte capítulos, cuja finalidade é definir "que cousa he a vertuosa benfeyturia". Não aleatoriamente, a primeira e a última menção feita no tratado é "Deus".

---

145. J. Gouveia Monteiro levanta a possibilidade de o Infante ter conhecido essa obra de Dante, em sua viagem à Itália. Op. cit., p. 94.

Eis a primeira frase: "Deus, que he geeral começo e fim" (p. 13). Eis a última: "seja nosso termo com prazer perduravel elle meesmo, glorioso Deus, que he geeral começo e fym. Deo gracias" (p. 352). Esse *ritornelo* não se reduz à expressão de obediência do Infante e do Frei ao dogma da igreja cristã romana; é uma das chaves da rigorosa estrutura discursivo-ideológica do LVB. Teocêntrica, a idéia fundamental da obra é a proveniência divina do benefício e do poder senhorial, causa e efeito da hierarquia que subjuga os homens em seu estado de perda da inocência pós-adâmica. Minguados da Idade de Ouro, ou, mais catolicamente, expulsos do Paraíso, os homens foram, pelo benefício de Deus, inspirados por "natural affeiçom per que sse ajudassem", de modo que "a nobreza dos príncipes e a obedeença daquelles que os ham de servir" ficassem ligadas pela "doçe e forçosa cadea de benfeytoria, per a qual os senhores dam e outorgam graadas e graciosas mercees, e os sobdictos offereçem ledos e voluntariosos serviços aaquelles a que per natureza vivem sojeitos e son obligados por o bem que recebem" (p. 13).

A importância do beneficiar é idealizada ("doçe e forçosa cadea"), seja por sua origem divina, seja pela necessidade que os homens têm de superar sua míngua, causada pelo pecado da desobediência, por precipitação e ansiedade diante do conhecimento da vida, seja pela precisão da governança do mundo por meio dos laços políticos. Para garantir a inspiração espiritual que tal assunto demanda, os autores invocam a Virgem Maria, para compor uma obra em proveito de todos a quem a doutrina do benefício seja útil. Em seguida, ainda nos capítulos preliminares, expõem também o motivo da composição do LVB, qual seja, corrigir o fato de "seerem as benfeyturias viciosamente apouquentadas". Além disso, cumprindo o tópico da *humilitas*, afirmam os autores que compõem a obra "nom como meestre e ensinador, mas como discipollo que screve o que ouvyo". O título da obra é comentado etimologicamente: *morales*, "vertuosa"; *bene*, "ben"; *facere*, fazer: "morales benefficencia": benefício. O conceito se repetirá em várias passagens do LVB: "todo ben que he feyto per algũu com boa ordenança" (p. 21). Desta definição partem os autores para as condições do benefício. É necessário que *proceda* de alguém; é preciso que seja *feito* a alguém, e, sobretudo, é forçoso que seja *proveitoso* a alguém. Com essas idéias alinhavadas, o Infante e o Frei "departem" a obra em seis tópicos, os quais correspondem aos aspectos essenciais do benefício, expostos na "tavoa". No sétimo capítulo do livro, os autores começam a desenvolver suas reflexões propriamente ditas sobre o benefício, num método expositivo, feito de questões discutidas e exemplificadas.

Definida a "natureza geral" do benefício – "a boa voõtade que jaz scondida" no ato de oferecer algo conveniente a alguém –, os autores examinam sua "natureza special": necessária, proveitosa, honrosa e prazível. Dessa natureza vêm os tipos de benefícios: necessário (o que socorre à vida da alma e do corpo); proveitoso (o que melhora ou ajuda a vida do beneficiado); honroso (o que aclama a excelência do recebedor)[146], e prazível (o que deleita a vida daquele que o recebe). Para que eles cumpram sua função, é necessário que os benefícios sejam, em relação ao benfeitor, próprios, duráveis, dados com liberalidade e surpresa, de jeito que a graça acompanhe seu ato.

Não apenas a menção a "Deus", centro da cultura medieva, inicia e encerra o LVB. Um dos recursos mais utilizados pelos medievos, a "poesia" ou alegoria também torna circular[147] a estrutura desse tratado de educação de príncipes em português: a *poesia das tres donzellas irmãas*. Três no Livro 1, seis no Livro 6, as donzelas do benefício abrem e encerram a obra. No penúltimo capítulo do primeiro livro, chama a atenção a "ffigura" das três irmãs, que representa o benefício. Não obstante o desprezo em que Sêneca tem as fábulas dos

---

146. Cf. Maria A. de Oliveira Braga, em *Os benefícios honrosos*..., op. cit. Pinheiro Maciel, em *Os "benefícios" do Infante D. Pedro*, aponta o benefício honroso como marca inconfundível do Infante e do seu *Desir*, divisa de seu brasão. Este é um dos argumentos para sua tese sobre o hedonismo de D. Pedro. Op. cit., p. 45.

147. No 6º. Livro, afirmam o Infante e o Frei: "fazendo eu circullo em a obra presente" (p. 350). Sobre a circularidade do LVB, consultar Calado, op. cit., p. xlviii.

gregos[148], os autores do LVB aproveitam a alegoria ironicamente exposta pelo estóico romano. Detenhamo-nos brevemente neste "sabor" (é assim que os autores introduzem a *poesia*: "E, nom embargante que a poesya mais seja sabor que saber, nós seguiremos en ella os poetas antigos, os quaaes, della usando en muitas suas obras, exalçarom os entendimentos rudes com aquello que a sentimento traz delectaçom" [p. 52]), um dos momentos de *delectare* no extenso *docere* do Infante e do Frei.

A tríade da delicadeza, Aglaia, Eufrósina e Talia, as cárites[149] que acompanham a corte de Afrodite, as três "irmãas", "con ledos sembrantes, en tal guisa se traziam per as maãos que antre sy faziam circular ordenança" (p. 52). Essa harmonia ambienta a representação dos "tres stados": a primeira donzela figura o outorgador; a segunda, o agradecedor, e a terceira "nos ensina o que he recebedor do benefficio ou do gradecimento". Dar, receber e agradecer são representados como "irmãas a que a natureza outorgou nacença ygual, fazendo·as en sua ydade sempre mancebas, en tal maneyra que passamento de tempo e alteraçom dos humores nunca en ellas fezessem mudança" (p. 52). Os autores, provavelmente evitando a diversidade de leituras que a alegoria possibilitaria, firmam seu propósito didático e doutrinário e interpretam essa "poesia" nesses termos: a juventude simboliza a sempre boa disposição para se beneficiar alguém; o "virginal stado" sugere a falta de corrupção que deve caracterizar a ação do benfeitor e a do

---

148. SÉNECA, Lucio Anneo. Los siete libros de los beneficios. In: _____. *Tratados filosóficos*. Trad. de Pedro Fernández de Navarrete. Buenos Aires: El Ateneo, 1952, Cap. 3, pp. 195-7.

149. No "Excurso mitológico: o mito das três Graças", em *Temas comuns...*, Manuel Augusto Naia da Silva compara o uso de Sêneca e de D. Pedro e Frei João Verba do mito: aquele o pretere; estes o utilizam para ilustrar as "propriedades" do benefício. Op. cit., pp. 433-40. Pinheiro Maciel, em "A matriz clássica: as três graças e o círculo do desejo", coteja a interpretação da alegoria do bem-fazer, representado pelas Graças, de Sêneca (valorização da retribuição/paga do benefício) e do Infante e do Frei (valorização do agradecimento), em *Os "benefícios" do Infante D. Pedro*, op. cit., pp. 121-6.

recebedor; a "vistosa parecença" ilustra como o benefício deve evitar a vulgaridade e a previsibilidade; a "fremosura dos membros" indica que o bem deve ser singular; as mãos dadas e o corpo sem "cintas em cordoões nem outras cousas desvayradamente ordidas" significam que o benefício deve ser próprio e mantido em inquebrantável "aliança amaviosa antre elle e o recebedor"; o "precioso splendor das vestaduras" inspira discrição e conveniência, e "a sultura larga e grande longura daquelles vestidos" simbolizam a liberalidade do beneficiar.

Essa exegese sintetiza figuradamente os conceitos, as propriedades, as características, as obrigações e a natureza do benefício, que o Infante e o Frei pretendem exortar os receptores a praticar. Estabelecido que "vertuosa benfeyturia" é ato nobre, de boa vontade, uma oferta para proveito do outro, eles defendem, primeiro, que cabe sobretudo aos *senhores* o beneficiar, pois foi dada a eles por Deus a riqueza temporal para que pudessem beneficiar, de tal modo que os súditos lhe dedicassem "leal benquerença em nos corações"; segundo, que *todos* devem bem-fazer aos outros para esquivar-se do mal, especialmente da ingratidão, o pior dos males, e demonstrar a Deus sua gratidão pelos bens que liberalmente Dele recebem. Esses dois sujeitos beneficiadores, apresentados em hierarquia, requerem observação. Compreendê-los permitirá averiguar o discurso ambíguo que se elabora na dissertação sobre os benefícios, já insinuado no Livro 1.

Embora a base do LVB seja o *De beneficiis*, de Sêneca, tratado ético dedicado aos benefícios, dando forma ao ato com que mais se entrelaça a companhia e amizade dos homens[150], o LVB fundamenta sua "ensinança" nos Evangelhos e nas obras dos Padres que legislaram a vida dos cristãos, em seus diversos e profundos aspectos. O resultado dessa mescla ou compilação é um tratado voltado para a racionalização da vida dos homens, especialmente no que concerne às relações políticas, marcadas pelo interesse, e para a edificação religiosa de seus atos, marcados pelo despojamento.

---

150. SÉNECA, op. cit., p. 197.

Dois são os destinatários do discurso de D. Pedro e João Verba: os *senhores* ("seria hũu livro assaz perteecente pera os principes e grandes senhores" [p. 3]) e *outros muytos* ("aynda que principalmente o livro aos principes seja aderençado, a outros muytos dá geeral douctrina" [p. 4])[151]. Quando o Infante e o Frei se dirigem aos senhores, a benfeitoria é ato estritamente político, de manutenção da sujeição dos homens. Quando se dirigem a *outros muytos*, a beneficência é ato de generosidade cristã, de que virá o "grande galardom entrando en a gloria do teu Senhor". A razão de ambas é buscada nos Evangelhos. Todavia, algumas passagens do primeiro livro revelam o paradoxo dessa justaposição de destinatários e intenções de bem-fazer.

> Outra perfeyçom he que todallas cousas que receamos de perder, pellas quaaes a nossa soberva he acrecentada e per cujo aazo, squeecendo-nos a fraca natureza, non tememos de sparger o sangue e, conquistando desvayrados logares, pelejando por o que nom he nosso e quebrantando as lianças do natural parentesco, contendemos trilhando a larga redondeza da terra. E aquellas cousas que muito guardamos en torres e en arcas com çarramentos de ferros, nunca podemos aver en ellas segura possissom se as a outrem nom dermos que per ellas aja sentimento das nossas benfeyturias porque sempre a fortuna dos ceos he duvidosa e aos que mostra ledo sembrante dá trigosamente muy triste fim, fazendo os imiigos cobrar senhorio e filhar per força o que os outros cuydavam possuyr con firme folgança. Pero, *se nós quisermos seer dellas seguramente possuydores e fazê-llas stavees, trabalhemo-nos de as outorgar, fazendo que ellas sejam benefficios. E estonce as nom poderemos perder nem as poderam gaançar nossos aversayros. E per aucto de bem fazer nom soomente seram feytas mais honestas, mas ainda mais seguramente possuydas*" (pp. 60-1. Grifo nosso).

tal bem seja feyto com entençom de prestar aaquelle a que he outorgado. *E por esto dizemos que nom fazem benefficio aquel-*

---

151. Cf. Pinheiro Maciel, op. cit., que defende a idéia de que D. Pedro se dirigiu aos senhores e João Verba, aos outros cristãos; pp. 25-6.

les que pensam ben seus servos por seerem fortes e se poderem delles melhor servir, pois que sguardam mais ao proprio proveito que o do servo a que tal bem he feito. (...) porque quem empresta por teer melhor guardado o seu com entençom de lhe pagarem quando quer que lhe prouguer, ainda que faça ben, nom entendo que faz benefficio, mas põe en tesouro (p. 27. Grifo nosso).

Entesourar riqueza material e conquistar compromisso de lealdade são por certo atos distintos. Não o são, todavia, na intenção que pode subjazer a certo tipo de benfeitoria, como o de "distribuir as riquezas" entre os vassalos e súditos em vez de "entesourá-las" em arcas e torres, o que é estimulado (1º trecho) e rejeitado (2º trecho) no LVB. Sem os vernizes da afeição ou da espiritualidade, alguns benefícios, que os senhores dão a seus subordinados, acabam por se tornar salários da vassalagem ou submissão, que serão cobrados logo que uma situação de lealdade assim o exija[152]. O Infante D. Pedro e Frei João Verba não dissimulam seu propósito: beneficiar é submeter politicamente, sob uma aparência cristã de afeto e liberalidade[153]. Neste sentido, o tratado se afasta de Sêneca[154] e dos

---

152. É o que sugere outra passagem: "Porem, como os principes, per as grandes mercees e benfeyturias, gaancem proveito honroso, segundo se mostra en Julio Cesar, o qual, se quisera en sy encerrar tesouro de Roma, non guaãçara o emperio que per aazo da sua graadeza foy cobrado, parece·me que a elles he compridoyro este saber, per que aprendam que nom devem de sconder seus thesouros en torres e en arcas, nem ençarrá·llos como faz a sponja ao licor, *mas despendê·llos por guaançar leal benquerença em nos corações dos boos sogeytos, a qual lealdade, se he fundada en boa natureza, per bem e mercees recebe acrecentamento que traz honrosa e proveytosa fama ao outorgador*" (pp. 17-8. Grifo nosso).

153. Pinheiro Maciel percebe essa dubiedade, mas tende a excluir a perspectiva religiosa do beneficio. Segundo o Infante e o Frei, contudo, o aspecto político e o religioso estão relacionados entre si. Consideramos, entretanto, que este aspecto enverniza aquele, em alguns momentos do LVB, o que comentaremos a seguir.

154. Francisco E. Tejada Spínola, em "Ideologia e utopia no 'Livro da virtuosa benfeitoria'", defende que "o beneficio reveste um aspecto político que em vão procuraremos na definição de Séneca", op. cit., p. 16. Werner Jaeger afirma uma idéia a propósito: "a nossa ética provém da religião cristã e a nossa política do Estado antigo. Assim, crescem ambas sobre raízes morais completamente distintas". Op. cit., p. 379.

evangelistas e aproxima-se estreitamente do que Xenofonte afirma, na *Ciropedia*: "Para captar a afeição dos subordinados (objeto da maior relevância) pratica-se o mesmo que para atrair a amizade dos amigos. Importa dar mostras claras de beneficência."[155]

No seguimento do LVB, a estratégia puramente política de tornar a riqueza honesta e "mais seguramente possuyda" por meio do bem-fazer, adquire matizes espiritualizantes, através da "ensinança" da benfeitoria de base cristã. A partir daí, não só os príncipes e senhores, mas também os súditos formam, em conjunto, o alvo dessa doutrina que não poderá ser desenvolvida apenas com a objetividade de Platão, Aristóteles, Túlio Cícero ou Sêneca. A beneficência deverá encontrar a finalidade não apenas na relação temporal e política, mas na vida preparada religiosamente para os que se alegram como "servo boo e fiel", como "criatura razoavel que en aqueste mundavel curso faz sua vivenda". Para assegurar isso, os homens, agora independentemente de classes e fortuna, podem receber ensinança da doutrina do LVB, o que corrobora a idéia dos autores de que "ella he geeralmente a nós todos muy compridoyra" (p. 19). Apenas nesse ponto, o tratado desfaz o paradoxo que vimos comentando e avisa tanto senhores quanto vassalos e súditos, ou seja, *principes* e *outros muytos*, do fim último das coisas deste mundo, dentre elas a benfeitoria: garantir o contentamento de Deus.

No Livro 1, ainda se pode identificar a "ordenança" geral do texto. Como no livro de Sêneca[156], cada livro é iniciado com um capítulo-prólogo, que funciona também como sumário dos assuntos; as questões[157] são apresentadas em forma de

---

155. XENOFONTE, op. cit., p. 56.

156. Ainda que eventualmente cotejemos o *De beneficiis* e o LVB, advertimos que este não é nosso propósito. Ao leitor interessado no procedimento comparatista, consultar A. Martins de Carvalho, Diamantino Martins, Robert Ricard e Manuel Augusto Naia da Silva, em obras já mencionadas anteriormente.

157. *Quaestio*: método da escolástica medieval de tratar um argumento. Segundo Nicola Abbagnano, seis partes o constituem: enunciado; razões favoráveis à tese que será rejeitada pelo autor; razões favoráveis à tese oposta; enunciação da solução escolhida pelo autor; ilustração dessa solução; impugnação das teses apre-

sentença; comentadas conceitualmente, sob a autoridade seja de filósofos greco-latinos (Isócrates, Aristóteles, Cícero), seja de teólogos medievais (Agostinho, Jerônimo e Tomás de Aquino), seja de personagens bíblicas (Salomão, Mateus, Paulo); as reflexões são desenvolvidas a partir de "razões", "propriedades" ou "maneiras" em que se dividem os conceitos; os exemplos (no sentido retórico) e os *exempla* (no sentido genológico) ilustram as idéias, e a exortação segue o raciocínio conclusivo. A ordem em que aparecem alguns desses itens, no entanto, não é rigorosa. Ilustremos com o capítulo 15: 1. *Sentença* ou *enunciado*: "Quatro sguardamentos recebe a vida dos homẽes. O primeyro he viver tam soomente, e para esto non avemos mester senom beneffícios neccessarios. O ii°..." (p. 43). 2. *Autoridade*: "E por esto diz Seneca que, das maneyras da natureza pera sse soportar, primeyro he haver o que he neccessario e depois o que he assaz" (p. 44). 3. *Divisão dos argumentos*: "Porem antre os quatro beneffícios primeyro consiiraremos o neccessario, por tres razões..." (p. 43). 4. *Exemplos*: "E os exemplos delle que son propriamente seus auctos son as obras da misericordia, convem a ssaber, curar os enfermos, remiir os cativos, livrar dos perigoos de morte, dar officio ou dignidade e tal douctrina a algũu per que razoadamente se possa manteer en sua vida" (p. 44). 5. *Exortação*: "Por esto he scripto per o propheta en o salmo xl°: 'Ben·aventurado he o que sguarda sobre os minguados e sobre os pobres, porque o seu Deus o livrará en o dia da tribulaçom..." (p. 45).

Observadas algumas reflexões constantes do Livro 1, flagram-se o Infante e o Frei num sentimento e projeto nostálgicos de corrigir o desconcerto do mundo: "as benfeyturias vi-

---

sentadas pela solução rejeitada, na ordem em que foram expostas. *Dicionário de filosofia*. Trad. de Alfredo Bosi. 2. ed. São Paulo: Mestre Jou, 1982, p. 784. Cf. CARVALHO, Joaquim de. Método de ensino nas universidades medievais (método escolástico), op. cit., v. 6, pp. 430-5. No LVB, os autores não seguem estritamente essa organização, preferindo manter, por exemplo, o enunciado, as razões favoráveis à tese e sua ilustração. No caso de confutação, o Infante e o Frei geralmente enunciam a tese rejeitável, suas razões, e defendem a tese escolhida por eles, como no Capítulo 7, do 1º. Livro.

ciosamente apouquentadas". No LVB, esse "desconcerto" implica tanto a escassez do ato de beneficiar em geral, influência do pensamento de Sêneca, como a tensa situação política vivida pelos autores: "o desejo imoderado de ascensão (por meio das benfeitorias) da média burguesia que ajudara o mestre de Aviz na subida ao trono"[158]. Essa circunstância requeria uma organização de critérios bem pensada para o bem-fazer e seus limites. Como núcleo da governança dos homens, o beneficiar exige doutrina, devoção, exemplos, etiqueta. É o que os autores se esforçarão por demonstrar nos outros livros e capítulos.

No Livro 2, o mais longo dos seis, com trinta e três capítulos, e onde se encontram formuladas questões essenciais do pensamento político da obra, o tema central versa sobre a famosa seqüência dos *loci* da retórica clássica: *quem, por que, o que, como* e *quando*[159] se deve dar o benefício. Diferentemente do livro anterior, mais metalingüístico (nos seis capítulos iniciais) e genérico, o segundo teoriza aspectos que dizem respeito às perfeições do ato de dar (nobilitação do bem e do beneficiador, além da preservação dos bens adquiridos); os "móveis" da vontade de beneficiar (Deus, o ensino da *Bíblia*, a bondade do ato em si e os exemplos dos antigos); os modos de dar (retribuir, emprestar e beneficiar); quem pode ser benfeitor (qualquer homem, senhores, filhos e servos); a virtude básica da beneficência, a "discreçom", cujas regras são o autoconhecimento, resguardo do que é necessário ao beneficiador, liberalidade e seleção do beneficiado. Em seguida, teorizam o Infante e o Frei sobre quem poderá ser beneficiado (senhores, pais, filhos, parentes, súditos, aderentes do paço, malfeitores); os tipos de benefícios para cada um dos beneficiados (lealdade, obediência, castigo, honras). Tratando dos lugares (praças, locais

---

158. COXITO, op. cit., pp. 390-1.
159. Ao tratar da *inventio*, Heinrich Lausberg observa que esta "é o acto de encontrar pensamentos adequados à matéria". O processo de recordação, implícito nesse ato, se dá por meio de perguntas sobre as diferentes divisões da memória, os *loci*, em que os pensamentos estão distribuídos. "As perguntas pelos pensamentos escondidos nos *loci* foram reunidas, desde o século XII, no hexâmetro: *quis, quid, ubi, quibus auxiliis, cur, quomodo, quando?*". Op. cit., p. 91.

reservados), circunstâncias (guerra, festa, juventude, velhice) e maneiras de beneficiar (discreta, liberal, despojada, graciosa), os autores inserem em seu tratado traços de manual de boas maneiras, o que por um lado atenua a densidade da discussão das *quaestios* e o desmembramento *ad infinitum* das "razões", e, por outro, insinua a idealização dos hábitos e comportamentos da corte. Paralelamente aos *exempla*, poucos em relação aos aproveitados por Sêneca[160], a etiqueta, como conjunto de cerimônias que se usam na corte ou em grandes casas, logra colorir a argumentação e ilustra esquematicamente o cotidiano dos portugueses no período avisino, num esboço de crônica de costumes[161]. Exemplo disso é o comentário de D. Pedro e Frei João Verba sobre o episódio da "baixella de vidro":

> Esto vi eu em hũu dia seer muy bem consiirado, em o qual, stando el·rey meu senhor em Lixboa em tempo de grande calma, presentou·lhe hũu seu armeyro hũa baixella de vidro, dizendo que o seu almoxariffe das tarecenas de Cepta a enviara no inverno. E, porque nom lhe pareceo tempo convinhavel pera seer presentada, a guardou atees o veraão. E mais foy a este agradecido a stremança do tempo, avendo·o el·rey por entendido em sabendo assy scolher, que ao outro o que fezera, pero que fosse abastante joya pera enviar a tal como elle (p. 166).

Considerando a maneira graciosa pela qual o benefício pode ser outorgado, os autores aconselham o "doce affeytamento de saborosas palavras", o que constituiria uma das etiquetas do oferecer, pedir e agradecer a benfeitoria. O adjetivo "saborosas" nos reenvia ao trocadilho utilizado no Livro 1. Recurso dos "discretos e sesudos", a retórica é valorizada, e incentivada, pelo Infante e pelo Frei, visto que com palavras assim "som guaãçados os coraçoões dos homẽes"[162]. Esse poder

---

160. O que não impediu Joaquim de Carvalho de considerar o LVB como "um verdadeiro *Thesaurus exemplorum*", em "Cultura filosófica e científica: período medieval", op. cit., v. 2, p. 294.
161. Cf. Diamantino Martins, "Ecos da vida portuguesa do séc. XV", op. cit.
162. Séneca, em *Los siete libros de los beneficios*, incentiva também as palavras ditas adequadamente, afirmando quanto é melhor adornar com boas palavras as boas obras. Op. cit., p. 210.

de sedução importa aos autores, especialmente quando lhes facilita a doutrina e a formação dos receptores do LVB[163].

Um detalhe intratextual desse Livro: as propostas registradas na *Carta de Bruges*, de D. Pedro, de 1425 ou 1426, são aqui mencionadas. Ao discutir sobre os benefícios individuais e coletivos, os autores do LVB tomam como bem comum a educação, apoiados em Platão e Aristóteles. Lembrando que o Egito, Grécia, Roma, França e Inglaterra foram celebrados pelo valor que deram aos sabedores, filósofos, "studiosos senadores" e entendidos prezados, o Infante e o Frei aconselham o reino a providenciar o que podemos considerar um dos grandes ideais de D. Pedro:

> que cada hũu bispado e relegiom ordenassem certos colegios, e os studantes que em elles vivessem, recebendo seus graaos, fossem leẽtes per certos annos, segundo se costuma em Paris e en Uxonia, onde aos meestres se nom paga preço polla ensinança que geeralmente outorgam, porque em suas leyturas som obrigados per juramento. Por esta guisa enfloreceria a coroa real com muitos leterados, e os rectores das eigrejas seriam prudentes e as capellas dos senhores andariam ornadas e seriam melhores, e mais coloradas as supplicações. E o poboo leygo nunca tam mal seria regido pellos que fossem sabedores, que mayor proveyto nom tirassem que dos ignorantes, que a ssy meesmos empeecem e a outrem nom prestam (pp. 134-5).

Não obstante Aires Nascimento apresentar reservas quanto ao uso do adjetivo "humanista" no que concerne ao período dos autores e da obra que estudamos, a imagem do Infante e do Frei ("enfloreceria a coroa real com muitos leterados") remete inevitavelmente ao entusiasmo dos intelectuais do fim do medievo, seduzidos pela *humanitas* das obras greco-latinas como "flores" da sabedoria. Nesse trecho, percebe-se a natureza erudita de quem valoriza as letras, e pragmática, de quem tem rumo exato para elas: prudência dos reitores, melhoria das capelas e proveitoso regimento dos leigos.

---

163. No Livro 3, afirmam os autores que as boas palavras dos que pedem benefícios "abrandam os coraçoões pera lhe fazerem o que he requerido" (p. 225).

Como indicamos, o pensamento político de D. Pedro e João Verba é pontuado nesse segundo Livro. Pressupondo, justificando e naturalizando a sujeição, proveniente do pecado ("tanto que o peccado desterrou do mundo a original directura, logo hũa razoavel criatura foy sogeyta a outra [...]. E assy o senhorio, que por aazo do peccado começou en o mundo, he ja tornado en natureza" [p. 102]), e considerando a superioridade dos príncipes no governo do mundo:

> E, pois os senhores som mais chegados a Deus que os outros homẽes, e nom entedamos esta chegança en stado natural, en que todos somos yguaaes, nem en stado spiritual, en o qual cada hũu he mais perfeyto segundo que mais ama a Deus, mas en o stado moral, que perteece aa governança do mundo, possuuem os principes singular perfeyçom (pp. 77-8).

> Desto som todollos homẽes do mundo tehudos de sse guardarem [não fazer bem], e specialmente aquelles com que prougue a Deus de partir o seu senhorio e per linhagem os quis antre os outros fazer stremados (p. 185).

os autores conceituam o poder ou "senhorio": "propriedade excelente que põe mayoria en o que o tem, en respecto de algũa sogeyçom que outrem soporta. E per ella he governado justamente o politico e comũu regimento daquesta vida" (p. 100). A origem do poder é divina, o que sedimenta a necessidade do respeito e lealdade dos homens ao príncipe, ainda que este seja circunstancialmente um tirano:

> Sam Pedro, sobre cuja firmeza tem a Egreja seu alicece, diz aos sodictos en o ii° capitullo da sua primeyra epistolla: "Seede sobjectos por Deus a el·rey, assy como a muito excelente, e aos duques assy como a principes enviados per elle en vingança dos maleciosos e en louvor dos boos, que en tal obedeença se faz a voontade de Deus". E segue·sse mais en o dicto capitullo: "Honraae todos, amaae irmãydade, temee Deus, fazee honra a el·rey, sobjectos seede en todo temor aos senhores, non tam soomente aos boos e vertuosos, mas aynda aos revessados, e quem soffrer enjurias en aquesto, avendo paciencia, achará graça en presença de Deus (p. 105).

Fundamentada também na "Epístola aos romanos", de Paulo ("Toda alma seja sobjecta aos principes mais excelentes, que nom se ha poderio que nom proceda de Deus" [p. 105]), essa idéia de poder proveniente de Deus é um dos pontos-chave do pensamento político do Infante e do Frei, sustenta a hierarquia medieval dos senhores e aclama a teocentricidade da organização político-ético-religiosa do estado português e europeu cristão[164].

Outro ponto essencial desse pensamento se encontra na legitimação do poder do príncipe. Considerada a natureza política do homem, que existiria mesmo no estado de inocência anterior à Queda, os autores endossam a centralização monárquica, contrários que são ao excesso do "senhorio en liberdade" e da escassez de liberdade da tirania:

> Daquestes dous modos, que son extremidades, nós podemos conhecer, por agora, hũu senhorio que he meo antre os dous sobreditos, nem traz en sy tanta liberdade como o primeyro, nem tanto sojugamento como põe o ii°. E deste usam os principes que en as comunidades reaaes teẽ governança e todos aquelles que per heranças ou per eleeções gaãçam sobre os outros certa mayoria (p. 102).

Ao valorizar a herança dinástica e a eleição do rei, D. Pedro e João Verba, não perdendo de vista a conjuntura política avisina – especialmente no início da primeira metade do século XV, quando ainda se aclimatam os resultados da preterição do filho de Inês de Castro e D. Pedro I, o Infante D. João, ao trono[165], e da aclamação popular do bastardo Mestre de Avis –, dão foros de legitimidade tanto à eleição como à herança de linhagem real, necessária para a continuidade da dinastia de Avis no reinado futuro de D. Duarte. O consentimento popular, por sua vez, previsto nas eleições, é outro aspecto conjuntural importante e evidente.

---

164. Cf. Joaquim de Carvalho, "O pensamento português da Idade Média e do Renascimento", op. cit., v. 2, pp. 373-83, esp. p. 378.
165. MATTOSO, op. cit., p. 291.

Repudiando a tirania, os autores do LVB encontram o caráter necessário ao exercício do senhorio, apoiados nas idéias de Agostinho sobre o assunto: "os justos, nom com desejoso poderio de se assenhorear, mas por officio de conselharem, teẽ mayoria sobre os outros" (p. 101). O *Officium regis*, também fundamentado no Evangelho, é um trabalho de ministros de Deus, como afirma Paulo, na "Epístola aos romanos", citado pelo Infante e pelo Frei:

> "Queres nom temer o principe? Faze ben e averas delle louvor. Elle he ministro de Deus pera sse fazer o bem. Se mal fezeres, teme, que sem razom nom traz a spada. Elle he de Deus ministro vingador en sanha en aquelle que mal faz. E porem per neccessidade seede sobjectos, nom soomente por a sua sanha, mas aynda por consciencia, que ministros som de Deus e en seu officio servem a elle". En aquesto se mostra aos christaãos que sempre devem obedeecer aos princepes, nem he scripto en a ley devinal cousa que a esto seja contrayra (...). E, pois tam afficadamente he mandado "aos sobjectos que nos obedeeçam, segue·sse que tanto he mandado a nós que tenhamos delles todos temporal e politico regimento, en outra guisa sem razom nos seriam obrigados. E pois nẽhũu he scusado deste mandamento apostolico, mostra·sse que todos os principes son tehudos, segundo dereita consciencia, de poher justamente remedios aos enjuriosos males que nacerem en o seu poboo (pp. 105-6).

Esses "remedios" são a justiça, o bem-estar social que deve o príncipe a seus súditos. Com traço paternal ("como os principes sejam padres dos seus proprios subdictos" [p. 78]), o governo do reino se administraria sob o que Pedro Calafate denomina "cultura de assistência"[166]. A distribuição das riquezas senhoriais deve ser feita com grandeza, liberalidade, abundância. Com esse pensamento, o Infante e o Frei esbarram no liberalismo comunitário, especialmente quando afirmam que "sse os bẽes temporaaes fossem razoadamente partidos e dello filhassem encarrego os que o ben poderiam fazer, non averia en a christĩidade mendigaria vergonçosa e a morte non seria en

---

166. "O infante D. Pedro", *História do pensamento*..., op. cit., p. 425.

muitos, segundo que he, per fame cruevel anticipada" (p. 79). Para além da exclusiva alçada misericordista da Igreja e das Ordens Religiosas, os autores incluem no ofício do rei a preocupação caritativa[167].

A extensão do Livro 2 se justifica, decerto, por seu papel na elaboração do perfil ideológico do LVB. Sua densidade conceitual é responsável pelo arcabouço de pressupostos, sobretudo políticos, que se projetarão nos Livros seguintes. Todavia, não só as idéias essenciais são apresentadas nesse Livro. A "ordenança" da obra nele também se padroniza: prólogo, conceito, autoridade filosófico-político-religiosa, argumentos, exemplos, conclusões.

No Livro 3, o capítulo-prólogo é iniciado com a citação de um pensamento de Hugo de São Vítor:

> Dignidade com stremada perfeyçom foy exertada em a nossa natureza (...), sendo ela criada lhe foy outorgado o que todos ygualmente teemos e nom todos conhecemos per ygualeza, convem a ssaber, que ella fosse poderosa pera conhecer todallas cousas e podesse nom falecer nem soportar myngua. Ella, porem, esta segunda parte perdeo (p. 186).

Essa idéia é uma das reincidências conceptuais que os autores do LVB frisarão em cada Livro, lembrando sempre aos receptores que a causa da sujeição dos homens e da carência que os torna dependentes uns dos outros é a mácula herdada de Adão e Eva. Perdida a "original dereitura que lhe tirava todallas mynguas", o homem é obrigado a pedir, ou seja, "aucto de razoavel voõtade por se outorgar o que he desejado mostrado a outrem", ato até então desconhecido.

Mais adiante, S. Agostinho é citado para corroborar a idéia da Queda: "desto se seguyo logo sobjecçom, seendo a carne desobediente ao spiritu, per que todos sentimos em nós conti-

---

167. João Abel da Fonseca, em "A 'Virtuosa benfeitoria' e o pensamento político do Infante D. Pedro", observa, na liberalidade que se requer do príncipe, o delineamento de "uma linha de pensamento humanista e moderno", op. cit., pp. 233-4.

noada peleja, querendo hũu sobre o outro cobrar senhorio" (p. 188). Castigados os homens com o conflito ("teendo hũus homẽes contrayras voõtades aaquello que outros querem em obras poer") e a desorientação ("fazem vivenda em aversidade per que trabalham de sse sobjugar"), alguns tomam o poder pelo bom entendimento que têm das coisas comuns a todos; outros, pelas façanhas bélicas; outros, pelo direito de sucessão de linhagem.

O Infante e o Frei glosam esse mote da perda da "original dereitura", explicando as faltas de que nasce o pedido (da natureza, da fortuna e da vontade); indicando os pedidores (sacerdotes, senhores, bons servidores, enfermos); lembrando a quem pedir (a Deus, aos santos, à Virgem Maria, aos homens de aliança natural [pais, irmãos], moral [senhores], afetiva [amigos] e necessária [estrangeiros, inimigos]); aconselhando o que pedir a Deus e aos homens; sugerindo onde, quando e como pedir convenientemente, e explicando a finalidade do ato de pedir: "melhoria tem a fym sobre todallas cousas que pello aucto som feytas, e portanto ella he principalmente desejada" (p. 228).

Um dos pontos essenciais desse Livro sobre o *pedido* é o capítulo que trata da legitimidade dos pedidores. A hierarquia teocêntrico-medieval é claramente exposta. O primeiro a ter direito de solicitar benefícios é a casta clerical. Os sacerdotes, ensinadores da "verdadeyra creêça", devem receber doações que sustentem sua vida. Sob a autoridade de Mateus, Agostinho e Jerônimo, os autores sentenciam: "o spiritual stado do mundo licitamente deve pedir temporal mantiimento aaquelles pera cujo spiritual proveyto he obrigado trabalhar" (p. 196). O segundo a ter direito, o príncipe (ou senhores). As razões da legitimidade do pedido dos príncipes, segundo S. Paulo, S. Mateus e S. Tomás de Aquino, são encontradas na grande, trabalhosa e diária "deffensom das gentes". Em seguida vêm os "boos servidores", o terceiro grupo a ter direito de pedir benefícios, o que completa o tríptico estamental medievo (nobreza, clero e plebe), e os enfermos, o quarto grupo, apêndice do tríptico, demonstração da caridade cristã.

Depara-se, com mais evidência no Livro 3, a diversidade de discursos utilizados no LVB: comentário, modelo de textos, hagiografia. Se no primeiro livro encontram-se a oração à Virgem, os *exempla* e a "poesia das tres donzellas" como recursos metalingüísticos, nesse Livro aqueles discursos se engendram para fazer jus ao tipo de obra pretendido pelos autores: "nova compilaçom".

O comentário[168] do "Padre Nosso" é feito detalhadamente. Cada verso da "oraçom comũu" é tratado como um pedido. Cada verso é traduzido do latim para "lengoajem": "E portanto se pede em a septima petiçom: 'sed libera nos a mallo', quer dizer, livra·nos do mal" (p. 211). Todos os versos rezados deverão surtir um efeito: "consiiraremos cujos filhos somos em a terra, pois chamamos nosso padre que he nos ceeos"[169].

Mais próximo do que poderia ser um manual de discursos circunstanciais, no LVB se sugerem palavras para a formulação de um pedido, em que se percebe a praxe do cuidado, da humildade e da lisonja:

> 'Senhor, nom embargante que atees agora vos nom tenha feyto serviço, esto nom foy por minha voõtade nom seer prestes, mas por nom aver os aazos que me perteenciam. Pero, confiando em a vossa muyto grande nobreza, recebi ousio pera vos mostrar minha neccessidade. E peço·vos por mercee que vos praza de me ouvir e ajudar em aquello que for cousa dereita e razoada.' E, depois que esto disser, contará sua fazenda segundo for compridoyro aa petiçom principal. E em fim poderá concluir per aquesta maneyra: 'Senhor, nom he mais pequena vertude, em recebendo alguem, exalçá·llo, que o acrecentar depois que he recebido, porem praza aa vossa muito nobre alteza de soprir o que a minha ventura nom quis outorgar' (pp. 224-5).[170]

---

168. De certo modo, boa parte do LVB é um comentário das obras nele citadas. Destacamos, todavia, o comentário mais explícito e reduzido a certas passagens do tratado. Além do "Padre Nosso", há o comentário da "poesia das tres donzellas", como vimos, e da "poesia das seis donzellas", como veremos.

169. Pinheiro Maciel o estuda em "A matriz cristã: a glosa ao 'Pater noster', em *Os "benefícios" do Infante D. Pedro*, destacando os termos "desiderativos e pulsionais" da oração. Op. cit., pp. 127-32.

170. Outros exemplos podem ser encontrados no Livro 2 (p. 177), Livro 4 (pp. 236-7), Livro 5 (p. 311), Livro 6 (p. 323).

A lição retórica do Infante e do Frei inclui exemplo de *exordium* ou *proemium*, com o qual o solicitante deve conquistar a simpática atenção benevolente do beneficiador, e de *conclusio*, com a qual o requerente deve buscar o liberal favor imediato deste. Dominando essas partes do discurso, devidamente *affeytadas* com palavras prudentes, o "pedidor" certamente será beneficiado.

O trecho da hagiografia[171] de S. Aleixo, prelado russo do século XIV, "aquelle maravilhoso enganador do mundo", é um dos momentos singulares desse livro sobre o pedido. Virgem e obstinado rejeitador da vanglória, Aleixo ganha mundo atrás da humildade e da penitência. Vivendo de esmola, um dos pedidos a que não devem estar surdos os homens, S. Aleixo é tomado como exemplo de despojamento e argumento para se defender a necessidade de se cuidar dos pedintes com misericórdia – um santo ou um Cristo em potencial.

Matizando o tom severo, o teor satírico marca alguns trechos do LVB:

> Esta regra [discrição], porem, ao tempo d·agora faz pouco proveyto antre os paaçaãos porque tanto som querençosos de saber o que desejam que sse trabalham de ouvir o que lhe nom compre e, perdendo mesura, querem saber da fazenda alhea o que nom queriam que outrem soubesse da sua (p. 217).

Seguem-se, nesse trecho ainda, outros cacoetes inconvenientes dos freqüentadores do paço, como permanência inoportuna, querelas de uns contra os outros junto ao senhor, estratégias para se ouvirem os segredos, causas do espanto dos estrangeiros que eventualmente freqüentavam a corte[172]. Atre-

---

171. Outro trecho pode ser encontrado no Livro 2 (p. 163).
172. Outros exemplos ganham a graça do leitor: "E, poendo [os vangloriosos] sua fantastica maginaçom em casa de nevoa que asynha se derrete, tomam prazer que falece trigoso" (p. 257); "Em aquesta doutrina [escolha do lugar apropriado] som algũus muyto desacostumados ao tempo d·agora e, mais por enganarem que por sentirem vergonça, dam agradecimento fortivelmente, em logar scondido, falando aa orelha, e aquello scondem que outrem nom saybha que em presença de todos receberam se lhe fora dado" (pp. 300-1). Cf. MARTINS, Mário,

lada à ética e à nostalgia da ordem e da harmonia dos costumes, a sátira não causa estranheza no vetusto tratado. Ao contrário, dá leveza, como as "saborosas" palavras e os breves *exempla*, à dissertação do Infante e do Frei.

Novamente é Hugo de São Vítor o autor que introduzirá o conhecimento com o qual o Infante e o Frei tratarão do ato de receber o benefício, tema do Livro 4. Citado por esses autores, São Vítor divide o mundo sensível em duas partes: "des o circulo da lũa pera cima", em que se encontram os céus, as estrelas e os planetas, e "des o circullo da lũa pera baixo", em que estão os quatro elementos, plantas e animais (p. 231). A primeira é o que os antigos filósofos chamam "natureza"; a segunda, "obra da natureza", porque daquela esta recebe as "vertuosas enfluencias", o que lhe permite viver e crescer. Na parte sublunar "o homem he morador", sujeito às mudanças e carências, estado que o submete ao recebimento dos benefícios "daquelles que prougue a Deus de comunicar o poderio do outorgamento". Justificada a inescapabilidade de o homem ser beneficiado, segue o prólogo com sua "ordenança acustumada": aprender o que é receber, quem deve receber, o que deve ser recebido sem censura, como deve ser recebido o benefício e qual é a perfeição desse ato.

"Contentamento primeyro de voõtade discreta em a cousa outorgada, mostrado per signaaes sensivees" (pp. 235-6). Esta é a definição de receber, a partir da qual os autores listarão os bons (religiosos, governantes, miseráveis, abastados e administradores) e maus recebedores (esnobes, escassos e desatentos) de benefício. Alguns homens não devem ser beneficiados, para que sua conduta moral não sofra corrupções: os contemplativos, os sábios, os juízes e os oficiais do paço. Cada tipo de benefício deve ser dado por cada tipo de pessoa: os benefícios necessários, pelas pessoas de boa vontade; os proveitosos, pelos superiores, pais, parentes e amigos; os honrosos e aprazí-

---

O riso, o sorriso e a paródia na literatura portuguesa de Quatrocentos. 2. ed. Lisboa: Instituto de Cultura e Língua Portuguesa, 1987, Cap. 3: O *Livro da montaria*, o rei D. Duarte e a *Virtuosa benfeitoria*: pp. 35-47.

veis, pelas pessoas de excelência. Nenhum benefício deve ser recebido de maliciosos, inimigos e bajuladores. Receberá o homem aquilo que lhe for adequado e irrepreensível, além de confirmadamente próprio do outorgador; nada do que possa aviltar e ser contrário ao recebedor deve ser aceito, como por exemplo o dom da boca (louvores), da mão (propina) e de ofício (prestação de serviço corporal que obrigue a tomar partido). Seguindo a "ordenança" estabelecida desde o Livro 2, esclarecem o Infante e o Frei o momento, o local e os modos de receber. No capítulo 8, dedicado à escolha do recebimento, tratam os autores das razões que o homem usa para encobrir o beneficiamento: vergonha, orgulho, cobiça e inveja, vícios intoleráveis na etiqueta da benfeitoria. Outros vícios são apontados no modo de receber: negligência, necedade, contra os quais os autores aconselham contentamento, prazer e demonstração de alegria. Dos três modos de ser do homem (natural, moral e espiritual), a carência é saciada pelos recebimentos que "teẽ por sua fym a governança destes modos de seer". Dessa maneira, recebe o homem *natural* as influências da natureza; o homem *moral*, a aprendizagem virtuosa que vem do ouvir e do ver, e o homem *espiritual*, a graça outorgada por Deus.

Os sentidos, especialmente o ver, "antre todollos sentidos, a vista seja mais sotil e spiritual" (p. 261), são comentados a propósito das formas de "ensinanças". As observações de Aristóteles e Jerônimo, segundo o Infante D. Pedro e Frei João Verba, expõem o *ouvir* e o *ver* como "sentimentos" por meio dos quais a doutrina é aprendida mais eficazmente. O *ouvir* é a "porta do entendimento", segundo Aristóteles, pensamento que é confirmado por Jerônimo, quando este afirma que "a viva voz traz força sperta de aucto scondido e, quando em as orelhas do discipullo he spargida, o sõo de fora he sentido dentro" (p. 261). Todavia, é pelo *ver* que a apreensão do conhecimento se dá de modo mais geral:

> Porem, pois a luz e o splendor sobre mais cousas he spargido que o sõo, que perteece ao ouvir, e que o odor, que convem ao cheyro, e que o sabor, que perteece ao gosto, e tal splendor he visto principalmente, nem podem os olhos sem elle sentir, mos-

tra·sse que o veer he mais geeral sentimento que os outros e porem he mais prezado segundo razom (p. 261).

Talvez seja esse o fundamento pedagógico da escolha da "poesia" para abrir e desfechar o LVB. Lançando mão de figuras visualmente detalhadas, os autores garantem a compreensão da natureza dos benefícios por meio da alegoria das três donzelas, no 1º. Livro, ou do "moleiro" e da "poesia das seis donzelas", no 6º. Ao *ouvir* a leitura do tratado dos benefícios ("os que ouvirem a sua lectura" [p. 5]), os senhores e *outros mays* aprenderiam pelo *sõo* da voz e pela sugestão visual das imagens, garantindo a boa recepção da doutrina.

O prólogo do Livro 5 define seu propósito: "ensinança" sobre o agradecimento. "Affeyçom vertuosa mostrada per obra por galardoar ou servir o bem recebido" (p. 268) é a definição de agradecimento, cujo núcleo (ou "genero", como explicam os autores) é a "affeyçom vertuosa". Esse afeto deve ser expresso diante da quarta maneira de obrigação, o "liberal outorgamento e (d)o recebimento voluntarioso, os quaaes, seendo compridos per obra, movem os vivos sentimentos do recebedor pera dar verdadeyro agradecimento" (p. 267).

Para agradecer, são necessários lembrança e cuidado ("discreto sguardamento do bem recebido"). Por natural inclinação, correção e aliança são obrigados os homens ao agradecimento. Tanto os virtuosos quanto os ingratos, desatentos e indolentes devem agradecer; esses, principalmente, devem ser lembrados e instigados à gratidão. A Deus, aos pais e parentes, aos príncipes e senhores, aos amigos e benfeitores em geral deve ser dado o agradecimento. Por palavras e reverências ou por afeto será demonstrada a gratidão. Com devoção se agradecerão a Deus os benefícios; com piedosa reverência, aos pais e parentes; com afeição humilde, aos senhores. Onzena, pagamento, desejo malicioso e "trigança" dispensam agradecimento. Onde, quando e como agradecer podem ser deduzidos, na prática, pela virtude da discrição, liberalidade, conveniência e graça, além da boa retórica ou da "declaraçom per boas palavras", já aconselhadas nos Livros anteriores.

O fim último do agradecer, esclarecem os autores, é "seermos juntados per agradecimento ao nosso infiindamente boo Criador, per cuja graadeza somos criaturas, em vertude do seu gracioso padecimento remiidas, por cobrarmos herança em o seu glorioso reyno, en que o vejamos claramente por sempre" (p. 315).

Conhecidos o benefício, o beneficiar, o pedido, o recebimento e o agradecimento do bem-fazer, resta saber como se pode perdê-lo e, sobretudo, como evitar sua perda. Esse é o assunto do sexto e último Livro do LVB, cujo prólogo é iniciado com uma reflexão, baseada em Bernardo de Claraval, sobre o inesgotável descontentamento humano:

> Este afficamento trazem os homêes porque receberom em sua criaçom capacidade infiinda que nom podem encher, a qual, ainda que sse occupe com desvayrados amores, tam soomente aquella natureza a pode comprir a que outra ygual se nom pode achar. E, quanto a grandeza do coraçom tever mayoria em tal proffundeza, tanto sera em aquesta vida menos contente das mundavees cousas que cedo trespassam (p. 316).

É inevitável lembrar-se do mito das danaides e seus tonéis infernalmente vazios. Lançadas ao castigo por terem assassinado seus maridos, as filhas de Dânaos são condenadas a encher de água tonéis sem fundo. Essa imagem da aflição e da fadiga humana diante da "capacidade infiinda que nom podem encher", dos desejos insaciáveis e do vão esforço de lhes pôr termo, insinua-se no texto citado. O descontentamento é o ponto-chave para se detectar o perfeccionismo dos autores ("deste desejo eu teendo minha parte")[173] diante do último Livro do tratado, que deverá ser concluído, segundo eles, muito aquém do que pretendiam ou desejavam ("nom sento folgança em o

---

173. Joaquim Costa comenta o sentido de *Desyr*, divisa que o Infante adotou para seu brasão: "*Desejo*, no sentido rigoroso em que êle empregou esta palavra, quere dizer insatisfação, aspiração contínua e renovada a um estado melhor, que, em cada hora, lhe parecia mais impossível de alcançar", op. cit., p. xlii. Pinheiro Maciel, em *Os "benefícios" do Infante D. Pedro*, afirma que "desejo" é um conceito fundamental no LVB. Op. cit., p. 127.

que screvy"). Cansados, o Infante e o Frei pretendem "pousar a nave do meu fraco entender que, per batimentos de contrayras ondas, jaz muito fraca em grande cansaço" e fazer "termho em aqueste livro" (p. 316).

Na seqüência da inspiração imagística da "nave", o teor do livro de encerramento do LVB é apresentado por meio da comparação alegórica do moleiro:

> E porquanto, assy como moleyro, fiz açude, mostrando em o primeiro livro que cousa he benefficio, e ordenando agua em o ii° que pera sse outorgar era compridoyro, trabalhey que chegasse atees o moynho, em o terceyro livro e quarto, en que o pedir e receber forom mostrados, e fiz que as moos correntes moessem, falando no v° do agradecimento, agora me compre, por se esto acabar, que sse ponha remedio aos acontecimentos que podem embargar aqueste proveyto. E, porque esto outra cousa nom he senom conhecer algũas fendas e rotos canos per cujo aazo o benefficio se pode perder, desto se fara mençom em este livro vi°, por se guardar cada hũu que nom seja culpado. (p. 316).

A imagem do moleiro confere coerência exemplar ao tratado. Como simples "mesteyroso", os autores se posicionam como aquele que prepara a farinha, ingrediente básico e preliminar a partir do qual se prepara o pão, alimento não apenas frugal, mas também simbólico, em acordo com o que é afirmado no Livro 1: "discipollo que screve o que ouvyo por nom scorregar de sua memoria o que a muytos pode aproveytar" (p. 16). Além disso, a comparação entre o moer e o compilar adquire um sentido igualmente coerente: ao tirar da semente o pó, o moleiro facilita a produção do pão para o homem; ao selecionar das diversas fontes latinas a doutrina, e traduzi-la, os autores tornam acessível a formação dos senhores para quem o Livro foi redigido[174].

---

[174]. Manuel Augusto Naia da Silva analisa essa passagem, apresentando as metáforas da alegoria e seu significado, e relacionando-os com os Livros do LVB, em *Temas comuns...*, op. cit., p. 38.

Com esse prólogo sobre o descontentamento e a fadiga intelectual, é iniciado o Livro 6, em que D. Pedro e João Verba explicarão como o benefício pode ser perdido (por inconstância da vontade e imprudência); como o benefício pode ser perdido antes de ser dado (indiscrição, tardança, cobiça, ócio); como podem perder o benefício o benfeitor (doação de um bem inadequado, orgulho, ufania, desprezo, usura) e o beneficiado (soberba, enfado, inveja); como se pode perder o benefício depois de ser feito (quanto ao outorgador: desejo de senhorio, cobrança moral; quanto ao beneficiado: perversão, mesquinhez, ingratidão); como podem ainda perder os benefícios os recebedores (descontentamento, insaciabilidade, irascibilidade, esquecimento); quais os padecimentos sofridos pelos que perdem o benefício (remorso, castigo, privação).

Um tipo específico de expressão lírica, geralmente elegíaca e crítica, é aproveitada de modo profuso no Livro 6. Iniciado pela interjeição "Oo", o discurso se dirige aos homens e aos vícios, em tom de lamento ou vitupério:

> Oo desnatural vicio de soberva, que, sobre os ceeos fazendo começo, ordenaste que Luciffer com muitos spiritus perdesse bem infiindo que ouvera d·aver! E logo guaãçaste tal natureza que toda cousa que per ti se outorga he avorrecivel e nom pode prestar. Tu corrompes o bem que ás de fazer, poendo desprezo em obras muy grandes (pp. 322-3).

> Oo que torpe engano [a falta da boa e liberal vontade] da natureza humanal e confesso pubrico da sua maleza! Ja mais som crehudos os seellos dos nossos anees que a lealdade dos nossos coraçoões. Ja em bemfazer tomamos testemunhas e stremamos as que mais representam, em cuja presença nossos devedores sejam constrangidos com mayor vergonça a nom desdizer o que prometerom (p. 326)[175].

Essa invectiva contra os males morais ganha sentido no Livro 6, na medida em que nele se exigem dos senhores, mais

---

175. Outros exemplos se encontram nas pp. 329 e 340. Em outros Livros há exemplos desse tipo de discurso, como no Livro 2 (p. 88).

que nos outros livros, a propensão e a disponibilidade para a beneficência, nessa altura já definida, justificada, demonstrada e ilustrada, tanto sob o ponto de vista dos filósofos antigos, como dos evangelistas, dos Padres da Igreja e dos escolásticos. No último Livro, cujo tema é exatamente a possibilidade da perda de doação e de dádiva tão nobre, vem a propósito uma admoestação mais veemente, uma expressão mais dramática para salvaguardar o benefício da omissão e do descontrole, num período em que os burgueses de Portugal, alçados à classe nobre por terem aclamado e efetivado a coroação de D. João I, exigiam benesses demasiadas.

Lirismo ainda é o que percebemos na linguagem expressiva do LVB como um todo. As imagens, para além das que observamos nos trechos alegóricos, são certamente o que Diamantino Martins considerou como "pérolas espalhadas ao acaso pela obra". Elogiosas ("Ensinança nos dá Tulio, que antre os philosophos moraaes en bem falar tem *frol graciosa*" [p. 67]), doutrinárias ("a humanidade de Christo, que, per *union persoal do eternal splendor*" [p. 95]), sinestésicas ("doce affeytamento de saborosas palavras" [p. 177]), sensuais ("E, possuindo o ramo da voluntariosa e natural acordança, gostem a doçura do seu fruyto, que sobre todallas outras tem mais delectoso odor" [p. 110]), metonímicas ("os sabedores, que som *olhos* em a comunydade" [p. 133]), irônicas (sobre os vangloriosos: "E, poendo sua fantastica maginaçom em *casa de nevoa que asynha se derrete*, tomam prazer que falece trigoso" [p. 257]), ou comuns ("Ally tem Luciffer, o desagradecido, *morada em fogo* que sempre o queyma. E Judas treedor em o *lago das treevas* padece tormento que nunca falece" [p. 341. Todos os grifos são nossos]), as imagens abrandam o carrancudo tom escolástico das discussões sobre o benefício.

Ao contrário do que supôs Diamantino Martins, quanto ao "acaso" das imagens do LVB, estas são dispostas no livro a fim de conquistar a atenção, o deleite e o entendimento tanto do ouvinte-leitor "engenhoso e soltil" quanto do "simprez". Aquele seria seduzido pelo "sabor" da imagem em si; esse, pelas explicações que delas oferecem o Infante e o Frei, o que esclarece e justifica o processo, comum na obra, de se "fegurar" uma idéia e de, em seguida, comentá-la didática e doutrinariamente.

Expostos os riscos, as causas e os efeitos da perda do benefício, o Infante e o Frei retornam, no antepenúltimo capítulo do Livro 6, à imagística do primeiro capítulo desse Livro e, mais amplamente, da Dedicatória e do Livro 1. Referindo-se à mesma situação descrita em relação a D. Duarte ("pero que de booscos de muitos cuydados e de grandes rochas de feytos stranhos seja cercado vosso coraçom"), os autores se vêem em estado de "afficamento", causado pelas "ferintes peçonhas", quais sejam, a inveja, a culpa e o ressentimento ("pungimento"). Desapontados com os homens, que, "por nobres que sejam e façam suas vidas muy singularmente, nunca tam sagesmente som scondidos que ellas ('seetas ardentes' das peçonhas) suas fama nom possam pungir" (p. 342), chegam a pensar em desistir da conclusão do tratado, quando se lhes reacende o ânimo que arrefecia.

Em sinopse, poderíamos relatar o episódio da inspiração da seguinte maneira: aflitos com os trabalhos e a convivência com os males do mundo, os autores, à beira da desistência de finalizar o tratado, vão ao monte para alegre caça com os companheiros, no mês de março, quando as árvores mostram suas flores. Folgando, subitamente lhes vem ao coração o desejo de retomar e concluir o livro começado. Voltando para Penela, recolhem-se para concentrar-se no trabalho, sentindo dificuldade em fazê-lo. No dia da Anunciação, "em que a Virgem Maria Nossa Senhora soportou a fe sem outra criatura" (p. 342), dá-se para eles a "fegura" das "donzellas ydeaaes": "Vertuosa Benfeytoria", "Liberal Graadeza", "Honesta Petiçom", "Graciosa Recebedor", "Leda Gradecedor" e "Dereita Regedor".

Espécie de epifania, a aparição dessas donzelas excelentes acontece num momento-limite[176]. A descrição do local, da

---

176. No "Prollogo" do *O espelho de Cristina*, de Christine de Pisan, situação semelhante é descrita: "como pessoa fraca e cansada de dar fim a tam grande obra, dey luguar de folgança a meus fracos membros e a meu corpo algũu repou-

circunstância e do modo como elas aparecem não é sem propósito. Ao contrário, o *locus amoenus*, a festa da Anunciação e o estado "enevoado" do entendimento dos autores encerram uma atmosfera sugestiva.

Férteis as árvores pela influência da primavera, fértil a Virgem pelo diáfano espírito, e santo, fértil o juízo dos autores pelas "nuvens", propício se torna o delírio, a miragem, a fantasia capaz de inspirar a explicação do sentido dos seis livros escritos pelo Infante e pelo Frei, conduzindo-os a sua finalização. Em outras palavras, o *juízo* é insuflado pelo *espírito* da Virgem, em festa de Anunciação, cujo sopro divino enflorece o *tronco* já pronto do LVB: as *flores* serão a imagem das *donzellas*, com a qual os autores explicarão a cadeia de assuntos e o sentido da *árvore*, o tratado em si. O fim último deste é que *frutifique* no entendimento dos homens[177].

A minúcia acompanha a descrição das donzelas. A beleza dos membros, a graça de gestos, a espiritualidade da presença é complementada pelos objetos que trazem consigo: o "livro abrido", da primeira; o "ramo de oliveira", da segunda; o "firmal", da terceira; a "copa" com vivo coração, da quarta; a "real coroa", da quinta, e o "religayro" com três espelhos, da sexta.

Cada uma dessas botticellianas figuras são interpretadas ("declaradas") pelos autores, no capítulo seguinte. A primeira donzela e seu livro simbolizam a beneficência virtuosa e o produto de sua influência, inspiração do primeiro livro ("do seu livro eu aprendi muyto que em a primeyra parte me fez ajudoyro"); a segunda donzela e o ramo de oliveira, a liberalidade do dar e o "alimento" do segundo livro; a terceira donzela e o "firmal", o pedido íntegro e a riqueza que se deve partilhar; a quarta donzela e a "copa" com o vivo coração, o recebimento e

---

so. E estando assy de vagar, auendo ouçiosydade por companheyra, supitamente me tornarom a apareçer aquellas tres gloriosas senhoras". Op. cit., p. ii. Mário Martins, em *Alegorias...*, foi quem detectou essa imagem de Christine de Pisan como fonte de D. Pedro e João Verba. Op. cit.

177. Frei Álvaro Pais relaciona as virgens ao lírio e, citando Bernardo, afirma que "a virgem não é árvore estéril e maldita, mas prefere ao fruto terreno o fruto celeste, e ao carnal o espiritual". *Espelho de reis*, op. cit., v. 2, p. 39.

a lealdade cordial; a quinta donzela e a coroa real, a gratidão, virtude que coroa o benefício, e a sexta donzela e seu relicário de três espelhos. O relicário simboliza a justiça que provém do elo de fraternidade logrado pelo benefício, e os três espelhos, as três "imagens" do mundo: sensorial ("mais baixo, pareciam todallas cousas que sse podem sentir"), intelectual ("mostrava as que per natural entendimento podemos saber") e espiritual ("possuydor de melhor logar segundo alteza, pareciam aquellas persoas em hũa essencia que das benfeyturias som fim postumeyra")[178].

A "fegura" funciona no LVB como um "sabor" que deverá conduzir a aquisição do "saber" final pelos príncipes, senhores e outros ouvintes/leitores. Explicação poética do sumário proposto no capítulo 6 do Livro 1, a alegoria das seis donzelas retoma ainda as idéias de liberalidade, boa vontade, beleza, gratidão e discrição, deduzidas da exegese sobre a "poesia" das três irmãs, no penúltimo capítulo daquele livro. Nove donzelas, portanto, ajudam os autores a definir, pela ilustração "saborosa" estrategicamente situada no primeiro e último livros, o propósito e o alcance do tratado.

Não são as filhas de Zeus e Mnemósine que compareçam à inspiração de D. Pedro e João Verba. Número do céu e de Beatriz[179], a metáfora da Santa Madre Igreja Católica na comédia sagrada de Dante, o nove da ciranda de donzelas do LVB remete à espiritualização numerológica, o que complementa a ilustração alegorista que elas desempenham. Além disso, talvez sejam desdobramentos dos estados de Maria, segundo o *Evangelho de Lucas*[180], no momento da Anunciação, *virgem, serva*

---

178. Cf. a interpretação proposta por Luís de Sousa Rebelo, em *A concepção do poder...*, op. cit., e no artigo "A alegoria final do *Livro da virtuosa benfeitoria*", op. cit., especialmente pp. 373 ss.
179. CHEVALIER, Jean, GHEERBRANT, Alain. *Dicionário de símbolos*. 2. ed. rev. e aum. Trad. de Vera da Costa e Silva et al. Rio de Janeiro: José Olympio, 1990, p. 642.
180. NAVARRO, Mercedes. Simbolismo. In: SALVATORE, Stefano de Fiores e (Dir.). *Dicionário de mariologia*. Trad. de Álvaro Cunha et al. São Paulo: Paulus, 1995, p. 1222.

do Senhor e *esposa do Espírito Santo*, mistério em cuja festa comemorativa se deu a fantasia.

Feminina é a inspiração que se evidencia na "ensinança" do bem-fazer. A Virgem é rogada em oração no primeiro capítulo do Livro 1 e é a última entidade a aparecer na oração do capítulo final, no Livro 6. Três donzelas aparecem no primeiro livro; seis donzelas aparecem no último. Coroando o desfecho alegórico do LVB, os autores são inspirados no dia da Anunciação. Diante da presença marcante dos detalhes femininos na arquitetura do tratado, atente-se melhor para o sentido dessa festa mariológica.

Mercedes Navarro analisa o mistério da Anunciação, interpretando-o como "a condição radical da humanidade em face da ação de Deus: o homem recebe a vida divina e, ao aceitá-la, coopera com a redenção"[181]. Diferente de Eva, símbolo da fecundidade natural, Maria simboliza a fecundidade espiritual, cuja semente é a palavra de Deus, o que explica a afirmação de Orígenes: "Não só em Maria, mas também em ti deve nascer o Verbo de Deus."[182] Essa ação, precisamente, parece estar sugerida no episódio da inspiração do Infante D. Pedro e de Frei João Verba.

Diante da possibilidade de desistência de um livro sobre o benefício, peça preciosa para a ética caritativa do cristianismo (nesse momento do Livro, dilui-se bastante seu caráter de estratégia política), os autores se afastam do "prazer" ("em alegrosas caças e suas montarias" [p. 342]) e se *recolhem* ("apartey·me em studo com grande soydade" [p. 342]), ato que nos remete à idéia de retiro espiritual. Aquietado o corpo e concentrado o espírito, num estado de enevoamento ("E, stando eu assy occupado, e de mym meesmo sabendo muy pouco" [p. 342]), os autores vislumbram as "seis donzellas". Isso só é possível graças à outorga generosa do Criador, que os inspira por intermédio da Virgem, cujo espírito também inspira o dia da festa da Anunciação. Dirão o Infante e o Frei: "nada merece-

---

181. Loc. cit.
182. Apud NAVARRO, loc. cit.

mos senom quanto praz ao Criador de nos outorgar graciosamente, fazendo·nos mercee muito stremada por usar de nós em suas feyturas, querendo que sejamos medianeyros em algũas cousas que elle faz" (p. 350). "Medianeyros" que recebem o *verbo* de Deus, os autores do LVB não só conseguem esclarecer a estrutura do livro como o concluem.

A presença da Virgem Maria, numa situação de anúncio e inspiração espirituais, envolve a conclusão do LVB de um halo religioso fecundo, que o transforma em "semente de Deus" a ser divulgada e o autoriza como "ensinança", que todos devem seguir. Nesse sentido, poderíamos pensar que a Virgem Maria, junto com as três irmãs e as seis donzelas, perfaz o número dez, ilustrando o que S. Mateus afirma no capítulo XXV: "O reino dos Céus é semelhante a dez virgens."[183]

A oração de graças a Deus, ao Filho, ao "Spiritu Sobrenatural" e à "sobreexcelente Senhora", texto que encerra o tratado, é antecedida por uma explanação sobre os "tres ternarios em a geeral universidade do mundo", sendo o primeiro chamado "sobreexçelente", a esfera superior, inacessível senão pela fé e conhecimento do *Evangelho*; o segundo, natureza "que çarra em sy todallas criaturas", e o terceiro, moral e "perteêce aas obras que sse fazem per nós". Deste "ternario" vêm a graça e a beneficência de Deus, que outorga aos homens o que Lhe agrada. "Servos sem proveyto, comprindo aquello a que somos obrigados", os autores aceitam que "todo o que nós podemos he vaydade, pois sem nós se pode comprir, e em ello nada merecemos senom quanto praz ao Criador de nos outorgar graciosamente, fazendo·nos mercee muito stremada por usar de nós em suas feyturas, querendo que sejamos medianeyros em algũas cousas que elle faz" (p. 350). Essa postura insere o Infante e o Frei entre os "sesudos", que reconhecem que tudo o que têm de virtuoso e bom é benfeitoria divina, razão por que confessam, como o Agostinho das *Confissões*, que nada merecem e o que é recebido vem Daquele que tem o começo e o fim das coisas, e "ao circullo ternal da

---

183. Apud PAIS, op. cit., p. 33.

deviindade dam humildosas graças por aquello que fazem". Esse é o motivo pelo qual agradecem D. Pedro e João Verba cada par dos seis livros a cada uma das pessoas da Trindade. Ao Pai, os livros sobre o benefício e a sua outorga; ao Filho, os livros sobre o pedir e o receber, e ao Espírito Santo, os livros sobre a gratidão e as advertências. Às três pessoas conjuntamente, os autores agradecem a inspiração da obra concluída, assim como particularmente a Jesus Cristo e à Virgem Maria. Com o agradecimento, fazem os autores "circullo em a obra presente".

Compilação rigorosamente montada, a estrutura do LVB é um complexo de intertextos, reflexões e experiências que tornam seu discurso tratadístico, expressamente escolástico e evidentemente erudito, maleável a uma incipiente mas sensível engenhosidade literária. A atmosfera diáfana das alegorias, na base e na cúpula do tratado dos benefícios, insinua uma concepção doutrinária rígida, decerto, mas propensa ao delicado efeito do "doçe affeytamento de saborosas palavras". Complementa essa tessitura o conjunto de gêneros aproveitados pelo Infante e pelo Frei, desde os inescapáveis *exempla* até o comentário breve. Com isso, varia e se matiza o tom do livro, oscilando entre a gravidade das teses e *quaestios* e a confissão e o humor da sátira de costumes.

Não se pode afirmar que os autores conseguiram manter seu propósito de brevidade: "E nom me culpe pollos nom poer [os exemplos], que ey grande receo de seer doestado por sobejo dictador en pouca douctrina, stendendo a obra con muitas palavras que en mais poucas se ben pode cumprir" (p. 71)[184]. Mas há concisão e coesão bastantes para se pensar o LVB como uma obra precisamente delimitada para seus propósitos de ensino e, ocasionalmente, de distração.

---

184. Ainda no Livro 2, advertem os autores: "Por estes beneffícios e outros semelhantes, de que sse nom pode nem deve fazer expressa mençom em aquesta obra" (p. 152). Já no Livro 4: "E de algũus outros [modelos de virtuosos morais] se poderia contar, mas aquesta ensinança nom he ordenada pera tal fym e porem prossigamos o mais neccessario" (p. 243).

5. "Cumpre acentuar que o Infante se não propôs escrever um tratado de sciência política, mas sim um tratado das bemfeitorias, embora, como já dissemos, tivesse em especial atenção a educação dos príncipes."

Manuel Paulo Merêa.
As teorias políticas medievais no "Tratado da virtuosa bemfeitoria"[185].

Na advertência de Paulo Merêa, em epígrafe, insinua-se o que há de compósito no LVB. A construção da frase do autor nos conduz ao emaranhado genológico de que se constitui a obra: Merêa afirma que o Infante (e o Frei, emende-se) não pretendeu escrever um tratado de ciência política, embora vários conceitos da política medieva estejam no texto. Certamente, como afirmam D. Pedro e João Verba, o livro se propõe ser um tratado cristão sobre o "aucto nobre" da beneficência, o que, de fato e de imediato, ele é. Indiretamente, entretanto, por meio das reflexões sobre o bem-fazer, os autores intentaram educar os príncipes e senhores da corte avisina, atrelando esse ato voluntarioso a uma estratégia política, configurando-o também como um regimento de príncipes[186].

Questionar o valor literário, histórico-político, filosófico-moral ou lingüístico do tratado e perguntar em que catálogo das ciências humanas ele deveria figurar são procedimentos ociosos. Nenhum lugar exclusivo abarcaria com justeza o livro do Infante e do Frei. Seu interesse é multi e interdisciplinar[187];

---

185. MERÊA, op. cit., p. 189.
186. É o que pensa a esse respeito inclusive António José Saraiva: "Não pertencem [o *Leal conselheiro* e a *Virtuosa bemfeitoria*] pois à literatura filosófica e religiosa, mas, como os seus autores expressamente afirmam, a um nível inferior, mais aproximado da 'prática cortesã' (...). Este último livro [*Regimento de príncipes*, de Egídio Romano], sobretudo, constituía um bom modelo do gênero a que se dedicaram os autores da *Virtuosa bemfeitoria* e do *Leal conselheiro*, que pretendiam afinal ser também *Regimentos* de príncipes e senhores", em *História da cultura em Portugal*, op. cit., p. 602.
187. No artigo "La teoría literaria y los estudios literarios medievales: presente y futuro de una relación necesaria", Carmen Marimón Llorca, nas pp. 160-1,

sua abordagem requer instrumentos metodológicos diversificados.

Não obstante, uma das questões que se insinuam de imediato na abordagem do LVB, mas que preferimos deixar para esta altura, é sua devida inscrição entre as obras literárias, já que ela é dissertativa, doutrinária, declaradamente voltada antes para o *saber* do que para o *sabor*, como nos afirmam o Infante e o Frei nesse inesperado trocadilho.

Não bastassem os *sabores* que se encontram em diversas passagens, que incluem trechos narrativos de hagiografias, crônicas (os vários episódios de César [p. 87]), autobiografia, alegorias; falas ora ficcionais ora atribuídas a personagens históricos; lamentos; crítica aos costumes e sentenças, há ainda a tradição crítica portuguesa que desde Teófilo Braga, em sua *História da literatura portuguesa: Idade Média*, de 1909, insere o LVB dentre as obras fundamentais da produção quatrocentista em Portugal.

Na primeira metade do século XV, segundo o Infante D. Pedro e Frei João Verba, uma das marcas do *literário* parece estar relacionada, de imediato, ao *sabor* e ao *affeytamento* das palavras. Opondo *sabor* e *saber*, o Infante e o Frei insinuam uma noção de *literariedade* que separaria da literatura os textos que demandassem apenas autoridade e doutrina. Voltados para o *sabor*, portanto, estariam, devido a sua função de diversão e a seu caráter de imaginação, o *Livro de Tristam*, o *Livro de Galaaz* ou ainda o *Livro das Trovas del-rey D. Deniz*, constantes da livraria de D. Duarte. Entre as obras de *saber* estariam o *Regimento de princepes*, o *Genesy*, o *Agricultura que foy de João Pereira* ou a *Coronica de Portugal*. Onde ficariam, entretanto, o *Orto do Esposo*, o *Livro da corte imperial*[188] ou o *Boosco deleitoso*? Sem pretender fechar a questão, parece-nos

---

assevera que um estudo sério e consistente sobre o discurso literário medieval necessita de outras disciplinas especializadas como a história das mentalidades, a estética, a genologia, a antropologia cultural, os estudos jurídico-históricos etc. *Revista de Poética Medieval*, Alcalá de Henares, v. 2, 1998, pp.155-73.

188. Todos esses livros estão listados no rol da livraria de D. Duarte, em "As livrarias dos Príncipes de Avis", de Aires Nascimento, op. cit., pp. 284-7.

que estariam no ponto em que se entrelaçam o *saber* e o *sabor*, na medida em que a doutrina do tratado é expressa por uma linguagem elaborada, cujo efeito procura ser inclusive o do deleite. Ainda que utilizado como recurso pedagógico para a sedução do ouvinte-leitor e disseminação da "ensinança", o grau de *literariedade* do LVB converge para o ideal horaciano preceituado na *Epístola aos Pisões*: "arrebata todos os sufrágios quem mistura o útil e o agradável, deleitando e ao mesmo tempo instruindo o leitor; esse livro, sim, (...) transpõe os mares e dilata a longa permanência do escritor de nomeada"[189].

O gênero, outra questão relevante, ligada à literária, é assunto discutido com mais vigor e atenção apenas por Nair de Castro Soares, em "A *Virtuosa benfeitoria*, primeiro tratado de educação de príncipes em português", mas sua reflexão obnubila a convivência no mesmo texto daquelas três vertentes que deduzimos da conclusão de Paulo Merêa: tratado de ciência política, tratado sobre a benfeitoria e tratado de educação de príncipes. Preocupada com o atrelamento do livro ao *regimine principum*, a autora parece ter deixado de lado o teor de tratado de ciência política e o conteúdo e propósito inequívocos da obra: um tratado sobre tema que é a chave e a estratégia político-religiosa para o governo do mundo, a beneficência[190]. Limitar isso a um tratado de educação de príncipes, ainda que os

---

189. HORÁCIO. Epístola aos Pisões. In: ARISTÓTELES et al. *A poética clássica*. Trad. de Jaime Bruna. São Paulo: Edusp, 1981, p. 65.

190. O LVB é uma dissertação que não se restringe ao gênero *speculum regum*, na medida em que se detém na exposição minuciosa daquilo que normalmente é apenas um dos vários pontos ético-político-religiosos do tratado medieval de educação de príncipes, a benfeitoria. Corrobora essa idéia o fato de o Infante D. Pedro e Frei João Verba terem indicado aos ouvintes/leitores uma sumária bibliografia de regimentos de príncipe: "Por estes benefficios e outros semelhantes [que se devem dar às pessoas de 'pequeno stado'], de que sse nom pode nem deve fazer expressa mençom em aquesta obra, podem entender os discretos princepes quejandas bemfeytorias outorgadas devem seer a qualquer stado. E os que desto mais quiserem saber busquem o *Livro da ensinança dos princepes*, que compos meestre frey Thomas de Aquino, e o *Livro do regimento dos princepes*, composto por frey Gil de Roma, e o *Livro do comũu falamento das cousas que a todollos stados perteecem*, que foy ordenado per frey Joham de Galez, e sabera cousas mais specialmente perteecentes a esto" (p. 152).

autores disso façam modesto alarde, retira ao LVB sua complexidade.

Nair de Castro Soares ainda propõe, naquele artigo, um aspecto que tenta elucidar a questão do gênero: D. Pedro e João Verba poderiam ter optado simplesmente pela tradução integral do *De beneficiis*, de Sêneca. Com vistas a desenvolver o propósito formativo senhorial, o Infante e o Frei dispunham da opção de traduzir regimentos de príncipes de Tomás de Aquino ou Ioannes Gallensis, ou outros tratados sobre governo[191], o que poderia ter substituído o trabalho de compilação daquela obra senequista. O que motivaria, então, a compilação do livro de Sêneca? A resposta apresentada por Nair Soares acusa uma justificativa: "a concepção teológico-antropomórfica da sociedade política portuguesa do tempo"[192], ou seja, a figura do príncipe formada dentro dos padrões religiosos que preconizam a origem divina do poder real seria a "cabeça" ou o poder central da sociedade, "concebida como um grande organismo colectivo, cujo funcionamento e equilíbrio se garantia pela cooperação – autónoma mas coerente de todos os seus membros"[193]. Nesse sentido, a beneficência seria um elo ou nervo importante para coesão e bom desempenho desse "corpo social" liderado pelo rei.

Uma outra resposta apresenta Amândio Coxito à questão, em "O pensamento político-social na Virtuosa benfeitoria". Considerando também a conjuntura nacional que têm em mente o Infante e o Frei, o autor especifica suas razões para escolha dos "sete pequenos livros" do moralista romano:

> esbater os desejos imoderados de ascensão da média burguesia que ajudara o Mestre de Aviz na subida ao trono e que depois

---

191. António José Saraiva, em *História da cultura em Portugal*, afirma que D. Pedro traduziu para o português o *Regimento de príncipes*, de Gil de Roma. Op. cit., p. 602. Robert Ricard inclui essa tradução entre as obras perdidas do Infante. Op. cit., p. 5. Joseph Maria Piel, no entanto, a atribui a Vasco Fernandes de Lucena. Introdução. In: LIVRO dos ofícios de Marco Tullio Ciceram. Coimbra: Universidade de Coimbra, 1948, pp. v-lii, esp. p. xviii.

192. SOARES, op. cit., p. 301.

193. António Manuel Hespanha, apud MONTEIRO, op. cit., p. 92.

disso obtivera vantagens económicas com o início da nossa expansão para o norte de África. Aquela ascensão ficaria, pois, dependente dum acto gratuito dos mais poderosos, expresso no benefício, mas não era um direito natural[194].

Essa conclusão de Amândio Coxito, buscada nas motivações de ordem prática[195] e imediata dos autores diante de uma situação política delicada e urgente, oferece pano de fundo para uma resposta sobre os propósitos do Infante e do Frei como escritores cultos a serviço da Corte de Avis e como produtores de um tratado em forma de compilação.

O Infante D. Pedro e João Verba escolheram o tratado como *gênero de autoridade* fundamentada na compilação de autores latinos, patrísticos e escolásticos, para tornar *natural* o que seu projeto ideológico de manutenção da corte avisina propunha: legitimação da ascensão de D. João I por "eleição popular" e preservação da sucessão por linhagem de D. Duarte; necessidade de lealdade dos súditos e garantia de sua defesa e bem-estar por parte do rei; administração dos benefícios, restringindo-a à boa e justa vontade do outorgador, mormente o príncipe. A nova "compilaçom" funcionaria como um elemento formal estratégico de cristianização do que era absolutamente racionalista no texto de Sêneca. Tornando o LVB uma compilação, e não tradução do *De beneficiis*, o compromisso dos autores com a fidelidade ao texto do estóico romano se diluiria e tornar-se-ia justificável a citação de filósofos e teólogos cristãos numa obra sobre a administração da política avisina: beneficiar judiciosamente os fiéis, mas também ambiciosos, vassalos do Mestre de Avis.

Um gênero representa um meio de oferecer soluções imaginárias para tensões e contradições problemáticas[196]. Nesse

---

194. COXITO, op. cit., pp. 390-1.
195. Um dos adjetivos precisos, utilizado por Amândio Coxito, em relação ao propósito e ao caráter do LVB. Ibid., p. 394.
196. Frederic Jameson apud GAUNT, Simon. Introduction. In: _____. *Gender and genre in Medieval French literature*. New York: Cambridge University, 1995, p. 6.

sentido, o compósito traço genológico do LVB não é incidental marca medieva apenas. Expor o benefício numa tradução de Sêneca não efetivaria o alcance político, de ordem prática, pretendido pelos autores. Envolvê-lo com saberes religiosos, agostinianos ou tomistas, é ampliar sua natureza ética para um estatuto não apenas cristão, mas português, sobretudo avisino.

Ao lado do *Livro da montaria* e do *Livro da ensinança de bem cavalgar toda sela*, tratados sobre desportos e habilidades da aristocracia, e do *Leal conselheiro*, livro de conselhos para a "prática cortesã", o LVB se inscreve como obra de ordem educativa e pragmática, por um lado, e filosófica e política, por outro. Junto a esses livros, em que se expõem questões de conduta apreendida quer pelo bom desempenho na caça e na cavalgada, quer pela obediência aos conselhos de bom senso, o LVB conduz o auditório senhorial para o exercício do bem-fazer, com que o senhor se tornaria capaz de governo, sob a autoridade não só de sábios europeus e latinos, como também do prior comendatário do mosteiro de S. Jorge, João Verba[197], e de um dos filhos do Mestre de Avis, admirado por sua cultura, experiência com as "sete partidas do mundo" e temperança.

Com o *Livro da vertuosa benfeytoria*, pode-se observar como o pensamento do Infante D. Pedro e do Frei João Verba idealizou o governo público quatrocentista de Portugal, certos de que um dos pilares para a salvaguarda do Estado é o ajustamento da educação à forma de governo vigente, como advertiu Aristóteles em *A política*[198]. *Tratado* de estratégia de governo, *regimento* e espelho de senhores cristãos, *compilaçom* sobre a "doçe e forçosa cadea de benfeytoria", o livro exorta os governantes a uma administração baseada numa tática moral igualmente importante para a ética clássica e para a cristã, no momento em que a história portuguesa assentava e legitimava os resultados dinásticos de uma revolução de cariz popular.

---

197. DINIS, Ainda sobre a identidade de Frei João Verba, op. cit., p. 480.
198. Op. cit., p. 288.

Diáfano como as nove (ou dez) donzelas do tratado, esse ideal se pulverizou na constante variação do tempo e da fortuna, permanecendo, todavia, na intenção de um manuscrito assinado pelo pragmatismo de um Infante preocupado com o rumo dos homens de sua terra, e pela utopia de um Frei atento ao rumo dos homens de sua crença.

Bibliografia geral

I. FONTES PRIMÁRIAS:

1.1 Textos centrais:

BOOSCO deleitoso. Ed. de Augusto Magne. Rio de Janeiro: Instituto Nacional do Livro, 1950, 2 v.

CORTE enperial. Ed. interpr., pref. e intr. de Adelino de Almeida Calado. Aveiro: Universidade de Aveiro, 2000.

DUARTE (Dom). *Leal conselheiro.* Ed. crít. e notas de Joseph-Maria Piel. Lisboa: Bertrand, 1942.

_____. *Leal conselheiro de D. Duarte.* Ed. crít., intr. e notas de Maria Helena Lopes de Castro. Lisboa: Imprensa Nacional/Casa da Moeda, 1998.

_____. *Leal conselheiro de D. Duarte.* Ed. atual., ortogr., intr. e notas de João Morais Barbosa. Lisboa: Imprensa Nacional/Casa da Moeda, 1982.

_____. *Leal conselheiro e Livro da ensinança de bem cavalgar toda sella escritos pelo Senhor Dom Duarte.* Lisboa: Rollandiana, 1843.

_____. *Leal conselheiro o qual fez Dom Duarte.* Ed., intr. e notas de J. I. Roquete. Paris: J. P. Aillaud/Mouton, 1875.

_____. *Leal conselheiro o qual fez Dom Duarte.* In: OBRAS dos Príncipes de Avis. Ed. de Manuel Lopes de Almeida. Porto: Lello & Irmão, 1981, pp. 233-442.

_____. *Leal conselheiro o qual fez Dom Duarte. Livro da ensinança do bem cavalgar toda sella que fez Elrey Dom Eduarte de Portugal.* Ed., intr., notas e gloss. de J. I. Roquete. Paris: P. Aillaud, 1842.

_____. *Livro da ensinança de bem cavalgar toda sela.* Ed. crít., notas e gloss. de Joseph-Maria Piel. Lisboa: Bertrand, 1944.

_____. *Livro da ensinança de bem cavalgar toda sela.* Ed. crít. de Joseph-Maria Piel. Lisboa: Imprensa Nacional/Casa da Moeda, 1986.

_____. *Livro dos conselhos de El-Rei D. Duarte (Livro da Cartuxa)*. Ed. diplom. de João José Alves Dias. Lisboa: Estampa, 1982.
JOÃO I (Dom). *Livro da montaria*. In: OBRAS dos Príncipes de Avis. Ed. de Manuel Lopes de Almeida. Porto: Lello & Irmão, 1981, pp. 1-232.
_____. *Livro da montaria feito por D. João I rei de Portugal*. Ed. de Francisco Maria Esteves Pereira. Lisboa: Academia das Sciências, 1918.
_____. *Libro del montería del rey Juan I de Portugal*. Trad. de Gonzalo de Macedo Sherman. Madrid: Circulo de Bibliografia Venatoria, 1990, 2 v.
O LIVRO da corte imperial. Ed. de José Pereira de Sampaio. Porto: Real Bibliotheca Pública Municipal do Porto, 1910, v. 1.
ORTO do esposo. Ed. crít., intr., anot. e gloss. de Bertil Maler. Rio de Janeiro/Stockolm: Instituto Nacional do Livro/Almquist Wihksell, 1956-64, 3 v.
PEDRO (Dom). O LIVRO da virtuosa bemfeitoria do infante Dom Pedro. In: OBRAS dos Príncipes de Avis. Ed. de Manuel Lopes de Almeida. Porto: Lello & Irmão, 1981, pp. 525-763.
PEDRO (Infante Dom), VERBA, João (Frei). *Livro da vertuosa benfeytoria*. Ed. crít., intr. e notas de Adelino de Almeida Calado. Coimbra: Universidade de Coimbra, 1994.

1.2 Antologias:

ANTOLOGIA de espirituais portugueses. Lisboa: Imprensa Nacional/Casa da Moeda, 1994.
BOTELHO, Afonso (Sel.). *D. Duarte*. Lisboa/São Paulo: Verbo, 1991.
_____. *Dom Duarte:* Leal Conselheiro *e* Livro da ensinança de bem cavalgar. São Paulo: Verbo, 1991.
BRAGA, Teófilo. *Contos tradicionais do povo português*. Lisboa: D. Quixote, 1995, v. 2, pp. 74-94.
GODINHO, Hélder. *Prosa medieval portuguesa*. Lisboa: Comunicação, 1986.
MARQUES, F. Costa (Org.). *D. Duarte, Leal conselheiro*. Lisboa: Clássica, 1942.
_____. *Dom Duarte:* Leal Conselheiro *e* Livro da ensinança de bem cavalgar toda sela. 2. ed. rev. Coimbra: Atlântida, 1973.
NUNES, José Joaquim (Ed.). *Crestomatia arcaica*. Lisboa: Clássica, 1981.
OLIVEIRA, Correia de, MACHADO, Luís Saavedra (Ed.). *Textos portugueses medievais*. Coimbra: Coimbra Ed., 1965.

SÉRGIO, António (Sel.). *Prosa doutrinal de autores portugueses*. 2. ed. Lisboa: Portugalia, 1965.
SILVA NETO, Serafim da. *Boletim de Filologia*, v. 2, n. 138, [s.d.].

1.3 Textos complementares:

AGOSTINHO (Santo). *A doutrina cristã*: manual de exegese e formação cristã. Trad., intr., adapt. de notas, índices e org. geral de Nair de Assis Oliveira. São Paulo: Paulinas, 1991.
_____. *As confissões*. Trad. de Frederico Ozanam Pessoa de Barros. Rio de Janeiro: Ediouro, [s.d.].
_____. *Confissões*. Trad. de Maria Luiza Jardim Amarante. São Paulo: Paulinas, 1984.
ALFONSO XI. *Libro de la montería*. Estudo e ed. crít. de Maria Isabel Montoya Ramirez. Granada: Universidad de Granada, 1992.
ANCHIETA, Joseph de (Padre). *Teatro de Anchieta*: obras completas. Trad. versif., intr. e notas de P. Armando Cardoso, S.J. São Paulo: Loyola, 1977, v. 3.
ANSELMO (Santo). *Proslogion*, de S. Anselmo, seguido do *Livro em favor de um insensato*, de Gaunilo, e do *Livro apologético*. Trad., intr. e com. de Costa Macedo. Porto: Porto Ed., 1996.
AQUINO, Tomás de (Santo). *Do governo dos príncipes*: ao rei de Cipro. *Do governo dos judeus*: à duquesa de Brabante. 2. ed. bilíngüe. Trad. de Arlindo Veiga dos Santos. São Paulo: Anchieta, 1946.
ARISTÓTELES. *A política*. Trad. de Nestor Silveira Chaves. São Paulo: Edipro, 1995.
_____. *Aristóteles*. São Paulo: Abril Cultural, 1983. Tópicos: pp. 1-152.
_____. *Poética*. Trad. de Eudoro de Sousa. Porto Alegre: Globo, 1966.
_____. *Retórica*. Trad. de Antonio Tovar. Madrid: Centro de Estudios Constitucionales, 1990.
AURÉLIO, Marco. *Meditações*. Ed. bilíngüe. Sel., trad. e intr. de William Li. São Paulo: Iluminuras, 1995.
AVEMPACE. *El régimen del solitario*. Ed. e trad. de Don Miguel Asin Palacios. Granada: Escuela de Estudios Árabes, 1946.
BERNARDO (San). *Obras completas*. Ed. de Gregorio Diez Ramos. Madrid: Católica, 1953 (v. 1); 1955 (v. 2). (Col. Biblioteca de Autores Cristianos). Introducción: pp. 1-153 (v. 1); Del amor de Dios: pp. 742-776 (v. 2).
_____. *Oeuvres*. Trad. par M.-M. Davy. Aubier: Montaigne, 1945, v. 1. De la grace et du libre arbitre: pp. 266-90.
BÍBLIA de Jerusalém. Nova ed. rev. 7. impr. São Paulo: Paulus, 1995.
BOÉCIO. *A consolação da filosofia*. Trad. do latim de Willian Li. São Paulo: Martins Fontes, 1998.

BUENAVENTURA (San). *Obras*. 2. ed. bilíngüe dir. e anot. por Frei León Amoros et al. Madrid: Católica, 1955 (Col. Biblioteca de Autores Cristianos, t. 1).

CANÇÃO de Rolando (A). Trad. de Ligia Vassallo. Rio de Janeiro: Francisco Alves, 1988.

CHANSON de Roland (La). Ed. bilíngüe francês moderno/dialeto anglo-normando de Joseph Bédier. Paris: L'Édition d'Art, 1924.

CASSIANI, Joannis. *Opera omnia*. Cum amplissimus comentaris Alardi Gazaei. Paris: [s. Ed.], 1874 (Col. Migne de Patrologia Latina, t. 49).

CATECISMO da Igreja Católica. São Paulo: Vozes/Loyola, 1993.

CÍCERO, Marco Túlio. *Dos deveres*. Trad. de Angélica Chiapeta. São Paulo: Martins Fontes, 1999.

_____. *De oratore*. Trad. por E. W. Sutton. Londres: Harvard University, 1996. Books 1 and 2.

_____. *Acerca del orador*. Intr., trad. e notas de Amparo Gaos Schmidt. México: Universidad Nacional Autónoma de México, 1995, t. 2, Libros 2 y 3.

_____. *De la invención retórica*. Trad., intr. e notas de Bulmaro Reyes Coria. México: Universidad Nacional Autónoma de México, 1997.

_____. *El orador*. Trad., intr. e notas de E. Sanches Salor. Madrid: Alianza, 1997.

DANCUS (Rei). Uma tradução portuguesa desconhecida do tratado de cetraria do rei Dancus. Ed. de Gunnar Tilander. *Boletim de Filologia*, Lisboa, t. 6, 1940, pp. 439-57.

DUARTE (Dom). Carta do Infante D. Duarte a seu irmão D. Pedro, quando este retirou de Portugal, a aconselhá-lo em razão de sua tristeza e enfadamento. In: MONUMENTA henricina. Coimbra: Atlântida, 1961, v. 3 (1421-31), pp. 105-9.

DUME, Martinho de (São). *Opúsculos morais*. Ed. bilíngüe. Intr. e trad. de Maria de Lourdes Sirgado Ganho et al. Lisboa: Imprensa Nacional/Casa da Moeda, 1998. Regra da vida virtuosa: pp. 29-43.

GIRALDO (Mestre). Livro d'alveitaria do Mestre Giraldo. Ed. de Gabriel Pereira. *Revista Lusitana*, Lisboa, v. 12, n. 1/2, 1909, pp. 1-60.

_____. *Livro de alveitaria de Mestre Giraldo*. Intr. e notas de Cacilda de O. Camargo et al. Araraquara: Instituto de Letras, Ciências Sociais e Educação/UNESP, 1988. (Textos, nn. 5-6).

GLOSA castellana al 'Regimiento de principes' de Egidio Romano. Ed. de Juan Beneyto Perez. Madrid: Instituto de Estudios Políticos, 1947, 3 v.

HORÁCIO. *Arte poética*. Ed. de R. M. Rosado Fernandes. Lisboa: Clássica, [s.d.].

_____. *Obras completas*. Trad. de Elpino Duriense et al. São Paulo: Cultura, 1941.

ISOCRATES. *Isocrates*. Trad. por George Norlin. Cambridge: Harvard University, 1991, v. 1. To Nicocles. Nicocles or The Cyprians: pp. 37-113.
LANDIM, Gaspar Dias de. *O infante D. Pedro*: crônica inédita. Lisboa: Escriptório, 1892 (v. 1); 1893 (v. 2); 1894 (v. 3) (Col. Bibliotheca de Clássicos Portugueses).
LEÃO, Duarte Nunes. *Crônicas dos reis de Portugal*. Porto: Lello & Irmão, 1975. Chronica e vida del rey Dom Duarte, pp. 735-79.
LIVRO de falcoaria de Pero Menino. Intr. e gloss. de Manoel Rodrigues Lapa. Coimbra: Imprensa da Universidade, 1931.
LIVROS de falcoaria. Ed. de Manuel Rodrigues Lapa. *Boletim de Filologia*, Lisboa, t. 1, 1932-33, pp. 199-234.
LOPES, Fernão. *Crónica de D. João I*. Ed. de Lopes de Almeida e Magalhães Basto. Barcelos: Civilização, 1990, 2 v.
LULIO, Raimundo. *Libro de la orden de caballería*. Madrid: Alianza, 1992.
_____. *Le livre du gentil et des trois sages*. Trad. de Dominique de Courcelles. Combas: Éditions de l'Éclat, 1992.
MANUEL, Juan (Dom). *Libro de los enxiemplos del Conde Lucanor e de Patronio*. Ed. de Alfonso I. Sotelo. 18. ed. Madrid: Catedra, 1996 (Col. Letras Hispánicas, 53).
ORDENAÇÕES d'El-Rei Dom Duarte. Ed. de Martim de Albuquerque e Eduardo Borges Nunes. Lisboa: Fundação Calouste Gulbenkian, 1988.
OVIDIO. *Metamorfosis*. Trad. e notas de Ely Leonetti Jungl. Madrid: Espasa Calpe, 1998. Libro Tercero.
PAIS, Álvaro (Frei). *Espelho de reis*. Estab. de texto e trad. de Miguel Pinto de Meneses. Lisboa: Instituto de Alta Cultura, 1963, 2 v.
PEDRO (Infante Dom). A *Carta de Bruges* do Infante D. Pedro. Ed. de Artur Moreira de Sá. *Biblos*, Coimbra, v. 28, 1952, pp. 33-54.
PETRARCA, Francesco. De vita solitaria. *Prose*. Ed. bilingue a cura di G. Martellotti e P. G. Ricci. Milano-Napoli: Riccardo Ricciardi editore, 1995, pp. 285-591.
PINA, Rui de. *Chronica d'El-Rei D. Duarte*. Lisboa: Escriptorio, 1901.
_____. *Crónicas*. Porto: Lello & Irmão, 1977 (Col. Tesouros da Literatura e da História). Chronica do senhor rey D. Afonso V: pp. 577-881.
PINTO, Fernão Mendes. *Peregrinação*. Transcr. de Adolfo Casais Monteiro. Lisboa: Imprensa Nacional/Casa da Moeda, 1983.
PINTO, Heitor (Frei). *Imagem da vida cristã*. 2. ed. Lisboa: Sá da Costa, 1952, 4 v.
PISAN, Christine de. *O espelho de Cristina*. Ed. fac-simil. Lisboa: Biblioteca Nacional, 1987.
PLATÃO. *As leis*. Trad. de Edson Bini. Bauru: Edipro, 1999. Livro 7.
_____. *Diálogos*: Fédon, Sofista, Político. Trad. de Jorge Paleikat e João Cruz Costa. Rio de Janeiro: Ediouro, [s.d.], v. 2. Político: pp. 165-219.

_____. *Diálogos*: Mênon, Banquete, Fedro. Trad. de Jorge Paleikat. Rio de Janeiro: Ediouro, [s.d.], v. 1.

_____. *Diálogos*: a República. Trad. de Leonel Vallandro. Porto Alegre: Globo, 1964.

_____. *Górgias*. Trad., intr. e notas de Manuel Pulquério. Lisboa: Edições 70, 1991.

PSEUDO-ARISTÓTELES. *Segredo dos segredos*. Ed., transcr. e intr. de Artur Moreira de Sá. Lisboa: Faculdade de Letras da Universidade de Lisboa, 1960.

ROMANO, Egidio. *Regimiento de los principes*. Trad. de Juan García de Castrojeriz. Sevilla: Meinardo Ungut/Estanislao Polono, 1494.

SÊNECA, Lúcio Aneu. *Cartas a Lucílio*. Trad. de J. A. Segurado e Campos. Lisboa: Fundação Calouste Gulbenkian, 1991.

_____. *Diálogos*. Intr., notas e trad. de Carmen Codoñer. Madrid: Nacional, 1984.

_____. *Tratados filosóficos*. Trad. de Pedro Fernández de Navarrete. Buenos Aires: El Ateneo, 1952. Libro 4: De la constancia del sabio: pp. 109-31; Libro 5: De la brevedad de la vida: pp. 133-58; Libro 6: De la consolación: pp. 159-81; Libro 7: De la pobreza: pp. 183-8; Libro 8: Los siete libros de los beneficios: pp. 189-396.

_____. *Sobre a tranqüilidade da alma. Sobre o ócio*. Ed. bilíngüe. Trad. de José Rodrigues Seabra Filho. São Paulo: Nova Alexandria, 1994.

TORRE, Alfonso de la. *Visión deleytable*. Ed. crít. e estudo de Jorge García Lópes. Salamanca: Universidad de Salamanca, 1991.

VIRGEU de Consolaçon. Ed. crít. de Albino de Bem Veiga. Porto Alegre: Livraria do Globo, 1959.

XENOFONTE. *Ciropedia*: a educação de Ciro. Trad. de João Félix Pereira. Rio de Janeiro: Ediouro, [s.d.].

_____. *De l'art equestre*. Paris: Les Belles Lettres, 1978.

_____. *L'art de la chasse*. Texto estabelecido e trad. por Edouard Delebecque. Paris: Les Belles Lettres, 1970.

_____. *Le commandant de la cavalerie*. Paris: Les Belles Lettres, 1973.

II. FONTES SECUNDÁRIAS:

2.1 Estudos específicos:

2.1.1 Acerca da *Corte enperial*:

BRAGA, Teophilo. *Manual da história da literatura portugueza*. Porto: Chardron, 1875, p. 173.

CALAFATE, Pedro. O Livro da *Corte Imperial* (*Corte Enperial*). In: _____. (Dir.). *História do pensamento filosófico português*. Lisboa: Caminho, 1999, v. 1 (Idade Média). Cap. 4: pp. 533-9.

CARVALHO, Joaquim de. Cultura filosófica e científica. In: PERES, Damião (Dir.). *História de Portugal*. Barcelos: Portucalense, 1932, v. 4. Cap. 7: pp. 475-528.

HERCULANO, Alexandre. *Opúsculos*. Lisboa: Antiga Casa Bertrand, 1907, v. 9. Novelas de cavallaria portuguesas: pp. 104-5.

MARTINS, Abílio. A literatura árabe e a "Côrte Imperial". *Brotéria*, Lisboa, v. 26, 1938, pp. 61-8.

_____. Literatura judaica e a "Côrte Imperial". *Brotéria*, Lisboa, v. 31, 1940, pp. 15-24.

_____. Originalidade e ritmo na "Côrte Imperial". *Brotéria*, Lisboa, v. 26, 1938, pp. 368-76.

_____. Toledot Yeshu. *Brotéria*, Lisboa, v. 27, 1939, pp. 577-85.

MARTINS, Mário. A polêmica religiosa nalguns códices de Alcobaça. Sibiúda, a "Corte Imperial" e o racionalismo naturalista. A música religiosa na "Corte Imperial". In: _____. *Estudos de literatura medieval*. Braga: Cruz, 1956. Cap. 24: pp. 307-16; Cap. 30: pp. 395-415; Cap. 31: pp. 417-21.

_____. Corte Imperial. In: _____. *Alegorias, símbolos e exemplos morais da literatura medieval portuguesa*. Lisboa: Brotéria, 1975. Cap. 15: pp. 207-12.

PACHECO, M. C. Monteiro. Corte Imperial. In: LANCIANI, Giulia, TAVANI, Giuseppe (Org. e Coord.). *Dicionário da literatura medieval galega e portuguesa*. Trad. de José Colaço e Artur Guerra. Lisboa: Caminho, 1993, pp. 169-70.

PONTES, José Maria da Cruz. Corte Enperial (Livro da). In: ENCICLOPÉDIA Verbo das literaturas de língua portuguesa. Lisboa: Verbo, 1995, 3 v., v. 1, pp. 1307-10.

_____. Estudo para uma edição crítica do livro da "Corte Enperial". *Biblos*, Coimbra, v. 32, 1956, pp. 1-400.

SARAIVA, António José. A *Corte Imperial*. In: _____. *O crepúsculo da Idade Média em Portugal*. Lisboa: Gradiva/Público, 1996. (Col. Cultura & História, n. 5), v. 1, Parte 1-2, pp. 141-7.

SIDARUS, Adel. Le *Livro da Corte Enperial* entre l'apologétique lullienne et l'expansion catalane au XIV siècle. In: *Actes du Colloque International de San Lorenzo de El Escorial*. Turnhout: Brepols, 1994, pp. 131-72. [Separata].

2.1.2 Acerca do *Orto do Esposo*:

BATISTA, Paula de Jesus Pomares. *A simbologia do Paraíso no* Orto do Esposo. 1996. Dissertação (Mestrado em Letras) – Universidade Nova de Lisboa.

BOLÉO, Manuel de Paiva. Resenha crítica sobre *Orto do Esposo*, de Bertil Maler. *Studia Neophilologica*, v. 38, 1966, pp. 131-6.

CARRETO, Carlos Fonseca Clamote. Da cidade do texto à cidade celestial. A encenação da escrita no *Orto do Esposo*. In: *A cidade*: Atas das Jornadas Inter e Pluridisciplinares. Lisboa: Universidade Aberta, 1993, v. 1, pp. 383-407.

DEYERMOND, Alan D. Resenha crítica sobre *Orto do Esposo*, de Bertil Maler. *Modern Language Review*, v. 64, 1969, pp. 909-11.

FERRERO, Ana María Díaz, MELERO, Miguel Murillo. Algunas consideraciones en torno a la mujer en el *Orto do Esposo*. In: NUÑEZ, Juan Paredes (Ed.). *Medioevo y literatura*: Actas del V Congreso de la Asociación Hispánica de Literatura Medieval. Granada: Universidad de Granada, 1995, v. 2, pp. 151-8.

GODINHO, Hélder. O feminino no *Horto do Esposo*. *Convergência Lusíada*, Rio de Janeiro, v. 12, 1995, pp. 97-102.

MACHADO, Ana Maria. A *"Legenda Aurea"* nos *exempla* hagiográficos do *"Orto do Esposo"*. *Colóquio*: Letras, Lisboa, n. 142, 1996, pp. 121-36.

_____. A leitura hagiográfica no *Orto do Esposo* e a hermenêutica implícita na *Legenda aurea*. In: RIBEIRO, Cristina Almeida, MADUREIRA, Margarida (Coord.). *O género do texto medieval*. Lisboa: Cosmos, 1997, pp. 257-70.

_____. O *Orto do Esposo* e as teorias interpretativas medievais. In: MEGÍAS, José Manuel Lucia (Ed.). *Actas del VI Congreso Internacional de la Asociación Hispánica de Literatura Medieval*. Alcalá de Henares: Universidad de Alcalá, 1997, v. 2, pp. 925-35.

_____. O testemunho dos prólogos na prosa didáctica moral e religiosa. In: NUÑEZ, Juan Paredes (Ed.). *Medioevo y literatura*: Actas del V Congreso de la Asociación Hispánica de Literatura Medieval. Granada: Universidad de Granada, 1995, v. 3, pp. 131-46.

MADUREIRA, Margarida. Género e significação segundo o *Orto do Esposo*. In: RIBEIRO, Cristina Almeida, MADUREIRA, Margarida (Coord.). *O género do texto medieval*. Lisboa: Cosmos, 1997, pp. 249-56.

_____. Letra e sentido: a "retórica" divina no *Orto do Esposo*. In: LLORENS, Santiago Fortuño, ROMERO, Tomás Martínez (Coord.). *Actes del VII Congrés de l'Associació Hispànica de Literatura Medieval*. Castelló de Plana: Universitat Jaume I, 1999, v. 2, pp. 375-83.

MALEVAL, Maria do Amparo Tavares. A propósito dos *exempla* medievos. *Convergência Lusíada*, Rio de Janeiro, v. 10, 1993, pp. 131-8.

_____. *Rastros de Eva no imaginário ibérico*: séculos XII e XVI. Santiago de Compostela: Laiovento, 1995. Cap. 5: Mulheres "exemplares" no *Orto do Esposo*: pp. 65-80.

MARTINS, Mário. A filosofia do homem e da cultura no *Horto do Esposo*. In: _____. *Estudos de literatura medieval*. Braga: Cruz, 1956, pp. 435-46.

_____. A sátira no "Horto do Esposo". In: _____. *A sátira na literatura medieval portuguesa*: séculos XIII e XIV. 2. ed. Lisboa: Instituto de Cultura e Língua Portuguesa, 1986. Cap. 7: pp. 125-30.
_____. À Volta do Orto do Esposo. *Brotéria*, Lisboa, v. 46, 1948, pp. 164-76.
_____. As alegorias e exemplos do *Horto do Esposo*. In: _____. *Alegorias, símbolos e exemplos morais da literatura medieval portuguesa*. 2. ed. Lisboa: Brotéria, 1980. Cap. 17: pp. 213-29.
_____. Das doze abusões deste mundo. *Brotéria*, Lisboa, v. 78, 1964, pp. 42-5.
_____. Destemporalização. In: _____. *Introdução à vidência do tempo e da morte*: I: da destemporalização medieval até ao Cancioneiro Geral e a Gil Vicente. Braga: Cruz, 1969. Cap. 1: pp. 11-29.
_____. Do *Horto do Esposo*, da Bíblia e da maneira de a ler e meditar. In: _____. *A Bíblia na literatura medieval portuguesa*. Lisboa: Instituto de Cultura e Língua Portuguesa, 1979 (Col. Biblioteca Breve, v. 35). Cap. 5: pp. 51-9.
_____. Experiência religiosa e analogia sensorial. *Brotéria*, Lisboa, v. 78, 1964, pp. 552-61.
_____. Fábulas perdidas. *Brotéria*, Lisboa, v. 79, 1964, pp. 160-7.
_____. O "Tesoiro" e "Frei Genebro". In: _____. *Estudos de cultura medieval*. 2. ed. Lisboa: Brotéria, 1980, v. 2. Cap. 6: pp. 45-52.
_____. Os "Bestiários" na nossa literatura medieval. *Brotéria*, Lisboa, v. 76, 1951, pp. 547-60.
_____. Um tratado medievo-português do nome de Jesus. *Brotéria*, Lisboa, v. 50, pp. 547-60.
NUNES, Elisa Rosa Pisco. *Da imagem do rei no* Orto do Esposo: contribuição para um estudo da personagem do rei na literatura da Idade Média. 1987. Trabalho de síntese das Provas de Aptidão Pedagógica e Capacidade Científica – Universidade de Évora.
_____. Um fragmento do *Orto do Esposo*: problemas de interpretação. In: *Actas do II Colóquio de Estudos Lingüísticos da Universidade de Évora*. [No prelo].
PEREIRA, Paulo Alexandre Cardoso. Figuração e máscaras do diabo nos "exempla" do *Orto do Esposo*. *Revista da Universidade de Aveiro*, Aveiro, nn. 9-11, 1992/1994, pp. 39-53.
_____. Mudações da Fortuna: o *exemplum* medieval e a retórica da História. In: RIBEIRO, Cristina Almeida, MADUREIRA, Margarida (Coord.). *O género do texto medieval*. Lisboa: Cosmos, 1997, pp. 239-48.
_____. *O* Orto do Esposo *e a construção da autoridade no exemplum medieval*. 1996. Dissertação (Mestrado em Letras) – Universidade Nova de Lisboa.

Recensão sobre *Orto do Esposo*, de Bertil Maler. *Bulletin des Études Portugaises et de l'Institut Français au Portugal*, v. 20, 1957/58, p. 262.

ROSSI, Luciano. *A literatura novelística na Idade Média portuguesa*. Lisboa: Instituto de Cultura e Língua Portuguesa, 1979. Cap. 3: Os cistercienses de Alcobaça e o conto no convento: pp. 77-98.

SILVA NETO, Serafim da. *Orto do Esposo*. *Boletim de Filologia*, Rio de Janeiro, f. 8, 1948, pp. 238-41.

TAVANI, Giuseppe. Resenha crítica sobre *Orto do Esposo*, de Bertil Maler. *Cultura Neolatina*, n. 18, f. 1, 1958, pp. 88-90.

VEIGA, Albino de Bem. Resenha crítica sobre *Orto do Esposo*, de Bertil Maler. *Revista Brasileira de Filologia*, v. 3, 1957, pp. 244-50.

WILLIAMS, Frederick G. Breve estudo do *Orto do Esposo* com um índice analítico dos "exemplos". *Ocidente*, v. 74, 1968, pp. 197-242.

_____. Chaucer's "The pardoner's tale" and "The tale of the four thieves" from Portugal's *Orto do Esposo* compared. *Bulletin d'Études Portugaises et Brésiliennes*, Paris, vv. 44-5, 1983/85, pp. 93-109.

2.1.3 Acerca do *Boosco deleitoso*:

AZEVEDO, Francisco de Simas Alves. Achegas para o estudo dos vestuários simbólicos das virtudes no *Boosco Deleitoso*. *Armas e troféus*, s. 2, n. 3, 1961, pp. 299-305.

CALAFATE, Pedro. O Boosco Deleytoso Solitario. In: _____ (dir.). *História do pensamento filosófico português*. Lisboa: Caminho, 1999. V. I (Idade Média), pp. 527-531.

DIAS, Aida Fernandes. Um livro de espiritualidade: o *Boosco Deleitoso*. *Biblos*, Coimbra, v. 65, 1989, pp. 229-45.

MACHADO, Ana Maria. O testemunho dos prólogos na prosa didáctica moral e religiosa. In: NUÑEZ, Juan Paredes (Ed.). *Medioevo y literatura*: Actas del V Congreso de la Associación Hispánica de Literatura Medieval. Granada: Universidad de Granada, 1995, v. 3, pp. 131-46.

MAGNE, Augusto. Introdução. In: BOOSCO deleitoso. Ed. de Augusto Magne. Rio de Janeiro: Instituto Nacional do Livro, 1950, 2 v., v. 1, pp. 1-12.

MARTINS, Mário. A sátira petrarqueana no *Boosco Deleitoso*. In: _____. *O riso, o sorriso e a paródia na literatura portuguesa de quatrocentos*. 2. ed. Lisboa: Instituto de Cultura e Língua Portuguesa, 1987 (Col. Biblioteca Breve, v. 15). Cap. 4: pp. 49-55.

_____. Boosco Deleitoso. In: _____. *Alegorias, símbolos e exemplos morais da literatura medieval portuguesa*. Lisboa: Brotéria, 1975. Cap. 15: pp. 271-84.

_____. O *Boosco Deleitoso* sob o signo do *Cântico dos Cânticos*. In: _____. *A Bíblia na literatura medieval portuguesa*. Lisboa: Instituto de Cultura e Língua Portuguesa, 1979 (Col. Biblioteca Breve, v. 35). Cap. 14: pp. 103-8.

_____. Petrarca no *Boosco Deleitoso*. *Brotéria*, Lisboa, v. 38, n. 4, 1945, pp. 361-73.

MONGELLI, Lênia Márcia. *Boosco Deleitoso*: a reinvenção do peregrino. *Boletim do Centro de Estudos Portugueses*, São Paulo, s. 4, n. 1, 1994, pp. 71-6.

PAULOS, Maria Jesus de. *A viagem interior no* Boosco Deleitoso: a alma em busca do centro. 1994. Dissertação (Mestrado em Letras) – Universidade Nova de Lisboa.

SANTOS, Zulmira C. *A presença de Petrarca na literatura de espiritualidade do século XV*: o *Boosco Deleitoso*. Porto: Universidade do Porto, 1989.

2.1.4 Acerca do *Livro da montaria*:

ARAUJO, Manuel de. *O Livro de Montaria de D. João I*: glossário e comentário filológico. 1943. Tese (Licenciatura em Letras) – Universidade de Coimbra.

CASTRO, Aníbal Pinto de. Do valor literário do *Livro da Montaria* de D. João I. In: *Actas do Congresso Internacional Bartolomeu Dias e sua Época*. Porto: [s. Ed.], 1989, pp. 51-64.

CINTRA, Lindley. O Livro da montaria. In: COELHO, Jacinto do Prado (Dir.). *Dicionário das literaturas portuguesa, brasileira e galega*. Porto: Figueirinhas, 1960, p. 429.

DIAS, Isabel. O *Livro da Montaria* de D. João I. In: _____. *A arte de ser bom cavaleiro*. Lisboa: Estampa, 1997, pp. 28-35.

GOMES, Maria Manuela Ribeiro de Almeida. O *Livro da Montaria* de D. João de Portugal no contexto dos tratados medievais de caça. In: RIBEIRO, Cristina Almeida, MADUREIRA, Margarida (Coord.). *O género do texto medieval*. Lisboa: Cosmos, 1997, pp. 189-204.

LAPA, Manuel Rodrigues. *Lições de literatura medieval*: época medieval. 10. ed. rev. Coimbra: Coimbra Ed., 1981. Cap. 9: D. Duarte e a prosa didáctica: O gosto dos desportos, pp. 343-8.

LIMA, Sílvio. O desporto e a experiência na Idade Média. In: SERGIO, Manuel, FEIO, Noronha. *Homo ludicus*: antologia de textos desportivos da cultura portuguesa. Lisboa: Compendium, 1978, pp. 128-37. (Educação Física e Desporto, v. 2).

MARTINS, Mário. A Bíblia no *Livro da Montaria*. In: _____. *A Bíblia na literatura medieval portuguesa*. Lisboa: Bertrand, 1979. Cap. 6: pp. 61-3.

_____. Cinopedia medieval. *Brotéria*, Lisboa, v. 69, 1959, pp. 41-50.

_____. Da caça e da concepção do desporto no *Livro da Montaria*. In:

_____. *Estudos de literatura medieval*. Braga: Cruz, 1956. Cap. 35: pp. 453-66.

_____. Experiência e conhecimento da natureza no *Livro da Montaria*. A espiritualidade do *Livro da Montaria*. A racionalização cristã de Ovídio na *General Estoria* e no *Livro da Montaria*. In: _____. *Estudos de cultura medieval*. Lisboa: Verbo, 1969. v. 1. Cap. 7: pp. 85-100; Cap. 9: pp. 115-23; Cap. 10: pp.119-31.

_____. O *Livro da Montaria*, o rei D. Duarte e a *Virtuosa benfeitoria*. In: _____. *O riso, o sorriso e a paródia na literatura portuguesa de Quatrocentos*. 2. ed. Lisboa: Instituto de Cultura e Língua Portuguesa, 1987 (Col. Biblioteca Breve, v. 15). Cap. 3: pp. 35-47.

MENDONÇA, Manuela. O *Livro da Montaria*. In: *Actas do Congresso Histórico 150 Anos de Nascimento de Alberto Sampaio*. Guimarães: [s. Ed.], 1995, pp. 279-91.

MUNIZ, Márcio Ricardo Coelho. Recrear o entender, guardar a vontade e manter o siso: aspectos morais no *Livro da Montaria*, de D. João I. In: *Atas do III Encontro Internacional de Estudos Medievais*. Rio de Janeiro, 1999. [No prelo].

PRIETO, Maria Helena de Teves Costa Ureña. Bibliografia clássica do *Livro da Montaria de D. João I*. In: ACTAS do Terceiro Congresso da Associação Internacionbal de Lusitanistas. Coimbra: [s. Ed.], 1992, pp. 77-94.

SILVA, Luciano Pereira da. O astrólogo João Gil e o Livro da Montaria. *Lusitania*, f. 1, v. 2, 1927, pp. 1-9 [Separata].

SARAIVA, António José. A tradição literária na Corte de D. João I. In: _____. *O crepúsculo da Idade Média em Portugal*. 3. ed. Lisboa: Gradiva, 1993. (Col. Cultura & História, n. 5), v. 1 (Parte 3). Cap. 73: pp. 217-34.

SIMÕES, M. *Livro da Montaria* feito por D. João I. In: LANCIANI, Giulia, TAVANI, Giuseppe (Org. e Coord.). *Dicionário da literatura medieval galega e portuguesa*. Trad. de José Colaço e Artur Guerra. Lisboa: Caminho, 1993, pp. 412-3.

2.1.5 Acerca do *Livro da ensinança de bem cavalgar toda sela*:

AMORA, António Soares. El-Rei D. Duarte e o *Leal Conselheiro*. *Boletins da Faculdade de Filosofia, Ciências e Letras*, São Paulo, v. 93, n. 5, 1948. (Letras).

BECHARA, Evanildo. Um processo sinonímico em D. Duarte. In: *Atas do I Encontro Internacional de Estudos Medievais*. São Paulo: Universidade de São Paulo/Universidade de Campinas/Universidade Estadual de São Paulo, 1996, pp. 26-35.

BOTELHO, Afonso. *D. Duarte*. Lisboa/São Paulo: Verbo, 1991.

BOURDON, Leon. Question de priorité de la découverte du manuscrit du *Leal Conselheiro*. *Arquivos do Centro Cultural Português*, Paris, v. 14, 1979, pp. 3-26.

CALAFATE, Pedro. (Dir.). *História do pensamento filosófico português*. Lisboa: Caminho, 1999. v. 1 (Idade Média).

CASTRO, Maria Helena Lopes de. *Leal Conselheiro*: itinerário do manuscrito. *Penélope*, Lisboa, n. 16, 1996, pp. 109-24.

DIAS, Isabel. *A arte de ser bom cavaleiro*. Lisboa: Estampa, 1997.

DIAS, Vera Lúcia Pian Ferreira. *Livro da ensinança do bem cavalgar toda sela*: contradições entre o mundo mental da nobreza e as transformações econômico-sociais no século XV em Portugal. 1991. Dissertação (Mestrado em História) – Universidade Federal do Rio de Janeiro.

FERNANDES, Rogério. D. Duarte e a educação senhorial. *Vértice*, Lisboa, nn. 396-7, 1977, pp. 347-88.

GIESE, Wilhelm. Portugiesisches Reitzeug am Aufange des XV Jahrhunderts nach D. Duartes Livro da ensinança de bem cavalgar toda sella. In: *Miscelânea scientifica e literaria dedicada ao Doutor J. Leite de Vasconcellos*. Coimbra: Imprensa da Universidade, 1934, v. 1.

LAPA, Manuel Rodrigues. *D. Duarte e os prosadores da Casa de Avis*. Lisboa: Seara Nova, 1972.

_____. *Lições de literatura medieval*: época medieval. 10. ed. rev. Coimbra: Coimbra Ed., 1981. Cap. 9: D. Duarte e a prosa didáctica: pp. 343-74.

LIMA, Sílvio. *Ensaios sobre o desporto*. Lisboa: Sá da Costa, 1937. O desporto, o mêdo e El-Rei D. Duarte: pp. 55-71.

MARTINS, Mário. Do *Leal Conselheiro* e do *Livro de Cavalgar*. In: _____. *A Bíblia na literatura medieval portuguesa*. Lisboa: Instituto de Cultura e Língua Portuguesa, 1979 (Col. Biblioteca Breve, v. 35). Cap. 7: pp. 65-9.

MONTEIRO, J. Gouveia. Orientações da cultura portuguesa na 1ª metade do séc. XV (A literatura dos Príncipes de Avis). *Vértice*, Coimbra, n. 5, s. 2, 1988, pp. 89-103.

PEREIRA, Carlos H. *Étude d'un traité d'equitation portugais du XVe Siècle* : "Livro da ensinança de cavalgar toda sela" du roi Dom Duarte. Paris: Sorbonne Nouvelle, 1999.

_____. Le cheval au Portugal au Moyen Âge. *Latitudes*, n. 7, 1999/2000, pp. 43-6.

SILVA, José Xavier Dias. Acerca do "Leal Conselheiro" d'El-Rei D. Duarte, e do "Livro da Ensinança de bem cavalgar". *Annaes das Sciencias, das Artes e das Letras*, Paris, v. 8, n. 1, 1820, pp. 3-24; v. 9, n. 1, 1820, pp. 92-118.

2.1.6 Acerca do *Leal conselheiro*:

AMORA, António Soares. El-Rei D. Duarte e o *Leal Conselheiro*. Bole-

tins da Faculdade de Filosofia, Ciências e Letras, São Paulo, v. 93, n. 5, 1948. (Letras).
BECHARA, Evanildo. Um processo sinonímico em D. Duarte. In: *Atas do I Encontro Internacional de Estudos Medievais*. São Paulo: Universidade de São Paulo/Universidade de Campinas/Universidade Estadual de São Paulo, 1996, pp. 26-35.
BOTELHO, Afonso. Actualidade de D. Duarte. *Revista Portuguesa de Filosofia*, Braga, t. 47, 1991, pp. 443-54.
_____. D. Duarte e a superação da melancolia. *Memórias da Academia de Ciências de Lisboa*, t. 21, 1993/94. Classe Letras, pp. 123-31.
_____. *Da saudade ao saudosismo*. Lisboa: ICALP, 1990 (Col. Biblioteca Breve, v. 118). Introdução: pp. 11-24; D. Duarte e a fenomenologia da Saudade: pp. 25-37; Andar dereito: pp. 39-71; Renunciar: pp. 73-99; O "A.B.C." da Lealdade: pp. 101-6.
BOURDON, Leon. Question de priorité de la découverte du manuscrit du *Leal Conselheiro*. *Arquivos do Centro Cultural Português*, Paris, v. 14, 1979, pp. 3-26.
BRAGANÇA, Joaquim O. O *Leal Conselheiro* em Alcobaça. *Didaskalia*, Lisboa, v. 11, f. 2, 1981, pp. 363-88.
CAEIRO, Francisco da Gama. Dom Duarte à luz da cultura portuguesa. *Revista Portuguesa de Filosofia*, Braga, t. 47, f. 3, 1991, pp. 407-24.
CARVALHO, Joaquim de. Cultura filosófica e científica. In: PERES, Damião (Dir.). *História de Portugal*. Barcelos: Portucalense, 1932, v. 4. Cap. 7: pp. 513-26.
CASTRO, Armando. *As ideias económicas no Portugal medievo*: séculos XIII a XV. 2. ed. Lisboa: Instituto de Cultura e Língua Portuguesa, 1989. O pensamento económico no séc. XV: pp. 61-105.
CASTRO, Joaquim Mendes de. A Bíblia no *Leal Conselheiro*. *Didaskalia*, Lisboa, v. 1, f. 2, 1971, pp. 251-61.
CASTRO, Maria Helena Lopes de. *Leal Conselheiro*: itinerário do manuscrito. *Penélope*, Lisboa, n. 16, 1996, pp. 109-24.
CERQUEIRA, Luís Alberto. D. Duarte e o sentido ontológico da saudade. *Revista Portuguesa de Filosofia*, Braga, t. 47, 1991, pp. 455-67.
DANTAS, Júlio. *Outros tempos*. 2. ed. Lisboa: Clássica, 1916. Cap. 1: A neurastenia do rei D. Duarte: pp. 7-18.
DAVID-PEYRE, Ivonne. Neurasthenie et croyance chez D. Duarte de Portugal. *Arquivos do Centro Cultural Português*, Paris, v. 15, 1980. pp. 521-40.
DEMERSON, Paulette. L'amour dans *O Leal Conselheiro* de D. Duarte. *Arquivos do Centro Cultural Português*, Paris, v. 19, 1983, pp. 483-500.
DIAS, Aida Fernandes. D. Duarte e a lição dos livros à luz do *Leal Conselheiro*. *Beira Alta*, Viseu, v. 50, 1991, pp. 487-505.

DIAS, C. Amaral. D. Duarte e a depressão. *Revista Portuguesa de Psicanálise*, Braga, n. 1, 1985, pp. 69-88.
DINIS, António Joaquim Dias. À volta do casamento do Infante D. Duarte (1409-1428). *Revista Portuguesa de História*, Coimbra, t. 15, 1975, pp. 5-70.
DIONÍSIO, João. D. Duarte e a leitura. *Revista da Biblioteca Nacional*, Lisboa, s. 2, v. 6, n. 2, 1991, pp. 7-17.
_____. D. Duarte em francês. *Humanas*, Porto Alegre, v. 21, n. 1, t. 2, 1998, pp. 375-94.
_____. D. Duarte *mis-en-abîme*: sobre uma redundância no capítulo LRVIII do *Leal Conselheiro*. *Românica*, Lisboa, n. 5, 1996, pp. 129-40.
_____. "Escrevo, logo lembro": a escrita mnemónica no *Leal Conselheiro*. *O Escritor*, Lisboa, n. 3, 1994, pp. 136-43.
_____. Lembranças rebeldes, combates mnésicos e remédios vinícolas. Sobre a arte do esquecimento no *Leal Conselheiro*. *Colóquio*: Letras, Lisboa, n. 142, 1996, pp. 147-58.
_____. Nota sobre a recepção de um tratado aristotélico no *Leal Conselheiro* de D. Duarte. KREMER, Dieter (Ed.). *Homenaxe a Ramón Lorenzo*. Vigo: Galaxia, 1998, p. 177.
_____. O camelo dá que lembrar: sobre um apontamento no capítulo L do *Leal Conselheiro* o qual fez Dom Eduarte. *Românica*, Lisboa, n. 3, 1994, pp. 71-81.
_____. Resenha crítica sobre *A filosofia da cultura portuguesa no "Leal Conselheiro" de D. Duarte*, de José Gama. *Colóquio*: Letras, Lisboa, n. 142, 1996, pp. 259-61.
_____. Uma abelha no prólogo: sobre um desejo formulado no início do *Leal Conselheiro* de D. Duarte. *Revista da Biblioteca Nacional*, Lisboa, s. 2, v. 10, nn. 1-2, 1995, pp. 7-22.
FERNANDES, Maria de Lurdes Correia. Da doutrina à vivência: amor, amizade e casamento no *Leal Conselheiro* do rei D. Duarte. *Revista da Faculdade de Letras*, Porto, s. 2, v. 1, 1984, pp. 133-94.
FERNANDES, Rogério. D. Duarte e a educação senhorial. *Vértice*, Lisboa, n. 37, 1977, pp. 347-88.
GAMA, José. *A filosofia da cultura portuguesa no Leal Conselheiro de D. Duarte*. Lisboa: Fundação Calouste Gulbenkian, 1995.
_____. Análise das paixões no *Leal Conselheiro*. *Revista Portuguesa de Filosofia*, Braga, t. 47, 1991, pp. 387-405.
_____. D. Duarte. In: CALAFATE, Pedro (Dir.). *História do pensamento filosófico português*. Lisboa: Caminho, 1999, pp. 379-411.
GOMES, Pinharanda. D. Duarte, do "sootil entender". *Cultura Portuguesa*, Lisboa, n. 2, 1982, pp. 11-5.
GRABOWSKA, James A. Form and meaning in *Leal Conselheiro*: sermon theory and the literary text. *Torre de Papel*, Iowa, v. 4, n. 3, 1994, pp. 43-57.

LAPA, Manuel Rodrigues. *D. Duarte e os prosadores da Casa de Avis*. Lisboa: Seara Nova, 1972.

_____. *Lições de literatura medieval*: época medieval. 10. ed. rev. Coimbra: Coimbra Ed., 1981. Cap. 9: D. Duarte e a prosa didáctica: pp. 343-74.

LIMA, J. A. Pires. O *Leal Conselheiro* lido por um anatómico. *Jornal do Médico*, Porto, nn. 60-1, 1943, pp. 7-22. [Separata]

LORENZO, Ramón. Leal Conselheiro. In: LANCIANI, Giulia, TAVANI, Giuseppe (Org. e Coord.). *Dicionário da literatura medieval galega e portuguesa*. Trad. de José Colaço e Artur Guerra. Lisboa: Caminho, 1993, pp. 383-4.

MALEVAL, Maria do Amparo Tavares. A prosa doutrinária. In: MOISÉS, Massaud (Org.). *A literatura portuguesa medieval*: Trovadorismo e Humanismo. São Paulo: Atlas, 1992, pp. 141-3.

MAGUEIJO, Custódio. Versão latina dum texto de D. Duarte: *Leal Conselheiro. Clássica*, Lisboa, n. 2, 1977, pp. 63-8.

MARTINS, Mário. A amizade e o amor conjugal no *Leal Conselheiro*. Pais e filhos no *Leal Conselheiro*. In: _____. *Estudos de cultura medieval*. Lisboa: Brotéria, 1983, v. 3. Cap. 16: pp. 187-98; Cap. 17: pp. 199-206.

_____. Do *Leal Conselheiro* e do *Livro de Cavalgar*. In: _____. *A Bíblia na literatura medieval portuguesa*. Lisboa: Instituto de Cultura e Língua Portuguesa, 1979 (Col. Biblioteca Breve, v. 35). Cap. 7: pp. 65-9

_____. O *Leal conselheiro*. In: _____. *Alegorias, símbolos e exemplos morais da literatura medieval portuguesa*. 2. ed. Lisboa: Brotéria, 1980. Cap. 19: pp. 231-8.

_____. O *Leal Conselheiro*. In: _____. *O riso, o sorriso e a paródia na literatura portuguesa de Quatrocentos*. 2. ed. Lisboa: Instituto de Cultura e Língua Portuguesa, 1987 (Col. Biblioteca Breve, v. 15). Cap. 3: pp. 37-40.

MAURÍCIO, Domingos. As responsabilidades de Tânger (Após o desastre). *Brotéria*, Lisboa, v. 13, n. 9, 1931, pp. 161-73.

_____. D. Duarte e as responsabilidades de Tânger (A actividade real até 1436). *Brotéria*, Lisboa, v. 12, n. 3, 1931, pp. 147-57.

_____. D. Duarte e as responsabilidades de Tânger (À volta da expedição). *Brotéria*, Lisboa, v. 13, n. 7, 1931, pp. 19-27.

_____. D. Duarte e as responsabilidades de Tânger (As afirmações oficiais). *Brotéria*, Lisboa, v. 12, n. 1, 1931, pp. 29-34.

_____. D. Duarte e as responsabilidades de Tânger (No Concílio de Basileia). *Brotéria*, Lisboa, v. 12, n. 6, 1931, pp. 367-76.

_____. D. Duarte e as responsabilidades de Tânger (Os embargos de Espanha). *Brotéria*, Lisboa, v. 12, n. 5, 1931, pp. 291-302.

MEIRELLES, Acir Fernandes. *Consciência e vontade no* Leal conselheiro *de D. Duarte*. 1997. Dissertação (Mestrado em Filosofia) – Universidade dos Açores.

MONTEIRO, J. Gouveia. Orientações da cultura portuguesa na 1.ª metade do séc. XV (A literatura dos Príncipes de Avis). *Vértice*, Coimbra, n. 5, s. 2, 1988, pp. 89-103.

NASCIMENTO, Aires Augusto. As livrarias dos Príncipes de Avis. *Biblos*, Coimbra, v. 69, 1993, pp. 265-87.

NUNES, José de Sá. Filologia e gramática: a propósito do livro de Herbert Palhano: A expressão léxico-gramatical do *Leal Conselheiro*. *Revista de Portugal*, Lisboa, v. 14, f. 81, 1959, pp. 2-9.

OSÓRIO, João de Castro. *Ínclita geração:* Dom Duarte, Dom Pedro. Lisboa: SNI, 1945. Prefácio: pp. 5-51.

PACHECO, Maria Cândida Monteiro. Para uma antropologia situada: o *Leal Conselheiro*. *Revista Portuguesa de Filosofia*, Braga, t. 47, 1991, pp. 425-41.

PALHANO, Herbert. *A expressão léxico-gramatical do "Leal Conselheiro"*. 2. ed. acresc. Lisboa: Revista de Portugal, 1949.

PIEL, Joseph-Maria. Resenha crítica sobre *Morphology and syntax of the "Leal Conselheiro"*, de Harold J. Russo. *Biblos*, Coimbra, v. 22, 1946, pp. 370-1.

_____. Resenha crítica sobre *Orthography, phonology and word study of "Leal Conselheiro"*, de Kimberley S. Roberts. *Biblos*, Coimbra, v. 22, 1946, pp. 369-70.

PINHO, Sebastião Tavares de. O triplo código de latim: do *Leal Conselheiro* aos nossos dias. *Máthesis*, Viseu, v. 2, 1993, pp. 37-46.

PINTO, Abílio Fernando Bento. *O Leal Conselheiro de D. Duarte*: uma "moral filosofia". 1997. Dissertação (Mestrado em Filosofia) – Universidade do Porto.

RICARD, Robert. Du roi D. Duarte de Portugal à Ciro Alegría: la "oración del Justo Juez". *Bulletin Hispanique*, Bourdeaux, v. 56, 1954, pp. 415-23.

_____. Le *Leal Conselheiro* du Roi D. Duarte de Portugal. *Revue du Moyen Âge Latin*, Paris, t. 4, 1948, pp. 367-90.

_____. Quelques remarques sur le texte du *Leal Conselheiro*. *Bulletins des Études Portugais et de l'Institut Français au Portugal*, Coimbra, t. 17, 1953, pp. 229-31.

ROBERTS, Kimbeley S. *Orthography, phonology and word study of "Leal Conselheiro"*. Philadelphia: University of Pensylvania, 1940.

RUSSO, Harold J. *Morphology and syntax of the "Leal Conselheiro"*. Philadelphia: University of Pensylvania, 1942.

SARAIVA, António José. O *Leal Conselheiro*. In: _____. *O crepúsculo da Idade Média em Portugal*. Lisboa: Gradiva/Público, 1996. (Col. Cultura & História, n. 5), v. 1. Parte 3. Cap. 75: pp. 226-35.

_____, LOPES, Óscar. *História da literatura portuguesa*. 12. ed. corr. e actual. Porto: Porto Ed., 1982. Cap. 2: A prosa doutrinal de Corte: pp. 111-9.

SILVA, José Custódio Vieira da. O conhecimento do paço medieval através das reflexões de D. Duarte. *Revista de Ciências Históricas*, Porto, v. 9, 1994, pp.155-63.

SILVA, José Xavier Dias. Acerca do "Leal Conselheiro" d'El-Rei D. Duarte, e do "Livro da Ensinança de bem cavalgar". *Annaes das Sciencias, das Artes e das Letras*, Paris, v. 8, n. 1, 1820, pp. 3-24; v. 9, n. 1, 1820, pp. 92-118.

SILVA, Maria Almeida da. *Um glossário do Leal Conselheiro de D. Duarte*: uma contribuição para o Dicionário Arcaico Português. 1946. Dissertação (Licenciatura em Letras) – Universidade de Lisboa.

SIMÕES, Manuel, DUARTE, Dom. In: LANCIANI, Giulia, TAVANI, Giuseppe (Org. e Coord.). *Dicionário da literatura medieval galega e portuguesa*. Trad. de José Colaço e Artur Guerra. Lisboa: Caminho, 1993, pp. 222-3.

TAVARES, Jane Santos. O papel da sociedade portuguesa no *Leal Conselheiro*. In: *Anais da II Semana de Estudos Medievais*. Brasília: Universidade de Brasília, 1995, pp. 57-60.

VASCONCELOS, Faria de. Contribuição para o estudo da psicologia de El-Rei D. Duarte. *Brotéria*, Lisboa, v. 25, 1937, pp. 404-18; pp. 576-85.

VASCONCELOS, Joaquim Leite de. Formas verbais arcaicas no *Leal Conselheiro* de el-rei D. Duarte. *Romanische Forschungen*, Erlangue, t. 13, 1907, pp. 175-8.

VENTURA, Margarida Garcez. A lealdade ao homem: uma perspectiva antropológica para a evangelização nos escritos de D. Duarte. In: *Actas do Congresso Internacional Bartolomeu Dias e a sua época*. Porto: Comissão Nacional para as Comemorações dos Descobrimentos Portugueses, 1989, v. 5, pp. 581-8.

_____. Galicanismo e fidelidade ao Papa nos tempos de D. Duarte (1415-1438). *Revista Portuguesa de História*, Coimbra, v. 1, t. 31, 1996, pp. 331-43.

2.1.7 Acerca do *Livro da vertuosa benfeytoria*:

BIBLOS. Actas do Congresso Comemorativo do 6º Centenário do Infante D. Pedro. Coimbra, v. 69, 1993.

BRAGA, Maria Antónia de Oliveira. Os benefícios honrosos na "Virtuosa benfeitoria" do Infante D. Pedro. *Studium Generale*, Porto, v. 2, n. 1-2, 1955, pp. 5-41. [Separata].

CALADO, Adelino de Almeida. Introdução. In: PEDRO (Infante D.), VERBA, João (Frei). *Livro da vertuosa benfeytoria*. Coimbra: Universidade de Coimbra, 1994, pp. vii-cvii.

CALAFATE, Pedro. O Infante D. Pedro. In: _____, (Dir.). *História do pensamento filosófico português*. Lisboa: Caminho, 1999, v. 1 (Idade Média). Parte 4: Ética e sociedade: Cap. 1: A geração de Avis: pp. 411-44.

CARVALHO, Alberto de Almeida Martins de. *O Livro da virtuosa benfeitoria: esboço de estudo*. Coimbra: Imprensa da Universidade, 1925.

CARVALHO, Joaquim de. Sobre a erudição de Gomes Eanes de Zurara: notas em torno de alguns plágios deste cronista. Sobre a autenticidade dos sermões de Fr. João Xira. In: _____. *Obra completa*. Lisboa: Fundação Calouste Gulbenkian, 1983, v. 4, pp. 185-345.

CASTRO, Armando. *As ideias económicas no Portugal medievo: séculos XIII a XV*. 2. ed. Lisboa: Instituto de Cultura e Língua Portuguesa, 1989. O pensamento económico no séc. XV (Infante D. Pedro): pp. 61-9.

COSTA, Joaquim. Introdução. In: *O LIVRO da virtuosa bemfeitoria do Infante D. Pedro*. 2. ed. Porto: Imprensa Portuguesa, 1940, pp. v-cxv.

DINIS, António Joaquim Dias. Ainda sobre a identidade de Frei João Verba. Itinerarium, Braga, a. 3, nn. 16-17, 1957, pp. 479-90.

DINIS, António Joaquim Dias. Quem era Fr. João Verba, colaborador literário de el-rei D. Duarte e do Infante D. Pedro. *Itinerarium*, Braga, a. 2, nn. 10-11, 1956, pp. 424-91.

DIONÍSIO, João. Resenha crítica sobre o Livro da vertuosa benfeytoria, do Infante D. Pedro e do Frei João Verba. *Colóquio: Letras*, Lisboa, n. 142, 1996, pp. 236-8.

FERREIRA, Luís Afonso. Algumas considerações à volta dos manuscritos do "Livro de virtuosa bemfeyturia". *Biblos*, Coimbra, v. 25, 1949, pp. 488-508.

FERREIRA, Luís Afonso. Resenha crítica sobre O livro da virtuosa bemfeitoria, do infante Dom Pedro. *Biblos*, Coimbra, v. 23, t. 3, 1947, pp. 597-606.

LAPA, Manuel Rodrigues. *Lições de literatura medieval: época medieval*. 10. ed. rev. Coimbra: Coimbra Ed., 1981. Cap. 9: D. Duarte e a prosa didáctica: pp. 343-74.

MACEDO, Helder. Fernão Lopes, a Sétima Idade e os príncipes de Avis. In: GIL, Fernando, MACEDO, Helder. *Viagens do olhar: retrospecção, visão e profecia no Renascimento português*. Porto: Campo das Letras, 1998, pp. 143-73.

MACHADO, Ana Maria. O testemunho dos prólogos na prosa didáctica moral e religiosa. In: NUÑEZ, Juan Paredes (Ed.). *Medioevo y literatura: Actas del V Congreso de la Associación Hispánica de Literatura Medieval*. Granada: Universidad de Granada, 1995, v. 3, pp. 131-46.

MACIEL, José Maria Pinheiro. *Os "benefícios" do Infante D. Pedro: uma teoria da acção na "Virtuosa Benfeitoria"*. 1993. Dissertação (Mestrado em Filosofia) – Universidade do Porto.

MALEVAL, Maria do Amparo Tavares. A prosa doutrinária. In: MOISÉS, Massaud (Org.). *A literatura portuguesa medieval: Trovadorismo e Humanismo*. São Paulo: Atlas, 1992, pp. 141-3.

MARTINS, Diamantino. Ecos da vida portuguesa no século XV. *Brotéria*, Lisboa, v. 28, 1939, pp. 150-4.

_____. O De Beneficiis de Sêneca e a Virtuosa bemfeitoria do infante D. Pedro. *Revista Portuguesa de Filosofia*, Braga, t. 21, n. 3, 1965, pp. 255-321.

_____. O sistema moral da "Virtuosa bemfeitoria". *Revista Portuguesa de Filosofia*, Braga, v. 21, n. 3, 1965, pp. 235-54.

_____. O sistema do universo na "Virtuosa bemfeitoria" do Infante Dom Pedro. *Bracara Augusta*, Braga, vv. 16-17, t. 2, nn. 39-40 (51-2), 1964, pp. 292-300.

MARTINS, Mário. O Livro da montaria, o rei D. Duarte e a Virtuosa benfeitoria. In: _____. *O riso, o sorriso e a paródia na literatura portuguesa de Quatrocentos*. 2. ed. Lisboa: Instituto de Cultura e Língua Portuguesa, 1987 (Col. Biblioteca Breve, v. 15). Cap. 3: pp. 35-47.

_____. O Livro da Virtuosa Benfeitoria. In: _____. *A Bíblia na literatura medieval portuguesa*. Lisboa: Instituto de Cultura e Língua Portuguesa, 1979 (Col. Biblioteca Breve, v. 35). Cap. 8: pp. 71-4.

_____. Virtuosa Benfeitoria. In: _____. *Alegorias, símbolos e exemplos morais da literatura medieval portuguesa*. 2. ed. Lisboa: Brotéria, 1980. Cap. 20: pp. 239-45.

MERÊA, Manuel Paulo. *Estudos de história do direito*. Coimbra: Coimbra Ed., 1923. As teorias políticas medievais no "Tratado da Virtuosa benfeitoria": pp. 183-227.

MONTEIRO, J. Gouveia. Orientações da cultura portuguesa na 1.ª metade do séc. XV (A literatura dos Príncipes de Avis). *Vértice*, Coimbra, n. 5, s. 2, 1988, pp. 89-103.

PEREIRA, Maria Helena da Rocha. Helenismos no "Livro da virtuosa benfeitoria". *Biblos*, Coimbra, v. 57, 1981, pp. 313-55.

PIEL, Joseph-Maria. Introdução. In: LIVRO dos ofícios de Marco Tullio Ciceram. Coimbra: Universidade de Coimbra, 1948, pp. v-lii.

RAMALHO, Américo da Costa. Um manuscrito desconhecido de "O Livro da virtuosa bemfeitoria". *Boletim de Filologia*, Lisboa, v. 49, 1948, pp. 278-84.

RAU, Virgínia. O infante D. Pedro e a regência do reino em 1439. *Revista da Faculdade de Letras*, Lisboa, s. 3, n. 8, 1964, pp. 143-8.

REBELO, Luís de Sousa. A concepção do poder em Fernão Lopes. [Lisboa]: Livros Horizonte, 1983.

RICARD, Robert. L'Infant D. Pedro de Portugal et "O Livro da virtuosa bemfeitoria". *Bulletin des Études Portugaises et de l'Institut Français au Portugal*, Coimbra, v. 17, 1953, pp. 1-65.

SÁ, Artur Moreira de. Alguns documentos referentes ao Infante D. Pedro. *Revista da Faculdade de Letras*, Lisboa, s. 2, t. 22, n. 1, 1956, pp. 5-69.

_____. O infante D. Pedro e a crítica histórica. *Revista da Faculdade de Letras*, Lisboa, s. 2, t. 16, n. 3, 1950, pp. 117-36.

SAMPAIO, José Pereira de. [Introdução]. In: *O LIVRO da virtuosa bemfeitoria do Infante D. Pedro*. Porto: Real Bibliotheca Pública Municipal do Porto, 1910 (Col. de Manuscriptos Inéditos, v. 2). [pp. i-xxiv].

SARAIVA, António José. *O crepúsculo da Idade Média em Portugal*. Lisboa: Gradiva/Público, 1996. Parte III. (Col. Cultura & História, n. 6). Cap. 74: A teoria da sociedade segundo o infante D. Pedro: pp. 221-6.

SCARLATTI, Lita. *Os homens de Alfarrobeira*. Lisboa: Imprensa Nacional/Casa da Moeda, 1980. Cap. 10: O Tratado da virtuosa benfeitoria: pp. 129-36.

SILVA, Manuel Augusto Naia da. *Temas comuns no De Beneficiis e na Virtuosa benfeitoria do Infante D. Pedro*. 1996. Tese (Doutorado em Língua e Cultura Latinas) – Universidade Nova de Lisboa.

SOARES, Nair de Nazaré Castro. Gratidão e lealdade: dois valores humanistas. *Humanitas*, Coimbra, v. 46, 1994, pp. 245-58.

SOUSA, Antonio Caetano de. *Historia genealogica da Casa Real portuguesa*. 2. ed. fac-simil. Vila Nova de Famalicão: Minerva, 1939, v. 2, Livro 3. Cap. 2: Do Infante D. Pedro, Regente do Reyno: pp. 35-45.

SOUSA, A. D. de Castro e. *Resumo histórico da vida, acções, morte e jazigo do Infante D. Pedro*. Lisboa: [s. Ed.], 1843.

SPÍNOLA, Francisco Elías de Tejada. Ideologia e utopia no "Livro da Virtuosa benfeitoria". *Revista Portuguesa de Filosofia*, Braga, t. 3, f. 1, 1947, pp. 5-19.

_____. *Las doctrinas políticas en Portugal: Edad Media*. Madrid: Escelicer, 1943. Cap. 7: Una filosofía política sobre la idea del beneficio: pp. 111-45.

VALE, Alexandre de Lucena e. Do original da Virtuosa benffeyturia e o seu actual paradeiro. *Colóquio: Revista de Artes e Letras*, Lisboa, n. 57, 1970, pp. 71-4.

2.2 Estudos gerais:

ARROYO, Ciriaco Morón. *La mística española*: antecedentes y Edad Media. Madrid: Alcalá, 1971.

BAKHTIN, Mikhail. *Estética da criação verbal*. Trad. de Maria Ermantina Galvão G. Pereira. 2. ed. São Paulo: Martins Fontes, 1997. Os gêneros do discurso: pp. 277-326.

BAUBETA, Patricia Anne Odber. *Igreja, pecado e sátira social na Idade Média portuguesa*. Trad. de Maria Teresa Rebelo da Silva. Lisboa: Imprensa Nacional/Casa da Moeda, 1997. Cap. 3: Pregadores e sermões: pp. 119-87.

BELL, Aubrey F. G. *A literatura portuguesa*: história e crítica. Trad. do inglês por Agostinho de Campos e J. G. de Barros e Cunha. Lisboa: Imprensa Nacional, 1971.

BRAGA, Teófilo. *História da literatura portuguesa*: Idade Média. Lisboa: Imprensa Nacional/Casa da Moeda, 1984. 4 v., v. 1, Parte 3: Predomínio da erudição latina: pp. 387-407.

BUESCU, Maria Leonor Carvalhão. *Literatura portuguesa medieval*. Lisboa: Universidade Aberta, 1990, v. 5. Unidade 5: A didáctica político-social. A literatura como instrumento de memória e da formação de elites...: pp. 117-28.

CAEIRO, Francisco da Gama. Ensino e pregação teológica em Portugal na Idade Média: algumas observações. *Revista Española de Teología*, Madrid, v. 44, 1984, pp. 113-35.

CAMPOS, Agostinho de. Alvorecer da prosa literária sob o signo de Avis. In: SAMPAIO, Albino Forjaz de (Dir.). *História da literatura portuguesa ilustrada*. Lisboa/Paris: Bertrand/Aillaud, 1929, v. 1, pp. 152-75.

CARVALHO, Joaquim de. Desenvolvimento da filosofia em Portugal durante a Idade Média. In: _____. *Obra completa*. 2. ed. Lisboa: Fundação Calouste Gulbenkian, 1992, v. 1, pp. 337-54.

_____. Instituições de cultura: período medieval. Cultura filosófica e científica: período medieval. In: _____. *Obra completa*. Lisboa: Fundação Calouste Gulbenkian, 1982, v. 3-2, pp. 127-305.

_____. O pensamento português da Idade Média e do Renascimento. In: _____. *Obra completa*. Lisboa: Fundação Calouste Gulbenkian, 1982, v. 3-2, pp. 373-83.

_____. *Obra completa*. Lisboa: Fundação Calouste Gulbenkian, 1989. v. 6. Cap. 5: A educação na Baixa Idade Média: Método de ensino nas universidades medievais (método escolástico): pp. 430-5; Literatura pedagógica medieval: pp. 438-42. Cap. 6: O Humanismo e a educação: Educadores e tratadistas italianos da formação humanista: pp. 450-61.

CHÂTELET, François (Dir.). *História da filosofia*: De Platão a São Tomás de Aquino. Trad. de Afonso Casais Ribeiro et al. 2. ed. Lisboa: Dom Quixote, 1995, 4 v., v. 1.

COELHO, M. Helena, RILEY, Carlos G. Sobre a caça medieval. *Estudos Medievais*, Porto, 1988, pp. 221-67. [Separata].

CORDÓN, Juan Manuel Navarro, MARTÍNEZ, Tomás Calvo. *História da filosofia*: dos pré-socráticos à Idade Média. Trad. de Alberto Gomes e Departamento Editorial de Edições 70. Lisboa: Edições 70, 1998, 3 v., v. 1.

CORTESÃO, Jaime. *Obras completas*. História da expansão portuguesa. Lisboa: Imprensa Nacional/Casa da Moeda, 1993, v. 4. Parte 1:

Gênese e período henriquino: Cap. 1: A gênese da expansão portuguesa: pp. 13-29.
COSTA, Dalila Pereira da. *Místicos portugueses do século XVI*. Porto: Lello & Irmão, 1986.
COURCELLES, Dominique de. Présentation. *Le livre du gentil et des trois sages*, parmi les autres oeuvres de Raymond Lulle. In: LULLE, Raymond. *Le livre du gentil et des trois sages*. Trad. e apres. de Dominique de Courcelles. Combas: Éditions de l'Éclat, 1992, pp. 7-19.
CURTIUS, Ernst Robert. *Literatura européia e Idade Média latina*. Trad. de Teodoro Cabral e Paulo Rónai. São Paulo: Hucitec, 1996.
DANIEL-ROPS. *História da Igreja*: A Igreja da Renascença e da Reforma. Trad. de Emérico da Gama. São Paulo: Quadrante, 1996, v. 4, 1. A Reforma Protestante. Cap. 3: Uma crise do espírito: O abalo das bases cristãs: pp. 106-70.
DELUMEAU, Jean. *História do medo no Ocidente*: 1300-1800. Trad. de Maria Lúcia Machado. São Paulo: Companhia das Letras, 1984. Cap.: 6: A espera de Deus: pp. 205-38.
_____. *Uma história do Paraíso*: o Jardim das Delícias. Trad. de Teresa Pèrez. Lisboa: Terramar, 1992.
DUBY, George. *A sociedade cavaleiresca*. Trad. de Antonio de Pádua Danesi. São Paulo: Martins Fontes, 1989.
_____. *As três ordens ou o imaginário do feudalismo*. Trad. de Maria Helena Costa Dias. Lisboa: Estampa, 1982.
_____. *Guilherme Marechal ou o melhor cavaleiro do mundo*. Trad. de Renato Janine Ribeiro. Rio de Janeiro: Graal, 1987.
EVANS, D. Le traité de fauconnerie en vers provençaux: dels cassadors, son interêt culturel. In: *La chasse au Moyen Âge*: Actes du Colloque de Nice. Nice: Les Belles Lettres, 1980, pp. 9-17.
FERNANDES, Maria de Lurdes Correia. Dos espelhos de religiosos aos espelhos para os 'estados' seculares, particularmente o dos 'senhores'. In: _____. *Espelhos, cartas e guias*: casamento e espiritualidade na Península Ibérica (1450-1700). Porto: Instituto de Cultura Portuguesa/Faculdade de Letras da Universidade do Porto, 1995, pp. 32-46.
FERNANDES, Rogério. *O pensamento pedagógico em Portugal*. Lisboa: ICALP, 1978 (Col. Biblioteca Breve, v. 200).
FIGUEIREDO, Fidelino de. *História literária de Portugal*: séculos XII-XX. 3. ed. São Paulo: Nacional, [s.d.].
FRANCO JR., Hilário. *O ano mil*: tempo de medo ou de esperança? São Paulo: Companhia das Letras, 1999.
_____. *Peregrinos, monges e guerreiros*. São Paulo: Hucitec, 1990. Cap. 2: Os peregrinos, transmissores de práticas religiosas e sociais: pp. 83-112.
FREJEIRO, António Blanco. A caça e seus deuses na Proto-história Peninsular. *Revista de Guimarães*, v. 74, nn. 3-4, 1964, pp. 329-48.

GADOTTI, Moacir. *História das idéias pedagógicas*. 7. ed. São Paulo: Ática, 1999. Cap. 5: O pensamento pedagógico renascentista. Item 3: Os jesuítas: A *Ratio estudiorum*: pp. 72-5.
GAUNT, Simon. *Gender and genre in medieval French literature*. New York: Cambridge University, 1995. Introduction: pp. 1-21.
GILSON, Étienne. *A filosofia na Idade Média*. Trad. de Eduardo Brandão. São Paulo: Martins Fontes, 1998.
_____. *La théologie mystique de Saint Bernard*. 4. ed. Paris: J. Vrin, 1980.
GÖSSMANN, Elisabeth. *Fe y conocimiento de Dios en la Edad Media*. Trad. de Manuel Pozo. In: LA EXISTENCIA de la fé. Madrid: Biblioteca de Autores Cristianos Enciclopedicos, 1975. t. 1, cuad. 2b. (Col. Historia de los Dogmas).
GRUBE, G. M. *El pensamiento de Platón*. Trad. de Tomás Calvo Martínez. Madrid: Gredos, 1987. Cap. 7: La educación: pp. 328-90.
GUERRERO, Rafael Ramón. El Pseudo-Aristóteles árabe y la literatura didáctico-moral hispana: del Sirr Al-Asrar a *La Poridat de las poridades*. In: RÁBANOS, J. M. Sotto (Coord.). *Pensamiento medieval hispano*: homenaje a Horacio Santiago-Otero. Madrid: Consejo Superior de Investigaciones Científicas, 1998, pp. 1037-51.
GUREVITCH, Aron I. *As categorias da cultura medieval*. Trad. de João Gouveia Monteiro. Lisboa: Caminho, 1991.
HAUY, Amini B. *História da língua portuguesa*: séculos XII, XIII e XIV. São Paulo: Ática, 1989.
HUIZINGA, Johan. *O declínio da Idade Média*. Trad. de Augusto Abelaira. 2. ed. Lisboa: Ulisséia, [s.d.].
JAEGER, Werner. *Paidéia: a formação do homem grego*. Trad. de Artur M. Parreira. 3. ed. São Paulo: Martins Fontes, 1995. Lugar dos gregos na história da educação: pp. 3-20; Os sofistas: pp. 335-85; Sócrates: pp. 493-580; O Protágoras: pp. 620-47; O Górgias: pp. 648-97; A educação do príncipe: pp. 1111-41; Xenofonte: o cavaleiro e o soldado ideais: pp. 1214-52; A educação dos governantes e o conhecimento de Deus: pp. 1370-4.
JAGER, Eric. The book of the heart: reading and writing the medieval subject. *Speculum*, Cambridge (MA), v. 71, 1996, pp. 1-26.
JAUSS, Hans Robert. *A literatura como provocação*. Trad. de Teresa Cruz. [Lisboa]: Vega: 1993.
LAUAND, Luiz Jean (Org.). *Cultura e educação na Idade Média*. São Paulo: Martins Fontes, 1998. Cap. 15: Bernardo de Claraval: sermão sobre o conhecimento e a ignorância: pp. 251-71.
_____. Provérbios e educação moral: a filosofia de Tomás de Aquino e a pedagogia árabe do Mathal. São Paulo: Hottopos, 1997.
LAUSBERG, Heinrich. *Manual de retórica literária*. Trad. de José Pérez Riesco. Madrid: Gredos, 1991.

LE GOFF, Jacques. *A civilização do Occidente medieval*. Trad. de Manuel Ruas. Lisboa: Estampa, 1983, 2 v.

LECLERCQ, Jean. *Cultura y vida cristiana*: iniciación a los auctores monásticos medievales. Trad. de D. Antonio M. Aguado e D. Alejandro M. Masoliver. Salamanca: Sigueme, 1965.

LINK, Luther. *O Diabo*: a máscara sem rosto. Trad. de Laura Teixeira Motta. São Paulo: Companhia das Letras, 1998.

LLINARES, Armand. *Raymond Lulle*: philosophe de l'action. Grenoble: Allier, 1963.

LLORCA, Carmen Marimón. La teoría literaria y los estudios literarios medievales: presente y futuro de una relación necesaria. *Revista de Poética Medieval*, Alcalá de Henares, v. 2, 1998, pp. 155-73.

LYON, Bryce. Coup d'œil sur l'infrastructure de la chasse au Moyen Âge. *Le Moyen Âge*, Liège, s. 5, n. 2, t. 104, 1998, pp. 211-26.

MANGUCCI, Antônio Celso. *A Quinta de Nossa Senhora da Piedade*: história do seu palácio, jardins e azulejos. Vila Franca de Xira: Museu Municipal, 1998.

MANOEL II (Dom). *Livros antigos portugueses*. Londres: Maggs. Bross, 1929, t. 1, pp. 286-99.

MARQUES, A. H. de Oliveira, DIAS, João José Alves. Portugal na Europa medieval. In: *Actas do V Cursos Internacionais de Verão de Cascais*. Cascais: Câmara Municipal de Cascais, 1999, v. 2, pp. 29-44.

_____, SERRÃO, Joel (Dir.). *Nova história de Portugal*. Lisboa: Presença, 1987, v. 4.

MARQUES, José. A geração de Avis e a Igreja no séc. XV. *Revista de Ciências Históricas*, Porto, v. 9, 1994, pp. 105-33.

MARTINS, Abílio. A filosofia de Raimundo Lulo na literatura portuguesa medieval. *Brotéria*, Lisboa, v. 34, f. 5, 1942, pp. 473-82.

MARTINS, Oliveira. *Os filhos de D. João I*. [s. ed.]. Lisboa: Guimarães, 1993.

MATTOSO, José (Dir.). *A nobreza medieval portuguesa*: a família e o poder. Lisboa: Estampa, 1981.

_____. *História de Portugal*: a monarquia feudal (1096-1480). Lisboa: Estampa, 1997.

_____. O imaginário do Além-Túmulo nos *exempla* peninsulares da Idade Média. In: NUÑEZ, Juan Paredes (Ed.). *Medioevo y literatura*: Actas del V Congreso de la Asociación Hispánica de Literatura Medieval. Granada: Universidad de Granada, 1995, v. 1, pp. 131-46.

_____. *Religião e cultura na Idade Média portuguesa*. 2. ed. Lisboa: Imprensa Nacional/Casa da Moeda, 1982.

MAYO, A. Porqueras. *El prólogo como genero literario*: su estudio en el Siglo de Oro español. Madrid: Consejo Superior de Investigaciones Científicas, 1957. Cap. 3: El prólogo en la literatura medieval castellana. Notas de introducción al tema: pp. 77-89.

MERTON, Thomas. *Poesia e contemplação*. Trad. do Mosteiro da Virgem (Petrópolis). Rio de Janeiro: Agir, 1972.

MOISÉS, Massaud. *A literatura portuguesa*. 36. ed. rev. e aum. São Paulo: Cultrix, [s.d.].

MONGELLI, Lênia Márcia. (Coord.). A arte retórica e a ciência da paixão. *Veritas*, Porto Alegre, v. 43, n. 3, 1998, pp. 541-8.

_____. *Trivium & Quadrivium*: as artes liberais na Idade Média. Cotia: Íbis, 1999.

MONGES e religiosos na Idade Média. Trad. de Tereza Pèrez. Lisboa: Terramar, 1994.

MONTEIRO, J. Gouveia. Orientações da cultura portuguesa na 1.ª metade do séc. XV (A literatura dos Príncipes de Avis). *Vértice*, Coimbra, n. 5, s. 2, 1988, pp. 89-103.

MORENO, Humberto Baquero. O infante D. Henrique na Regência do Infante D. Pedro. *Oceanos*: O ano do Infante, Lisboa, n. 17, 1994, pp. 16-8.

MUHANA, Adma. *A epopéia em prosa seiscentista*: uma definição de gênero. São Paulo: Fundação Editora da UNESP, 1997. Questão: pp. 15-33.

MURPHY, James J. *La retórica en la Edad Media*: historia de la teoría de la retórica desde San Agustín hasta el Renascimento. México: Fondo de Cultura Económica, 1986.

NUNES, José Joaquim. Textos antigos portugueses: 7. *Revista Lusitana*, Lisboa, v. 31, 1918, pp. 89-145.

PAIVA, Dulce de Faria. *História da língua portuguesa*: séculos XV e meados do XVI. São Paulo: Ática, 1988.

PAREDES, Juan, GRACIA, Paloma (Ed.). *Tipología de las formas narrativas breves románicas medievales*. Granada: Universidad de Granada, 1998.

PASTOREAU, Michel. *No tempo dos cavaleiros da Távola Redonda*. Trad. de Paulo Neves. São Paulo: Companhia das Letras, 1989.

PATCH, Howard Rollin. *El otro mundo en la literatura medieval*. Trad. de Jorge Hernández Campos. México: Fondo de Cultura Económica, 1956.

PAYEN, Jean Charles. O *Homo Viator* e o cruzado. In: BRAET, Herman, VERBEKE, Werner (Ed.). *A morte na Idade Média*. Trad. de Heitor Megale, Yara Frateschi Vieira e Maria Clara Cescato. São Paulo: Edusp, 1996, pp. 211-31.

PERES, Damião (Dir.) *História de Portugal*. Barcelos: Portucalense, 1932, v. 4.

PHILIPPART, Guy. L'hagiographie comme littérature: concept récent et nouveaux programmes? *Revue des Ciences Humaines*, v. 251, 1998, pp. 11-39.

PIEPER, Josef. Estar certo enquanto homem: as virtudes cardeais. Trad. de Luiz Jean Lauand. *Videtur*, São Paulo, n. 11, 2000, pp. 73-80.

PIMPÃO, Álvaro Júlio da Costa. *A história da literatura portuguesa*: Idade Média. 2. ed. rev. Coimbra: Atlântida, 1959.

PONTES, José Maria da Cruz. Raimundo Lulo e o lulismo medieval português. *Biblos*, Coimbra, v. 62, 1986, pp. 51-76.

PRICE, B. B. *Introdução ao pensamento medieval*. Trad. de Tereza Curvelo. Lisboa: Asa, 1996.

RAPP, Francis. La Iglesia y la vida religiosa en Occidente a fines de la Edad Media. Trad. de José Monserrat Torrents. Barcelona: Labor, 1973. Cap. 10: Místicos y devotos: pp. 176-96.

RAYA, Eva Muñoz. La Edad Media y la traducción: apuntes para una historia. In: PAREDES, Juan, RAYA, Eva Muñoz (Ed.). *Traducir la Edad Media*: la traducción de la literatura medieval románica. Granada: Universidad de Granada, 1999, pp. 7-20.

REALE, Giovanni, ANTISERI, Dario. *Historia da filosofia*: Antiguidade e Idade Média. São Paulo: Paulinas, 1990, v. 1.

REBOIRAS, Fernando Domínguez. A Espanha medieval, fronteira da Cristandade. Trad. de Luiz Jean Lauand. *Mirandum*, São Paulo/Freiburg, n. 10, 2000.

REBOUL, Olivier. *Introdução à retórica*. Trad. de Ivone Castilho Benedetti. São Paulo: Martins Fontes, 2000.

RIBEIRO, Cristina Almeida, MADUREIRA, Margarida (Coord.). *O género do texto medieval*. Lisboa: Cosmos, 1997.

SABINE, George H. *Historia de la teoría política*. Trad. de Vicente Herrero. México/Buenos Aires: Fondo de Cultura Económica, 1963.

SARAIVA, António José. *A cultura em Portugal*: teoria e história. Lisboa: Gradiva, 1991.

_____. *História da cultura em Portugal*. Lisboa: Jornal do Fôro, 1950. v. 1. Cap. 6: A cultura palaciana: pp. 599-643.

_____. *O crepúsculo da Idade Média em Portugal*. Lisboa: Gradiva/Público, 1996. (Col. Cultura & História, n. 5).

_____. LOPES, Óscar. *História da literatura portuguesa*. 15. ed. corr. e atual. Porto: Porto Ed., 1989.

SCHMIDT, Amparo Gaos. *Cicerón y la elocuencia*. México: Universidad Nacional Autónoma de México, 1993.

SILVA NETO, Serafim da. *Textos medievais portugueses e seus problemas*. Rio de Janeiro: Ministério da Educação e Cultura, 1956.

SOBRAL, Cristina. A imagem da sabedoria na Lenda de Maria Egipcíaca. *Revista da Faculdade de Letras*, Lisboa, v. 15, 1993, pp. 133-42.

TINOCO, M. Dolores Madrenas et al. Pelegrinatge i literatura: interrelació entre la realitat històrica i la ficció. Cap a una tipologia del pelegrí a la literatura catalana medieval. In: MEGIAS, Manuel Lucía (Ed.). *Actas del VI Congreso Internacional de la Asociación Hispánica de Literatura Medieval*. Alcalá de Henares: Universidad de Alcalá, 1997, v. 2, pp. 937-46.

TORREJÓN, José Miguel Martínez. Debate y disputa en los siglos XIII y XIV castellanos. In: *Actas del V Congreso de la Asociación Hispánica de Literatura Medieval*. Granada: [Universidad de Granada], 1995, v. 3, pp. 275-86.

TOVAR, Joaquín Rubio. Algunas características de las traducciones medievales. *Revista de Literatura Medieval*, Alcalá de Henares, v. 9, 1997, pp. 197-243.

TUCOO-CHALA, P. L'art de la pédagogie dans le livre de chasse: Gaston Fébus. In: *La chasse au Moyen Âge*: Actes du Colloque de Nice. Nice: Les Belles Lettres, 1980, pp. 19-34.

VANDENBROUCKE, F. La *lectio divina* du XIe au XIVe siècle. *Studia monastica*, n. 8, 1966, pp. 267-93.

VASCONCELLOS, Carolina Michaëlis de. Die Litteraturen der Romanischen Völker. In: GRÖBER, Gustav. *Grundriss der Romanischen Philologie*. Strassburg: Trübner, 1897. B. 2, A. 2. Cap. 3: Abschnitt. Litteraturgeschichte der Romanischer Völker. B. Die Litteraturen der Romanischen Völker: p. 251.

_____. Mestre Giraldo e os seus tratados de alveitaria e cetraria. *Revista Lusitana*, Lisboa, v. 13, nn. 3-4, 1910, pp. 149-432.

VASCONCELLOS, Maria Elizabeth G. de. O *Livro de Esopo* e a lição das fábulas: a literatura didática na Baixa Idade Média em Portugal. *Literatura e Sociedade*, São Paulo, n. 3, 1998, pp. 11-6.

VAUCHEZ, André. *A espiritualidade na Idade Média ocidental*: séculos VIII a XIII. Trad. de Lucy Magalhães. Rio de Janeiro: Jorge Zahar, 1995.

VERWEYEN, M. *Historia de la filosofía medieval*. Trad. de Emilio Estiú. Buenos Aires: Nova, 1957. Parte principal: La escolástica: pp. 67-105.

ZUMTHOR, Paul. Intertextualité et mouvance. *Littérature*, Paris, v. 41, 1981, pp. 8-16.

2.3 Obras de referência:

ALONSO, Martin. *Diccionario medieval español*: desde las glosas emilianenses y silenses (s. X) hasta el siglo XV. Salamanca: Universidad de Salamanca, [s.d.].

CEPEDA, Isabel Vilares. *Bibliografia da prosa medieval em língua portuguesa*: subsídios. Lisboa: Instituto da Biblioteca Nacional e do Livro, 1995.

CHEVALIER, Jean, GHEERBRANT, Alain. *Dicionário de símbolos*. 11. ed. Trad. de Vera da Costa e Silva et al. Rio de Janeiro: José Olympio, 1997.

COELHO, Jacinto do Prado (Dir.). *Dicionário das literaturas portuguesa, brasileira e galega*. Porto: Figueirinhas, 1960.

DURZOI, Gerard, ROUSSEL, André. *Dicionário de filosofia*. 2. ed. Trad. de Marina Appenzeller. Campinas: Papirus, 1996.
ESQUERRA, Ramón. *Vocabulario literario*. Barcelona: Apolo, 1938.
FARIA, Maria Isabel, PERICÃO, Maria da Graça. *Dicionário do livro*. Lisboa: Guimarães, 1988.
GILES, Thomas R. *Dicionário de filosofia*: termos e filósofos. São Paulo: E.P.U., 1993.
HASENHOR, Geneviève, ZINK, Michel (Org.). *Dictionnaire des lettres françaises*: Le Moyen Âge. Paris: Fayard, [s.d.].
LANCIANI, Giulia, TAVANI, Giuseppe (Org. e Coord.). *Dicionário da literatura medieval galega e portuguesa*. Trad. de José Colaço e Artur Guerra. Lisboa: Caminho, 1993.
LE GOFF, Jacques, SCHMITT, Jean-Claude. *Diccionaire raisonné de l'Occident médiéval*. Paris: Arthème Fayard, 1999.
LESSA, C. Ribeiro de. *Vocabulário de caça*. São Paulo: Nacional, 1944, pp. 22-127.
MACHADO, Álvaro Manuel (Org. e Dir.). *Dicionário de literatura portuguesa*. Lisboa: Presença, 1996.
MACHADO, Diogo Barbosa. *Bibliotheca lusitana*. Ed. rev. de Manuel Lopes de Almeida. Coimbra: Atlântida, 1966.
MACHADO, Saavedra, OLIVEIRA, Correa de. Glossário. In: _____. *Textos portugueses medievais*. Coimbra: Coimbra Ed., 1964, pp. 710-76.
MONIZ, Antonio, PAZ, Olegario. *Dicionário breve de termos literários*. Lisboa: Presença, 1997.
ROBLES, Federico Carlos Sainz de. *Ensayo de un diccionario de la literatura*. Madrid: Aguilar, 1965, t. 1 (Terminos, conceptos, "ismos" literarios).
SEVILLA, Isidoro de (San). *Etimologías*. 2. ed. bilíngüe de Jose Oroz Reta e Manuela Marcos Casquero. Madrid: Biblioteca de Autores Cristianos, 1993, 2 v.
SILVA, Innocencio Francisco da. *Diccionario bibliographico portuguez*. Ed. fac-simil. Lisboa: Imprensa Nacional/Casa da Moeda, 1973.

Impressão e acabamento
Cromosete
GRÁFICA E EDITORA LTDA.
Rua Uhland, 307 - Vila Ema
Cep: 03283-000 - São Paulo - SP
Tel/Fax: 011 6104-1176